El Silmarillion

T0001942

Biblioteca J. R. R. Tolkien

Biografía

J. R. R. Tolkien nació el 3 de enero de 1892. Tras servir en la primera guerra mundial, se embarcó en una prestigiosa carrera como profesor de anglosajón en la Universidad de Oxford. Miembro del Pembroke College entre 1925 y 1945, profesor de lengua y literatura inglesa y miembro del Merton College desde 1945 hasta su jubilación, fue reconocido como uno de los mejores filólogos del mundo. Es el creador de la Tierra Media y autor de uno de los principales clásicos modernos, *El Hobbit*, preludio de su obra maestra, *El Señor de los Anillos*, y de *El Silmarillion*. Falleció en 1973.

J. R. R. Tolkien
El Silmarillion

Edición de Christopher Tolkien

Traducción de Rubén Masera y Luis Domènech

minotauro

Obra editada en colaboración con Editorial Planeta – España

Título original: *The Silmarillion*

© 1984, 1993, 2007, 2009, Ediciones Minotauro – Barcelona, España
© 2012, Editorial Planeta, S.A. – Barcelona, España

Derechos reservados

© 2012, Editorial Planeta Mexicana, S.A. de C.V.
Bajo el sello editorial BOOKET M.R.
Avenida Presidente Masarik núm. 111, Piso 2
Polanco V Sección, Miguel Hidalgo
C.P. 11560, Ciudad de México
www.planetadelibros.com.mx

Diseño de la colección: Laura Comellas / Departamento de Diseño,
División Editorial del Grupo Planeta
Ilustración de la portada: © Ted Nasmith

Primera edición impresa en España en Booket: febrero de 2009
ISBN: 978-84-450-7753-5

Primera edición impresa en México en Booket: enero de 2012
Trigésima quinta reimpresión en México en Booket: mayo de 2022
ISBN: 978-607-07-1008-7

Impreso en los talleres de Impregráfica Digital, S.A. de C.V.
Av. Coyoacán 100-D, Valle Norte, Benito Juárez
Ciudad De Mexico, C.P. 03103
Impreso y hecho en México – *Printed and made in Mexico*

PRÓLOGO

El Silmarillion, que se publica ahora cuatro años después de la muerte de su autor, es una crónica de los Días Antiguos, o la Primera Edad del Mundo. En *El Señor de los Anillos* se narraban los grandes acontecimientos del final de la Tercera Edad; pero los cuentos de *El Silmarillion* son leyendas que proceden de un pasado mucho más remoto, cuando Morgoth, el primer Señor Oscuro, moraba en la Tierra Media, y los Altos Elfos combatían contra él por la recuperación de los Silmarils.

Sin embargo, *El Silmarillion* no sólo relata acontecimientos muy anteriores a los de *El Señor de los Anillos*; es también, en lo esencial de su concepción, un trabajo muy anterior. A decir verdad, aunque no se llamaba entonces *El Silmarillion*, ya estaba componiéndose hace medio siglo; y en las deterioradas libretas de notas que se remontan a 1917 aún pueden leerse las primeras versiones, a menudo garrapateadas de prisa con lápiz, de las principales historias de la mitología. Pero no llegó a publicarse (aunque ciertos indicios de su contenido podían entresacarse de *El Señor de los Anillos*), y durante toda su larga vida mi padre nunca lo abandonó, y trabajó en él aun en sus últimos años. En todo ese tiempo *El Silmarillion*, considerado sólo como una gran estructura narrativa, tuvo relativamente pocos cambios fundamentales; se había convertido hacía mucho en una tradición fija y un marco para escritos posteriores. Pero por cierto estaba muy lejos de ser un texto fijo, y ni siquiera permaneció inalterado en relación con ciertas ideas fundamentales acerca de la naturaleza del mundo que describe, mientras que las mismas leyendas volvían a ser narradas en formas más largas y más breves y en diferentes estilos. En el transcurso de los años los cambios y variantes, tanto de detalles como de perspectiva, se hicieron tan complejos, tan numerosos y de tan múltiples estratos, que la obtención de una versión final y definitiva parecía imposible. Además las viejas leyendas («viejas» aquí no sólo por provenir de la remota Primera Edad, sino también en relación con la edad de mi padre) se convirtieron en vehículo y depositario de sus más profundas reflexiones. En escritos posteriores las preocupaciones teológicas y filosóficas fueron desplazando a las preocupaciones mitológicas y poéticas, de lo que surgieron incompatibilidades de tono.

Al morir mi padre, fue mía la responsabilidad de dar a la obra forma publicable. Se me hizo evidente que presentar dentro de las cubiertas de un libro único materiales muy diversos —mostrar *El Silmarillion* como si fuera en verdad una creación ininterrumpida que se había desarrollado a lo largo de más de medio siglo— conduciría necesariamente a la confusión y a la subordinación de lo esencial. Por lo tanto me puse a trabajar en un texto único, seleccionando y disponiendo el material del modo que me pareció más adecuado para obtener una narración con un máximo de coherencia y de continuidad interna. En este trabajo, los últimos capítulos (a partir de la muerte de Túrin Turambar) planteaban dificultades especiales por haber permanecido inalterados durante muchos años, y en ciertos aspectos había una grave falta de armonía entre estos capítulos y las concepciones más desarrolladas de otras partes de la obra.

No ha de esperarse una coherencia completa (sea dentro de los límites de *El Silmarillion* o entre *El Silmarillion* y otros escritos de mi padre); y aun en el caso de que fuera posible encontrarla, el precio sería muy alto e innecesario. Además, mi padre llegó a concebir *El Silmarillion* como una compilación, una narración compuesta a partir de fuentes muy diversas (poemas, crónicas y cuentos orales) que habrían sobrevivido en una antiquísima tradición; y esta concepción, por cierto, tiene un paralelo en la historia de la composición del libro, pues en buena parte se apoya en prosas y poemas tempranos, y es de algún modo un verdadero compendio, y no sólo en teoría. A esto ha de atribuirse el ritmo variable de la narración y la abundancia de detalles en algunas partes, el contraste (por ejemplo) entre la evocación precisa de lugares y motivos en la leyenda de Túrin Turambar y la elevada y remota narración del fin de la Primera Edad, cuando Thangorodrim fue destruida y Morgoth derrocado; y también algunas diferencias de tono y descripción, algunas oscuridades, y, aquí y allí, ciertas inconsistencias. En el caso de *Valaquenta*, por ejemplo, hemos de suponer que si bien contiene mucho que se remonta sin duda a los primeros días de los Eldar en Valinor, ha sido remodelado en tiempos posteriores; de ese modo se explica que los tiempos de los verbos y la perspectiva cambien continuamente, al punto que los poderes divinos parecen ahora presentes y activos en el mundo, y en seguida remotos, un orden desvanecido que sólo la memoria conoce.

El libro, aunque titulado por fuerza *El Silmarillion*, contiene no sólo el *Quenta Silmarillion* o *Silmarillion* propiamente dicho, sino también otras cuatro obras breves. *Ainulindalë* y *Valaquenta*, presentadas al principio, se relacionan por cierto estrechamente con *El Silmarillion*; pero *Akallabêth* y *De los Anillos de Poder*, que aparecen al final, son obras (es necesario subrayarlo) enteramente separadas e independientes. Se las incluye de acuerdo con la intención explícita de mi padre; y de este modo la historia se desarrolla desde la Música de los Ainur con que comenzó el mundo hasta el tránsito de los Portadores de los Anillos en los Puertos de Mithlond al fin de la Tercera Edad.

Son muchos los nombres que aparecen en el libro y de ellos doy un índice completo; pero el número de personas (Elfos y Hombres) que desempeñan un papel importante en la crónica de la Primera Edad es mucho menor, y se los encontrará a todos en los cuadros genealógicos. Además he diseñado un cuadro en el que se presentan las denominaciones bastante complejas de los diversos pueblos élficos y una lista de algunos de los elementos principales que se encuentran en estos nombres; y un mapa. Es posible observar que la gran cadena de montañas del este, Ered Luin o Ered Lindon, las Montañas Azules, aparece en el extremo oeste del mapa de *El Señor de los Anillos*. En el cuerpo del libro se incluye un mapa más pequeño, que muestra claramente dónde se sitúan los reinos de los Elfos después del regreso de los Noldor a la Tierra Media. No he querido sobrecargar el libro todavía más con cualquier clase de comentarios o notas.

En la difícil y dudosa tarea de preparar el texto del libro, tuve la decidida ayuda de Guy Kay, quien trabajó conmigo en 1974-1975.

CHRISTOPHER TOLKIEN, 1977

AINULINDALË

AINULINDALË

La Música de los Ainur

En el principio estaba Eru, el Único, que en Arda es llamado
Ilúvatar; y primero hizo a los Ainur, los Sagrados, que eran
vástagos de su pensamiento, y estuvieron con él antes que se
hiciera alguna otra cosa. Y les habló y les propuso temas de
música; y cantaron ante él y él se sintió complacido. Pero por
mucho tiempo cada uno de ellos cantó solo, o junto con
unos pocos, mientras el resto escuchaba; porque cada uno
sólo entendía aquella parte de la mente de Ilúvatar de la que
provenía él mismo, y eran muy lentos en comprender el
canto de sus hermanos. Pero cada vez que escuchaban, alcanzaban una comprensión más profunda, y crecían en uniso-
nancia y armonía.

Y sucedió que Ilúvatar convocó a todos los Ainur, y les
comunicó un tema poderoso, descubriendo para ellos cosas
todavía más grandes y más maravillosas que las reveladas
hasta entonces; y la gloria del principio y el esplendor del final asombraron a los Ainur, de modo que se inclinaron ante
Ilúvatar y guardaron silencio.

Entonces les dijo Ilúvatar: —Del tema que os he comuni-
cado, quiero ahora que hagáis, juntos y en armonía, una
Gran Música. Y como os he inflamado con la Llama Imperecedera, mostraréis vuestros poderes en el adorno de este
tema mismo, cada cual con sus propios pensamientos y recursos, si así le place. Pero yo me sentaré y escucharé, y será
de mi agrado que por medio de vosotros una gran belleza
despierte en canción.

Entonces las voces de los Ainur, como de arpas y laúdes,
pífinos y trompetas, violas y órganos, y como de coros incontables que cantan con palabras, empezaron a convertir el
tema de Ilúvatar en una gran música; y un sonido se elevó de
innumerables melodías alternadas, entretejidas en una armonía que iba más allá del oído hasta las profundidades y las
alturas, rebosando los espacios de la morada de Ilúvatar; y al
fin la música y el eco de la música desbordaron volcándose

en el Vacío, y ya no hubo vacío. Nunca desde entonces hicieron los Ainur una música como ésta aunque se ha dicho que los coros de los Ainur y los Hijos de Ilúvatar harán ante él una música todavía más grande, después del fin de los días. Entonces los temas de Ilúvatar se tocarán correctamente y tendrán Ser en el momento en que aparezcan, pues todos entenderán entonces plenamente la intención del Único para cada una de las partes, y conocerán la comprensión de los demás, e Ilúvatar pondrá en los pensamientos de ellos el fuego secreto.

Pero ahora Ilúvatar escuchaba sentado, y durante un largo rato le pareció bien, pues no había fallos en la música. Pero a medida que el tema prosperaba, nació un deseo en el corazón de Melkor: entretejer asuntos de su propia imaginación que no se acordaban con el tema de Ilúvatar, porque intentaba así acrecentar el poder y la gloria de la parte que le había sido asignada. A Melkor, entre los Ainur, le habían sido dados los más grandes dones de poder y conocimiento, y tenía parte en todos los dones de sus hermanos. Con frecuencia había ido solo a los sitios vacíos en busca de la Llama Imperecedera; porque grande era el deseo que ardía en él de dar Ser a cosas propias, y le parecía que Ilúvatar no se ocupaba del Vacío, cuya desnudez lo impacientaba. No obstante, no encontró el Fuego, porque el Fuego está con Ilúvatar. Pero hallándose solo, había empezado a tener pensamientos propios, distintos de los de sus hermanos.

Melkor entretejió algunos de estos pensamientos en la música, e inmediatamente una discordancia se alzó en torno, y muchos de los que estaban cerca se desalentaron, se les confundió el pensamiento, y la música vaciló; pero algunos empezaron a concertar su música con la de Melkor más que con el pensamiento que habían tenido en un principio. Entonces la discordancia de Melkor se extendió todavía más, y las melodías escuchadas antes naufragaron en un mar de sonido turbulento. Pero Ilúvatar continuaba sentado y escuchaba, hasta que pareció que alrededor del trono había estallado una furiosa tormenta, como de aguas oscuras que batallaran entre sí con una cólera infinita que nunca sería apaciguada.

Entonces Ilúvatar se puso de pie y los Ainur vieron que sonreía; y levantó la mano izquierda y un nuevo tema nació en medio de la tormenta, parecido y sin embargo distinto al anterior, y que cobró fuerzas y tenía una nueva belleza. Pero la discordancia de Melkor se elevó rugiendo y luchó con él, y una vez más hubo una guerra de sonidos más violenta que antes, hasta que muchos de los Ainur se desanimaron y no cantaron más, y Melkor predominó. Otra vez se incorporó entonces Ilúvatar, y los Ainur vieron que estaba serio; e Ilúvatar levantó la mano derecha, y he aquí que un tercer tema brotó de la confusión, y era distinto de los otros. Porque pareció al principio dulce y suave, un mero murmullo de sonidos leves en delicadas melodías; pero no pudo ser apagado y adquirió poder y profundidad. Y pareció por último que dos músicas se desenvolvían a un tiempo ante el asiento de Ilúvatar, por completo discordantes. La una era profunda, vasta y hermosa, pero lenta y mezclada con un dolor sin medida que era la fuente principal de su belleza. La música de Melkor había alcanzado ahora una unidad propia; pero era estridente, vana e infinitamente repetida, y poco armónica, pues sonaba como un clamor de múltiples trompetas que bramaran unas pocas notas, todas al unísono. E intentó ahogar a la otra música con una voz violenta, pero pareció que la música de Ilúvatar se apoderaba de algún modo de las notas más triunfantes y las entretejía en su propia solemne estructura.

En medio de esta batalla que sacudía las estancias de Ilúvatar y estremecía unos silencios hasta entonces inmutables, Ilúvatar se puso de pie por tercera vez, y era terrible mirarlo a la cara. Levantó entonces ambas manos y en un acorde más profundo que el Abismo, más alto que el Firmamento, penetrante como la luz de los ojos de Ilúvatar, la Música cesó.

Entonces Ilúvatar habló, y dijo: —Poderosos son los Ainur, y entre ellos el más poderoso es Melkor; pero sepan él y todos los Ainur que yo soy Ilúvatar; os mostraré las cosas que habéis cantado y así veréis qué habéis hecho. Y tú, Melkor, verás que ningún tema puede tocarse que no tenga en mí su fuente más profunda, y que nadie puede alterar la música a mi pesar. Porque aquel que lo intente probará que es sólo mi instrumento para la creación de cosas más maravillosas todavía, que él no ha imaginado.

Entonces los Ainur tuvieron miedo aunque aún no habían comprendido qué les decía Ilúvatar; y llenóse Melkor de vergüenza, de la que nació un rencor secreto. Pero Ilúvatar se irguió resplandeciente, y se alejó de las hermosas regiones que había hecho para los Ainur; y los Ainur lo siguieron.

Pero cuando llegaron al Vacío, Ilúvatar les dijo: —¡Contemplad vuestra música! —Y les mostró una escena, dándoles vista donde antes había habido sólo oído; y los Ainur vieron un nuevo Mundo hecho visible para ellos, y era un globo en el Vacío, y en él se sostenía, aunque no pertenecía al Vacío. Y mientras lo miraban y se admiraban, este mundo empezó a desplegar su historia y les pareció que vivía y crecía. Y cuando los Ainur hubieron mirado un rato en silencio, volvió a hablar Ilúvatar:— ¡Contemplad vuestra música! Éste es vuestro canto y cada uno de vosotros encontrará en él, entre lo que os he propuesto, todas las cosas que en apariencia habéis inventado o añadido. Y tú, Melkor, descubrirás los pensamientos secretos de tu propia mente y entenderás que son sólo una parte del todo y tributarios de su gloria.

Y muchas otras cosas dijo Ilúvatar a los Ainur en aquella ocasión, y por causa del recuerdo de sus palabras y por el conocimiento que cada uno tenía de la música que él mismo había compuesto, los Ainur saben mucho de lo que era, lo que es y lo que será, y pocas cosas no ven. Sin embargo, algunas cosas hay que no pueden ver, ni a solas ni aun consultándose entre ellos; porque a nadie más que a sí mismo ha revelado Ilúvatar todo lo que tiene él en reserva y en cada edad aparecen cosas nuevas e imprevistas, pues no proceden del pasado. Y así fue que mientras esta visión del Mundo se desplegaba ante ellos, los Ainur vieron que contenía cosas que no habían pensado antes. Y vieron con asombro la llegada de los Hijos de Ilúvatar y las estancias preparadas para ellos, y advirtieron que ellos mismos durante la labor de la música habían estado ocupados en la preparación de esta morada, pero ignorando que tuviese algún otro propósito que su propia belleza. Porque sólo él había concebido a los Hijos de Ilúvatar; que llegaron con el tercer tema, y no estaban en aquel que Ilúvatar había propuesto en un principio, y ninguno de los Ainur había intervenido en esta creación. Por tanto, mientras más los contemplaban, más los amaban, pues eran criaturas distintas de ellos mismos, extrañas y libres, en las que veían reflejada de nuevo la mente de Ilúvatar; y conocieron aun entonces algo más de la sabiduría de Ilúvatar, que de otro modo habría permanecido oculta aun para los Ainur.

Ahora bien, los Hijos de Ilúvatar son Elfos y Hombres, los Primeros Nacidos y los Seguidores. Y entre todos los esplendores del Mundo, las vastas salas y los espacios, y los carros de fuego, Ilúvatar escogió como morada un sitio en los Abismos del Tiempo y en medio de las estrellas innumerables. Y puede que esta morada parezca algo pequeña a aquellos que sólo consideran la majestad de los Ainur y no su terrible sutileza; como quien tomara toda la anchura de Arda para levantar allí una columna y la elevara hasta que el cono de la cima fuera más punzante que una aguja; o quien considerara sólo la vastedad inconmensurable del Mundo, que los Ainur aún están modelando, y no la minuciosa precisión con que dan forma a todas las cosas que en él se encuentran. Pero cuando los Ainur hubieron contemplado esa morada en una visión y luego de ver a los Hijos de Ilúvatar que allí aparecían, muchos de los más poderosos de entre ellos se volcaron en pensamiento y deseo sobre ese sitio. Y de éstos Melkor era el principal, como también había sido al comienzo el más grande de los Ainur que participaran en la Música. Y fingió, aun ante sí mismo al comienzo, dominando los torbellinos de calor y de frío que lo habían invadido, que deseaba ir allí y ordenarlo todo para beneficio de los Hijos de Ilúvatar. Pero lo que en verdad deseaba era someter tanto a Elfos como a Hombres, pues envidiaba los dones que Ilúvatar les había prometido; y él mismo deseaba tener súbditos y sirvientes, y ser llamado Señor, y gobernar otras voluntades.

Pero los otros Ainur contemplaron esa habitación puesta en los vastos espacios del Mundo, que los Elfos llaman Arda, la Tierra, y los corazones de todos se regocijaron en la luz, y los ojos se les alegraron en la contemplación de tantos colores, aunque el rugido del mar los inquietó sobremanera. Y observaron los vientos y el aire y las materias de que estaba hecha Arda, el hierro y la piedra, la plata y el oro, y muchas otras sustancias, pero de todas ellas el agua fue la que más alabaron. Y dicen los Eldar que el eco de la Música de los Ainur vive aún en el agua, más que en ninguna otra sustancia de la Tierra; y muchos de los Hijos de Ilúvatar escuchan aún insaciables las voces del Mar, aunque todavía no saben lo que oyen.

Ahora bien, aquel Ainur a quien los Elfos llaman Ulmo, volvió sus pensamientos al agua y de todos fue a él a quien Ilúvatar dio más instrucción en música. Pero sobre aires y vientos quien más había reflexionado era Manwë, noble de nobles entre los Ainur. En la materia de la Tierra había pensado Aulë, a quien Ilúvatar había concedido una capacidad y un conocimiento apenas menores que los de Melkor; aunque lo que deleita y enorgullece a Aulë es la tarea de hacer y las cosas hechas, y no la posesión ni su propia maestría; por tanto da y no atesora, y está libre de cuidados emprendiendo siempre nuevas tareas.

E Ilúvatar habló a Ulmo, y le dijo: —¿No ves cómo aquí, en este pequeño reino de los Abismos del Tiempo, Melkor ha declarado la guerra contra tu provincia? Ha concebido un frío crudo e inmoderado, y sin embargo no ha destruido la belleza de tus fuentes, ni la de tus claros estanques. ¡Contempla la nieve y la astuta obra de la escarcha! Melkor ha concebido calores y fuegos sin restricción, y no ha podido marchitar tu deseo ni ahogar por completo la música del mar. ¡Contempla más bien la altura y la gloria de las nubes, y las nieblas siempre cambiantes! ¡Y escucha la caída de la lluvia sobre la Tierra! Y en estas nubes eres llevado cerca de Manwë, tu amigo, a quien amas.

Respondió entonces Ulmo: —En verdad, mi corazón no había imaginado que el agua llegara a ser tan hermosa, ni mis pensamientos secretos habían concebido el copo de nieve, ni había nada en mi música que contuviese la caída de la lluvia. Iré en busca de Manwë; ¡y juntos haremos melodías que serán tu eterno deleite! —Y Manwë y Ulmo fueron desde el principio aliados, y en todo cumplieron con fidelidad los propósitos de Ilúvatar.

Pero mientras Ulmo hablaba todavía y los Ainur miraban absortos, la visión se apagó y se ocultó a los ojos de todos, y les pareció que en ese momento percibían algo distinto, la Oscuridad, que no habían conocido antes excepto en pensamiento. Pero se habían enamorado de la belleza de la visión y habían contemplado embelesados el despliegue del Mundo que allí cobraba ser, y les colmaba la mente; porque la historia no estaba todavía completa ni los ciclos del tiempo del todo cumplidos cuando la visión les fue arrebatada. Y han dicho algunos que la visión cesó antes de que culminara el Dominio de los Hombres y la desaparición de los Primeros Nacidos; por tanto, aunque la Música lo ocupaba todo, los Valar no vieron con los ojos las Eras Posteriores ni el fin del Mundo.

Entonces hubo inquietud entre los Ainur; pero Ilúvatar los llamó y dijo: —Sé lo que vuestras mentes desean: que aquello que habéis visto sea en verdad, no sólo en vuestro pensamiento, sino como vosotros sois, y aun otros. Por tanto, digo *¡Eä!* ¡Que sean estas cosas! Y enviaré al Vacío la Llama Imperecedera, y se convertirá en el corazón del Mundo, y el Mundo Será; y aquellos de entre vosotros que lo deseen, podrán descender a él.

Y de pronto vieron los Ainur una luz a lo lejos como si fuera una nube con un viviente corazón de llamas; y supieron que no era sólo una visión, sino que Ilúvatar había hecho algo nuevo: Eä, el Mundo que Es.

Así sucedió pues que de los Ainur algunos siguen morando con Ilúvatar más allá de los confines del Mundo; pero otros, y entre ellos muchos de los más grandes y más hermosos, se despidieron de Ilúvatar y descendieron al Mundo. Ilúvatar les impuso esta condición, quizá también necesaria para el amor de ellos: que desde entonces en adelante los poderes que él les había concedido se limitaran y sujetaran al Mundo, por siempre, hasta que el Mundo quedase completado, de modo tal que ellos fuesen la vida del Mundo y el Mundo la vida de ellos. Y por esto mismo se los llama los Valar, los Poderes del Mundo.

Pero al principio, cuando los Valar entraron en Eä, se sintieron desconcertados y perdidos, pues les pareció que nada de lo que habían visto en la visión estaba hecho todavía, y que todo estaba a punto de empezar y aún informe y a oscuras. Porque la Gran Música no había sido sino el desarrollo y la floración del pensamiento en los Palacios Intemporales, y lo que habían visto, sólo una prefiguración; pero ahora habían entrado en el principio del Tiempo, y advertían que el Mundo había sido sólo precantado y predicho, y que ellos tenían que completarlo. De modo que empezaron sus grandes trabajos en desiertos inconmensurables e inexplorados, y en edades incontables y olvidadas, hasta que en los Abismos del Tiempo y en medio de las vastas estancias de Eä, hubo una hora y un lugar en los que fue hecha la habitación de los Hijos de Ilúvatar. Y en estos trabajos Manwë y Aulë y Ulmo se empeñaron más que otros; pero Melkor estuvo también allí desde el principio, y se mezclaba en todo lo que se hacía, cambiándolo si le era posible según sus propios deseos y propósitos; y animó grandes fuegos. Por tanto, mientras la Tierra era todavía joven y estaba toda en llamas, Melkor la codició y dijo a los otros Valar: —Éste será mi reino, y para mí lo designo.

Pero Manwë era el hermano de Melkor en la mente de Ilúvatar y el primer instrumento en el Segundo tema que Ilúvatar había levantado contra la discordancia de Melkor; y convocó a muchos espíritus, tanto mayores como menores, que bajaran a los campos de Arda a ayudar a Manwë, temiendo que Melkor pudiera impedir para siempre la culminación de los trabajos, y que la tierra se marchitara antes de florecer. Y Manwë dijo a Melkor: —Este reino no lo tomarás para ti injustamente, pues muchos otros han trabajado en él no menos que tú.

Y hubo lucha entre Melkor y los otros Valar; y por esa vez Melkor se retiró y partió a otras regiones donde hizo lo que quiso; pero no se quitó del corazón el deseo de dominar el Reino de Arda.

Ahora bien, los Valar tomaron para sí mismos forma y color; y porque habían sido atraídos al Mundo por el amor de los Hijos de Ilúvatar, en quienes habían puesto tantas esperanzas, tomaron formas que se asemejaban a lo que habían contemplado en la Visión de Ilúvatar, excepto en majestad y en esplendor. Además esas formas proceden del conocimiento que ellos tenían del Mundo visible más que del Mundo en sí; y no las necesitan, salvo como necesitamos nosotros el vestido, pues podríamos ir desnudos sin desmedro de nuestro ser. Por tanto, los Valar pueden andar, si así les place, sin atuendo, y entonces ni siquiera los Eldar los perciben con claridad, aunque estén presentes. Pero cuando deciden vestirse, algunos Valar toman forma de hombre y otros de mujer; porque esa diferencia de temperamento la tenían desde el principio, y se encarna en la elección de cada uno, no porque la elección haga de ellos varones o mujeres, sino como el vestido entre nosotros, que puede mostrar al varón o a la mujer pero no los hace. Mas las formas con que los Grandes se invisten no son en todo momento como las formas de los reyes y de las reinas de los Hijos de Ilúvatar; porque a veces se visten de acuerdo con sus propios pensamientos, hechos visibles en formas de majestad y temor.

Y los Valar convocaron a muchos compañeros, algunos menores, otros tan poderosos como ellos, y juntos trabajaron en el ordenamiento de la Tierra y en el apaciguamiento de sus tumultos. Entonces Melkor vio lo que se había hecho, y que los Valar andaban por la Tierra como poderes visibles, vestidos con las galas del Mundo, y eran agradables y gloriosos de ver, y bienaventurados, y la Tierra estaba convirtiéndose en un jardín de deleite, pues ya no había torbellinos en ella. La envidia de Melkor fue entonces todavía mayor y él también tomó forma visible, pero a causa del temple de Melkor y de la malicia que ardía en él, esa forma era terrible y oscura. Y descendió sobre Arda con poder y majestad más grandes que los de ningún otro Valar, como una montaña que vadea el mar y tiene la cabeza por encima de las nubes, vestida de hielo y coronada de fuego y humo; y la luz de los ojos de Melkor era como una llama que marchita con su calor y traspasa con un frío mortal.

Así empezó la primera batalla de los Valar con Melkor por el dominio de Arda; y de esos tumultos los Elfos conocen muy poco. Porque lo que aquí se ha declarado procede de los Valar mismos, con quienes los Eldalië hablaron en la tierra de Valinor y de quienes recibieron instrucción; pero poco contaron los Valar de las guerras anteriores al advenimiento de los Elfos. Se dice no obstante entre los Eldar que los Valar se esforzaron siempre, a pesar de Melkor, por gobernar la Tierra y prepararla para la llegada de los Primeros Nacidos; y construyeron tierras y Melkor las destruyó; cavaron valles y Melkor los levantó; tallaron montañas y Melkor las derribó; ahondaron mares y Melkor los derramó; y nada podía conservarse en paz ni desarrollarse, pues no bien empezaban los Valar una obra, Melkor la deshacía o corrompía. Y, sin embargo, no todo era en vano; y aunque la voluntad y el propósito de los Valar no se cumplían nunca, y todas las cosas tenían un color y una forma distintos de como ellos los habían pensado, no obstante la Tierra iba cobrando forma y haciéndose más firme. Y así la habitación de los Hijos de Ilúvatar fue establecida al fin en los Abismos del Tiempo y entre las estrellas innumerables.

VALAQUENTA

VALAQUENTA

Historia de los Valar y los Maiar según el saber de los Eldar

En el principio Eru, el Único, que en la lengua élfica es llamado Ilúvatar, hizo a los Ainur de su pensamiento; y ellos hicieron una Gran Música delante de él. En esta música empezó el Mundo; porque Ilúvatar hizo visible el canto de los Ainur, y ellos lo contemplaron como una luz en la oscuridad. Y muchos de entre ellos se enamoraron de la belleza y la historia del mundo, que vieron comenzar y desarrollarse como en una visión. Por tanto Ilúvatar dio Ser a esta visión, y la puso en medio del Vacío, y el Fuego Secreto fue enviado para que ardiera en el corazón del Mundo; y se lo llamó Eä.

Entonces aquellos de entre los Ainur que así lo deseaban, se levantaron y entraron en el mundo en el principio del Tiempo; y era su misión acabarlo, y trabajar para que la visión se cumpliese. Largo tiempo trabajaron en las regiones de Eä, de una vastedad inconcebible para los Elfos y los Hombres, hasta que en el tiempo señalado se hizo Arda, el Reino de la Tierra. Entonces se vistieron con las galas de la Tierra, y allí descendieron y moraron.

De los Valar

A los Grandes de entre estos espíritus los Elfos llaman Valar, los Poderes de Arda, y los hombres con frecuencia los han llamado dioses. Los Señores de los Valar son siete; y las Valier, las Reinas de los Valar, son siete también. Éstos eran sus nombres en la lengua élfica tal como se la hablaba en Valinor, aunque tienen otros nombres en el habla de los Elfos de la Tierra Media, y muchos y variados entre los hombres. Los nombres de los Señores son éstos, en debido orden: Manwë, Ulmo, Aulë, Oromë, Mandos, Lórien y Tulkas; y los nombres de las Reinas son: Varda, Yavanna,

Nienna, Estë, Vairë, Vána y Nessa. Melkor ya no se cuenta entre los Valar, y su nombre no se pronuncia en la Tierra.

Manwë y Melkor eran hermanos en el pensamiento de Ilúvatar. El más poderoso de los Ainur que descendieron al Mundo era en un principio Melkor; pero Manwë es el más caro al corazón de Ilúvatar y el que comprende mejor sus propósitos. Se lo designó para ser, en la plenitud de los tiempos, el primero de todos los reyes: señor del Reino de Arda y regidor de todo lo que allí habita. En Arda su deleite son los vientos y las nubes y todas las regiones del aire, desde las alturas hasta los abismos, desde los confines superiores del Velo de Arda hasta las brisas que soplan en la hierba. Lo llaman Súlimo, Señor del Aliento de Arda. Ama a todas las aves veloces de alas vigorosas, y ellas vienen y van de acuerdo con lo que él ordene.

Con Manwë habita Varda, la Dama de las Estrellas, que conoce todas las regiones de Eä. Demasiado grande es la belleza de Varda para que se la declare en palabras de los Hombres o de los Elfos; pues la luz de Ilúvatar vive aún en su rostro. En la luz están el poder y la alegría de Varda. Desde las profundidades de Eä, acudió en ayuda de Manwë; porque a Melkor lo conoció antes de la ejecución de la Música y lo rechazó, y él la odió y la temió más que a todos los otros hechos por Eru. Manwë y Varda rara vez se separan y permanecen en Valinor. Los palacios se alzan sobre las nieves eternas, en Oiolossë, la más alta torre de Taniquetil, la más elevada de todas las montañas de la Tierra. Cuando Manwë asciende allí a su trono y mira enfrente, si Varda está a su lado ve más lejos que otra mirada alguna, a través de la niebla y a través de la oscuridad y por sobre las leguas del mar. Y si Manwë está junto a ella, Varda oye más claramente que todos los otros oídos el sonido de las voces que claman de este a oeste, desde las colinas y los valles, y desde los sitios oscuros que Melkor ha hecho en la Tierra. De todos los Grandes que moran en este mundo a Varda es a quien más reverencian y aman los Elfos. La llaman Elbereth, e invocan su nombre desde las sombras de la Tierra Media y la ensalzan en cantos cuando las estrellas aparecen.

Ulmo es el Señor de las Aguas. Está solo. No habita mucho

tiempo en parte alguna, sino que se traslada a su antojo por las aguas profundas alrededor de la Tierra o debajo de la Tierra. Sigue en poder a Manwë, y antes de que Valinor fuera hecha, era el más próximo a él en amistad; pero después, raras veces asistía a los consejos de los Valar, a menos que se debatieran muy grandes asuntos. Porque tiene siempre presente a toda Arda y no necesita lugar de descanso. Además no le agrada andar sobre la tierra y rara vez viste un cuerpo, a la manera de sus pares. Cuando los Hijos de Eru llegaban a verlo, sentían un gran terror, pues la aparición del Rey del Mar era terrible, como una ola gigantesca que avanza hacia la tierra, con un yelmo oscuro de cresta espumosa y una cota de malla que resplandece pasando del color plata a unas sombras verdes. Altas son las trompetas de Manwë, pero la voz de Ulmo es profunda como los abismos del océano que sólo él ha visto.

No obstante, Ulmo ama tanto a los Elfos como a los Hombres y nunca los abandona, ni aun cuando soportan la ira de los Valar. A veces llega invisible a las costas de la Tierra Media o sube tierra adentro por los brazos del mar, y allí hace música con los grandes cuernos, los Ulumúri, de conchas blancas labradas; y aquellos a quienes llega esa música, la escuchan desde entonces y para siempre en el corazón, y la nostalgia del mar ya nunca los abandona. Pero Ulmo habla sobre todo a los que moran en la Tierra Media con voces que se oyen sólo como música del agua. Porque todos los mares, los ríos y las fuentes le están sometidos; de modo que los Elfos dicen que el espíritu de Ulmo corre por todas las venas del mundo. Así le llegan a Ulmo las nuevas, aun en las profundidades abismales, de todas las necesidades y los dolores de Arda, que de otro modo permanecerían ocultos para Manwë.

Poco menos poder que Ulmo tiene Aulë. Domina todas las sustancias de que Arda está hecha. En un principio trabajó mucho en compañía de Manwë y Ulmo; y fue él quien dio forma a las tierras. Es herrero y maestro de todos los oficios, y se deleita en los trabajos que requieren habilidad, aun los muy pequeños, tanto como en las poderosas construcciones de antaño. Suyas son las gemas que yacen profundas en la Tierra y el oro que luce en la mano, y también los muros de las montañas y las cuencas del mar. Los Noldor fueron quienes más aprendieron de Aulë, quien fue siempre amigo de ellos. Melkor estaba celoso, pues Aulë era el que más se le parecía en pensamiento y poderes; y hubo entre los dos una prolongada lucha en la que Melkor siempre estropeaba o deshacía las obras de Aulë, y Aulë se cansaba de reparar los tumultos y los desórdenes provocados por Melkor. Ambos, también, deseaban hacer cosas propias que fueran nuevas y que los otros no hubieran pensado, y se complacían en las alabanzas de los demás. Pero Aulë fue siempre leal y sometía todo lo que hacía a la voluntad de Eru; y no envidiaba la obra de los otros, sino que buscaba y daba consejo. Mientras Melkor se consumía en envidias y en odios, hasta que por último nada pudo hacer, salvo mofarse del pensamiento de los demás, y destruir todas sus obras, si le era posible.

La esposa de Aulë es Yavanna, la Dadora de Frutos. Es amante de todas las cosas que crecen en la tierra, y conserva en la mente todas las innumerables formas, desde los árboles como torres en los bosques antiguos hasta el musgo de las piedras o las criaturas pequeñas y secretas del moho. Entre las Reinas de los Valar, Yavanna es la más venerable después de Varda. En forma de mujer es alta y viste de verde; pero a veces asume otras formas. Hay quienes la han visto erguida como un árbol bajo el cielo, coronada por el sol; y de todas las ramas se derramaba un rocío dorado sobre la tierra estéril que de pronto verdeaba con el trigo; pero las raíces del árbol llegaban a las aguas de Ulmo y los vientos de Manwë hablaban en sus hojas. En la lengua Eldarin la llaman Kementári, Reina de la Tierra.

Los Fëanturi, los Amos de los Espíritus, son hermanos, y con mucha frecuencia responden a los nombres de Mandos y Lórien. Sin embargo, éstos son los nombres de los sitios en que habitan, y ellos en verdad se llaman Námo e Irmo.

Námo, el mayor, habita en Mandos, en el oeste de Valinor. Es el guardián de las Casas de los Muertos, y convoca a los espíritus de quienes tuvieron una muerte violenta. No olvida nada; y conoce todas las cosas que serán, excepto aquellas que aún dependen de la libertad de Ilúvatar. Es el Juez de los Valar; pero condena y enjuicia sólo por orden de Manwë. Vairë la Tejedora es su esposa, que teje todas las cosas que han sido alguna vez en el Tiempo en tramas de historias, y las estancias de Mandos, más amplias a medida que transcurren las edades, se adornan con ellas.

Irmo, el menor, es el patrono de las visiones y los sueños. Los jardines de Irmo se encuentran en Lórien, en la tierra de los Valar, y es el más hermoso de todos los lugares del mundo, habitado por muchos espíritus. Estë la Gentil, curadora de las heridas y las fatigas, es su esposa. Gris es su vestido, y reposo es su don. No camina durante el día, pero duerme en una isla en el lago de Lórellin, sombreado de árboles. Las fuentes de Irmo y Estë calman la sed de todos los que moran en Valinor; y a menudo los mismos Valar acuden a Lórien y encuentran allí reposo y alivio de la carga de Arda.

Más poderosa que Estë es Nienna, hermana de los Fëanturi; vive sola. Está familiarizada con el dolor y llora todas las heridas que ha sufrido Arda por obra de Melkor. Tan grande era su pena, mientras la Música se desplegaba, que su canto se convirtió en lamento mucho antes del fin, y los sonidos de duelo se confundieron con los temas del Mundo antes que éste empezase. Pero ella no llora por sí misma; y quienes la escuchan aprenden a tener piedad, y firmeza en la esperanza. Los palacios de Nienna se alzan al oeste del Oeste en los límites del Mundo; y ella rara vez viene a la ciudad de Valimar, donde todo es regocijo. Visita sobre todo los palacios de Mandos, que están cerca de los suyos; y todos los que la esperan en Mandos claman por ella, pues fortalece los espíritus y convierte el dolor en sabiduría. Las ventanas de su casa miran hacia afuera desde los muros del mundo.

El más grande en fuerza y en proezas es Tulkas, a quien llaman Astaldo el Valiente. Fue el último en llegar a Arda para ayudar a los Valar en las primeras batallas contra Melkor. Ama la lucha y los torneos de fuerza; y no monta a caballo, pues corre más rápidamente que todas las criaturas que andan a pie, y no conoce la fatiga. Tiene el pelo y la barba dorados y la piel rojiza; sus armas son las manos. Poco caso hace del pasado o del futuro, y no es buen consejero pero sí un amigo intrépido. Su esposa es Nessa, hermana de Oromë, y también ella es ágil y ligera de pies. Ama a los ciervos, y ellos van detrás de su séquito toda vez que ella se interna en las tierras salvajes, pero los vence en la carrera, veloz como una flecha con el viento en los cabellos. La danza la deleita, y danza en Valinor en los prados siempre verdes.

Oromë es un poderoso señor. Aunque no tan fuerte como Tulkas, es más terrible en cólera; mientras que Tulkas ríe siempre, en el juego como en la guerra, y llegó a reírse en la cara de Melkor en las batallas de antes que los Elfos nacieran. Oromë amaba la Tierra Media, la dejó de mala gana y fue el último en llegar a Valinor; y en otro tiempo volvía a menudo al este por las montañas y regresaba con su ejército a las colinas y llanuras. Es cazador de monstruos y de bestias feroces, y encuentra deleite en los caballos y los perros; y ama a todos los árboles, por lo que recibe el nombre de Aldaron, y los Sindar lo llaman Tauron, el Señor de los Bosques. Nahar es el nombre de su caballo, blanco al sol y de plata refulgente por la noche. El gran cuerno que lleva consigo se llama Valaróma, y el sonido de este cuerno es como el ascenso del sol envuelto en una luz escarlata o el rayo que atraviesa las nubes. Por sobre todos los cuernos de su ejército se oyó a Valaróma en los bosques que Yavanna hizo crecer en Valinor; pues allí preparaba Oromë a gente y a bestias para perseguir a las criaturas malignas de Melkor. La esposa de Oromë es Vána, la Siempre Joven, hermana menor de Yavanna. Las flores brotan cuando ella pasa, y se abren cuando ella las mira; y todos los pájaros cantan cuando ella se acerca.

Éstos son los nombres de los Valar y las Valier y aquí se cuenta brevemente qué aspecto tenían, tal como los Eldar los contemplaron en Aman. Pero aunque las formas en que se manifestaron a los Hijos de Ilúvatar parecieran hermosas y nobles, no eran sino un velo que ocultaba su hermosura y su poder. Y si poco se dice aquí de todo lo que una vez supieron los Eldar, no es nada en comparación con lo que ellos son en verdad, pues se remontan a regiones y edades que nuestro pensamiento no alcanza. Entre ellos, Nueve eran los más poderosos y venerables, pero uno fue eliminado y quedaron Ocho, los Aratar, los Principales de Arda: Manwë y Varda, Ulmo, Yavanna y Aulë, Mandos, Nienna y Oromë. Aunque Manwë es el Rey y responsable de la lealtad de todos a Eru, son pares en majestad y sobrepasan sin comparación a todos los demás, Valar o Maiar, o a cualquier otro enviado por Ilúvatar a Eä.

De los Maiar

Con los Valar vinieron otros espíritus que fueron también antes que el Mundo, del mismo orden de los Valar, pero de menor jerarquía. Son éstos los Maiar, el pueblo sometido a los Valar, y sus servidores y asistentes. El número de estos espíritus no es conocido de los Elfos y pocos tienen nombre en las lenguas de los Hijos de Ilúvatar; porque aunque no ha sido así en Aman, en la Tierra Media los Maiar rara vez se han aparecido en forma visible a los Elfos y los Hombres.

Principales entre los Maiar de Valinor cuyos nombres se recuerdan en las historias de los Días Antiguos son Ilmarë, doncella de Varda, y Eönwë, el portador del estandarte y el heraldo de Manwë, con un poder en el manejo de las armas que nadie sobrepasa en Arda. Pero de todos los Maiar, Ossë y Uinen son los más conocidos de los Hijos de Ilúvatar.

Ossë es vasallo de Ulmo y amo de los mares que bañan las costas de la Tierra Media. No desciende a las profundidades, pero ama las costas y las islas y se regocija con los vientos de Manwë, se deleita en las tormentas y se ríe en medio del rugir de las olas. Su esposa es Uinen, la Señora de los Mares, cuyos cabellos se esparcen por todas las aguas bajo el cielo. Ama a todas las criaturas que habitan en las corrientes salinas y todas las algas que crecen allí; a ella claman los marineros, porque puede tender la calma sobre las olas, restringiendo el frenesí salvaje de Ossë. Los Númenóreanos vivieron largo tiempo bajo la protección de Uinen, y la tuvieron en igual reverencia que a los Valar.

Melkor odiaba al mar, pues no podía someterlo. Se dice que mientras hacían a Arda, intentó ganarse la lealtad de Ossë, prometiéndole todo el reino y el poder de Ulmo, si lo servía. Así fue que mucho tiempo atrás hubo grandes tumultos en el mar que llevaron ruina a las tierras. Pero Uinen, por ruego de Aulë, disuadió a Ossë y lo condujo ante Ulmo: y fûe perdonado y volvió a su servicio y le fue fiel, la mayoría de las veces; porque nunca perdió del todo el gusto por la violencia, y a veces mostraba una furiosa terquedad aun sin el consentimiento de Ulmo, su señor. Por tanto, los que habitan junto al mar o se trasladan en embarcaciones suelen amarlo, pero no confían en él.

Melian era el nombre de una Maia que servía a Vána y a Estë; vivió largo tiempo en Lórien, donde cuidaba de los árboles que florecen en los jardines de Irmo, antes de que ella se trasladara a la Tierra Media. Los ruiseñores cantaban a su alrededor dondequiera que ella fuese.

El más sabio de entre los Maiar era Olórin. También él vivía en Lórien, pero sus caminos lo llevaban a menudo a casa de Nienna, y de ella aprendió la piedad y la paciencia.

De Melian mucho se dice en el *Quenta Silmarillion*. Pero de Olórin nada cuenta ese relato; porque aunque amaba a los Elfos, andaba entre ellos invisible o con la forma de un Elfo, y ellos desconocían el porqué de aquellas hermosas visiones o la impronta de sabiduría que él les ponía en el corazón. Más tarde fue amigo de todos los Hijos de Ilúvatar y compadeció sus sufrimientos, y quienes lo escuchaban despertaban de la desesperación y apartaban las aprensiones sombrías.

De los Enemigos

Último de todos se inscribe el nombre de Melkor, el que se Alza en Poder. Pero ha perdido ese nombre, a causa de sus propias faltas, y los Noldor, que de entre los Elfos son los que más han sufrido su malicia, nunca lo pronuncian, y lo llaman en cambio Morgoth, el Enemigo Oscuro del Mundo. Gran poder le concedió Ilúvatar, y fue coevo de Manwë. De los poderes y el conocimiento de todos los otros Valar, tenía él una parte, pero los volcó a propósitos malvados, y prodigó su fuerza en violencia y tiranía. Porque codiciaba a Arda y a todo lo que había en ella, deseando el reinado de Manwë y tener dominio sobre los reinos de sus pares.

Desde los días de esplendor llegó por arrogancia a despreciar a todos los seres con excepción de él mismo, espíritu estéril e implacable. Cambió el conocimiento en artes sutiles, para acomodar torcidamente a su propia voluntad todo lo que deseaba, hasta convertirse en un embustero que no conocía la vergüenza. Empezó con el deseo de la luz, pero cuando no pudo tenerla sólo para él, descendió por el fuego y la ira a una gran hoguera que ardía allá abajo, en la Oscuridad. Y fue la oscuridad lo que él más utilizó para obrar maldades en Arda, e hizo que la gente de Arda tuviese miedo de todas las criaturas vivientes.

Sin embargo, tan grande era el poder de su levantamiento, que en edades olvidadas contendía con Manwë y todos los Valar, y por largos años tuvo a Arda sometida en la mayor parte de las regiones de la Tierra. Pero no estaba solo. Porque de entre los Maiar, muchos se sintieron atraídos por el esplendor de Melkor en los días de su grandeza, y permanecieron junto a él hasta el descenso a la oscuridad; y después corrompió a otros y los atrajo con mentiras y regalos traicioneros. Terribles entre ellos eran los Valaraukar, los azotes de fuego que en la Tierra Media recibían el nombre de Balrogs, demonios de terror.

Entre sus servidores con nombre, el más grande fue ese espíritu a quien los Eldar llamaron Sauron o Gorthaur el Cruel. Se lo contó al principio entre los Maiar de Aulë, y fue siempre una figura poderosa en las tradiciones de ese pueblo. En todos los hechos de Melkor el Morgoth en el Reino de Arda, en las vastas obras que él edificó y en las trampas que tendía, Sauron tuvo parte, y era menor en maldad que su amo sólo porque durante mucho tiempo sirvió a otro y no a sí mismo. Pero en años posteriores se levantó como una sombra de Morgoth y como un fantasma de su malicia, y anduvo tras él por el mismo ruinoso sendero que descendía al Vacío.

AQUÍ CONCLUYE EL VALAQUENTA

QUENTA SILMARILLION

La historia de los Silmarils

1

DEL PRINCIPIO DE LOS DÍAS

Se dice entre los sabios que la Primera Guerra estalló antes de que Arda estuviera del todo acabada, y antes de que nada creciera o anduviera sobre la Tierra; y durante mucho tiempo Melkor tuvo la mejor parte. Pero en medio de la guerra, un espíritu de gran fuerza y osadía acudió en ayuda de los Valar habiendo oído en el cielo lejano que se libraba una batalla en el Pequeño Reino; y el sonido de su risa llenó toda Arda. Así llegó Tulkas el Fuerte, cuya furia pasa como un viento poderoso, esparciendo nubes y oscuridad por delante; y la risa y la cólera de Tulkas ahuyentaron a Melkor, que abandonó Arda, y durante mucho tiempo hubo paz. Y Tulkas se quedó y se convirtió en uno de los Valar del Reino de Arda; pero Melkor meditaba en las tinieblas exteriores y desde entonces odió para siempre a Tulkas.

En ese entonces los Valar trajeron orden a los mares y las tierras y las montañas, y Yavanna plantó por fin las semillas que tenía preparadas tiempo atrás. Y desde entonces, cuando los fuegos fueron sometidos o sepultados bajo las colinas primigenias, hubo necesidad de luz, y Aulë, por ruego de Yavanna, construyó dos lámparas poderosas para iluminar la Tierra Media que él había puesto entre los mares circundantes. Entonces Varda llenó las lámparas y Manwë las consagró, y los Valar las colocaron sobre altos pilares, más altos que cualquiera de las montañas de días posteriores. Levantaron una de las lámparas cerca del norte de la Tierra Media y le dieron el nombre de Illuin; y la otra la levantaron en el sur, y le dieron el nombre de Ormal; y la luz de las Lámparas de los Valar fluyó sobre la Tierra, de manera que todo quedó iluminado como si estuviera en un día inmutable.

Entonces las semillas que Yavanna había sembrado empezaron a brotar y a germinar con prontitud, y apareció una multitud de cosas que crecían, grandes y pequeñas, musgos y hierbas y grandes helechos, y árboles con copas coronadas de nubes, como montañas vivientes, pero con los pies envueltos en un crepúsculo verde. Y acudieron bestias y moraron en las llanuras herbosas, o en los ríos y los lagos, o se internaron en las sombras de los bosques. Y sin embargo aún no había florecido ninguna flor, no había cantado ningún pájaro porque estas cosas aguardaban aún en el seno de Yavanna a que les llegara el momento; pero había gran riqueza en lo que ella concibiera, y en ningún sitio más abundante que en las partes centrales del mundo, donde las luces de ambas lámparas se encontraban y se mezclaban. Y allí, en la Isla de Almaren, en el Gran Lago, tuvieron su primera morada los Valar, cuando todas las cosas eran jóvenes y el verde reciente maravillaba aún a los hacedores; y durante mucho tiempo se sintieron complacidos.

Sucedió entonces que mientras los Valar descansaban de sus trabajos y contemplaban el crecimiento y el desarrollo de las cosas que habían concebido e iniciado, Manwë ordenó que hubiese una gran fiesta; y los Valar y todas sus huestes acudieron a la llamada. Pero Aulë y Tulkas se sentían cansados, pues la habilidad de uno y la fuerza del otro habían estado sin cesar al servicio de todos mientras trabajaban. Y Melkor conocía todo lo que se había hecho, ya que aún entonces tenía amigos y espías secretos entre los Maiar a quienes había convertido a su propia causa; y lejos, en la oscuridad, lo consumía el odio, pues tenía celos de la obra de sus pares, a quienes deseaba someter. Por tanto convocó a los espíritus de los palacios de Eä que él había pervertido para que le sirvieran, y se creyó fuerte. Y viendo que le llegaba la hora, volvió a acercarse a Arda, y la contempló, y ante la belleza de la Tierra en Primavera sintió todavía más odio.

Pues bien, los Valar estaban reunidos en Almaren sin sospechar mal alguno, y por causa de la luz de Illuin no percibieron la sombra en el norte que desde lejos arrojaba Melkor; porque se había vuelto oscuro como la Noche del Vacío. Y se canta que en la fiesta de la Primavera de Arda, Tulkas desposó a Nessa, la hermana de Oromë, y ella bailó ante los Valar sobre la hierba verde de Almaren.

Luego Tulkas se echó a dormir, pues estaba cansado y satisfecho, y Melkor creyó que la ocasión le era propicia.

Y pasó con su ejército por sobre los Muros de la Noche y llegó a la Tierra Media, lejos, al norte; y los Valar no lo advirtieron.

Entonces Melkor empezó a cavar, y construyó una vasta fortaleza muy hondo bajo la Tierra, por debajo de las montañas oscuras donde los rayos de Illuin eran fríos y débiles. Esa ciudadela recibió el nombre de Utumno. Y aunque los Valar aún no sabían nada de ella, la maldad de Melkor y el daño de su odio brotaron desde allí alrededor y marchitaron la Primavera de Arda. Las criaturas verdes enfermaron y se corrompieron, las malezas y el cieno estrangularon los ríos; los helechos, rancios y ponzoñosos, se convirtieron en sitios donde pululaban las moscas; y los bosques se hicieron peligrosos y oscuros, moradas del miedo, y las bestias se transformaron en monstruos de cuerno y marfil, y tiñeron la tierra con sangre. Entonces supieron los Valar, sin ninguna duda, que Melkor estaba actuando otra vez, y buscaron su escondrijo. Pero Melkor, confiado en la fuerza de Utumno y en el poderío de sus sirvientes, acudió de repente a la lucha, y asestó el primer golpe, antes de que los Valar estuvieran preparados; y atacó las luces de Illuin y Ormal, derribó los pilares y quebró las lámparas. En el derrumbe de los poderosos pilares, las tierras se abrieron y los mares se levantaron en tumulto; y cuando las lámparas se derramaron, unas llamas destructoras avanzaron por la Tierra. Y la forma de Arda y la simetría de las aguas y tierras quedaron entonces dañadas, de modo que los primeros proyectos de los Valar nunca fueron restaurados.

En la confusión y la oscuridad Melkor huyó, aunque tuvo miedo, pues por encima del bramido de los mares oyó la voz de Manwë como un viento huracanado; y la tierra temblaba bajo los pies de Tulkas. Pero llegó a Utumno antes de que Tulkas pudiera alcanzarlo; y allí se quedó escondido. Y los Valar no pudieron someterlo en aquella ocasión, porque necesitaban de casi todas sus fuerzas para apaciguar los tumultos de la Tierra y salvar de la ruina todo lo que pudiera ser salvado de lo que habían hecho; y después temieron desgarrar otra vez la Tierra en tanto no supieran dónde moraban los Hijos de Ilúvatar, que aún habrían de venir en un tiempo que a los Valar les estaba oculto.

Así llegó a su fin la Primavera de Arda. La morada de los Valar en Almaren quedó por completo destruida, y no tuvieron sitio donde vivir sobre la faz de la Tierra. Por tanto abandonaron la Tierra Media y fueron a la Tierra de Aman, el más occidental de todos los territorios sobre el filo del mundo; pues las costas occidentales miraban al Mar Exterior, que los Elfos llamaban Ekkaia, y que circunda el Reino de Arda. Cuán ancho es ese mar, sólo los Valar lo saben; y más allá de él se encuentran los Muros de la Noche. Pero las costas orientales de Aman eran el extremo de Belegaer, el Gran Mar del Occidente; y como Melkor había vuelto a la Tierra Media y aún no podían someterlo, los Valar fortificaron sus propias moradas, y en las costas del mar levantaron las Pelóri, las Montañas de Aman, las más altas de la Tierra. Y sobre todas las montañas de Pelóri, se alzaba la altura en cuya cima puso Manwë su trono. Taniquetil llaman los Elfos a esa montaña sagrada, y Oiolossë de Blancura Sempiterna, y Elerrína Coronada de Estrellas, y con muchos otros nombres; pero en la lengua tardía de los Sindar se la llamaba Amon Uilos. Desde los palacios de Taniquetil, Manwë y Varda podían ver a través de la Tierra hasta los confines más extremos del Este.

Detrás de los muros de las Pelóri, los Valar se establecieron en esa región que llamaban Valinor; y allí tenían casas, jardines y torres. En aquella tierra protegida acumularon grandes caudales de luz y las cosas más bellas que se salvaron de la ruina; y muchas otras aún más bellas las hicieron de nuevo, y Valinor fue todavía más hermosa que la Tierra Media en la Primavera de Arda; y fue bendecida, porque los Inmortales vivían allí, y allí nada se deterioraba ni marchitaba, ni había mácula en las flores o en las hojas de esa tierra, ni corrupción o enfermedad en nada de lo que allí vivía; porque aun las mismas piedras y las aguas estaban consagradas.

Y cuando Valinor estuvo acabada y establecidas las mansiones de los Valar, en medio de la llanura de más allá de los montes edificaron su ciudad, Valmar, la de muchas campanas. Ante el portal occidental había un montículo verde, Ezellohar, llamado también Corollairë; y Yavanna lo consagró, y se sentó allí largo tiempo sobre la hierba verde y entonó un canto de poder en el que puso todo lo que pensaba de las cosas que crecen en la tierra. Pero Nienna reflexionó en silencio y regó el montículo con lágrimas. En esa ocasión los Valar estaban todos reunidos para escuchar el canto de Yavanna, sentados en los tronos del consejo en el Máhanaxar, en el Anillo del Juicio, cerca de los portones dorados de Valmar; y Yavanna Kementári cantó delante de ellos, que la observaban.

Y mientras observaban, en el montículo nacieron dos esbeltos brotes; y el silencio cubría el mundo entero a esa hora y no se oía ningún otro sonido que la voz de Yavanna. Bajo su canto los brotes crecieron y se hicieron hermosos y altos, y florecieron; y de este modo despertaron en el mundo los Dos Árboles de Valinor, la más renombrada de todas las creaciones de Yavanna. En torno al destino de estos árboles se entretejen todos los relatos de los Días Antiguos.

Uno de ellos tenía hojas de color verde oscuro que por debajo eran como plata resplandeciente, y de cada una de las innumerables flores caía un rocío continuo de luz plateada, y la tierra de abajo se moteaba con la sombra de las hojas temblorosas. El otro tenía hojas de color verde tierno, como el haya recién brotada, con bordes de oro refulgente. Las flores se mecían en las ramas en racimos de fuegos amarillos, y cada una era como un cuerno encendido que derramaba una lluvia dorada sobre el suelo; y de los capullos de este árbol brotaba calor, y una gran luz. Telperion se llamó el uno en Valinor, y Silpion, y Ninquelótë y tuvo muchos otros nombres; pero Laurelin fue el otro, y también Malinalda, y Culúrien, y le dieron además muchos nombres en los cantos.

En siete horas la gloria de cada árbol alcanzaba su plenitud y menguaba otra vez en nada; y cada cual despertaba una vez más a la vida una hora antes de que el otro dejara de brillar. Así en Valinor dos veces al día había una hora dulce de luz más suave, cuando los dos árboles eran más débiles y los rayos de oro y de plata se mezclaban. Telperion era el mayor de los árboles y el primero en desarrollarse y florecer; y esa primera hora en que resplandecía —el fulgor blanco de un amanecer de plata— los Valar no la incluyeron en el compuesto de las horas, pero le dieron el nombre de Hora de Apertura, y a partir de ella contaron las edades del reino de Valinor. Por tanto, a la sexta hora en ese Primer Día, y en todos los días gozosos que siguieron, hasta el Oscurecimiento de Valinor, concluía el tiempo de floración de Telperion; y a la hora duodécima dejaba de florecer Laurelin. Y cada día de los Valar en Aman tenía doce horas, y terminaba con la segunda mezcla de las luces, en la que Laurelin menguaba, pero Telperion crecía. Sin embargo, la luz que los árboles esparcían duraba un tiempo antes de que fuera arrebatada en el aire o se hundiera en la tierra; y Varda atesoraba los rocíos de Telperion y la lluvia que caía de Laurelin en grandes tinas como lagos resplandecientes, que eran para toda la tierra de los Valar como fuentes de agua y de luz. Así empezaron los Días de la Bendición de Valinor, y así empezó también la Cuenta del Tiempo.

Pero mientras las edades avanzaban hacia la hora señalada por Ilúvatar para la venida de los Primeros Nacidos, la Tierra Media yacía en una luz crepuscular bajo las estrellas que Varda había forjado en edades olvidadas cuando trabajaba en Eä. Y en las tinieblas vivía Melkor y aún andaba con frecuencia por el mundo, en múltiples formas poderosas y aterradoras, y esgrimía el frío y el fuego, desde las cumbres de las montañas a los profundos hornos que están debajo; y cualquier cosa que fuese cruel o violenta o mortal era en esos días obra de Melkor.

Pocas veces venían los Valar por encima de las montañas a la Tierra Media, dejando atrás la belleza y la beatitud de Valinor, pero cuidaban y amaban los territorios de más allá de las Pelóri. Y en medio del Reino Bendecido se levantaban las mansiones de Aulë, y allí trabajó él largo tiempo. Porque en la hechura de todas las cosas de esa tierra Aulë tuvo parte principal e hizo allí muchas obras hermosas y esbeltas, tanto abiertamente como en secreto. De él provienen la ciencia y el conocimiento de todas las cosas terrestres: sea la ciencia de los que no hacen, pero intentan comprender lo que es, o la ciencia de los artesanos: el tejedor, el que da forma a la madera y el que trabaja los metales; y también el labrador y el granjero, aunque éstos y todos los que tratan con cosas que crecen y dan fruto se deben también a la esposa de Aulë, Yavanna Kementári. Es a Aulë a quien se da el nombre de Amigo de los Noldor, porque de él aprendieron mucho en días posteriores, y son ellos los más hábiles de entre los Elfos; y a su propio modo, de acuerdo con los dones que Ilúvatar les concedió, añadieron mucho a sus enseñanzas, deleitándose en las lenguas y en los escritos, y en las figuras del bordado, el dibujo y el tallado. Los Noldor fueron también los primeros que consiguieron hacer gemas; y las más bellas de todas las gemas fueron los Silmarils, que se han perdido.

Pero Manwë Súlimo, el más alto y sagrado de los Valar, instalado en los lindes de Aman, no dejaba de pensar en las Tierras Exteriores. Porque el trono de Manwë se levantaba majestuoso sobre el pináculo de Taniquetil, la más alta montaña del mundo, a orillas del mar. Espíritus que tenían forma de halcones y águilas revoloteaban por las estancias del palacio; y los ojos de Manwë podían ver hasta las profundidades del mar y horadar las cavernas ocultas bajo la tierra. De este modo le traían noticias de casi todo cuanto ocurría en Arda; no obstante, había cosas ocultas aun para Manwë y los servidores de Manwë, porque donde Melkor se ensimismaba en negros pensamientos, las sombras eran impenetrables. Manwë no concibe ningún pensamiento que sirva a su propio honor y no tiene celos del poder de Melkor, sino que lo gobierna todo en paz. De entre todos los Elfos, amaba más a los Vanyar, y de él recibieron la poesía y el canto; pues la poesía es el deleite de Manwë, y el canto con palabras es la música que prefiere. El vestido de Manwë es azul, y azul el fuego de sus ojos, y su cetro es de zafiro, que los Noldor labraron para él; y fue designado para ser el vicerregente de Ilúvatar, Rey del mundo de los Valar y los Elfos y los Hombres, y principal defensa contra el mal de Melkor. Con Manwë moraba Varda, quien en lengua Sindarin es llamada Elbereth, Reina de los Valar, hacedora de las estrellas; y con ellos había una vasta hueste de espíritus bienaventurados.

Pero Ulmo se encontraba solo, y no moraba en Valinor, y ni siquiera iba allí excepto cuando se celebraba un gran consejo; vivió desde el principio de Arda en el Océano Exterior, y allí vive todavía. Desde allí gobierna el flujo de todas las aguas, y las mareas, el curso de los ríos y la renovación de las fuentes, y la destilación de todos los rocíos y lluvias en las tierras que se extienden bajo el cielo. En los sitios profundos concibe una música grande y terrible, y el eco de esa música corre por todas las venas del mundo en dolor y alegría; porque si alegre es la fuente que se alza al sol, el agua nace en pozos de dolor insondable en los cimientos de la Tierra. Los Teleri aprendieron mucho de Ulmo, y por esta razón su música tiene a la vez tristeza y encantamiento. Junto con él llegó Salmar a Arda, el que hizo los cuernos de Ulmo, aquellos que nadie puede olvidar si los ha oído una vez; también Ossë y Uinen, a los que dio el gobierno de las olas y los movimientos de los Mares Interiores, y además muchos otros espíritus. Y así fue por el poder de Ulmo que aun bajo las tinieblas de Melkor fluyó la vida por muchas vías secretas, y la Tierra no murió; y para aquellos que andaban perdidos en esas tinieblas o lejos de la luz de los Valar, estaban siempre abiertos los oídos de Ulmo; y tampoco ha olvidado la Tierra Media; y no ha dejado de pensar en cualquier ruina o cambio que haya sobrevenido desde entonces, y así lo hará hasta el fin de los días.

Y en este tiempo de oscuridad tampoco Yavanna estaba dispuesta a abandonar por completo las Tierras Exteriores; pues todas las cosas que crecen le son caras, y se lamentaba por las obras que había iniciado en la Tierra Media, y que Melkor había dañado. Por tanto, abandonando la casa de Aulë y los prados floridos de Valinor, iba a veces a curar las heridas abiertas por Melkor; y al volver instaba siempre a los Valar a enfrentar el maligno dominio de Melkor, en una guerra que tendrían que librar sin duda antes del advenimiento de los Primeros Nacidos. Y Oromë, domador de bestias, también cabalgaba de vez en cuando por la oscuridad de los bosques; llegaba como poderoso cazador, con el arco y las flechas, persiguiendo a muerte a los monstruos y criaturas salvajes del reino de Melkor, y su caballo blanco, Nahar, brillaba como plata en las sombras. Entonces la tierra adormecida temblaba con el repiqueteo de los cascos dorados, y en el crepúsculo matinal del mundo Oromë hacía sonar el gran cuerno, el Valaróma, sobre los llanos de Arda; las montañas le respondían con ecos prolongados, y las sombras del mal huían, y el mismo Melkor se encogía en Utumno anticipando la cólera por venir. Pero Oromë no había acabado de pasar y ya los sirvientes de Melkor se reagrupaban; y las tierras se cubrían de sombras y engaños.

Ahora bien, todo se ha dicho de cómo fueron la Tierra y sus gobernantes en el comienzo de los días, antes de que el mundo apareciese como los Hijos de Ilúvatar lo conocieron. Porque los Elfos y los Hombres son Hijos de Ilúvatar; y como no habían entendido enteramente ese tema por el que los Hijos entraron en la Música, ninguno de los Ainur se atrevió a agregarle nada. Por esa razón los Valar son los mayores y los cabecillas de ese linaje antes que sus amos; y si en el trato con los Elfos y los Hombres, los Ainur han intentado forzarlos en alguna ocasión, cuando ellos no tenían guía, rara vez ha resultado nada bueno, por buena que fuera la intención. En verdad los Ainur tuvieron trato sobre todo con los Elfos, porque Ilúvatar los hizo más semejantes en naturaleza a los Ainur, aunque menores en fuerza y estatura; mientras que a los Hombres les dio extraños dones.

Pues se dice que después de la partida de los Valar, hubo silencio, y durante toda una edad Ilúvatar estuvo solo, pensando. Luego habló y dijo: —¡He aquí que amo a la Tierra, que será la mansión de los Quendi y los Atani! Pero los Quendi serán los más hermosos de todas las criaturas terrenas, y tendrán y concebirán y producirán más belleza que todos mis Hijos; y de ellos será la mayor buenaventura en este mundo. Pero a los Atani les daré un nuevo don.

Por tanto, quiso que los corazones de los Hombres buscaran siempre más allá y no encontraran reposo en el mundo; pero tendrían en cambio el poder de modelar sus propias vidas, entre las fuerzas y los azares mundanos, más allá de la Música de los Ainur, que es como el destino para toda otra criatura; y por obra de los Hombres todo habría de completarse, en forma y acto, hasta en lo último y lo más pequeño.

Pero Ilúvatar sabía que los Hombres, arrojados al torbellino de los poderes del mundo, se extraviarían a menudo y no utilizarían sus dones en armonía; y dijo: —También ellos sabrán, llegado el momento, que todo cuanto hagan contribuirá al fin sólo a la gloria de mi obra.

Creen los Elfos, sin embargo, que los Hombres son a menudo motivo de dolor para Manwë, que conoce mejor que otros la mente de Ilúvatar; pues les parece a los Elfos que los Hombres se asemejan a Melkor más que a ningún otro Ainu, aunque él los ha temido y los ha odiado siempre, aun a aquellos que le servían.

Uno y el mismo es este don de la libertad concedido a los hijos de los Hombres: que sólo estén vivos en el mundo un breve lapso, y que no estén atados a él, y que partan pronto; a dónde, los Elfos no lo saben. Mientras que los Elfos permanecerán en el mundo hasta el fin de los días, y su amor por la Tierra y por todo es así más singular y profundo, y más desconsolado a medida que los años se alargan. Porque los Elfos no mueren hasta que no muere el mundo, a no ser que los maten o los consuma la pena (y a estas dos muertes aparentes están sometidos); tampoco la edad les quita fuerzas, a no ser que uno se canse de diez mil centurias; y al morir se reúnen en las estancias de Mandos, en Valinor, de donde pueden retornar llegado el momento. Pero los hijos de los Hombres mueren en verdad, y abandonan el mundo; por lo que se los llama los Huéspedes o los Forasteros. La Muerte es su destino, el don de Ilúvatar, que hasta los mismos Poderes envidiarán con el paso del Tiempo. Pero Melkor ha arrojado su sombra sobre ella, y la ha confundido con las tinieblas, y ha hecho brotar el mal del bien, y el miedo de la esperanza. No obstante, ya desde hace mucho tiempo los Valar declararon a los Elfos que los Hombres se unirán a la Segunda Música de los Ainur; mientras que Ilúvatar no ha revelado qué les reserva a los Elfos después de que el Mundo acabe, y Melkor no lo ha descubierto.

2

DE AULË Y YAVANNA

Se dice que al principio los Enanos fueron hechos por Aulë en la oscuridad de la Tierra Media; porque tanto deseaba Aulë la llegada de los Hijos, tener discípulos a quienes enseñarles su ciencia y artesanía que no estuvo dispuesto a aguardar el cumplimiento de los designios de Ilúvatar. Y Aulë hizo a los Enanos como son todavía, porque aún no tenía clara en la mente la forma de los Hijos que estaban por venir y porque el poder de Melkor aún obraba en la Tierra; y por tanto deseó que fueran fuertes e inquebrantables. Pero temiendo que los otros Valar lo culparan, trabajó en secreto; e hizo primero a los Siete Padres de los Enanos en un palacio bajo las montañas de la Tierra Media.

Ahora bien, Ilúvatar sabía lo que se estaba haciendo, y a la hora misma en que Aulë completó su obra, y sintiéndose complacido, empezó a instruir a los Enanos en la lengua que había inventado para ellos, Ilúvatar le habló: —¿Por qué has hecho esto? ¿Por qué intentas algo que está más allá de tu poder y tu autoridad, como bien lo sabes? Pues has recibido de mí como don sólo tu propio ser, y ninguna otra cosa, y por tanto las criaturas de tu mano y tu mente sólo pueden vivir de ese ser, moviéndose cuando tú lo piensas, y si tu pensamiento está en otro sitio, quedándose quietos. ¿Es ése tu deseo?

Entonces Aulë contestó: —Yo no deseé semejante dominio. Deseé criaturas que no fueran como yo, para amarlas y enseñarles, de modo que ellas también pudieran percibir la belleza de Eä, que tú mismo hiciste. Porque me pareció que había grandes espacios en Arda como para que muchas criaturas pudieran regocijarse en ella, y sin embargo aún se encuentra casi toda muda y vacía. Y en mi impaciencia he dado en la locura. No obstante llevo en el corazón la hechura de cosas nuevas a causa de la hechura que tú mismo me diste; y el niño de escaso entendimiento que convierte en juego los trabajos del padre puede no hacerlo por burla, sino porque es el hijo del padre. Pero ¿qué haré ahora para que no estés siempre enfadado conmigo? Como un niño a su padre te ofrezco yo estas criaturas, obra de las manos que tú mismo has hecho. Dispón de ellas como más te plazca. Pero ¿no tendría que destruir yo mismo la obra de mi presunción?

Alzó entonces Aulë un gran martillo para golpear a los Enanos; y lloró. Pero Ilúvatar vio la humildad de Aulë, y tuvo compasión de él y de su deseo; y los Enanos se sobrecogieron ante el martillo y se asustaron, e inclinaron la cabeza y suplicaron clemencia. Y la voz de Ilúvatar le dijo a Aulë:
—Acepto tu ofrenda tal como era al principio. ¿No ves que estas criaturas tienen ahora una vida propia y hablan con sus propias voces? De otro modo no habrían esquivado tu golpe, ni orden alguna de tu voluntad. —Entonces Aulë soltó el martillo y se sintió complacido, y dio las gracias a Ilúvatar diciendo:— Quiera Eru bendecir mi obra y enderezarla.

Pero Ilúvatar habló otra vez y dijo: —En el principio del Mundo di ser a los pensamientos de los Ainur y del mismo modo he tomado ahora tu deseo y le he dado sitio en el Mundo; pero no enderezaré de ningún otro modo la obra de tus manos, y tal como la hiciste, así será. Pero esto no toleraré: que estas criaturas lleguen antes que los Primeros Nacidos de mi hechura, ni que tu impaciencia sea recompensada. Dormirán bajo la piedra en la oscuridad y no saldrán de ella hasta que los Primeros Nacidos no hayan despertado sobre la Tierra: y hasta ese momento tú y ellos esperaréis, aunque la espera os parezca larga. Pero cuando llegue la hora, yo mismo los despertaré y serán para ti como hijos; y a menudo habrá disputas entre los tuyos y los míos, los hijos de mi adopción y los hijos de mi elección.

Entonces Aulë tomó a los Siete Padres de los Enanos y los puso a descansar en sitios distintos y apartados; y regresó a Valinor, y esperó mientras los largos años se prolongaban.

Como habrían de aparecer en los días del poder de Melkor, Aulë hizo a los Enanos fuertes y resistentes. Por tanto, son duros como la piedra, empeñosos, rápidos en la amistad y en la enemistad, y soportan el trabajo y el hambre y los dolores del cuerpo más que ninguna otra criatura que tenga el don de la palabra; viven largo tiempo, mucho más que los días de los Hombres, pero no para siempre. Se sostuvo en otro tiempo entre los Elfos de la Tierra Media que al morir los Enanos volvían a la tierra y a la piedra de que estaban hechos; sin embargo, no es eso lo que ellos mismos creen. Porque dicen que Aulë el Hacedor, a quien llaman Mahal, cuida de ellos y los reúne en Mandos, en estancias apartadas; y que Aulë declaró a los primeros Padres que Ilúvatar los consagrará y que les dará un lugar entre los Hijos cuando llegue el fin. Tendrán entonces la misión de servir a Aulë y ayudarlo a rehacer a Arda después de la Última Batalla. Dicen también que los Siete Padres de los Enanos retornan para vivir entre los suyos y para ponerse una vez más los nombres antiguos de los que Durin fue el más notable en tiempos posteriores, padre del pueblo que más amistad tuvo con los Elfos, y cuyas mansiones se encontraban en Khazad-dûm.

Ahora bien, mientras Aulë trabajaba en la hechura de los Enanos, ocultó su obra a los demás Valar; pero al fin confió en Yavanna y le contó todo lo que había sucedido. Entonces Yavanna le dijo: —Eru es piadoso. Veo ahora que tu corazón se regocija, como bien cabe; porque no sólo has recibido perdón, sino también munificencia. No obstante, y porque me ocultaste este pensamiento hasta que estuvo consumado, tus hijos no sentirán mucho amor por los objetos de mi amor. Amarán primero las cosas que sean obra de sus propias manos, al igual que su padre. Cavarán en la tierra y no estimarán las cosas que crecen y viven sobre la tierra. Muchos árboles sentirán la mordedura del hierro despiadado.

Pero Aulë respondió: —También será eso cierto de los Hijos de Ilúvatar; porque ellos comerán y construirán. Y aunque las cosas de tu reino tienen valor en sí mismas, y seguirían teniéndolo aun si los Hijos no llegaran, no obstante Eru les concederá poder, y utilizarán todo cuanto encuentren en Arda; pero no, según es propósito de Eru, sin respeto o sin gratitud.

—No, a no ser que Melkor les ennegrezca el corazón —dijo Yavanna. Y no se sintió apaciguada, pues el temor de lo que pudiera hacerse en la Tierra Media en los días por venir le afligía el ánimo. Por tanto, fue al encuentro de Manwë y no traicionó el secreto de Aulë, pero preguntó—: Rey de Arda, ¿es cierto, como me dijo Aulë, que los Hijos, cuando lleguen, tendrán dominio sobre mis obras y harán de ellas lo que les plazca?

—Es cierto —dijo Manwë—. Pero ¿por qué preguntas? No necesitas de las enseñanzas de Aulë.

Entonces Yavanna calló y contempló sus propios pensamientos. Y al fin respondió: —Porque hay ansiedad en mi corazón al pensar en los días por venir. Todas mis obras me son caras. ¿No basta que Melkor haya dañado tanto? ¿Nada que yo haya hecho estará libre del dominio de otros?

—Si tu voluntad se cumpliera, ¿qué preservarías? —dijo Manwë—. De todo tu reino, ¿qué te es más caro?

—Todo tiene su valor —le respondió Yavanna— y cada cosa contribuye al valor de las otras. Pero los *kelvar* pueden volar o defenderse, lo que no es posible entre las cosas que crecen como las *olvar*. Y de todas éstas, me son caros los árboles. Lentos en crecer, rápidos en la caída, y a menos que paguen tributo del fruto en las ramas, apenas llorados en su tránsito. Esto veo en mi pensamiento. ¡Quisiera que los árboles pudieran hablar en nombre de todas las cosas que tienen raíz y castigar a quien les hiciese daño!

—Es ése un raro pensamiento —dijo Manwë.

—Sin embargo estaba en la Canción —dijo Yavanna—. Porque mientras tú andabas por los cielos y con Ulmo hacíais las nubes y derramabais las lluvias, levanté yo las ramas de los grandes árboles para recibirlas, y algunas cantaron a Ilúvatar entre el viento y la lluvia.

Entonces Manwë guardó silencio y el pensamiento de Yavanna, que ella le había puesto en el corazón, creció y se desarrolló, e Ilúvatar llegó a verlo. Entonces le pareció a Manwë que la Canción se levantaba una vez más alrededor, y descubrió ahora muchas cosas que había oído antes, pero que no había advertido. Y por último se renovó la Visión, pero era ahora remota, porque él mismo estaba en ella, y vio sin embargo que la mano de Ilúvatar sostenía todo; y la mano entró en la Visión, y de ella extrajo muchas maravillas que hasta entonces habían estado escondidas en el corazón de los Ainur.

Y entonces Manwë despertó y fue al encuentro de Yavanna en Ezellohar, y se sentó junto a ella bajo los Dos Árboles. Y Manwë dijo: —Oh, Kementári, Eru ha hablado diciendo: «¿Supone, pues, alguno de los Valar que no escuché toda la Canción, aun el mínimo sonido de la mínima voz? ¡Oíd! Cuando los Hijos despierten, el pensamiento de Yavanna despertará también, y convocará espíritus venidos de lejos, e irán entre los *kelvar* y las *olvar*, y algunos se albergarán en ellos, y serán tenidos en reverencia, y su justa cólera será temida. Por un tiempo: mientras los Primeros Nacidos tengan dominio y los Segundos sean jóvenes». Pero ¿no recuerdas, Kementári, que tu canto no siempre estuvo solo? ¿No se encontraron tu pensamiento y el mío y remontamos vuelo juntos como los grandes pájaros que se elevan sobre las nubes? Eso también advendrá por obra de la atenta mirada de Ilúvatar, y antes que los Hijos despierten, aparecerán las Águilas de los Señores del Occidente, con alas parecidas al viento.

Se complació entonces Yavanna y se puso de pie tendiendo los brazos a los cielos, y dijo: —Altos crecerán los árboles de Kementári: ¡que las Águilas del Rey moren en ellos!

Pero también Manwë se puso de pie y pareció que se erguía, tan alto que su voz descendió a Yavanna como desde los caminos de los vientos.

—No —dijo—, sólo los árboles de Aulë serán lo bastante altos. Las águilas morarán en las montañas, y desde allí oirán las voces de los que nos reclamen. Pero los Pastores de Árboles andarán por los bosques.

Luego Manwë y Yavanna se separaron, y Yavanna volvió a Aulë, y él estaba en la herrería vertiendo metal fundido en un molde. —Eru es generoso —dijo ella—. ¡Que se cuiden tus hijos ahora! Porque despertarán la cólera de un poder que habrá en los bosques y correrán peligro.

—No obstante, necesitarán madera —dijo Aulë, y prosiguió con el trabajo de herrero.

3

DE LA LLEGADA DE LOS ELFOS
Y EL CAUTIVERIO DE MELKOR

Durante largos años los Valar vivieron en beatitud a la luz de los Árboles más allá de las Montañas de Aman, pero un crepúsculo estelar cubría toda la Tierra Media. Mientras las Lámparas habían brillado, surgió allí una vegetación que luego fue estorbada, porque todo se hizo otra vez oscuro. Pero las más antiguas criaturas vivientes habían aparecido ya: en los mares las grandes algas, y en la tierra la sombra de grandes árboles; y en los valles que la noche vestía había oscuras criaturas, antiguas y vigorosas. A esas tierras y bosques, los Valar iban rara vez, salvo Yavanna y Oromë; y Yavanna andaba allí por las sombras, lamentando que el nacimiento y la promesa de la Primavera de Arda se hubiesen diferido. Y puso a dormir a muchas criaturas nacidas en la Primavera, para que no envejecieran, y aguardaran el momento de despertar, que no había llegado aún.

Pero en el norte Melkor cobraba fuerzas, y no dormía, pero vigilaba, y trabajaba; y las criaturas malignas que él había pervertido andaban por las tierras vecinas, y los bosques oscuros y adormilados eran frecuentados por monstruos y formas espantosas. Y en Utumno reunió a sus demonios, los espíritus que se le unieron desde un principio en los días de esplendor y que más se le asemejaban en corrupción: sus corazones eran de fuego; pero un manto de tinieblas los cubría, y el terror iba delante de ellos; tenían látigos de llamas. Balrogs se los llamó en la Tierra Media en días posteriores. Y en ese tiempo oscuro Melkor creó muchos otros monstruos de distintas formas y especies que durante mucho tiempo perturbaron el mundo; y el reino fue extendiéndose hacia el sur por sobre la Tierra Media.

Y Melkor levantó también una fortaleza y armería no lejos de las costas noroccidentales del mar para resistir a cualquier ataque que viniera de Aman. La fortaleza era mandada por

Sauron, teniente de Melkor; y se le daba el nombre de Angband.

Sucedió que los Valar se reunieron en consejo, turbados por las nuevas que Yavanna y Oromë traían de las Tierras Exteriores; y Yavanna habló ante los Valar diciendo: —Oh, vosotros, poderosos de Arda, la Visión de Ilúvatar fue breve y nos la quitaron pronto, de modo que quizá no podamos sospechar, dentro de un estrecho margen de días, la hora señalada. Esto, sin embargo, tened por seguro: se aproxima la hora, nuestra esperanza tendrá respuesta antes que esta edad termine, y los hijos despertarán. ¿Dejaremos, pues, las tierras que serán su morada, desoladas e invadidas por poderes malignos? ¿Darán a Melkor el nombre de «señor» mientras Manwë está sentado en Taniquetil?

Y Tulkas gritó: —¡No! ¡Hagamos la guerra sin demora! ¿Acaso no hace mucho que descansamos de la lucha y no se ha renovado ya nuestra fuerza? ¿Se nos opondrá uno solo para siempre?

Pero por mandato de Manwë habló Mandos, y dijo: —Los Hijos de Ilúvatar vendrán en esta edad por cierto, pero no todavía. Se ha proclamado además que los Primeros Nacidos llegarán en la oscuridad y primero contemplarán las estrellas. Verán la gran luz cuando empiecen a menguar, y acudirán a Varda cada vez que lo necesiten.

Entonces Varda abandonó el consejo y desde las alturas de Taniquetil contempló la oscuridad de la Tierra Media bajo las estrellas innumerables, débiles y distantes, e inició entonces un gran trabajo, la mayor de las labores de los Valar desde que llegaran a Arda. Recogió el rocío plateado de las tinas de Telperion, y con él hizo estrellas nuevas y más brillantes preparando la llegada de los Primeros Nacidos; por eso, a quien desde la profundidad de los tiempos y los trabajos de Eä se llamó Tintallë, la Iluminadora, los Elfos le dieron más tarde el nombre de Elentári, Reina de las Estrellas. También entonces hizo ella Carnil y Luinil, Nénar y Lumbar, Alcarinquë y Elemmírë, y reunió muchas otras de las antiguas estrellas y las puso como signos en los cielos de Arda: Wilwarin, Telumendil, Soronúmë y Anarríma; y Menelmacar, con un cinturón resplandeciente que presagia que la Última Batalla se librará al final de los días. Y alta en el norte, como reto a Melkor, echó a girar la corona de siete poderosas estrellas: Valacirca, la Hoz de los Valar y signo de los hados.

Se dice que al poner fin Varda a estos trabajos, y muy largos que fueron, cuando Menelmacar entró en el cielo por primera vez y el fuego azul de Helluin flameó en las nieblas por sobre los confines del mundo, a esa misma hora despertaron los Hijos de la Tierra, los Primeros Nacidos de Ilúvatar. Junto a la laguna de Cuiviénen, el Agua del Despertar, iluminada de estrellas, se levantaron del sueño de Ilúvatar; y mientras permanecían aún en silencio junto a Cuiviénen, miraron y contemplaron antes que ninguna otra cosa las estrellas del cielo. Por tanto, han amado siempre la luz de las estrellas, y veneran a Varda Elentári por sobre todos los Valar.

En los cambios del mundo, las formas de las tierras y de los mares se han destruido y reconstruido; los ríos no han conservado su curso, ni las montañas se han mantenido firmes; y no hay retorno a Cuiviénen. Pero se dice entre los Elfos que Cuiviénen estaba muy lejos al este de la Tierra Media y hacia el norte, y que era una bahía del Mar Interior de Helcar; y ese mar se encontraba donde habían estado las raíces de la montaña de Illuin antes de que Melkor la derribara. Muchas aguas fluían hacia allí desde las alturas del este, y lo primero que oyeron los Elfos fue el sonido de una corriente de agua, y el sonido del agua al caer sobre las piedras.

Mucho tiempo habitaron en esta primera morada junto al agua bajo las estrellas, y recorrían la tierra maravillados; y empezaron a hablar y a dar nombre a todas las cosas que percibían. A sí mismos se llamaron los Quendi, que significa «los que hablan con voces»; porque hasta entonces no habían descubierto criatura alguna que hablara o cantara.

Y una vez sucedió que Oromë cabalgó hacia el este en el curso de una cacería, y se volvió al norte junto a las costas del Helcar y pasó bajo las sombras de las Orocarni, las Montañas del Este. Entonces, de pronto, Nahar lanzó un gran relincho y se mantuvo inmóvil. Y Oromë, intrigado, permaneció en silencio, y le pareció que en la quietud de la tierra bajo las estrellas oía a lo lejos el sonido de muchas voces que cantaban.

Así fue que los Valar encontraron al fin, casi por azar, a

aquellos que durante tanto tiempo habían esperado. Y Oromë se asombró al contemplar a los Elfos, como si fueran seres repentinos, maravillosos e imprevistos; porque así les sucederá siempre a los Valar. Desde fuera del Mundo, aunque todas las cosas puedan preconcebirse en la Música o preverse en un visión lejana, a los que en verdad penetran en Eä las criaturas siempre los sorprenderán, como algo novedoso que nunca fue anunciado.

En el principio los Hijos Menores de Ilúvatar eran más fuertes y más grandes de lo que fueron luego; pero no más hermosos, porque aunque la belleza de los jóvenes Quendi sobrepasaba a todo lo creado por Ilúvatar, no se ha desvanecido, sino que vive en el Occidente, y el dolor y la sabiduría la han acrecentado. Y Oromë amó a los Quendi, y los llamó en la lengua de ellos Eldar, el Pueblo de las Estrellas; pero ese nombre sólo lo llevaron después los que siguieron a Oromë por el camino del oeste.

Pero muchos Quendi se aterraron con la llegada de Oromë, y la causa era Melkor. Porque de acuerdo con las conclusiones de los sabios, Melkor, siempre vigilante, fue el primero en conocer el despertar de los Quendi, y envió sombras y espíritus malignos para que los espiaran y los acecharan. De modo que algunos años antes de la llegada de Oromë, no era infrecuente que si alguno de los Elfos se aventuraba lejos, solo o con escasa compañía, desapareciese y no volviese nunca; y los Quendi dijeron que el Cazador los había atrapado, y tuvieron miedo. Y, por cierto, los más antiguos cantos de los Elfos, cuyos ecos se recuerdan todavía en el Occidente, hablan de formas sombrías que recorrían las colinas por sobre Cuiviénen y ocultaban súbitamente las estrellas; y del Jinete Oscuro que montaba un caballo salvaje y perseguía a los extraviados para atraparlos y comérselos. Ahora bien, Melkor sentía gran odio y temor por las cabalgatas de Oromë, y no se sabe si mandó en efecto a sus oscuros servidores a guisa de jinetes, o si envió a lo lejos engañosos rumores, con el fin de que los Quendi se apartaran de Oromë si alguna vez lo encontraban.

Así fue que cuando Nahar relinchó y Oromë estuvo realmente entre los Quendi, algunos de ellos se escondieron, y otros huyeron y se extraviaron. Pero los que tenían más coraje y se quedaron, comprendieron en seguida que el Gran Jinete no era una forma llegada de la oscuridad; porque en el rostro de Oromë estaba la luz de Aman, y los más nobles de entre los Elfos se sintieron atraídos por esa luz.

Pero de los desdichados que cayeron en la trampa de Melkor, poco se sabe con certidumbre. Porque ¿quién de entre los vivos ha descendido a los abismos de Utumno o ha explorado las tinieblas de los consejos de Melkor? Dicen los sabios de Eressëa que todos los Quendi que cayeron en manos de Melkor, antes de la caída de Utumno, fueron puestos en prisión, y por las lentas artes de la crueldad, corrompidos y esclavizados; y así crió Melkor la raza de los Orcos, por envidia y en mofa de los Elfos, de los que fueron después los más fieros enemigos. Porque los Orcos tenían vida y se multiplicaban de igual manera que los Hijos de Ilúvatar; y Melkor, desde que se rebelara en la Ainulindalë antes del Principio, nada podía hacer que tuviera vida propia ni apariencia de vida, así dicen los sabios. Y en lo profundo del oscuro corazón, los Orcos abominaban del Amo a quien servían con miedo, el hacedor que sólo les había dado desdicha. Quizá sea ésta la más vil de las acciones de Melkor, y la más detestada por Ilúvatar.

Oromë se demoró un tanto entre los Quendi, y luego volvió cabalgando de prisa por tierra y mar a Valinor y le llevó la nueva a Valmar; y habló de las sombras que perturbaban a Cuiviénen. Entonces los Valar se regocijaron, aunque todavía tenían alguna duda, y durante un tiempo discutieron qué consejo adoptar para proteger a los Quendi de la sombra de Melkor. Pero Oromë volvió en seguida a la Tierra Media y habitó con los Elfos.

Manwë estuvo pensando largo tiempo en Taniquetil, y buscó el consejo de Ilúvatar. Y descendiendo luego a Valmar, convocó a los Valar al Anillo del Juicio y aun Ulmo acudió desde el Mar Exterior.

Entonces Manwë dijo a los Valar: —Éste es el consejo de Ilúvatar en mi corazón: que recobremos otra vez el dominio de Arda a cualquier precio y libremos a los Quendi de la sombra de Melkor. —Tulkas se alegró entonces; pero Aulë se sintió dolido pensando en las heridas que esa lucha abriría en el mundo. Pero los Valar se prepararon y partieron de Aman en pie de guerra, resueltos a atacar la fortaleza de Melkor y ponerle fin. Nunca olvidó Melkor que esta guerra se libró para salvación de los Elfos y que ellos fueron la causa de que él cayera. No obstante, los Elfos no tuvieron parte en esos hechos, y poco saben de la cabalgata del poder del Oeste contra el Norte al principio de los días élficos.

Melkor salió al encuentro de la arremetida de los Valar en el noroeste de la Tierra Media, y toda esa región quedó muy destruida. Pero la primera victoria de los ejércitos del Occidente fue rápida, y los servidores de Melkor huyeron ante ellos a Utumno. Entonces los Valar cruzaron la Tierra Media y montaron guardia en Cuiviénen; y desde entonces los Quendi nada supieron de la gran Batalla de los Poderes, salvo que la Tierra se sacudía y rugía por debajo de ellos y que las aguas se levantaban y que en el norte brillaban luces como de fuegos poderosos. Largo y penoso fue el sitio, y muchas batallas se libraron delante de las puertas de Utumno, que los Elfos sólo conocieron de oídas. En ese tiempo cambió la forma de la Tierra Media, y el Gran Mar que la separaba de Aman se volvió más ancho y profundo; e irrumpió en las costas y abrió un golfo en el sur. Muchas bahías menores aparecieron entonces entre el Gran Golfo y Helcaraxë, lejos, al norte, donde la Tierra Media y Aman casi se unían. De éstas la Bahía de Balar era la principal; y en ella desembocaba el poderoso Río Sirion, que descendía de las altas tierras recién levantadas en el norte: Dorthonion y las montañas en torno a Hithlum. La desolación se extendió por las tierras del norte lejano en esos días; pues allí fue excavada la profunda Utumno y en esos abismos ardían muchos fuegos y se ocultaban las huestes que servían a Melkor.

Pero al fin las puertas de Utumno fueron derribadas y los techos se hundieron, y Melkor se refugió en el más profundo de los abismos. Entonces Tulkas se adelantó como campeón de los Valar y luchó con él y lo tendió de bruces; y lo sujetó con la cadena Angainor que Aulë había forjado, y lo llevó cautivo; y de este modo hubo paz en el mundo durante un largo tiempo.

Pero los Valar no descubrieron todas las poderosas bóvedas y cavernas ocultas con malicioso artificio bajo las fortalezas de Angband y Utumno. Muchas cosas malignas había aún allí, y otras se dispersaron y volaron en la oscuridad, y erraron por los sitios baldíos del mundo, a la espera de una hora más maligna; y a Sauron no lo encontraron.

Pero cuando la Batalla hubo terminado, y de las ruinas del norte se levantaban grandes nubes que ocultaban las estrellas, los Valar condujeron a Melkor de regreso a Valinor amarrado de pies y manos y con los ojos vendados; y fue llevado al Anillo del Juicio. Allí yació boca abajo ante los pies de Manwë y pidió perdón; pero esta súplica fue denegada, y lo encerraron en la fortaleza de Mandos, de donde nadie puede huir, ni Vala, ni Elfo, ni Hombre mortal. Vastas y poderosas son esas estancias, y fueron construidas en el oeste de la tierra de Aman. Allí fue condenado Melkor a permanecer por tres edades, antes de que fuera juzgado de nuevo o pidiera otra vez perdón.

Entonces una vez más los Valar se reunieron en consejo y quedaron divididos en el debate. Porque algunos, y de ellos era Ulmo el principal, sostenían que los Quendi tendrían que tener la libertad de andar como quisiesen por la Tierra Media, y con la capacidad de que estaban dotados ordenar todas las tierras y curar sus propias heridas. Pero la mayor parte temía por los Quendi abandonados a los peligros del mundo en el engañoso crepúsculo estelar; y se sentían además enamorados de la belleza de los Elfos y deseaban su compañía. Por último, los Valar convocaron a los Quendi a Valinor, para reunirse allí a las rodillas de los Poderes bajo la luz de los Árboles sempiternos; y Mandos quebró el silencio y dijo: —Y así ha sido juzgado. —Esta decisión fue causa de muchos daños que vinieron después.

Pero los Elfos en un principio no estuvieron dispuestos a escuchar este llamamiento, porque hasta entonces sólo habían visto a los Valar encolerizados, cuando marchaban a la guerra, excepto a Oromë, y tenían miedo. Por tanto, una vez más les fue enviado Oromë, y éste escogió entre ellos a los embajadores que irían a Valinor y hablarían en nombre de los Quendi, y éstos fueron Ingwë, Finwë y Elwë, que más tarde llegaron a reyes. Y cuando estuvieron allí y vieron la gloria y la majestad de los Valar, se sintieron sobrecogidos y tuvieron grandes deseos de la luz y el esplendor de los Árboles. Luego Oromë los llevó de vuelta a Cuiviénen, y ellos hablaron al pueblo y aconsejaron escuchar el llamamiento de los Valar y trasladarse al oeste.

Sucedió entonces la primera visión de los Elfos. Porque la gente de Ingwë y la mayor parte de la gente de Finwë y Elwë escucharon las palabras de los señores y de buen grado estaban dispuestos a partir y a seguir a Oromë, y a éstos se les conoció luego como los Eldar, el nombre élfico que les dio Oromë en un principio. Pero muchos rechazaron el llamamiento, prefiriendo la luz de las estrellas y los amplios espacios de la Tierra Media al rumor de los Árboles; y éstos son los Avari, los Renuentes, y en esa ocasión se separaron de los Eldar, y nunca más volvieron a encontrarlos hasta pasadas muchas edades.

Los Eldar se aprontaron a emprender una gran marcha desde el primitivo hogar oriental y se dispusieron en tres huestes. La más reducida y la primera en ponerse en marcha era conducida por Ingwë, el más grande de los señores de la raza élfica. Entró en Valinor y se sienta a los pies de los Poderes; y todos los Elfos reverencian el nombre de Ingwë, pero nunca volvió a la Tierra Media, ni siquiera a mirarla. Los Vanyar fueron su gente; son los Hermosos Elfos, los bienamados de Manwë y Varda, y pocos de entre los Hombres han hablado con ellos alguna vez.

Luego llegaron los Noldor, un nombre de sabiduría, el pueblo de Finwë. Son los Elfos Profundos, los amigos de Aulë, y alcanzaron un gran renombre en las canciones, pues mucho lucharon y se afanaron en las tierras septentrionales de antaño.

La hueste más crecida fue la última en llegar, y éstos recibieron el nombre de los Teleri, porque se demoraron en el camino y no fueron unánimes en la decisión de abandonar la penumbra y dirigirse a la luz de Valinor. Encontraban gran deleite en el agua, y los que llegaron por fin a las costas occidentales se enamoraron del mar. Por tanto se les conoció en la tierra de Aman con el nombre de Elfos del Mar, los Falmari, porque hacían música junto a la rompiente de las olas. Tenían dos señores, pues eran muy numerosos: Elwë Singollo (que significa Mantogrís) y Olwë, su hermano.

Éstos eran los tres clanes de los Eldalië, que llegaron por

fin al extremo occidental en los días de los Árboles y reciben el nombre de Calaquendi, Elfos de la Luz. Pero hubo otros Eldar que emprendieron también la marcha hacia el oeste, pero que se perdieron en el largo camino, o se desviaron o se demoraron en las costas de la Tierra Media; y éstos pertenecían en su mayoría a la gente de los Teleri, como se indica más adelante. Vivieron junto al mar o erraron por los bosques y las montañas del mundo, aunque en lo más íntimo del corazón añoraban el Occidente. A estos Elfos los Calaquendi llaman los Umanyar, pues nunca llegaron a la tierra de Aman y al Reino Bendecido; pero a los Umanyar y a los Avari los llaman por igual los Moriquendi, los Elfos de la Oscuridad, pues nunca contemplaron la Luz que había antes del Sol y de la Luna.

Se dice que cuando las huestes de los Eldalië partieron de Cuiviénen, Oromë cabalgó al frente en Nahar, el caballo blanco con herraduras de oro; y al dirigirse al norte bordeando el Mar de Helcar, se volvieron hacia el oeste. Unas grandes nubes negras flotaban todavía en el norte por sobre las ruinas de la guerra, y las estrellas estaban ocultas en esa región. Entonces no pocos se asustaron y se arrepintieron, y se volvieron atrás, y han sido olvidados.

Larga y lenta fue la marcha de los Eldar hacia el oeste, porque las leguas de la Tierra Media no estaban contadas, y eran fatigosas y sin sendas. Tampoco tenían prisa los Eldar, pues todo lo que veían los maravillaba, y deseaban morar junto a tierras y ríos; y aunque todos estaban dispuestos a seguir adelante, el final del viaje era para muchos más temido que esperado. Por tanto, toda vez que Oromë se alejaba, por tener que cuidar de otros asuntos, se detenían y ya no avanzaban más hasta que él regresaba para guiarlos. Y sucedió al cabo de muchos años de viajar de este modo, que los Eldar se internaron en un bosque y llegaron a un gran río, más ancho que ninguno que hubieran visto antes; y más allá había montañas de cuernos afilados que parecían horadar el reino de las estrellas. Este río, se dice, era el que más tarde se llamó Anduin el Grande, y sirvió siempre de frontera occidental de la Tierra Media. Pero las montañas eran las Hithaeglir, las Torres de la Niebla en los límites de Eriador, más altas y más terribles en aquellos días, y que habían sido levantadas por Melkor para entorpecer las cabalgatas de Oromë. Ahora bien, los Teleri habitaron a lo largo de la orilla oriental del río y quisieron quedarse allí, pero los Vanyar y los Noldor lo cruzaron y Oromë los condujo por los desfiladeros de las montañas. Y cuando Oromë hubo partido, los Teleri miraron las sombrías alturas y tuvieron miedo.

Entonces uno se adelantó de entre el grupo de Olwë, que era siempre el último en el camino; y se llamaba Lenwë. Abandonó la marcha hacia el oeste y arrastró consigo a muchos que avanzaron hacia el sur junto al gran río, y los otros no supieron nada de ellos hasta después de muchos años. Ellos fueron los Nandor; y se convirtieron en un pueblo aparte, que no se parecía a la gente de Olwë, excepto en el amor que sentían por el agua, y vivieron casi siempre junto a las cascadas y las corrientes. Mayor conocimiento tenían de las criaturas vivientes, de árboles y hierbas, aves y bestias, que todos los otros Elfos. En años posteriores Denethor hijo de Lenwë se volvió nuevamente hacia el oeste, y condujo parte de ese pueblo por sobre las montañas hacia Beleriand, antes de levantarse la Luna.

Por fin los Vanyar y los Noldor llegaron a Ered Luin, las Montañas Azules, entre Eriador y el extremo oeste de la Tierra Media, que los Elfos llamaron más tarde Beleriand; y los primeros grupos pasaron por el Valle del Sirion y llegaron a las costas del Gran Mar, entre Drengist y la Bahía de Balar. Pero cuando lo contemplaron, tuvieron un gran temor, y muchos retrocedieron a los bosques y a las tierras altas de Beleriand. Entonces Oromë partió y volvió a Valinor en busca del consejo de Manwë.

Y el grupo de los Teleri pasó por las Montañas Nubladas, y cruzó las extensas tierras de Eriador, conducido por Elwë Singollo, que sólo quería volver a Valinor y a la luz que había contemplado; y deseaba no separarse de los Noldor, porque sentía gran amistad por Finwë, su señor. Así, al cabo de muchos años, los Teleri llegaron por fin a Ered Luin, en las regiones orientales de Beleriand. Allí se detuvieron y habitaron un tiempo más allá del Río Gelion.

4

DE THINGOL Y MELIAN

Melian era una Maia, de la raza de los Valar. Moraba en los jardines de Lórien, y no había allí nadie más hermosa que Melian, ni más sabia, ni que conociese mejor las canciones de encantamiento. Se dice que los Valar abandonaban el trabajo y que el bullicio de los pájaron de Valinor se interrumpía, que las campanas de Valmar callaban y que las fuentes dejaban de fluir, cuando al mezclarse las luces Melian cantaba en Lórien. Los ruiseñores iban siempre con ella y ella era quien les enseñaba a cantar; y amaba las sombras profundas de los grandes árboles. Antes de que el Mundo fuera hecho, Melian se parecía a la mismísima Yavanna; y en el tiempo en que los Quendi despertaron junto a las aguas de Cuiviénen, partió de Valinor y llegó a las Tierras de Aquende, y allí poco antes del alba la voz de Melian y las voces de los pájaros llenaron el silencio de la Tierra Media.

Pues bien, cuando el viaje estaba por concluir, como ya se dijo, el pueblo de los Teleri descansó largo tiempo en Beleriand Oriental, más allá del Río Gelion; y en ese entonces muchos de los Noldor estaban todavía al oeste, en esos bosques que luego se llamaron Neldoreth y Region. Elwë, señor de los Teleri, atravesó a menudo los grandes bosques en busca de Finwë, su amigo, en las moradas de los Noldor; y sucedió una vez que llegó solo al bosque de Nan Elmoth, iluminado por las estrellas, y allí escuchó de pronto el canto de los ruiseñores. Entonces cayó sobre él un encantamiento y se quedó inmóvil; y a lo lejos, más allá de las voces de los *lómelindi*, oyó la voz de Melian, y el corazón se le colmó de maravilla y deseo. Olvidó entonces por completo a su gente y los propósitos que lo guiaban, y siguiendo a los pájaros bajo la sombra de los árboles, penetró profundamente en Nan Elmoth y se extravió. Pero llegó por fin a un claro abierto a las estrellas, y allí se encontraba Melian; y desde la oscuridad él la contempló, y vio en el rostro de ella la luz de Aman.

No dijo Melian ni una palabra; pero anegado de amor,

Elwë se le acercó y le tomó la mano, y en seguida un hechizo operó en él, de modo que así permanecieron los dos mientras las estrellas que giraban por encima de ellos medían los largos años, y los árboles de Nan Elmoth se volvieron altos y oscuros antes de que ninguno pronunciara una palabra.

Así pues, el pueblo de Elwë, que lo buscó, no pudo encontrarlo, y Olwë fue rey de los Teleri y se pusieron en marcha, como se cuenta más adelante. Elwë Singollo no volvió nunca a través del mar a Valinor, y Melian no volvió allí mientras los dos reinaron juntos; pero de ella tuvieron, tanto los Elfos como los Hombres, un aire de los Ainur que estaban con Ilúvatar antes de Eä. En años posteriores él se convirtió en un rey renombrado, que mandaba a todos los Eldar de Beleriand; se llamaron los Sindar, los Elfos Grises, los Elfos del Crepúsculo; y él era el Rey Mantogrís, como se lo llamó, Elu Thingol en la lengua de esa tierra. Y Melian fue la Reina, más sabia que hijo alguno de la Tierra Media; y habitaban en las estancias ocultas de Menegroth, las Mil Cavernas, en Doriath. Gran poder le dio Melian a Thingol, que fue grande entre los Eldar; porque sólo él entre todos los Sindar había visto con sus propios ojos a los Árboles en el día del florecimiento, y aunque era rey de los Umanyar, no se lo contó entre los Moriquendi, sino entre los Elfos de la Luz, poderoso en la Tierra Media. Y del amor de Thingol y Melian, vinieron al mundo los más hermosos de todos los Hijos de Ilúvatar que fueron o serán.

5

DE ELDAMAR Y LOS PRÍNCIPES
DE LOS ELDALIË

En su momento los grupos de los Vanyar y los Noldor llegaron a las últimas costas occidentales de las Tierras de Aquende. En el norte estas costas, en los antiguos días que siguieron a la Batalla de los Poderes, se curvaban hacia el oeste, hasta que en el extremo norte de Arda, sólo un mar estrecho dividía Aman, donde se levantaba Valinor, de las Tierras de Aquende; pero este mar estrecho estaba lleno de hielos crujientes por causa de la violencia de las heladas de Melkor. Por tanto Oromë no condujo a las huestes de los Eldalië hacia el norte lejano, sino que las llevó a las dulces tierras en torno al Río Sirion, que se llamaron más tarde Beleriand; y a partir de estas costas, desde las que al principio los Eldar contemplaron el Mar, con temor y maravilla, se extendía un océano ancho y oscuro y profundo, entre ellos y las Montañas de Aman.

Pues bien, Ulmo, por consejo de los Valar, acudió a las costas de la Tierra Media y habló con los Eldar que aguardaban allí, contemplando las olas oscuras, y por causa de sus palabras y de la música que hizo para ellos con cuernos de madreperla, el temor que les despertaba el mar se convirtió de algún modo en deseo. Por tanto, Ulmo arrancó una isla que durante mucho tiempo se había levantado solitaria en medio del mar, lejos de ambas costas, desde los tumultos de la caída de Illuin; y con ayuda de sus servidores la arrastró como si fuera un poderoso navío, y la ancló en la Bahía de Balar, en la que se volcaban las aguas del Sirion. Entonces los Vanyar y los Noldor embarcaron en la isla y fueron llevados por el mar, y llegaron por fin a las largas costas bajo las Montañas de Aman; y entraron en la dichosa Valinor y allí fueron bienvenidos. Pero el cuerno oriental de la isla, que estaba profundamente encallado en los bajíos de las Desembocaduras del Sirion, se quebró y quedó atrás; y ésa, se dice, fue la Isla de Balar, que más adelante visitó Ossë con frecuencia.

Pero los Teleri permanecían todavía en la Tierra Media, porque habitaban en Beleriand Oriental, lejos del mar, y no oyeron la convocatoria de Ulmo hasta que fue demasiado tarde; y muchos buscaban todavía a Elwë, su señor, y no estaban dispuestos a partir sin él. Pero cuando supieron que Ingwë y Finwë y sus pueblos habían partido, muchos de los Teleri se precipitaron a las costas de Beleriand y habitaron en adelante cerca de las Desembocaduras del Sirion, añorando a los amigos que habían partido; y escogieron a Olwë, hermano de Elwë, como rey. Largo tiempo se quedaron en las costas del Mar Occidental, y Ossë y Uinen fueron a visitarlos y los ayudaron; y Ossë los instruyó sentado sobre una roca cerca de la orilla de la tierra, y de él aprendieron todas las ciencias del mar y de la música del mar. Así fue que los Teleri, que desde un principio amaron el agua, y los mejores cantantes de entre todos los Elfos, se enamoraron luego de los mares, y en sus cantos se oyó con frecuencia y desde entonces el sonido de las olas en la costa.

Transcurrieron muchos años y Ulmo escuchó las plegarias de los Noldor y de Finwë, el rey, quienes lamentaban la larga separación de los Teleri, y le rogaban que los llevara a Aman, si ellos venían a buscarlos. Y la mayor parte de ellos estaban ahora por cierto dispuestos a partir; pero grande fue el dolor de Ossë cuando Ulmo volvió a las costas de Beleriand para llevárselos a Valinor; pues él cuidaba de los mares de la Tierra Media y de las costas de las Tierras de Aquende, y le entristecía que las voces de los Teleri ya no se escucharan en ese dominio. A algunos los persuadió de que se quedaran; y fueron ellos los Falathrim, los Elfos de las Falas, quienes en días posteriores moraron en los puertos de Brithombar y Eglarest, los primeros marineros de la Tierra Media y los primeros constructores de navíos. Círdan, el Carpintero de Barcos, fue señor de todos ellos.

Los parientes y amigos de Elwë Singollo también se quedaron en las Tierras de Aquende, pues lo buscaban todavía, aunque de buena gana hubieran partido a Valinor y a la luz de los Árboles, si Ulmo y Olwë hubieran estado dispuestos a demorarse un tanto. Pero Olwë quería irse; y por fin el grupo principal de los Teleri se embarcó en la isla y Ulmo se los llevó lejos. Entonces los amigos de Elwë quedaron atrás, y se dieron a sí mismos el nombre de Eglath, el Pueblo Abandonado. Vivieron en los bosques y las colinas de Beleriand en lugar de hacerlo junto al mar, que los ponía nostálgicos; pero llevaban siempre en los corazones el deseo de Aman.

Pero cuando Elwë despertó de aquel prolongado trance, acudió desde Nan Elmoth en compañía de Melian, y desde entonces vivieron en los bosques interiores. Aunque mucho había deseado volver a ver la luz de los Árboles, en la cara de Melian contemplaba la luz de Aman como en un espejo sin nubes, y en esa luz encontraba contento. Las gentes se reunieron alrededor de él, regocijadas, y asombradas; porque aunque aunque había sido hermoso y noble, parecía ahora un señor de los Maiar: los cabellos de plata gris, y de talla más elevada que ninguno de los Hijos de Ilúvatar; y un muy alto destino tenía por delante.

Ossë siguió a la hueste de Olwë, y cuando hubieron llegado a la Bahía de Eldamar (que es el Hogar de los Elfos), los convocó a todos; y ellos reconocieron la voz y rogaron a Ulmo que detuviera el viaje. Y Ulmo accedió, y llamó a Ossë, que amarró la isla y la arraigó en los cimientos marinos. Lo hizo Ulmo de buen grado, pues comprendía el corazón de los Teleri, y en el consejo de los Valar había hablado en contra del llamamiento, pues creía mejor para los Quendi que se quedaran en la Tierra Media. Los Valar se alegraron muy poco al enterarse de lo que había hecho; y Finwë se lamentó ante la ausencia de los Teleri y más todavía cuando supo que habían abandonado a Elwë, y que ya no volvería a verlo excepto en los salones de Mandos. Pero la isla no volvió a ser trasladada y quedó allí sola en la Bahía de Eldamar; y recibió el nombre de Tol Eressëa, la Isla Solitaria. Allí habitaron los Teleri como lo desearon bajo las estrellas del cielo, y sin embargo a la vista de Aman y de las costas inmortales; y por esa larga estadía en la Isla Solitaria la lengua de ellos fue separándose de la de los Vanyar y los Noldor.

A éstos les habían dado los Valdar una tierra y una morada. Aun entre las flores radiantes de los jardines, iluminados por los Árboles de Valinor, deseaban a veces contemplar las estrellas; y por tanto se abrió un hueco en los grandes muros de las Pelóri, y allí en un valle profundo que descendía hasta el mar, los Eldar levantaron una elevada colina verde: Túna se la llamó. La luz de los Árboles se derramaba sobre ella desde el oeste, y la sombra apuntaba siempre al este, a la Bahía del Hogar de los Elfos y la Isla Solitaria y los Mares Sombríos. Entonces a través del Calacirya, el Paso de la Luz, el resplandor del Reino Bendecido fluía encendiendo las ondas oscuras de plata y de oro, y rozaba la Isla Solitaria, y la costa occidental se extendía verde y hermosa. Allí se abrieron las primeras flores que hubo al este de las Montañas de Aman.

En lo alto de Túna se levantó la ciudad de los Elfos, los blancos muros y terrazas de Tirion; y la más alta torre de esa ciudad fue la Torre de Ingwë, Mindon Eldaliéva, cuya lámpara de plata brillaba a lo lejos entre las nieblas del mar. Pocos son los barcos de los Hombres mortales que hayan visto ese esbelto rayo de luz. En Tirion, sobre Túna, los Vanyar y los Noldor vivieron largo tiempo como amigos. Y de cuanto había en Valinor amaban sobre todo al Árbol Blanco, de modo que Yavanna hizo para ellos un árbol a imagen del Telperion, aunque no daba luz propia, Galathilion se llamó en lengua Sindarin. Este árbol se plantó en el patio bajo la Mindon, y allí floreció y los hijos de sus semillas fueron muchos en Eldamar. De entre éstos se plantó uno más tarde en Tol Eressëa, y prosperó allí y recibió el nombre de Celeborn; de él nació en la plenitud del tiempo, como se cuenta en otra parte, Nimloth, el Árbol Blanco de Númenor.

Manwë y Varda amaban sobre todo a los Vanyar, los Hermosos Elfos; pero los Noldor eran los amados de Aulë, y él y los suyos los visitaban con frecuencia. Grandes fueron los conocimientos y habilidades que mostraron, pero más grande aún era la necesidad que tenían de más conocimientos, y en muchas cosas pronto sobrepasaron a los maestros. Hablaban un lenguaje que no dejaba de cambiar, porque sentían un gran amor por las palabras y siempre querían encontrar nombres más precisos para las cosas que conocían o imaginaban. Y sucedió que los albañiles de la casa de Finwë, que excavaban en las colinas en busca de piedra (pues se deleitaban en la construcción de altas torres), descubrieron por primera vez las gemas de la tierra, y las extrajeron en incontables miríadas; e inventaron herramientas para cortar las gemas y darles forma y las tallaron de múltiples maneras. No las atesoraron, sino que las repartieron libremente, y con este trabajo enriquecieron a toda Valinor.

Los Noldor volvieron más adelante a la Tierra Media, y esta historia cuenta principalmente lo que hicieron, por tanto los nombres y parentescos de los príncipes pueden señalarse aquí en la forma que esos nombres tuvieron más tarde en la lengua élfica de Beleriand.

Finwë era Rey de los Noldor. Los hijos de Finwë fueron Fëanor y Fingolfin y Finarfin; pero la madre de Fëanor fue Míriel Serindë, mientras que Indis, de los Vanyar, fue la madre de Fingolfin y Finarfin.

Fëanor era el más poderoso en habilidades de manos y de palabra, y más instruido que sus hermanos; su espíritu ardía como una llama. Fingolfin era el más fuerte, el más firme y el más valiente. Finarfin era el más hermoso y el más sabio de corazón; y más tarde fue amigo de los hijos de Olwë, Señor de los Teleri, y tuvo por esposa a Eärwen, la doncella-cisne de Alqualondë, hija de Olwë.

Los siete hijos de Fëanor fueron Maedhros el Alto; Maglor el poderoso cantor, cuya voz se escuchaba desde lejos por sobre las tierras y el mar; Celegorm el Hermoso, y Caranthir el Oscuro; Curufin el Hábil, que del padre heredó sobre todo la habilidad manual; y los más jóvenes, Amrod y Amras, que eran gemelos, iguales de temple y rostro. En días posteriores fueron grandes cazadores en los bosques de la Tierra Media; y también fue cazador Celegorm, quien en Valinor fue amigo de Oromë y siguió a menudo el cuerno del Vala.

Los hijos de Fingolfin fueron Fingon, que fue luego Rey de los Noldor en el norte del mundo, y Turgon señor de Gondolin; su hermana era Aredhel la Blanca, más joven en los años de los Eldar que sus hermanos; y cuando alcanzó la plenitud en estatura y belleza, fue alta y fuerte, y amaba cabalgar y cazar en los bosques. Allí estaba con frecuencia en compañía de los hijos de Fëanor, sus parientes; pero a ninguno de ellos dio el amor de su corazón. Ar-Feiniel se llamaba, la Blanca Señora de los Noldor, porque era pálida, aunque de cabellos oscuros, y nunca vestía sino de plata y blanco.

Los hijos de Finarfin fueron Finrod el Fiel (que recibió más adelante el nombre de Felagund, Señor de las Cavernas), Orodreth, Angrod y Aegnor; los cuatro tan amigos de los hijos de Fingolfin como si todos hubieran sido hermanos. La hermana de ellos, Galadriel, era la más hermosa de la casa de Finwë; tenía los cabellos iluminados de oro, como si hubiera atrapado en una red el resplandor de Laurelin.

Ha de referirse aquí cómo los Teleri llegaron por fin a la tierra de Aman. Durante toda una larga edad habitaron en Tol Eressëa; pero poco a poco hubo un cambio en ellos y fueron atraídos por la luz que fluía sobre el mar hacia la Isla Solitaria. Se sentían desgarrados entre el amor a la música de las olas sobre las costas y el deseo de ver otra vez a las gentes de su linaje, y contemplar el esplendor de Valinor; pero al final, el deseo de la luz fue el más poderoso. Por tanto, Ulmo, sometido a la voluntad de los Valar, les envió a Ossë, amigo de ellos, y éste, aunque entristecido, les enseñó el arte de construir naves, y cuando las naves estuvieron construidas, les llevó como regalo de despedida muchos cisnes de alas vigorosas. Entonces los cisnes arrastraron las blancas naves de los Teleri por sobre el mar sin vientos; y así, por último y los últimos, llegaron a Aman y a las costas de Eldamar.

Allí vivieron, y si lo deseaban podían ver la luz de los Árboles, e ir por las calles doradas de Valmar y las escaleras de cristal de Tirion, en Túna, la colina verde; pero sobre todo navegaban en las rápidas naves por las aguas de la Bahía del Hogar de los Elfos o andaban por entre las olas en la costa con los cabellos resplandecientes a la luz de más allá de la colina. Muchas joyas les dieron los Noldor, ópalos y diamantes y cristales pálidos, que ellos esparcieron sobre las costas y arrojaron a los estanques; maravillosas eran las playas de Elendë en aquellos días. Y extrajeron muchas perlas del mar, y sus estancias eran de perlas y de perlas las mansiones de Olwë, en Alqualondë, el Puerto de los Cisnes, iluminado por muchas lámparas. Porque ésa era la ciudad de los Teleri, y el puerto de sus navíos; y éstos tenían forma de cisnes, con picos de oro y ojos de oro y azabache. El portal del puerto era un arco abierto en la roca viva tallada por las aguas; y se alzaba en los confines de Eldamar, al norte del Calacirya, donde la luz de las estrellas era clara y brillante.

Con el paso de las edades los Vanyar llegaron a amar la tierra de los Valar y la plena luz de los Árboles, y abandonaron la ciudad de Tirion, sobre Túna, y habitaron en adelante en la montaña de Manwë o en los alrededores de las llanuras y los bosques de Valinor, y se separaron de los Noldor. Pero el recuerdo de la Tierra Media bajo las estrellas no se borró en el corazón de los Noldor, y moraron en el Calacirya, y en las colinas y los valles a donde llegaba el sonido del mar occidental; y aunque muchos de entre ellos iban a menudo a la tierra de los Valar, emprendiendo viajes distantes y explorando los secretos de la tierra y del agua y de todos los seres vivientes, sin embargo los pueblos de Túna y de Alqualondë estaban unidos en aquellos días. Finwë reinaba en Tirion y Olwë en Alqualondë, pero Ingwë fue siempre tenido por el Rey Supremo de todos los Elfos. Moró en adelante a los pies de Manwë, en Taniquetil.

Fëanor y sus hijos rara vez vivían en un mismo lugar mucho tiempo y viajaban muy lejos por los confines de Valinor, llegando aun hasta los bordes de la Oscuridad y las frías costas del Mar Exterior en busca de lo desconocido. Con frecuencia eran huéspedes en los salones de Aulë; pero Celegorm iba sobre todo a la morada de Oromë, y allí adquirió un gran conocimiento de los pájaros y las bestias, y entendía todas sus lenguas. Porque todos los seres vivientes que están o han estado en el Reino de Arda, salvo sólo las criaturas salvajes y malignas de Melkor, vivían entonces en la tierra de Aman; y había también muchas criaturas nunca vistas en la Tierra Media y que quizá tampoco se verán ahora, pues la hechura del mundo había cambiado.

6

DE FËANOR Y EL DESENCADENAMIENTO
DE MELKOR

Ahora los Tres Pueblos de los Eldar estaban reunidos por fin en Valinor, y Melkor había sido encadenado. Era éste el Mediodía del Reino Bendecido, en la plenitud de su gloria y bienaventuranza, larga en cómputo de años, pero demasiado breve en el recuerdo. En esos días los Eldar alcanzaron la plena madurez de cuerpo y mente, y los Noldor continuaron progresando en habilidades y conocimientos; y pasaban los largos años entretenidos en gozosos trabajos de los que nacieron muchas cosas nuevas, hermosas y maravillosas. Ocurrió en ese entonces que los Noldor concibieron por vez primera las letras, y el maestro Rúmil de Tirion fue el primero en idear unos signos adecuados para el registro del discurso y las canciones; algunos para ser grabados en metal o en piedra, otros para ser dibujados con pluma o pincel.

En ese tiempo nació en Eldamar, en la morada del Rey de Tirion, en la cima de Túna, el mayor de los hijos de Finwë, y el más amado. Curufinwë fue su nombre, pero su madre lo llamó Fëanor, Espíritu de Fuego; y así se lo recuerda en todos los cuentos de los Noldor.

Míriel fue el nombre de su madre, a quien llamaban Serindë, por su suprema habilidad en el tejido y el bordado, pues no había manos más diestras que las de ella entre todos los Noldor. El amor entre Finwë y Míriel era grande y dichoso, porque empezó en el Reino Bendecido en los Días de Bienaventuranza. Pero el alumbramiento del hijo consumió el espíritu y el cuerpo de Míriel; que deseó entonces librarse de los cuidados de la vida. Y después de darle nombre, le dijo a Finwë: —Nunca volveré a concebir un hijo; porque la fuerza que habría nutrido a muchos se ha agotado toda en Fëanor.

Se apenó entonces Finwë, porque los Noldor estaban en la juventud de sus días y él deseaba traer muchos hijos a la beatitud de Aman; y dijo: —Sin duda hay cura en Aman. Aquí toda fatiga encuentra reposo. —Pero como Míriel continuaba languideciendo, Finwë buscó el consejo de Manwë, y Manwë la entregó a los cuidados de Irmo, en Lórien. Cuando se despidieron (por corto tiempo, creyó él), Finwë estaba triste, porque le parecía una desdicha que la madre tuviera que partir y no acompañara a su hijo al menos en los primeros días de infancia.

—Es por cierto una desdicha —dijo Míriel—, y lloraría si no estuviera tan cansada. Pero considérame inocente en esto y en todo lo que pueda acaecer en adelante.

Fue entonces a los jardines de Lórien y se tendió a dormir; pero aunque parecía dormida, en verdad el espíritu se le separó del cuerpo, y se trasladó en silencio a las estancias de Mandos. Las doncellas de Estë cuidaron del cuerpo de Míriel, que permaneció incorrupto; pero ella ya no volvió. Entonces Finwë vivió atormentado; y fue a menudo a los jardines de Lórien, y sentado bajo los sauces de plata junto al cuerpo de Míriel, la llamaba por todos los nombres que ella tenía, pero siempre en vano; y en todo el Reino Bendecido sólo Finwë no tenía alegría alguna. Al cabo de un tiempo, ya no volvió a Lórien.

Y desde entonces se dedicó por entero a su hijo; y Fëanor creció de prisa, como si un fuego secreto lo animara desde dentro. Era alto, y hermoso de rostro, y de gran destreza, de ojos de brillo penetrante y cabellos negros como plumas de cuervo; decidido e inquebrantable en la persecución de todos sus propósitos. Pocos lo desviaron de su camino por persuasión, ninguno por la fuerza. Fue entre todos los Noldor, entonces o después, el más sutil de mente y el de manos más hábiles. En su juventud, superando la obra de Rúmil, inventó las letras que llevan su nombre y que luego los Eldar utilizaron siempre; y fue él el primero entre los Noldor en descubrir que con habilidad podían hacerse gemas más grandes y brillantes que las de la Tierra. Las primeras gemas que hizo Fëanor eran blancas e incoloras, pero expuestas a la luz de las estrellas resplandecían con fuegos azules y plateados más brillantes que Helluin; y otros cristales hizo además en los que las cosas distantes podían verse pequeñas pero claras, como con los ojos de las Águilas de Manwë. Rara vez estaban ociosas las manos y la mente de Fëanor.

Cuando estaba todavía en su primera juventud, desposó a Nerdanel, la hija de un gran herrero llamado Mahtan, entre los Noldor el más amado de Aulë; y de Mahtan aprendió mucho sobre la hechura de las cosas de metal y piedra. Nerdanel era también de firme voluntad, pero más paciente que Fëanor, deseando antes comprender las mentes que dominarlas, y al principio ella lo retenía cuando el fuego del corazón de Fëanor ardía demasiado; pero las cosas que él hizo luego la entristecieron, y dejaron de sentirse unidos. Siete hijos le dio a Fëanor; y el temple de ella fue transmitido a algunos de ellos, pero no a todos.

Sucedió entonces que Finwë tomó como segunda esposa a Indis la Bella. Era una Vanya, pariente próxima de Ingwë el Rey Supremo; alta y de cabellos dorados, en nada parecida a Míriel. Finwë la amó mucho y fue otra vez dichoso. Pero la sombra de Míriel no abandonó la casa de Finwë, ni tampoco su corazón; y de todos los que él amaba, Fëanor siempre ocupó la mayor parte de sus pensamientos.

El casamiento de su padre no fue del agrado de Fëanor; y no tuvo gran estima por Indis, ni tampoco por Fingolfin ni por Finarfin, los hijos de ella. Vivió apartado explorando la tierra de Aman y ocupándose del conocimiento y las artes en que se deleitaba. En las cosas desdichadas que luego sucedieron y que Fëanor acaudilló, muchos vieron el resultado de esta ruptura habida en la casa de Finwë, juzgando que si Finwë hubiera soportado la pérdida de Míriel, y se hubiera contentado con tener un único y poderoso hijo, otros habrían sido los caminos de Fëanor y muchos males podrían haberse evitado; porque el dolor y la disputa en la casa de Finwë han quedado grabados en la memoria de los Elfos Noldorin. Pero los hijos de Indis fueron grandes y gloriosos, y también los hijos de los hijos; y si no hubieran vivido, la historia de los Eldar no habría tenido nunca la misma grandeza.

Ahora bien, aun mientras Fëanor y los artesanos de los Noldor trabajaban con deleite, sin pensar que esas labores pudieran tener fin, y los hijos de Indis crecían y alcanzaban la plenitud, el Mediodía de Valinor estaba ya concluyendo. Porque sucedió que Melkor, como lo habían decretado los Valar, completó el término de su confinamiento, después de haber pasado tres edades en la prisión de Mandos. Por fin, como Manwë lo había prometido, fue llevado nuevamente ante los tronos de los Valar. Los vio entonces en toda su gloria y beatitud, y la envidia le ganó el corazón; miró a los Hijos de Ilúvatar que estaban sentados a los pies de los Poderosos, y el odio lo dominó; miró la riqueza de brillantes gemas y sintió codicia; pero ocultó sus pensamientos y postergó su venganza.

Ante las puertas de Valmar, Melkor se rebajó a los pies de Manwë, y pidió perdón, prometiendo que si lo convertían sólo en el menor de los habitantes libres de Valinor, ayudaría a los Valar en todas sus tareas, principalmente en la curación de las muchas heridas que él mismo había abierto en el mundo. Y Nienna apoyó este alegato; pero Mandos no dijo una palabra.

Entonces Manwë le concedió el perdón; pero los Valar no permitieron que se apartara en seguida de la vista y la vigilancia de ellos, y tuvo que habitar dentro de los confines de Valmar. Pero de hermosa apariencia eran todas las palabras y los hechos de Melkor en este tiempo, y tanto los Valar como los Eldar sacaban provecho de la ayuda y los consejos de él, si los buscaban; y por tanto al cabo de un tiempo se le permitió circular libremente por la tierra, y le pareció a Manwë que Melkor estaba curado de todo mal. Porque no había mal en Manwë y no podía comprenderlo, y sabía que en el principio, en el pensamiento de Ilúvatar, Melkor había sido como él; y no veía las profundidades del corazón de Melkor y no advertía que el amor lo había abandonado para siempre. Pero Ulmo no se engañó, y Tulkas cerraba los puños cada vez que veía pasar a Melkor, el enemigo; porque si Tulkas es lento para la cólera, lo es también para olvidar. Pero obedecían el juicio de Manwë; pues quienes defienden la autoridad contra la rebelión, no han de rebelarse ellos mismos.

Ahora bien, en su corazón era a los Eldar a quienes más odiaba Melkor, tanto porque eran hermosos y felices, como porque en ellos veía la causa de la elevación de los Valar y la de su propia caída. Por ese motivo, tanto más fingía amarlos y buscaba la amistad de los Eldar, y les ofrecía el servicio de su ciencia y de su trabajo en toda gran empresa que ellos emprendiesen. Los Vanyar, por cierto, sospechaban de él, pues habitaban a la luz de los Árboles y eran dichosos; y Melkor ponía poca atención en los Teleri, pues los consideraba de escaso valor, instrumentos en exceso débiles para sus designios. Pero los Noldor se complacían en el conocimiento oculto que podía revelarles; y algunos escuchaban palabras que mejor les hubiera valido no haber oído nunca. Melkor en verdad declaró después que Fëanor había aprendido mucho de él en secreto, y que él lo había instruido en la más grande de todas sus obras; pero mentía por envidia y codicia, pues ninguno de los Eldalië odió nunca tanto a Melkor como Fëanor hijo de Finwë, quien por primera vez le dio el nombre de Morgoth; y aunque atrapado en las redes de la malicia de Melkor contra los Valar, no habló con él, ni buscó su consejo. Porque sólo el fuego de su propio corazón impulsaba a Fëanor, que trabajaba siempre de prisa y solo; y nunca pidió la ayuda ni buscó el consejo de nadie que habitara en Aman, fuera grande o pequeño, excepto sólo y por un corto tiempo los de su esposa, Nerdanel la Sabia.

7

DE LOS SILMARILS Y LA INQUIETUD
DE LOS NOLDOR

En ese tiempo se hizo la que luego tuvo más renombre entre las obras de los Elfos. Porque Fëanor, llegado a la plenitud de su capacidad, había concebido un nuevo pensamiento, o quizás ocurrió que una sombra de preciencia le había llegado del destino que se acercaba; y se preguntaba cómo la luz de los Árboles, la gloria del Reino Bendecido, podría preservarse de un modo imperecedero. Entonces inició una faena larga y secreta, recurriendo a toda la ciencia y el poder que poseía y sus sutiles habilidades; y al cabo hizo los Silmarils.

Los Silmarils tenían la forma de tres grandes joyas. Pero no hasta el Fin, cuando regrese Fëanor, que pereció antes de que el Sol apareciese, y que se sienta ahora en las Estancias de Espera y no vuelve entre los suyos; no hasta que el Sol transcurra y caiga la Luna, se conocerá la sustancia de que fueron hechos. Tenía la apariencia del cristal de diamante, y sin embargo era más inquebrantable todavía, de modo que ninguna violencia podía dañarla o romperla en el Reino de Arda. No obstante, ese cristal era a los Silmarils lo que es el cuerpo a los Hijos de Ilúvatar: la casa del fuego interior, que está dentro de él y sin embargo también en todas sus partes, y que le da vida. Y el fuego interior de los Silmarils lo hizo Fëanor con la luz mezclada de los Árboles de Valinor, que vive todavía en ellos, aunque los Árboles hace ya mucho que se han marchitado y ya no brillan. Por tanto, aun en la oscuridad de las más profundas arcas los Silmarils resplandecían con luz propia, como las estrellas de Varda; y sin embargo, como si fueran en verdad criaturas vivientes, se regocijaban en la luz y la recibían y la devolvían con matices aún más maravillosos.

Todos los que vivían en Aman sintieron asombro y deleite ante la obra de Fëanor. Y Varda consagró los Silmarils, de modo que en adelante ninguna carne mortal, ni manos maculadas, ni nada maligno podría tocarlos sin quemarse y marchitarse; y Mandos predijo que ellos guardaban dentro los destinos de Arda, la tierra, el mar y el aire. El corazón de Fëanor estaba estrechamente apegado a esas cosas que él mismo había hecho.

Entonces Melkor codició los Silmarils, y le bastaba recordar cómo brillaban para que un fuego le royese el corazón. De allí en adelante, inflamado por este deseo, buscó ansiosamente y aún más que antes la manera de destruir a Fëanor y de poner fin a la amistad entre los Valar y los Elfos; pero ocultó estos propósitos con astucia, y ninguna malicia podía verse en el semblante que mostraba. Mucho tiempo trabajó, y lentos al principio y baldíos fueron sus afanes. Pero al que siembra mentiras le llega a la larga el tiempo de la cosecha, y pronto puede echarse a descansar mientras otros recogen y siembran en vez de él. Aun Melkor encontró oídos que lo escucharan, y algunas lenguas que agrandaran lo que habían oído; y sus mentiras pasaron de amigo a amigo como secretos cuyo conocimiento prueba la inteligencia de quien los revela. Amargamente pagaron los Noldor la locura de haberle prestado oídos en los días que siguieron después.

Cuando vio que muchos lo aceptaban, Melkor anduvo con frecuencia entre ellos, y junto con las palabras dulces entretejía otras, con tanta sutileza que muchos de los que las escuchaban creían al recordarlas que eran pensamientos propios. Conjuraba visiones en sus corazones de los poderosos reinos del este que podrían haber gobernado a voluntad; y cundió el rumor de que los Valar habían llevado a los Eldar a Aman por causa de los celos, temiendo que la belleza de los Quendi y la capacidad de creación con que Ilúvatar los había dotado se volvieran excesivas y que los Valar no fueran capaces de gobernarlos, mientras los Elfos medraban y se extendían por las anchas tierras del mundo.

En esos días, aunque los Valar tenían conocimiento de la próxima llegada de los Hombres, los Elfos nada sabían aún, pues Manwë no la había revelado. Pero Melkor les habló en secreto de los Hombres Mortales, viendo cómo el silencio de los Valar podría torcerse para mal. Poco sabía él de los Hombres, pues inmerso en sus propios pensamientos musicales, apenas había prestado atención al Tercer Tema de Ilúvatar;

75

pero se decía ahora entre los Elfos que Manwë mantenía cautivos a los Hombres, para que al fin llegaran a suplantar a los Elfos en los reinos de la Tierra Media. Porque advertían los Valar que no les sería tan difícil someter a esta raza de corta vida y más débil, arrebatando así a los Elfos el legado que Ilúvatar les reservaba. Poca verdad había en esto y jamás lograron los Valar tener gran dominio de la voluntad de los Hombres; pero muchos de los Noldor creyeron, o creyeron a medias, estas palabras malignas.

Así pues, antes de que los Valar se dieran cuenta, la paz de Valinor fue envenenada. Los Noldor empezaron a murmurar contra ellos y el orgullo dominó a muchos, que olvidaron cuánto de lo que tenían y conocían era don de los Valar. Fiera ardía la nueva llama del deseo de libertad y de anchos reinos en el corazón ansioso de Fëanor; y Melkor se reía en secreto, porque ese blanco habían tenido sus mentiras por destino: era a Fëanor a quien odiaba sobre todo, codiciando siempre los Silmarils. Pero a éstos no le estaba permitido acercarse, porque aunque Fëanor los llevaba en las grandes fiestas, brillantes sobre la frente, en toda otra ocasión estaban celosamente guardados en las cámaras profundas del tesoro de Tirion. Porque Fëanor empezó a amar los Silmarils con amor codicioso, y los ocultaba a todos excepto a su padre y a sus siete hijos; rara vez recordaba ahora que la luz que guardaban no era la luz de él.

Ilustres príncipes fueron Fëanor y Fingolfin, los hijos mayores de Finwë, honrados por todos en Aman; pero ahora se habían vuelto orgullosos y celosos de los derechos y los bienes de cada uno. Entonces Melkor diseminó nuevas mentiras en Eldamar, y a Fëanor le llegó el rumor de que Fingolfin y sus hijos planeaban usurpar el trono de Finwë y el mayorazgo de Fëanor, y suplantarlos con anuencia de los Valar, porque disgustaba a los Valar que los Silmarils estuvieran en Tirion y no hubieran sido confiados a ellos. Pero a Fingolfin y a Finarfin les dijo: —¡Cuidaos! Poco amor ha sentido hasta hoy el orgulloso hijo de Míriel por los hijos de Indis. Ahora se ha engrandecido y tiene al padre en un puño. ¡No pasará mucho tiempo antes de que os arroje de Túna!

Y cuando Melkor vio que estas mentiras ardían como brasas, y que habían despertado el orgullo y la cólera entre los

Noldor, les habló de las armas; y en ese tiempo los Noldor empezaron a forjar espadas y hachas y lanzas. También hicieron escudos con los signos de muchas casas y clanes que rivalizaban entre sí; y a éstos sólo los llevaban fuera del reino, y de otras armas no hablaban porque cada cual creía que sólo él había recibido la advertencia. Y Fëanor hizo una fragua secreta de la que ni siquiera Melkor sabía; y allí templó feroces espadas para él y para sus hijos, e hizo altos yelmos con penachos rojos. Amargamente lamentó Mahtan el día en que le enseñó al marido de Nerdanel toda la ciencia de la metalurgia que él había aprendido de Aulë.

Así, con mentiras y malignos rumores y falsos consejos, Melkor incitó a los Noldor a que lucharan; y de esas disputas llegó con el tiempo el fin de los días ilustres de Valinor y la declinación de su antigua gloria. Porque Fëanor empezó ahora a pronunciarse abiertamente contra los Valar, clamando a voces que abandonaría Valinor para volver al mundo de fuera, y que libraría a los Noldor del sojuzgamiento, si ellos estaban dispuestos a seguirlo.

Entonces hubo gran inquietud en Tirion, y Finwë se sintió perturbado; y convocó a todos sus señores a celebrar consejo. Pero Fingolfin corrió al palacio de Finwë y se le puso delante diciendo: —Rey y padre, ¿no refrenarás el orgullo de nuestro hermano, Curufinwë, demasiado bien llamado Espíritu de Fuego? ¿Con qué derecho habla en nombre de todo nuestro pueblo como si fuera el rey? Tú fuiste quien ya hace mucho aconsejó a los Quendi que aceptaran el llamamiento de los Valar a Aman. Tú fuiste quien condujo a los Noldor por el largo camino a través de los peligros de la Tierra Media a la luz de Eldamar. Si no te arrepientes ahora, tienes cuando menos dos hijos que honran tus palabras.

Pero mientras todavía hablaba Fingolfin, entró Fëanor en la cámara, armado de arriba abajo: un alto yelmo en la cabeza, y al costado una poderosa espada. —De modo que es como lo había adivinado —dijo—. Mi medio hermano se me adelanta al encuentro de mi padre en este como en todo otro asunto. —Luego, volviéndose hacia Fingolfin, desenvainó la espada y gritó:— ¡Fuera de aquí y ocupa el lugar que te cuadra!

Fingolfin se inclinó ante Finwë y sin decir una palabra, y

evitando mirar a Fëanor, abandonó el aposento. Pero Fëanor lo siguió, y lo detuvo a las puertas de la casa del rey; y apoyó la punta de la brillante espada contra el pecho de Fingolfin.

—¡Mira, medio hermano! —dijo—. Esto es más afilado que tu lengua. Trata sólo una vez más de usurpar mi sitio y el amor de mi padre y quizá libraré a los Noldor del que ambiciona convertirse en conductor de esclavos.

Muchos escucharon estas palabras, porque la casa de Finwë estaba en la gran plaza bajo la Mindon; pero tampoco esta vez Fingolfin respondió, y avanzando en silencio entre la multitud fue en busca de Finarfin, su hermano.

Ahora bien, a los Valar no se les había escapado por cierto la inquietud de los Noldor, pero la semilla de esta inquietud había sido sembrada en la oscuridad; y, como Fëanor fue quien primero habló en contra de los Valar, éstos creyeron que él era el promotor del descontento, pues tenía reputación de obstinado y arrogante, aunque todos los Noldor eran ahora orgullosos. Y Manwë esta apenado, pero observó y no dijo palabra alguna. Los Valar habían traído a los Eldar a aquellas tierras sin quitarles la libertad, y eran dueños de morar en ella o de partir; y aunque juzgaran que la partida era una locura, no la impedirían. Pero ahora la conducta de Fëanor no podía pasarse en silencio, y los Valar estaban enfadados y afligidos; y Fëanor fue llamado a comparecer ante ellos a las puertas de Valmar, para que respondiera de todas sus palabras y actos. También fueron convocados todos los otros que habían tenido parte en este asunto o algún conocimiento de él; y a Fëanor, de pie ante Mandos en el Anillo del Juicio, se le ordenó que respondiese a todo lo que se le preguntara. Entonces, por fin la raíz quedó al desnudo, y revelada la malicia de Melkor; y sin demora Tulkas abandonó el consejo para echarle mano y llevarlo de nuevo a juicio. Pero no se consideró que Fëanor no tuviera culpa, porque él había sido el que quebrantara la paz en Valinor y desenvainara la espada contra su pariente; y Mandos le dijo: —Tú hablas de esclavitud. Si esclavitud es en verdad, no puedes escaparte; porque Manwë es Rey de Arda y no sólo de Aman. Y esa acción fue contra la ley, fuera en Aman o no. Por tanto, este juicio se dicta ahora: por doce años abandonarás Tirion, donde se habló de esta amenaza. En ese tiempo reflexiona y recuerda quién y qué eres. Pero al cabo de ese tiempo, este asunto quedará saldado y enderezado, si hay gente que esté dispuesta a liberarte.

Entonces Fingolfin dijo: —Yo liberaré a mi hermano. —Pero Fëanor no dio respuesta alguna allí ante los Valar. En seguida se volvió y abandonó el consejo y partió de Valmar.

Junto con él partieron al destierro sus siete hijos, y al norte de Valinor construyeron una plaza fuerte y cámaras de tesoros; y allí, en Formenos, se atesoró un gran número de gemas, y también armas, y los Silmarils fueron guardados en una cámara de hierro. Allí fue también Finwë, el rey, por causa del amor que profesaba a Fëanor; y Fingolfin gobernó a los Noldor en Tirion. Así, las mentiras de Melkor se hicieron verdad en apariencia, aunque Fëanor, con su propia conducta, había sido causa de que esto ocurriese; y la amargura que Melkor había sembrado subsistió, y sobrevivió todavía mucho tiempo entre los hijos de Fingolfin y Fëanor.

Al saber Melkor que sus maquinaciones habían sido descubiertas, se escondió y se trasladó de sitio en sitio como una nube en las colinas, y Tulkas lo buscó en vano. Entonces le pareció al pueblo de Valinor que la luz de los Árboles había menguado, y que la sombra de todas las cosas erguidas se alargaba y se oscurecía.

Se dice que por un tiempo no volvió a verse a Melkor en Valinor ni tampoco se oían rumores acerca de él, hasta que un buen día apareció y habló con Fëanor ante las puertas de Formenos. Fingió amistad con argumentos astutos e insistió en que volviera a pensar en librarse del estorbo de los Valar; y dijo: —Considera la verdad de todo cuanto he dicho y cómo has sido desterrado injustamente. Pero si el corazón de Fëanor es todavía libre y audaz como lo fueron sus palabras en Tirion, lo ayudaré entonces y lo llevaré lejos de la estrechez de esta tierra. Pues ¿no soy yo también un Valar acaso? Sí, y más todavía que los que moran orgullosos en Valimar; y he sido siempre amigo de los Noldor, el más valiente y capaz de los pueblos de Arda.

Todavía había amargura en el corazón de Fëanor por la

humillación sufrida ante Mandos, y miró a Melkor en silencio, preguntándose si aún podía confiar en él y si lo ayudaría a huir. Y Melkor, viendo que Fëanor vacilaba y sabiendo que los Silmarils lo tenían dominado, dijo por último: —He aquí una plaza fuerte y bien guardada; pero no creas que los Silmarils estarán seguros en cualquier cámara que se encuentre en el reino de los Valar.

Pero la astucia de Melkor sobrepasó el blanco; sus palabras llegaron demasiado hondo, y alentaron un fuego más fiero que el que se proponía; y Fëanor miró a Melkor con ojos que ardían a través de una dulce apariencia, y horadaron las nieblas de la mente de Melkor, advirtiendo en ella la feroz codicia que despertaban los Silmarils. Entonces el odio pudo más que el miedo en Fëanor, y maldijo a Melkor y lo arrojó de su lado diciéndole: —¡Vete de mis portales, carne del presidio de Mandos! —Y cerró las puertas de su casa en la cara del más poderoso de los moradores de Eä.

Melkor partió entonces avergonzado, porque él mismo estaba en peligro y no veía llegado aún el momento de la venganza; pero la cólera le había ennegrecido el corazón, y Finwë tuvo mucho miedo y envió de prisa mensajeros a Manwë, en Valmar.

Ahora bien, cuando los mensajeros llegaron de Formenos, los Valar estaban reunidos en consejo a las puertas, asustados por la prolongación de las sombras. En seguida Oromë y Tulkas se pusieron en pie de un salto, pero cuando ya se disponían a lanzarse a la carrera, llegaron mensajeros de Eldamar con la nueva de que Melkor había huido a través del Calacirya y que desde la colina de Túna los Elfos lo habían visto pasar, furioso como una nube de tormenta. Y dijeron que desde allí se había vuelto hacia el norte, porque los Teleri habían visto la sombra de Melkor sobre el puerto, hacia Araman.

Así Melkor abandonó Valinor y por un tiempo los Dos Árboles volvieron a brillar sin sombra, y la tierra se colmó de luz. Pero los Valar quisieron en vano tener nuevas de su enemigo; y como una nube alejada y cada vez más alta, llevada por un lento viento helado, una duda empañaba ahora la alegría de los habitantes de Aman, pues tenían miedo de un daño desconocido que aún podía acaecerles.

8

DEL OSCURECIMIENTO DE VALINOR

Cuando Manwë oyó qué camino había seguido Melkor, le pareció evidente que se proponía escapar a sus viejas fortalezas al norte de la Tierra Media; y Oromë y Tulkas marcharon de prisa hacia el norte con intención de alcanzarlo si era posible, pero no encontraron de él ni rastros ni rumores más allá de las costas de los Teleri, en los baldíos despoblados que llegaban casi hasta el Hielo. En adelante se redobló la vigilancia a lo largo de los cercados septentrionales de Aman; pero en vano, porque aun antes de que se hubiera iniciado la persecución, Melkor había regresado y había pasado en secreto alejándose hacia el sur. Porque era aún como uno de los Valar, y podía cambiar de forma, o andar desnudo al igual que sus hermanos; aunque pronto habría de perder para siempre ese poder.

Así, sin ser visto, llegó por fin a la región oscura de Avathar. Esa tierra angosta se encontraba al sur de la Bahía de Eldamar, al pie oriental de las Pelóri, y sus prolongadas y lúgubres costas se extendían hacia el sur, sombrías e inexploradas. Allí, bajo los muros despojados de las montañas y el frío y oscuro mar, las sombras eran más profundas y espesas que en ningún otro sitio del mundo; y allí, en Avathar, secreta y desconocida, Ungoliant había construido su morada. Los Eldar no sabían de dónde venía ella; pero han dicho algunos que hace ya muchas edades descendió desde la oscuridad que está más allá de Arda, cuando Melkor miró por primera vez con envidia el Reino de Manwë, y que en el principio ella fue uno de aquellos que él corrompió para que lo sirvieran. Pero ella había renegado de su Amo en el deseo de convertirse en dueña de su propia codicia, apoderándose de todas las cosas para así alimentar su propio vacío; y huyó hacia el sur, escapando de los ataques de los Valar y de los cazadores de Oromë, pues éstos siempre habían vigilado el norte, y por mucho tiempo el sur fue descuidado. Desde allí se había arrastrado hacia la luz del

Reino Bendecido; porque tenía hambre de luz y a la vez la odiaba.

Vivía en una hondonada y había tomado la forma de una araña monstruosa, tejiendo sus negras telas en una hendidura de las montañas. Allí absorbía toda la luz y la devolvía como una red oscura de asfixiante lobreguez, hasta que ya no le llegaba ninguna luz; y estaba hambrienta.

Entonces vino Melkor a Avathar y la buscó hasta encontrarla; y adoptó nuevamente la forma que había tenido como tirano de Utumno: un oscuro Señor, alto y terrible. Esta forma la conservó para siempre. Allí, en las sombras negras, más allá aun de lo que Manwë alcanzaba a ver desde sus más elevadas estancias, Melkor y Ungoliant discutieron la venganza que él había planeado. Pero cuando Ungoliant comprendió los propósitos de Melkor, quedó desgarrada entre la codicia y el miedo; porque temía desafiar los peligros de Aman y el poder de los espantables Señores, y de ningún modo quería moverse de su escondite. Por tanto, Melkor le dijo: —Haz lo que pido; si aún estás hambrienta cuando todo esté consumado, te daré entonces lo que tu codicia exija. Sí, con ambas manos. —Hizo esta promesa a la ligera, como siempre; y se reía en secreto. De esta manera el ladrón mayor le tendió una trampa al ladrón menor.

Una capa de oscuridad tejió Ungoliant alrededor de los dos cuando se pusieron en marcha: una No-luz en la que las cosas ya no parecían ser y que los ojos no podían penetrar, porque estaba vacía. Entonces, lentamente, tendió Ungoliant las telas: hilado tras hilado, de grieta a grieta, de roca protuberante a pináculo rocoso, siempre en ascenso, trepando, arrastrándose y adhiriéndose, hasta que por último alcanzaron la cima misma de Hyarmentir, la más alta montaña de esa región del mundo, muy lejos al sur de la gran Taniquetil. Allí los Valar no montaban vigilancia; porque al oeste de las Pelóri había una tierra vacía y penumbrosa, y al este, salvo la olvidada Avathar, las montañas sólo miraban a las oscuras aguas del mar sin senderos.

Pero ahora, la oscura Ungoliant se encontraba sobre la cima de la montaña; e hizo una escala de cuerdas tejidas y la dejó caer, y Melkor trepó y llegó a aquel elevado sitio, y se irguió junto a ella mirando allá abajo el Reino Guardado.

Por debajo se extendían los bosques de Oromë y hacia el oeste brillaban tenues los campos y los pastizales de Yavanna, dorados bajo el alto trigo de los dioses. Pero Melkor miraba hacia el norte y vio a lo lejos la llanura resplandeciente y las cúpulas plateadas de Valmar que refulgían a la luz mezclada de Telperion y Laurelin. Entonces Melkor rió muy alto y se echó a correr saltando por las largas pendientes occidentales; y Ungoliant iba con él y la oscuridad los cubría.

Era entonces tiempo de festividad, como Melkor sabía bien. Aunque todas las mareas y las estaciones seguían la voluntad de los Valar, y no había en Valinor invierno de muerte, ellos moraban en el Reino de Arda, que no era más que un reino minúsculo en las estancias de Eä, cuya vida es el Tiempo, que fluye siempre desde la primera nota hasta el último acorde de Eru. Y aunque entonces el deleite de los Valar (como se cuenta en la *Ainulindalë*) era ponerse como una vestidura las formas de los Hijos de Ilúvatar, también comían y bebían, y recogían los frutos de Yavanna, sacados de la Tierra, que habían hecho por voluntad de Eru.

Por tanto Yavanna había ordenado las épocas de floración y madurez de todo lo que crecía en Valinor; y con cada primera cosecha Manwë convocaba una gran fiesta en alabanza de Eru, y todos los pueblos de Valinor vertían su alegría en música y canciones sobre el Taniquetil. Ésta era la hora, y Manwë había decretado una fiesta más gloriosa que ninguna celebrada antes desde la llegada de los Eldar a Aman. Porque aunque la huida de Melkor hacía presagiar afanes y dolores, y nadie podía conocer los daños que aún sobrevendrían, antes de que pudieran volver a someterlo, en esta ocasión Manwë decidió poner remedio al mal surgido entre los Noldor; y todos fueron invitados a ir a los palacios de Taniquetil, para dejar allí de lado las querellas que separaban a los príncipes y olvidar por completo las mentiras del Enemigo.

Asistieron los Vanyar, y asistieron los Noldor de Tirion, y acudieron juntos los Maiar, y los Valar lucían toda su belleza y majestad; y cantaron ante Manwë y Varda en las altas estancias o danzaron en las verdes pendientes de la Montaña que miraba al oeste hacia los Árboles. Ese día las calles de Valmar quedaron desiertas y las escaleras de Tirion estuvieron en silencio; y toda la tierra dormía en paz. Sólo los Teleri, más allá de las montañas, cantaban todavía a orillas del océano; pues poco caso hacían del tiempo o las estaciones, o de los cuidados de los Regidores de Arda, o de la sombra que había caído sobre Valinor, pues no los había afectado hasta entonces.

Sólo una cosa estropeaba el propósito de Manwë. Fëanor había venido por cierto, porque sólo a él Manwë le había ordenado asistencia; pero Finwë no se presentó, ni ningún otro de los Noldor de Formenos. Porque, dijo Finwë: —En tanto dure el destierro impuesto a mi hijo, y no pueda presentarse en Tirion, me privo a mí mismo de la corona y no he de reunirme con mi pueblo. —Y Fëanor llegó vestido de fiesta y no llevaba ornamento alguno, ni plata, ni oro, ni gemas; y se negó a que los Valar y los Eldar contemplaran los Silmarils, y los dejó guardados en Formenos en la cámara de hierro. No obstante, se encontró con Fingolfin ante el trono de Manwë y se reconcilió con él, de palabra; y Fingolfin no intentó desenvainar la espada. Tendió la mano a Fingolfin diciendo: —Tal como lo prometí, lo hago ahora. Salgo en tu descargo y no recuerdo ya ofensa alguna.

Entonces Fëanor le tomó la mano en silencio; pero Fingolfin dijo: —Medio hermano por la sangre, hermano entero seré por el corazón. Tú conducirás y yo te seguiré. Que ninguna querella nos divida.

—Te oigo —dijo Fëanor—. Así sea. —Pero nadie sabía el posible significado de esas palabras.

Se dice que cuando Fëanor y Fingolfin estaban ante Manwë, las luces de los Árboles se mezclaron, y en la silenciosa ciudad de Valmar hubo un fulgor de plata y oro. Y a esa misma hora precisa Melkor y Ungoliant llegaron precipitados a los campos de Valinor como la sombra de una nube oscura que pasa sobre la tierra iluminada por el sol; y llegaron ante el verde montículo de Ezellohar. Entonces la No-luz de Ungoliant subió hasta las raíces de los Árboles, y Melkor saltó sobre el montículo; y con su lanza negra hirió a cada Árbol hasta la médula, los hirió profundamente, y la savia manaba como si fuese sangre y se derramó por el suelo. Pero Ungoliant la absorbía y yendo de Árbol a Árbol aplicaba el pico negro a las heridas hasta que quedaron desecadas; y el veneno de Muerte que había en ella penetró en los tejidos y los marchitó: raíz, ramas y hojas; y murieron. Y ella aún tenía sed, y yendo a las Fuentes de Varda, bebió de ellas hasta dejarlas secas; pero eructaba vapores negros mientras bebía, y se hinchó hasta tener una forma tan grande y espantosa que Melkor sintió mucho miedo.

Así la gran oscuridad descendió sobre Valinor. De los hechos de ese día se habla en el *Aldudénië*, que compuso Elemmírë de los Vanyar y es conocido de todos los Eldar. Pero no existe canto ni libro que pueda contener toda la aflicción y el terror que hubo entonces. La Luz menguó; pero la Oscuridad que sobrevino no fue tan sólo pérdida de luz. Fue una Oscuridad que no parecía una ausencia, sino una cosa con sustancia: pues en verdad había sido hecha maliciosamente con la materia de la Luz, y tenía poder de herir el ojo y de penetrar el corazón y la mente y de estrangular la voluntad misma.

Varda miró hacia abajo desde Taniquetil y vio la Sombra que se elevaba en súbitas torres de lobreguez; Valmar había naufragado en un profundo mar nocturno. Pronto la Montaña Sagrada se erguía sola, una última isla en un mundo anegado. Todo canto cesó. Había silencio en Valinor y no se oía ningún sonido, sólo a lo lejos el lamento de los Teleri, como el grito frío de las grullas. Venía entre las montañas con el viento que a esa hora soplaba helado desde el este, y las vastas sombras del mar rompían contra los muros de la costa.

Pero Manwë miraba desde el alto trono, y sólo él alcanzó a horadar la noche hasta que tropezó con una Oscuridad más allá de lo oscuro; y supo que Melkor había venido y había partido.

Entonces empezó la persecución; y la tierra tembló bajo los caballos del ejército de Oromë, y el fuego que relumbró bajo los cascos de Nahar fue la primera luz que volvió a Valinor. Pero no bien llegaron los jinetes a la Nube de Ungoliant, quedaron enceguecidos y desanimados y no sabían por dónde iban; y el sonido del Valaróma vaciló y se perdió. Y Tulkas parecía atrapado en una red negra por la noche, y nada podía hacer y batía el aire en vano. Pero cuando la Oscuridad hubo pasado, ya era tarde: Melkor se había ido, y la venganza estaba consumada.

9

DE LA HUIDA DE LOS NOLDOR

Al cabo de un tiempo una gran concurrencia se reunió en el
Anillo del Juicio; y los Valar se sentaron en la sombra, porque era de noche. Pero las estrellas de Varda brillaban en lo
alto y el aire estaba claro; pues los vientos de Manwë habían
barrido los vapores de muerte y habían devuelto las sombras
al mar. Entonces Yavanna se incorporó y se irguió sobre Ezellohar, el Montículo Verde, pero estaba desnudo ahora, y negro; y puso las manos sobre los árboles, pero éstos estaban
muertos y oscuros, y cada rama que tocaba se quebraba y
caía marchita a sus pies. Entonces muchas voces se alzaron
en lamentaciones; y les pareció a los que se apesadumbraban
que habían bebido hasta las heces la copa de dolor que Melkor había escanciado para ellos. Pero no era así.

Yavanna habló ante los Valar, diciendo: —La Luz de los Árboles se ha ido, y ahora vive sólo en los Silmarils de Fëanor.
¡Previsor ha sido! Aun para los más poderosos bajo la égida
de Ilúvatar hay una obra que sólo pueden llevar a cabo una
única vez. Di ser a la Luz de los Árboles, y en los confines de
Eä nunca más podré hacerlo. Sin embargo, si yo dispusiese
de un poco de esa luz, podría devolver la vida a los Árboles antes de que las raíces se corrompieran; y entonces nuestras heridas tendrían remedio, y la malicia de Melkor quedaría confundida.

Entonces intervino Manwë y dijo: —¿Oyes, Fëanor hijo de
Finwë, las palabras de Yavanna? ¿Concederás lo que pide?

Hubo un largo silencio, pero Fëanor no respondió. Tulkas
gritó entonces: —¡Di, oh, Noldo, sí o no! Pero ¿quién ha de
negarse a Yavanna? Y ¿no vino de su obra en un principio la
luz de los Silmarils?

Pero Aulë el Hacedor dijo: —¡No tengas prisa! Pedimos
algo más grande que nada que tú conozcas. Concédele paz
por un instante.

Pero Fëanor habló entonces y gritó amargamente: —Para
los pequeños, como para los mayores, hay siempre algo que

sólo pueden hacer una vez; y luego el corazón ha de reposar. Puede que sea posible abrir mis joyas, pero nunca otra vez haré otras parecidas; y si he de romperlas, se me romperá el corazón y moriré; el primero de entre todos los Eldar en Aman.

—No el primero —dijo Mandos, pero nadie entendió estas palabras; y una vez más hubo silencio mientras Fëanor meditaba en la oscuridad. Le parecía estar engarzado en un anillo de enemigos, y le volvieron a la memoria las palabras de Melkor: los Silmarils no estarían seguros en manos de los Valar. «¿Y no es él Vala como ellos?», le decía el corazón. «¿Y no entiende acaso lo que ellos sienten? ¡Sí, es un ladrón el que delata a los ladrones!» Entonces vociferó—: No lo haré de propia voluntad. Pero si los Valar me obligan, sabré entonces con seguridad que Melkor es como ellos.

Entonces Mandos dijo: —Has hablado. —Y Nienna se puso en pie y fue a Ezellohar, y echó atrás la capucha gris y lavó con lágrimas las inmundicias de Ungoliant; y cantó doliéndose de la amargura del mundo y la Injuria de Arda.

Pero mientras Nienna aún se lamentaba, llegaron mensajeros de Formenos, y eran gente de los Noldor que traían nuevas de infortunio. Porque contaron cómo una ciega Oscuridad había avanzado hacia el norte, y en medio de ella se movía cierto poder para el que no había nombre, y la Oscuridad salía de él mismo. Pero Melkor también estaba allí, y fue a la casa de Fëanor, y mató a Finwë, Rey de los Noldor, delante de las puertas, y derramó la primera sangre en el Reino Bendecido; porque sólo Finwë no había huido del horror de lo Oscuro. Y contaron que Melkor había quebrantado la fortaleza de Formenos y se había apoderado de todas las joyas de los Noldor que allí estaban guardadas; y los Silmarils habían desaparecido.

Entonces Fëanor se levantó, y alzando la mano ante Manwë, maldijo a Melkor llamándolo *Morgoth*, Negro Enemigo del Mundo; y desde entonces y para siempre los Eldar sólo lo conocieron por ese nombre. Y maldijo también el llamamiento de Manwë y la hora en que había acudido a Taniquetil, pensando en medio de la locura a que lo habían llevado la rabia y la pena que si se hubiera encontrado en Formenos, la fuerza le habría valido al menos para que no lo mataran a él también, como Melkor se había propuesto. Entonces Fëanor abandonó a la carrera el Anillo del Juicio y se internó en la noche; porque Finwë le era más querido que las obras incomparables de sus manos o que la luz de Valmar; y ¿quiénes entre los hijos, sean de Elfos o de Hombres, han tenido a sus padres en más alta estima?

Muchos allí se afligieron por el dolor de Fëanor, pero la pérdida por él sufrida no era suya solamente; y Yavanna lloró junto al montículo, temiendo que la Oscuridad devorara para siempre los últimos rayos de la Luz de Valinor. Porque aunque los Valar aún no entendían del todo qué pasaba, advertían que Melkor había pedido ayuda a algo que procedía de más allá de Arda. Los Silmarils habían desaparecido y no importaba en apariencia que Fëanor le hubiera dicho sí o no a Yavanna; sin embargo, si hubiera consentido desde un principio, antes de que las nuevas llegaran desde Formenos, quizá no hubiese podido acometer lo que hizo después. Pero el destino de los Noldor estaba ahora cada vez más cerca.

Entretanto Morgoth, al huir de la persecución de los Valar, llegó a los baldíos de Araman. Esta tierra se extendía hacia el norte, entre las Montañas de las Pelóri y el Gran Mar, como Avathar se extendía hacia el sur; pero Araman era una región más vasta, y entre las costas y las montañas había tierras yermas, cada vez más frías a medida que se aproximaban al Hielo. Por esta región Morgoth y Ungoliant pasaron de prisa, y así llegaron a través de las grandes nieblas de Oiomúrë al Helcaraxë, el estrecho entre Araman y la Tierra Media, todo de hielo crujiente; y él lo cruzó, y regresó por fin al norte de las Tierras Exteriores. Juntos siguieron avanzando, porque Morgoth no podía eludir a Ungoliant, y la nube de Ungoliant todavía lo envolvía y todos los ojos de ella estaban fijos en Morgoth; y llegaron a esas tierras que se extienden al norte del Estuario de Drengist. Se acercaba ahora Morgoth a las ruinas de Angband, donde se había levantado una gran fortaleza occidental; y Ungoliant cayó en la cuenta de cuál era la esperanza de Morgoth y supo que allí intentaría huir, y lo detuvo exigiéndole que cumpliera lo que había prometido.

—¡Negro corazón! —dijo—. He hecho lo que me pediste. Pero todavía estoy hambrienta.

—¿Qué más quieres? —dijo Morgoth—. ¿Deseas meterte el mundo entero en la barriga? No prometí darte eso. Soy el Señor.

—No pretendo tanto —dijo Ungoliant—. Pero obtuviste un gran tesoro en Formenos; eso quiero. Sí, con ambas manos me lo darás.

Entonces por fuerza cedió Morgoth las gemas que llevaba consigo, una por una y a regañadientes; y ella las devoró y la belleza de las piedras murió para el mundo. Más grande y oscura se volvió Ungoliant, pero su codicia no estaba satisfecha todavía. —Con una mano das —dijo—; sólo con la izquierda. Abre la otra mano.

En la mano derecha llevaba Morgoth apretados los Silmarils, y aunque estaban encerrados en un cofrecillo de cristal, habían empezado a quemarlo y el dolor le agarrotaba la mano, pero no la abría. —¡No! —dijo—. Has recibido lo que te adeudaba. Porque con el poder que puse en ti consumaste tu obra. Ya no te necesito. No tendrás estas cosas, ni las verás. Las nombro mías para siempre.

Pero Ungoliant había crecido y Morgoth era ahora más pequeño a causa del poder que había salido de él; y ella se irguió enfrentándolo, y lo encerró en su nube y lo atrapó en una red de cuerdas pegajosas para estrangularlo. Entonces Morgoth lanzó un grito terrible cuyos ecos resonaron en las montañas. Fue así que esa región se llamó Lammoth; porque esos ecos la habitaron después para siempre, y despertaban cada vez que alguien gritaba allí, y todas las tierras yermas entre las colinas y el mar se llenaban de un clamor de voces angustiadas. El grito de Morgoth a esa hora fue el más grande y terrible de los que se habían oído en el mundo del norte; las montañas se sacudieron y la tierra tembló y las rocas se partieron. En abismos olvidados se oyó ese grito. Muy por debajo de las estancias en ruinas de Angband, en cuevas que los Valar habían olvidado en la prisa del ataque, los Balrogs, que aún acechaban esperando el regreso del Señor, se levantaron ahora con rapidez, y precipitándose por Hithlum llegaron a Lammoth como una tempestad de fuego. Con los látigos de llamas rompieron las telas de Ungoliant, y ella se amedrentó y se volvió eructando vapores negros para ocultarse y escapar, y huyendo del norte descendió a Beleriand y

vivió bajo Ered Gorgoroth, en el valle oscuro que se llamó
después Nan Dungortheb, el Valle de la Muerte Terrible, por
causa del horror que ella crió en ese sitio; porque otras inmundas criaturas arácnidas habían morado allí desde los
días de la excavación de Angband, y Ungoliant se acopló con
ellas y las devoró; y aun después de que ella se fue, internándose en el olvidado sur del mundo, los vástagos continuaron
allí y tejieron unas telas horribles. Ningún libro cuenta qué
fue de Ungoliant. Sin embargo, han dicho algunos que el fin
le llegó hace ya mucho tiempo, cuando acuciada por el hambre, terminó por devorarse a sí misma.

Y así, pues, lo que Yavanna temía, que Ungoliant devorara
los Silmarils y éstos se desvanecieran en nada, no llegó a ocu-
rrir, pero las piedras quedaron en poder de Morgoth. Y Morgoth, libre otra vez, reunió a todos los sirvientes que pudo
encontrar y se encaminó a las ruinas de Angband. Allí cavó
de nuevo unas vastas cavernas y mazmorras, y por encima de
las puertas levantó las cumbres triples de Thangorodrim, y
enroscó para siempre alrededor una espesa emanación de
humo oscuro. Las huestes de bestias y demonios llegaron a
ser allí innumerables, y la raza de los Orcos, criada muchos
años atrás, creció y se multiplicó en las entrañas de la tierra.
Oscura era ahora la sombra sobre Beleriand, como se cuenta
más tarde; pero Morgoth forjó en Angband una gran corona
de hierro, y se llamó a sí mismo Rey del Mundo. Como señal de
esto, engarzó en la corona los Silmarils. Las manos se le en-
negrecieron quemadas por el contacto con esas joyas sagra-
das, y desde entonces fueron siempre negras; nunca se alivió
tampoco del dolor de la quemadura, ni de la ira del dolor. En
ningún momento se quitaba la corona, aunque el peso lo
abrumaba mortalmente. Sólo una vez dejó en secreto los dominios del norte; y a decir verdad en raras ocasiones abandonaba los lugares profundos de la fortaleza, y mandaba a
sus ejércitos desde el trono septentrional. Y también sólo
una vez esgrimió un arma, mientras gobernó el reino.

Porque ahora, más que en los días de Utumno, antes de
que su orgullo fuera humillado, lo devoraba el odio, y se consumía en la tarea de dominar a sus sirvientes e inculcarles el
deseo del mal. No obstante, conservó largo tiempo la majestad de los Valar, aunque cambiada en terror, y al encon-

trarse con él frente a frente, todos, excepto los más poderosos, se hundían en un oscuro precipicio de miedo.

Ahora bien, cuando se supo que Morgoth había escapado de
Valinor y que de nada servía perseguirlo, los Valar permanecieron largo tiempo sentados en la oscuridad, en el Anillo del
Juicio, y los Maiar y los Vanyar lloraban de pie junto a ellos;
pero la mayoría de los Noldor volvieron a Tirion y se lamentaron por el oscurecimiento de la bella ciudad. A través de la
barranca oscura del Calacirya venían flotando unas nieblas
desde los mares sombríos y cubrían las torres como mantos,
y la lámpara de la Mindon ardía pálida en la lobreguez.

Entonces, de pronto, apareció Fëanor en la ciudad y convocó a todos a la ilustre corte del rey en la cima de Túna;
pero la condena al destierro que le había sido impuesta no
estaba levantada todavía, y él se rebeló contra los Valar. Una
gran multitud se reunió rápidamente para escuchar lo que
tuviera que decir; y la luz de las muchas antorchas que cada
cual llevaba en la mano iluminaba las colinas y todas las escaleras y calles que subían por ella. Fëanor era un maestro de
las palabras y tenía gran poder sobre los corazones cada vez
que hablaba, y esa noche pronunció un discurso ante los Noldor que éstos siempre recordaron. Fieras y salvajes fueron
las palabras de Fëanor, y colmadas de cólera y de orgullo; y
al escucharlas los Noldor se sintieron movidos a la locura.
Fëanor habló sobre todo de Morgoth, con odio y cólera, y
sin embargo, casi todo cuanto dijo procedía de las mentiras
de Morgoth mismo; pero Fëanor, transido de dolor por el
asesinato de su padre y de angustia por el robo de los Silmarils, reclamó el reinado sobre todos los Noldor, desde que
Finwë estaba muerto, y despreció los decretos de los Valar.

—¿Por qué, oh, pueblo de los Noldor —exclamó—, por qué
habremos de servir a los celosos Valar, que no pueden prote-
gernos ni protegerse del Enemigo? Y aunque sea ahora un
adversario, ¿no pertenecen ellos y él a un mismo linaje? La
venganza me llama desde aquí, pero aun cuando así no fuese,
no querría yo vivir más tiempo en la misma tierra con el linaje del asesino de mi padre y del ladrón de mi tesoro. Pero
no soy el único valiente en este pueblo de valientes. ¿Y no habéis perdido todos a vuestro rey? ¿Y qué más no habéis per-

dido, aquí encerrados en una tierra estrecha entre las montañas y el mar?

»Aquí una vez hubo luz, que los Valar mezquinaron a la Tierra Media, pero ahora la oscuridad lo nivela todo. ¿Nos lamentaremos aquí siempre inactivos, pueblo de sombras, moradores de la niebla, vertiendo lágrimas vanas en el mar indiferente? ¿O volveremos a nuestra patria? En Cuiviénen fluían dulces las aguas bajo las estrellas de un cielo sin nubes, y vastas eran las tierras, por las que podía andar un pueblo libre. Allí se extienden todavía y nos aguardan, a nosotros que las abandonamos en un momento de locura. ¡Venid! ¡Que los cobardes guarden la ciudad!

Largamente habló, instando siempre a los Noldor a que lo siguieran, y a ganar ellos mismos la libertad y grandes reinos en las tierras del este, antes de que fuera demasiado tarde; porque repetía las mentiras de Melkor, que los Valar los habían engañado y pretendían mantenerlos cautivos para que los Hombres pudieran regir en la Tierra Media. Muchos de los Eldar oyeron hablar por primera vez de los Segundos Nacidos. —¡Hermoso será el fin —exclamó Fëanor—, aunque largo y áspero el camino! ¡Decid adiós al sometimiento! ¡Pero decid adiós también a la holgura! ¡Decid adiós a los débiles! ¡Decid adiós a vuestros tesoros! Porque iremos más lejos que Oromë, soportaremos más durezas que Tulkas: nunca dejaremos de intentarlo. ¡Tras Morgoth hasta el fin de la Tierra! Combatiremos contra él y nuestro odio será imperecedero. Pero cuando lo hayamos conquistado y recuperemos los Silmarils, nosotros y sólo nosotros seremos los señores de la Luz inmaculada y amos de la beatitud y la belleza de Arda. ¡Ninguna otra raza nos despojará!

Entonces pronunció Fëanor un terrible juramento. Los siete hijos se acercaron a él de un salto y juntos hicieron el mismo voto, y rojas como la sangre brillaron las espadas al resplandor de las antorchas. Era un juramento que nadie puede quebrantar ni nadie ha de pronunciar, aun en nombre de Ilúvatar, y pidieron para ellos la Oscuridad Sempiterna si no lo cumplían; y a Manwë nombraron como testigo, y a Varda, y a la montaña sagrada de Taniquetil, prometiendo perseguir con odio y venganza hasta el fin del Mundo a Vala, Demonio, Elfo u Hombre aún no nacidos, o a cualquier otra criatura, grande o pequeña, buena o mala, a la que el tiempo diese origen desde ahora hasta la consumación de los días, que guardara, tomara o arrebatara uno de los Silmarils de Fëanor.

Así hablaron Maedhros y Maglor y Celegorm, Curufin y Caranthir, Amrod y Amras, príncipes de los Noldor; y muchos se descorazonaron al oír las terribles palabras. Porque así dicho, un juramento, malo o bueno, no puede quebrantarse, y perseguirá tanto al que lo cumple como al que lo quebranta hasta el fin del mundo. Fingolfin y su hijo Turgon hablaron por tanto en contra de Fëanor, y despertaron palabras fieras, de modo que una vez más la ira estuvo cerca del filo de las espadas. Pero Finarfin habló dulcemente, como le era habitual, e intentó apaciguar a los Noldor, pidiéndoles que se detuvieran y meditaran antes que se hiciera algo que no pudiera deshacerse; y Orodreth, solo entre sus hijos, habló de igual manera. Finrod estaba con Turgon, su amigo; pero Galadriel, la única mujer de los Noldor que se mantuvo erguida y valerosa entre los príncipes contendientes, estaba ansiosa por partir. No pronunció ningún juramento, pero las palabras de Fëanor sobre la Tierra Media le habían ardido en el corazón, y anhelaba ver las amplias tierras sin custodia y gobernar allí un reino a su propia voluntad. Lo mismo que Galadriel pensaba Fingon hijo de Fingolfin, también movido por las palabras de Fëanor, aunque poco lo amaba; y con Fingon estuvieron, como siempre, Angrod y Aegnor, hijo de Finarfin. Pero éstos mantuvieron la calma y no hablaron contra sus padres.

Por fin, después de un largo debate, prevaleció Fëanor, y a la mayor parte de los Noldor allí reunidos inflamó con el deseo de nuevas cosas y países extraños. Por tanto, cuando Finarfin habló otra vez pidiendo reflexión y tiempo, un gran grito se alzó: —¡No, partamos! —Y sin dilación Fëanor y sus hijos se prepararon para emprender la marcha.

Poca previsión podía haber entre los que se atrevían a tomar una senda tan oscura. No obstante, todo se hizo con excesiva prisa; porque Fëanor los impulsaba temiendo que al enfriárseles el corazón las palabras que él había dicho se marchitaran, y prevalecieran otros consejos; y a pesar de todo el orgullo que había mostrado no olvidaba el poder de los Valar. Pero de Valmar no llegó mensaje alguno, y Manwë se mantenía en silencio. No estaba dispuesto a prohibir o estorbar el propósito de Fëanor; porque a los Valar les ofendía que se los hubiese acusado de malas intenciones para con los Eldar, o de que retuvieran a alguien por la fuerza. Ahora observaban y esperaban, porque no creían todavía que Fëanor pudiera someter a los Noldor.

Y en verdad cuando Fëanor empezó a dar órdenes a los Noldor para ponerse en camino, las discusiones comenzaron. Porque aunque había persuadido a la asamblea de que era necesario partir, no todos pensaban que Fëanor tuviese que ser el Rey. Fingolfin y sus hijos eran los más amados, y los de su casa y la mayor parte de los habitantes de Tirion se negaron a abandonar a Fingolfin, si él los acompañaba; y así por fin, como dos huestes separadas, emprendieron los Noldor el amargo camino. Fëanor y sus seguidores iban a la vanguardia, pero la hueste mayor iba detrás, fiel a Fingolfin; y éste marchaba de mala gana y sólo porque se lo pedía Fingon, su hijo, y porque no quería separarse de su pueblo que ansiaba partir, ni dejarlos librados a los precipitados consejos de Fëanor. Tampoco olvidaba lo que había dicho ante el trono de Manwë. Con Fingolfin iba también Finarfin, y por razones parecidas; pero era él a quien más le repugnaba partir. Y de todos los Noldor de Valinor, ahora ya un gran pueblo, sólo una décima parte rehusó ponerse en camino: algunos por el amor que tenían a los Valar (y de todos ellos no era Aulë el menos amado), otros por el amor de Tirion y las muchas cosas que allí habían hecho; ninguno por temor a los peligros del camino.

Pero mientras resonaba la trompeta y salía Fëanor por las puertas de Tirion, llegó por fin un mensajero de Manwë diciendo: —A la locura de Fëanor se opone sólo mi consejo. ¡No partáis! Porque es mala hora, y vuestro camino os conduce a una pesadumbre que no prevéis. Ninguna ayuda os prestarán los Valar en esta empresa; pero tampoco os la entorpecerán; porque esto os digo: como vinisteis aquí libremente, libremente partiréis. Pero tú, Fëanor, hijo de Finwë, por tu juramento estás exiliado. Aprenderás en la amargura que Melkor ha mentido. Vala es, dices. Pues entonces has jurado en vano, porque a ninguno de los Valar puedes vencer ahora ni nunca dentro de las estancias de Eä, ni aunque Eru, a quien nombras, te hubiera hecho tres veces más grande de lo que eres.

Pero Fëanor se rió, y habló no al heraldo, sino a los Noldor: —¡Vaya! ¿Entonces este pueblo valiente ha de enviar a destierro al rey, acompañado sólo por sus hijos, para luego volver a someterse? Pero a aquellos que vengan conmigo, les preguntaré: ¿Se os dice que habrá dolor? Pero en Aman lo hemos visto. En Aman hemos llegado por la beatitud a la pesadumbre. Intentaremos ahora el camino opuesto: por el dolor busquemos la alegría; o al menos la libertad.

Entonces, volviéndose al heraldo, gritó: —Di esto a Manwë Súlimo, Ilustre Rey de Arda: si Fëanor no puede destruir a Morgoth, cuando menos no vacila en atacarlo, ni se queda sentado y lamentándose. Y quizá haya puesto Eru en mí un fuego mayor que el que tú sospechas. Al menos abriré tal herida al Enemigo de los Valar que aun los poderosos reunidos en el Anillo del Juicio se asombrarán al oírlo. Sí, al fin me seguirán. ¡Adiós!

En ese momento la voz de Fëanor se le hizo tan fuerte y tan poderosa, que aun el heraldo de los Valar se inclinó ante él, como quien ha recibido una respuesta cabal, y partió; y los Noldor nada pudieron hacer. Por tanto, continuaron la marcha; y la Casa de Fëanor se apresuró a lo largo de las costas de Elendë; y ni una vez volvieron la cabeza para mirar a Tirion, en la verde colina de Túna. Detrás de ellos, más lentamente y con menor ansiedad iban las huestes de Fingolfin. De éstos Fingon era el primero; pero a la retaguardia marchaban Finarfin y Finrod, y muchos de los más nobles y más sabios de los Noldor; y con frecuencia miraban atrás para ver la hermosa ciudad en que habían vivido, hasta que la lámpara de la Mindon Eldaliéva se perdió en la noche. Más que ninguno de los demás Exiliados tenían recuerdos de la beatitud que habían abandonado y algunos hasta llevaban consigo las cosas que allí habían hecho: solaz y carga para el camino.

Conducía ahora Fëanor a los Noldor hacia el Norte, pues ante todo quería seguir a Morgoth. Además, Túna bajo Taniquetil estaba cerca de la Cintura de Arda, y allí el Gran Mar era de una anchura inconmensurable, mientras que al norte los mares divisorios se hacían más estrechos a medida que se aproximaban a la tierra yerma de Araman y las costas de la Tierra Media. Pero al irse enfriando la mente de Fëanor y cobrando tino, entendió demasiado tarde que esas grandes huestes nunca sobrepasarían las largas leguas hacia el norte, ni cruzarían los mares, excepto con la ayuda de una flota, pero exigiría largo tiempo y esfuerzo construir tantas embarcaciones, aun cuando alguno de los Noldor tuviera habilidad para ese arte. Por tanto, resolvió persuadir a los Teleri, siempre amigos de los Noldor, de que se les unieran; e inflamado por su propia rebeldía pensó que de ese modo la beatitud de Valinor disminuiría todavía más, y él podría hacerle la guerra a Morgoth con mayor fuerza. Se encaminó pues de prisa a Alqualondë y les habló a los Teleri como había hablado antes en Tirion.

Pero de cuanto pudo decir nada movió a los Teleri. Estaban en verdad apenados por la partida de parientes y viejos amigos, y parecían más dispuestos a disuadirlos que a prestarles ayuda; y no quisieron prestar ningún barco, ni ayudar a construirlo contra la voluntad de los Valar. En cuanto a ellos, no deseaban otra patria que las playas de Eldamar y ningún otro señor que Olwë, príncipe de Alqualondë. Y él nunca había prestado oídos a Morgoth, ni lo había recibido de buen grado en su tierra, y confiaba todavía en que Ulmo y los otros grandes entre los Valar pondrían remedio a las heridas abiertas por Morgoth, y que la noche pasaría, y que luego habría un nuevo amanecer.

Entonces Fëanor se encolerizó, porque aún temía retrasarse, y le dijo airado a Olwë: —Renunciáis a los amigos en la hora de necesidad. Sin embargo, aceptasteis agradecidos nuestra ayuda cuando llegasteis los últimos a estas costas, perezosos de corazón flaco, casi con las manos vacías. Todavía viviríais en chozas sobre la playa si los Noldor no hubieran cavado vuestro puerto y trabajado en vuestros muros.

Pero Olwë respondió: —De ningún modo renunciamos a los amigos. Pero sólo un amigo ha de censurar la locura del amigo. Y cuando los Noldor nos dieron la bienvenida y nos prestaron ayuda, hablaste de modo bien distinto: íbamos a vivir para siempre en la tierra de Aman, como hermanos en casas contiguas. Pero en cuanto a nuestros blancos navíos, no proceden de vosotros. No aprendimos ese arte de los Noldor, sino de los Señores del Mar; y los blancos maderos los trabajamos con nuestras propias manos, las blancas velas fueron tejidas por nuestras esposas e hijas. Por tanto, no las daremos ni las venderemos ni por alianza ni por amistad. Porque te digo, Fëanor hijo de Finwë, éstas son para nosotros como las gemas de los Noldor: la obra de nuestros corazones, que nunca podremos repetir.

Fëanor se alejó entonces, y ya fuera de los muros de Alqualondë se sintió acosado por negros pensamientos, hasta que sus huestes estuvieron reunidas. Cuando juzgó que contaba con tropas suficientes marchó hacia el Puerto de los Cisnes y se puso a dar órdenes a los barcos allí anclados y a apoderarse de ellos por la fuerza. Pero los Teleri se le resistieron y arrojaron a muchos Noldor al mar. Entonces se desenvainaron las espadas y se desencadenó una amarga batalla en los barcos y en los muelles y malecones iluminados por lámparas, y hasta sobre el gran arco de las puertas. Tres veces la gente de Fëanor fue rechazada y muchos murieron de ambos bandos; pero la vanguardia de los Noldor recibió el socorro de Fingon con los primeros de la hueste de Fingolfin, que al llegar y descubrir que se libraba una batalla en la que moría gente de su propio linaje, se unieron a ella sin conocer bien el motivo de la lucha; algunos creyeron que los Teleri intentaban impedir la marcha de los Noldor por orden de los Valar.

Así por último los Teleri fueron vencidos, y gran parte de los marineros que vivían en Alqualondë fueron muertos vilmente. Porque la desesperación había vuelto feroces a los Noldor, y los Teleri contaban con menos gente y casi no tenían otras armas que unos arcos delgados. Entonces los Noldor se apoderaron de los navíos blancos y cada remo fue manejado por el mejor tripulante con que pudieron contar, y se alejaron hacia el norte a lo largo de la costa. Y Olwë llamó a Ossë, pero éste no acudió, porque no permitían los Valar que la huida de los Noldor fuera impedida por la fuerza. Pero Uinen lloró por los marineros de los Teleri; y el mar se levantó airado en contra de los asesinos, de modo que muchos barcos naufragaron y quienes iban en ellos murieron ahogados. De la Matanza de los Hermanos de Alqualondë se dice algo más en el lamento llamado *Noldolantë*, la Caída de los Noldor, que Maglor compuso antes de perderse.

No obstante, la mayor parte de los Noldor logró escapar, y cuando cesó la tormenta, mantuvieron el rumbo, algunos en barco y otros por tierra; pero el camino era largo y a medida que avanzaban sobrevenían nuevos males. Después de haber marchado largo tiempo en la inmensa noche, llegaron por fin a los confines septentrionales del Reino Guardado, en los bordes del desierto baldío de Araman, que eran montañosos y fríos. Allí vieron de pronto una figura oscura, de pie sobre una roca, que contemplaba la costa desde lo alto. Dicen algunos que era el mismo Mandos, y no un heraldo de Manwë de menor cuantía. Y oyeron una voz alta, solemne y terrible que les ordenó detenerse y prestar oídos. Todos se detuvieron entonces y permanecieron inmóviles, y de extremo a extremo de las huestes de los Noldor se escuchó la voz que pronunciaba la maldición y la profecía denominada la Profecía del Norte y el Hado de los Noldor. Mucho se predijo en palabras oscuras que los Noldor sólo comprendieron cuando sobrevinieron los males; pero todos oyeron la maldición pronunciada contra los que no quisieran quedarse ni solicitar el juicio y el perdón de los Valar.

—Lágrimas innumerables derramaréis; y los Valar cercarán Valinor contra vosotros, y os dejarán fuera, de modo que ni siquiera el eco de vuestro lamento pasará por sobre las montañas. Sobre la Casa de Fëanor la cólera de los Valar cae desde el Occidente hasta el extremo Oriente, y sobre todos los que los sigan caerá del mismo modo. El juramento los impulsará, pero también los traicionará, y aun llegará a arrebatarles los mismos tesoros que han jurado perseguir. A mal fin llegará todo lo que empiecen bien; y esto acontecerá por la traición del hermano al hermano, y por el temor a la traición. Serán para siempre los Desposeídos.

»Habéis vertido la sangre de vuestros parientes con injusticia y habéis manchado la tierra de Aman. Por la sangre devolveréis sangre y más allá de Aman moraréis a la sombra de la Muerte. Porque aunque Eru os destinó a no morir en Eä, y ninguna enfermedad puede alcanzaros, podéis ser asesinados, y asesinados seréis: por espada y por tormento y por dolor; y vuestro espíritu sin morada se presentará entonces ante Mandos. Allí moraréis durante un tiempo muy largo, y añoraréis vuestro cuerpo, y encontraréis escasa piedad, aunque todos los que habéis asesinado rueguen por vosotros. Y a aquellos que resistan en la Tierra Media y no comparezcan ante Mandos, el mundo los fatigará como si los agobiara un gran peso, y serán como sombras de arrepentimiento antes que aparezca la raza más joven. Los Valar han hablado.

Entonces muchos se lamentaron; pero Fëanor endureció su corazón y dijo: —Hemos hecho un juramento y no a la ligera. Lo mantendremos. Se nos amenaza con muchos males y no es el menor de ellos la cobardía; pero hay algo que no se dijo: que padezcamos hoy de cobardía, de pusilanimidad o de miedo a la pusilanimidad. Por tanto os digo que seguiremos adelante, y este destino pronostico: que los hechos que hagamos serán temas de muchas canciones hasta los últimos días de Arda.

Pero a esa hora Finarfin abandonó la marcha, y se volvió con pena y amargura contra la Casa de Fëanor, y esto por causa del parentesco que lo unía a Olwë de Alqualondë; y muchos de los suyos fueron con él entristecidos, y tomaron el camino de vuelta, hasta que contemplaron una vez más el rayo distante de la Mindon sobre Túna, que aún brillaba en la noche; y así llegaron por último a Valinor. Allí recibieron el perdón de los Valar y se le dio a Finarfin el gobierno del resto de los Noldor en el Reino Bendecido. Pero los hijos de Finarfin no estaban con él, pero no quisieron abandonar a los hijos de Fingolfin, y todo el pueblo de Fingolfin siguió adelante, aun sintiéndose empujado por la gente de su propio linaje y por la voluntad de Fëanor, y temiendo enfrentar el juicio de los Valar, pues no todos eran inocentes de la Matanza de Alqualondë. Además, Fingon y Turgon eran audaces y de fiero corazón y detestaban abandonar cualquier tarea iniciada por ellos mismos antes del amargo final, si amargo había de ser. De modo que la mayor parte de la hueste siguió adelante, y pronto el mal que había sido predicho empezó a operar.

Los Noldor llegaron por fin al norte de Arda; y vieron los primeros dientes del hielo que flotaba en el mar, y supieron que estaban acercándose al Helcaraxë. Porque entre la Tierra de Aman, que en el norte se curvaba hacia el este, y las costas orientales de Endor (la Tierra Media), que llevan hacia el oeste, había un estrecho angosto por el que fluían juntas las aguas heladas del Mar Circundante y las olas del Belegaer, y había vastas nieblas y vapores de frío mortal, y en las corrientes marinas navegaban colinas estruendosas de hielo, y el hielo crujía bajo el agua. Así era el Helcaraxë, y nadie había osado hollarlo todavía, salvo los Valar y Ungoliant.

Por tanto Fëanor hizo alto y los Noldor discutieron qué camino seguir. Pero el frío y la niebla viscosa que el fulgor de las estrellas no podía horadar, empezaron muy pronto a atormentarlos, y muchos lamentaron haber tomado ese camino, y empezaron a murmurar, especialmente los que seguían a Fingolfin, maldiciendo a Fëanor y acusándolo de ser la causa de todos los males de los Eldar. Pero Fëanor, enterado de todo lo que se decía, se reunió en consejo con sus hijos; y les pareció que sólo dos caminos podían llevarlos lejos de Araman, y llegar así a Endor: por los estrechos o por barco. Pero al Helcaraxë lo consideraron infranqueable, y los barcos no eran suficientes. Muchos se habían perdido en el largo camino, y no quedaban ahora bastantes como para transportar a la numerosa hueste; pero nadie estaba dispuesto a quedarse en la costa occidental mientras otros eran llevados primero: ya el miedo de la traición había despertado entre los Noldor. Por tanto, Fëanor y sus hijos tomaron la decisión de apoderarse de todos los barcos y de partir sin demora; porque habían retenido el dominio de la flota desde la batalla del Puerto, y ésta estaba tripulada sólo por aquellos que habían luchado en ella, y que estaban sometidos a Fëanor. Y como si hubiera acudido a una llamada, un viento sopló del noroeste, y Fëanor se deslizó en secreto con todos los que consideraba fieles, y se embarcó con ellos y se hizo a la mar dejando a Fingolfin en Araman. Y como el mar era allí estrecho, navegando hacia el este y algo hacia el sur, avanzó sin pausa, y fue el primero entre los Noldor en poner pie una vez más en las costas de la Tierra Media; y el desembarco de Fëanor ocurrió en la desembocadura del estuario llamado Drengist que se adelantaba hacia Dor-lómin.

Pero cuando hubieron desembarcado, Maedhros, el mayor de los hijos de Fëanor, y en un tiempo amigo de Fingon antes de que se interpusieran entre ellos las mentiras de Morgoth, le habló a Fëanor diciendo: —Ahora, ¿de qué barcos y remeros dispondrás para la vuelta, y a quién traerán de allí primero? ¿A Fingon el Valiente?

Entonces Fëanor rió con malignidad y replicó gritando: —¡Ningún barco y ningún remero! Lo que he dejado atrás no lo considero una pérdida; ha sido una carga innecesaria en el camino. ¡Que quienes han maldecido mi nombre lo maldigan aún, y que sus plañidos les abran el camino de vuelta a las jaulas de los Valar! ¡Que se quemen las naves! —Entonces Maedhros se apartó, pero Fëanor hizo que se prendiera fuego a las blancas naves de los Teleri. Así pues, en ese lugar que se llamó Losgar, en la desembocadura del Estuario de Drengist, acabaron los navíos más hermosos que nunca hayan surcado el mar, en una gran hoguera, fulgurante y terrible. Y Fingolfin y su pueblo vieron la luz desde lejos, roja bajo las nubes; y supieron que habían sido traicionados. Éstos fueron los primeros frutos de la Matanza de Alqualondë y del Hado de los Noldor.

Entonces Fingolfin, al ver que Fëanor lo abandonaba, para que pereciese en Araman o regresara avergonzado a Valinor, se llenó de amargura; pero ahora deseaba como nunca llegar de algún modo a la Tierra Media y volver a encontrarse con Fëanor. Y él y sus huestes erraron afligidos mucho tiempo, pero sintiendo que el valor y la resistencia se les acrecentaban con las penurias; porque eran un pueblo poderoso, los primeros hijos inmortales de Eru Ilúvatar, aunque recién llegados del Reino Bendecido y no sujetos todavía a las fatigas de la Tierra. El fuego de la juventud ardía en ellos, y conducidos por Fingolfin y sus hijos, y por Finrod y Galadriel, se atrevieron a penetrar en lo más crudo del norte; y al no hallar otro camino enfrentaron por fin el terror del Helcaraxë y las crueles montañas de hielo. Pocas de las hazañas que con posterioridad llevaron a cabo los Noldor superaron en penuria o dolor esa desesperada travesía. Allí se perdió Elenwë, la esposa de Turgon, y muchos otros también perecieron; y fue con huestes disminuidas que Fingolfin pisó por último las Tierras Exteriores. Poco amor por Fëanor y sus hijos sentían los que marcharon detrás de él, y soplaron sus trompetas en la Tierra Media cuando por primera vez se elevó la Luna.

10

DE LOS SINDAR

Ahora bien, como ya se dijo, el poder de Elwë y Melian aumentó en la Tierra Media, y todos los Elfos de Beleriand, desde los marineros de Círdan hasta los cazadores errantes de las Montañas Azules más allá del Río Gelión, reconocían a Elwë como señor; Elu Thingol, Rey Mantogrís, era llamado en la lengua de su pueblo. A los Elfos Grises de Beleriand, iluminada por las estrellas, se los llamaba también los Sindar; y aunque eran Moriquendi, bajo la égida de Thingol y por mediación de las enseñanzas de Melian se convirtieron en los más hermosos, los más sabios y los más hábiles de todos los Elfos de la Tierra Media. Y al cabo de la primera edad del Encadenamiento de Melkor, cuando en toda la Tierra había paz y la gloria de Valinor había alcanzado su cenit, vino al mundo Lúthien, la única hija de Thingol y Melian. Aunque casi toda la Tierra Media estaba sumida en el Sueño de Yavanna, en Beleriand, bajo el poder de Melian, había vida y alegría, y las estrellas brillantes resplandecían como fuegos de plata; y allí, en el bosque de Neldoreth, nació Lúthien, y las blancas flores de *niphredil* se adelantaron para saludarla como estrellas de la tierra.

Sucedió durante la segunda edad del cautiverio de Melkor que los Enanos llegaron por sobre las Montañas Azules de Ered Luin a Beleriand. A sí mismos se llamaban Khazâd, pero los Sindar los llamaban los Naugrim, el Pueblo Menguado, y Gonnhirrim, Maestros de la Piedra. Lejos, hacia el este, estaban las más antiguas viviendas de los Naugrim, pero habían excavado para ellos grandes estancias y mansiones, de acuerdo con el estilo de los Enanos, en las laderas orientales de Ered Luin; y a esas ciudades las llamaban Gabilgathol y Tumunzahar. Al norte de la gran altura del Monte Dolmed se levantaba Gabilgathol, que los Elfos traducían como Belegost, vale decir, Grandeburgo; y al sur estaba excavado Tumunzahar. llamada Nogrod por los Elfos, Morada Hueca. La mayor de las mansiones de los Enanos era Khazad-dûm, la Caverna de los Enanos, Hadhodrond en lengua élfica, que luego en los días de oscuridad se llamó Moria; pero se encontraba lejos en las Montañas Nubladas, más allá de las vastas leguas de Eriador, y a los Elfos les llegó sólo como un nombre y un rumor de las palabras de los Enanos de las Montañas Azules.

Desde Nogrod y Belegost, los Naugrim llegaron a Beleriand; y los Elfos se llenaron de asombro, porque se creían las únicas criaturas vivientes de la Tierra Media que hablaban con palabras o trabajaban con las manos, y pensaban que todas las demás no eran sino pájaros y bestias. Pero no alcanzaban a entender una palabra de la lengua de los Naugrim, que les sonaba engorrosa y desagradable; y pocos eran los Eldar que lograron dominarla. Pero los Enanos aprendían de prisa, y en verdad estaban más dispuestos a aprender la lengua élfica que a enseñar la suya a los de otra estirpe. Pocos de entre los Eldar fueron nunca a Nogrod o Belegost, salvo Eöl de Nan Elmoth y Maeglin, su hijo; pero los Enanos traficaban con Beleriand y construyeron un gran camino que pasaba bajo las salientes del Monte Dolmed y seguía el curso del Río Ascar, cruzando el Gelion en Sarn Athrad, el Vado de Piedras, donde aconteció luego una batalla. Siempre fue fría la amistad entre los Naugrim y los Eldar, aunque el beneficio recíproco era considerable, pero en aquel tiempo las querellas que los separaron no habían ocurrido aún, y el Rey Thingol les dio la bienvenida. Pero en días posteriores los Naugrim se mostraron más amigos de los Noldor que de cualesquiera de entre los demás Elfos u Hombres, a causa del amor y la reverencia que sentían por Aulë; y estimaban las gemas de los Noldor por sobre toda otra riqueza. Ya en la oscuridad de Arda habían llevado a cabo los Enanos grandes obras, porque aun en los primeros días de los Padres habían tenido una maravillosa habilidad con los metales y las piedras; pero en aquellos tiempos antiguos preferían trabajar el hierro y el cobre antes que la plata y el oro.

Ahora bien, Melian tenía mucha capacidad de previsión, como era propio de los Maiar; y cuando hubo transcurrido la segunda edad del cautiverio de Melkor le comunicó a Thingol que la Paz de Arda no duraría para siempre. Pensó él, por lo tanto, cómo se construiría una morada real y un sitio resistente, si el mal había de despertar otra vez en la Tierra Media; y buscó la ayuda y el consejo de los Enanos de Belegost. Ellos los dieron, voluntariamente, pues no estaban fatigados en ese entonces, y se sentían ansiosos por realizar nuevas obras; y aunque los Enanos siempre pedían un precio por todo cuanto hacían, fuera con deleite o con esfuerzo, en esa ocasión se dieron por pagados. Porque Melian les enseñó mucho de lo que ellos querían aprender, y Thingol los recompensó con muchas bellas perlas. Éstas se las había dado Círdan, pues se recogían en abundancia en los vados de la Isla de Balar; pero los Naugrim nunca habían visto nada semejante y las tuvieron en alta estima. Había una tan grande como un huevo de paloma, y que brillaba como la luz de las estrellas en la espuma del mar; Nimphelos se la llamó, y el cabecilla de los Enanos de Belegost la consideró más valiosa que una montaña de riqueza.

Por lo tanto, los Naugrim trabajaron mucho y de buen grado para Thingol, y le hicieron mansiones parecidas a las de ellos, profundamente excavadas en la tierra. Donde corría el Esgalduin y dividía Neldoreth de Region, se levantaba en el medio del bosque una colina rocosa, y el río fluía debajo. Allí construyeron las puertas del Palacio de Thingol y levantaron sobre el río un puente de piedra que era el único camino de acceso. Más allá de las puertas unos pasajes anchos descendían a estancias y cámaras talladas en la roca viva, tantas y tan grandes que la morada fue llamada Menegroth, las Mil Cavernas.

Pero los Elfos también ayudaron en los trabajos, y Elfos y Enanos juntos, cada cual con su propia actividad, llevaron allí a cabo las visiones de Melian, imágenes de la maravilla y la belleza de Valinor, más allá del Mar. Los pilares de Menegroth habían sido tallados a semejanza de las hayas de Oromë, tronco, rama y hoja, y estaban iluminados por linternas de oro. Los ruiseñores cantaban allí como en los jardines de Lórien; y había fuentes de plata y cuencos de mármol y suelos de piedras de múltiples colores. Figuras talladas de bestias y de pájaros corrían sobre los muros, o trepaban por los pilares o atisbaban entre las ramas entrelazadas con muchas flores. Y mientras los años transcurrían, Melian y sus doncellas llenaron los recintos de cortinados tejidos en los que podían leerse los hechos de los Valar y muchas de las cosas sucedidas en Arda desde un comienzo, y la sombra de las cosas que todavía habrían de ser. Ésa fue la mansión más hermosa que haya tenido rey alguno al este del Mar.

Y cuando la construcción de Menegroth estuvo acabada, y hubo paz en el reino de Thingol y Melian, los Naugrim siguieron viniendo de cuando en cuando desde las montañas, y traficaban en el país; pero rara vez iban a las Falas, pues detestaban el sonido del mar y temían mirarlo. A Beleriand no llegaban otros rumores o noticias del mundo de fuera.

Pero mientras la tercera edad del cautiverio de Melkor se acercaba, los Enanos se sintieron perturbados y acudieron al Rey Thingol diciendo que los Valar no habían desarraigado por completo el mal del Norte, y que ahora el resto, multiplicado en la oscuridad, volvía nuevamente, y merodeaba por todas partes. —Son bestias salvajes —dijeron— en la tierra del este de las montañas, y vuestros antiguos parientes, que habitan allí, huyen de las llanuras a las colinas.

Y antes de que mucho tiempo transcurriera, las malvadas criaturas llegaron aun a Beleriand, por pasajes abiertos en las montañas o desde el sur a través de los bosques oscuros. Eran lobos, o criaturas que tenían formas de lobos y otros seres salvajes de la sombra; y entre ellos estaban los Orcos, que luego llevaron la ruina a Beleriand: pero eran todavía pocos y precavidos, y se contentaban con olfatear los caminos de la tierra, esperando a que el señor regresara. De dónde venían o qué eran, los Elfos no lo sabían entonces, y pensaban que quizás eran Avari, que se habían vuelto malvados y salvajes en el descampado; conjetura no demasiado errada, según se dice.

Por lo tanto, Thingol pensó en hacerse de armas, que antes no había necesitado, y al principio los Naugrim las forjaron para él; porque eran muy hábiles en estas labores, aunque ninguno de ellos sobrepasaba a los artesanos de Nogrod, de quienes Telchar el herrero era el de mayor renombre. Raza guerrera desde antaño, los Naugrim luchaban con fiereza contra quienquiera que los dañara: servidores de Melkor, Eldar, Avari o bestias salvajes, y también, y no pocas veces, contra los Enanos de otras mansiones o señoríos. Los Sindar, por cierto, no tardaron en aprender de ellos el arte de la herrería; pero en el arte de templar el acero los Naugrim nunca fueron igualados, ni siquiera por los Noldor, y en la fabricación de cotas de malla de anillos eslabonados, que los herreros de Belegost hicieron por vez primera, la artesanía de los Enanos no tenía rival.

En este tiempo, por tanto, los Sindar estaban bien armados, y espantaron a todas las criaturas malignas y tuvieron paz otra vez; pero las armerías de Thingol estaban repletas de hachas, lanzas y espadas, y altos yelmos y largas cotas de malla resplandeciente; porque las cotas de los Enanos no se herrumbraban nunca, y siempre brillaban como recién pulidas. Y eso fue bueno para Thingol en el tiempo que estaba por venir.

Ahora bien, como ha sido contado, un tal Lenwë, de las huestes de Olwë, abandonó la marcha de los Eldar en el tiempo en que los Teleri se detuvieron a orillas del Río Grande al borde de las tierras yermas de la Tierra Media. Poco se sabe de los caminos que siguieron los Nandor, a quienes él condujo por el Anduin abajo: algunos, se dice, habitaron por largo tiempo en los bosques del Valle del Gran Río, y algunos llegaron por fin a la desembocadura y allí habitaron junto al Mar, y otros, abriéndose camino por Ered Nimrais, las Montañas Blancas, llegaron de nuevo al norte y penetraron en el páramo de Eriador, entre Ered Luin y las distantes Montañas Nubladas. Pues bien, éste era un pueblo de los bosques y no tenían armas de acero, y la llegada de las bestias salvajes del norte los llenó de espanto, como lo declararon los Naugrim al Rey Thingol en Menegroth. Por tanto Denethor, el hijo de Lenwë, al tener noticias del poderío y la majestad de Thingol, y de la paz que había en ese reino, reunió en una hueste a las gentes dispersas, y las condujo por sobre las montañas a Beleriand. Allí Thingol les dio la bienvenida, como a parientes perdidos que regresan después de un largo tiempo, y ellos habitaron en Ossiriand, la Tierra de los Siete Ríos.

De los largos años de paz que siguieron a la llegada de Denethor, poco es lo que se cuenta. En esos días, se dice, Daeron el Bardo, maestro de sabiduría en el reino de Thingol, inventó sus Runas; y los Naugrim que se acercaron a Thingol las aprendieron, y se alegraron, teniendo el arte de Daeron en más alta estima que los Sindar, el propio pueblo de Thingol. Los Naugrim llevaron las *Cirth* hacia el este por sobre las montañas, y así llegaron al conocimiento de muchos pueblos; aunque los Sindar apenas las utilizaron en los registros de las crónicas hasta los días de la Guerra, y gran parte de lo que se guardaba en la memoria pereció en las ruinas de Doriath. Pero poco hay que decir de la beatitud y de la vida placentera antes de que concluyan; pues las obras bellas y maravillosas, mientras duran todavía y es posible contemplarlas, son su propio testimonio, y sólo cuando están en peligro o se quebrantan para siempre pasan a las canciones.

En Beleriand, en aquellos días, los Elfos andaban, y los ríos fluían, y las estrellas brillaban y las flores nocturnas esparcían una dulce fragancia; y la belleza de Melian era como el mediodía, y la belleza de Lúthien era como el alba en primavera. En Beleriand, el Rey Thingol en su trono era como los señores de los Maiar, cuyo poder está en reposo, cuya alegría es como un aire que respira cada día, cuyo pensamiento fluye en una onda imperturbada desde las alturas a las profundidades. En Beleriand todavía a veces cabalgaba Oromë el Grande, que pasaba como un viento por las montañas, y el sonido del cuerno descendía desde la luz distante de las estrellas; y los Elfos temían el esplendor del rostro de Oromë, y el estrépito de la carrera de Nahar; pero cuando el eco de Valaróma resonaba en las colinas, sabían que no había criatura maligna que no huyera lejos.

Pero ocurrió al fin que el término de la beatitud se aproximaba, y el mediodía de Valinor declinaba hacia el ocaso. Porque como se dijo y es conocido de todos, pues está escrito en los libros y ha sido cantado en múltiples canciones, Melkor hirió a los Árboles de los Valar con ayuda de Ungoliant, y huyó, y volvió a la Tierra Media. Lejos al norte ocurrió la disputa entre Morgoth y Ungoliant; pero el eco del gran grito de Morgoth resonó en todo Beleriand, y el pueblo se sobrecogió de miedo; porque aunque no sabían lo que presagiaba, creyeron oír al heraldo de la muerte. Poco después Ungoliant abandonó el norte y llegó al reino del Rey Thingol, envuelta en un terror de oscuridad; pero fue detenida por el poder de Melian, y no entró en Neldoreth, y moró largo tiempo a la sombra de los precipicios, donde Dorthonion descendía hacia el sur. Y esas cimas fueron conocidas con el nombre de Ered Gorgoroth, las Montañas del Terror, y nadie osaba ir por allí, ni pasar cerca de ellas; allí la vida y la luz perecían, allí todas las aguas estaban envenenadas. Pero Morgoth, como ya se dijo, volvió a Angband y la reconstruyó, y por encima de las puertas levantó las torres pestilentes de Thangorodrim; y entre los portales de Morgoth y el puente de Menegroth había ciento cincuenta leguas: una distancia larga, pero aún demasiado corta.

Ahora bien, los Orcos, que se multiplicaban en la oscuridad de la tierra, crecieron en fuerza y en ferocidad, y el oscuro señor de todos ellos los inflamaba con deseos de ruina y muerte; y salían por los portales de Angband bajo las nubes que Morgoth enviaba por delante, y marchaban en silencio a las tierras altas del norte. De allí un gran ejército avanzó de pronto sobre Beleriand y atacó al Rey Thingol. Ahora bien, en aquel vasto reino muchos Elfos erraban libres por el descampado o vivían en paz en pequeños clanes apartados entre sí; y sólo en torno a Menegroth, en medio de la tierra, y en el país de los marineros a lo largo de las Falas, había numerosos pueblos. Pero los Orcos descendieron sobre ambos lados de Menegroth, y desde los campamentos del este entre el Celon y el Gelion, y saquearon a lo largo y a lo ancho vastas extensiones de las llanuras occidentales, entre el Sirion y el Narog; y Thingol quedó separado de Círdan en Eglarest. Por tanto convocó a Denethor; y los Elfos vinieron en gran número de Region, más allá del Aros, y de Ossiriand, y libraron la primera batalla de las Guerras de Beleriand. Y el ala oriental del ejército de los Orcos quedó atrapada entre las huestes de los Eldar, al norte de la Andram y a mitad de camino entre el Aros y el Gelion, y allí fueron completamente derrotados, y los que corrieron hacia el norte huyendo de la gran matanza fueron recibidos por las hachas de los Naugrim que salieron del Monte Dolmed: pocos en verdad volvieron a Angband.

Pero la victoria les costó cara a los Elfos. Pues los de Ossiriand tenían armas livianas y no eran rivales para los Orcos, que iban calzados de hierro y con escudos también de hierro y espadas de hoja ancha; y Denethor quedó aislado y rodeado en la colina de Amon Ereb. Allí cayó él junto a los suyos, antes de que el ejército de Thingol pudiera acudir a ayudarlo. Aunque fue duramente vengado cuando Thingol llegó a la retaguardia de los Orcos y sembró el campo de pilas de cadáveres, el pueblo de Denethor lo lloró siempre y no volvió a tener rey. Después de la batalla, algunos regresaron a Ossiriand, y las nuevas que allí llevaron llenaron de temor al resto del pueblo, de modo que ya no guerrearon abiertamente, sino que se atuvieron a la cautela y el secreto; y fueron llamados los Laiquendi, los Elfos Verdes, pues llevaban vestiduras del color de las hojas. Pero muchos se encaminaron al norte y entraron en el reino guardado de Thingol, donde se mezclaron con el pueblo.

Y cuando Thingol volvió a Menegroth, se enteró de que el ejército de los Orcos había ganado la batalla del oeste, y que había empujado a Círdan hasta el borde del mar. Por tanto reunió a toda la gente de las fortalezas de Neldoreth y Región, y Melian desplegó su poder y cercó todo aquel dominio con un muro invisible de sombra y desconcierto: la Cintura de Melian, que nadie en adelante pudo atravesar contra la voluntad de Melian, o la voluntad del Rey Thingol, a no ser que tuviera un poder más grande que el de Melian, la Maia. Y esta tierra interior, que durante mucho tiempo se llamó Eglador, recibió después el nombre de Doriath, el reino guardado, la Tierra del Cerco. Dentro de ella había aún una paz vigilante; pero fuera de allí había peligro y mucho miedo, y los sirvientes de Morgoth merodeaban a su antojo, salvo en los puertos amurallados de las Falas.

Pero acechaban nuevas noticias, que nadie en la Tierra Media había previsto, ni Morgoth en los abismos ni Melian en Menegroth; pues ninguna nueva llegaba de Aman, ni por medio de un mensajero, ni por medio de un espíritu, ni por una visión en un sueño, desde la muerte de los Árboles. En este mismo tiempo Fëanor vino por el Mar en las naves blancas de los Teleri, y desembarcó en el Estuario de Drengist, y allí en Losgar quemó las naves.

11

DEL SOL Y LA LUNA Y EL OCULTAMIENTO DE VALINOR

Se cuenta que después de la huida de Melkor, los Valar se quedaron largo tiempo inmóviles, sentados en los tronos del Anillo del Juicio; pero no estuvieron ociosos, como declaró Fëanor en la locura de su corazón. Porque los Valar pueden obrar muchas cosas con el pensamiento antes que con las manos, y hablar en silencio entre ellos. Así se mantuvieron en vela en la noche de Valinor, y fueron con el pensamiento más allá de Eä y llegaron hasta el Fin; no obstante, ni el poder ni la sabiduría amortiguaron el dolor y el conocimiento del mal que se manifestaría más tarde. Y no lamentaron más la muerte de los Árboles que la enajenación de Fëanor: de las obras de Melkor, una de las peores. Porque Fëanor, entre todos los Hijos de Ilúvatar, era el más poderoso, en cuerpo y mente, en valor, resistencia, belleza, comprensión, habilidad, fuerza y sutileza, y una llama resplandeciente ardía en él. Sólo Manwë alcanzaba a concebir en alguna medida las obras maravillosas que para gloria de Arda podría haber llevado a cabo en otras circunstancias. Y dijeron los Vanyar, que vigilaron junto con los Valar, que cuando los mensajeros comunicaron las respuestas de Fëanor a los heraldos, Manwë lloró y agachó la cabeza. Pero ante las últimas palabras de Fëanor: que cuando menos las proezas de los Noldor vivirían por siempre en canciones, levantó la cabeza como quien escucha una voz lejana y dijo: —¡Así sea! Caras se pagarán esas canciones, pero buena será la compra. Pues no hay otro precio. Así pues, como Eru dijo, no antes de concebida llegará a Eä la belleza, y bueno será que haya habido mal.

Sin embargo, Mandos dijo: —Con todo, seguirá siendo el mal. Fëanor no tardará mucho en comparecer ante mí.

Pero cuando por fin los Valar se enteraron de que los Noldor habían abandonado realmente Aman y habían vuelto a la

Tierra Media, se incorporaron y trabajaron en los remedios que habían pensado y que enderezarían los males de Melkor. Entonces Manwë les pidió a Yavanna y a Nienna que manifestaran todos sus poderes de crecimiento y curación, y ellas aplicaron esos poderes a los Árboles. Pero las lágrimas de Nienna de nada le valieron para curar sus propias y mortales heridas; y por un largo tiempo cantó Yavanna sola en las sombras. No obstante, aun cuando vacilara la esperanza y se quebrara la canción, Telperion dio por fin en una rama sin hojas una gran flor de plata, y Laurelin una fruta de oro.

A éstas recogió Yavanna; y entonces los Árboles murieron, y los troncos sin vida se levantan todavía en Valinor, como en memoria de las alegrías de antaño. Pero la flor y la fruta las dio Yavanna a Aulë, y Manwë las consagró, y el pueblo de Aulë construyó las naves que las llevarían y preservarían el esplendor de aquellos dones, como se cuenta en la *Narsilion*, la Canción del Sol y la Luna. Los Valar dieron estas naves a Varda para que se convirtieran en lámparas del cielo, con un fulgor mayor que el de las estrellas por estar más cerca de Arda; y ella les otorgó el poder de trasladarse por las regiones inferiores de Ilmen, y las hizo viajar en cursos establecidos sobre el cinturón de la Tierra, desde el oeste hacia el este y de vuelta.

Estas cosas hicieron los Valar, recordando en el crepúsculo la oscuridad de las tierras de Arda; y resolvieron entonces iluminar la Tierra Media, y estorbar con luz las acciones de Melkor. Porque se acordaron de los Avari que habían permanecido junto a las aguas en que despertaron, y no querían abandonar por completo a los Noldor en exilio; y Manwë sabía también que se acercaba la hora de los Hombres. Y se dice que así como los Valar le hicieron la guerra a Melkor por el bien de los Quendi, así ahora la evitaban por el bien de los Hildor, los Nacidos Después, los Hijos Menores de Ilúvatar. Porque tan graves habían sido las heridas abiertas en la Tierra Media durante la guerra contra Utumno, que los Valar temían que aún ocurriera algo peor; por cuanto los Hildor serían gente mortal, y menos aptos que los Quendi para enfrentar el temor y los tumultos. Además, no le estaba revelado a Manwë dónde aparecerían los Hombres: al norte, al sur o al este. Por tanto, los Valar lanzaron la luz, pero fortalecieron la tierra en que morarían los Hombres.

Isil la Refulgente llamaron los Vanyar de antaño a la Luna, flor de Telperion en Valinor; y Anar el Fuego de Oro, fruta de Laurelin, llamaron al Sol. Pero los Noldor los llamaron también Rána la Errante, y Vása el Corazón de Fuego, el que despierta y consume; porque el Sol se erigió como signo del despertar de los Hombres y la declinación de los Elfos, pero la Luna alimenta la memoria de los Hijos de Ilúvatar.

La doncella a quien los Valar escogieron entre los Maiar para gobernar la barca del Sol se llamaba Arien, y quien gobernaba la isla de la Luna era Tilion. En los días de los Árboles, Arien había cuidado las flores de oro de los jardines de Vána, y las había regado con el refulgente rocío de Laurelin; pero Tilion era un cazador de las huestes de Oromë, y tenía un arco de plata. Era un enamorado de la plata, y en los días de descanso abandonaba los bosques de Oromë, entraba en Lórien, y se tendía a soñar junto a los estanques de Estë, entre los estremecidos rayos de Telperion; y Tilion rogó que se le encomendara la tarea de cuidar por siempre la última Flor de Plata. Arien, la doncella, era más poderosa que él, y fue escogida porque no había tenido miedo del calor de Laurelin, que no la había dañado, pues ella era desde un principio un espíritu de fuego a quien Melkor no había podido engañar ni atraer. Demasiado brillantes eran los ojos de Arien para que ni siquiera los Eldar pudiesen mirarlos, y abandonando Valinor se había despojado de la forma y los vestidos que como todos los Valar había llevado allí hasta entonces, y se convirtió en una llama desnuda, de terrible esplendor.

Isil fue la primera luz que hicieron y prepararon y la primera en levantarse en el reino de las estrellas, y la primogénita de las nuevas luces, como lo había sido Telperion entre los Árboles. Entonces, por un tiempo, el mundo tuvo luz lunar, y muchas cosas se agitaron y despertaron que habían estado aguardando largamente en el sueño de Yavanna. Los siervos de Morgoth estaban muy asombrados, pero los Elfos de las Tierras Exteriores miraron arriba con deleite; y mientras la Luna se alzaba por sobre la oscuridad occidental, Fingolfin ordenó que soplaran las trompetas de plata, e inició su marcha hacia la Tierra Media, y las sombras de las huestes avanzaban delante, negras y largas.

Tilion había atravesado el cielo siete veces y se encontraba en el extremo oriental, cuando la barca de Arien estuvo dispuesta. Entonces Anar se levantó en toda su gloria, y el primer amanecer del Sol fue como una gran llamarada en las torres de las Pelóri: las nubes de la Tierra Media resplandecieron, y se oyó el sonido de muchas cataratas. Entonces en verdad se afligió Morgoth, y descendió a las más hondas profundidades de Angband, e hizo que los siervos se retirasen, despidiendo una gran emanación y una nube oscura para ocultar sus dominios de la luz de la Estrella del Día.

Decidió entonces Varda que las dos barcas viajaran por Ilmen siempre en las alturas, pero no juntas; irían de Valinor hacia el este, y luego regresarían partiendo una del oeste mientras la otra volvía desde el este. Así pues, los primeros nuevos días se midieron de acuerdo con el modo de los Árboles, desde la mezcla de las luces cuando Arien y Tilion recorrían el cielo, por encima del cinturón de la Tierra. Pero Tilion era inconstante y de marcha incierta y no se atenía al curso designado; e intentaba aproximarse a Arien atraído por aquel esplendor, aunque la llama de Anar lo quemara, y la isla de la Luna quedara oscurecida.

En consecuencia, por causa de la inconstancia de Tilion y más todavía por los ruegos de Lórien y Estë, que dijeron que el sueño y el descanso habían quedado eliminados de la Tierra, y que las estrellas estaban ocultas, Varda cambió de decisión y reservó un tiempo para que en el mundo hubiera todavía luz y sombra. Anar descansó por tanto un rato en Valinor, yaciendo sobre el seno fresco del Mar Exterior; y el Atardecer, la hora de la caída y el descanso del Sol, fue la de más luz y alegría en Aman. Pero el Sol no tardó en ser arrastrado hacia abajo por los siervos de Ulmo, y se precipitó entonces de prisa por debajo de la Tierra y se volvió de ese modo invisible en el este, y allí se elevó otra vez, por temor de que la noche fuera larga en exceso y el mal echara a andar bajo la Luna. Pero por obra de Anar las aguas del Mar Exterior se hicieron cálidas y resplandecieron como fuego, y Valinor tuvo luz por un rato después de que Arien partiese. Pero mientras viajaba bajo la Tierra y hacia el este, el resplandor menguaba y Valinor se oscurecía, y los Valar se lamentaban entonces como nunca por la muerte de Laurelin. Al amanecer, las sombras de las Montañas de la Defensa se extendían pesadas sobre el Reino Bendecido.

Varda ordenó a la Luna que viajara de igual manera, y luego de avanzar bajo la Tierra que se levantara en el este, aunque sólo después de que el Sol hubiera descendido. Pero Tilion avanzaba con paso incierto, como lo hace todavía, y aún se sentía atraído por Arien, como siempre le ocurrirá, de modo que con frecuencia puede vérselos juntos por sobre la Tierra, y acaece a veces que él se le acerca tanto, que su sombra rebana el brillo del Sol y hay oscuridad en medio del día.

Por lo tanto y desde entonces los Valar contaron los días por la llegada y la partida de Anar, hasta el Cambio del Mundo. Porque Tilion rara vez se demoraba en Valinor, y en cambio iba de prisa y a menudo por la tierra occidental, por Avathar o Araman o Valinor, y se sumergía en el abismo de más allá del Mar Exterior, marchando solo en medio de las grutas y cavernas que se abren en las raíces de Arda. Allí a menudo erraba largo tiempo y se demoraba en volver.

Además, al cabo de la Larga Noche, la luz de Valinor era aún más abundante y hermosa que en la Tierra Media; ya que el Sol descansaba allí, y en esa región las luces del cielo se acercaban a la Tierra. Pero ni el Sol ni la Luna son capaces de resucitar la luz de antaño, que venía de los Árboles antes que los tocara el veneno de Ungoliant. Esa luz vive ahora sólo en los Silmarils.

Pero Morgoth detestaba a las nueves luces, y quedó por un tiempo confundido ante este golpe tan inesperado que le asestaron los Valar. Entonces atacó a Tilion, enviando contra él espíritus de sombra, y hubo lucha en Ilmen bajo el curso de las estrellas; pero Tilion resultó victorioso. Y Morgoth temía a Arien con un gran temor, y no se atrevía a acercársele, porque le faltaba poder, ya que mientras crecía en malicia y daba al mal que él mismo concebía forma de engaños y criaturas malignas, el poder pasaba a ellas, y se dispersaba, y él estaba cada vez más encadenado a la tierra, y ya no deseaba abandonar las fortalezas oscuras. Se escondía junto con los siervos, pues no soportaba el resplandor de los ojos de Arien; y sobre las tierras próximas a su morada había una mortaja de vapores y grandes nubes.

Pero al ver a Tilion atacado, los Valar tuvieron una duda, pues no sabían de lo que eran capaces aún la malicia y la astucia de Morgoth. Resistiéndose a hacerle la guerra en la Tierra Media, recordaron no obstante la ruina de Almaren; y resolvieron que no le sucedería lo mismo a Valinor. Por tanto, en ese tiempo, fortificaron de nuevo las tierras y levantaron los muros montañosos de las Pelóri, que alcanzaron una altura desnuda y terrible, al este, al norte y al sur. Las laderas exteriores eran oscuras y lisas, sin asidero para el pie ni saliente, y descendían en profundos precipicios de piedra dura como vidrio, y se alzaban como torres coronadas de hielo blanco. Se las sometió a una vigilancia insomne y no había paso que las atravesara, salvo sólo el Calacirya: pero ese paso no lo cerraron los Valar, pues los Eldar les eran todavía fieles, y en la ciudad de Tirion, sobre la colina verde, Finarfin gobernaba aún al resto de los Noldor en la profunda hendedura de las montañas. Porque la gente de raza élfica, aun los Vanyar e Ingwë, señor de todos ellos, han de respirar a veces el aire exterior y el viento que viene por encima del mar desde las tierras en que nacieron; y los Valar no estaban dispuestos a apartarse por completo de los Teleri. Pero en el Calacirya levantaron torres fortificadas y pusieron muchos centinelas, y a sus puertas, en las llanuras de Valmar, acampó un ejército, de modo que ni pájaro ni bestia, ni Elfo ni Hombre, ni ninguna otra criatura que viviera en la Tierra Media, podía romper esa alianza.

Y también en esos tiempos, que los cantos llaman *Nurtalë Valinóreva*, el Ocultamiento de Valinor, se levantaron las Islas Encantadas, y en todos los mares de alrededor hubo sombras y desconcierto. Y estas islas se extendieron como una red por los Mares Sombríos desde el norte hasta el sur, antes de que quien navegue hacia el oeste llegue a Tol Eressëa, la Isla Solitaria. Difícilmente puede pasar un barco entre ellas, pues las olas rompen de continuo con un suspiro ominoso sobre rocas oscuras amortajadas en nieblas. Y en el crepúsculo un gran cansancio ganaba a los marineros, y abominaban el mar; pero todo el que alguna vez puso pie en las islas quedó allí atrapado y durmió hasta el Cambio del Mundo. Así fue que, como predijo Mandos en Araman, el Reino Bendecido quedó cerrado para los Noldor; y de los muchos mensajeros que en días posteriores navegaron hacia el oeste, ninguno llegó nunca a Valinor; excepto uno, el más poderoso marinero de los cantos.

12

DE LOS HOMBRES

Los Valar estaban ahora en paz detrás de sus montañas; y habiendo dado luz a la Tierra Media, la desatendieron durante mucho tiempo, y el señorío de Morgoth no era discutido, excepto por el valor de los Noldor. Quien más tenía en cuenta a los exiliados era Ulmo, que recogía nuevas de la Tierra desde todas las aguas.

Desde este tiempo en adelante se contaron los Años del Sol. Más rápidos son y más breves que los largos Años de los Árboles de Valinor. En ese tiempo el aire de la Tierra Media se espesó con el aliento del crecimiento y la mortalidad, y el cambio y el envejecimiento de todas las cosas se apresuró con exceso; la vida rebosaba en las tierras y aguas en la Segunda Primavera de Arda, y los Eldar se incrementaron, y bajo el nuevo Sol, Beleriand lució verde y hermosa.

Cuando por primera vez se elevó el Sol, los Hijos Menores de Ilúvatar despertaron en la tierra de Hildórien, en las regiones orientales de la Tierra Media; pero el primer Sol se elevó en el oeste, y los ojos de los hombres se abrieron vueltos hacia allí, y cuando anduvieron por la Tierra, hacia allí fueron casi siempre. Los Eldar llamaron a los Atani el Segundo Pueblo, pero también Hildor, los Seguidores, y muchos otros nombres: Apanónar los Nacidos Después, Engwar los Enfermizos, y Fírimar los Mortales; y además los llamaron los Usurpadores, los Forasteros y los Inescrutables, los Malditos, los de Mano Torpe, los Temerosos de la Noche y los Hijos del Sol. Poco se dice de los Hombres en estos cuentos, que se refieren a los Días Antiguos, antes del medro de los mortales y la mengua de los Elfos, salvo de esos Padres de los Hombres, los Atanatári, que en los primeros años del Sol y la Luna se mudaron al norte del mundo. Ningún Vala fue a Hildórien para guiar a los Hombres o llamarlos a Valinor; y los Hombres les han tenido siempre a los Valar más miedo que afecto, y no han comprendido los propósitos de los Poderes, pues les parecen ajenos y contrarios a la naturaleza del mundo. Ulmo, no obstante, pensó en ellos y apoyó el consejo y la voluntad de Manwë, y sus mensajeros a menudo llegaron a ellos por corrientes e inundaciones. Pero los Hombres no eran capaces entonces de manejar tales asuntos, y menos en esos días, antes de que se mezclaran con los Elfos. Por tanto, amaban las aguas y se les estrujaba el corazón, pero no comprendían los mensajes. No obstante, se dice que antes de que transcurriera mucho tiempo, se toparon con los Elfos Oscuros en diversos sitios, y tuvieron amistad con ellos; y los Hombres, aún en la niñez, se convirtieron en los compañeros y los discípulos de este pueblo antiguo, vagabundos de la raza élfica que nunca tomaron el camino de Valinor, y que sólo habían oído noticias vagas de los Valar y no los conocían más que como un nombre distante.

No hacía mucho por entonces que Morgoth había vuelto a la Tierra Media; su poder no llegaba lejos, y además estaba estorbado por la súbita aparición de la gran luz. Había poco peligro en las tierras y las colinas; y allí nuevas criaturas, concebidas edades atrás por el pensamiento de Yavanna, y sembradas como semillas en la oscuridad, llegaron por fin a ser capullo y flor. Por el oeste, el norte y el sur los hijos de los Hombres se extendieron y erraron, y tenían la alegría de la mañana antes de que el rocío se seque, cuando el verde brilla en todas las hojas.

Pero el alba es breve y a menudo el pleno día desmiente la promesa de la primera luz; y se acercaba el tiempo de las grandes guerras de los poderes del norte, cuando Noldor, Sindar y Hombres luchaban contra las huestes de Morgoth Bauglir, y así se arruinaron. Todo esto se alimentaba sin cesar de las astutas mentiras de Morgoth, que había sembrado antaño y siempre volvió a sembrar entre sus enemigos, y de la maldición nacida de la Matanza de Alqualondë y del Juramento de Fëanor. Sólo una parte se cuenta aquí de los hechos de aquellos días y se habla sobre todo de los Noldor y los Silmarils y los mortales cuyos destinos quedaron confundidos.

En aquellos días, Elfos y Hombres tenían parecida fuerza y estatura, pero era mayor la sabiduría, la habilidad y la belleza de los Elfos; y los que habían morado en Valinor, y contemplaran a los Poderes, sobrepasaban a los Elfos Oscuros en estas cosas, tanto como ellos sobrepasaban a su vez al pueblo de la raza mortal. Sólo en el reino de Doriath, cuya reina Melian era del linaje de los Valar, pudieron los Sindar igualar en cierta medida a los Calaquendi del Reino Bendecido.

Los Elfos eran inmortales, y de una sabiduría que medraba con los años, y no había enfermedad ni pestilencia que les diera muerte. Tenían por cierto cuerpos hechos de la materia de la Tierra y podían ser destruidos; y en aquellos días se asemejaban más a los Hombres, pues aún no habían habitado mucho tiempo el fuego del espíritu, que los consume desde dentro con el paso de los años. Pero los Hombres eran más frágiles, más vulnerables a las armas o la desdicha, y de curación más difícil; vivían sujetos a la enfermedad y a múltiples males, y envejecían y morían. Qué es de ellos después de la muerte, los Elfos no lo saben. Algunos dicen que también los Hombres van a las estancias de Mandos; pero no esperan en el mismo sitio que los Elfos, y sólo Mandos bajo la égida de Ilúvatar (y también Manwë) saben a dónde van después del tiempo de la memoria por las estancias silenciosas junto al Mar Exterior. Ninguno ha regresado nunca de las mansiones de los muertos, con la única excepción de Beren hijo de Barahir, cuya mano había rozado un Silmaril; pero nunca volvió a hablar con los Hombres mortales. Quizás el hado póstumo de los Hombres no esté en manos de los Valar, así como no todo estuvo previsto en la Música de los Ainur.

En los días que siguieron, cuando por causa del triunfo de Morgoth los Elfos se separaron de los Hombres, como él tanto deseaba, los miembros de la raza élfica que aún habitaban en la Tierra Media declinaron y menguaron, y los Hombres usurparon la luz del Sol. Entonces los Quendi erraron por los sitios solitarios de las grandes tierras y las islas, y se aficionaron a la luz de la Luna y de las estrellas, y a los bosques y las cavernas, volviéndose como sombras y recuerdos, salvo los que de vez en cuando se hacían a la vela hacia el oeste y desaparecían de la Tierra Media. Pero en el alba de los años, Elfos y Hombres eran aliados y decían pertenecer al mismo linaje, y hubo algunos de entre los Hombres que aprendieron la sabiduría de los Eldar, y llegaron a ser grandes y valientes entre los capitanes de los Noldor. Y en la gloria y la belleza de los Elfos, y en su destino, participaron también los vástagos de Elfos y mortales: Eärendil, y Elwing, y su hijo Elrond.

13

DEL RETORNO DE LOS NOLDOR

Se ha dicho que Fëanor y sus hijos fueron los primeros de los Exiliados en llegar a la Tierra Media, y desembarcaron en el yermo de Lammoth, el Gran Eco, en las costas extremas del Estuario de Drengist. Y al poner pie los Noldor en la playa, sus gritos chocaron con las colinas y se multiplicaron, de modo que un clamor de incontables voces poderosas llegó a todas las costas del norte; y el ruido del incendio de las naves en Losgar se trasladó por los vientos del mar como el tumulto de una cólera terrible, y a lo lejos, todos los que oyeron el sonido, quedaron azorados.

Ahora bien, no sólo Fingolfin, a quien Fëanor había abandonado en Araman, vio las llamas de ese incendio, sino también los Orcos y los vigías de Morgoth. No hay cuento que diga lo que pensó Morgoth en lo íntimo de su corazón ante la nueva de que Fëanor, su más amargo enemigo, había traído consigo un ejército del oeste. Puede que no le temiera demasiado, porque no había probado todavía las espadas de los Noldor; y pronto se vio que intentaría rechazarlos y devolverlos al mar.

Bajo las frías estrellas, antes de que se levantara la Luna, las huestes de Fëanor avanzaron a lo largo del prolongado Estuario de Drengist, que horadaba las Colinas del Eco de Ered Lómin, y pasaron así de las costas a la gran tierra de Hithlum; y llegaron por fin al gran lago de Mithrim, y acamparon en el lugar que tiene este mismo nombre, alzando las tiendas en la orilla septentrional. Pero el ejército de Morgoth, alborotado por el tumulto de Lammoth y la luz del incendio de Losgar, avanzó por los pasos de Ered Wethrin, las Montañas de la Sombra, y atacó de súbito a Fëanor, antes de que el campamento estuviese del todo levantado y defendido; y allí, en los campos grises de Mithrim, se libró la Segunda Batalla de las Guerras de Beleriand. Dagor-nuin-Giliath se la llamó, la Batalla bajo las Estrellas, porque la Luna no se había elevado todavía; y fue muy afamada en los cantos. Los Noldor, aunque excedidos en número y sorprendidos de improviso, no tardaron en imponerse, pues la luz de Aman no se les había nublado todavía en los ojos, y eran fuertes y rápidos, furiosos si los arrebataba la cólera, y de espadas largas y terribles. Los Orcos huyeron delante de ellos, y fueron expulsados de Mithrim en medio de una gran matanza y perseguidos por sobre las Montañas de la Sombra hasta la gran llanura de Ard-galen, al norte de Dorthonion. Allí los ejércitos de Morgoth, que habían avanzado hacia el sur al Valle del Sirion y sitiado a Círdan en los Puertos de las Falas, acudieron a ayudarlos, y quedaron atrapados en la ruina de los Orcos. Porque Celegorm hijo de Fëanor, advirtiendo que habían llegado, los atacó de flanco con una parte de las huestes élficas, y bajando sobre ellos desde las colinas próximas a Eithel Sirion, los empujó hasta el Marjal de Serech. Malas por cierto fueron las nuevas que por fin llegaron a Angband, y Morgoth se sintió consternado. Diez días duró esa batalla, y de todas las huestes que había destinado a la conquista de Beleriand sólo regresó un puñado de sobrevivientes.

No obstante, había razones para que sintiera una gran alegría, pero él no las conoció hasta después de un tiempo. Porque Fëanor, arrastrado por la furia, no quiso detenerse, y se precipitó detrás del resto de los Orcos, pensando así llegar hasta el mismo Morgoth; y rió fuerte mientras esgrimía la espada, contento por haber desafiado la cólera de los Valar y los males del camino y por ver llegada al fin la hora de la venganza. Nada sabía de Angband ni de la gran fuerza defensiva que tan de prisa había preparado Morgoth; pero aun cuando lo hubiera sabido, no habría cambiado de planes, pues estaba predestinado, consumido por la llama de su propia cólera. Así fue que se adelantó demasiado a la vanguardia de su ejército; y los siervos de Morgoth se volvieron para acorralarlo, y de Angband salieron unos Balrogs que se sumaron al ataque. Allí, en los confines de Dor Daedeloth, la tierra de Morgoth, Fëanor fue rodeado junto con unos pocos amigos. Largo tiempo continuó luchando inquebrantable, aunque estaba envuelto en fuego y con múltiples heridas; pero por fin lo echó por tierra Gothmog, Señor de los Balrogs, a quien mató luego Ecthelion en Gondolin. Allí habría perecido, si en ese momento sus hijos no hubieran acudido a ayudarlo; y los Balrogs lo dejaron, y volvieron a Angband.

Entonces los hijos levantaron a su padre y lo cargaron de vuelta a Mithrim. Pero al acercarse a Eithel Sirion, Fëanor ordenó que se detuvieran; porque estaba mortalmente herido, y sabía que le había llegado la hora. Y desde las laderas de Ered Wethrin, contemplando por última vez las cumbres lejanas de Thangorodrim, las más poderosas de las torres de la Tierra Media, supo con la presciencia de la muerte que jamás poder alguno de los Noldor podría derribarla; pero maldijo tres veces el nombre de Morgoth y encomendó a sus hijos atenerse al juramento y vengar la muerte del padre. Entonces murió; pero no tuvo entierro ni sepulcro, pues tan fogoso era su espíritu que al precipitarse fuera dejó el cuerpo reducido a cenizas, que se desvanecieron como humo; pero nunca reapareció en Arda, ni abandonó las Estancias de Mandos. Así acabó el más poderoso de los Noldor, por cuyas hazañas obtuvieron a la vez la más alta fama y la más pesada aflicción.

Ahora bien, en Mithrim habitaban los Elfos Grises, pueblo de Beleriand que había errado hacia el norte por sobre las montañas; y los Noldor los recibieron allí con alegría, como a parientes que no veían desde hacía mucho; aunque les costó entenderse al principio, pues en el largo tiempo en que habían estado separados las lenguas de los Calaquendi en Valinor y de los Moriquendi en Beleriand se habían distanciado mucho. Por los Elfos de Mithrim supieron los Noldor del poder de Elu Thingol, Rey en Doriath, y de la cerca de encantamiento que rodeaba el reino; y las nuevas de estos grandes hechos en el norte llegaron al sur a Menegroth, y a los puertos de Brithombar y Eglarest. Entonces todos los Elfos de Beleriand se sintieron asombrados y esperanzados ante la aparición de aquella poderosa parentela, que regresaba imprevistamente del oeste a la hora precisa y oportuna, y en verdad al principio los tomaron por emisarios de los Valar que venían a liberarlos.

Pero aun a la hora de la muerte de Fëanor llegó una embajada de Morgoth en la que se reconocía derrotado y ofrecía términos de paz, la entrega incluso de uno de los Silmarils. Entonces Maedhros el Alto, el hijo mayor, aconsejó a sus hermanos que fingieran interesarse en las tratativas y se reunieran con los emisarios de Morgoth en el sitio indicado; pero a los Noldor les importaba entonces tan poco la buena fe como al mismo Morgoth. Por lo que cada embajada acudió con más fuerzas de las convenidas; pero mayores fueron las enviadas por Morgoth, y había Balrogs presentes. Maedhros cayó en una emboscada y todos sus acompañantes fueron muertos; pero él mismo fue llevado con vida a Angband por orden de Morgoth.

Entonces los hermanos de Maedhros retrocedieron y fortificaron un gran campamento en Hithlum; pero Morgoth retuvo a Maedhros como rehén y envió a decir que no lo dejaría en libertad a menos que los Noldor olvidaran la guerra y regresaran al oeste, o que se alejaran de Beleriand hacia el sur del mundo. Pero los hijos de Fëanor sabían que Morgoth los traicionaría y no liberaría a Maedhros, en ninguna circunstancia; y además estaban obligados por el juramento y nunca dejarían de luchar contra el Enemigo. Por tanto, Morgoth tomó a Maedhros y lo colgó de lo alto de un precipicio de Thangorodrim, y lo sujetó a la roca por la muñeca de la mano derecha con una banda de acero.

Ahora bien, llegó el rumor al campamento en Hithlum de la marcha de Fingolfin y de sus seguidores, que habían cruzado el Hielo Crujiente; y todo el mundo estaba entonces asombrado por la llegada de la Luna. Pero cuando las huestes de Fingolfin entraron en Mithrim, el Sol se levantó flameante en el oeste; y Fingolfin desplegó los estandartes azules y plateados, e hizo sonar los cuernos, y las flores se abrieron delante de él mientras marchaba, y las edades de las estrellas habían concluido. Ante la elevación de la gran luz, los siervos de Morgoth huyeron a Angband, y Fingolfin avanzó libremente a través de la fortaleza de Dor Daedeloth mientras el enemigo se escondía bajo tierra. Entonces los Elfos golpearon las puertas de Angband y el reto de las trompetas sacudió las torres de Thangorodrim; y Maedhros las oyó en medio de su tormento y gritó con fuerza, pero la voz se le perdió entre los ecos de la montaña.

Pero Fingolfin, de otro temperamento que Fëanor, y cansado de los engaños de Morgoth, se retiró de Dor Daedeloth y volvió hacia Mithrim, porque había oído nuevas de que allí encontraría a los hijos de Fëanor, y deseaba también tener por escudo las Montañas de la Sombra mientras sus gentes descansaban y se fortalecían; porque había comprobado el poder de Angband, y pensaba que no caería sólo con el sonido de las trompetas. Por lo tanto, al llegar al fin a Hithlum, levantó su primer campamento y morada junto a las orillas septentrionales del Lago Mithrim. No había amor por la Casa de Fëanor en el corazón de los que seguían a Fingolfin, pues grande había sido la agonía de los que soportaron el cruce del Hielo, y Fingolfin consideraba a los hijos cómplices del padre. Era posible entonces que las huestes se enfrentaran; pero aunque habían tenido graves pérdidas a lo largo del camino, el pueblo de Fingolfin y de Finrod hijo de Finarfin, era aún más numeroso que los seguidores de Fëanor, y éstos ahora se retiraron mudándose a las orillas australes; y el lago se extendía entre ellos. Mucha de la gente de Fëanor se había arrepentido en verdad del incendio de Losgar, y estaban asombrados por el valor con que los amigos abandonados habían cruzado el Hielo del Norte; y les habrían dado la bienvenida, pero callaron por vergüenza.

Así, a causa de la maldición que pesaba sobre ellos, los Noldor nada hicieron mientras Morgoth vacilaba, y el miedo a la luz era nuevo y fuerte entre los Orcos. Pero Morgoth salió al fin de su ensimismamiento, y rió al descubrir que sus enemigos estaban divididos. Y en los abismos de Angband ordenó que se hiciesen grandes humos y vapores, y éstos salieron por los picos hediondos de las Montañas de Hierro, y alcanzaron a verse en Mithrim, manchando los aires brillantes de las primeras mañanas del mundo. Un viento vino del este y los llevó sobre Mithrim oscureciendo el nuevo Sol; y descendieron, y serpentearon por los campos y las hondonadas, y se tendieron sobre las aguas de Mithrim, lóbregos y ponzoñosos.

Entonces Fingon el Valiente, hijo de Fingolfin, resolvió poner remedio a la querella que dividía a los Noldor antes de que el Enemigo estuviera pronto para la guerra; porque la tierra temblaba en el norte con el trueno de las herrerías subterráneas de Morgoth. Tiempo atrás, en la beatitud de Valinor, antes de que Melkor fuera desencadenado, o las mentiras los separaran, Fingon habían tenido una estrecha amistad con Maedhros; y aunque no sabía aún que Maedhros no había olvidado el incendio de las naves, el recuerdo de la vieja amistad le atormentaba el corazón. Entonces hizo algo que siempre se recordaría entre las hazañas de los príncipes de los Noldor: solo y sin pedirle consejo a nadie se lanzó al encuentro de Maedhros; y ayudado por la oscuridad que el mismo Morgoth había extendido alrededor, llegó invisible a la fortaleza del Enemigo. Trepó muy arriba hasta las salientes de Thangorodrim, y contempló desesperado la desolación de la tierra; pero no encontró paso ni hendedura por la que pudiera entrar en la fortaleza de Morgoth. Entonces, desafiando a los Orcos, que acobardados todavía se ocultaban en las oscuras bóvedas subterráneas, tomó el arpa y cantó un canto de Valinor compuesto antaño por los Noldor, antes de que hubiera rencor entre los hijos de Finwë; y la voz de Fingon resonó en las hondonadas luctuosas que hasta ese momento nada habían escuchado, excepto gritos de miedo y de dolor.

Así encontró Fingon lo que buscaba. Porque de pronto, por encima de él, lejana y débil, una voz se unió a la canción, y respondió con una llamada. Era Maedhros, que cantaba en medio del tormento. Pero Fingon trepó hasta el pie del precipicio desde el que colgaba el hijo de Fëanor y no pudo seguir adelante; y lloró cuando vio la crueldad del ardid de Morgoth. Entonces Maedhros, sumido en una angustia sin esperanza, rogó a Fingon que le disparara con el arco; y Fingon sacó una flecha y tendió el arco. Y al ver que no había esperanza mejor, clamó a Manwë diciendo: —¡Oh, Rey, a quien todos los pájaros son caros, apresura ahora esta lanza emplumada y muestra alguna piedad por los Noldor!

El ruego de Fingon obtuvo pronta respuesta. Porque Manwë, para quien todas las aves son caras y a quien éstas traen nuevas hasta Taniquetil desde la Tierra Media, había enviado a la raza de las Águilas con la orden de habitar en los riscos del norte y vigilar a Morgoth; pues Manwë aún sentía piedad por los Elfos exiliados. Y las águilas llevaban nuevas de gran parte de lo que acontecía entonces a los tristes oídos de Manwë. Ahora, mientras Fingon tendía todavía el arco, desde los aires altos descendió Thorondor, Rey de las Águilas, la más poderosa de cuantas aves haya habido, con alas de una envergadura de treinta brazas; y deteniendo la mano de Fingon, subió volando con él y lo transportó hasta el muro de piedra donde colgaba Maedhros. Pero Fingon no pudo aflojar la banda forjada en el infierno que sujetaba la muñeca, ni romperla, ni desprenderla de la roca. Por tanto, una vez más, adolorido, Maedhros le rogó que le diera muerte; pero Fingon le cortó la mano por sobre la muñeca, y Thorondor los llevó a ambos de regreso a Mithrim.

Allí Maedhros curó con el tiempo, pues fuerte ardía en él el fuego de la vida, y conservaba el vigor del mundo antiguo, como todos los que se habían criado en Valinor. El cuerpo se le recuperó del tormento y cobró nuevas fuerzas, pero en el corazón le quedaba la sombra de un dolor; y vivió para esgrimir la espada con la mano izquierda más mortalmente todavía que antes con la mano derecha. Por esta hazaña Fingon ganó gran renombre, y todos los Noldor lo alabaron; y el odio entre las casas de Fingon y Fëanor se mitigó. Porque Maedhros pidió que lo perdonasen por la deserción en Araman; y abandonó sus pretensiones al trono de los Noldor diciendo a Fingolfin: —Si ya no hay ofensa entre nosotros, el reinado te corresponde con justicia a ti, ahora el mayor de la casa de Finwë, y en modo alguno el menos sabio. —Pero con esto no todos los hermanos estuvieron realmente de acuerdo.

Por tanto, como predijo Mandos, la Casa de Fëanor recibió el nombre de los Desposeídos, porque el dominio soberano pasó de ella, la del mayorazgo, a la casa de Fingolfin, tanto en Elendë como en Beleriand, y también por causa de la pérdida de los Silmarils. Pero los Noldor, unidos otra vez, pusieron unos centinelas en los confines de Dor Daedeloth, y Angband fue bloqueada desde el oeste, el sur y el este; y enviaron mensajeros lejos y alrededor a explorar los países de Beleriand, y a tratar con los pueblos que allí vivían.

Ahora bien, el Rey Thingol no dio la bienvenida de todo corazón a tantos poderosos príncipes llegados del oeste, que buscaban nuevos dominios; ni abrió el reino ni quitó la cerca encantada, pues iluminado por la sabiduría de Melian, no confiaba en que la quietud de Morgoth durase mucho. De todos los príncipes de los Noldor, sólo a los de la casa de Finarfin admitió dentro de los confines de Doriath; pues podían proclamar un estrecho parentesco con el mismo Rey Thingol; la madre era Eärwen de Alqualondë, hija de Olwë.

Angrod hijo de Finarfin fue el primero de los Exiliados en llegar a Menegroth como mensajero de su hermano Finrod, y habló largo tiempo con el rey de los hechos de los Noldor en el norte, y de su número, y del ordenamiento de sus fuerzas; pero por ser veraz y de sabio corazón y por creer perdonadas ahora todas las ofensas, no dijo una palabra de la Matanza de los Hermanos, ni de cómo se habían exiliado los Noldor, ni del Juramento de Fëanor. El Rey Thingol escuchó las palabras de Angrod; y antes de que partiera, le dijo: —Así dirás por mí a los que te enviaron. Se permite a los Noldor morar en Hithlum, y en las tierras altas de Dorthonion, y en las tierras al este de Doriath desiertas y silvestres; pero en otras partes hay muchos de los míos y no quiero que se les quite la libertad, y aún menos que se los expulse de sus hogares. Mirad, pues, cómo os conducís los príncipes del oeste; porque yo soy el Señor de Beleriand y todos los que intenten morar allí oirán de mí. A Doriath nadie entrará, ni habitará en ella, salvo los que yo llame como huéspedes o los que recurran a mí en extrema necesidad.

Entonces los señores de los Noldor se reunieron en consejo en Mithrim, y Angrod vino de Doriath con el mensaje del Rey Thingol. A los Noldor les pareció un frío saludo de bienvenida, y los hijos de Fëanor se enfadaron al escucharlo; pero Maedhros rió, diciendo: —Rey es quien puede cuidar de lo suyo; de otro modo vano resulta el título. Thingol sólo nos cede las tierras donde no tiene ningún poder. En verdad hoy sólo reinaría en Doriath, si no fuera por la llegada de los Noldor. Que reine en Doriath entonces, y se contente con tener a los hijos de Finwë por vecinos y no los Orcos de Morgoth. En otra parte será como a nosotros nos parezca bien.

Pero Caranthir, que no amaba a los hijos de Finarfin y era el más duro de los hermanos y el que se enojaba más pronto, vociferó: —¡Y aún más! ¡Que los hijos de Finarfin no corran de aquí para allá con sus cuentos ante ese Elfo Oscuro de las cavernas! ¿Quién los nombró nuestros portavoces para tratar con él? Y aunque de hecho lleguen a Beleriand, que no olviden tan de prisa que tienen como padre a un señor de los Noldor, aunque la madre sea de otra estirpe.

Entonces Angrod montó en cólera y abandonó el consejo. Maedhros reprendió por cierto a Caranthir; pero la mayor parte de los Noldor de ambas facciones sintieron que estas palabras les perturbaban el corazón, pues tenían el ánimo salvaje de los hijos de Fëanor, siempre dispuestos a estallar en palabras duras o en violencia. Pero Maedhros apaciguó a sus hermanos y éstos abandonaron el consejo, y poco después se marcharon de Mithrim y marcharon hacia el este más allá del Aros, a las extensas tierras en torno a la Colina de Himring. Esa región fue llamada en adelante la Frontera de Maedhros; porque al norte había escasas defensas de río o colina contra los ataques de Angband. Allí Maedhros y sus hermanos montaron guardia con todos los que quisieran unirse a ellos, y tuvieron poco trato con la gente de su propio linaje en el oeste, salvo en caso de necesidad. Se dice que en verdad fue el mismo Maedhros quien concibió este plan con el fin de disminuir las oportunidades de disputa y porque deseaba con fervor que el principal riesgo de ataque recayera sobre él mismo; y por su parte se mantuvo en términos amistosos con las casas de Fingolfin y Finarfin, e iba a ellos en ocasiones para discutir algún asunto común. No obstante, también estaba obligado por el juramento, aunque durante un tiempo éste pareció dormido.

Por ese entonces la gente de Caranthir había penetrado profundamente hacia el este, más allá de las aguas superiores del Gelion en torno al Lago Helevorn bajo el Monte Rerir, y hacia el sur; y treparon a las alturas de Ered Luin y miraron hacia el este con asombro, porque amplios y salvajes les parecieron los terrenos de la Tierra Media. Y así fue cómo la gente de Caranthir llegó a encontrarse con los Enanos, que después de la matanza de Morgoth y la llegada de los Noldor habían dejado de traficar con Beleriand. Pero aunque ambos pueblos amaban la habilidad manual y todos deseaban aprender, no hubo gran amor entre ellos; porque los Enanos eran reservados y rápidos para la ofensa, y Caranthir era altivo, y apenas ocultaba su desprecio por la fealdad de los Naugrim, y la gente imitaba al señor. No obstante, como ambos pueblos temían y odiaban a Morgoth, celebraron una alianza, y se beneficiaron sobremanera con ella; porque los Naugrim conocían muchos secretos de artesanía por entonces, de modo que los herreros y los albañiles de Nogrod y Belegost alcanzaron gran renombre entre los suyos, y cuando los Enanos empezaron a viajar otra vez a Beleriand, todo el tráfico de las minas pasaba primero por las manos de Caranthir, y grandes fueron las riquezas que así obtuvo.

Cuando veinte años del Sol hubieron pasado, Fingolfin, Rey de los Noldor, celebró una gran fiesta; y fue en primavera cerca de los Estanques de Ivrin, donde nacía el Río Narog, pues allí las tierras eran verdes y hermosas al pie de las Montañas de la Sombra que los escudaban del norte. La alegría de esa fiesta se recordó mucho tiempo en los posteriores días de dolor; y se la llamó Mereth Aderthad, la Fiesta de la Reunión. A ella asistieron muchos capitanes y gente de Fingolfin y Finrod; y los hijos de Fëanor, Maedhros y Maglor, con guerreros de la Frontera Oriental; y también asistieron muchos Elfos Grises, gente errante de los bosques de Beleriand y de los Puertos, con Círdan, su señor. Hasta asistieron Elfos Verdes de Ossiriand, la Tierra de los Siete Ríos, que se extendía muy lejos, bajo los muros de las Montañas Azules; pero de Doriath sólo vinieron dos mensajeros, Mablung y Daeron, portadores de los saludos del rey.

En Mereth Aderthad se celebraron de buen grado múltiples consejos, y se oyeron juramentos de alianza y amistad; y se dice que en esta fiesta la gente habló sobre todo la lengua de los Elfos Grises, aun los mismos Noldor, pues aprendieron de prisa el idioma de Beleriand; en cambio los Sindar eran lentos en dominar la lengua de Valinor. El corazón de los Noldor estaba henchido y lleno de esperanzas, y a muchos de entre ellos les pareció que las palabras de Fëanor tenían ahora justificación, cuando les aconsejó buscar libertad y hermosos reinos en la Tierra Media; y en verdad siguieron luego largos años de paz, mientras un cerco de espadas defendía Beleriand de la maldad de Morgoth, que ya no tenía poder sino dentro de sus propias estancias. En aquellos días había alegría bajo el nuevo Sol y la nueva Luna, y toda la tierra estaba complacida; pero la Sombra aún meditaba en el norte.

Y cuando otra vez hubieron transcurrido treinta años, Turgon hijo de Fingolfin abandonó Nevrast, donde moraba, y fue a la isla de Tol Sirion en busca de Finrod, su amigo, y juntos viajaron hacia el sur a lo largo del río, cansados de las montañas septentrionales; y mientras viajaban, la noche descendió sobre ellos más allá de las Lagunas del Crepúsculo cerca de las aguas del Sirion, y descansaron a sus orillas bajo las estrellas del verano. Pero Ulmo llegó hasta ellos río arriba y los sumió en un sueño profundo y en pesados ensueños; y la perturbación de los ensueños continuó después que despertaron, pero ninguno le dijo nada al otro, porque el recuerdo era confuso, y cada cual creía que Ulmo le había enviado un mensaje sólo a él. Pero la inquietud los ganó en adelante, y la duda de lo que pudiera acaecer, y con frecuencia erraron solos por tierras nunca holladas, buscando a lo lejos y a lo ancho sitios de escondida fortaleza; porque los dos se sentían llamados a prepararse para un día aciago, y a planear una retirada, temiendo que Morgoth irrumpiera desde Angband y destruyera los ejércitos del norte.

Ahora bien, en una ocasión Finrod y Galadriel, su hermana, eran huéspedes de Thingol, del mismo linaje, y rey en Doriath. Estaba entonces Finrod colmado de asombro ante la fuerza y la majestad de Menegroth: los tesoros y los armamentos y los recintos de piedra de múltiples pilares; y quiso en su corazón construir amplios recintos con portales siempre guardados, en algún sitio profundo y secreto bajo las colinas. Por tanto, le abrió su corazón a Thingol, confiándole sus sueños; y Thingol le habló de la profunda garganta del Río Narog, y de las cavernas bajo el Alto Narog en la empinada orilla occidental, y cuando Finrod partió, le procuró unos guías que lo conducirían hasta el sitio que pocos conocían aún. Así llegó Finrod a las Cavernas del Narog, y empezó a construir allí profundos recintos y armerías de acuerdo con el modelo de las mansiones de Menegroth. En esa tarea Finrod tuvo la ayuda de los Enanos de las Montañas Azules; y éstos recibieron una buena recompensa, pues Finrod había traído consigo más tesoros de Tirion que ninguno de los príncipes de los Noldor. Y en ese tiempo se labró para él el Nauglamír, el Collar de los Enanos, la obra más renombrada de las que hicieron en los Días Antiguos. Era una cadena de oro con un engarce de innumerables gemas de Valinor; pero tenía un poder que la volvía tan ligera como una hebra de lino, para quien la llevaba encima, y cualquier cuello sobre el que se cerrara tenía siempre gracia y encanto.

Allí, en Nargothrond, Finrod hizo su morada junto con muchos de los suyos, y recibió en la lengua de los Enanos el nombre de Felagund. Excavador de Cuevas; y ese nombre llevó en adelante hasta el fin. Pero Finrod Felagund no fue el primero en habitar en las cavernas junto al Río Narog.

Galadriel, su hermana, no fue con él a Nargothrond, porque en Doriath vivía Celeborn, pariente de Thingol, y un gran amor los unía. Fue así que permaneció en el Reino Escondido y vivió con Melian, y de ella aprendió la ciencia y la sabiduría de la Tierra Media.

Pero Turgon recordó la ciudad levantada sobre una colina, Tirion la bella con su torre y su árbol, y no encontró lo que buscaba, de modo que regresó a Nevrast y se quedó en paz en Vinyamar junto a las orillas del mar. Y al año siguiente Ulmo mismo se le apareció y le ordenó que fuera otra vez solo al Valle del Sirion; y Turgon fue, y con la guía de Ulmo descubrió el valle escondido de Tumladen en las Montañas Circundantes, en medio de lo que era una colina de piedra. De esto no habló con nadie entonces, y regresó una vez más a Nevrast, y allí en reuniones secretas empezó a planear la ciudad de acuerdo con el modelo de Tirion sobre Túna, por la que su corazón sentía nostalgia en el exilio.

Ahora bien, Morgoth, al que sus espías comunicaron que los señores de los Noldor andaban errantes sin pensar en la guerra, decidió poner a prueba la fortaleza y la vigilancia del enemigo. Una vez más, sin advertencia previa, recurrió a sus poderes, y de pronto hubo terremotos en el norte, y salió fuego de fisuras abiertas en la tierra, y las Montañas de Hierro vomitaron llamaradas; y los Orcos pulularon en la llanura de Ard-galen. Desde allí descendieron por el Paso del Sirion al oeste, y al este irrumpieron en la tierra de Maglor, por la hondonada que corre entre las colinas de Maedhros y los macizos de las Montañas Azules. Pero Fingolfin y Maedhros no dormían, y mientras otros perseguían a los Orcos dispersos que erraban por Beleriand haciendo gran daño, ellos se precipitaron desde ambos flancos sobre el ejército principal, que atacaba entonces a Dorthonion; y derrotaron a los siervos de Morgoth, y yendo tras ellos por Ard-galen los destruyeron por completo, hasta el último y el menor, a la vista de los portales de Angband. Ésa fue la tercera gran batalla de las Guerras de Beleriand, y se la llamó Dagor Aglareb, la Batalla Gloriosa.

Fue una victoria, pero también una advertencia; y los príncipes la tuvieron en cuenta, y fortalecieron la alianza y pusieron más centinelas, e iniciaron el Sitio de Angband, que duró casi cuatrocientos años del Sol. Por largo tiempo, después de la Dagor Aglareb, ninguno de los siervos de Morgoth se aventuró fuera de los portales, pues temían a los señores de los Noldor; y Fingolfin se jactó de que si no mediaba traición entre ellos mismos, Morgoth nunca quebrantaría otra vez la alianza de los Eldar ni los sorprendería inadvertidos. Pero los Noldor no pudieron apoderarse de Angband, ni recuperar los Silmarils; y la guerra nunca cesó por completo en todos esos años del Sitio, pues Morgoth concebía nuevos males, y de vez en cuando ponía a prueba a los sitiadores. Tampoco era posible mantener la fortaleza de Morgoth rodeada por completo; porque las Montañas de Hierro, en cuyas enormes laderas curvas se alzaban las torres de Thangorodrim, la defendían por ambos lados y eran impenetrables para los Noldor a causa del hielo y la nieve. Por tanto, en la retaguardia y en el norte Morgoth no tenía enemigos, y por ese camino los espías salían a veces y llegaban por múltiples desvíos a Beleriand. Y deseando por sobre todo sembrar el miedo y la desunión entre los Eldar, ordenaba a los Orcos que atraparan vivo a cualquiera de ellos y lo llevaran encadenado a Angband; y a algunos el terror de los ojos de Morgoth les intimidaba de tal manera que no necesitaban cadenas, y andaban siempre atemorizados y dóciles. De este modo se enteró Morgoth de mucho de lo sucedido a partir de la rebelión de Fëanor, y se regocijó viendo allí la semilla de muchas disensiones entre los Eldar.

Cuando casi cien años habían transcurrido desde la Dagor Aglareb, Morgoth intentó sorprender a Fingolfin (porque tenía conocimiento de la vigilancia de Maedhros); y envió un ejército al norte blanco, y las tropas se volvieron hacia el oeste, y luego hacia el sur, y llegaron a las costas del Estuario de Drengist por la ruta que Fingolfin había seguido desde el Hielo Crujiente. De ese modo penetrarían en el reino de Hithlum desde el oeste; pero fueron descubiertos a tiempo y Fingon cayó sobre ellos entre las colinas, en el nacimiento del Estuario, y la mayor parte de los Orcos fueron arrojados al mar. No se la llamó una gran batalla, pues la tropa de los Orcos había sido poco numerosa, y sólo una parte del pueblo de Hithlum luchó allí. Pero luego hubo paz durante muchos años, y Angband no atacó nunca abiertamente, porque advertía Morgoth que los Orcos no eran rivales para los Noldor; y buscó en su corazón nuevo consejo.

Una vez más, al cabo de cien años, Glaurung, el primero de entre los Urulóki, los dragones de fuego del norte, salió una noche por las puertas de Angband. Era joven y aún no se había desarrollado del todo, porque larga y lenta es la vida de los dragones, pero los Elfos huyeron acobardados hacia Ered Wethrin y Dorthonion, y él corrompió los campos de Ard-galen. Entonces, Fingon, príncipe de Hithlum, cabalgó hasta el dragón junto con arqueros montados y lo rodeó con un anillo de rápidos jinetes; y Glaurung no pudo soportar los dardos, pues era aún débil de armadura, y huyó de vuelta a Angband y no volvió a salir de allí en mucho tiempo. Fingon ganó grandes alabanzas y los Noldor se regocijaron; porque pocos entendieron el significado y la amenaza de esta nueva criatura. Pero a Morgoth le disgustaba que Glaurung se hubiera manifestado demasiado pronto; y a su derrota siguió la Larga Paz de casi doscientos años. En todo ese tiempo sólo hubo refriegas en las fronteras, y toda Beleriand prosperó y se enriqueció. Detrás de la guardia de los ejércitos los Noldor levantaron torres y edificios, y muchas otras cosas hermosas hicieron en aquel entonces, y poemas e historias y libros de sabiduría. En muchos sitios de la tierra los Noldor y los Sindar se fundieron en un solo pueblo y hablaron la misma lengua; pero esta diferencia siguió habiendo entre ellos: los Noldor eran más poderosos de mente y cuerpo, y más grandes guerreros y más sabios, y edificaban con piedra y amaban las pendientes de las colinas y las tierras abiertas, pero los Sindar tenían una voz más hermosa, y eran más hábiles en la música, exceptuando a Maglor hijo de Fëanor; y amaban los bosques y las orillas de los ríos; y algunos de los Elfos Grises erraban aún sin morada fija por sitios remotos, e iban siempre cantando.

14

DE BELERIAND Y SUS REINOS

Ésta es la hechura de las tierras a que llegaron los Noldor, al norte de las regiones occidentales de la Tierra Media, en los días antiguos; también se cuenta aquí cómo los jefes de los Eldar conservaron las tierras y de la alianza contra Morgoth después de la Dagor Aglareb, la tercera batalla de las Guerras de Beleriand.

En el norte del mundo, Melkor había levantado tiempo atrás Ered Engrin, las Montañas de Hierro, como cerca defensiva de la ciudadela de Utumno; y se erguían sobre los límites de esas regiones de frío sempiterno, en una gran curva desde el este al oeste. Tras los muros de Ered Engrin al oeste, donde retroceden hacia el norte, Melkor edificó otra fortaleza contra posibles ataques desde Valinor; y cuando regresó a la Tierra Media, como se ha dicho, habitó en las infinitas mazmorras de Angband, los Infiernos de Hierro, porque en la Guerra de los Poderes, los Valar, en su prisa por aniquilarlo en la gran fortaleza de Utumno, no destruyeron totalmente Angband ni registraron los más profundos recovecos. Bajo Ered Engrin, Morgoth cavó un gran túnel que salía al sur de las montañas; y allí levantó unas puertas poderosas. Pero por sobre estas puertas y aun detrás de ellas hasta las montañas, apiló las torres tonantes de Thangorodrim, hechas con las cenizas y la lava de los hornos subterráneos, y las vastas escorias de la apertura de los túneles. Eran negras y desoladas y sumamente altas; y de sus cimas salía un humo oscuro y hediondo, que manchaba el cielo septentrional. Ante las puertas de Angband, una desolación de inmundicias se extendía hacia el sur por muchas millas hasta la ancha planicie de Ardgalen; pero luego de la llegada del sol, creció allí una abundante hierba, y mientras duró el sitio de Angband y las puertas permanecieron cerradas, asomaron allí unas cosas verdes, aun entre los pozos y las rocas quebradas de las puertas del infierno.

Al oeste de Thangorodrim se encontraba Hísilómë, la Tierra de la Niebla, pues así se la llamó en la lengua de los Noldor a causa de las nubes que Morgoth había enviado allí cuando acamparon por vez primera; en la lengua de los Sindar, que moraban en aquellas regiones, se la llamó Hithlum. Fue una tierra hermosa mientras duró el Sitio de Angband, aunque el aire era frío y el invierno muy crudo. El límite oeste era Ered Lómin, las Montañas del Eco, no lejos del mar; en el este y el sur, en la gran curva de Ered Wethrin, se alzaban las Montañas de la Sombra, frente a Ard-galen y el Valle del Sirion.

Fingolfin y su hijo Fingon dominaban Hithlum, y la mayor parte del pueblo de Fingolfin moraba en Mithrim, a orillas del gran lago; a Fingon se le asignó Dor-lómin, que estaba al oeste de las Montañas de Mithrim. Pero la fortaleza principal se levantaba en Eithel Sirion, al este de Ered Wethrin, desde donde vigilaban Ard-galen; y la caballería de Fingolfin cabalgaba por esa llanura aun hasta la sombra de Thangorodrim; pues los caballos se habían multiplicado con rapidez, y las hierbas de Ard-galen eran ricas y verdes. Muchos de los progenitores de esos caballos provenían de Valinor, y eran un regalo de Maedhros como compensación por las pérdidas de Fingolfin, y habían sido transportados en barco a Losgar.

Al oeste de Dor-lómin, más allá de las Montañas del Eco, que al sur del Estuario de Drengist se adentran en la tierra, se encontraba Nevrast, que en lengua Sindarin significa Costa de Aquende. Ese nombre se dio en un principio a todas las costas al sur del Estuario, pero luego sólo a aquellas que se extendían entre Drengist y el Monte Taras. Allí, por mucho tiempo, medró el reino de Turgon el Sabio, hijo de Fingolfin, rodeado por el mar y por Ered Lómin, y por las colinas que continuaban los muros de Ered Wethrin hacia el oeste, desde Ivrin al Monte Taras, que se levantaba sobre un promontorio. Sostuvieron algunos que Nevrast pertenecía más bien a Beleriand que a Hithlum, pues era una tierra más amena, regada por los aires húmedos del mar y protegida de los vientos fríos del norte que soplaban sobre Hithlum. Nevrast se alzaba en una hondonada, entre los grandes acantilados de las costas, más elevados que las llanuras de detrás, y no fluía allí río alguno; y había una gran laguna en medio de Nevrast, sin orillas precisas, pues estaba rodeada de anchos marjales. Linaewen era el nombre de esa laguna, por causa de la gran abundancia de aves que allí vivían, especies que amaban los juncos altos y los vados. A la llegada de los Noldor, muchos de los Elfos Grises moraban en Nevrast, cerca de las costas, y en especial en torno al Monte Taras, al suroeste; pues a ese sitio Ulmo y Ossë solían ir en días de antaño. Todo ese pueblo tenía a Turgon por su señor, y la mezcla entre los Noldor y los Sindar se dio allí antes que en ningún sitio; y Turgon habitó largo tiempo en esos recintos que él llamó Vinyamar, bajo el Monte Taras, a orillas del océano.

Al sur de Ard-galen, las grandes tierras elevadas llamadas Dorthonion abarcaban sesenta leguas de oeste a este; y había en ellas grandes bosques de pinos, especialmente al oeste y al norte. Levantándose poco a poco desde la llanura, llegaba a convertirse en una tierra lóbrega y alta, donde había muchos lagos pequeños entre peñascos, al pie de montañas desnudas cuyas cumbres eran más elevadas que las de Ered Wethrin; pero al sur, hacia Doriath, se precipitaba de pronto en abismos terribles. Desde las cuestas septentrionales de Dorthonion, Angrod y Aegnor, hijos de Finarfin, dominaban los campos de Ard-galen, y eran vasallos de su hermano Finrod, señor de Nargothrond; vivía allí poca gente, pues la tierra era yerma, y las altas tierras de detrás eran consideradas un baluarte que Morgoth no intentaría cruzar a la ligera.

Entre Dorthonion y las Montañas Sombrías había un valle angosto con laderas abruptas vestidas de pinos; pero el valle mismo era verde, pues por él corría el Río Sirion, que se apresuraba hacia Beleriand. Finrod dominaba el Paso del Sirion, y en la isla de Tol Sirion levantó en medio del río una poderosa torre de vigilancia, Minas Tirith; pero después de construida Nargothrond entregó esa fortaleza al cuidado de Orodreth, su hermano.

Ahora bien, las vastas y hermosas tierras de Beleriand se extendían a ambos lados del poderoso Río Sirion, de gran renombre en las canciones, que nacía en Eithel Sirion y bordeaba el filo de Ard-galen antes de precipitarse por el paso, cada vez más caudaloso con las aguas de las montañas. Desde allí fluía hacia el sur durante ciento treinta leguas, recogiendo las aguas de muchos afluentes, hasta que la corriente poderosa desembocaba en un delta arenoso de la Bahía de Balar. Y siguiendo el Sirion de norte a sur, a orilla derecha, en Beleriand Occidental, se encontraba el Bosque de Brethil entre el Sirion y el Teiglin, y luego el reino de Nargothrond, entre el Teiglin y el Narog. Y el Río Narog nacía en las Cataratas de Ivrin al sur de Dor-lómin, y fluía unas ochenta leguas antes de unirse al Sirion en Nan-tathren, la Tierra de los Sauces. Al sur de Nan-tathren había una región de prados floridos donde los habitantes eran escasos; y más allá se extendían los marjales y las islas de juncos en torno a las Desembocaduras del Sirion, y en las arenas del delta no vivía ninguna criatura, excepto los pájaros del mar.

Pero el reino de Nargothrond llegaba también al oeste del Narog hasta el Río Nenning, que desembocaba en el mar en Eglarest, y Finrod fue con el tiempo el señor supremo de todos los Elfos de Beleriand entre el Sirion y el mar, salvo sólo las Falas. Allí vivían los Sindar que aún amaban los barcos, y Círdan, el Carpintero de Barcos, era el señor de todos ellos; pero entre Círdan y Finrod había amistad y alianza, y con ayuda de los Noldor se reconstruyeron los puertos de Brithombar y Eglarest. Detrás de los amplios muros se edificaron hermosas ciudades y desembarcaderos con muelles y malecones de piedra. Sobre el cabo oeste de Eglarest, Finrod levantó la torre de Barad Nimras para vigilar el Mar Occidental, aunque innecesariamente, como se vio luego; porque en ningún momento intentó Morgoth construir barcos o hacer la guerra por mar. El agua intimidaba mucho a sus sirvientes, y ninguno se acercaba a ella de buen grado, salvo que una dura necesidad lo exigiera. Con ayuda de los Elfos de los Puertos, algunos de los habitantes de Nargothrond construyeron nuevos barcos, y emprendieron largos viajes y exploraron la gran Isla de Balar, con intención de edificar allí un último refugio, si algún mal sobrevenía; pero el destino no los llevó a vivir allí.

Así pues, no había reino mayor que el de Finrod, aunque él fuera el más joven de los grandes señores de los Noldor, Fingolfin, Fingon y Maedhros, y Finrod Felagund. Pero se tuvo a Fingolfin como señor supremo de todos los Noldor, y Fingon tras él, aunque no tenían en verdad otro reino que la tierra septentrional de Hithlum; no obstante, estos pueblos eran los más osados y valientes, los que más temían los Orcos y más odiaba Morgoth.

A mano izquierda del Sirion se extendía Beleriand Oriental; tenía una anchura de cien leguas desde el Sirion hasta el Gelion y los límites de Ossiriand; y antes, entre el Sirion y el Mindeb, se encontraba la tierra baldía de Dimbar bajo los picos de las Crissaegrim, morada de las águilas. La tierra de nadie de Nan Dungortheb separaba el Mindeb de las aguas superiores del Esgalduin; y había terror en esa región, porque a uno de sus lados el poder de Melian guardaba la frontera norte de Doriath, pero al otro los desnudos precipicios de Ered Gorgoroth, las Montañas del Terror, caían a pique desde lo alto de Dorthonion. Allí, como ya se dijo, había huido Ungoliant de los látigos de los Balrogs, y allí moró por un tiempo ocupando los barrancos con su mortal lobreguez, y allí todavía, después de que ella partiera, la prole inmunda acechaba y tejía grandes redes malignas; y las finas aguas vertidas desde Ered Gorgoroth se contaminaban y era peligroso beberlas, pues las sombras de la locura y la desesperación invadían el corazón de aquellos que las probaban. Toda criatura viviente evitaba esa tierra, y los Noldor sólo atravesaban Nan Dungortheb si los acuciaba una gran necesidad, por pasajes cercanos a los límites de Doriath, lo más lejos posible de las montañas malignas. Ese camino había sido hecho mucho antes de que Morgoth hubiera vuelto a la Tierra Media; y el que viajara por él llegaría hacia el este al Esgalduin, donde en los días del Sitio todavía se levantaba el puente de piedra de Iant Iaur. De allí avanzaría por Dor Dínen, la Tierra Silenciosa, y cruzando los Arossiach (que significa los Vados del Aros), llegaría a las fronteras septentrionales de Beleriand, donde moraban los hijos de Fëanor.

Hacia el sur se extendían los bosques guardados de Doriath, morada de Thingol, el Rey Escondido, a cuyo reino nadie entraba, salvo que él lo quisiera. La parte septentrional, la menor, el Bosque de Neldoreth, estaba limitada al este y al sur por el oscuro Río Esgalduin, que se curvaba hacia el oeste internándose en la tierra; y entre el Aros y el Esgalduin se alzaban los bosques más densos y mayores de Region. En la orilla austral del Esgalduin, donde éste se desviaba al oeste hacia el Sirion, se encontraban las Cavernas de Menegroth; y toda Doriath estaba al este del Sirion, salvo una estrecha región boscosa entre el encuentro del Teiglin y del Sirion y las Lagunas del Crepúsculo. Los habitantes de Doriath llamaban a este bosque Nivrim, la Frontera Occidental; grandes robles crecían allí, y también dentro de la Cintura de Melian, de modo que cierta parte del Sirion, que ella amaba por reverencia a Ulmo, estaba enteramente bajo el poder de Thingol.

Al sureste de Doriath, en donde el Aros une sus aguas con el Sirion, había grandes marjales y lagunas a ambos lados del río, que detenía allí su curso y se perdía en múltiples canales. Esa región se llamaba Aelin-uial, las Lagunas del Crepúsculo, porque estaba envuelta en neblinas, y el encantamiento de Doriath pendía sobre ella. Ahora bien, toda la parte septentrional de Beleriand descendía hacia el sur hasta este punto y luego era plana, durante un trecho, y el flujo del Sirion se demoraba. Pero al sur de Aelin-uial la tierra descendía de súbito en una pronunciada pendiente; y todos los campos bajos del Sirion quedaban separados de los más altos por esta caída; y quien mirara desde el sur hacia el norte, creería ver una interminable cadena de colinas que venía desde el Eglarest, más allá del Narog al oeste, hacia Amon Ereb al este, que se alcanzaba a ver desde el Gelion. El Narog avanzaba entre estas colinas por una profunda garganta y fluía en rápidos, pero sin cascadas, y en la orilla oeste se alzaban las altas tierras boscosas de Taur-en-Faroth. En el lado occidental de esta garganta, donde la pequeña corriente espumosa del Ringwill se precipitaba en el Narog desde el Alto Narog, Finrod estableció Nargothrond. Pero a unas veinticinco leguas al este de la garganta de Nargothrond, el Sirion caía desde el norte en una poderosa catarata bajo las Lagunas, y luego se hundía súbitamente en múltiples canales subterráneos excavados por el paso de las aguas; y surgía otra vez a tres leguas hacia el sur con gran estrépito y vapores, y atravesaba los arcos rocosos al pie de las colinas llamadas las Puertas del Sirion.

Esta catarata divisoria recibió el nombre de Andram, la Muralla Larga, desde Nargothrond hasta Ramdal, el Fin de la Muralla, en Beleriand Oriental. Pero al este se iba haciendo cada vez menos abrupta, pues el Valle del Gelion descendía poco a poco hacia el sur, y en todo el curso del Gelion no había corrientes impetuosas ni cascadas, pero era siempre más rápido que el Sirion. Entre Ramdal y el Gelion se levantaba una única colina de gran extensión y pendientes suaves, y aparentaba mayor poderío del que en realidad tenía, pues se encontraba sola; y esa colina se llamó Amon Ereb. En Amon Ereb murió Denethor, señor de los Nandor que habitaban en Ossiriand; ellos fueron lo que acudieron en ayuda de Thingol contra Morgoth cuando los Orcos descendieron por primera vez en gran número y quebraron la paz iluminada de estrellas de Beleriand; y en esa colina habitó Maedhros después de la gran derrota. Pero al sur de la Andram, entre el Sirion y el Gelion, la tierra era salvaje, y estaba cubierta de enmarañados bosques, en los que nadie vivía, salvo aquí y allí algunos de los errantes Elfos Oscuros; Taur-im-Duinath se la llamó, el Bosque entre los Ríos.

El Gelion era un gran río; y nacía en dos fuentes y tuvo en un principio dos brazos: el Gelion Menor, que venía de la Colina de Himring, y el Gelion Mayor, que venía del Monte Rerir. A partir del encuentro de los dos brazos, fluía hacia el sur por cuarenta leguas antes de toparse con sus afluentes; y ya cerca del mar era dos veces más largo que el Sirion, aunque menos ancho y caudaloso, pues llovía menos en el este que en Hithlum y Dorthonion, de donde recibía el Sirion sus aguas. Desde Ered Luin fluían los seis afluentes del Gelion: Ascar (que se llamó después Rathlóriel), Thalos, Legolin, Brilthor, Duilwen y Adurant, rápidas corrientes turbulentas que se precipitan desde empinadas montañas; y entre el Ascar al norte y el Adurant al sur, y entre el Gelion y Ered Luin, se extendía amplia la verde tierra de Ossiriand, la Tierra de los Siete Ríos. Ahora bien, en el curso medio del Adurant, la corriente se dividía para luego volver a unirse; y la isla que las aguas cercaban se llamó Tol Galen, la Isla Verde. Allí moraron Beren y Lúthien después de su retorno.

En Ossiriand moraban los Elfos Verdes, protegidos por sus ríos, porque después del Sirion, Ulmo amaba al Gelion por sobre todas las aguas del mundo occidental. Tal era la capacidad de los Elfos de Ossiriand para vivir en los bosques, que un forastero podría atravesar estas tierras de extremo a extremo sin haber visto a uno solo. Vestían de verde en primavera y verano, y el sonido de sus cantos alcanzaba a oírse aun a través de las aguas del Gelion; fue así que los Noldor llamaron a esa tierra Lindon, la tierra de la música; y a las montañas de más allá las llamaron Ered Lindon, porque las vieron por primera vez desde Ossiriand.

Al este de Dorthonion las fronteras de Beleriand estaban más expuestas al ataque, y sólo unas colinas de poca altura guardaban el Valle del Gelion desde el norte. En esa región, en la Frontera de Maedhros y en las tierras de más atrás, vivían los hijos de Fëanor con mucha gente; y sus jinetes cabalgaban a menudo por la planicie septentrional, Lothlann, vasta y desierta, al este de Ard-galen, por temor de que Morgoth intentara atacar Beleriand Oriental. La principal ciudadela de Maedhros se levantaba en la Colina de Himring, la Siempre Fría; y era ancha, desprovista de árboles y plana en la cumbre, rodeada de múltiples colinas menores. Entre Himring y Dorthonion había un paso, excesivamente empinado hacia el oeste, y era ése el Paso de Aglon, una puerta que llevaba a Doriath; y un viento crudo soplaba por él desde el norte. Pero Celegorm y Curufin fortificaron Aglon y lo sostuvieron con gran vigor, y también las tierras de Himlad al sur, entre el Río Aros que nacía en Dorthonion y su afluente el Celon, que venía de Himring.

Entre los brazos del Gelion se encontraba el fuerte de Maglor, y aquí las colinas desaparecían por completo; por allí entraron los Orcos en Beleriand Oriental antes de la Tercera Batalla. Por tanto los Noldor guardaban con grandes fuerzas de caballería las llanuras de ese sitio; y el pueblo de Caranthir fortificó las montañas al este de la Hondonada de Maglor. Allí el Monte Rerir, y muchas montañas menores alrededor, se destacaban de la cadena principal de Ered Lindon hacia el oeste; y en el ángulo de Rerir con Ered Lindon había un lago sombreado por montañas desde todos los lados, salvo el sur. Era ése el Lago Helevorn, profundo y oscuro, y junto a él moraba Caranthir; pero a todas las vastas tierras entre el Gelion y las montañas, y entre Rerir y el Río Ascar, los Noldor las llamaron Thargelion, que significa la Tierra de más allá del Gelion, o Dor Caranthir, la Tierra de Caranthir; y allí fue donde los Noldor encontraron por primera vez a los

Enanos. Pero Thargelion fue llamada antes por los Elfos Grises Talath Rhúnen, el Valle Oriental.

Así pues, los hijos de Fëanor bajo la égida de Maedhros eran los señores de Beleriand Oriental, pero su pueblo en ese tiempo se encontraba sobre todo al norte de la tierra, y hacia el sur sólo cabalgaban para cazar en los bosques verdes. Pero allí moraban Amrod y Amras, y no fueron mucho al norte mientras duró el Sitio; y también por allí cabalgaban a veces otros señores de los Elfos, aun recorriendo largas distancias, porque la tierra era salvaje, pero muy hermosa. De ellos Finrod Felagund era quien lo hacía con mayor frecuencia, pues amaba ir de un lado a otro, y llegaba aun a Ossiriand, y se ganó la amistad de los Elfos Verdes. Pero ninguno de los Noldor fue nunca a Ered Lindon mientras el reino se sostuvo, y las noticias de lo que pasaba en las regiones del este eran escasas y llegaban tarde a Beleriand.

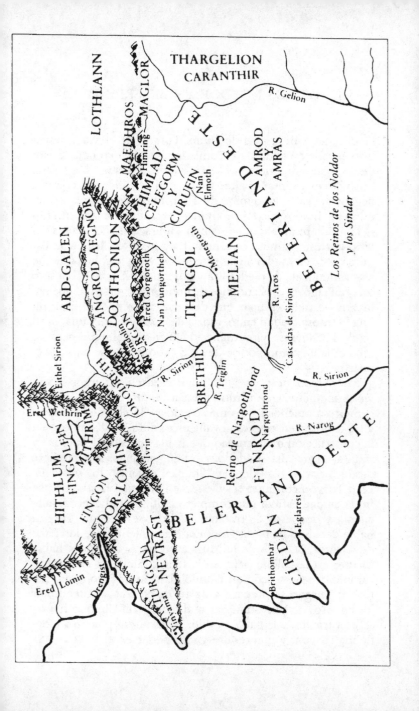

15

DE LOS NOLDOR EN BELERIAND

Se dijo que con la guía de Ulmo, Turgon de Nevrast descubrió el valle escondido de Tumladen, que se extendía al este de las aguas superiores del Sirion (como se supo luego), en un anillo de montañas altas y escarpadas, y ninguna criatura llegaba allí salvo las águilas de Thorondor. Pero había un camino profundo bajo las montañas, excavado en la oscuridad del mundo por las aguas que iban a unirse a las corrientes del Sirion; y este camino encontró Turgon, y así llegó a la llanura verde en medio de las montañas, y vio la colina-isla que se levantaba allí de piedra lisa y dura; pues el valle había sido un gran lago en días antiguos. Entonces Turgon supo que había encontrado el lugar que deseaba, y decidió edificar allí una hermosa ciudad en memoria de Tirion sobre Túna; pero regresó a Nevrast, y permaneció allí en paz, aunque siempre meditaba en cómo podría llevar a cabo lo que se había propuesto.

Ahora bien, después de la Dagor Aglareb, a Turgon le volvió la inquietud que Ulmo le había puesto en el corazón, y convocó a muchos de los más osados y hábiles de los suyos, y los condujo en secreto al valle escondido, y allí empezaron la construcción de la ciudad que había concebido Turgon; y montaron guardia alrededor para que nadie los sorprendiese desde fuera, y el poder de Ulmo en el Sirion los protegía. Pero Turgon continuó residiendo en Nevrast, hasta que por fin la ciudad estuvo por completo edificada, al cabo de cincuenta y dos años de trabajos ocultos. Se dice que Turgon había decidido llamarla Ondolindë en la lengua de los Elfos de Valinor, la Roca de la Música de las Aguas, pues había fuentes en la colina; pero en la lengua Sindarin el nombre cambió, y se convirtió en Gondolin, la Roca Escondida. Entonces Turgon se preparó a partir de Nevrast y abandonar los recintos de Vinyamar junto al mar; y allí Ulmo se le presentó otra vez, y le habló, y dijo: —Irás ahora por fin a Gondolin, Turgon; y mantendré yo mi poder en el Valle del Sirion, y en todas las aguas que allí hay, de modo tal que nadie advierta tu marcha, ni nadie encuentre la entrada escondida si tú no lo quieres. Más que todos los reinos de los Eldalië soportará Gondolin contra Melkor. Pero no ames con exceso la obra de tus manos y las concepciones de tu corazón; y recuerda que la verdadera esperanza de los Noldor está en el Occidente y viene del Mar.

Y Ulmo le advirtió a Turgon que también él estaba sometido a la Maldición de Mandos, y que no tenía poder para anularla. Dijo: —Puede que el Hado de los Noldor te alcance también a ti antes del fin, y que la traición despierte dentro de tus muros. Habrá entonces peligro de fuego. Pero si este peligro acecha en verdad, entonces vendrá a alertarte uno de Nevrast, y de él, más allá de la ruina y del fuego, recibiréis esperanzas los Elfos y los Hombres. Por tanto, deja en esta casa unas armas y una espada para que él las encuentre, y de ese modo lo conocerás y no serás engañado. —Y Ulmo le declaró a Turgon de qué especie y tamaño tenían que ser el yelmo y la cota de malla y la espada que dejaría en la ciudad.

Entonces Ulmo volvió al mar, y Turgon reunió a todos los suyos, aun a una tercera parte de los Noldor de Fingolfin, y a una hueste todavía mayor de los Sindar; y compañía tras compañía se alejaron en secreto bajo las sombras de Ered Wethrin, y llegaron sin ser vistos a Gondolin, y nadie supo a dónde habían ido. Y por último Turgon se puso también en camino, y fue con los de su casa en silencio por entre las colinas, y pasó por las puertas de las montañas, que se cerraron tras él.

Por muchos largos años nadie entró por allí salvo sólo Húrin y Huor; y las huestes de Turgon no volvieron a aparecer hasta el Año de la Lamentación, después de transcurridos trescientos cincuenta años y más todavía. Pero detrás del círculo de las montañas el pueblo de Turgon creció y medró, y trabajó sin descanso, de modo que Gondolin de Amon Gwareth llegó a ser realmente hermosa y digna de compararse aun con Elven Tirion, más allá del mar. Elevados y blancos eran los muros, y pulidas las escaleras, y alta y poderosa la Torre del Rey. Allí refulgían las fuentes y en los patios de Turgon se alzaban imágenes de los Árboles de antaño, que el mismo Turgon talló con élfica artesanía; y el Árbol que hizo de oro se llamó Glingal, y el Árbol cuyas flores hizo de plata se llamó Belthil. Pero más hermosa que todas las maravillas de Gondolin era Idril, la hija de Turgon, que fue llamada Celebrindal, la de los Pies de Plata, y sus cabellos eran como el oro de Laurelin antes de la llegada de Melkor. Así vivió largo tiempo Turgon en serena felicidad, pero en la desolada Nevrast nadie habitó hasta la ruina de Beleriand.

Ahora bien, mientras la ciudad de Gondolin se construía en secreto, Finrod Felagund trabajaba en los sitios profundos de Nargothrond; pero Galadriel, su hermana, moraba como se dijo en el reino de Thingol en Doriath. Y a veces Melian y Galadriel hablaban juntas de Valinor y de la dicha de antaño; pero los relatos de Galadriel no iban nunca más allá de la hora oscura de la muerte de los Árboles. Y Melian dijo en una ocasión: —Hay una pena secreta en ti y en los tuyos. Eso puedo verlo, pero todo lo demás está oculto para mí; porque ni con los ojos ni con el pensamiento veo nada de lo que sucedió o sucede en el Occidente: una sombra pende sobre toda la tierra de Aman, que se extiende hasta el océano. ¿Por qué no me dices más?

—Porque esa pena pertenece al pasado —dijo Galadriel—, y acepto de buen grado cualquier alegría que haya aquí, sin recuerdos que me perturben. Y quizá nos aguardan otras pesadumbres, aunque parezca que aún brilla la esperanza.

Entonces Melian la miró a los ojos y le dijo: —No creo que los Noldor vinieran como mensajeros de los Valar, como se dijo al principio: no, aunque llegaran a la hora precisa de nuestra necesidad. Porque no hablan nunca de los Valar, ni ninguno de esos altos señores han traído mensaje alguno a Thingol, ni de Manwë ni de Ulmo, ni siquiera de Olwë, el hermano del rey, y de su propio pueblo que se hizo a la mar. ¿Por qué motivo, Galadriel, las altas gentes de los Noldor fueron expulsadas de Aman como exiliados? O ¿qué mal pesa sobre los hijos de Fëanor, para que se muestren tan altivos y feroces? ¿No me acerco a la verdad?

—Te acercas —dijo Galadriel—, pero no fuimos expulsados, y partimos porque así lo quisimos nosotros, y en contra de la voluntad de los Valar. Y aunque con gran peligro y a despecho de los Valar, con este propósito vinimos: para vengarnos de Morgoth y recuperar lo que se robó.

Entonces le habló Galadriel a Melian de los Silmarils, y del asesinato del Rey Finwë en Formenos; aunque no dijo una palabra acerca del Juramento, ni de la Matanza de los Hermanos, ni del incendio de las naves en Losgar. Pero Melian dijo: —Mucho me dices ahora y, sin embargo, adivino más todavía. Una sombra arrojas sobre el largo camino desde Tirion, pero veo allí un mal del que Thingol tendría que estar enterado.

—Quizá —dijo Galadriel—, pero no por mí.

Y Melian ya no siguió hablando de estas cosas con Galadriel; pero le contó al Rey Thingol lo que había oído acerca de los Silmarils. —Éste es asunto de gran importancia —dijo—, más todavía de lo que sospechan los Noldor; pues la Luz de Aman y el destino de Arda están encerrados ahora en esos artificios de Fëanor, que se ha ido. Y digo ahora que no serán recuperados por poder alguno de los Eldar; y las batallas devastarán el mundo antes de que le sean arrebatados a Morgoth. ¡Tenlo en cuenta! Han matado a Fëanor y a muchos otros, sospecho; pero antes que ninguna otra muerte provocada por Morgoth, ahora o en el futuro, ocurrió la de Finwë, tu amigo. Morgoth lo mató antes que partiera de Aman.

Entonces Thingol guardó silencio, lleno de dolor y malos presagios; pero luego dijo: —Entiendo al fin ahora lo que tanto me había intrigado: por qué vinieron los Noldor desde Occidente. No acudieron en nuestra ayuda (salvo por azar); porque a aquellos que permanecen en la Tierra Media, los Valar dejarán librados a sus propios recursos, hasta que conozcan la necesidad más extrema. Para vengarse y recuperar lo robado han venido los Noldor. Y sin embargo, y por la misma razón, tendrían que ser nuestros aliados más seguros, pues a nadie se le ocurriría que lleguen a pactar con Morgoth.

Pero Melian dijo: —En verdad, por esas causas han venido; pero también por otras. ¡Cuídate de los hijos de Fëanor! La sombra de la ira de los Valar pende sobre ellos; y han hecho daño, según entiendo, tanto en Aman como contra los de su propio linaje. Hay un dolor, aunque ahora esté adormecido, entre todos los príncipes de los Noldor.

Y Thingol respondió: —No sé si eso me concierne. De Fëanor sólo me han llegado noticias, y todas lo engrandecen por cierto. Y de los hijos de Fëanor poco oigo que me complazca; no obstante, es probable que sean los más mortales enemigos de nuestro común enemigo.

—Las espadas y los consejos de los Noldor serán siempre de doble filo —dijo Melian; y ya no hablaron más de este asunto.

No transcurrió mucho antes de que los Sindar empezaran a hablar en voz baja entre ellos de los hechos de los Noldor antes que llegaran a Beleriand. Sobre el origen de estos rumores no cabe ninguna duda, y la triste verdad fue disfrazada y envenenada con engaños, pero los Sindar eran todavía inocentes y confiaban en las palabras, y (como bien puede entenderse) la malicia de Morgoth los escogió como víctimas propiciatorias, pues no lo conocían. Y Círdan, al escuchar estos relatos sombríos, se sintió perturbado; pues era de buen juicio, y comprendió en seguida que verdaderos o falsos, era la malicia quien los difundía en aquel momento, y la atribuyó a los celos que separaban a las distintas casas de los Noldor. Por tanto envió mensajeros a Thingol para comunicarle lo que había oído.

Ocurrió que por ese entonces los hijos de Finarfin eran otra vez huéspedes de Thingol, pues deseaban ver a la hermana de ellos, Galadriel. Entonces Thingol, muy conmovido, le habló con enfado a Finrod diciendo: —Has obrado mal conmigo, hermano, al ocultarme asuntos de tanta importancia. Pues acabo de enterarme de todas las malas acciones de los Noldor.

Pero Finrod respondió: —¿De qué modo he obrado mal contigo? ¿Y qué daño te han hecho los Noldor que tanto te apena? Nunca pensaron o hicieron nada malo, ni contra ti ni contra nadie de tu pueblo.

—Me maravilla, hijo de Eärwen —replicó Thingol—, que te hayas acercado así a la mesa de un hombre de tu linaje, con manos enrojecidas por la sangre de tus hermanos maternos, sin adelantar alguna defensa o buscar el perdón.

Entonces Finrod se sintió grandemente perturbado, pero guardó silencio, pues no podía defenderse, excepto acusando a otros príncipes de los Noldor; y detestaba hacer algo semejante delante de Thingol. Pero en el corazón de Angrod el recuerdo de las palabras de Caranthir creció en amargura, y exclamó: —Señor, no sé qué mentiras habrás escuchado, ni por boca de quién; pero no hemos venido con las manos enrojecidas. Sin culpa hemos venido, salvo quizá de locura, a escuchar las palabras del feroz Fëanor, que nos aletargaron, como si un vino nos hubiera embriagado, y también sólo por un momento. Ningún mal cometimos en el camino, pero en cambio lo sufrimos nosotros; perdónanos. Por esto se nos acusa de que venimos aquí con cuentos, y de que hemos traicionado a los Noldor: falsamente como lo sabes, porque de nuestra lealtad no te hemos hablado, y de ese modo nos hemos ganado tu enojo. Pero ahora ya no es posible soportar estas acusaciones y sabrás la verdad.

Entonces Angrod habló con amargura contra los hijos de Fëanor, de la sangre derramada en Alqualondë, y de la Maldición de Mandos, y del incendio de las naves en Losgar. Y exclamó: —¿Por qué a nosotros, que soportamos el Hielo Crujiente, han de llamarnos traidores y asesinos de hermanos?

—No obstante, la sombra de Mandos pesa también sobre vosotros —dijo Melian. Pero Thingol calló largo tiempo antes de hablar—. ¡Idos ahora! —dijo—. Pues tengo un peso en el corazón. Más tarde podréis regresar si queréis; porque no os cerraré mis puertas para siempre, ya que fuisteis atraídos a la trampa de un mal que no buscasteis. No me apartaré tampoco del pueblo de Fingolfin, pues han expiado con amargura el mal que cometieron. Y nuestro odio al Poder que provocó toda esta aflicción apagará todas las quejas. Pero ¡escuchad mis palabras! ¡Nunca otra vez quiero oír la lengua de los que mataron a mi gente en Alqualondë! Ni nadie la hablará abiertamente en el reino, mientras dure mi Poder. Esta orden alcanzará a todos los Sindar: no hablarán la lengua de los Noldor, ni responderán a ella cuando la oigan. Y todos los que la empleen serán considerados asesinos de hermanos y traidores incontritos.

Entonces los hijos de Finarfin se alejaron de Menegroth con el corazón apesadumbrado, pues entendieron que las palabras de Mandos serían siempre ciertas, y que los Noldor que habían seguido a Fëanor no podían escapar de la sombra que pendía sobre ellos. Y así ocurrió tan pronto como hubo hablado Thingol; pues los Sindar que lo oyeron rechazaron desde entonces en todo Beleriand la lengua de los Noldor, y evitaban a quienes la hablaban en alta voz; pero los Exiliados adoptaron la lengua Sindarin en la vida cotidiana, y la Alta Lengua del Occidente sólo fue hablada por los Señores de los Noldor y entre ellos. No obstante, esa lengua sobrevivió siempre como el lenguaje del conocimiento, en cualquier lugar en que habitara algún Noldor.

Sucedió al fin que Nargothrond estuvo del todo edificada (y Turgon vivía aún en los recintos de Vinyamar), y los hijos de Finarfin se reunieron allí para celebrar una fiesta; y Galadriel vino a Doriath y permaneció un tiempo en Nargothrond. Ahora bien, el Rey Finrod Felagund no tenía esposa, y Galadriel le preguntó por qué; pero Finrod creyó tener una visión mientras ella hablaba y respondió: —También yo haré un juramento, y he de ser libre para cumplirlo y adentrarme en las tinieblas. Nada perdurará en mi reino que un hijo pueda heredar.

Pero se dice que esos pensamientos helados no lo habían dominado hasta entonces, pues en verdad él había amado a Amarië de los Vanyar, quien no lo acompañó al exilio.

16

DE MAEGLIN

Aredhel Ar-Feiniel, la Blanca Señora de los Noldor, hija de Fingolfin, vivía en Nevrast con su hermano Turgon, y fue con él al Reino Escondido. Pero se cansó de la ciudad guardada de Gondolin, deseando más que nunca volver a cabalgar en las vastas tierras y andar por los bosques, como había sido su costumbre en Valinor; y cuando hubieron transcurrido doscientos años después de concluida la construcción de Gondolin, habló con Turgon y le pidió autorización para marcharse. Turgon se resistía a que se fuera, y durante mucho tiempo no lo consintió, pero por fin cedió, diciendo: —Ve, si ésa es tu voluntad, aunque se oponga a lo que me dicta mi buen juicio, y preveo que será para mal de los dos. Pero irás sola en busca de Fingon, nuestro hermano; y los que envío contigo volverán a Gondolin tan de prisa como les sea posible.

Pero Aredhel dijo: —Soy tu hermana y no tu sirvienta, y más allá de tus confines iré tal como me parezca conveniente. Y si me escatimas una escolta, iré sola.

Entonces Turgon le respondió: —No te escatimo nada de lo que tengo. Empero, no deseo que nadie que viva fuera de mis muros conozca el camino hacia aquí; confío en ti, hermana mía, pero no en que otros mantengan la boca cerrada.

Y Turgon designó a tres señores de su casa para que cabalgaran junto con Aredhel, y les pidió que la llevaran al encuentro de Fingon, en Hithlum, si podían convencerla.

—Y sed precavidos —les dijo—, porque aunque Morgoth esté aún confinado en el Norte, hay peligros en la Tierra Media que la Señora no conoce. —Entonces Aredhel abandonó Gondolin y el corazón de Turgon quedó apesadumbrado.

Pero cuando ella llegó al Vado de Brithiach en el Río Sirion, les dijo a sus compañeros: —Doblad ahora hacia el sur, no hacia el norte, porque no iré a Hithlum; mi corazón prefiere ir al encuentro de los hijos de Fëanor, mis amigos de antaño. —Y como no pudieron disuadirla, doblaron hacia el sur, como ella lo ordenaba, e intentaron ser admitidos en Doriath. Pero los guardianes de la frontera se opusieron; porque Thingol no quería que ninguno de los Noldor cruzara la Cintura (salvo las gentes de la casa de Finarfin) y menos aún algún amigo de los hijos de Fëanor. Por este motivo los guardianes de la frontera le dijeron a Aredhel: —Para llegar a la tierra de Celegorm, a la que ahora vais, Señora, no podéis de ninguna manera atravesar el reino del Rey Thingol; tenéis que cabalgar más allá de la Cintura de Melian, hacia el sur o hacia el norte. El camino más rápido es por los senderos que conducen al este desde Brithiach a través de Dimbar y a lo largo de la frontera septentrional de este reino, y que después de cruzar el Puente de Esgalduin y los Vados del Aros entran en las tierras de más allá de la Colina de Himring. Allí viven, según lo creemos, Celegorm y Curufin, y puede que los encontréis, pero el camino es difícil.

Entonces Aredhel se volvió y buscó el peligroso camino entre los valles encantados de Ered Gorgoroth y los cercados septentrionales de Doriath; y mientras se acercaban a la región maligna de Nan Dungortheb, unas sombras envolvieron a los jinetes, y Aredhel perdió a sus compañeros y se extravió. Durante mucho tiempo la buscaron en vano, temiendo que hubiera caído en una trampa o hubiera bebido de las corrientes envenenadas de esa región; pero las criaturas salvajes de Ungoliant que moraban en los barrancos los persiguieron y apenas pudieron escapar con vida. Cuando por fin regresaron y contaron su historia, hubo gran dolor en Gondolin; y Turgon pasó largo tiempo solo, soportando en silencio la congoja y la cólera.

Pero Aredhel, después de haber buscado en vano a sus compañeros, siguió adelante, pues no tenía miedo y era de corazón animoso, como todos los hijos de Finwë; y sin desviarse del camino cruzó el Esgalduin y el Aros, y llegó a la tierra de Himlad entre el Aros y el Celon, donde vivían Celegorm y Curufin en aquellos días, antes de romperse el Sitio de Angband. No estaban allí en ese momento y cabalgaban con Caranthir hacia el este, en Thargelion; pero las gentes de Celegorm la recibieron con grandes honores y la invitaron a habitar entre ellos hasta el regreso del señor. Por un tiempo estuvo allí contenta, y disfrutaba paseando libremente por los bosques; pero como el año se prolongaba y Celegorm no regresaba, se sintió inquieta otra vez, y tomó como costumbre cabalgar sola, siempre más lejos, en busca de nuevos senderos y claros umbrosos y vírgenes. Así fue que al menguar el año, Aredhel llegó al sur de Hilmad y cruzó el Celon; y antes de que se diera cuenta estaba atrapada en Nan Elmoth.

En ese bosque, en edades atrás, Melian iba de un lado a otro por el crepúsculo de la Tierra Media, cuando los árboles eran jóvenes y todo parecía envuelto en un sereno encantamiento. Pero ahora los árboles de Nan Elmoth eran los más altos y los más oscuros de toda Beleriand, y allí nunca llegaba el sol; y allí moraba Eöl, a quien llamaban el Elfo Oscuro. Era pariente de Thingol, pero se había sentido inquieto e incómodo en Doriath, y cuando la Cintura de Melian rodeó el Bosque de Region, donde él vivía, escapó a Nan Elmoth. Allí habitó en la sombra profunda, enamorado de la noche y del crepúsculo bajo las estrellas. Evitaba a los Noldor, pues los tenía por culpables del regreso de Morgoth, que había perturbado la quietud de Beleriand; pero le agradaban los Enanos, más que a ningún otro de los Elfos de antaño. Por él se enteraron los Enanos de lo que había ocurrido en las tierras de los Eldar.

Ahora bien, el tráfico de los Enanos que bajaban de las Montañas Azules seguía dos caminos a través de Beleriand Oriental, y el camino septentrional, que conducía a los Vados del Aros, pasaba cerca de Nan Elmoth; y allí Eöl solía encontrarse con los Naugrim; y cuando la amistad creció entre ellos, iba a veces invitado como huésped a las profundas mansiones de Nogrod o Belegost. Allí aprendió mucho sobre los trabajos en metal, en los que llegó a ser hábil en extremo, e inventó un metal tan duro como el acero de los Enanos, pero tan maleable que podía hacerlo delgado y flexible; y sin embargo seguía siendo resistente a todas las espadas y dardos. Lo llamo *galvorn*, porque era negro y brillante como el azabache, y se vestía con él cada vez que salía. Pero Eöl, aunque encorvado por sus trabajos de herrero, de ningún modo era un Enano, sino un Elfo de elevada estatura, de la alta estirpe de los Teleri, noble aunque ceñudo de cara; y con ojos capaces de traspasar las honduras de las sombras y los lugares oscuros. Y sucedió que vio a Aredhel Ar-Feiniel extraviada entre los árboles altos cerca de los bordes de Nan Elmoth, un resplandor blanco en la tierra en penumbra. Muy bella le pareció, y la deseó; y le echó un encantamiento para que no le fuera posible encontrar el camino de salida y se acercara cada vez más a donde él moraba, en las profundidades del bosque. Allí tenía su herrería y sus estancias oscuras y sus sirvientes, silenciosos y callados como él. Y cuando Aredhel, fatigada de errar, llegó por fin a las puertas de la casa de Eöl, él se le apareció y le dio la bienvenida y la hizo entrar en la casa. Y allí se quedó; porque Eöl la tomó como esposa; y transcurrió mucho tiempo antes de que algún pariente de Aredhel volviera a saber de ella.

No se dijo que Aredhel no estuviera del todo descontenta, ni que durante muchos años la vida en Nan Elmoth le fuera odiosa. Porque, aunque por orden de Eöl tuviera que evitar la luz del sol, erraban juntos muy lejos bajo las estrellas o a la luz de la luna menguante; también podía pasearse sola por donde quisiera, aunque Eöl le había prohibido que buscara a los hijos de Fëanor o a ningún otro de los Noldor. Y Aredhel tuvo un hijo de Eöl en las sombras de Nan Elmoth, y le puso un nombre secreto en la lengua prohibida de los Noldor, Lómion, que significa Hijo del Crepúsculo; pero el padre no le dio ningún nombre hasta que tuvo doce años. Lo llamó entonces Maeglin, que significa Mirada Aguda, pues advirtió que los ojos de su hijo eran más penetrantes que los de él, y que era capaz de leer los secretos de los corazones más allá de la niebla de las palabras.

A medida que Maeglin crecía, tenía cada vez más la cara y talla de los Noldor, pero en temple y mente era el hijo de su padre. Parco en palabras, hablaba sólo cuando los asuntos le incumbían de cerca, y entonces su voz tenía el poder de convocar a quienes lo escuchaban y de derribar a quienes se le oponían. Era alto y de cabellos negros, y de ojos oscuros, brillantes y profundos como los ojos de los Noldor, y de piel blanca. A menudo iba con Eöl a las ciudades de los Enanos al este de Ered Lindon, y allí aprendía lo que estuvieran dispuestos a enseñarle, y sobre todo el arte de descubrir las vetas de los metales en las montañas.

Sin embargo, se cuenta que Maeglin amaba más a su madre, y que si Eöl salía, se quedaba sentado largo tiempo junto a ella, y escuchaba todo cuanto pudiera contarle de las gentes de su casa, y de las hazañas que habían llevado a cabo en Eldamar, y del poderío y el valor de los príncipes de la Casa de Fingolfin. Todas estas cosas guardaba celosamente en el corazón, pero sobre todo lo que oía de Turgon, y de que no había heredero; pues su esposa, Elenwë, había muerto en el cruce del Helcaraxë, y no le quedaba otro hijo que la joven Idril Celebrindal.

Mientras contaba estas historias, se despertó en Aredhel el deseo de volver a ver a los suyos; y se maravilló de que se hubiera cansado de la luz de Gondolin, y de las fuentes al sol y las verdes hierbas de Tumladen bajo los cielos ventosos de la primavera; además, a menudo se sentía sola en las sombras cuando el hijo y el marido se ausentaban. De esas historias nacieron también las primeras disputas entre Maeglin y Eöl. Porque de ningún modo quiso Aredhel revelarle a Maeglin dónde habitaba Turgon, ni de qué manera se podía llegar allí, y él decidió esperar, confiando en que algún día le sonsacaría el secreto, o quizá pudiera leerle la mente desprevenida; pero antes que nada deseaba ver a los Noldor y conversar con los hijos de Fëanor, sus parientes, que no vivían lejos. Pero cuando declaró sus propósitos, Eöl entró en cólera. —Tú perteneces a la casa de Eöl, Maeglin, hijo mío —le dijo—, y no a la de Golodhrim. Toda esta tierra es la tierra de los Teleri, y no tendré trato ni permitiré que mi hijo tenga trato con los asesinos de nuestros hermanos, los invasores y los usurpadores de nuestros hogares. En esto me obedecerás o te pondré en prisión. —Y Maeglin no le contestó, pero se mantuvo frío y silencioso, y ya no salió con Eöl; y Eöl desconfiaba de él.

Sucedió que en pleno estío, los Enanos, como era su costumbre, invitaron a Eöl a una fiesta que se celebraría en Nogrod; y él se ausentó. Maeglin y su madre fueron libres por un tiempo de ir a donde se les antojara, y a menudo cabalgaron hasta los extremos del bosque en busca de la luz del sol; y en el corazón de Maeglin se encendió el deseo de abandonar Nan Elmoth para siempre. Por tanto le dijo a Aredhel: —Señora, partamos mientras podamos. ¿Qué esperanza hay en el bosque para vos y para mí? Estamos aquí prisioneros, y no encontraré en este sitio beneficio alguno; porque he aprendido todo lo que sabe mi padre, o lo que puedan revelarme los Naugrim. ¿No iremos a Gondolin? ¡Vos seréis mi guía, y yo vuestro guardián!

Entonces Aredhel se sintió complacida y contempló con orgullo a su hijo; y diciendo a los sirvientes de Eöl que iban en busca de los hijos de Fëanor, partieron y cabalgaron hacia el confín septentrional de Nan Elmoth. Allí cruzaron la estrecha corriente del Celon a la tierra de Himlad y cabalgaron hacia los Vados de Aros, y luego hacia el oeste a lo largo de los cercados de Doriath.

Ahora bien, Eöl volvió del este más pronto de lo previsto por Maeglin, y descubrió que su esposa y su hijo habían partido sólo dos días atrás; y tan grande fue su cólera, que corrió tras ellos aun a la luz del día. Al entrar en Himlad, se dominó y fue más cauteloso, recordando el peligro que corría, pues Celegorm y Curufin eran poderosos señores que no amaban a Eöl, y Curufin, además, era de peligroso temple; pero los exploradores de Aglon habían descubierto la cabalgata de Maeglin y Aredhel hacia los Vados del Aros, y Curufin, advirtiendo que días extraños se avecinaban, marchó hacia el sur desde el Paso y acampó cerca de los Vados. Y antes de que Eöl se hubiera internado mucho en Himlad fue abordado por unos jinetes, y llevado luego ante el Señor Curufin.

Entonces le dijo Curufin a Eöl: —¿Qué os trae a mis tierras, Elfo Oscuro? Un asunto urgente, quizá, que expone a la luz del día a alguien que tanto esquiva el sol.

Y Eöl, conociendo el peligro en que se encontraba, retuvo las amargas palabras que le nacían en la mente. —He sabido, Señor Curufin —dijo—, que mi hijo y mi esposa, la Blanca Señora de Gondolin, han ido a visitaros mientras yo me encontraba ausente de mi casa; y me pareció adecuado unirme a ellos en este cometido.

Entonces Curufin se rió de Eöl y dijo: —Quizás habrían encontrado la bienvenida menos cálida de lo esperado si vos los hubierais acompañado; pero no tiene importancia, porque no venían aquí. Hace dos días que han cruzado los Arossiach, y de allí cabalgaron rápidamente hacia el oeste. Parece que queréis engañarme; a no ser en verdad que vos mismo seáis el engañado.

Y Eöl respondió: —Entonces, Señor, quizá me deis permiso para partir, y descubrir la verdad en este asunto.

—Tenéis mi permiso, pero no mi amor —dijo Curufin—. Cuanto antes abandonéis esta tierra, tanto más estaré complacido.

Entonces Eöl montó su caballo diciendo: —Es afortunado, Señor Curufin, encontrar a un pariente tan amable en momentos de necesidad. Lo recordaré cuando regrese. —Entonces Curufin miró sombrío a Eöl.— No ostentéis el título de vuestra esposa ante mí —dijo—. Porque los que roban a las hijas de los Noldor y las desposan sin dote o autorización no ganan parentesco con los Noldor. Os doy permiso para partir. Aprovechadlo e idos. De acuerdo con las leyes de los Eldar, no puedo mataros en esta ocasión. Y este consejo añado: volved a vuestra morada en la oscuridad de Nan Elmoth; pues me advierte el corazón que si perseguís ahora a los que ya no os aman, nunca volveréis.

Entonces Eöl se alejó cabalgando de prisa, y lleno de odio por todos los Noldor, pues comprendía ahora que Maeglin y Aredhel huían a Gondolin. Y llevado por la ira y la vergüenza de su humillación, cruzó los Vados del Aros y se precipitó por el camino que ellos habían recorrido antes; pero aunque no sabían que él los seguía, montado en el corcel más rápido, Eöl no consiguió verlos antes que llegaran al Brithiach y dejaran allí los caballos. Los traicionó entonces la mala suerte, porque los caballos relincharon con fuerza, y el corcel de Eöl los oyó, y se apresuró hacia ellos; y Eöl vio desde lejos el blanco vestido de Aredhel y observó que iba en busca del sendero secreto en las montañas.

Ahora bien, Aredhel y Maeglin llegaron al Portal Exterior de Gondolin y la Guardia Oscura bajo las montañas; y allí ella fue recibida con alegría, y pasando por las Siete Puertas llegó con Maeglin ante Turgon sobre Amon Gwareth. Entonces el rey escuchó maravillado todo lo que Aredhel tenía que contar; y miró con agrado a Maeglin, el hijo de su hermana, viendo en él a un príncipe digno de contarse entre los Noldor.

—Me alegro, en verdad, de que Ar-Feiniel haya regresado a Gondolin —dijo—, y ahora mi ciudad parecerá otra vez más hermosa que en los días en que daba a mi hermana por perdida. Y Maeglin tendrá los más grandes honores de mi reino.

Entonces Maeglin le hizo una profunda reverencia y tuvo a Turgon por rey y señor, y se le sometió; pero se mantuvo silencioso y alerta, porque la dicha y el esplendor de Gondolin sobrepasaban todo lo que había imaginado por las historias de su madre, y estaba asombrado ante la fortaleza de la ciudad y de los ejércitos, y las muchas cosas extrañas y hermosas que contemplaba. Sin embargo, nada atraía tanto su mirada como Idril, la hija del rey, que estaba sentada junto a él; porque era dorada como los Vanyar, el linaje de su madre, y se parecía al sol, del que el palacio entero del rey recibía la luz.

Pero Eöl, siguiendo los pasos de Aredhel, encontró el Río Seco y el sendero secreto y así, arrastrándose sigiloso, llegó a la Guardia, y fue atrapado e interrogado. Y cuando la Guardia oyó que reclamaba a Aredhel como esposa, se sorprendió y envió un rápido mensajero a la Ciudad; y fue a la estancia del rey.

—Señor —exclamó—, la Guardia ha hecho prisionero a uno que ha llegado encubierto ante el Portal Oscuro. Dice llamarse Eöl, y es un Elfo de alta talla, oscuro y ceñudo, de la parentela de los Sindar; no obstante, reclama a la Señora Aredhel como esposa, y pide que lo traigan ante vos. Es mucha su cólera, y cuesta contenerlo; pero no lo hemos matado, tal como vuestra ley lo exige.

Entonces Aredhel dijo: —¡Ay! Eöl nos ha seguido, como lo temía. Pero lo ha hecho con gran cuidado, pues no vimos ni oímos nada al entrar en el Camino Escondido. —Luego le dijo al mensajero:— No ha dicho sino la verdad. Él es Eöl y yo soy su esposa, y él es el padre de mi hijo. No lo matéis, sino traedlo ante el juicio del rey, si éste así lo dispone.

Y así se hizo; y Eöl fue llevado al palacio, y se mantuvo en pie ante el alto trono de Turgon, con una expresión torva y orgullosa. Aunque no estaba menos asombrado que su hijo ante todo cuanto veía, más le pesaban en el corazón la ira y el odio que sentía por los Noldor. Pero Turgon lo trató con honores y se puso de pie y quiso tomarle la mano; y le dijo:

—Bienvenido, mi pariente, pues por tal os tengo. Aquí moraréis a vuestro gusto, pero no abandonaréis mi reino; porque es mi ley que quien encuentre el camino a mi morada ya no podrá irse.

Pero Eöl retiró la mano. —No reconozco yo tu ley —dijo—. Ni vos ni ninguno de vuestro linaje tenéis derecho en esta tierra a apoderaros de reinos o poner límites en sitio alguno. Ésta es la tierra de los Teleri, a quienes traéis guerra e inquietud, y a los que tratáis siempre con orgullo e injusticia. Nada me importa de vuestros secretos y no vine a espiaros, sino a reclamar lo mío: mi esposa y mi hijo. No obstante, si cierto derecho tenéis a Aredhel, vuestra hermana, que ella se quede; que el pájaro vuelva a la jaula, donde pronto volverá a enfermar, como ya enfermó antes. Pero no Maeglin. A mi hijo no lo retendréis. ¡Ven, Maeglin, hijo de Eöl! Tu padre te lo ordena. ¡Abandona la casa de los enemigos y los asesinos de mis gentes, o seas maldito! —Pero Maeglin no respondió.

Entonces Turgon se sentó en su alto trono sosteniendo el cetro del juicio y habló con voz severa: —No discutiré con vos, Elfo Oscuro. Sólo las espadas de los Noldor defienden vuestros bosques sin sol. La libertad que allí tenéis de errar libremente se la debéis a mi gente; si no fuera por ellos, hace ya tiempo que trabajaríais esclavizado en las mazmorras de Angband. Y aquí yo soy el rey; y lo queráis o no, mi juicio es inapelable. Sólo tenéis esta alternativa: vivir aquí o morir aquí; y lo mismo en lo que se refiere a tu hijo.

Entonces Eöl miró al Rey Turgon a los ojos y no se intimidó, y permaneció erguido largo rato sin decir una palabra, y completamente inmóvil, mientras un profundo silencio se hacía en la estancia; y Aredhel sintió miedo, pues sabía que Eöl era peligroso. De pronto, rápido como una víbora, Eöl sacó una jabalina que llevaba oculta bajo la capa y se la arrojó a Maeglin exclamando: —¡Elijo la segunda opción y también para mi hijo! ¡No retendréis aquello que me pertenece!

Pero Aredhel saltó delante del dardo, que la hirió en el hombro; y Eöl fue sometido por muchos, y encadenado, y llevado afuera, mientras otros asistían a Aredhel. Pero Maeglin observaba a su padre en silencio.

Se decidió que Eöl fuera llevado al día siguiente ante el rey para ser juzgado; y Aredhel e Idril inclinaron a Turgon a que se mostrara clemente. Pero al caer la tarde, Aredhel enfermó, aunque la herida no había parecido grave, y se hundió en la oscuridad, y a la noche murió; porque la punta de la jabalina estaba envenenada, aunque nadie lo supo hasta que fue demasiado tarde.

Por tanto, cuando Eöl fue llevado ante Turgon, no encontró clemencia; y lo condujeron al Caragdûr, un precipicio de piedra negra sobre la ladera norte de la colina de Gondolin, para arrojarlo desde los muros escarpados de la ciudad. Y Maeglin se encontraba allí y no decía nada; pero por fin Eöl gritó: —¡Así pues, abandonas a tu padre y a tu gente, hijo mal nacido! Aquí fracasarán todas tus esperanzas, y que aquí tengas la misma muerte que yo.

Entonces arrojaron a Eöl por el Caragdûr, y así él perdió la vida, y a todos en Gondolin les pareció justo; pero Idril se sintió perturbada y desde ese día desconfió de Maeglin. Pero Maeglin prosperó y se engrandeció entre los Gondolindrim, alabado por todos y alto en la estima de Turgon; porque si bien aprendía con ansiedad y rapidez todo cuanto estaba a su alcance, también tenía mucho que enseñar. Y reunió a su alrededor a todos los que se interesaban por la herrería y la minería; y exploró las Echoriath (que son las Montañas Circundantes) y encontró ricos filones de metales diversos. Sobre todo apreció el duro hierro de la mina de Anghabar al norte de las Echoriath, y de allí obtuvo gran riqueza en acero y metal forjado, de modo que las armas de los Gondolindrim se hacían cada vez más fuertes y afiladas; y eso les valió de mucho en los días por venir. Maeglin era de buen juicio, y precavido; y sin embargo también osado y valiente en la hora de la necesidad. Y eso se vio en días posteriores: porque cuando en el año terrible de las Nirnaeth Arnoediad, Turgon fue en ayuda de Fingon al norte, Maeglin no quiso quedarse en Gondolin como regente del rey, y marchó a la guerra y luchó junto a Turgon y se mostró feroz y temerario en la batalla.

De manera que todo parecía favorecer la fortuna de Maeglin, que había llegado a ser poderoso entre los príncipes de los Noldor, y el más grande, excepto uno solo, entre los de mayor renombre en los reinos. Sin embargo, no revelaba lo que tenía en el corazón; y aunque no todo iba como él lo había querido, lo soportaba en silencio, ocultando su mente de manera que pocos podían leer en ella, excepto Idril Celebrindal. Porque desde que llegara a Gondolin, Maeglin tenía una pena que se le hacía cada vez más dura y lo privaba de toda alegría: amaba la belleza de Idril y la deseaba sin esperanzas. Los Eldar no se desposaban con parientes tan cercanos, ni tampoco nadie lo había deseado antes. Pero sea como fuere, Idril no quería a Maeglin; y conociendo cómo pensaba él en ella, lo quería todavía menos. Porque le parecía una cosa extraña y perversa en él, como en verdad siempre en adelante les pareció a los Eldar: un fruto maligno de la Matanza de los Hermanos, por la que la sombra de la Maldición de Mandos cayó sobre la última esperanza de los Noldor. Pero al paso de los años Maeglin continuaba observando a Idril, y aguardaba, y el amor se le ennegreció en el corazón. Y tanto más intentaba imponerse en otros asuntos, sin esquivar faena ni peso, si de ese modo ganaba en poder.

Así sucedía en Gondolin; y en medio de toda la dicha de ese reino, en días todavía de gloria, se había sembrado allí una oscura semilla maligna.

17

DE LA LLEGADA DE LOS HOMBRES
AL OCCIDENTE

Cuando trescientos años y aún más hubieron transcurrido desde la llegada de los Noldor a Beleriand, en los días de la Larga Paz, Finrod Felagund, señor de Nargothrond, viajó al este del Sirion y fue de caza con Maglor y Maedhros, hijos de Fëanor. Pero se fatigó de la caza y se encaminó solo a las montañas de Ered Lindon, que vio resplandecer a lo lejos, y tomando el Camino de los Enanos, cruzó el Gelion por el vado de Sarn Athrad, se volvió hacia el sur por encima de las corrientes superiores del Ascar, y llegó al norte de Ossiriand.

En un valle al pie de las montañas, bajo las fuentes del Thalos, vio luces en la noche, y oyó a la distancia el sonido de una canción. Esto le sorprendió, pues los Elfos Verdes de esa tierra no hacían fogatas ni cantaban en la oscuridad. En un principio temió que una incursión de Orcos hubiera llegado desde el norte, pero al acercarse vio que no era así; porque aquellas gentes cantaban en una lengua que nunca había escuchado antes y no era la de los Enanos ni la de los Orcos. Entonces Felagund, silencioso en la sombra nocturna de la floresta, miró hacia abajo donde estaba el campamento y vio un pueblo extraño.

Ahora bien, era éste parte del linaje y de los seguidores de Bëor el Viejo, como se lo llamó después, un cacique de Hombres. Al cabo de muchas vidas de errar desde el Este, los había conducido por fin por sobre las Montañas Azules, los primeros de la raza de los Hombres en penetrar en Beleriand; y cantaban porque estaban alegres y creían haber escapado a todos los peligros y llegado a una tierra donde no había por qué tener miedo.

Durante mucho tiempo los observó Felagund, y un amor por ellos se le encendió en el corazón; pero permaneció oculto entre los árboles hasta que todos se quedaron dormidos. Entonces fue entre ellos y se sentó junto al fuego mortecino donde nadie vigilaba; y tomó un arpa rústica que Bëor había dejado a un lado, y tocó en ella una música tal como nunca la habían escuchado los oídos de los Hombres; porque en este arte no habían tenido hasta entonces maestros, salvo sólo los Elfos Oscuros en las tierras salvajes.

Entonces los Hombres despertaron y escucharon a Felagund que tocaba el arpa y cantaba, y cada cual creyó que estaba en un hermoso sueño, hasta que vio que los demás estaban también despiertos junto a Felagund; pero no hablaron ni se movieron mientras él siguió tocando, a causa de la belleza de la música y la maravilla de la canción. Había sabiduría en las palabras del Rey Elfo, y los corazones que lo escuchaban se volvían a su vez más sabios; porque las cosas que cantaba, la hechura de Arda y la beatitud de Aman más allá del mar, aparecían como claras visiones delante de los ojos de los Hombres, y cada uno de ellos interpretaba el lenguaje élfico de acuerdo con su propia medida.

Así fue que los Hombres llamaron al Rey Felagund, el primero que conocieron de todos los Eldar, Nóm, esto es, Sabiduría en la lengua de ese pueblo, y a las gentes del rey les dieron el nombre de Nómin, los Sabios. En verdad, creyeron en un principio que Felagund era uno de los Valar, de quienes habían oído decir que vivían lejos en el Occidente; y que esto (decían algunos) era la causa de que hicieran tantos viajes. Pero Felagund se quedó a vivir con los Hombres y les enseñó verdaderos conocimientos, y ellos lo amaron, y lo tomaron por señor, y fueron siempre fieles a la casa de Finarfin.

Ahora bien, los Eldar, más que ningún otro pueblo, eran hábiles para las lenguas; y Felagund descubrió también que podía leer en las mentes de los Hombres los pensamientos que deseaban revelar en el discurso, de modo que interpretaba fácilmente todo lo que ellos decían. También se cuenta que estos Hombres tenían trato desde hacía ya mucho con los Elfos Oscuros, al este de las montañas, y que de ellos habían aprendido gran parte de la lengua élfica; y como todas las lenguas de los Quendi tenían un único origen, la lengua de Bëor y de su gente se asemejaba a la élfica en muchas palabras y modos. No pasó mucho tiempo sin que Felagund pudiera conversar sin dificultad con Bëor; y mientras habitó con él hablaron mucho juntos. Pero cuando lo interrogó acerca del despertar de los Hombres y de los viajes que habían hecho, Bëor dijo muy poco; y en verdad poco era lo que sabía, porque los más viejos de entre ellos nunca habían contado historias del pasado, y un silencio había caído sobre la memoria de los Hombres. —Hay una oscuridad detrás de nosotros —dijo Bëor—, y le hemos dado la espalda, y no deseamos volver allí ni siquiera con el pensamiento. Al Occidente se han vuelto nuestros corazones, y creemos que allí encontraremos la Luz.

Pero se dijo después entre los Eldar que cuando los Hombres despertaron en Hildórien al levantarse el Sol, los espías de Morgoth vigilaban, y él pronto se enteró, y esto le pareció asunto de tanta importancia, que abandonó en secreto Angband al abrigo de las sombras y se dirigió a la Tierra Media, dejando a Sauron el mando de la Guerra. De los tratos de él con los Hombres, nada sabían por ese entonces los Eldar, y de poco se enteraron después; pero que había una oscuridad en el corazón de los Hombres (como la sombra de la Matanza de los Hermanos y la Maldición de Mandos que pesaba entre los Noldor) lo advirtieron claramente aun en el pueblo de los Amigos de los Elfos, a quienes vieron por primera vez. Corromper o destruir todo lo que pareciese nuevo y hermoso fue siempre el principal deseo de Morgoth; y sin duda esto era lo que se proponía: por el miedo y la mentira hacer de los Hombres los enemigos de los Eldar, y llevarlos desde el Este contra Beleriand. Pero este plan maduró lentamente, y nunca fue llevado a cabo por entero, pues los Hombres (se dice) eran al principio muy escasos en número, mientras que Morgoth temía el creciente poder y la unión de los Eldar y volvió a Angband, dejando atrás en esa ocasión unos pocos servidores, y los de menos poder y astucia.

Por Bëor supo Felagund que había otros muchos Hombres de mente parecida que también viajaban hacia el oeste. —Otros de mi propio linaje han cruzado las Montañas —dijo— y yerran no muy lejos; y los Haladin, un pueblo del que estamos divididos por la lengua, están todavía en los valles de las laderas orientales, a la espera de nuevas antes de aventurarse más. Hay todavía otros Hombres cuya lengua se parece más a la nuestra, con los que mantenemos trato en ocasiones. Se nos habían adelantado en la marcha hacia el oeste, pero al fin los dejamos atrás; porque son un pueblo numeroso, pero se mantienen unidos y avanzan lentamente, y a todos los rige un único cacique, al que llaman Marach.

Ahora bien, la llegada de los Hombres perturbó a los Elfos Verdes de Ossiriand, y cuando oyeron que un señor de los Eldar de más allá del Mar se encontraba con ellos, enviaron mensajeros a Felagund. —Señor —le dijeron—, si tenéis poder sobre estos recién llegados, decidles que vuelvan por el camino que los trajo aquí, o de lo contrario que sigan adelante. Porque en esta tierra no queremos forasteros que quebranten la paz en que vivimos. Y esa gente son taladores de árboles y cazadores de bestias; por tanto, no somos amigos, y si no parten, les haremos todo el daño que podamos.

Entonces, por consejo de Felagund, Bëor reunió a todas las familias errantes del mismo linaje, y cruzaron el Gelion, y eligieron por morada las tierras de Amrod y Amras, en las orillas orientales del Celon, al sur de Nan Elmoth, cerca de los confines de Doriath; y el nombre de esa tierra fue en adelante Estolad, el Campamento. Pero cuando hubo transcurrido un año, Felagund deseó volver a su propio país y Bëor le pidió permiso para acompañarle; y estuvo al servicio del Rey de Nargothrond mientras vivió. De este modo obtuvo el nombre de Bëor, aunque antes lo habían llamado Balan; porque Beör significa «Vasallo» en su propia lengua. El gobierno de su pueblo lo encomendó a su hijo mayor, Baran; y no regresó nunca a Estolad.

Poco después de la partida de Felagund, los otros Hombres de los que había hablado Bëor también llegaron a Beleriand. Primero vinieron los Haladin; pero al tropezar con la hostilidad de los Elfos Verdes, se dirigieron al norte y vivieron en Thargelion, en el país de Caranthir hijo de Fëanor; allí tuvieron paz por un tiempo, y el pueblo de Caranthir les prestaba escasa atención. Al año siguiente Marach condujo a su pueblo por sobre las montañas; eran gente de alta talla y aspecto guerrero, que marchaba en compañías ordenadas, y los Elfos de Ossiriand se escondieron de ellos. Pero Marach, al oír que el pueblo de Bëor moraba en una tierra verde y fértil, descendió por el Camino de los Enanos, y se asentó en el país al sur y al este de la morada de Baran hijo de Bëor; y hubo una gran amistad entre esos pueblos.

Felagund, por su parte, volvió con frecuencia a visitar a los Hombres; y muchos otros Elfos de las tierras occidentales, tanto Noldor como Sindar, viajaron a Estolad, pues querían ver a los Edain, cuya llegada se había predicho hacía ya mucho tiempo. Ahora bien, Atani, el Segundo Pueblo, era el nombre que habían dado a los Hombres en Valinor, en las historias que hablaban de su llegada; pero en la lengua de Beleriand se los llamó Edain, y allí se lo empleó sólo para designar a los tres linajes de los Amigos de los Elfos.

Fingolfin, como rey de todos los Noldor, les envió mensajeros de bienvenida; y entonces muchos de los hombres de los Edain, jóvenes y ansiosos, fueron y se pusieron al servicio de los reyes y los señores de los Eldar. Entre ellos estaba Malach hijo de Marach, y vivió en Hithlum durante catorce años; y aprendió la lengua élfica y se le dio el nombre de Aradan.

Los Edain no vivieron mucho tiempo contentos en Estolad, pues muchos deseaban continuar avanzando hacia el oeste; aunque no conocían el camino. Ante ellos se extendía la cerca de Doriath, y hacia el sur estaba el Sirion, de marjales impenetrables. Por tanto, los reyes de las tres casas de los Noldor, viendo esperanzas de fuerza en los hijos de los Hombres, enviaron a decir que cualquiera de los Edain que lo deseara podía ir a vivir con los Noldor. Así empezó la migración de los Edain: en un principio, poco a poco, pero luego en familias y casas se pusieron en camino y abandonaron Estolad, hasta que al cabo de unos cincuenta años muchos millares habían penetrado en las tierras de los reyes. Algunos de ellos tomaron el largo camino hacia el norte, hasta que conocieron bien todas las sendas. El pueblo de Bëor llegó a Dorthonion y vivió en las tierras regidas por la casa de Finarfin. El pueblo de Aradan (pues Marach, el padre, se quedó en Estolad hasta su muerte) marchó casi todo hacia el oeste; y algunos llegaron a Hithlum, pero Magor hijo de Aradan y muchos del pueblo fueron por el Sirion abajo hasta Beleriand y vivieron un tiempo en los valles de las laderas australes de Ered Wethrin.

Se dice que en relación con todos estos asuntos, nadie, excepto Finrod Felagund, consultó con el Rey Thingol, y éste se sintió insatisfecho por esta razón y también porque tenía malos sueños acerca del advenimiento de los Hombres, aun antes de que se supiera algo de ellos. Por tanto, ordenó que los Hombres no dispusiesen de tierras en las que vivir, excepto en el norte, y que los príncipes a los que servían serían responsables de todo lo que los Hombres hicieran; y dijo: —En Doriath no entrará Hombre alguno mientras dure mi reino, ni siquiera aquellos de la casa de Bëor que sirven a Finrod, el bienamado. —Melian no dijo nada en esa ocasión, pero más tarde le habló a Galadriel: — Ahora el mundo gira rápidamente al encuentro de grandes nuevas. Y uno de los Hombres, y de la casa de Bëor, vendrá por cierto, y la Cintura de Melian no lo estorbará, pues lo enviará un hado más grande que mi poder; y los cantos que nazcan de esa venida sobrevivirán aún cuando la Tierra Media haya cambiado.

Pero muchos Hombres permanecieron en Estolad, y había un pueblo de distintas gentes viviendo allí al cabo de muchos años, hasta que fueron aplastados en la ruina de Beleriand o huyeron de nuevo hacia el este. Porque además de los viejos que creían haber dejado atrás los años de migración, había no pocos que deseaban seguir su propio camino, y temían a los Eldar de ojos fulgurantes; y hubo entonces disensiones entre los Edain, en las que se advierte la sombra de Morgoth, porque por cierto ya estaba enterado de la llegada de los Hombres a Beleriand y de la creciente amistad que tenían con los Elfos.

Los que encabezaban el descontento eran Bereg de la casa de Bëor, y Amlach, nieto de Marach; y decían abiertamente: —Emprendimos largos caminos deseando escapar de los peligros de la Tierra Media y las oscuras criaturas que allí habitan; porque habíamos oído que había Luz en el Oeste. Pero nos dicen ahora que la Luz está más allá del Mar. No nos es posible llegar allí, donde moran dichosos los Dioses. Salvo uno; porque el Señor de la Oscuridad está aquí delante de nosotros; y los Eldar, sabios aunque fieros, libran contra él una guerra infinita. Mora en el Norte, dicen; y allí encontraríamos otra vez el dolor y la muerte de los que hemos huido. No iremos en esa dirección.

Entonces se convocó un consejo y una asamblea de Hombres que acudieron en gran número. Y los Amigos de los Elfos respondieron a Bereg diciendo: —En verdad, del Rey Oscuro vienen los males de los que huimos; pero él pretende dominar toda la Tierra Media y ¿no ha de perseguirnos cuando nos marchemos? La alternativa es vencerlo aquí mismo, o al menos mantenerlo sitiado. Sólo el valor de los Eldar lo retiene, y quizá fue con este propósito, para ayudarlos en esta necesidad, que fuimos traídos aquí.

A esto respondió Bereg: —¡Dejemos ese cuidado a los Eldar! Ya bastante cortas son nuestras vidas. —Pero entonces se puso de pie uno que a todos pareció Amlach hijo de Imlach, pronunciando palabras coléricas que conmovieron a cuantos lo escuchaban:— Todo esto son sólo historias de los Elfos, cuentos para seducir a quienes llegan aquí desprevenidos. El Mar no tiene costa alguna. No hay Luz en el Occidente. ¡Habéis seguido el fuego engañoso de los Elfos hasta el fin del mundo! ¿Quién de entre vosotros ha visto al menor de los Dioses? ¿Quién ha contemplado al Rey Oscuro en el Norte? Los que intentan dominar la Tierra Media son los Eldar. Codiciosos de riqueza han cavado la tierra en busca de secretos y han despertado la cólera de las criaturas que viven debajo, como siempre lo han hecho y siempre lo harán. Que los Orcos dispongan del reino que les pertenece y nosotros tendremos el nuestro. ¡Hay sitio en el mundo si los Eldar nos dejan en paz!

Entonces quienes lo escucharon se quedaron inmóviles y desconcertados, y una sombra de miedo les ganó el corazón; y decidieron alejarse de las tierras de los Eldar. Pero luego Amlach volvió entre ellos y negó haber estado presente en el debate o haber pronunciado las palabras que le atribuían. Entonces los Amigos de los Elfos dijeron: —Esto creerán cuando menos: hay por cierto un Señor Oscuro, y sus espías y emisarios están entre nosotros; porque nos teme; teme la fuerza con que podamos apoyar a sus enemigos.

Pero otros replicaron: —En verdad nos odia, y nos odiará más si nos demoramos aquí, mezclándonos en sus querellas con los Reyes de los Eldar, sin beneficio alguno para nosotros. —Muchos de los que permanecían todavía en Estolad se prepararon entonces para la partida; y Bereg condujo hacia el sur a un millar de los hombres de Bëor, y desaparecieron de las canciones de aquellos días. Pero Amlach se arrepintió diciendo:— Tengo ahora mi propia querella con el Amo de las Mentiras, que durará hasta el día de mi muerte. —Y marchó hacia el Norte y entró al servicio de Maedhros. Pero aquellos de los de su pueblo que pensaban como Bereg, eligieron un nuevo conductor, y volvieron por sobre las montañas a Eriador, y han quedado olvidados.

Durante este tiempo los Haladin permanecieron en Thargelion y estuvieron contentos. Pero Morgoth, al ver que con mentiras y engaños no podía apartar a los Elfos de los Hombres, tuvo un arrebato de furia e intentó dañar a los Hombres tanto como pudiera. Envió por tanto una incursión de Orcos, y dirigiéndose hacia el este, evitó el cerco y volvió sigiloso por sobre Ered Lindon por los pasos del Camino de los Enanos, y cayó sobre los Haladin en los bosques australes de la tierra de Caranthir.

Ahora bien, los Haladin no vivían bajo la égida de señores, ni en grupos numerosos, sino que cada casa estaba situada aparte y gobernaba sus propios asuntos, y demoraban mucho en unirse. Pero había entre ellos un hombre de muchos recursos llamado Haldad, que no conocía el miedo; y él reunió a todos los hombres valientes que encontró, y retrocedió al rincón de tierra formado por el Ascar y el Gelion, y en el ángulo extremo levantó una empalizada que iba de corriente a corriente; y atrás de ella llevaron a todas las mujeres y los niños que pudieron salvar. Allí fueron sitiados, hasta que se les acabaron los alimentos.

Haldad tenía hijos mellizos: Haleth, su hija, y Haldar, su hijo; y ambos eran valientes en la defensa, porque Haleth era mujer de gran fuerza y corazón. Pero Haldad fue muerto en una salida contra los Orcos; y Haldar, que se precipitó para salvar a su padre de la carnicería, murió junto a él. Entonces Haleth mantuvo unido al pueblo, aunque no tenían esperanzas; y algunos se arrojaron a los ríos y se ahogaron. Pero siete días más tarde, cuando los Orcos se habían lanzado al último ataque y ya habían roto la empalizada, se oyó de súbito una música de trompetas, y el ejército de Caranthir llegó desde el norte y empujó a los Orcos hacia los ríos.

Entonces Caranthir miró con bondad a los Hombres; y ofreció compensar de algún modo las muertes del padre y del hermano de Haleth, y le rindió grandes honores. Y descubriendo demasiado tarde el valor con que contaban los Edain, le dijo: —Si queréis partir y marchar hacia el norte, allí tendréis la amistad y la protección de los Eldar, y tierras de las que podréis disponer con libertad.

Pero Haleth era orgullosa y no quería que se la guiara o se la gobernara, y la mayor parte de los Haladin eran de temple semejante. Por tanto agradeció a Caranthir, pero le dijo: —Estoy decidida, señor, a abandonar la sombra de las montañas e ir hacia el oeste, a donde han ido ya algunos de los nuestros. —Así fue que cuando los Haladin hubieron reunido a todos los que quedaban con vida, y que habían huido a los bosques delante de los Orcos, juntaron lo que quedaba de sus pertenencias en las casas quemadas, y escogieron a Haleth como jefa; y ella los condujo por fin a Estolad y allí permanecieron por un tiempo.

Pero fueron un pueblo aparte, y desde entonces los Elfos y los Hombres lo conocieron como el Pueblo de Haleth. Haleth siguió conduciéndolo hasta el fin de sus días, pero no se casó, y el mando pasó luego a Haldan hijo de Haldar, su hermano. Pronto, sin embargo, Haleth deseó marchar otra vez hacia el oeste; y aunque la mayor parte del pueblo era contrario a esta medida, allí los llevó ella una vez más; y avanzaron sin ayuda ni guía de los Eldar, y cruzando el Celon y el Aros viajaron por las peligrosas tierras que se extienden entre las Montañas del Terror y la Cintura de Melian. En esa tierra no había entonces tanta malignidad como se conoció después, pero no era camino que Hombres mortales pudiesen tomar sin ayuda, y Haleth los condujo por ella a costa de muchas penurias y pérdidas, obligándolos con obstinación a seguir adelante. Por fin cruzaron el Brithiach, y muchos se arrepintieron amargamente de haber emprendido el viaje; pero no había ahora modo de regresar. Por lo tanto en las nuevas tierras volvieron a la vida de antes lo mejor que pudieron; y allí habitaron en viviendas que levantaron en los bosques de Talath Dirnen más allá del Teiglin, y algunos se internaron profundamente en el Reino de Nargothrond. Pero había muchos que amaban a la Señora Haleth y deseaban ir a donde ella fuese, y someterse a su égida; y a éstos ella los condujo al Bosque de Brethil, entre el Teiglin y el Sirion. Allí, en los luctuosos días que siguieron, regresaron muchas de las gentes de Haleth, que se habían desperdigado.

Ahora bien, Brethil era considerado por el Rey Thingol parte de su propio reino, aunque no se encontraba dentro de la Cintura de Melian, y se lo habría negado a Haleth; pero Felagund, que contaba con la amistad de Thingol, al oír lo que le había sucedido al Pueblo de Haleth, obtuvo esta gracia para ella: que pudiera vivir libremente en Brethil, con la sola condición de montar guardia en los Cruces del Teiglin contra todos los enemigos de los Eldar, y no permitiera que los Orcos entraran en los bosques. A esto Haleth contestó: −¿Dónde están Haldad, mi padre, y Haldar, mi hermano? Si el Rey de Doriath teme una amistad entre Haleth y quienes han devorado a Haldad y Haldar, entonces los Hombres no entienden los pensamientos de los Eldar. −Y Haleth habitó en Brethil hasta que murió; y su pueblo levantó un montículo verde en las alturas del bosque, Tûr Haretha, el Túmulo de la Señora, Haudh-en-Arwen en lengua Sindarin.

Así los Edain habitaron en las tierras de los Eldar, algunos aquí, otros allá, algunos errantes, otros asentados en tribus o poblados pequeños; y la mayor parte de ellos no tardó en aprender la lengua de los Elfos Verdes, como habla común, y también porque había muchos que deseaban sobre todo aprender la ciencia de los Elfos. Pero al cabo de un tiempo, los reyes de los Elfos, advirtiendo que no era bueno que los Elfos y los Hombres vivieran entremezclados, y que los Hombres necesitaban señores de su propia especie, buscaron regiones apartadas donde los Hombres pudieran vivir su propia vida, y designaron caciques que rigieran libremente estas tierras. Eran aliados de los Elfos en la guerra, pero obedecían a sus propios jefes. No obstante, muchos de los Edain disfrutaban de la amistad de los Elfos, y vivieron entre ellos tanto como les fue permitido; muchos hombres jóvenes llegaban a servir en los ejércitos de los reyes.

Ahora bien, Hador Lórindol, hijo de Hathol, hijo de Magor, hijo de Malach Aradan, se unió a la casa de Fingolfin cuando aún era joven, y fue amado por el rey. Fingolfin, por tanto, le concedió el señorío de Dor-lómin, y en esa tierra reunió a la mayor parte de los suyos, y se convirtió en el cacique más poderoso de los Edain. En la casa de Hador sólo se hablaba la lengua élfica; pero no olvidaron la lengua que les era propia, y de ella provino el habla común de Númenor. Pero en Dorthonion, el señorío del pueblo de Bëor y el país de Ladros le fueron concedidos a Boromir hijo de Boron, que era el nieto de Bëor el Viejo.

Los hijos de Hador fueron Galdor y Gundor; y los hijos de Galdor fueron Húrin y Huor; y el hijo de Húrin fue Túrin, la Ruina de Glaurung; y el hijo de Huor fue Tuor, padre de Eärendil el Bendito. El hijo de Boromir fue Bregor, cuyos hijos fueron Bregolas y Barahir; y los hijos de Bregolas fueron Baragund y Belegund. La hija de Baragund fue Morwen, la madre de Túrin, y la hija de Belegund fue Rían, la madre de Tuor. Pero el hijo de Barahir fue Beren el Manco, que ganó el amor de Lúthien hija de Thingol, y regresó de entre los muertos; de ellos descendieron Elwing, la esposa de Eärendil, y todos los Reyes de Númenor.

Todos ellos vivieron atrapados en la red de la Maldición de los Noldor; e hicieron grandes hazañas que los Eldar recuerdan todavía en las historias de los reyes de antaño. Y en aquellos días la fuerza de los Hombres se sumó al poder de los Noldor y todos ellos tenían grandes esperanzas; y Morgoth estaba estrechamente cercado, porque el pueblo de Hador, capaz de soportar el frío y los largos viajes, no temía en ocasiones avanzar lejos hacia el norte, para allí vigilar estrechamente los movimientos del Enemigo. Los Hombres de las Tres Casas medraron y se multiplicaron, pero la más grande entre ellas fue la casa de Hador Cabeza de Oro, par de los Señores Elfos. La gente de Hador era fuerte y de gran estatura, listos de mente, resistentes y audaces, rápidos para el enfado y la risa, poderosos entre los Hijos de Ilúvatar en la juventud de la Humanidad. Eran casi todos de cabellos amarillos, y de ojos azules; pero no así Túrin, cuya madre era Morwen, de la casa de Bëor. Los hombres de esa casa tenían cabellos oscuros o castaños y ojos grises; y de todos los Hombres eran los más parecidos a los Noldor y los más amados por ellos; porque tenían mentes inquisitivas, manos hábiles, entendimiento rápido, memoria larga, y estaban más inclinados a la piedad que a la risa. Semejante a ellos era el Pueblo de Haleth, que habitaba en los bosques, aunque más bajos de talla, y menos curiosos. Utilizaban pocas palabras y no se sentían atraídos por las grandes aglomeraciones de hombres; y muchos de entre ellos se deleitaban en la soledad y erraban libres por los bosques verdes mientras la maravilla de la tierra de los Eldar era todavía una novedad para ellos. Pero en los reinos del Occidente las gentes de Haleth estuvieron poco tiempo, y fueron desdichadas.

Los años de los Edain se prolongaron, de acuerdo con las cuentas de los Hombres, después de que llegaron a Beleriand; pero por último Bëor el Viejo murió; había vivido noventa y tres años, y cuarenta y cuatro de ellos al servicio del Rey Felagund. Y cuando yació muerto, no de herida ni de pena, sino vencido por la edad, los Eldar vieron por primera vez la rápida mengua de la vida de los Hombres, y la muerte de cansancio, que ellos no conocían; y lloraron mucho la pérdida de sus amigos. Pero Bëor había abandonado la vida de buen grado, y falleció en paz; y los Eldar se asombraron grandemente del extraño destino de los Hombres, del que nada se decía en las canciones e historias, y que les estaba oculto.

No obstante, los Edain de antaño aprendieron de prisa de los Eldar todos los conocimientos y artes que estuvieron al alcance de ellos, y sus hijos crecieron en habilidad y sabiduría, hasta dejar muy atrás a todos los otros miembros de la Humanidad, que moraban todavía al este de las montañas y no habían visto a los Eldar ni mirado las caras de los que habían contemplado la Luz de Valinor.

18

DE LA RUINA DE BELERIAND
Y LA CAÍDA DE FINGOLFIN

Ahora bien, Fingolfin, Rey del Norte y Rey Supremo de los Noldor, al ver que su pueblo se había hecho numeroso y fuerte y que los Hombres aliados suyos eran muchos y valerosos, pensó una vez más en atacar Angband; porque sabía que vivían en peligro mientras no completaran el círculo del Sitio, y Morgoth pudiera trabajar libremente en las minas profundas, inventando males que nadie era capaz de adivinar antes de que él los revelara. Este propósito era pertinente de acuerdo con lo que él sabía; porque los Noldor no comprendían todavía la fuerza del poder de Morgoth, ni entendían que si libraban solos una guerra contra él no había la menor esperanza de triunfo, fuera que la apresuraran o la demoraran. Pero porque la tierra era hermosa y sus reinos vastos, la mayor parte de los Noldor estaban satisfechos con las cosas tal como eran, confiando en que durarían, y retrasaban un ataque en el que sin duda morirían muchos, fuera en la victoria o en la derrota. Por tanto, estaban poco dispuestos a escuchar a Fingolfin, y los hijos de Fëanor, por aquel tiempo, menos que nadie. Entre los jefes de los Noldor, sólo Angrod y Aegnor pensaban como el rey; porque vivían en regiones desde donde podía verse Thangorodrim, y nunca olvidaban la amenaza de Morgoth. De este modo, los planes de Fingolfin no llegaron a nada, y la tierra aún tuvo paz por un tiempo.

Pero cuando la sexta generación de Hombres después de Bëor y Marach no había alcanzado aún la plenitud de la madurez, habiendo transcurrido por entonces cuatrocientos cincuenta y cinco años desde la llegada de Fingolfin, sucedió el mal que por tanto tiempo habían temido, pero más terrible y repentino todavía que en sus miedos más oscuros. Porque Morgoth había preparado su fuerza en secreto y durante largo tiempo, mientras la malicia de su corazón no dejaba de aumentar y su odio por los Noldor se hacía más amargo; y deseaba no sólo acabar con sus enemigos, sino también destruir y mancillar las tierras que habían tomado y embellecido. Y se dice que su odio pudo más que su prudencia, de modo que si sólo hubiera aguardado un tiempo más, hasta estar bien preparado, los Noldor habrían sido aniquilados por completo. Pero tomó demasiado a la ligera el valor de los Elfos, y a los Hombres no daba todavía ninguna importancia.

Llegó el tiempo del invierno, cuando la noche era oscura y sin luna; y la amplia llanura de Ard-galen se extendía en la sombra bajo las frías estrellas, desde los fuertes en las colinas de los Noldor hasta el pie de Thangorodrim. Las hogueras ardían débilmente y los guardianes eran escasos; pocos velaban en los campamentos de los jinetes de Hithlum. Entonces, de pronto, Morgoth envió desde Thangorodrim caudalosos ríos de llamas que más rápidos que Balrogs se esparcieron por toda la llanura; y las Montañas de Hierro eructaban fuegos venenosos de muchos colores y el humo descendía por el aire, y era mortal. Así pereció Ard-galen, y el fuego devoró sus hierbas, convirtiéndola en un baldío quemado y desolado, de aire polvoriento y sofocante, yermo y sin vida. Desde entonces cambió de nombre y se llamó Anfauglith, el Polvo Asfixiante. Allí tuvieron tumba sin techo montones de huesos chamuscados; porque en ese incendio perecieron muchos de los Noldor que no pudieron llegar a las colinas y fueron atrapados por la precipitación de las llamas. Las alturas de Dorthonion y Ered Wethrin detuvieron los fogosos torrentes, pero los bosques sobre las laderas que daban a Angband ardieron todos, y el humo confundió a los defensores. Así empezó la cuarta de las grandes batallas, Dagor Bragollach, la Batalla de la Llama Súbita.

Al frente de ese fuego avanzó Glaurung el dorado, Padre de los Dragones, ya entonces en la plenitud de su poder, y con un séquito de Balrogs; y detrás de ellos venían los ejércitos negros de los Orcos, en multitudes que los Noldor no habían visto ni imaginado jamás. Y atacaron las fortalezas de los Noldor y quebrantaron el sitio en torno a Angband y mataban a los Noldor y a sus aliados, los Elfos Grises y los Hombres, en cualquier sitio que los encontraran. Muchos de los más vigorosos de los enemigos de Morgoth fueron destruidos en los primeros días de combate, sorprendidos y dispersos e imposibilitados de unir sus fuerzas. Desde entonces la guerra nunca cesó del todo en Beleriand; pero la Batalla de la Llama Súbita se dio por concluida con la llegada de la primavera, cuando disminuyó la feroz embestida de Morgoth.

De este modo terminó el Sitio de Angband; y los enemigos de Morgoth fueron dispersados y separados los unos de los otros. La mayor parte de los Elfos Grises huyó hacia el sur y abandonó la guerra del norte; muchos fueron recibidos en Doriath, y el reino y la fuerza de Thingol se hicieron más grandes en ese tiempo, pues el poder de la Reina Melian se había extendido más allá de las fronteras y el mal no podía penetrar aún en ese reino escondido. Otros se refugiaron en las fortalezas junto al mar, y en Nargothrond; y algunos huyeron y se ocultaron en Ossiriand, o atravesaron las montañas, errando sin casa en la intemperie. Y el rumor de la guerra y del quebrantamiento del Sitio llegó a oídos de los Hombres en el este de la Tierra Media.

Los hijos de Finarfin fueron los que más sintieron la pujanza del ataque, y Angrod y Aegnor murieron allí, y junto a ellos cayeron Bregolas, señor de la casa de Bëor, y gran parte de los guerreros de ese pueblo. Pero Barahir, el hermano de Bregolas, estaba en una batalla que se libraba más hacia el oeste, cerca del Paso del Sirion. Allí el Rey Finrod Felagund, que se apresuraba desde el sur, quedó aislado con unos pocos de los suyos y fue rodeado en el Marjal de Serech; y habría sido muerto o tomado prisionero, pero acudió Barahir con los más valientes de sus hombres y lo rescató levantando un muro de lanzas alrededor; y se abrieron paso entre las tropas enemigas, y abandonaron el campo de batalla aunque con grandes pérdidas. Así escapó Felagund, y volvió a su profunda fortaleza de Nargothrond; pero hizo un juramento de amistad eterna y de ayuda en toda necesidad a Barahir y a su gente, y como prenda del juramento le dio su anillo. Barahir era ahora por derecho señor de la casa de Bëor, y regresó a Dorthonion; pero la mayor parte del pueblo escapó y se refugió, abandonando sus hogares, en la fortaleza de Hithlum.

Tan grande fue la embestida de Morgoth, que Fingolfin y

Fingon no pudieron acudir en ayuda de los hijos de Finarfin; y los ejércitos de Hithlum fueron rechazados con grandes pérdidas hasta las fortalezas de Ered Wethrin, y apenas consiguieron defenderlas de los ataques de los Orcos. Ante los muros de Eithel Sirion cayó Hador, el de Cabellos Dorados, en la defensa de la retaguardia del señor Fingolfin, a la edad de sesenta y seis años; y con él cayó Gundor, su hijo menor, atravesado por muchas flechas; y fueron llorados por los Elfos. Entonces Galdor el Alto sucedió como señor a su padre. Y por causa de la fortaleza y la altura de las Montañas Sombrías, que resistieron el torrente de fuego, y el valor de los Elfos y de los Hombres del Norte, que ni Orcos ni Balrogs pudieron vencer, Hithlum no fue conquistada y amenazó el flanco del ataque de Morgoth; pero un mar de enemigos separó a Fingolfin de su gente.

Porque dura había sido la guerra para los hijos de Fëanor, y casi todas las fronteras orientales habían sido tomadas por asalto. El Paso de Aglon fue forzado, aunque los ejércitos de Morgoth pagaron por ello un alto precio; y Celegorm y Curufin huyeron derrotados hacia el sur y el oeste por las fronteras de Doriath, y cuando por fin llegaron a Nargothrond, buscaron refugio con Finrod Felagund. De este modo acrecentaron la fuerza de Nargothrond; pero habría sido mejor, como se vio después, que se hubieran quedado en el este junto con los de su propio linaje. Maedhros llevó a cabo hazañas de insuperable valor, y los Orcos huían delante de su cara; porque desde el tormento padecido en Thangorodrim, ardía por dentro como una llama blanca, y era como uno que regresa de entre los muertos. Así, la gran fortaleza sobre la Colina de Himring no pudo ser tomada, y muchos de los más valientes que quedaban aún, tanto del pueblo de Dorthonion como de las fronteras orientales, se juntaron allí para ir al encuentro de Maedhros; y durante un tiempo él cerró una vez más el Paso de Aglon, de modo que los Orcos no pudieron penetrar en Beleriand por ese camino. Pero abrumaron a los jinetes del pueblo de Fëanor en Lothlann, pues hacia allí marchó Glaurung, y pasó por la Hondonada de Maglor, y destruyó todas las tierras entre los brazos del Gelion. Y los Orcos tomaron la fortaleza de las laderas occidentales del Monte Rerir y devastaron toda Thargelion, la tierra de

Caranthir; y contaminaron el Lago Helevorn. De allí cruzaron el Gelion con fuego y terror y penetraron profundamente en Beleriand Oriental. Maglor se unió a Maedhros en Himring; pero Caranthir huyó y sumó el resto de su gente al pueblo disperso de los cazadores, Amrod y Amras, y se retiraron y pasaron Ramdal en el sur. En Amon Ereb mantuvieron una guardia y algunas fuerzas de combate, y recibieron la ayuda de los Elfos Verdes; y los Orcos no entraron en Ossiriand, ni tampoco en Taur-im-Duinath y las tierras salvajes del sur.

Llegó entonces a Hithlum la nueva de la caída de Dorthonion y la derrota de los hijos de Finarfin y el exilio de los hijos de Fëanor, expulsados de sus tierras. Entonces vio Fingolfin lo que era para él la ruina total de los Noldor, y la derrota de sus casas más allá de toda recuperación; y lleno de desesperación y de furia, montó a Rochallor, su gran caballo, y cabalgó solo sin que nadie pudiera impedírselo. Atravesó Dor-nu-Fauglith como un viento entre el polvo, y aquellos que alcanzaban a verlo pasar huían azorados, creyendo que había llegado el mismo Oromë; porque corría dominado por una cólera enloquecida, y los ojos le brillaban como los ojos de los Valar. Así pues, llegó solo a las puertas de Angband, e hizo sonar su cuerno, y golpeó una vez más las puertas de bronce, y desafió a Morgoth a un combate singular. Y Morgoth salió.

Ésa fue la última vez durante esas guerras que Morgoth cruzó las puertas de su fortaleza, y se dice que no aceptó el desafío de buen grado; porque aunque su poder era mayor que todas las cosas de este mundo, sólo él entre los Valar conocía el miedo. Pero no podía negarse a aceptar el desafío delante de sus propios capitanes; pues la aguda música del cuerno de Fingolfin resonaba en las rocas, y su voz llegaba penetrante y clara hasta las profundidades de Angband; y Fingolfin llamó a Morgoth cobarde y señor de esclavos. Por lo tanto Morgoth salió, subiendo lentamente desde el trono profundo, y el sonido de sus pisadas era como un trueno bajo tierra. Y salió vestido con una armadura negra; y se erguía ante el Rey como una torre coronada de hierro y el vasto escudo, negro y sin blasón, arrojaba una sombra de nubes tormentosas. Pero Fingolfin brillaba debajo como una estrella; porque la cota de malla era de hilos de plata entretejidos, y en el escudo azul llevaba cristales incrustados; y desenvainó la espada, Ringil, que relució como el hielo.

Entonces Morgoth esgrimió el Martillo de los Mundos Subterráneos, llamado Grond, lo alzó bruscamente, y lo hizo caer como un rayo de tormenta. Pero Fingolfin saltó a un lado, y Grond abrió un gran boquete en la tierra, de donde salían humo y fuego. Muchas veces intentó Morgoth herirlo y otras tantas Fingolfin esquivó los golpes, como relámpagos lanzados desde una nube oscura; e hirió a Morgoth con siete heridas, y siete veces lanzó Morgoth un grito de angustia, mientras los ejércitos de Angband caían de bruces consternados, y el eco de los gritos resonaba en las Tierras Septentrionales.

Pero por fin el Rey se fatigó, y Morgoth lo abatió con el escudo. Tres veces cayó el Rey de rodillas y tres veces se volvió a levantar con el escudo roto y el yelmo mellado. Pero la tierra estaba desgarrada en boquetes todo alrededor, y el Rey tropezó y cayó de espaldas ante los pies de Morgoth; y le puso Morgoth el pie izquierdo sobre el cuello, y el peso era como el de una montaña derrumbada. No obstante, en un último y desesperado intento, Fingolfin golpeó con Ringil y rebanó el pie, y la sangre manó negra y humeante y llenó los boquetes abiertos por Grond.

De este modo pereció Fingolfin, Rey Supremo de los Noldor, el más orgulloso y valiente de los reyes Elfos de antaño. Los Orcos no se jactaron de ese duelo ante las puertas; ni tampoco lo cantan los Elfos, pues tienen una pena demasiado profunda. No obstante, la historia se recuerda todavía, porque Thorondor, Rey de las Águilas, llevó la nueva a Gondolin y a Hithlum, a lo lejos. Y Morgoth levantó el cuerpo del Rey Elfo y lo quebró, y se lo habría arrojado a los lobos; pero Thorondor se precipitó desde su nido en las cumbres de Crissaegrim, se lanzó sobre Morgoth y le desfiguró la cara. La embestida de las alas de Thorondor era como el ruido de los vientos de Manwë, y aferró el cuerpo con sus garras poderosas y elevándose de súbito por sobre los dardos de los Orcos, se llevó al Rey consigo. Y lo puso sobre la cima de una montaña que daba desde el norte sobre el valle escondido de Gondolin; y Turgon construyó un alto túmulo de piedras sobre su padre. Ningún Orco se aventuró luego a pasar por el monte de Fingolfin ni se atrevió a acercarse a la tumba, hasta que el destino de Gondolin se hubo cumplido, y la traición apareció entre los suyos. Morgoth renqueó siempre de un pie desde ese día, y el dolor de las heridas no se le curó nunca y en la cara llevaba la cicatriz que Thorondor le había hecho.

Grande fue el duelo en Hithlum cuando se supo la caída de Fingolfin, y Fingon, lleno de aflicción, se convirtió en señor de la casa de Fingolfin y el reino de los Noldor; pero a su joven hijo Ereinion (que se llamó luego Gil·galad) lo envió a los Puertos.

Ahora el poder de Morgoth ensombrecía las Tierras Septentrionales; pero Barahir no huía de Dorthonion y se quedó allí disputando al enemigo cada palmo de tierra. Entonces Morgoth persiguió a muerte a las gentes de Barahir, hasta que sólo quedaron muy pocos; y todo el bosque de las laderas septentrionales de esa tierra fue convirtiéndose día a día en una región de tal lobreguez y oscuros encantamientos que ni siquiera los Orcos entraban en ella, si no era por una extrema necesidad, y se la llamó Deldúwath y Taur·nu·Fuin, el Bosque bajo la Sombra de la Noche. Los árboles que crecieron allí después del incendio eran negros y tétricos, de raíces embrolladas y que amenazaban como garras en la oscuridad; y los que caminaban entre ellos se extraviaban y enceguecían, y eran estrangulados o perseguidos hasta la locura por fantasmas de terror. Por fin la situación de Barahir se hizo tan desesperada, que su esposa Emeldir, la de Corazón Viril (que antes prefería luchar junto a su hijo y su marido que huir y abandonarlos), convocó a todas las mujeres y los niños que estaban todavía con vida y dio armas a los que pudieran cargarlas; y los condujo a las montañas que se levantaban detrás, y lo hizo por caminos peligrosos, hasta que al fin llegaron con pérdida y desdicha a Brethil. Algunos fueron recibidos allí por los Haladin, pero otros cruzaron las montañas y fueron a Dor·lómin y se unieron al pueblo de Galdor, el hijo de Hador; y entre ellos estaban Rían, hija de Belegund, y Morwen, que era llamada Eledhwen, que significa Resplandor Élfico, hija de Baragund. Pero ninguna volvió a ver a los hombres que habían dejado. Porque todos ellos fueron muertos uno por uno, hasta que sólo doce hombres le quedaron a Barahir: Beren, su hijo, y Baragund y Belegund, sus sobrinos, hijos de Bregolas, y nueve fieles servidores de su casa, cuyos nombres se recordaron largo tiempo en los cantos de los Noldor: Radhruin y Dairuin eran ellos, Dagnir y Ragnor, Gildor y Gorlim el Desdichado, Arthad y Urthel, y Hathaldir el Joven. Al fin se convirtieron en proscritos sin mañana, una banda desesperada que no podía huir, pero que se negaba a ceder, porque sus viviendas habían sido destruidas, y sus mujeres e hijos habían sido capturados o muertos, o habían escapado. Desde Hithlum no llegaban nuevas ni ayuda, y Barahir y sus hombres eran perseguidos como bestias salvajes; y se retiraron a las altas tierras yermas por sobre los bosques y erraron entre los pequeños lagos y los páramos rocosos de esa región, lo más lejos posible de los espías y los hechizos de Morgoth. Tenían como cama los brezales y como techo el cielo nuboso.

Durante casi dos años después de la Dagor Bragollach siguieron los Noldor defendiendo el paso occidental en torno a las Fuentes del Sirion, porque el poder de Ulmo estaba en esas aguas, y Minas Tirith resistió a los Orcos. Pero por fin, después de la caída de Fingolfin, Sauron, el más grande y terrible de los servidores de Morgoth, que en lengua Sindarin se llama Gorthaur, fue al encuentro de Orodreth, el guardián de la torre en Tol Sirion. Sauron se había convertido por ese entonces en un hechicero de espantoso poder, amo de sombras y de fantasmas, de inmunda sabiduría, de fuerza cruel, que retorcía todo cuanto tocaba, y deformaba todo cuanto regía, señor de licántropos; su dominio era el tormento. Tomó Minas Tirith por asalto, pues una oscura nube de miedo cayó sobre los defensores; y Orodreth fue expulsado y huyó a Nargothrond. Entonces Sauron la convirtió en una atalaya para Morgoth, en una fortaleza del mal y en una amenaza; y la hermosa isla de Tol Sirion quedó maldecida y se llamó Tol-in-Gaurhoth, la Isla de los Licántropos. No había criatura viviente que pudiera pasar por el valle sin que Sauron la viera desde la torre. Y Morgoth dominaba ahora el paso del oeste, y había terror en los campos y los bosques de

Beleriand. Implacable, perseguía a sus enemigos más allá de Hithlum, y registraba sus escondrijos y tomaba sus fortalezas una por una. Los Orcos, cada vez más audaces, recorrían a su antojo las vastas lejanías, llegando hasta el Sirion por el oeste, y hasta el Celon por el este, y rodeaban Doriath; y asolaban las tierras de modo que bestias y aves huían delante de ellos, y el silencio y la desolación se extendían desde el Norte. A muchos de los Noldor y los Sindar tomaron cautivos y llevaron a Angband, y los esclavizaron, obligándolos a poner su capacidad y sus conocimientos al servicio de Morgoth. Y Morgoth envió espías vestidos con falsedad, y había engaño en lo que decían; mintieron prometiendo recompensas, y con palabras astutas intentaron provocar miedo y celos entre los pueblos, acusando a los reyes y capitanes de codicia y traición mutua. Y por causa de la maldición de la Matanza de los Hermanos de Alqualondë, estas mentiras a menudo se creyeron; y por cierto, a medida que el tiempo se oscurecía, llegaron a tener un cierto viso de verdad, pues en Beleriand la desesperación y el miedo nublaban los corazones y las mentes de los Elfos. Pero los Noldor temían sobre todo la traición de aquellos parientes que habían servido en Angband; porque Morgoth había utilizado algunos para sus malvados propósitos, y fingiendo darles libertad, los dejaba partir, pero les había encadenado la voluntad, y sólo se alejaban para volver de nuevo a él. Por lo tanto, cuando alguno de estos cautivos conseguía escapar realmente, y volvía con su propio pueblo, no eran bien recibidos, y erraban solos, proscritos y desesperados.

De los Hombres, Morgoth fingía tener piedad, si alguien oía sus mensajes, y les decía que las aflicciones que habían caído sobre ellos provenían sólo de que estaban sometidos a los rebeldes Noldor, pero que de manos del verdadero Señor de la Tierra Media recibirían en cambio honores, y el valor tendría una justa recompensa. Pero pocos eran los Hombres de las Tres Casas de los Edain que le prestaban oído, ni siquiera cuando se los atormentaba en Angband. Por tanto, Morgoth los persiguió con odio; y envió a sus mensajeros por encima de las montañas.

Se dice que en este tiempo llegaron por primera vez a Beleriand los Hombres Cetrinos. Algunos estaban ya sojuzgados por Morgoth en secreto, y acudieron a su llamada; pero no todos, pues los rumores acerca de Beleriand, de sus tierras y sus aguas, de sus guerras y sus riquezas, habían llegado lejos, y los pies errantes de los Hombres se dirigían siempre hacia el oeste en aquellos días. Estos hombres eran de escasa talla y corpulentos, de brazos largos y fuertes, de piel cetrina o amarillenta, y de cabellos oscuros al igual que los ojos. Eran de muchas casas, y algunos preferían los Enanos de las montañas a los Elfos. Pero Maedhros, conociendo la debilidad de los Noldor y de los Edain, mientras que los abismos de Angband parecían inagotables, colmados siempre de pertrechos renovados, celebró una alianza con estos Hombres recién venidos, y dio su amistad a los más grandes de los caciques, Bór y Ulfang. Y Morgoth se sintió complacido, pues esto era lo que había planeado. Los hijos de Bór —Borlad, Borlach y Borthand— siguieron a Maedhros y a Maglor, y frustraron las esperanzas de Morgoth, y permanecieron fieles. Los hijos de Ulfang el Negro —Ulfast y Ulwarth y Uldor el Maldecido— siguieron a Caranthir y juraron mantener una alianza con él, pero no fueron leales.

No había mucha amistad entre los Edain y los Orientales y se reunían rara vez; porque los recién llegados moraron por largo tiempo en Beleriand Oriental, y el pueblo de Hador estaba encerrado en Hithlum, y poco quedaba de la casa de Bëor. El Pueblo de Haleth apenas fue afectado en un principio por la guerra, ya que vivía al sur en el Bosque de Brethil, aunque ahora libraba una batalla con los Orcos invasores, pues eran hombres de corazón valeroso y no estaban dispuestos a abandonar a la ligera los bosques que tanto amaban. Y entre las historias de las derrotas de entonces, los hechos de los Haladin se recuerdan con honor: porque luego de tomar Minas Tirith, los Orcos avanzaron por el paso occidental, y quizás habrían desolado aun las Desembocaduras del Sirion; pero Halmir, señor de los Haladin, envió sin demora un mensaje a Thingol, pues tenía amistad con los Elfos que guardaban las fronteras de Doriath. Entonces Beleg Arcofirme, jefe de los centinelas de Thingol, condujo a Brethil una gran fuerza de Sindar, armada con hachas; y saliendo de las profundidades del bosque, Halmir y Beleg sorprendieron a la legión de los Orcos y la destruyeron. En adelante la ola oscura que venía del norte fue contenida en esa región, y los Orcos ya no se atrevieron a cruzar el Teiglin durante muchos años. El Pueblo de Haleth vivió en una paz cautelosa en el Bosque de Brethil, y detrás de la guardia que ellos montaban, el Reino de Nargothrond tuvo sosiego, y le fue posible recuperar fuerzas.

En este tiempo Húrin y Huor, los hijos de Galdor de Dorlómin, vivían con los Haladin, pues eran del mismo linaje. En los días anteriores a la Dagor Bragollach, estas dos casas de los Edain celebraron juntas una gran fiesta, cuando Galdor y Glóredhel, hijos de Hador Cabeza de Oro, se casaron con Hareth y Haldir, hijos de Halmir, señor de los Haladin. Así fue que Haldir, tío de ellos, agasajó en Brethil a los hijos de Galdor, de acuerdo con las costumbres de los Hombres en aquel tiempo; y ambos fueron a la guerra contra los Orcos, aun Huor, pues no fue posible impedírselo aunque sólo tenía trece años. Pero eran parte de una compañía que fue separada del resto, y fueron perseguidos hasta el Vado de Brithiach, y allí habrían caído prisioneros o habrían muerto si no hubiera intervenido el poder de Ulmo, que era aún fuerte en el Sirion. Una niebla se levantó del río y los ocultó de sus enemigos, y escaparon por Brithiach a Dimbar, y erraron entre las colinas bajo los muros escarpados de las Crissaegrim, hasta que los confundieron los engaños de la tierra y ya no distinguieron el camino que iba del que venía. Allí los vio Thorondor y envió a dos de las águilas en su ayuda; y las águilas los cargaron y los llevaron más allá de las Montañas Circundantes al valle secreto de Tumladen y la ciudad escondida de Gondolin, que ningún Hombre había visto todavía.

Allí Turgon el Rey les dio la bienvenida, cuando supo de qué linaje eran; porque mensajes y sueños le habían llegado por el Sirion desde el mar, enviados por Ulmo, Señor de las Aguas, advirtiéndole sobre penas futuras, y aconsejándole tratar con bondad a los hijos de la casa de Hador, quienes lo ayudarían en momentos de necesidad. Húrin y Huor vivieron como huéspedes en casa del rey casi por un año; y se dice que en este tiempo Húrin aprendió mucho de la ciencia de los Elfos, y algo entendió también de los juicios y los propósitos del rey. Porque Turgon llegó a tener afecto a los hijos de Galdor y conversaban mucho juntos; y en verdad deseaba retenerlos en Gondolin por amor a ellos, y no sólo por la ley que exigía que ningún forastero, fuera éste Elfo u Hombre, que encontrara el camino al reino secreto y viera la ciudad, nunca pudiera volver a irse, en tanto el rey no abriera el cerco, y el pueblo oculto saliera.

Pero Húrin y Huor deseaban regresar, compartir con su pueblo guerras y dolores. Y Húrin le dijo a Turgon: —Señor, sólo somos Hombres mortales, muy distintos de los Eldar. Ellos pueden aguardar muchos años la guerra contra el Enemigo, en algún día distante; pero para nosotros la vida es corta, y nuestra esperanza y nuestra fuerza pronto se marchitan. Además, nosotros no encontramos el camino a Gondolin, y no sabemos de cierto dónde está esta ciudad; pues fuimos traídos con miedo y asombro a través de los altos caminos del aire, y por misericordia nos velaron los ojos. —Entonces Turgon accedió y dijo:— Por el camino que vinisteis, tenéis permiso para partir, si Thorondor está dispuesto. Me apena esta separación; sin embargo, en un corto tiempo, de acuerdo con las cuentas de los Eldar, puede que volvamos a encontrarnos.

Pero Maeglin, el hijo de la hermana del rey, que era poderoso en Gondolin, no lamentó para nada que partiesen, aunque les reprochaba el favor del rey, y no sentía amor alguno por el linaje de los Hombres; y le dijo a Húrin: —La gracia del rey es mayor de lo que sospechas, y la ley se ha vuelto menos severa que antaño; de lo contrario no tendrías otra opción que vivir aquí hasta el final de tus días.

Entonces Húrin le respondió: —Grande es en verdad la gracia del rey; pero si nuestra palabra no basta, te haremos a ti un juramento. —Y los hermanos juraron no revelar nunca los designios de Turgon y mantener en secreto todo lo que habían visto en el reino. Entonces se despidieron, y las águilas se los llevaron por la noche, y los depositaron en Dor-lómin antes del amanecer. Las gentes se regocijaron al verlos, pues los mensajes llegados de Brethil los daban por perdidos; pero ellos no quisieron revelar ni siquiera al padre dónde habían estado, salvo que habían sido rescatados en el páramo por las águilas, que los habían transportado de vuelta. Pero Galdor preguntó:— ¿Habéis vivido un año entonces a la intemperie? ¿Acaso las águilas os albergaron en sus nidos? Pero encontrasteis alimento y vestidos hermosos, y volvéis como jóvenes príncipes, no como abandonados en el bosque. —Y Húrin contestó:— Conténtate con que hayamos regresado; pues sólo por un voto de silencio se nos permitió hacerlo. —Entonces Galdor no les hizo más preguntas, pero él y muchos otros adivinaron la verdad; y con el tiempo la extraña fortuna de Húrin y Huor llegó a oídos de los servidores de Morgoth.

Ahora bien, cuando Turgon supo del quebrantamiento del Sitio de Angband, no permitió que nadie partiera a la guerra; porque pensaba que Gondolin era fuerte, y el tiempo no estaba aún maduro para que él se mostrara abiertamente. Pero creía también que el fin del Sitio era también el principio de la caída de los Noldor, a no ser que llegara ayuda; y envió compañías de los Gondolindrim en secreto a las Desembocaduras del Sirion y a la Isla de Balar. Allí construyeron embarcaciones y navegaron al extremo Occidente en cumplimiento del cometido de Turgon, en busca de Valinor, para pedir el perdón y la ayuda de los Valar; y rogaron a las aves del mar que los guiasen. Pero los mares eran bravos y vastos, y la sombra y el hechizo flotaban sobre ellos; y Valinor estaba oculta. Por tanto, ninguno de los mensajeros de Turgon llegó al Occidente, y muchos se perdieron y pocos regresaron; pero la condenación de Gondolin se aproximaba.

Le llegó a Morgoth el rumor de estos hechos, y se sintió inquieto en medio de sus victorias; y deseó sobremanera tener nuevas de Felagund y de Turgon. Porque nada se sabía de ellos, y sin embargo no habían muerto; y él temía aún lo que pudiera hacer. De Nargothrond conocía por cierto el nombre, pero no su situación ni su fortaleza; y de Gondolin nada sabía, y sobre todo lo perturbaba pensar en Turgon. Por tanto envió todavía más espías a Beleriand; pero a las principales huestes de los Orcos las llamó a Angband, pues advertía que no podía emprender aún una batalla final en tanto no reuniera nuevas fuerzas, y que no había medido con exactitud el valor de los Noldor ni el poder de los brazos de los Hombres que luchaban junto a ellos. Aunque grande había sido la victoria en la Bragollach en años anteriores, y lamentable el daño que había hecho a sus enemigos, no menores

habían sido sus pérdidas; y aunque tenía en su poder a Dorthonion y el Paso del Sirion, los Eldar, que se recuperaban de
su primer desconcierto, empezaban a recobrar lo que habían
perdido. Así pues, hubo en el sur de Beleriand una apariencia de paz por unos pocos breves años; pero abundante era la
faena en las herrerías de Angband.

Cuando hubieron pasado siete años después de la Cuarta
Batalla, Morgoth volvió al ataque, y envió una gran fuerza
contra Hithlum. Duro fue el ataque contra los pasos de las
Montañas Sombrías, y en el sitio de Eithel Sirion, Galdor el
Alto, Señor de Dor-lómin, fue muerto por una flecha. Ocupaba esa fortaleza en nombre de Fingon, el Rey Supremo; y
en el mismo sitio y poco tiempo antes había muerto su padre, Hador Lórindol. Húrin, su hijo, apenas alcanzaba la virilidad en ese entonces, pero era muy fuerte, tanto de mente
como de cuerpo; y arrojó a los Orcos de Ered Wethrin en
medio de una gran matanza, y los persiguió por las arenas de
Anfauglith.

Pero al Rey Fingon no le fue fácil detener al ejército de
Angband que descendía desde el norte; y la batalla se libró
en las llanuras mismas de Hithlum. Allí Fingon fue superado en número; pero los barcos de Círdan navegaban con de-
nuedo por el Estuario de Drengist, y en el momento de necesidad los Elfos de las Falas cayeron sobre las huestes de
Morgoth desde el oeste. Entonces los Orcos cedieron y huyeron, y los Eldar obtuvieron la victoria, y sus arqueros montados los persiguieron aun hasta las Montañas de Hierro.

En adelante, Húrin hijo de Galdor gobernó la casa de Hador en Dor-lómin, y sirvió a Fingon. Húrin, de menor talla
que sus padres, o que su hijo mayor, era sin embargo infatigable y resistente de cuerpo, ágil y rápido como los del linaje
de su madre, Hareth de los Haladin. Tenía como esposa a
Morwen Eledhwen hija de Baragund, de la casa de Bëor, la
que huyó de Dorthonion con Rían hija de Belegund, y Emeldir, la madre de Beren.

En ese tiempo también los proscritos de Dorthonion fueron destruidos, como se cuenta más tarde; y Beren hijo de
Barahir, el único que logró escapar, llegó con mucha dificultad a Doriath.

19

DE BEREN Y LÚTHIEN

Entre las historias de dolor y de ruina que nos llegaron de la oscuridad de aquel entonces, hay sin embargo algunas en las que en medio del llanto resplandece la alegría, y a la sombra de la muerte hay una luz que resiste. Y de estas historias la más hermosa a los oídos de los Elfos es la de Beren y Lúthien. De sus vidas se hizo la Balada de Leithian, La Liberación del Cautiverio, que es la más extensa, salvo una de las canciones dedicadas al mundo antiguo; pero aquí se cuenta la historia con menos palabras y sin canto.

Se ha dicho que Barahir se negó a abandonar Dorthonion y que allí Morgoth lo persiguió a muerte, hasta que por fin sólo quedaron con él doce compañeros. Ahora bien, el bosque de Dorthonion se extendía hacia el sur hasta los páramos montañosos; y al este de esas altas tierras había un lago, Aeluin, con brezales silvestres alrededor, y esa tierra no tenía ningún sendero y era indómita, pues ni siquiera en los días de la Larga Paz había vivido alguien allí. Sin embargo, las aguas del Tarn Aeluin eran veneradas; claras y azules durante el día, parecían de noche un espejo para las estrellas; y se decía que la misma Melian había consagrado esas aguas en días de antaño. Allí se retiraron Barahir y sus compañeros proscritos, e hicieron de ese lugar su guarida, y Morgoth no pudo descubrirlo. Pero el rumor de los hechos de Barahir y sus compañeros se extendió hasta muy lejos; y Morgoth ordenó a Sauron que los encontrara y los destruyera.

Ahora bien, entre los compañeros de Barahir estaba Gorlim hijo de Angrim. Su esposa se llamaba Eilinel, y grande era el amor que se tenían, antes de que llegara el mal. Pero Gorlim, al volver de la guerra, encontró su casa saqueada y abandonada; su esposa había desaparecido; si muerta o raptada, él no lo sabía. Entonces acudió a Barahir, y de toda la compañía fue el más feroz y desesperado; pero la duda le roía el corazón, pensando que quizás Eilinel no estuviera muerta. A veces partía solo y en secreto y visitaba su casa, que todavía estaba en pie en medio de los campos y los bosques que otrora fueran suyos; y esto llegaron a saberlo los servidores de Morgoth.

En un día de otoño, llegó a la casa a la caída del sol, y al acercarse le pareció ver una luz en la ventana; y avanzando con cautela miró dentro. Allí vio a Eilinel, y la cara de ella estaba devastada por el dolor y el hambre, y le pareció oír que se lamentaba de que él la hubiera abandonado. Pero cuando la llamó a grandes voces, la luz se apagó en el viento, aullaron los lobos, y de súbito sintió en los hombros las pesadas manos de los cazadores de Sauron. De este modo se le tendió la trampa a Gorlim; y llevándolo al campamento, lo atormentaron con el propósito de averiguar el escondite de Barahir y todas sus andanzas. Pero Gorlim nada dijo. Entonces le prometieron que sería puesto en libertad y devuelto a Eilinel si cedía; y por fin, abrumado por el dolor y añorando estar con su mujer, vaciló. Entonces, sin más, lo condujeron a la espantosa presencia de Sauron; y Sauron dijo: —Me entero ahora de que estás dispuesto a hacer trato conmigo. ¿Cuál es tu precio?

Y Gorlim respondió que quería volver a ver a Eilinel y con ella ser puesto en libertad; porque creía que también Eilinel estaba cautiva.

Entonces Sauron sonrió diciendo: —Pequeño precio en verdad por tan gran traición. Así será entonces sin duda. ¡Habla!

Gorlim habría callado entonces, pero intimidado por los ojos de Sauron dijo por fin todo lo que éste quería saber. Entonces Sauron rió; y se burló de Gorlim, y le reveló que sólo había visto a un fantasma inventado por hechicería, para atraparlo; porque Eilinel estaba muerta. —No obstante, accederé a tu ruego —dijo Sauron—, e irás al encuentro de Eilinel y te libraré de mi servicio. —Entonces hizo que le diesen una muerte cruel.

De este modo se reveló el escondite de Barahir, y Morgoth tendió su red sobre él; y los Orcos, acercándose en las horas silenciosas de antes del alba, sorprendieron a los Hombres de Dorthonion y los mataron a todos, salvo a uno. Porque Beren, hijo de Barahir, había sido enviado por su padre en una misión peligrosa, a espiar los pasos del Enemigo, y se encontraba muy lejos cuando la guarida fue tomada. Pero mientras dormía en la noche del bosque, soñó que unas aves alimentadas de carroña se apretaban como hojas en las ramas desnudas de los árboles que crecían junto a una ciénaga, y que la sangre goteaba de sus picos. Entonces Beren vio en el sueño que una forma se le acercaba por encima del agua, y era el espectro de Gorlim; y el espectro le habló confesando su traición y su muerte, y le pidió que se diera prisa para advertírselo a su padre.

Entonces Beren despertó y se apresuró en la noche, y regresó a la guarida de los proscritos en la segunda mañana. Pero al acercarse, las aves carroñeras levantaron vuelo y se posaron en los alisos junto a Tarn Aeluin, y graznaron burlonas.

Allí sepultó Beren los huesos de su padre y levantó sobre él un túmulo de piedras, y prometió que lo vengaría. Por tanto persiguió primero a quienes habían matado a su padre y a los suyos, y encontró de noche el campamento de los Orcos junto a la Fuente del Rivil sobre el Marjal de Serech, y hábil como era para trasladarse en los bosques, pudo acercarse sin ser visto al fuego del campamento. Allí se jactaba el capitán de sus hazañas, y levantó la mano de Barahir que había tronchado para mostrársela a Sauron como señal de que la misión había sido cumplida; y el anillo de Felagund estaba en esa mano. Entonces Beren saltó de detrás de una roca y mató al capitán, y tomando la mano y el anillo, escapó defendido por los hados; y los Orcos, desconcertados, lanzaron en desorden sus flechas.

Desde entonces, durante cuatro años más erró Beren por Dorthonion, como proscrito solitario; pero se hizo amigo de los pájaros y las bestias, y éstos lo ayudaron y no lo traicionaron, y en adelante no comió carne ni mató a ninguna criatura que no estuviera al servicio de Morgoth. No temía la muerte, sino sólo el cautiverio, y como era audaz y estaba desesperado, escapó no sólo de la muerte, sino también de las prisiones; y las hazañas de su solitario atrevimiento tuvieron renombre en toda Beleriand, y las historias de esas hazañas llegaron aun a Doriath. Por fin Morgoth puso a su cabeza un precio no menor al precio de la cabeza de Fingon, Rey Supremo de los Noldor; pero los Orcos no iban detrás de él, y huían cuando se decía que andaba cerca. Por tanto se envió contra él un ejército al mando de Sauron; y Sauron llevó consigo licántropos, bestias salvajes habitadas por espíritus espantosos que él les había puesto.

Toda esa tierra rebosaba ahora de mal, y todas las criaturas limpias la evitaban; y tanto se presionó a Beren, que por último se vio forzado a huir de Dorthonion. En tiempos de invierno y de nieve abandonó la tierra y la tumba de su padre, y subiendo a las altas regiones de Gorgoroth, las Montañas del Terror, divisó a lo lejos la tierra de Doriath. Allí le dijo el corazón que descendería al Reino Escondido, no hollado todavía por pie mortal.

Terrible fue su viaje hacia el sur. Los precipicios de Ered Gorgoroth eran escarpados, y debajo había sombras poco antes que se levantara la Luna. Más allá se encontraba el descampado de Dungortheb, donde la hechicería de Sauron y el poder de Melian estaban juntos, y el horror y la locura andaban sueltos. Allí habitaban las arañas de la raza feroz de Ungoliant, tejiendo las telas invisibles en las que quedaban atrapadas todas las criaturas; y allí erraban monstruos nacidos durante la larga oscuridad, antes del nacimiento del Sol, que iban de caza en silencio mirando alrededor con múltiples ojos. No había alimento para Elfos ni Hombres en esa tierra maldita, sino sólo muerte. Ese viaje no fue la menor de las grandes hazañas de Beren, pero luego nunca se refirió a él, temiendo que el horror lo dominara otra vez; y nadie sabe cómo pudo orientarse y encontrar senderos que ningún Hombre o Elfo se había atrevido a hollar hasta entonces, y llegar a las fronteras de Doriath. Y atravesó los laberintos que Melian había tejido en torno al reino de Thingol, como ella lo había previsto; porque una gran maldición pesaba sobre él.

Se dice en la Balada de Leithian que Beren llegó tambaleándose a Doriath, con cabeza cana y como agobiado por muchos años de pesadumbre, tanto había sido el tormento del camino. Pero errando en el verano por los bosques de Neldoreth, se encontró con Lúthien, hija de Thingol y Melian, a la hora del atardecer, al elevarse la Luna, mientras ella bailaba sobre las hierbas inmarcesibles del claro umbroso junto al Esgalduin. Entonces todo recuerdo de su pasado dolor lo abandonó, y cayó en un encantamiento; porque Lúthien era la más hermosa de todos los Hijos de Ilúvatar. Llevaba un vestido azul como el cielo sin nubes, pero sus ojos eran grises como la noche iluminada de estrellas; estaba el manto bordado con flores de oro, pero sus cabellos eran oscuros como las sombras del crepúsculo. Como la luz sobre las hojas de los árboles, como la voz de las aguas claras, como las estrellas sobre la niebla del mundo, así eran la gloria y la belleza de Lúthien; y tenía en la cara una luz resplandeciente.

Pero ella desapareció de súbito; y él se quedó sin voz, como presa de un hechizo, y durante mucho tiempo erró por los bosques, impetuoso y precavido como una bestia, buscándola. La llamó en su corazón Tinúviel, que significa Ruiseñor, hija del crepúsculo, en la lengua de los Elfos Grises, pues no conocía otro nombre para ella. Y la vio a lo lejos como las hojas en los vientos de otoño, y en invierno como una estrella sobre una colina, pero una cadena le aprisionaba los miembros.

En la víspera de la primavera, poco antes del alba, Lúthien bailó en una colina verde; y de pronto se puso a cantar. Era un canto vehemente que traspasaba el corazón como el canto de la alondra que se alza desde los portones de la noche y se vierte entre las estrellas agonizantes, cuando el sol asoma tras las murallas del mundo; y el canto de Lúthien aflojó las ataduras del invierno, y las aguas congeladas hablaron, y las flores brotaron desde la tierra fría por la que ella había pasado.

En ese momento el hechizo de silencio cesó de repente, y Beren la llamó, gritando Tinúviel; y los bosques devolvieron el eco del nombre. Entonces ella se detuvo maravillada y no huyó más, y Beren se le aproximó. Pero cuando Tinúviel lo miró, la mano del destino cayó sobre ella, y lo amó; no obstante, se deslizó de entre los brazos de Beren y desapareció en el momento en que rompía el día. Entonces Beren cayó desmayado en tierra como quien ha sido herido a la vez por el dolor y la felicidad, y se hundió en el sueño como en un abismo de sombra; y al despertar estaba frío como la piedra, y sentía el corazón árido y desamparado. Y con la mente errante andaba a tientas como quien ha sido atacado de súbita ceguera y trata de atrapar con las manos la luz desvanecida. Y así empezó a pagar el precio de la angustia, por el destino que le había sido impuesto; y en este destino estaba atrapada Lúthien, y siendo inmortal compartió la mortalidad de Beren, y siendo libre se ató con las cadenas de Beren; y ninguna Eldalië había conocido una angustia mayor.

Sin que Beren lo esperara, ella regresó al sitio donde él estaba sentado en la oscuridad, y hace ya mucho en el Reino Escondido puso su mano en la de él. En adelante vino a verlo con frecuencia, y se paseaban secretamente por los bosques desde la primavera hasta el verano; y ningún otro de los Hijos de Ilúvatar tuvo alegría tan grande, aunque el tiempo fue breve.

Pero Daeron el Bardo también amaba a Lúthien y espió sus encuentros con Beren, y los denunció a Thingol. Entonces el rey se llenó de enojo, porque amaba a Lúthien más que a ninguna otra cosa, poniéndola por encima de todos los príncipes de los Elfos; mientras que a los Hombres mortales ni siquiera los tomaba como sirvientes. Por tanto, le habló a Lúthien con pena y asombro, pero ella no quiso revelarle nada, hasta que él le juró que no haría morir a Beren ni lo tomaría prisionero. Pero envió a unos sirvientes a que se apoderaran de él y lo condujeran a Menegroth como a un malhechor; y Lúthien se anticipó, y llevó ella misma a Beren ante el trono de Thingol como si fuera un huésped honorable.

Entonces Thingol miró a Beren con desprecio y enfado; pero Melian guardaba silencio. −¿Quién eres −preguntó el rey−, que llegas aquí como un ladrón y te aproximas a mi trono sin ser invitado?

Pero Beren, atemorizado, porque el esplendor de Menegroth y la majestad de Thingol eran muy grandes, nada respondió. Por tanto, Lúthien habló y dijo: −Él es Beren hijo de Barahir, señor de los Hombres, poderoso enemigo de Morgoth; la historia de sus hazañas se canta aun entre los Elfos.

−¡Que sea Beren quien hable! −exclamó Thingol−. ¿Qué quieres, desdichado mortal, y por qué motivo has abandonado tu tierra para entrar aquí, lo que está prohibido a tus iguales? ¿Puedes dar una razón por la que no deba imponerte un severo castigo por tu insolencia y tu locura?

Entonces Beren, levantando la cabeza, contempló los ojos de Lúthien y luego miró también a Melian; y le pareció que le ponían palabras en la boca. Perdió el miedo y recuperó el orgullo de la más antigua casa de los Hombres; y dijo: —Mi destino, oh rey, me condujo aquí, a través de peligros que aun pocos de entre los Elfos se atreverían a afrontar. Y he encontrado aquí lo que en verdad no buscaba, pero que ahora quiero tener para siempre. Porque está por encima de la plata y el oro, y ninguna joya se le iguala. Ni la roca, ni el acero, ni los fuegos de Morgoth, ni todos los poderes de los reinos de los Elfos me separarán del tesoro de mis deseos. Porque Lúthien, tu hija, es la más bella de todas las Criaturas del Mundo.

Entonces un grave silencio pesó en el recinto, porque los que allí se encontraban estaban asombrados y asustados, y creyeron que Beren sería muerto. Pero Thingol habló con lentitud diciendo: —Con esas palabras te has ganado la muerte; y la muerte encontrarías en seguida, si yo no hubiera hecho un juramento apresurado; de lo que estoy arrepentido, mortal de bajo nacimiento que has aprendido a arrastrarte secretamente como los espías y esclavos de Morgoth.

Entonces le respondió Beren: —La muerte podéis darme, la haya yo ganado o no; pero no soportaré que me llaméis de bajo nacimiento, ni espía, ni esclavo. Por el anillo de Felagund, que él mismo dio a Barahir, mi padre, en el campo de batalla del Norte, mi casa no se ha ganado epítetos tales de Elfo alguno, sea él rey o no.

Las palabras de Beren eran orgullosas y todas las miradas se fijaron en el anillo; porque lo sostenía en alto, y en él resplandecían las joyas verdes que los Noldor habían inventado en Valinor. Porque este anillo era como dos serpientes gemelas con ojos de esmeralda, y encima de las cabezas había una corona de flores de oro, que una de ellas sostenía y la otra devoraba; ésa era la insignia de la casa del Finarfin. Entonces Melian se inclinó hacia Thingol, y en un susurro le aconsejó que se tranquilizara. —Porque no serás tú —le dijo— quien dé muerte a Beren; y lejos y libre irá guiado por el destino antes de que le llegue el final; no obstante, ese destino está unido al tuyo. ¡Haz caso!

Pero Thingol miró en silencio a Lúthien, y pensó en su corazón: «Hombres desdichados, hijos de pequeños señores y reyes de corta vida, ¿ha de poner alguien semejante las manos en ti, y sin embargo seguir con vida?». Entonces, rompiendo el silencio, dijo: —Veo el anillo, hijo de Barahir, y entiendo que eres orgulloso y crees tener mucho poder. Pero las hazañas de un padre, aun cuando estuviera a mi servicio, no bastan para ganar a la hija de Thingol y Melian. ¡Escucha ahora! También yo deseo un tesoro al que no tengo acceso. Porque roca y acero y los fuegos de Morgoth me apartan de la joya que querría poseer en oposición a todos los poderes de los reinos de los Elfos. No obstante dices que tales impedimentos no te amilanan. ¡Haz pues como lo propones! Tráeme en la mano uno de los Silmarils de la corona de Morgoth; y entonces, si así ella lo quiere, Lúthien podrá poner su mano en la tuya. De ese modo tendrás mi joya; y aunque el destino de Arda esté ligado a los Silmarils, me tendrás por generoso.

De esta manera forjó el destino de Doriath y quedó atrapado en la Maldición de Mandos. Y quienes lo escucharon, advirtieron que Thingol, aunque renunciaba al juramento, lo mismo mandaba a Beren a la muerte; pues sabían que todo el poder de los Noldor, antes de que se quebrantara el Sitio, no había valido ni siquiera para ver desde lejos los relumbrantes Silmarils de Fëanor. Pues habían sido engarzados en la Corona de Hierro, y en Angband se estimaban por encima de toda riqueza; en torno estaban los Balrogs, e innumerables espadas, y fuertes rejas, y muros inexpugnables, y la oscura majestad de Morgoth.

Pero Beren rió. —Por bajo precio —dijo— venden a sus hijas los reyes de los Elfos; por gemas y por cosas de artesanía. Pero si ésta es vuestra voluntad, Thingol, la cumpliré. Y cuando volvamos a encontrarnos, mi mano sostendrá un Silmaril de la Corona de Hierro; porque no veis por última vez a Beren hijo de Barahir.

Entonces miró los ojos de Melian, que nada dijo; y se despidió de Lúthien Tinúviel, e inclinándose ante Thingol y Melian, apartó a los guardianes que lo rodeaban y partió solo de Menegroth.

Entonces, por fin habló Melian, y dijo a Thingol: —Oh,

rey, has concebido un plan astuto. Pero si mis ojos no han perdido la vista, será para tu mal, no importa que Beren fracase en su cometido o lo lleve a cabo. Porque has condenado a tu hija o te has condenado a ti mismo. Y ahora Doriath está sometida a los hados de un reino más poderoso.

Pero Thingol contestó: —No vendo a Hombres o Elfos lo que amo y estimo por sobre todos los tesoros. Y si hubiera esperanza o temor de que Beren volviera vivo a Menegroth, no contemplaría otra vez la luz del cielo, aunque yo lo haya jurado.

Pero Lúthien calló, y desde esa hora no volvió a cantar en Doriath. Un silencio profundo se hizo en los bosques, y las sombras se alargaron en el reino de Thingol.

Se dice en la Balada de Leithian que Beren pasó por Doriath sin ser molestado, y llegó al fin a la región de las Lagunas del Crepúsculo y los Marjales del Sirion; y dejando atrás la tierra de Thingol, trepó a las montañas sobre las Cataratas del Sirion, donde las aguas se precipitan bajo tierra con gran estrépito. Desde allí miró hacia el oeste, y a través de la niebla y las lluvias que bañaban esas colinas vio Talath Dirnen, la Planicie Guardada, que se extendía entre el Sirion y el Narog; y, más allá, divisó a lo lejos las altas tierras de Taur-en-Faroth que se levantan sobre Nargothrond. Y sin esperanza ni designio, volvió hacia allí sus pasos.

En toda aquella planicie, los Elfos de Nargothrond mantenían una vigilancia incesante; y en todas las colinas de los bordes había torres ocultas, y en todos los bosques y campos vecinos deambulaban en secreto arqueros de gran habilidad. Las flechas llegaban seguras a destino y eran mortales, y nada entraba allí furtivamente si ellos no lo deseaban. Por tanto, antes de que Beren hubiera avanzado mucho, supieron que andaba por el bosque, y que su muerte estaba próxima. Pero conociendo el peligro en que se encontraba, Beren llevaba siempre en alto el anillo de Felagund; y aunque no veía a nadie a causa de la cautela de los cazadores, se sentía vigilado y a menudo exclamaba en voz alta: —Soy Beren hijo de Barahir, amigo de Felagund. ¡Llevadme al rey!

Así fue que los cazadores no lo mataron, y le salieron juntos al paso y le ordenaron que se detuviera. Pero al ver el anillo, se inclinaron ante él, aunque Beren pareciera un hombre salvaje y abandonado; y lo condujeron hacia el norte y hacia el oeste, avanzando de noche por temor de que alguien descubriera el camino que seguían. Porque por ese tiempo no había vado ni puente sobre el torrente del Narog ante las puertas de Nargothrond; pero más hacia el norte, donde el Ginglith se unía al Narog, el caudal disminuía, y cruzando por allí y volviéndose otra vez hacia el sur, los Elfos llevaron a Beren bajo la luz de la luna hacia los portones oscuros de unos recintos escondidos.

De ese modo Beren llegó ante el Rey Finrod Felagund; y Felagund supo quién era, pues no necesitaba el anillo para reconocer a la gente de Bëor y de Barahir. Se reunieron a puertas cerradas, y Beren habló de la muerte de Barahir, y de todo lo que le había ocurrido en Doriath; y lloró recordando a Lúthien y la alegría que habían sentido juntos. Pero Felagund escuchó la historia con asombro e inquietud; y supo que el juramento que había hecho era su propia sentencia de muerte, como mucho antes se lo había predicho a Galadriel. Le habló entonces a Beren con pesadumbre en el corazón. —Es claro que Thingol desea tu muerte; pero parece que esta condena va más allá de sus designios, y que el Juramento de Fëanor obra de nuevo. Porque los Silmarils están malditos, por un juramento de odio; y quien los nombra con algún deseo despierta un gran poder del sopor en que están sumidos; y los hijos de Fëanor llevarían a todos los reinos de los Elfos a la ruina antes que consentir que algún otro gane o posea un Silmaril, porque los impulsa el Juramento. Y ahora Celegorm y Curufin habitan en mis estancias; y aunque yo, hijo de Finarfin, soy rey, ellos han ganado gran poder y rigen a muchos. Me han demostrado amistad en un apuro, pero me temo que no te mostrarían amor ni clemencia si tu cometido se supiera. No obstante, mi propio juramento se mantiene; y de ese modo todos estamos atrapados.

Entonces el Rey Felagund habló ante el pueblo recordando las hazañas de Barahir, y su voto: y declaró que pesaba sobre sus espaldas la obligación de ayudar al hijo de Barahir en esta necesidad, y buscó el apoyo de los capitanes. Entonces Celegorm se alzó de entre la multitud, y desenvainando la espada gritó: —Sea amigo o enemigo, demonio de

Morgoth, Elfo o hijo de los Hombres o cualquier otra criatura viviente de Arda, no habrá ley, ni amor, ni alianza del infierno, ni poder de los Valar, ni capacidad de hechicería que lo defienda del odio sempiterno de los hijos de Fëanor si toma o encuentra un Silmaril y lo guarda. Porque a los Silmarils sólo nosotros tenemos derecho hasta que termine el mundo.

Muchas otras palabras pronunció, tan poderosas como lo habían sido mucho antes en Tirion las palabras de su padre, que por primera vez inflamaron la rebelión de los Noldor. Y después de Celegorm, habló Curufin, con mayor gentileza, pero no con menor poder, conjurando en la mente de los Elfos una visión de guerra y la ruina de Nargothrond. Tan grande fue el miedo que puso en los corazones, que desde entonces y hasta el tiempo de Túrin, ningún Elfo de ese reino quiso ir a una batalla campal; sino que con cautela y emboscadas, con hechicería y dardos emponzoñados, persiguieron a todos los forasteros olvidando los vínculos de linaje. De este modo perdieron el valor y la libertad de los Elfos de antaño, y hubo oscuridad en aquellas tierras.

Y murmuraron entonces que el hijo de Finarfin no era un Vala como para darles órdenes, y apartaron de él los ojos. Pero la Maldición de Mandos cayó sobre los hermanos, y en ellos brotaron oscuros pensamientos, y pensaron enviar a Felagund solo a la muerte, y usurpar, si era posible, el trono de Nargothrond; porque eran del linaje más antiguo de los príncipes de los Noldor.

Y Felagund, viendo que lo abandonaban, se quitó de la cabeza la corona de plata de Nargothrond y la arrojó a los pies de los hermanos diciendo: —Podéis romper vuestros juramentos de fidelidad pero yo he de cumplir con mi obligación. No obstante, si hay alguien sobre el que no ha caído aún la sombra de nuestra maldición, no me sería difícil encontrar al menos unos pocos seguidores, y no tendría que irme de aquí como un mendigo que ha sido echado de las puertas. —Hubo diez que se mantuvieron a su lado; y el jefe de ellos, que se llamaba Edrahil, inclinándose, recogió la corona y preguntó si tenía que dársela a un senescal, en tanto Felagund no regresara.— Porque vos seguís siendo mi rey y el de ellos —dijo—, no importa lo que ocurra.

Entonces Felagund dio la corona de Nargothrond a Orodreth, su hermano, para que gobernara en su lugar; y Celegorm y Curufin nada dijeron, pero sonrieron y abandonaron la estancia.

Una tarde de otoño Felagund y Beren abandonaron Nargothrond con sus diez compañeros; y viajaron juntos a orillas del Narog hasta su fuente en las Cataratas de Ivrin. Bajo las Montañas de la Sombra descubrieron un campamento de Orcos y los mataron a todos por la noche; y se llevaron los pertrechos y las armas. Por las artes de Felagund cambiaron de forma y de rostro hasta que parecieron Orcos; y así disfrazados llegaron al camino del norte y se aventuraron por el paso hacia el oeste, entre Ered Wethrin y las tierras altas de Taur-nu-Fuin. Pero Sauron los vio desde la torre, y dudó; porque iban de prisa y no se detuvieron a dar cuenta de sus actos, como estaban obligados a hacer los sirvientes de Morgoth que fueran por ese camino. Por tanto mandó detenerlos y conducirlos ante él.

De este modo se libró la contienda entre Sauron y Felagund que alcanzó tanto renombre. Porque Felagund luchó contra Sauron con cantos de poder, y el rey era muy poderoso; pero fue Sauron quien se impuso, como se dice en la Balada de Leithian:

> *Entonó un canto de hechicería, de ocultaciones*
> *y revelaciones, de falsedades y traiciones.*
> *Allí Felagund respondió de pronto con un canto*
> *de obstinada firmeza, de guerra contra el poder*
> *y resistencia, de secretos guardados,*
> *de una fuerza de torre, de confianza, de libertad,*
> *de huida; de formas cambiantes y móviles,*
> *de emboscadas fallidas, trampas destruidas,*
> *de prisiones abiertas, y de cadenas rotas.*
>
> *Los cantos se adelantaban y retrocedían,*
> *flaqueando, zozobrando, y cuanto más crecía*
> *la fuerza de ese canto, más Felagund luchaba,*
> *y puso en sus palabras el poder y la magia*
> *que había traído de Elvenesse.*

Suavemente en la sombra oyeron a los pájaros
que a lo lejos cantaban en Nargothrond,
y el suspiro del Mar mucho más lejos,
más allá del mundo del oeste, en la arena,
en la arena de perlas del País de los Elfos.

Se espesó entonces la sombra; creció la noche
en Valinor, manaba la sangre roja
junto al mar, donde los Noldor mataron
a los jinetes de la espuma, donde robaron
las naves blancas de velamen blanco
de los puertos claros de lámparas. El viento
se lamenta, el lobo aúlla. Los cuervos vuelan.
El hielo murmura en las bocas del Mar.
Los cautivos lloran tristes en Angband.
Retumba el trueno, los fuegos arden...
Y Finrod cae a los pies del trono.

Entonces Sauron los despojó de los disfraces, y ellos aparecieron allí ante él desnudos y asustados. Pero aunque así se reveló lo que eran, no pudo descubrir Sauron cómo se llamaban ni qué se proponían.

Los arrojó por tanto a un foso profundo, oscuro y silencioso, y los amenazó con una muerte atroz a menos que uno de ellos le confesara la verdad. De vez en cuando veían dos ojos que ardían en la negrura; y un licántropo devoró a uno de los compañeros; pero ninguno traicionó al Señor.

En el momento en que Sauron arrojó a Beren al foso, un abismo de horror se abrió en el corazón de Lúthien; y al ir a Melian en busca de consejo, se enteró de que Beren estaba en las mazmorras de Tol-in-Gaurhoth sin esperanza de salvación. Entonces Lúthien, al ver que no tendría ayuda de nadie sobre la tierra, resolvió escapar de Doriath y ayudar ella misma a Beren; pero buscó la asistencia de Daeron, quien delató al rey lo que ella pretendía. Entonces Thingol sintió miedo y asombro; y porque no quiso privar a Lúthien de las luces del cielo por temor de que desmejorara y menguara, aunque quería impedir que partiese, hizo construir una casa de la que no podría escapar. No lejos de las puertas de Menegroth se erguía el más alto de todos los árboles del Bosque de Neldoreth, un bosque de hayas en la mitad septentrional del reino. Esta haya poderosa se llamaba Hírilorn, y tenía tres troncos, iguales de dimensión, de corteza tersa y extremadamente altos; las ramas se extendían muy por encima del suelo. Bien arriba, entre los tallos de Hírilorn, se construyó una casa de madera, y ahí se hizo morar a Lúthien; y las escaleras se retiraron y se guardaron, excepto sólo cuando los sirvientes de Thingol le traían lo que ella necesitaba.

Se cuenta en la Balada de Leithian cómo ella escapó de la casa de Hírilorn; porque recurrió a sus artes de encantamiento e hizo que los cabellos le crecieran muy largos, y con ellos tejió un vestido oscuro que la cubría como una sombra, y que estaba cargado con un hechizo de sueño. Con las hebras que quedaban trenzó una cuerda y la dejó caer desde la ventana; y cuando el extremo se meció sobre los guardianes que estaban sentados bajo el árbol, éstos cayeron en un profundo sopor. Entonces Lúthien abandonó aquella cárcel, y envuelta en la capa de sombras escapó a todas las miradas y desapareció de Doriath.

Dio la casualidad que Celegorm y Curufin habían ido de caza a la Planicie Guardada; y esto hicieron porque Sauron, entrado en sospechas, envió muchos lobos a las tierras de los Elfos. Por tanto los Elfos montaron los caballos y echaron a correr junto con sus propios perros, y creían que antes de regresar tendrían nuevas del Rey Felagund. Ahora bien, el principal de los perros lobos que seguían a Celegorm se llamaba Huan. No había nacido en la Tierra Media, sino que venía del Reino Bendecido; pues Oromë se lo había dado a Celegorm en Valinor hacía mucho tiempo, y allí había seguido el cuerno de Celegorm, antes de la llegada del mal. Huan siguió a Celegorm en el exilio y le era fiel; y de ese modo también él quedó sometido a la maldición de dolor que pesaba sobre los Noldor; y se decretó que se toparía con la muerte, aunque no antes de encontrarse con el lobo más poderoso que hubiera andado por el mundo.

Fue entonces que Huan halló a Lúthien, que huía como una sombra sorprendida por la luz bajo los árboles, cuando Celegorm y Curufin descansaban por un momento cerca de los confines occidentales de Doriath; porque nada escapaba a la vista y el olfato de Huan, ni lo detenía ningún encantamiento, y no dormía ni de noche ni de día. La llevó a Celegorm, y Lúthien, al enterarse de que él era un príncipe de los Noldor y enemigo de Morgoth, se alegró; y declaró quién era dejando caer la capa. Tan grande fue la súbita belleza revelada bajo el sol, que Celegorm se enamoró de ella; pero le habló con tino, y le prometió que encontraría ayuda, si volvía con él a Nargothrond. No mostró en ningún momento que ya sabía de Beren y de su cometido, a los que ella se refirió, ni tampoco que el asunto le interesaba de cerca.

Así pues, interrumpieron la cacería y volvieron a Nargothrond, y Lúthien fue traicionada; porque la retuvieron y le quitaron la capa y no se le permitió atravesar las puertas ni hablar con nadie, salvo con los hermanos, Celegorm y Curufin. Porque ahora, creyendo que Beren y Felagund habían caído prisioneros y nada ni nadie podía rescatarlos, se propusieron dejar morir al rey y retener a Lúthien y obligar a Thingol a conceder la mano de ella a Celegorm. De este modo crecerían en poder y se convertirían en los más poderosos príncipes de los Noldor. Y no tenían intención de recuperar los Silmarils por arte o por guerra, ni permitir que nadie más lo hiciese, en tanto no dominaran todos los reinos élficos. Orodreth no tenía poder para resistírseles, pues ellos gobernaban los corazones del pueblo de Nargothrond; y Celegorm envió mensajeros a Thingol con su apremiante petición.

Pero Huan, el perro, era de corazón fiel, y amaba a Lúthien desde el momento en que la había encontrado, y el cautiverio de ella lo apenaba. Por tanto, iba a menudo a la cámara de Lúthien, y a la noche yacía delante de su puerta; pues sentía que el mal había llegado a Nargothron. Lúthien se sentía sola y hablaba a menudo con Huan, y le contaba de Beren, que era amigo de todos los pájaros y las bestias que no servían a Morgoth; y Huan la escuchaba. Porque comprendía el lenguaje de todas las criaturas dotadas de voz; pero sólo le estaba permitido hablar con palabras tres veces antes de morir.

Ahora bien, Huan concibió un plan de ayuda para Lúthien; y llegada la noche, le llevó la capa y por primera vez le habló dándole consejo. Entonces, por caminos secretos, la condujo fuera de Nargothrond, y huyeron juntos hacia el norte; y él se humilló y permitió que ella lo cabalgara a modo de corcel, como hacían a veces los Orcos sobre los grandes lobos. Y así avanzaron muy de prisa, pues Huan era rápido e infatigable.

En los fosos de Sauron yacían Beren y Felagund, y todos sus compañeros habían muerto ya; pero Sauron se proponía conservar a Felagund hasta el final, porque entendía que era un Noldor de gran poder y sabiduría, y creía que era él quien guardaba el secreto de la misión de los Elfos. Pero cuando el lobo vino en busca de Beren, Felagund recurrió a todo su poderío y rompió las ligaduras; y luchó con el licántropo y lo mató con dientes y manos; no obstante, él mismo estaba herido de muerte. Entonces le habló a Beren diciendo: —Me voy ahora a mi largo descanso en los recintos intemporales de más allá de las aguas y las Montañas de Aman. Transcurrirá mucho antes de que vuelva a ser visto entre los Noldor; y puede que no nos encontremos una segunda vez en la vida o en la muerte, porque los destinos de nuestras gentes se apartan. ¡Adiós! —Así murió Felagund en la oscuridad de Tol-in-Gaurhoth, cuya gran torre él mismo había construido. De esta manera el Rey Finrod Felagund, el más hermoso y el más amado de la casa de Finwë, cumplió su juramento; pero Beren se lamentó desesperado junto a él.

A esa hora llegó Lúthien, y erguida sobre el puente que conducía a la isla de Sauron, cantó un canto que ningún muro de piedra podía detener. Beren la oyó y pensó que soñaba; pues arriba brillaban las estrellas y en los árboles cantaban los ruiseñores. Y como respuesta cantó un canto de desafío que él había compuesto en alabanza de las Siete Estrellas, la Hoz de los Valar que Varda había colgado sobre el Norte como signo de la caída de Morgoth. Luego las fuerzas le faltaron y se desmoronó en la oscuridad.

Pero Lúthien oyó la voz que le había contestado y entonó entonces un canto de gran poder. Los lobos aullaron y la isla tembló. Sauron se encontraba en la alta torre envuelto en negros pensamientos; pero se sonrió al oír la voz, porque sabía que era la de la hija de Melian. La fama de la belleza de Lúthien y de la maravilla de su canción hacía ya mucho que había traspasado los muros de Doriath; y Sauron pensó que podía capturar a Lúthien y entregarla al poder de Morgoth, pues la recompensa sería grande.

Por tanto, envió a un lobo al puente. Pero Huan le dio muerte en silencio. Sauron continuó enviando lobos, uno a uno; y uno a uno Huan los aferraba por el pescuezo y los mataba. Entonces Sauron envió a Draugluin, una bestia espantosa, ya vieja en el mal, señor y ancestro de los licántropos de Angband. Tenía mucha fuerza; y la batalla entre Huan y Draugluin fue larga y feroz. No obstante, por fin Draugluin escapó y volviendo a la torre murió a los pies de Sauron; y al morir le dijo: —¡Huan está allí! —Ahora bien, Sauron conocía perfectamente, como todos en esa tierra, el hado que le estaba decretado al perro de Valinor; y se le ocurrió que él mismo lo cumpliría. Por tanto tomó la forma de un licántropo, la del más poderoso que hubiera andado por el mundo, y corrió a ganar el paso del puente.

Tan grande fue el espanto de la llegada de Sauron, que Huan saltó a un lado. Entonces Sauron se abalanzó sobre Lúthien; y ella se desvaneció ante la amenaza del espíritu maligno que miraba por los ojos del lobo y los inmundos vapores que le salían por la boca. Pero antes de caer, ella le arrojó a los ojos un pliegue de la capa oscura, y él se tambaleó, dominado por una súbita somnolencia. En ese momento saltó Huan, y así empezó la contienda entre Huan y Sauron el Lobo, y los aullidos y bramidos resonaron en las colinas, y más allá del valle, y los guardianes de los muros de Ered Wethrin los oyeron a la distancia y se turbaron.

Pero ni la brujería ni el hechizo, ni el colmillo ni el veneno, ni la habilidad demoníaca ni la fuerza bestial podían superar a Huan de Valinor; y apresó a su enemigo por el cuello y dio con él por tierra. Entonces Sauron mudó de aspecto: de lobo se convirtió en serpiente, y de monstruo volvió a la forma de costumbre; pero no podía deshacerse de los dientes de Huan sin abandonar el cuerpo por completo. Antes de que el espíritu horrible de Sauron dejara su oscura morada, Lúthien se le acercó y anunció que le quitarían las investiduras de carne, y que el fantasma tembloroso sería devuelto a Morgoth; y le dijo: —Allí por siempre jamás, así desnudado, soportarás el desprecio de Morgoth, que te traspasará con la mirada a menos que me cedas ahora la posesión de tu torre.

Entonces Sauron se rindió, y Lúthien tomó posesión de la isla y de todo cuanto allí se encontraba; y Huan lo soltó. Y en seguida Sauron tomó la forma de un vampiro, grande como una nube oscura sobre la luna, y huyó, goteando sangre del cuello sobre los árboles, y fue a Taur-nu-Fuin, y vivió allí, llenando el sitio de horror.

Entonces Lúthien se irguió sobre el puente y declaró su poder: y el encantamiento que unía piedra con piedra se deshizo, y los portones se derrumbaron, y los muros se abrieron, y los fosos quedaron vacíos; y muchos esclavos y cautivos salieron con asombro y turbación, protegiéndose los ojos de la pálida luz de la luna, pues habían pasado mucho tiempo sumidos en la oscuridad de Sauron. Pero Beren no salió. Por tanto, Huan y Lúthien lo buscaron en la isla; y Lúthien lo encontró doliéndose junto a Felagund. Beren estaba tan angustiado que no se movió y no oyó los pasos de ella. Entonces, creyéndolo ya muerto, Lúthien lo abrazó y cayó en un negro olvido. Pero Beren, saliendo a la luz desde los abismos de la desesperación, la levantó, y volvieron a mirarse; y el día que se elevaba sobre las colinas oscuras brilló sobre ellos.

Sepultaron el cuerpo de Felagund en la colina de su propia isla, que estuvo limpia otra vez; y la tumba verde de Finrod hijo de Finarfin, el más hermoso de todos los príncipes de los Elfos, permaneció inviolada, hasta que la tierra cambió y se quebró y se hundió bajo mares destructores. Pero Finrod pasea con su padre Finarfin bajo los árboles de Eldamar.

Ahora bien, Beren y Lúthien Tinúviel estaban otra vez libres y juntos recorrían los bosques, recobrada por un tiempo la alegría; y aunque llegó el invierno, a ellos no los dañó, porque las flores no se marchitaban por donde andaba Lúthien, y los pájaros cantaban al pie de las colinas vestidas de nieve. Pero Huan, que era fiel, volvió a la casa de Celegorm; sin embargo, el amor que los unía ya no fue tan grande.

Hubo un tumulto en Nargothrond. Porque allí se reunieron muchos Elfos que habían sido prisioneros en la isla de Sauron; y se levantó un clamor que las palabras de Celegorm no lograron apaciguar. Lamentaban amargamente la caída del Rey Felagund, y decían que una doncella se había atrevido a lo que no se habían atrevido los hijos de Fëanor; pero muchos advirtieron que era la traición antes que el miedo lo que había guiado a Celegorm y Curufin. Así ocurrió que los habitantes de Nargothrond ya no se sintieron obligados a obedecerles, y volvieron otra vez a la casa de Finarfin; y sirvieron a Orodreth. Pero él no permitió que dieran muerte a otros hermanos, como deseaban algunos, porque el derramamiento de la sangre de parientes por parientes haría que la Maldición de Mandos pesara aún más sobre todos ellos. No obstante, ni pan ni descanso concedió a Celegorm y a Curufin dentro del reino, y juró que en adelante habría poco amor entre Nargothrond y los hijos de Fëanor.

—¡Así sea! —dijo Celegorm, y hubo una luz de amenaza en sus ojos; pero Curufin sonrió. Entonces montaron a caballo y se alejaron de prisa como el fuego, al encuentro, si les era posible, de los hermanos del este. Pero nadie quiso acompañarlos, ni siquiera los que eran de su propio linaje; porque todos advirtieron que la Maldición pesaba sobre los hermanos, y que el mal los seguía. En ese tiempo Celebrimbor, el hijo de Curufin, repudió las acciones de su padre, y se quedó en Nargothrond; pero Huan iba siempre detrás del caballo de Celegorm.

Cabalgaron hacia el norte, pues estaban impacientes e intentaban pasar a través de Dimbar y a lo largo de las fronteras septentrionales de Doriath, en busca del camino más rápido a Himring, donde vivía Maedhros, el hermano de ellos; y tenían aún la esperanza de ir por ese camino, pues estaba cerca de las fronteras de Doriath, evitando Nan Dungortheb y la lejana amenaza de las Montañas del Terror.

Ahora bien, se dice que Beren y Lúthien fueron de un lado a otro hasta que llegaron al Bosque de Brethil, y se acercaron por fin a los confines de Doriath. Entonces Beren recordó el juramento; en contra de él mismo resolvió que cuando Lúthien llegara otra vez a la seguridad de su propia tierra, él se pondría de nuevo en camino. Pero ella no estaba dispuesta a volver a separarse, y dijo: —Tienes que elegir, Beren, entre dos cosas: abandonar la misión y tu juramento y llevar una vida errante sobre la faz de la tierra, o mantener tu palabra y desafiar el poder entronizado de la oscuridad. Pero por cualquiera de esos caminos yo te seguiré, y nuestra suerte será la misma.

Mientras conversaban juntos de estas cosas, andando sin hacer caso de nada más, Celegorm y Curufin llegaron de prisa cabalgando por el bosque; y los hermanos los vieron y los reconocieron desde lejos. Entonces Celegorm dio media vuelta y espoleó el caballo hacia Beren, con la intención de atropellarlo; pero Curufin se volvió de pronto, e inclinándose alzó a Lúthien sobre la montura, pues era un jinete fuerte y hábil. Entonces Beren saltó de delante de Celegorm al caballo de Curufin, que pasaba rápido junto a él; y el Salto de Beren alcanzó renombre entre Hombres y Elfos. Aferró a Curufin por la garganta desde atrás, y echándose de espaldas cayeron juntos al suelo. El caballo se encabritó y rodó, pero Lúthien fue arrojada a un lado sobre la hierba.

Entonces Beren empezó a estrangular a Curufin, pero la muerte se le acercaba, pues Celegorm cabalgaba hacia él con una espada en alto. En ese momento Huan olvidó que servía a Celegorm y le saltó encima, de modo que el caballo se volvió y no quiso acercarse a Beren por miedo al gran perro de caza. Celegorm maldijo al perro y al caballo, pero Huan no se alteró. Entonces Lúthien se incorporó e impidió la muerte de Curufin; Beren, sin embargo, lo despojó de pertrechos y armas y le sacó el cuchillo Angrist, que le colgaba sin vaina a un costado. Ese cuchillo había sido hecho por Telchar de Nogrod, y atravesaba el hierro como si fuera madera verde. Entonces Beren, alzando a Curufin, lo empujó lejos, y le ordenó que volviera a reunirse con su noble parentela, y quizás allí le enseñarían a dedicarse a empresas de mayor valor. —Me quedo con tu caballo —le dijo— para servicio de Lúthien, y puede considerarse dichoso de librarse de amo semejante.

Entonces Curufin maldijo a Beren bajo las nubes y el cielo. —Vete de aquí —le dijo— y que encuentres una muerte pronta y amarga. —Celegorm lo puso junto a él sobre la montura, y los hermanos se prepararon para alejarse; y Beren se volvió y no les prestó atención. Pero Curufin, lleno de vergüenza y malicia, tomó el arco de Celegorm y disparó mientras avanzaban; y la flecha estaba destinada a Lúthien. Huan saltó y la atrapó con la boca; pero Curufin disparó otra vez, y Beren saltó delante de Lúthien, y el dardo lo hirió en el pecho.

Se cuenta que Huan persiguió a los hijos de Fëanor y que ellos huyeron atemorizados; y al volver le trajo a Lúthien una hierba del bosque. Y con esa hoja ella restañó la herida de Beren, y por medio de sus artes y de su amor lo curó; y así, por fin, volvieron a Doriath. Allí Beren, desgarrado entre el juramento y su amor y sabiendo que ahora Lúthien estaba a salvo, se levantó una mañana antes que el sol asomara, y la encomendó al cuidado de Huan; luego partió con gran angustia mientras ella aún dormía sobre la hierba.

Cabalgó rápido otra vez hacia el norte, hacia el Paso del Sirion, y al llegar a los bordes de Taur-nu-Fuin, miró a través del yermo de Anfauglith y vio a lo lejos los picos de Thangorodrim. Allí soltó al caballo de Curufin y le dijo que abandonara miedo y servidumbre y que corriera libre por la hierba verde en las tierras del Sirion. Entonces, encontrándose solo y en el umbral del último peligro, compuso la Canción de la Partida en alabanza de Lúthien y de las luces del cielo; porque creía que había llegado el momento de despedirse del amor y de la luz. De esa canción forman parte estas palabras:

Adiós, dulce tierra y cielo del norte,
benditos para siempre, pues aquí yació
y aquí corrió con miembros ligeros
bajo la Luna, bajo el Sol,
Lúthien Tinúviel,
tan bella que ninguna lengua mortal
puede decirlo.
Aunque cayese en ruinas todo el mundo,
y se deshiciera, arrojado de vuelta,
desvanecido en el viejo abismo,
aun así fue bueno que se hiciese
—el crepúsculo, el alba, la tierra, el mar—
para que Lúthien fuera por un tiempo.

Y cantó en alta voz, sin cuidarse de que alguien pudiera oírlo, pues estaba desesperado y no encontraba modo de escapar.

Pero Lúthien escuchó la canción, y respondió cantando mientras avanzaba inadvertida por los bosques. Porque Huan, consintiendo una vez más en que ella lo cabalgase, la había llevado tras el rastro de Beren. Mucho había reflexionado Huan en algún recurso que alejara del peligro a esos dos a quienes amaba. Se desvió por tanto ante la isla de Sauron, mientras corrían otra vez hacia el norte, y tomó desde entonces la forma del espantoso licántropo Draugluin, y ella la del horrendo murciélago Thuringwethil. Thuringwethil era el mensajero de Sauron, y acostumbraba volar a Angband con forma de vampiro; y los dedos que sostenían las grandes alas membranosas terminaban en una garra de hierro. Vestidos con estos horribles atavíos, Huan y Lúthien atravesaron Taur-nu-Fuin a la carrera, y no había criatura que no huyera ante ellos.

Cuando Beren vio que se aproximaban, se sintió consternado; y se asombró, pues había oído la voz de Tinúviel, y pensó que era un espectro, y que le estaban tendiendo una trampa. Pero ellos se detuvieron y se quitaron los disfraces, y Lúthien corrió hacia él. Fue así que Beren y Lúthien volvieron a encontrarse entre el desierto y el bosque. Por un momento él calló, y se sintió contento; pero al cabo de un rato le rogó una vez más a Lúthien que interrumpiera el viaje.

—Tres veces maldigo ahora lo que le juré a Thingol —dijo—, y preferiría que me hubiera dado muerte en Menegroth antes que conducirte a la sombra de Morgoth.

Entonces, por segunda vez, Huan habló con palabras; y aconsejó a Beren diciendo: —Ya no puedes salvar a Lúthien de la sombra de la muerte, porque por amor se ha sometido a ella. Quizá quieras apartarte de tu destino y llevarla al exilio, buscando en vano la paz mientras te dure la vida. Pero si no reniegas de tu destino, entonces por fuerza Lúthien habrá de morir sola; y desafiará contigo el destino que te aguarda, desesperanzado pero no seguro. No tengo más consejos para ti, ni tampoco he de seguir tu camino. Pero mi corazón predice que encontrarás algo ante las Puertas, y que yo lo veré. Todo lo demás me es oscuro; no obstante puede que nuestros tres caminos lleven de vuelta a Doriath, y que volvamos a vernos antes del fin.

Entonces Beren advirtió que Lúthien no podía ser apartada del destino que se les había impuesto, y ya no trató de disuadirla. Por consejo de Huan y las artes de Lúthien tomó entonces la forma de Draugluin, y ella la del horror alado de Thuringwethil. Beren tenía todo el aspecto de un licántropo, excepto los ojos, en los que brillaba un espíritu sombrío pero limpio; y hubo horror en su mirada cuando vio junto a él a una criatura semejante a un murciélago que se le aferraba al lomo con unas alas arrugadas. Entonces, aullando bajo la luna descendió a saltos por la colina, y el murciélago giraba y revoloteaba sobre él.

Pasaron por todos los peligros hasta que luego del largo y fatigoso camino llegaron cubiertos de polvo al valle terrible que se extiende ante las Puertas de Angband; junto al camino se abrían unas grietas negras por donde asomaban unas serpientes ondulantes. Los acantilados se levantaban a un lado y a otro como muros fortificados. Ante ellos estaba el Portal inexpugnable, un arco ancho y oscuro al pie de la montaña; por encima de él se alzaba un risco de mil pies de altura.

Allí los ganó el desánimo, pues ante las puertas había un guardián, del que no habían tenido hasta entonces ninguna noticia. A Morgoth le habían llegado rumores sobre no sabía qué designios de los príncipes de los Elfos, y siempre se oían en las veredas del bosque los aullidos de Huan, el gran perro de guerra, que hacía mucho habían soltado los Valar. Entonces Morgoth recordó el Hado de Huan, y escogió a uno de los cachorros de la raza de Draugluin; y lo alimentó de su propia mano con carne viviente, y puso en él su poder. El lobo creció de prisa, hasta que no pudo arrastrarse dentro de ningún cubil, y yacía enorme y hambriento a los pies de Morgoth. Allí el fuego y la angustia del infierno entraron en él, y desarrolló un espíritu devorador, atormentado, terrible, y fuerte. Carcharoth, Fauces Rojas, se lo llamó en las historias de aquellos días, y Anfauglir, las Quijadas de la Sed. Y Morgoth lo tenía despierto a las Puertas de Angband por temor de que Huan viniera.

Ahora bien, Carcharoth los vio a lo lejos y titubeó, porque la noticia de la muerte de Draugluin había llegado a Angband hacía ya mucho tiempo. Por tanto cuando se acercaron les cerró el paso, y les ordenó que se detuvieran; y se les acercó con aire amenazante, oliendo algo extraño en el aire de alrededor. Pero de pronto, algún poder ancestral, heredado de la raza divina, poseyó a Lúthien, y despojándose del inmundo disfraz, avanzó, pequeña ante el poderoso Carcharoth, pero radiante y terrible. Levantó la mano, y le ordenó que durmiera diciendo: —Oh, espíritu engendrado del dolor, cae ahora en la oscuridad y olvida por un momento el espantoso destino de la vida. —Y Carcharoth cayó como herido por el rayo.

Entonces Beren y Lúthien atravesaron el Portal y descendieron las escaleras laberínticas; y juntos llevaron a cabo la más grande de las hazañas jamás intentada por Hombre o por Elfo alguno. Porque llegaron hasta el trono de Morgoth en el más profundo de los recintos, un palacio sostenido por el horror, iluminado por el fuego, y repleto de armas de tormento y muerte. Allí Beren se escabulló en forma de lobo bajo el trono; pero Lúthien perdió el disfraz por voluntad de Morgoth, que le clavó la mirada. Y ella no se amilanó, dijo cómo se llamaba, y ofreció cantar ante él a la manera de un trovador. Entonces Morgoth, al ver la belleza de Lúthien, concibió pensamientos de una malvada lujuria, y un designio más oscuro que ninguno que hubiese albergado en el corazón desde que huyera de Valinor. Así fue burlado por su propia malicia, porque la observaba, dejándola libre por un rato, complaciéndose secretamente en sus propios pensamientos. Entonces de súbito ella escapó a los ojos de Morgoth, y empezó a cantar desde las sombras una canción de tan sobrecogedora belleza y de un poder tan encegador que él no pudo dejar de escucharla, y se quedó ciego, y volvía los ojos a un lado y a otro buscando a Lúthien.

Toda la corte yacía ahora adormilada y todos los fuegos vacilaron y se extinguieron; pero los Silmarils en la corona de Morgoth refulgieron de pronto como llamas blancas; y el peso de la corona y de las joyas le dobló la cabeza, como si sobre ella llevara el mundo, cargado con un peso de inquietud, de dolor y de deseo que ni siquiera la voluntad de Morgoth podía soportar. Entonces Lúthien, sosteniéndose el vestido alado, saltó al aire y su voz descendió como la lluvia sobre los lagos, profunda y oscura. Echó la capa ante los ojos de Morgoth y lo sumió en un sueño, tenebroso como el Vacío Exterior por el que una vez él había andado solo. De pronto Morgoth cayó, como un monte que se derrumba, y arrojado como el rayo fuera del trono quedó postrado boca abajo sobre los suelos del infierno. La corona se le soltó de la cabeza y rodó retumbando. Todo estaba quieto alrededor.

Como una bestia muerta Beren yacía en el suelo; pero Lúthien lo despertó tocándolo con la mano, y él se sacó el disfraz de lobo; y esgrimió el cuchillo Angrist; y de las garras de hierro que lo sostenían, quitó uno de los Silmarils.

Cuando lo tuvo en la mano cerrada, el resplandor le atravesó la carne, y la mano se le convirtió en una lámpara encendida, pero la joya no se resistió y no le hizo daño. A Beren se le ocurrió entonces que iría más allá de lo exigido por el juramento, y que se llevaría de Angband las tres Joyas de Fëanor; pero no era ése el destino de los Silmarils. El cuchillo Angrist se partió, y un fragmento de la hoja hirió a Morgoth en la mejilla. Morgoth gruñó y se agitó, y todas las huestes de Angband se movieron en sueños.

Entonces el terror ganó a Beren y a Lúthien, y huyeron, despavoridos y sin disfraces, sólo deseando ver la luz una vez más. No fueron estorbados ni perseguidos, pero las Puertas cerraban la salida; porque Carcharoth había despertado y estaba ahora erguido de cólera sobre el umbral de Angband. Antes de que se dieran cuenta, él los vio y les saltó encima mientras corrían.

Lúthien estaba agotada, y no tuvo tiempo ni fuerza para rechazar al lobo. Pero Beren la cubrió con el cuerpo, y en la mano derecha sostuvo en alto el Silmaril. Carcharoth se detuvo y por un instante tuvo miedo. —¡Vete y corre! —gritó Beren—, porque he aquí un fuego que te consumirá, y junto contigo a todas las criaturas malvadas. —Y puso el Silmaril ante los ojos del lobo.

Pero Carcharoth miró la joya sagrada y no se acobardó, y el espíritu devorador que tenía dentro despertó en un fuego súbito; y abriendo las fauces mordió de pronto la mano de Beren y la arrancó de la muñeca. En ese momento una llama de angustia le ardió en las entrañas, y el Silmaril le quemó la carne maldita. Aullando huyó de delante de ellos, y los muros del valle de las Puertas retumbaron con el clamor atormentado de Carcharoth. Tan terrible se volvió en su locura, que todas las criaturas de Morgoth que moraban en ese valle, o que andaban por los caminos que allí conducen, huyeron lejos; porque mataba a toda criatura viviente con que tropezara, e irrumpió desde el Norte llevando la ruina sobre el mundo. De todos los terrores llegados a Beleriand antes de la caída de Angband, la locura de Carcharoth fue el más espantoso; porque el poder del Silmaril estaba escondido en él.

Ahora bien, Beren yacía desmayado junto a las peligrosas Puertas, y la muerte se le acercaba, porque había veneno en los colmillos del lobo. Lúthien extrajo con los labios el veneno, y aun desfalleciente intentó restañar la espantosa herida. Pero detrás y en los abismos de Angband crecía el rumor de una gran cólera. La huestes de Morgoth habían despertado.

Fue así que la búsqueda del Silmaril pudo haber terminado en ruina y desesperación; pero en ese momento aparecieron sobre los muros del valle tres aves poderosas; volaban hacia el norte, con alas más rápidas que el viento. Todas las bestias y aves tenían ya noticia del viaje y del apuro de Beren, y el mismo Huan les había pedido que lo ayudaran vigilando. Altas por sobre el reino de Morgoth, volaron Thorondor y las otras águilas, y al ver la locura del lobo y la caída de Beren bajaron de prisa, al tiempo que los poderes de Angband despertaban de las faenas del sueño.

Entonces alzaron a Lúthien y a Beren de la tierra y los llevaron allá arriba entre las nubes. Bajo ellos de pronto retumbó el trueno, rebotaron los rayos y temblaron las montañas. Thangorodrim echó fuego y humo, y unas centellas llameantes fueron arrojadas muy lejos, y cayeron arruinando los campos; y los Noldor en Hithlum se estremecieron. Pero Thorondor seguía un camino muy alto sobre la tierra en busca de los senderos celestes, donde el sol brilla todo el día sin velos, y la luna se mueve en medio de estrellas sin nubes. De este modo pasaron rápidos sobre Dor-nu-Fauglith y sobre Taur-nu-Fuin, y llegaron al valle escondido de Tumladen. No había allí nubes ni niebla, y mirando hacia abajo, Lúthien vio a lo lejos, como una luz blanca difundida por una joya verde, el resplandor de Gondolin la bella, donde moraba Turgon. Pero lloró, porque pensó que Beren moriría sin duda, pues no hablaba, ni abría los ojos, y nada sabría de este vuelo. Y por fin las águilas los depositaron en las fronteras de Doriath; y llegaron al mismo valle pequeño del que Beren había partido a escondidas y desesperado, mientras Lúthien dormía.

Allí las águilas la dejaron al lado de Beren, y volvieron a

los altos nidos de Crissaegrim; pero Huan vino en ayuda de Lúthien, y juntos asistieron a Beren, como antes le curara ella la herida abierta por Curufin. Pero esta herida era terrible y emponzoñada. Durante mucho tiempo yació Beren, y su espíritu erraba por los oscuros límites de la muerte, conociendo siempre una angustia que lo perseguía de sueño en sueño. Entonces, de pronto, cuando la esperanza de ella casi se había agotado, Beren despertó, y al mirar hacia arriba, vio hojas contra el cielo; y oyó bajo las hojas a Lúthien junto a él, que cantaba con una voz suave y lenta. Y era primavera otra vez.

En adelante Beren fue llamado Erchamion, que significa el Manco; y llevaba el sufrimiento grabado en la cara. Pero por fin fue devuelto a la vida por el amor de Lúthien, y se puso en pie, y juntos caminaron por los bosques una vez más. Y no se apresuraron a abandonar ese sitio, porque les parecía bello. Lúthien en verdad deseaba errar al aire libre y no regresar nunca, olvidada de la casa y la gente, y de toda la gloria de los reinos de los Elfos, y entonces Beren se sintió feliz; pero durante mucho tiempo no pudo olvidar el juramento de que volvería a Menegroth y que no siempre tendría apartada a Lúthien de Thingol. Porque se atenía a la ley de los Hombres, creyendo peligroso hacer caso omiso de la voluntad del padre, salvo en extrema necesidad; y le parecía también inadecuado que alguien de tan real linaje y tan hermosa como Lúthien viviera siempre en los bosques, como los rudos cazadores entre los Hombres, sin casa, ni honor, ni las cosas bellas que deleitan a las reinas de los Eldalië. Por tanto, al cabo de un tiempo la persuadió, y abandonó aquellas tierras sin moradas, y llegó a Doriath conduciendo a Lúthien de vuelta al hogar. Así lo quería el destino.

En Doriath habían transcurrido días de pesadumbre. La congoja y el silencio habían ganado a todos cuando Lúthien se perdió. Mucho tiempo la buscaron en vano. Y se dice que por entonces Daeron, el bardo de Thingol, desapareció de la ciudad y no fue visto nunca más. Él era el que hacía la música de la danza y el canto de Lúthien antes de que Beren viniera a Doriath; y él la había amado y había puesto todos sus pensamientos de amor en la música. Así llegó a ser el más grande de los bardos de los Elfos al este del Mar, aun de mayor renombre que Maglor hijo de Fëanor. Pero en busca de Lúthien, desesperado, erró por caminos extraños, y pasando sobre las montañas bajó al este de la Tierra Media, donde por muchas edades lamentó junto a las aguas oscuras la suerte de Lúthien hija de Thingol, la más bella de todas las criaturas vivientes.

En esa ocasión Thingol recurrió a Melian; pero ella no quiso aconsejarle más, y dijo que el destino que él había concebido tenía que obrar hasta el fin, y que por ahora no podía hacer otra cosa que esperar el tiempo oportuno. Pero Thingol se enteró de que Lúthien se había ido muy lejos de Doriath, porque llegaron en secreto mensajeros de Celegorm, como ya se ha dicho, diciendo que Felagund había muerto, y que Beren había muerto, pero que Lúthien estaba en Nargothrond, y que Celegorm la desposaría. Entonces Thingol montó en cólera y envió espías con intención de combatir contra Nargothrond; y así se enteró de que Lúthien había huido otra vez, y que Celegorm y Curufin habían sido expulsados de Nargothrond. Entonces dudó de sus propios propósitos, pues no tenía fuerzas suficientes para atacar a los siete hijos de Fëanor; pero envió mensajeros a Himring solicitando ayuda en la busca de Lúthien, ya que Celegorm no la había enviado a la casa de su padre ni había logrado retenerla en sitio seguro.

Pero en el norte del reino los mensajeros se toparon con un peligro súbito e insospechado: la embestida de Carcharoth, el lobo de Angband. En su locura había venido furioso desde el norte, y pasando por el lado oriental de Taur-nu-Fuin descendió desde las Fuentes del Esgalduin como un fuego destructor. Nada lo estorbaba, y el poder de Melian en los límites de la tierra no lo detuvo; porque lo empujaba el destino, y el poder del Silmaril que lo atormentaba dentro. Así irrumpió en los bosques inviolados de Doriath, y todos huyeron aterrados. De los mensajeros sólo escapó Mablung, principal capitán del rey, y fue él quien llevó las terribles nuevas a Thingol.

A esa hora oscura volvían Beren y Lúthien, apresurados desde el oeste, y la noticia de que se acercaban iba delante de ellos como el sonido de una música que el viento arrastra hacia las casas sombrías, donde los hombres están acongojados. Llegaron por fin a las puertas de Menegroth y una gran multitud los seguía. Entonces Beren condujo a Lúthien ante el trono de Thingol, su padre; y Thingol miró asombrado a Beren, a quien creía muerto; pero no lo amaba, a causa de los dolores que había traído sobre Doriath. Pero Beren se arrodilló ante él y dijo: —Vuelvo según la palabra dada. Vengo a reclamar lo mío.

Y Thingol respondió: —¿Qué es de tu cometido, y de tu voto?

Pero Beren dijo: —He cumplido con él. Tengo en este mismo momento un Silmaril en la mano.

Entonces Thingol dijo: —¡Muéstramelo!

Y Beren tendió la mano izquierda abriendo lentamente los dedos; pero estaba vacía. Luego levantó el brazo derecho; y desde ese momento él mismo se dio el nombre de Camlost, la Mano Vacía.

Entonces se dulcificó el ánimo de Thingol; y Beren se sentó ante el trono a la izquierda, y Lúthien a la derecha, y contaron la historia de la Misión mientras todos escuchaban y estaban asombrados. Y le pareció a Thingol que este Hombre no se parecía a ningún otro Hombre mortal, y que se contaba entre los grandes de Arda, y que el amor de Lúthien era algo nuevo y extraño; y entendió que el destino de ambos no podría ser estorbado por ningún poder en el mundo. Por lo tanto cedió, y Beren tomó la mano de Lúthien ante el trono de su padre.

Pero entonces una sombra cayó sobre la alegría de Doriath, que celebraba el regreso de Lúthien la bella; porque al enterarse de la causa de la locura de Carcharoth, la gente tuvo todavía más miedo, advirtiendo que el peligro estaba cargado de terrible poder por causa de la joya sagrada, y que difícilmente podría ser evitado. Y Beren, al enterarse de la embestida del lobo, comprendió que no había cumplido aún su cometido.

Por tanto, como Carcharoth se acercaba cada día más a Menegroth, se prepararon para la Caza del Lobo; de todas las persecuciones de bestias que aparecen en los cuentos, la más peligrosa. A esa cacería fueron Huan, el Perro de Valinor, y Mablung, el de la Mano Pesada, y Beleg Arcofirme, y Beren Erchamion, y Thingol, Rey de Doriath. Cabalgaron en la mañana y cruzaron el Río Esgalduin; pero Lúthien se quedó atrás a las puertas de Menegroth. Una sombra oscura la cubrió, y le pareció que el sol había enfermado y se había vuelto negro.

Los cazadores giraron hacia el este y luego hacia el norte, y siguiendo el curso del río encontraron por fin a Carcharoth el Lobo en un valle oscuro, bajo el lado norte de la empinada cascada del Esgalduin. Carcharoth bebía al pie de la cascada apaciguando una sed devoradora, y aulló, y así lo descubrieron. Pero él, aunque vio que se acercaban, no se dio prisa en atacarlos. Quizás una astucia demoníaca había despertado en él, cuando las dulces aguas del Esgalduin le quitaron el dolor de momento; y mientras los cazadores venían cabalgando, se escabulló en un profundo matorral, y allí se quedó escondido. Pero ellos montaron guardia todo alrededor, y esperaron, y las sombras se alargaron en el bosque.

Beren esperaba junto al Rey Thingol, y de pronto advirtieron que Huan ya no estaba con ellos. Entonces un gran bramido se oyó en la espesura; porque Huan, impaciente y con deseos de ver al lobo, se había adelantado a buscarlo. Pero Carcharoth lo evitó, e irrumpiendo de entre los espinos se abalanzó de súbito sobre Thingol. Rápidamente Beren avanzó ante él con una lanza, pero Carcharoth lo hizo a un lado y lo derribó mordiéndolo en el pecho. En ese instante Huan saltó desde la espesura sobre el lomo del lobo, y cayeron juntos luchando ferozmente; y nunca hubo batalla entre perro y lobo que igualara a ésta, porque en los ladridos de Huan se oía la voz de los cuernos de Oromë y la ira de los Valar, y en los aullidos de Carcharoth estaban el odio de Morgoth y una malicia más cruel que dientes de acero; y las rocas se partieron por el clamor y cayeron desde lo alto e interceptaron las cascadas del Esgalduin. Allí lucharon a muerte; pero Thingol no hacía ningún caso, porque se había arrodillado junto a Beren al ver que estaba malherido.

En ese momento Huan mató a Carcharoth; pero allí, en los bosques entrelazados de Doriath, su propio destino desde tanto atrás pronunciado, tuvo cumplimiento, y estaba herido mortalmente, y el veneno de Morgoth entró en él. Entonces se acercó, y cayendo junto a Beren habló por tercera vez con palabras; y le dijo adiós a Beren antes de morir. Beren no habló, pero puso su mano sobre la cabeza del perro, y así se despidieron.

Mablung y Beleg acudieron de prisa en ayuda del rey, pero cuando vieron lo sucedido, arrojaron a un lado las lanzas y lloraron. Luego Mablung sacó un cuchillo y abrió el vientre del lobo; y por dentro parecía todo consumido, como si hubiera sido abrasado con fuego; aunque la mano de Beren que sostenía la joya estaba todavía intacta. Pero cuando Mablung iba a tocarla, la mano desapareció, y el Silmaril estaba allí desnudo, y las sombras del bosque retrocedían con la luz. Entonces Mablung, rápido y con miedo, la tomó, y la puso en la mano viva de Beren; y Beren se reanimó con el contacto del Silmaril, y lo sostuvo en alto, y le pidió a Thingol que lo recibiera. —Ahora —dijo— mi misión está cumplida, y mi destino ha sido forjado. —Y ya no habló nada más.

Cargaron a Beren Camlost hijo de Barahir sobre una litera de ramas con Huan el perro lobo a su lado; y cayó la noche antes de que hubieran regresado a Menegroth. A los pies de Hírilorn, la gran haya, Lúthien les salió al encuentro andando lentamente, y algunos llevaban antorchas junto a la litera. Allí abrazó a Beren, y lo besó, pidiéndole que la esperara más allá del Mar Occidental; y él la miró a los ojos antes de que el espíritu lo abandonara. Pero la luz de las estrellas desapareció, y la oscuridad cayó aun sobre Lúthien Tinúviel. Así terminó la Búsqueda del Silmaril; mas la Balada de Leithian, Liberación del Cautiverio, no termina.

Porque el espíritu de Beren, a requerimiento de Lúthien, se demoró en las Estancias de Mandos, resistiéndose a abandonar el mundo mientras ella no fuera a decir un último adiós a las lóbregas costas del Mar Exterior, en el que se internan los Hombres que mueren para no volver nunca más. Pero el espíritu de Lúthien se oscureció, y por último huyó volando, y su cuerpo quedó tendido sobre la hierba como una flor tronchada de súbito, y que por un tiempo no se marchita.

Entonces el invierno, como si fuera la edad cana de los Hombres mortales, descendió sobre Thingol. Pero Lúthien llegó a las Estancias de Mandos, donde están los sitios designados para los Eldalië, más allá de las mansiones del Occidente en los confines del mundo. Allí los que esperan se sientan a la sombra del pensamiento de los Eldalië. Pero la belleza de Lúthien era mayor que la de ellos, y tenía un dolor más profundo; y se arrodilló ante Mandos y le cantó.

La canción de Lúthien ante Mandos fue la más hermosa de las compuestas con palabras, y la más triste que nadie haya escuchado jamás. Inalterada, imperecedera, se la canta todavía en Valinor más allá de los oídos del mundo, y al escucharla los Valar se entristecen. Porque Lúthien compuso dos temas: el dolor de los Elfos y la congoja de los Hombres, los Dos Linajes que hizo Ilúvatar para que morasen en Arda, el Reino de la Tierra, en medio de las estrellas innumerables. Y cuando Lúthien se arrodilló a los pies de Mandos, sus lágrimas cayeron como la lluvia sobre la piedra, y Mandos se conmovió, él que nunca así se conmoviera antes, y que nunca así se conmovió después.

Por tanto, convocó a Beren, y como Lúthien se lo había dicho a la hora de la muerte, volvieron a encontrarse más allá del Mar Occidental. Pero Mandos no tenía poder para retener a los espíritus de los Hombres muertos dentro de los confines del mundo, después de que esperaran un tiempo; ni podía cambiar el destino de los Hijos de Ilúvatar. Por tanto fue ante Manwë, Señor de los Valar, que gobernaba el mundo bajo la égida de Ilúvatar; y Manwë buscó consejo en lo más íntimo de su propio pensamiento, donde se revelaba la voluntad de Ilúvatar.

Ésta es la alternativa que ofreció a Lúthien. Por causa de sus fatigas y sus dolores, podría abandonar a Mandos, e ir a Valinor, para morar allí hasta el fin del mundo entre los Valar, y olvidar todas las penas. Allí no la seguiría Beren. Porque no les estaba permitido a los Valar evitarle la Muerte, que es el don de Ilúvatar a los Hombres. Pero la otra elección posible era la que sigue: regresar a la Tierra Media y llevar consigo a Beren para morar allí otra vez, mas sin ninguna seguridad de vida o de alegría. Ella se volvería entonces mortal, y estaría sometida a una segunda muerte, lo mismo que él; y antes de no mucho abandonaría el mundo para siempre, y su belleza no sería más que un recuerdo en el canto.

Este destino eligió Lúthien, abandonando el Reino Bendecido, y olvidando todo parentesco con los que allí moran; así, cualquiera fuera el dolor que tuvieran por delante, el hado de Beren y Lúthien sería siempre el mismo, y los dos senderos irían juntos más allá de los confines del mundo. Así fue que sólo ella entre todos los Eldalië murió realmente, y dejó el mundo mucho tiempo atrás. No obstante, con su elección los Dos Linajes se unieron; y aunque el mundo haya cambiado, ella fue la precursora de muchos en quienes los Eldar ven todavía la imagen de Lúthien, la amada, a quien han perdido.

20

DE LA QUINTA BATALLA:
NIRNAETH ARNOEDIAD

Se dice que Beren y Lúthien volvieron a las tierras septentrionales de la Tierra Media y moraron allí juntos por un tiempo, como hombre y mujer, y adoptaron nuevamente la forma mortal que habían tenido en Doriath. Quienes los vieron sintieron a la vez alegría y miedo; y Lúthien fue a Menegroth y curó el invierno de Thingol tocándolo con la mano. Pero Melian le miró los ojos y leyó el destino que tenía allí escrito; porque sabía que una separación más allá del fin del mundo se interponía entre ellas, y no hubo dolor de pérdida más hondo que el dolor de Melian la Maia en aquel momento. Entonces Beren y Lúthien se marcharon solos sin temor a pasar hambre o sed; y fueron más allá del Río Gelion a Ossiriand, y vivieron allí en Tol Galen, la isla verde, en medio del Adurant, hasta que no hubo más noticias acerca de ellos. Los Eldar llamaron luego a ese país Dor Firn-i-Guinar, la Tierra de los Muertos que Viven; y allí nació Dior Aranel el Hermoso, que fue luego conocido como Dior Eluchíl, el Heredero de Thingol. Ningún Hombre mortal volvió a hablar con Beren hijo de Barahir; y nadie vio a Beren o a Lúthien abandonar el mundo, ni supo dónde reposaron por última vez.

En aquellos días se animó el corazón de Maedhros hijo de Fëanor al advertir que Morgoth no era inatacable; porque los hechos de Beren y Lúthien se cantaron en muchos cantos por toda Beleriand. Sin embargo, Morgoth los destruiría a todos, uno por uno, si no llegaban a unirse otra vez en una nueva alianza y un consejo común; y Maedhros puso en marcha los planes con que se acrecentaría la fortuna de los Eldar, y que hoy se conocen como la Unión de Maedhros.

Pero el Juramento de Fëanor y las malas acciones que había obrado dañaron los designios de Maedhros, y no tuvo toda la ayuda esperada. Orodreth no se marcharía por indicación de hijo alguno de Fëanor, a causa de la conducta de Celegorm y Curufin; y los Elfos de Nargothrond confiaban todavía en poder defender la fortaleza oculta por medio del secreto y el ocultamiento. Desde allí acudió tan sólo una pequeña compañía que seguía a Gwindor hijo de Guilin, un príncipe muy valiente; y en contra de la voluntad de Orodreth fue a la guerra del norte, porque lamentaba la pérdida de su hermano Gelmir en la Dagor Bragollach. Adoptaron la insignia de la casa de Fingolfin y marcharon tras los estandartes de Fingon; y nunca regresaron, salvo uno.

De Doriath tuvieron escasa ayuda. Porque Maedhros y sus hermanos, obligados por el juramento, habían enviado mensajeros con altivas palabras, exigiendo a Thingol la entrega del Silmaril, o la enemistad. Melian aconsejó ceder; pero las palabras de los hijos de Fëanor eran orgullosas y amenazantes, y Thingol se enfadó mucho pensando en la angustia de Lúthien, y en la sangre de Beren con que la joya había sido ganada, a pesar de la malicia de Celegorm y Curufin. Y toda vez que contemplaba el Silmaril, mayor deseo tenía de guardarlo para siempre; porque tal era el poder de la joya. Por tanto despidió a los mensajeros con palabras de desprecio. Maedhros no dio respuesta, porque por entonces había empezado a concebir la alianza y la unión de los Elfos; pero Celegorm y Curufin juraron abiertamente dar muerte a Thingol y destruir a su pueblo, si volvían victoriosos de la guerra, y la joya no les era devuelta de buen grado. Entonces Thingol fortificó las fronteras del reino y no acudió a la guerra, como tampoco ningún otro de Doriath, salvo Mablung y Beleg, que no estaban dispuestos a no participar en estos grandes hechos. A ellos Thingol los autorizó a ir, con tal de que no sirvieran a los hijos de Fëanor; y ellos se unieron a la hueste de Fingon.

Pero Maedhros tuvo la ayuda de los Naugrim, tanto en huestes como en el suministro de armamentos; y las herrerías de Nogrod y de Belegost estuvieron muy ocupadas en esos días. Y él reunió otra vez a todos los hermanos y a todas las gentes dispuestas a seguirlo; y a los Hombres de Bór y de Ulfang se les dio instrucción militar, y éstos convocaron aún a más miembros de los hermanos del Este. Además, en el oeste, Fingon, siempre amigo de Maedhros, pidió consejo en Himring, y en Hithlum los Noldor y los Hombres de la casa de Hador se prepararon para la guerra. En el Bosque de Brethil, Halmir, señor del Pueblo de Haleth, reunió a sus hombres y les ordenó que afilaran las hachas; pero Halmir murió antes de que la guerra comenzase, y su hijo Haldir gobernó a esa gente. Y también a Gondolin llegaron las nuevas, a Turgon, el rey escondido.

Pero Maedhros se arriesgó demasiado pronto, antes de que los planes estuvieran completos, y aunque los Orcos fueron expulsados de todas las regiones septentrionales de Beleriand, y Dorthonion fue liberada por un tiempo, Morgoth quedó advertido del levantamiento de los Eldar y de los Amigos de los Elfos, y se preparó; y envió entre ellos a muchos espías y traidores, cosa que le era más fácil ahora, pues los Hombres desleales que le servían en secreto estaban aún bien enterados de lo que pensaban los hijos de Fëanor.

Por fin Maedhros, después de haber reunido todas las fuerzas de Elfos y Hombres y Enanos que le fue posible, decidió atacar Angband desde el este y el oeste; y se propuso marchar con estandartes desplegados sobre Anfauglith. Pero cuando consiguiera hacer salir, como esperaba, a los ejércitos de Morgoth, Fingon avanzaría por los pasos de Hithlum; de este modo pensaban atrapar a la fuerza de Morgoth entre el yunque y el martillo, y aniquilarla. Y la señal para hacerlo sería la luz de un fanal en Dorthonion.

El día señalado, una mañana de pleno verano, las trompetas de los Eldar saludaron la salida del sol; y en el este se izó el estandarte de los hijos de Fëanor, y en el oeste el estandarte de Fingon, Rey Supremo de los Noldor. Entonces Fingon miró desde los muros de Eithel Sirion, y el ejército estaba en orden de batalla en los valles y los bosques al este de Ered Wethrin, perfectamente oculto a los ojos del Enemigo; aunque él sabía que era muy numeroso. Porque allí se habían reunido todos los Noldor de Hithlum, junto con los Elfos de las Falas y la compañía de Gwindor venida de Nargothrond, y había también una gran fuerza de Hombres; a la derecha estaban las huestes de Dor-lómin, y todo el valor de Húrin y de su hermano Huor, y a ellos se había sumado Haldir de Brethil con muchos hombres de los bosques.

Entonces Fingon miró hacia Thangorodrim y había una nube oscura alrededor, y un humo negro ascendía; y supo que la ira de Morgoth había despertado, y que él había aceptado el reto. Una sombra de duda cubrió el corazón de Fingon; y miró hacia el este, intentando ver con vista élfica el polvo de Anfauglith, que se levantaba bajo las huestes de Maedhros. No sabía que la marcha de Maedhros había sido impedida por la astucia de Uldor el Maldecido, que lo engañó con falsas advertencias de ataque desde Angband.

Pero cundió entonces un grito que avanzó por el viento desde el sur de valle en valle, y los Elfos y los Hombres alzaron sus voces con asombro y alegría. Porque aunque nadie lo había llamado y nadie lo esperaba, Turgon había abierto el cerco de Gondolin, y avanzaba con un ejército de diez mil soldados, con brillantes cotas de malla y largas espadas y lanzas como un bosque. Entonces, cuando Fingon oyó desde lejos la gran trompeta de su hermano Turgon, la sombra se fue, y a Fingon se le reanimó el corazón, y gritó con voz fuerte: —*Utúlie'n aurë! Aiya Eldalië ar Atanatári, utúlie'n aurë!* ¡El día ha llegado! ¡Mirad, Pueblo de los Elfos y Padres de los Hombres, el día ha llegado! —Y todos los que oyeron el eco de su poderosa voz en las colinas respondieron gritando:— *Auta i lóme!* ¡Ya la noche ha pasado!

Ahora bien, Morgoth, que sabía mucho de lo que hacía y se proponía el enemigo, escogió esta hora, y confiando en que los sirvientes traidores podrían detener a Maedhros e impedir que los atacantes se uniesen, envió a Hithlum una fuerza grande en apariencia (y, sin embargo, nada más que una parte de la que tenía aprontada); y estaban vestidos con ropas pardas, y no mostraban ningún acero desnudo, y de este modo ya habían avanzado mucho por las arenas de Anfauglith antes de que fueran vistos.

Entonces los corazones de los Noldor se enardecieron, y sus capitanes desearon atacar al enemigo en la llanura; pero Húrin se opuso, y les pidió que se cuidaran de la astucia de Morgoth, que siempre aparentaba tener pocas fuerzas, y un propósito que no era el verdadero. Y aunque no llegaba la señal de que Maedhros se acercaba, y las huestes se ponían impacientes, Húrin les instó todavía a esperar, y a dejar que los Orcos se despedazaran entre ellos en el ataque a las colinas.

Pero al capitán de Morgoth en el oeste se le había ordenado que hiciese salir prontamente a Fingon de las colinas, por cualquier medio. Fue así que continuó avanzando hasta que el frente del ejército estuvo apostado delante de las corrientes del Sirion, desde los muros de la fortaleza de Eithel Sirion hasta las bocas del Rivil en el Marjal de Serech; y las avanzadas de Fingon podían ver los ojos de los enemigos. Pero no hubo respuesta al desafío del capitán, y la provocación de los Orcos perdió firmeza cuando vieron los muros silenciosos y la amenaza oculta de las colinas. Entonces el capitán de Morgoth envió jinetes con señales de parlamento y cabalgaron hasta la obra exterior de la Barad Eithel. Con ellos llevaban a Gelmir hijo de Guilin, el señor de Nargothrond a quien habían capturado en la Bragollach, y al que habían cegado. Entonces los heraldos de Angband lo mostraron dando gritos: —Tenemos a otros como éste en nuestra morada, pero tenéis que daros prisa si queréis encontrarlos; porque cuando regresemos haremos con ellos de este modo. —Y rebanaron las manos y los pies de Gelmir, y por último la cabeza, a la vista de los Elfos, y lo dejaron allí.

La mala fortuna quiso que allí en los baluartes estuviese Gwindor de Nargothrond, el hermano de Gelmir. Y la ira se le encendió en locura, y montó a caballo de un salto y muchos jinetes lo acompañaron; y persiguieron a los heraldos y los mataron y se internaron profundamente en el cuerpo principal del ejército. Y al ver esto, todas las huestes de los Noldor se inflamaron, y Fingon se puso el yelmo blanco y ordenó que sonaran las trompetas, y las huestes de Hithlum saltaron todas desde las colinas en súbita embestida. La luz de las espadas desenvainadas de los Noldor era como un fuego en un campo de juncos; y tan fiera y rápida fue la arremetida, que los designios de Morgoth casi fracasaron. Antes de que pudiera fortalecerse, el ejército que había enviado al oeste fue barrido en el combate, y los estandartes de Fingon pasaron por Anfauglith y fueron izados ante los muros de Angband. Siempre al frente de la batalla iban Gwindor y los Elfos de Nargothrond, y ni siquiera ahora pudieron ser contenidos; e irrumpieron a través de los Portales, y mataron a los guardianes en las mismas escaleras de Angband, y Morgoth tembló en su trono profundo cuando oyó los golpes en las puertas. Pero estaban atrapados allí y los mataron a todos, salvo a Gwindor, que fue capturado vivo; porque Fingon no pudo ir a ayudarlo. Por muchas puertas secretas en Thangorodrim, Morgoth había hecho salir al grueso de sus ejércitos que mantenía ocultos, y Fingon fue rechazado de los muros con grandes pérdidas.

Entonces, en la llanura de Anfauglith, el cuarto día de la guerra, empezaron las Nirnaeth Arnoediad, las Lágrimas Innumerables, pues no hay canto ni historia que pueda contener tanto dolor. El ejército de Fingon se retiró por las arenas, y Haldir señor de los Haladin fue muerto en la retaguardia; con él cayó la mayor parte de los Hombres de Brethil, y nunca volvieron a los bosques. Pero en el anochecer del quinto día, y estando todavía lejos de Ered Wethrin, los Orcos rodearon a las huestes de Hithlum, y lucharon hasta llegar el día, acosándolas y cada vez más cerca. Con la mañana llegó la esperanza, cuando se oyeron las trompetas de Turgon, que avanzaba con el principal ejército de Gondolin; porque habían estado apostados en el sur, montando guardia en el Paso del Sirion, y Turgon evitó que la mayor parte de los suyos intervinieran en la frenética embestida. Ahora se apresuraba a ir en ayuda de su hermano; y los Gondolindrim eran fuertes y estaban vestidos de cota de malla, y avanzaban en columnas resplandecientes como ríos de acero al sol.

Entonces la falange de la guardia del rey irrumpió en las filas de Orcos, y Turgon se abrió paso con la espada para llegar junto a su hermano; y se dice que el encuentro entre Turgon y Húrin, que estaba a lado de Fingon, fue dichoso en medio de la batalla. Entonces la esperanza renació en el corazón de los Elfos; y en ese preciso instante, a la tercera hora de la mañana, se oyeron las trompetas de Maedhros que venía por fin desde el este, y los estandartes de los hijos de Fëanor atacaron al enemigo por la retaguardia. Han dicho algunos que aun entonces los Eldar habrían podido salir victoriosos, si todas sus huestes se hubieran mantenido fieles; porque los Orcos vacilaron y fueron contenidos, y algunos ya se volvían para huir. Pero cuando la vanguardia de Maedhros llegó junto a los Orcos, Morgoth llamó a sus últimas fuerzas, y Angband quedó vacía. Llegaron lobos y jinetes de lobos, y llegaron Balrogs y dragones y Glaurung, Padre de los Dragones. La fuerza y el terror del Gran Gusano eran ahora grandes por cierto, y los Elfos y los Hombres se amilanaron delante de él; y Glaurung se interpuso entre las huestes de Maedhros y de Fingon y las separó.

Sin embargo, ni por lobo, ni por Balrog, ni por dragón alguno alcanzaría Morgoth su propósito, sino por la traición de los Hombres. En ese momento se revelaron los planes de Ulfang. Muchos de los Orientales se volvieron y huyeron, llenos de miedo y de mentiras; pero los hijos de Ulfang se volvieron de pronto hacia Morgoth y atacaron la retaguardia de los hijos de Fëanor, y en medio de la confusión llegaron cerca del estandarte de Maedhros. No cosecharon la recompensa que Morgoth les prometiera, porque Maglor mató a Uldor el Maldecido, la cabeza de la traición, y los hijos de Bór mataron a Ulfast y a Ulwarth antes de morir ellos mismos. Pero como nuevas fuerzas del mal llegaron Hombres que Uldor había convocado y escondido en las colinas del este, y el ejército de Maedhros, atacado por tres lados, se deshizo y se dispersó aquí y allí. Empero, el destino salvó a los hijos de Fëanor, pues aunque todos fueron heridos, no murió ninguno, porque se unieron, y rodeados del resto de los Noldor y los Naugrim se abrieron paso fuera de la batalla y escaparon lejos, hacia el Monte Dolmed, en el este.

La última de las fuerzas orientales que se mantuvo firme fue el ejército de Enanos de Belegost, y así ganaron renombre. Porque los Naugrim resistían el fuego con más osadía que los Hombres o los Elfos; y además tenían por costumbre en las batallas llevar grandes máscaras de espantosa apariencia; y les fueron de provecho frente a los dragones. Y si no hubiera sido por ellos, Glaurung y su prole habrían quemado a todos los que quedaban de los Noldor. Pero los Naugrim hicieron un círculo alrededor del dragón cuando se les echó encima, y ni siquiera la poderosa armadura le sirvió contra los golpes de las grandes hachas; y cuando se volvió y furioso derribó a Azaghâl Señor de Belegost, y se precipitó sobre él, Azaghâl hizo un último esfuerzo y le hundió un cuchillo en el vientre, infligiéndole tal herida que Glaurung escapó del campo, y las bestias de Angband lo siguieron turbadas. Entonces los Enanos levantaron el cuerpo de Azaghâl y se lo llevaron; y con pasos cortos iban detrás, y las voces profundas entonaban un canto fúnebre, como si fuera un funeral en su propio país; y ya no hicieron caso de sus enemigos; y ninguno se atrevió a molestarlos.

Pero entonces, en la batalla occidental, Fingon y Turgon fueron atacados por una ola de enemigos tres veces mayor que todas las fuerzas que les quedaban. Había llegado Gothmog Señor de los Balrogs, alto capitán de Angband; y metió una oscura cuña en medio de las huestes de los Elfos, rodeando al Rey Fingon, y rechazando a Turgon y a Húrin hacia el Marjal de Serech. Luego se volvió hacia Fingon. Fue ése un amargo encuentro. Por fin Fingon quedó solo con los guardias muertos a sus pies; y luchó contra Gothmog, hasta que otro Balrog vino por detrás y arrojó un cinturón de fuego alrededor. Entonces Gothmog lo golpeó con el hacha negra, y una llama blanca brotó del yelmo hendido de Fingon. Así cayó el Rey Supremo de los Noldor; y lo golpearon contra el polvo con las mazas; y pisotearon el estandarte azul y plata en el barro ensangrentado.

El campo estaba perdido; pero todavía Húrin y Huor y el resto de la casa de Hador se mantenían firmes junto a Turgon de Gondolin, y las huestes de Morgoth aún no habían ganado el Paso del Sirion. Entonces Húrin le habló a Turgon, diciendo: —Idos ahora, señor, mientras todavía es posible. Porque en vos vive la última esperanza de los Eldar, y si Gondolin se mantiene erguida, en el corazón de Morgoth habrá siempre miedo.

Pero Turgon le respondió: —No por mucho tiempo puede Gondolin permanecer oculta; y cuando sea descubierta, por fuerza ha de caer.

Entonces Huor habló y le dijo: —Pero si resiste un corto tiempo, de allí vendrá la esperanza de los Elfos y de los Hombres. Esto os digo, señor, con la mirada de la muerte: aunque nos separemos aquí para siempre y yo no vuelva a ver vuestros muros blancos, de vos y de mí se levantará una nueva estrella. ¡Adiós!

Y Maeglin, el hijo de la hermana de Turgon, que estaba allí presente, escuchó estas palabras y no las olvidó; pero no dijo nada.

Entonces Turgon siguió el consejo de Húrin y de Huor, y convocó lo que quedaba de las huestes de Gondolin y lo que pudo reunir del pueblo de Fingon, y se retiró hacia el Paso del Sirion; y sus capitanes Ecthelion y Glorfindel guardaban los flancos de la derecha y la izquierda, para que el enemigo no se acercase. Pero los Hombres de Dor·lómin protegían la retaguardia, como lo deseaban Húrin y Huor; porque no querían en verdad abandonar las Tierras del Norte, y si no podían volver a sus hogares, allí resistirían hasta el fin. Así se enderezó la traición de Uldor; y de todas las hazañas de guerra que los Padres de los Hombres llevaron a cabo en beneficio de los Eldar, la última resistencia de los Hombres de Dor·lómin es la que obtuvo más renombre.

De este modo Turgon se abrió camino hacia el sur luchando, hasta que protegido por la guardia de Húrin y Huor cruzó el Sirion y escapó; y desapareció en las montañas y quedó oculto a los ojos de Morgoth. Pero los hermanos reunieron al resto de los Hombres, y palmo a palmo se retiraron hasta ponerse detrás del Marjal de Serech y delante de las costas del Rivil. Allí resistieron, y ya no cedieron.

Entonces todas las huestes de Angband los rodearon como un enjambre, e hicieron con los muertos un puente sobre el río, y trazaron un círculo en derredor del resto de Hithlum como la marea que crece sobre una roca. Allí, al ponerse el sol el sexto día y oscurecerse la sombra de Ered Wethrin, Huor cayó con el ojo horadado por una flecha envenenada, y todos los Hombres valientes de Hador fueron muertos alrededor en un montón; y los Orcos les cortaron las cabezas y las apilaron como un montículo de oro en el crepúsculo.

Último de todos resistió Húrin. Al fin arrojó el escudo y esgrimió con ambas manos el hacha; y se canta que el hacha humeó con la sangre negra de los trasgos de Gothmog hasta aniquilarlos a todos, y cada vez que asestaba un golpe, Húrin gritaba: —*Aurë entuluva!* ¡Ya se hará de nuevo el día! —Siete veces lanzó ese grito, pero al cabo lo atraparon vivo, por orden de Morgoth, pues los Orcos se aferraban a él aunque les cortara los brazos; y siempre el caudal de enemigos se renovaba, hasta que por último cayó sepultado debajo de ellos. Entonces Gothmog lo encadenó y lo arrastró a Angband, burlándose.

Así terminó la Nirnaeth Arnoediad, al descender el sol

más allá del mar. Se hizo la noche en Hithlum, y del Occidente vino una gran tormenta de viento.

Grande fue el triunfo de Morgoth, y cumplió su propósito de modo grato a su corazón; porque los Hombres quitaron la vida a los Hombres, y traicionaron a los Eldar, y el miedo y el odio despertaron entre aquellos que tendrían que haber estado unidos. Desde ese día los Elfos se mantuvieron apartados de los Hombres, excepto las Tres Casas de los Edain.

El reino de Fingon ya no existía; y los hijos de Fëanor erraron como hojas al viento. Habían perdido las armas y la alianza estaba rota; y vivieron una existencia salvaje en los bosques al pie de Ered Lindon, mezclándose con los Elfos Verdes de Ossiriand, despojados del poder y la gloria de antaño. En Drethil unos pocos de los Haladin vivían todavía en la protección de los bosques, y Handir hijo de Haldir era el Señor; pero de las huestes de Fingon nadie volvió nunca a Hithlum, ni tampoco ninguno de los Hombres de la casa de Hador, ni hubo nuevas de la batalla ni de la suerte corrida por sus señores. Pero Morgoth envió allí a los Orientales que lo habían servido, negándoles las ricas tierras que ellos codiciaban; y los encerró en Hithlum y les prohibió abandonarla. Ésa fue la recompensa que les dio por haber traicionado a Maedhros: saquear y vejar a los ancianos y las mujeres y los niños del pueblo de Hador. El resto de los Eldar de Hithlum fue trasladado a las minas del norte y trabajaron allí como esclavos, salvo los que pudieron evitarlo y escaparon a las tierras salvajes y las montañas.

Los Orcos y los lobos erraban sin traba por todo el norte y avanzaban cada vez más hacia el sur, hacia Beleriand, aun hasta Nan-tathren, la Tierra de los Sauces y los límites de Ossiriand, y nadie estaba a salvo en los campos ni en las tierras salvajes. Doriath no había caído por cierto, y los recintos de Nargothrond estaban escondidos; pero Morgoth les prestaba poca atención, fuera porque supiera poco de ellos, o porque aún no les había llegado la hora en los oscuros designios de su propia malicia. Muchos huyeron a los Puertos y buscaron refugio tras los muros de Círdan, y los marineros recorrían las costas de arriba abajo y acosaban al enemigo en rápidos desembarcos. Pero al año siguiente, antes de que llegara el invierno, Morgoth envió grandes fuerzas sobre Hithlum y Nevrast, y descendieron por los ríos Brithon y Nenning, y asolaron todas las Falas, y sitiaron los muros de Brithombar y Eglarest. Llevaban consigo herreros y mineros y hacedores de fuego, e instalaron grandes maquinarias, y con bravura, aunque se les opuso resistencia, quebrantaron por fin los muros. Entonces los Puertos quedaron en ruinas y la torre de Barad Nimras fue derribada; y la mayor parte del pueblo de Círdan fue muerta o sometida a esclavitud. Pero algunos escaparon por mar en barcos; y entre ellos estaba Ereinion Gil-galad, el hijo de Fingon, a quien su padre había enviado a los Puertos después de la Dagor Bragollach. Este resto navegó con Círdan hacia el sur, a la Isla de Balar, y construyeron un refugio para todo aquel que pudiera llegar hasta allí; porque se establecieron también en las Desembocaduras del Sirion, y allí muchas naves livianas y rápidas estaban escondidas en arroyos y aguas donde los juncos eran densos como un bosque.

Y cuando Turgon supo de esto, envió de nuevo mensajeros a las Desembocaduras del Sirion, y pidió la ayuda de Círdan el Carpintero de Barcos. A pedido de Turgon, Círdan construyó siete rápidos barcos, y navegaron hacia el Occidente; pero no hubo nunca noticias de ellos en Balar, salvo de uno, y fue la última. Los marineros de ese barco se esforzaron largo tiempo en el mar, y por último, al volver desesperados, naufragaron en una gran tormenta a la vista de las costas de la Tierra Media; pero uno de ellos fue salvado por Ulmo de la ira de Ossë, y las olas lo sostuvieron y lo arrojaron a las costas de Nevrast. Se llamaba Voronwë; y era uno de los mensajeros que Turgon había enviado desde Gondolin.

Ahora el pensamiento de Morgoth estaba clavado en Turgon; porque Turgon se le había escapado, y de todos sus enemigos era el que más deseaba atrapar o destruir. Y ese pensamiento lo perturbaba y le estropeaba la victoria, porque Turgon, de la poderosa casa de Fingolfin, era ahora por derecho el Rey de todos los Noldor; y Morgoth temía y odiaba a la casa de Fingolfin, porque ésta tenía la amistad de Ulmo, el enemigo de Angband, y por las heridas que Fingolfin le había abierto con la espada. Y al que más temía Morgoth de todos ellos era a Turgon; porque hacía ya mucho, en Valinor, la mirada de Turgon se había fijado en él, y cada vez que se le acercaba una sombra le oscurecía la mente, y tenía el presagio de que en un tiempo todavía recóndito, la ruina le vendría de Turgon.

Fue así que Húrin fue conducido ante Morgoth, pues Morgoth sabía que era amigo del Rey de Gondolin; pero Húrin lo desafió y se burló de él. Entonces Morgoth maldijo a Húrin y a Morwen y a su prole, y les impuso una condena de oscuridad y dolor; y sacando a Húrin de la prisión lo hizo sentar en una silla de piedra en un sitio elevado de Thangorodrim. Allí estaba confinado por el poder de Morgoth, y Morgoth volvió a maldecirlo; y le dijo: —Estáte aquí sentado; y contempla las tierras donde el mal y la desesperación desolarán a los que amas. Te has atrevido a burlarte de mí y a cuestionar el poder de Melkor, Amo de los destinos de Arda. Por lo tanto, con mis ojos verás, y con mis oídos oirás; y nunca te moverás de este sitio hasta que todo sea consumado en amargura.

Y así sucedió; pero no se dice que Húrin le pidiera nunca a Morgoth clemencia ni muerte, ni para él ni para nadie de los suyos.

Por orden de Morgoth, los Orcos recogieron con gran trabajo los cuerpos de todos los caídos en la gran batalla, y todos sus pertrechos y armas, y los apilaron en un montículo en medio de Anfauglith; y era como una colina que podía verse desde lejos. Haudh-en-Ndengin la llamaron los Elfos, el Túmulo de los Muertos, y Haudh-en-Nirnaeth, el Túmulo de las Lágrimas. Pero la hierba volvió allí, y creció de nuevo alta y verde sobre esa colina, única en el desierto que Morgoth había provocado; y ninguna criatura de Morgoth holló jamás ese suelo, donde las espadas enterradas de los Eldar y los Edain se desmenuzaban en herrumbre.

21

DE TÚRIN TURAMBAR

Rían hija de Belegund era la esposa de Huor hijo de Galdor; y se casó con Huor dos meses antes de que él fuera con su hermano Húrin a la Nirnaeth Arnoediad. Cuando no le llegaron nuevas del señor, huyó al descampado; pero recibió la ayuda de los Elfos Grises de Mithrim, y cuando nació su hijo Tuor, ellos lo cuidaron. Entonces Rían partió de Hithlum, y yendo a la Haudh-en-Ndengin, se tendió sobre ella y murió.

Morwen hija de Baragund era la esposa de Húrin, Señor de Dor-lómin; y su hijo era Túrin, que nació el año en que Beren Erchamion encontró a Lúthien en el Bosque de Neldoreth. Tuvieron también una hija llamada Lalaith, lo que significa Risa, que fue amada de Túrin, su hermano; pero cuando tenía ella tres años, hubo una peste en Hithlum, traída por un viento maligno desde Angband, y murió.

Ahora bien, luego de la Nirnaeth Arnoediad, Morwen continuó viviendo en Dor-lómin, pues Túrin sólo tenía ocho años, y ella estaba de nuevo encinta. Fueron aquellos malos días, porque los Orientales que llegaron a Hithlum despreciaron al resto del pueblo de Hador, y los oprimieron, y les tomaron las tierras y los bienes y esclavizaron a sus hijos. Pero tan grandes eran la belleza y la majestad de la Señora de Dorlómin, que los Orientales tuvieron miedo, y no osaron poner las manos en ella ni en sus posesiones; y murmuraron entre ellos llamándola bruja peligrosa, diestra en hechizos, y aliada de los Elfos. Pero ella era ahora pobre y nadie la asistía, aunque en secreto recibía el socorro de una parienta de Húrin, llamada Aerin, a quien Brodda, un Oriental, había tomado por esposa; y Morwen tenía mucho miedo de que le quitaran a Túrin y lo hicieran esclavo. Por tanto, se le encendió en el corazón el deseo de enviarlo lejos en secreto, y pedirle al Rey Thingol que le diera protección, porque Beren hijo de Barahir era pariente del padre de ella, y además había sido amigo de Húrin antes de que adviniera el mal. Por tanto en el otoño del Año de la Lamentación, Morwen envió a Túrin por sobre las montañas con dos viejos sirvientes que tenían que encontrar la entrada del reino de Doriath. De este modo se tejió el hado de Túrin, que se cuenta por entero en la balada *Narn i Hîn Húrin*, la Historia de los Hijos de Húrin, y es la más larga de todas las baladas que hablan de aquellos días. Aquí esa historia se cuenta brevemente, porque está entretejida con el destino de los Silmarils y de los Elfos; y se la llama la Historia de la Congoja, porque es dolorosa, y en ella se revelan las más malvadas obras de Morgoth Bauglir.

Al empezar el año, Morwen dio a luz a una niña, hija de Húrin; y la llamó Nienor, que significa Luto; pero Túrin y sus compañeros, después de haber superado muchos peligros, llegaron por fin a los límites de Doriath; y allí fueron encontrados por Beleg Arcofirme, jefe de los guardianes de frontera del Rey Thingol, que los condujo a Menegroth. Entonces Thingol recibió a Túrin y aun lo tomó a su cuidado en honor a Húrin el Inquebrantable; porque el ánimo de Thingol ya no era el mismo en relación con las casas de los Amigos de los Elfos. Luego fueron enviados mensajeros hacia el norte, a Hithlum, pidiéndole a Morwen que abandonara Dor-lómin y volviera con ellos a Doriath; pero ella aún no quería dejar la casa en la que había vivido con Húrin. Y cuando los Elfos partieron, mandó con ellos el Yelmo-Dragón de Dor-lómin, la más grande de las reliquias heredadas de la casa de Hador.

Túrin creció hermoso y fuerte en Doriath, pero estaba ya señalado por la desgracia. Durante nueve años vivió en los recintos de Thingol, y en ese tiempo estuvo menos apenado; porque iban a veces mensajeros a Hithlum, y al volver traían nuevas no tan malas de Morwen y Nienor. Pero hubo un día en que los mensajeros no volvieron del norte, y Thingol ya no quiso enviar otros. Entonces Túrin tuvo mucho temor por su madre y su hermana, y con lobreguez en el corazón fue ante el rey y le pidió una cota de malla y una espada; y se puso el Yelmo-Dragón de Dor-lómin, y fue a la guerra en las fronteras de Doriath, y se convirtió en compañero de armas de Beleg Cúthalion.

Y tres años después, Túrin volvió de nuevo a las estancias de Menegroth; pero venía de las tierras salvajes, y con aspecto de desaliño, y tenía los pertrechos y vestidos gastados y rotos. Ahora bien, había uno en Doriath, del pueb[o de los Nandor, alto en la estima del rey; Saeros se llamaba. Desde hacía mucho le tenía rencor a Túrin por el honor que le habían concedido como hijo adoptivo de Thingol; y sentado frente a él a la mesa, lo provocó diciendo: —Si los Hombres de Hithlum son tan salvajes y feroces, ¿de qué clase son allí las mujeres? ¿Corren como los ciervos en cueros? —Entonces Túrin, con una gran cólera, tomó un vaso y se lo arrojó a Saeros, y lo hirió de gravedad.

Al día siguiente Saeros se enfrentó a Túrin, que se disponía a regresar a las fronteras; pero Túrin pudo más, y Saeros escapó por los bosques desnudo como una bestia perseguida, corriendo aterrado delante de él hasta que cayó en un arroyo, y el cuerpo se le quebró al dar contra una roca en el agua. Pero otros que llegaban vieron lo sucedido, y Mablung estaba entre ellos; y le pidió a Túrin que regresara con él a Menegroth para someterse al juicio del rey y pedir perdón. Pero Túrin, creyéndose ahora un proscrito y temiendo que lo guardaran en cautiverio, rechazó el pedido de Mablung y se alejó de prisa; y abandonando la Cintura de Melian, llegó a los bosques al oeste del Sirion. Allí se unió a una banda de hombres sin hogar, tan desesperados como era posible en esos desdichados días, que acechaban en el descampado, y echaban mano a todos los que se les pusieran en el camino, fueran Elfos, Hombres u Orcos.

Pero cuando el rey supo lo que en realidad había pasado, perdonó a Túrin, considerando que se lo había ofendido. En ese tiempo Beleg Arcofirme volvió de las fronteras septentrionales y fue a buscarlo a Menegroth; y Thingol le habló a Beleg, diciendo: —Estoy apenado, Cúthalion; porque cuidé del hijo de Húrin como hijo mío, y seguirá siéndolo si Húrin no vuelve de las sombras a reclamar lo suyo. No quiero que nadie diga que Túrin fue expulsado injustamente, y con agrado le daría la bienvenida; porque lo quiero bien.

Y Beleg respondió: —Buscaré a Túrin hasta que lo encuentre y lo traeré de nuevo a Menegroth, si es posible; porque yo también lo quiero.

Entonces Beleg partió de Menegroth e internándose lejos en Beleriand buscó en vano nuevas de Túrin pasando por muchos peligros.

Pero Túrin habitó largo tiempo entre los proscritos, y llegó a ser capitán de todos ellos; y se dio a sí mismo el nombre de Neithan el Ofendido. Muy cautelosos vivían en las tierras boscosas al sur del Teiglin; pero cuando hubo pasado un año desde que Túrin huyera de Doriath, Beleg llegó una noche a la guarida de los proscritos. Quiso el azar que a esa hora Túrin no se encontrara en el campamento; y los proscritos sorprendieron a Beleg y lo ataron, y lo trataron con crueldad; porque temían que fuera un espía del Rey de Doriath. Pero al volver Túrin y ver lo que habían hecho, tuvo remordimiento por todas las acciones malvadas e ilegales que había llevado a cabo; y puso en libertad a Beleg, y otra vez fueron amigos; y Túrin abjuró en adelante de toda guerra o saqueo, salvo contra los sirvientes de Angband.

Entonces Beleg le contó a Túrin que el Rey Thingol ya lo había perdonado, e intentó persuadirlo por todos los medios de que regresara con él a Doriath, diciendo que había gran necesidad de su fuerza y su valor en las fronteras septentrionales del reino. —No hace mucho los Orcos descubrieron un camino por Taur·nu·Fuin —dijo— y abrieron un sendero a través del Paso de Anach.

—No lo recuerdo —dijo Túrin.

—Nosotros nunca nos alejamos tanto de las fronteras —dijo Beleg—. Pero tú has visto los picos de las Crissaegrim a la distancia, y los oscuros muros de Gorgoroth hacia el este. Anach está en el medio, por sobre las altas fuentes del Mindeb, el camino es áspero y peligroso; no obstante, muchos vienen por él, y Dimbar, que solía vivir en paz, cae ahora bajo la Mano Negra, y los Hombres de Brethil están perturbados. Nos necesitan allí.

Pero en el orgullo de su corazón Túrin rechazó el perdón del rey, y las palabras de Beleg no consiguieron convencerlo. Y Túrin por su parte instó a Beleg a que se quedara con él en las tierras al oeste del Sirion; pero Beleg se negó, y dijo: —Eres duro, Túrin, y terco. A mí me toca ahora. Si en verdad deseas tener contigo al Arcofirme, búscame en Dimbar; porque allí regreso.

Al día siguiente Beleg se puso en camino, y Túrin lo acompañó hasta que estuvieron a tiro de flecha del campamento; pero no dijo nada. —Esto es el adiós, entonces, hijo de Húrin

—dijo Beleg. Túrin miró hacia el oeste y vio a la distancia la gran altura de Amon Rûdh; y sin saber lo que le esperaba, respondió—: Me has dicho, búscame en Dimbar. Pero yo digo: ¡búscame en Amon Rûdh! De lo contrario, éste será nuestro último adiós. —Entonces se separaron, amigos, pero tristes.

Ahora bien, Beleg volvió a las Mil Cavernas, y presentándose ante Thingol y Melian, les contó todo lo ocurrido, excepto el maltrato que recibiera de los compañeros de Túrin. Entonces Thingol suspiró y dijo: —¿Qué más quiere Túrin que haga?

—Dadme permiso, señor —dijo Beleg—, y yo lo protegeré y lo guiaré en la medida de mis posibilidades; ningún Hombre dirá entonces que los Elfos hablan a la ligera. No quisiera yo que un bien tan grande se perdiera en el desierto.

Entonces Thingol dio a Beleg permiso de hacer como quisiera; y dijo: —¡Beleg Cúthalion! Por muchas acciones te has ganado mi agradecimiento; pero no es la menor de ellas haber encontrado a mi hijo adoptivo. En esta despedida, pide el don que quieras y no te lo negaré.

—Pido entonces una espada de valor —dijo Beleg— porque los Orcos vienen en un caudal demasiado denso y apretado para que baste sólo un arco, y la hoja de que dispongo nada puede contra esas armaduras.

—Elige entre todas las que tengo —le dijo Thingol—, salvo sólo Aranrúth, la mía.

Entonces Beleg eligió Anglachel; y era una espada de gran valor, y se le dio ese nombre porque fue forjada con hierro que cayó del cielo como una estrella ardiente; era capaz de penetrar el hierro excavado de la tierra. En la Tierra Media sólo otra espada podía comparársele. Esa espada no interviene en esta historia, aunque fue forjada de la misma vena por el mismo herrero; y ese herrero era Eöl, el Elfo Oscuro, que desposara a Aredhel la hermana de Turgon. Le había dado Anglachel a Thingol como pago, que lamentó, a cambio de que se le permitiera vivir en Nan Elmoth; pero guardó la otra espada, Anguirel, hasta que se la robó su hijo Maeglin.

Pero cuando Thingol tendió la empuñadura de Anglachel a Beleg, Melian miró la hoja; y dijo: —Hay malicia en esta espada. El corazón oscuro del herrero todavía habita en ella. No amará la mano a la que sirva; ni tampoco estará contigo mucho tiempo.

—No obstante la esgrimiré mientras pueda —dijo Beleg.

—Otro don te daré, Cúthalion —dijo Melian—, que te será de ayuda en el desierto, y también ayudará a quienes tú escojas. —Y le dio una ración de *lembas*, el pan del camino de los Elfos, envuelto en hojas de plata, y las hebras que lo ataban estaban selladas en los nudos con el sello de la Reina, una oblea de cera blanca moldeada como la flor del Telperion; porque de acuerdo con las costumbres de los Eldalië, sólo a la reina cabía guardar o dar *lembas*. En nada mostró Melian un más grande favor a Túrin que en este regalo; porque los Eldar nunca antes habían permitido que los Hombres consumieran este pan del camino, y rara vez volvieron a hacerlo.

Entonces Beleg partió con estos regalos de Menegroth, y volvió a las fronteras septentrionales, donde tenía su casa y numerosos amigos. Poco después, los Orcos fueron rechazados en Dimbar, y Anglachel se alegró de que la desenvainaran; pero cuando llegó el invierno y se apaciguó la guerra, los compañeros de Beleg notaron de pronto que no estaba con ellos, y no lo vieron nunca más.

Ahora bien, cuando Beleg se alejó de los proscritos y volvió a Doriath, Túrin los llevó hacia el oeste del Valle del Sirion; pues les fatigaba esta vida sin descanso, siempre alertas y temiendo que los persiguieran, y buscaron una guarida más segura. Y quiso el azar que una noche se toparan con tres Enanos que huyeron delante de ellos; pero uno que quedó rezagado fue atrapado y derribado, y un hombre de la banda sacó el arco y disparó una flecha a los otros mientras desaparecían en la penumbra. Pues bien, el Enano que habían atrapado se llamaba Mîm; y pidió a Túrin que le perdonara la vida y le ofreció como rescate conducirlos a los recintos ocultos que nadie podría encontrar nunca sin ayuda. Entonces Túrin tuvo clemencia y no lo mató; y dijo: —¿Dónde está tu morada?

Entonces Mîm le respondió: —Alta por sobre las tierras está la morada de Mîm, sobre la gran colina; Amon Rûdh se llama ahora, pues los Elfos cambiaron todos los nombres.

Entonces Túrin guardó silencio y se quedó largo tiempo mirando al Enano; y por último dijo: —Nos llevarás a ese lugar.

Al día siguiente se pusieron en marcha, siguiendo a Mîm hacia Amon Rûdh. Ahora bien, esa colina se levantaba a las orillas de los páramos que separan los valles del Sirion y el Narog, y la cima se alzaba muy alta por sobre el brezal pedregoso; pero la empinada cabeza gris estaba desnuda, salvo por el rojo *seregon* que cubría la piedra. Y mientras los hombres de Túrin se acercaban, el sol poniente irrumpió entre las nubes e iluminó la cumbre; y el *seregon* estaba enteramente florecido. Entonces uno de ellos dijo: —Hay sangre en la cumbre de la colina.

Pero Mîm los condujo por unos senderos secretos y así treparon las empinadas cuestas de Amon Rûdh; y ante la boca de una caverna hizo una reverencia a Túrin, diciendo: —Entra en Bar-en-Danwedh, la Casa del Rescate, porque así se llamará ahora.

Y entonces se acercó otro Enano que portaba una luz para saludarlo, y hablaron juntos y desaparecieron rápido en la oscuridad de la caverna; pero Túrin los siguió, y llegó por fin a una cámara profunda, iluminada por pálidas lámparas que colgaban de cadenas. Allí encontró a Mîm arrodillado ante un lecho de piedra junto al muro, y se arrancaba la barba y gemía y pronunciaba un nombre incesantemente; y sobre el lecho yacía un tercero. Pero Túrin, al entrar, se acercó a Mîm y le ofreció ayuda. Entonces Mîm lo miró y le dijo: —No puedes ayudarme. Porque éste es Khîm, mi hijo; y está muerto, atravesado por una flecha. Murió al ponerse el sol. Mi hijo Ibun me lo contó.

Entonces la piedad despertó en el corazón de Túrin, y le dijo a Mîm: —¡Ay! Haría volver esa flecha si pudiera. Ahora esta casa se llamará en verdad Bar-en-Danwedh; y si alguna vez hago fortuna, te daré una recompensa en oro por tu hijo, en señal de dolor, aunque tu corazón ya no se alegre.

Entonces Mîm se puso de pie y miró largo tiempo a Túrin. —Te oigo —dijo—. Hablas como un Señor Enano de antaño; y eso me maravilla. Ahora mi corazón está sereno, aunque no complacido; y en esta casa puedes morar, si lo deseas; porque pagaré mi rescate.

Así empezó a vivir Túrin en la casa escondida de Mîm en Amon Rûdh; y andaba por el prado delante de la boca de la caverna, y miraba hacia el este, y el oeste, y el norte. Miraba hacia el norte cuando divisó el verde Bosque de Brethil, que trepaba alrededor de Amon Obel en la niebla; y hacia allí volvió los ojos una y otra vez y no sabía por qué; pues el corazón se le inclinaba al noroeste, donde al cabo de muchas leguas, sobre los bordes del cielo, creía atisbar las Montañas de la Sombra, los muros de su hogar. Pero al atardecer Túrin miraba en el oeste la puesta de sol, y el sol descendía rojo entre las brumas de las costas distantes, y el Valle del Narog yacía profundo entre las sombras de uno y otro lado.

En los tiempos que siguieron, Túrin habló mucho con Mîm, y se contaban a solas, y Mîm le contaba de la sabiduría de los Enanos y la historia de su vida. Porque Mîm provenía de los Enanos desterrados en días de antaño, y que habían vivido en las grandes ciudades de Enanos del este; y mucho antes del regreso de Morgoth erraron hacia el oeste hasta llegar a Beleriand; pero luego disminuyeron en estatura y en capacidad para la herrería, e hicieron una vida furtiva, encogidos de hombros, y de andar cauteloso. Antes de que los Enanos de Nogrod y Belegost llegaran al oeste por sobre las montañas, los Elfos de Beleriand no sabían quiénes eran éstos, y les daban caza y los mataban; pero luego los dejaron en paz, y recibieron el nombre de Noegyth Nibin, los Enanos Mezquinos en lengua Sindarin. No tenían otro amor que ellos mismos, y si temían y odiaban a los Orcos, no menos odiaban a los Eldar, y a los Exiliados más que a nadie; porque los Noldor, decían, les habían quitado tierras y casas. Mucho antes de que el Rey Finrod Felagund viniera del Mar, ellos habían descubierto las cavernas de Nargothrond, y allí habían empezado a excavar la piedra, y bajo la corona de Amon Rûdh, la Colina Calva, las lentas manos de los Enanos Mezquinos habían horadado y ahondado las cavernas durante los largos años que allí vivieron, sin que los Elfos Grises de los bosques los molestaran. Pero ahora, por último, habían menguado y desaparecido de la Tierra Media, todos salvo Mîm y sus dos hijos; y Mîm era viejo aun para un Enano, viejo y olvidado. Y en todas sus estancias las herrerías permanecían ociosas, y las hachas herrumbradas, y su nombre se recordaba tan sólo en los viejos cuentos de Doriath y Nargothrond.

Pero cuando transcurrió el año y llegó el pleno invierno, la nieve vino del norte más espesa aún que en los valles que ellos conocían, por donde corrían los ríos; y Amon Rûdh quedó cubierta bajo una profunda capa; y decían que el invierno se hacía más riguroso en Beleriand a medida que crecía el poder de Angband. Entonces sólo los más osados se atrevían a salir; y algunos enfermaron, y el hambre atormentaba a todos. Pero en el sombrío crepúsculo de un día de invierno, una figura apareció de súbito entre ellos, y parecía un hombre, de gran talla y corpulencia, de capa y capucha blancas; y en silencio avanzó hasta el fuego. Y cuando los hombres asustados se incorporaron de un salto, él se echó a reír y echó atrás la capucha, y bajo la amplia capa llevaba un gran fardo; y a la luz del fuego Túrin volvió a contemplar la cara de Beleg Cúthalion.

Así Beleg volvió a Túrin una vez más, y el encuentro fue dichoso; y Beleg traía de Dimbar el Yelmo-Dragón de Dor-lómin, convencido de que podría elevar los pensamientos de Túrin por encima de esa vida en el desierto como jefe de una banda mezquina. Pero Túrin no estaba todavía dispuesto a regresar a Doriath; y Beleg, cediendo por amor y en contra de lo que indicaba el tino, se quedó con él, y no partió, y trabajó mucho en ese tiempo por el bien de la banda de Túrin. A los que estaban heridos o enfermos los cuidaba, y les daba el *lembas* de Melian; y se curaban pronto, porque aunque los Elfos Grises eran inferiores en habilidad y sabiduría a los Exiliados de Valinor, de los modos de la vida en la Tierra Media tenían un conocimiento que estaba más allá del alcance de los Hombres. Y como Beleg era fuerte y resistente, y tan penetrante de mente como de mirada, fue muy honrado entre los proscritos; pero el odio de Mîm por el Elfo que había llegado a Bar-en-Danwedh era cada vez mayor; y se pasaba los días escondido con su hijo Ibun en las más profundas sombras de la caverna sin hablar con nadie. Pero Túrin hacía ahora poco caso del Enano; y cuando el invierno pasó y llegó la primavera, el trabajo que tuvieron por delante fue mucho más serio.

Ahora bien, ¿quién conoce en verdad los designios de

Morgoth? ¿Quién puede medir los pensamientos de aquel a quien llamaran Melkor, poderoso entre los Ainur de la Gran Canción, y sentado ahora como un señor oscuro en un trono oscuro del Norte, estudiando con malicia todas las nuevas que recibía, y conociendo las acciones y los propósitos de los enemigos mucho mejor que los más sabios de entre ellos, excepto sólo Melian la Reina? Hacia ella iba con frecuencia el pensamiento de Morgoth, pero nunca la alcanzaba.

Y ahora una vez más el poder de Angband se ponía en movimiento; y como los largos dedos de una mano que tantea, las avanzadas de Morgoth exploraban los caminos a Beleriand. Por Anach llegaron, y Dimbar fue tomada, y todas las fronteras septentrionales de Doriath. Vinieron por el antiguo pasaje que atraviesa el largo desfiladero del Sirion, más allá de la isla donde se había levantado Minas Tirith de Finrod, y por la tierra que se extiende entre el Malduin y el Sirion y las orillas de Brethil hasta los Cruces del Teiglin. Desde allí el camino conduce a la Planicie Guardada, pero los Orcos no avanzaron mucho por el momento, pues en ese sitio habitaba ahora un terror oculto, y sobre la colina roja había ojos vigilantes de los que nada se les había advertido. Porque Túrin se puso otra vez el Yelmo de Hador; y a lo largo y a lo ancho cundió el rumor en Beleriand, bajo los bosques y por sobre las corrientes y a través de los desfiladeros de las colinas, de que el Yelmo y el Arco caídos en Dimbar se habían levantado de nuevo contra toda esperanza. Entonces, muchos que habían quedado sin guía y desposeídos, pero no acobardados, cobraron nuevo ánimo, y fueron en busca de los Dos Capitanes. Dor-Cúarthol, la Tierra del Arco y el Yelmo, se llamaba en aquel tiempo la región que se extiende entre el Teiglin y la frontera occidental de Doriath; y Túrin se dio a sí mismo un nuevo nombre: Gorthol, el Yelmo Terrible, y tenía otra vez el corazón animoso. En Menegroth y en los profundos recintos de Nargothrond y aun en el reino escondido de Gondolin se oyó hablar de las grandes hazañas de los Dos Capitanes; y en Angband también se conocieron. Entonces Morgoth rió, porque por el Yelmo-Dragón volvió a revelársele el hijo de Húrin; y antes de que transcurriera mucho tiempo, Amon Rûdh estaba rodeada de espías.

Al menguar el año, Mîm el Enano y su hijo Ibun abandonaron Bar-en-Danwedh, y fueron a recoger raíces para las reservas del invierno; y cayeron en manos de los Orcos. Entonces, por segunda vez, Mîm prometió al enemigo que lo guiaría por pasajes secretos hasta Amon Rûdh; pero no obstante intentó demorar el cumplimiento de esta promesa y pidió que no mataran a Gorthol. Entonces el capitán de los Orcos se echó a reír y le dijo a Mîm: —Por cierto, no mataremos a Túrin hijo de Húrin.

Así fue Bar-en-Danwedh traicionada; pues los Orcos llegaron inadvertidos de noche, y guiados por Mîm. Allí muchos de la gente de Túrin fueron muertos mientras dormían; pero otros, huyendo por una escalera interior, salieron a la cima de Amon Rûdh, y allí lucharon hasta caer, y bañaron en sangre el *seregon* que cubría la piedra. Pero a Túrin, mientras luchaba, lo atraparon echándole una red, y lo sometieron, y se lo llevaron.

Y por fin, cuando todo estuvo en silencio otra vez, Mîm salió arrastrándose; y cuando el sol se elevó sobre las nieblas del Sirion, se puso de pie junto a los muertos en la colina. Pero advirtió que no todos los que allí yacían estaban muertos; porque uno de ellos le devolvió la mirada, y eran los ojos de Beleg el Elfo. Entonces, con un odio acumulado durante mucho tiempo, Mîm se acercó a Beleg y recogió la espada Anglachel que estaba a un lado, bajo un cuerpo caído; pero Beleg consiguió incorporarse, y le arrebató la espada al Enano y se la arrojó; y Mîm, aterrado, huyó chillando de la cima de la colina. Y Beleg gritó tras él: —¡Ya te alcanzará la venganza de la casa de Hador!

Ahora bien, Beleg estaba malherido, pero era vigoroso entre los Elfos de la Tierra Media, y además un maestro de la curación. No murió, por tanto, y poco a poco recuperó las fuerzas; y en vano buscó entre los muertos a Túrin para darle sepultura. Pero no lo encontró; y entonces supo que el hijo de Húrin todavía estaba vivo, y que lo habían llevado a Angband.

Beleg tenía escasas esperanzas cuando partió de Amon Rûdh y fue hacia el norte, a los Cruces del Teiglin, siguiendo las huellas de los Orcos; y cruzó el Brithiach y viajó a través de Dimbar hacia el Paso de Anach. Y ahora ya no estaba muy lejos, porque avanzaba sin descanso, mientras que ellos se habían detenido en el camino, cazando en las cercanías, y sin miedo de que alguien los siguiera hacia el norte; y ni siquiera en los espantosos bosques de Taur-nu-Fuin se desvió del rastro, pues no había nadie en toda la Tierra Media que tuviese la habilidad de Beleg. Pero al pasar en la noche por aquellos sitios malignos, encontró a alguien que yacía dormido al pie de un gran árbol muerto, y Beleg se detuvo y vio que era un Elfo. Entonces le habló y le dio *lembas*, y le preguntó qué hado lo había llevado a ese terrible lugar; y él dijo que se llamaba Gwindor hijo de Guilin.

Apenado, Beleg lo contempló; porque Gwindor no era ahora sino una macilenta sombra de la forma y el ánimo de antes, cuando en la Nirnaeth Arnoediad ese señor de Nargothrond había cabalgado con audacia y coraje hasta las mismas puertas de Angband, donde había sido atrapado. Porque pocos eran los Noldor capturados por Morgoth a los que éste daba muerte, y esto a causa de la habilidad de muchos de ellos para la herrería y la extracción de metales y gemas; y Gwindor no fue muerto, sino puesto a trabajar en las minas del Norte. Por túneles secretos que sólo ellos conocían, los Elfos de las minas conseguían escapar de vez en cuando; y así fue que Beleg lo encontró, agotado y perplejo en los laberintos de Taur-nu-Fuin.

Y Gwindor le dijo que mientras él yacía y atisbaba entre los árboles, había visto a una gran compañía de Orcos que marchaban hacia el norte, y con ellos iban lobos; y llevaban a un Hombre con las manos encadenadas, y lo hacían andar a latigazos. —Era muy alto —dijo Gwindor—, tan alto como son los Hombres de las colinas nubladas de Hithlum. —Entonces Beleg le habló de la misión que pensaba llevar a cabo en Taur-nu-Fuin; y Gwindor trató de disuadirlo, diciéndole que sólo lograría sumarse a Túrin en la desdicha que lo aguardaba. Pero Beleg de modo alguno abandonaría a Túrin, y aun desesperado despertó otra vez esperanzas en el corazón de Gwindor; y juntos fueron detrás de los Orcos hasta que salieron del bosque a las altas pendientes, sobre las dunas estériles de Anfauglith. Allí, a la vista de los picos de Thangorodrim, los Orcos habían acampado en un valle baldío cuando ya la luz del día declinaba, y poniendo a lobos de centinelas todo en derredor, estaban ahora de fiesta. Una gran tormenta venía desde el oeste, y a lo lejos los relámpagos resplandecían sobre las Montañas de la Sombra, y Beleg y Gwindor se arrastraron hacia el valle.

Cuando todo el campamento estuvo dormido, Beleg tomó el arco, y disparó en la oscuridad sobre los lobos centinelas, matándolos uno a uno y en silencio. Luego, se adelantaron con gran peligro, y encontraron a Túrin engrillado de pies y manos y atado a un árbol seco; y todo a su alrededor, los cuchillos que le habían sido arrojados estaban clavados en el tronco, y él estaba sin sentido, sumido en un sueño de gran cansancio. Pero Beleg y Gwindor rompieron las ligaduras que lo sujetaban, y levantándolo se lo llevaron del valle; pero no pudieron cargarlo sino hasta una maleza de espinos algo más arriba. Allí lo depositaron; y ahora la tormenta estaba muy cerca. Beleg desenvainó la espada Anglachel, y con ella cortó los grillos que sujetaban a Túrin; pero ese día mandaba el destino, porque una vez la hoja resbaló sobre los grillos e hirió a Túrin en el pie. Entonces Túrin despertó, en una súbita vigilia de rabia y miedo, y al ver a alguien inclinado sobre él con una hoja desnuda, dio un gran brinco y gritó, creyendo que los Orcos habían venido otra vez a atormentarlo; y se debatió en plena oscuridad, y blandió Anglachel, y mató con ella a Beleg Cúthalion tomándolo por un enemigo.

Pero al incorporarse, encontrándose libre, y dispuesto a vender cara la vida contra enemigos imaginarios, estalló el gran fulgor de un relámpago; y Túrin vio un momento la cara de Beleg. Entonces se quedó inmóvil como una piedra, y silencioso, contemplando esa muerte espantosa, y se dio cuenta de lo que había hecho; y tan terrible era la cara de Túrin a la luz vacilante de los relámpagos, que Gwindor se echó por tierra y no se atrevió a alzar la vista.

Pero ahora abajo en el valle los Orcos habían despertado, y todo el campamento era un tumulto; porque temían el trueno que venía del oeste, creyéndolo dirigido contra ellos por los grandes Enemigos de más allá del Mar. Entonces se levantó un viento y cayeron grandes lluvias y desde las alturas de Taur-nu-Fuin el agua descendió en torrentes; y aunque Gwindor le gritó a Túrin avisándole del extremo peligro en que se encontraban, éste no respondió, y permaneció sentado en medio de la tempestad, inmóvil y con los ojos secos junto al cuerpo de Beleg Cúthalion.

Cuando llegó la mañana, la tormenta había seguido moviéndose hacia el este sobre Lothlann, y el sol de otoño se alzaba cálido y brillante; pero creyendo que Túrin habría escapado lejos de ese sitio, y que todo rastro posible estaría borrado, los Orcos partieron de prisa sin buscar más, y a la distancia los vio Gwindor mientras se alejaban por las arenas humeantes de Anfauglith. Así fue que volvieron ante Morgoth con las manos vacías y dejaron atrás al hijo de Húrin, que estaba sentado enloquecido y aturdido en las laderas de Taur-nu-Fuin, soportando una carga más pesada que sus cadenas.

Entonces Gwindor llamó a Túrin para que lo ayudara a dar sepultura a Beleg, y él se incorporó como quien anda en sueños; y juntos tendieron a Beleg en una tumba poco profunda, y pusieron junto a él a Belthronding, el gran arco, que estaba hecho de madera de tejo negro. Pero Gwindor tomó la terrible espada Anglachel, diciendo que sería mejor vengarse con ella de los sirvientes de Morgoth antes que abandonarla inactiva bajo tierra; y tomó también el *lembas* de Melian para poder fortalecerse en las tierras salvajes.

Así llegó a su fin Beleg Arcofirme, el más fiel de los amigos, el más hábil de todos cuantos se albergaron en los bosques de Beleriand en los Días Antiguos, y murió a manos de aquel a quien él más amaba; y ese dolor se grabó en la cara de Túrin y nunca más se le borró. Pero el coraje y la fuerza se renovaron en el Elfo de Nargothrond, y dejando Taur-nu-Fuin, se llevó lejos a Túrin. Ni una vez habló Túrin mientras erraron juntos por caminos penosos y largos, y caminaba como quien no tiene deseos ni propósitos, y el año menguaba y el invierno se acercaba a las tierras del norte. Pero Gwindor estaba siempre con él para protegerlo y guiarlo; y así se dirigieron hacia el oeste cruzando el Sirion, y llegaron por fin a Eithel Ivrin, las fuentes en que el Narog nacía bajo las Montañas de la Sombra. Allí Gwindor le habló a Túrin diciendo:

—¡Despierta, Túrin hijo de Húrin Thalion! En el lago de Ivrin hay una risa continua. Se alimenta de fuentes cristalinas que nunca dejan de manar, y Ulmo, el Señor de las Aguas, que labró su belleza en días antiguos, cuida de que nada las manche. —Entonces Túrin se arrodilló y bebió de esas aguas; y súbitamente se echó de bruces, y sus lágrimas corrieron por fin, y se le quitó la locura.

Allí compuso un canto para Beleg, y lo llamó *Laer Cú Beleg*, el Canto del Gran Arquero, cantándolo en alta voz, sin importarle que alguien pudiese oírlo. Y Gwindor le puso la espada Anglachel en las manos, y Túrin supo que era pesada y fuerte y que tenía gran poder; pero la hoja era negra y opaca y desafilada. Entonces Gwindor dijo: —Ésta es una hoja extraña y no se asemeja a ninguna otra de la Tierra Media. Guarda luto por Beleg lo mismo que tú. Pero consuélate; porque regreso a Nargothrond, de la casa de Finarfin, y tú vendrás conmigo, y te curarás y recuperarás.

—¿Quién eres tú? —preguntó Túrin.

—Un Elfo errante, un esclavo fugado, a quien Beleg encontró y consoló —dijo Gwindor—. Pero otrora fui Gwindor hijo de Guilin, señor de Nargothrond, hasta que llegué a la Nirnaeth Arnoediad, y me esclavizaron en Angband.

—¿Has visto a Húrin hijo de Galdor, el guerrero de Dor-lómin? —preguntó Túrin.

—No lo he visto —dijo Gwindor—. Pero corre el rumor en Angband de que aún desafía a Morgoth; y Morgoth lo ha maldecido, a él y a toda su parentela.

—Eso por cierto lo creo —dijo Túrin.

Y entonces se pusieron de pie y abandonando Eithel Ivrin viajaron hacia el sur a lo largo de las orillas del Narog, hasta que fueron atrapados por exploradores de los Elfos y llevados a la fortaleza escondida. Así fue como Túrin llegó a Nargothrond.

Al principio su propio pueblo no reconoció a Gwindor, que había partido joven y fuerte, y ahora parecía un Hombre mortal envejecido en tormentos y trabajos; pero Finduilas, hija del Rey Orodreth, lo reconoció y le dio la bienvenida, pues lo había amado antes de la Nirnaeth, y muy grande fue el amor que la belleza de Finduilas despertó en Gwindor, y la llamó Faelivrin: la luz del sol sobre los Estanques de Ivrin. Por consideración a Gwindor, Túrin fue admitido en Nargothrond, y vivió allí muy honrado. Pero cuando Gwindor iba a proclamar el nombre de Túrin, él se lo impidió diciendo: —Yo soy Agarwaen, el hijo de Umarth (lo que significa Manchado de Sangre, hijo del Hado Desdichado), un cazador de los bosques. —Y los Elfos de Nargothrond no preguntaron más.

En el tiempo que siguió, la estima de Orodreth por Túrin continuó creciendo, y casi todos los corazones se volcaron a él en Nargothrond. Porque apenas había alcanzado la edad viril; y era en verdad a los ojos de todos el hijo de Morwen Eledhwen: de cabellos oscuros y piel clara, con ojos grises y de rostro más bello que el de ningún Hombre mortal de los Días Antiguos. Por el habla y el porte parecía del antiguo reino de Doriath, y aun entre los Elfos podría haber sido tomado por un grande de los Noldor. Así fue que muchos lo llamaron Adanedhel, el Hombre-Elfo. La espada Anglachel fue forjada de nuevo por hábiles herreros de Nargothrond y aunque continuó siendo negra, un fuego pálido brillaba ahora en el filo de la hoja; y él la llamó Gurthang, Hierro de la Muerte. Tan grandes fueron en verdad las proezas y la habilidad de Túrin combatiendo en los confines de la Planicie Guardada, que él mismo llegó a ser conocido como Mormegil, la Espada Negra; y los Elfos decían: —No es posible dar muerte a Mormegil, salvo que así lo quiera la suerte adversa, o una flecha maligna disparada desde lejos. —Por tanto le dieron una cota de malla —de los Enanos—, para protegerlo; y buscó con ánimo sombrío en los arsenales y encontró también una máscara de los Enanos, enteramente dorada, y se la ponía antes de la batalla, y el enemigo huía ante el rostro de Túrin.

Fue así que el corazón de Finduilas se apartó de Gwindor, y a pesar de ella misma amó a Túrin; pero Túrin no advirtió lo que había sucedido. Y como tenía el corazón desgarrado, Finduilas fue desdichada; y se volvió lánguida y silenciosa. Pero Gwindor tenía ahora pensamientos sombríos; y en una ocasión le habló a Finduilas diciendo: —Hija de la casa de Finarfin, que no haya sombra entre nosotros; porque aunque Morgoth ha hecho una ruina de mi vida, yo todavía te amo. Ve a donde el amor te conduce; pero ¡cuidado! No es conveniente que los Hijos Mayores de Ilúvatar amemos a los Menores; ni es tampoco de buen tino, pues tienen vidas cortas, y pronto pasan dejándonos en duelo mientras dure el mundo. Ni lo aceptarán los hados, salvo una o dos veces solamente, por alguna gran causa que nosotros no entendemos. Pero este Hombre no es Beren. Un destino en verdad pesa sobre él, como puede verlo cualquiera que lo mire, pero un destino sombrío. ¡No te metas en ese destino! Y si ésa es tu voluntad, tu amor te llevará a la amargura y a la muerte. Porque, ¡escúchame!, aunque es por cierto *agarwaen* hijo de *úmarth*, su verdadero nombre es Túrin hijo de Húrin, a quien retienen en Angband y cuyo linaje Morgoth ha maldecido. ¡No pongas en duda el poder de Morgoth Bauglir! ¿No está escrito en mí acaso?

Entonces Finduilas quedó largo rato pensativa, y por fin dijo tan sólo: —Túrin hijo de Húrin no me ama; ni tampoco me amará.

Ahora bien, cuando Túrin supo esto por Finduilas se encolerizó y dijo a Gwindor: —Te tengo amor por haberme rescatado y mantenerme a salvo. Pero ahora me perjudicas, amigo, por haber delatado mi verdadero nombre, y has echado sobre mí el destino del que quería ocultarme.

Pero Gwindor le contestó: —Tu destino está en ti mismo, no en tu nombre.

Cuando supo Orodreth que Mormegil era en verdad el hijo de Húrin Thalion, le rindió grandes honores, y Túrin llegó a ser poderoso entre los habitantes de Nargothrond. Pero a él no le gustaba el estilo guerrero de emboscada furtiva y flecha secreta, y anhelaba el golpe valiente y la batalla a campo abierto; y sus continuos consejos pesaban en el rey cada vez más. En esos días los Elfos de Nargothrond dejaron de ocultarse y acudieron a la batalla abierta, y almacenaron muchas armas; y por consejo de Túrin los Noldor construyeron un puente poderoso sobre el Narog y desde las Puertas de Felagund, para el transporte más rápido de las armas. Entonces los sirvientes de Angband fueron expulsados de toda la tierra entre el Narog y el Sirion al este, y hasta el Nenning y las desoladas Falas al oeste; y aunque Gwindor hablaba siempre contra Túrin en el consejo del Rey, considerando que patrocinaba una mala política, cayó en deshonra y nadie hizo caso de él, pues tenía poca fuerza y ya no era audaz en el uso de las armas. De este modo Nargothrond fue revelada a la ira y el odio de Morgoth; pero Túrin mismo pidió que su verdadero nombre no fuera pronunciado, y aunque la fama de sus hechos llegó a Doriath y a los oídos de Thingol, el rumor hablaba tan sólo de la Espada Negra de Nargothrond.

En ese tiempo de respiro y esperanza, cuando las hazañas de Mormegil detuvieron el poder de Morgoth al oeste del Sirion, Morwen huyó por fin de Dor-lómin con su hija Nienor, y se aventuró en el largo viaje a los recintos de Thingol. Allí una nueva pena la aguardaba, pues descubrió que Túrin se había ido, y a Doriath no había llegado nueva alguna desde que el Yelmo-Dragón desapareciera de las tierras al oeste del Sirion; pero Morwen se quedó en Doriath con Nienor, como huéspedes de Thingol y Melian, y fueron tratadas con honores.

Ahora bien, sucedió que cuando hubieron transcurrido cuatrocientos noventa y cinco años desde el nacimiento de la Luna, en la primavera del año, llegaron a Nargothrond dos Elfos llamados Gelmir y Arminas; pertenecían al pueblo de Angrod, pero desde la Dagor Bragollach vivían al sur con Círdan el Carpintero de Barcos. De sus largos viajes traían la noticia de una gran multitud de Orcos y criaturas malignas bajo los picos de Ered Wethrin y en el Paso del Sirion; y contaron también que Ulmo se había presentado ante Círdan y le había advertido que un gran peligro se cernía sobre Nargothrond.

—¡Escuchad las palabras del Señor de las Aguas! —le dijeron al rey—. Así le habló a Círdan el Carpintero de Barcos: «El Mal del Norte ha manchado las Fuentes del Sirion, y mi poder se retira de los dedos de las aguas que fluyen. Pero algo peor ha de suceder todavía. Decid por tanto al Señor de Nargothrond: Cerrad las puertas de la fortaleza y no salgáis. Arrojad las piedras de vuestro orgullo al río sonoro, que el mal reptante no encuentre las puertas».

A Orodreth lo perturbaron las sombrías palabras de los mensajeros, pero Túrin no quiso de ningún modo dar oídos a estos consejos, y estaba aún menos dispuesto a soportar que derrumbaran el puente; porque se había vuelto orgulloso e inflexible, y ordenaba todo a su antojo.

Poco después cayó muerto Handir Señor de Brethil, pues los Orcos invadieron sus tierras y Handir les presentó batalla; pero los Hombres de Brethil fueron derrotados y rechazados hacia los bosques. Y en el otoño del año, Morgoth, que esperaba el momento apropiado, lanzó sobre el pueblo del Narog las grandes huestes que tanto tiempo había preparado; y Glaurung el Urulóki atravesó Anfauglith y desde allí fue a los valles septentrionales del Sirion e hizo mucho daño. Bajo las sombras de Ered Wethrin contaminó la Eithel Ivrin y desde allí pasó al reino de Nargothrond, y quemó la Talath Dirnen, la Planicie Guardada, entre el Narog y el Teiglin.

Entonces salieron los guerreros de Nargothrond, y alto y terrible lucía aquel día Túrin, y los corazones de todos se inflamaron cuando él avanzó cabalgando a la derecha de Orodreth. Pero ningún explorador había dicho que las huestes de Morgoth fueran tan numerosas, y nadie excepto Túrin, defendido por la máscara de los Enanos, podía resistir el avance de Glaurung; y los Elfos fueron rechazados por los Orcos y expulsados hasta el campo de Tumhalad, y fueron acorralados entre el Ginglith y el Narog. Ese día todo el orgullo y el ejército de Nargothrond se marchitaron; y Orodreth fue muerto en el frente de batalla, y Gwindor hijo de Guilin fue herido de muerte. Pero Túrin acudió a ayudarlo, y todos huyeron delante de él; y llevó a Gwindor fuera del combate, y escapando a un bosque lo depositó sobre la hierba.

Entonces Gwindor dijo a Túrin: —¡Que el servicio sea el precio del servicio! Pero desventurado fue el mío y vano el tuyo; porque mi cuerpo está dañado más allá de la cura, y he de abandonar la Tierra Media. Y aunque te amo, hijo de Húrin, lamento el día en que te arrebaté a los Orcos. Si no fuera por tu bravura y tu orgullo, aún gozaría de la vida y el amor, y Nargothrond aún se mantendría un tiempo en pie. Ahora, si me amas, ¡déjame! Ve de prisa a Nargothrond y salva a Finduilas. Y esto último te digo: sólo ella se interpone entre ti y tu destino. Aunque le falles, él no fallará en encontrarte. ¡Adiós!

Entonces Túrin volvió de prisa a Nargothrond, llamando a su lado a tantos de los que huían en desorden como encontró en el camino; y mientras avanzaba, las hojas de los árboles caían con el viento, porque el otoño cedía ante un invierno implacable. Pero el ejército de los Orcos y Glaurung el Dragón estuvieron allí antes que él, y llegaron de repente, cuando los que habían quedado de guardia no sabían aún lo que había ocurrido en el campo de Tumhalad. Ese día se probó que el puente sobre el Narog era un mal; de enorme tamaño y poderosamente construido, no podían destruirlo con rapidez, y el enemigo avanzó fácilmente por sobre el río profundo, y Glaurung lanzó todo su fuego contra las Puertas de Felagund, y las derribó y pasó adentro.

Y cuando Túrin llegó, casi había terminado ya el espantoso saqueo de Nargothrond. Los Orcos habían dado muerte o habían expulsado a todos los que todavía portaban armas, y aún estaban saqueando todas las grandes cámaras y recintos, pillando y destruyendo; pero las mujeres y doncellas a quienes no habían matado o quemado, habían sido llevadas como un rebaño a las terrazas ante las puertas, para ser sometidas al vasallaje de Morgoth. A esta ruina y pesadumbre llegó Túrin, y nadie pudo resistírsele; o no estuvo dispuesto a hacerlo, porque derribaba a todos los que se le ponían por delante, y se abría camino con la espada hacia las cautivas.

Y ahora estaba solo, porque los pocos que le seguían habían escapado. Pero en ese momento salió Glaurung por las puertas abiertas y se interpuso entre Túrin y el puente. Entonces por el mal espíritu que lo habitaba habló de pronto y dijo: —Salve, hijo de Húrin. ¡Feliz encuentro!

Entonces saltó Túrin y avanzó sobre él, y los filos de Gurthang brillaban como una llama; pero Glaurung paró el golpe, y abrió muy grandes los ojos de serpiente y los clavó en Túrin. Sin temor los miró Túrin mientras alzaba la espada, y en seguida cayó bajo el hechizo de atadura que venía de los ojos sin párpados del dragón, y se detuvo inmovilizado. Por largo tiempo permaneció como esculpido en piedra; y los dos estaban solos, silenciosos ante las puertas de Nargothrond. Pero Glaurung habló otra vez, provocando a Túrin, y dijo: —Malas han sido todas tus acciones, hijo de Húrin. Hijo adoptivo desagradecido, proscrito, matador de tu amigo, ladrón de amor, usurpador de Nargothrond, capitán imprudente y desertor de tus hermanos. Sometidas viven tu madre y tu hermana en Dor-lómin, sufriendo miseria y necesidades. Tú llevas las galas de un príncipe, pero ellas están en harapos; y penan por ti, pero a ti eso no te importa. Feliz estará tu padre al enterarse de que tiene semejante hijo. ¡Y se enterará! —Y Túrin, bajo el hechizo de Glaurung, escuchó estas palabras, y se vio como en un espejo deformado por la malicia, y aborreció lo que veía.

Y mientras los ojos del dragón le ataban la mente atormentada y no le era posible moverse, los Orcos se llevaban el hato de cautivas, y pasaron cerca de Túrin y cruzaron el puente. Entre ellas estaba Finduilas, y llamó a Túrin al pasar; pero Glaurung no lo dejó libre hasta que los gritos y los lamentos de las cautivas se perdieron por el camino del norte, y Túrin no podía taparse los oídos para apagar esa voz que lo perseguía.

Entonces de pronto apartó Glaurung la mirada y esperó; y Túrin se movió lentamente como quien despierta de un sueño espantoso. De pronto volvió en sí, y saltó sobre el dragón lanzando un grito. Pero Glaurung rió diciendo: −Si quieres morir, de buen grado te mataré. Pero poco le servirá eso a Morwen y a Nienor. No hiciste caso de los gritos de la mujer Elfo. ¿Negarás también los vínculos de la sangre?

Pero Túrin, desenvainando la espada intentó herir al dragón en los ojos; y Glaurung retrocedió y se alzó sobre él como una torre y dijo: −¡Vaya! Al menos eres valiente; más que cualquiera con quien me haya topado. Y mienten quienes dicen que nosotros no honramos el valor de los enemigos. Pues ¡mira! Te ofrezco la libertad. Ve al encuentro de tus parientes, si puedes. ¡Vete! Y si queda Elfo u Hombre para contar la historia de estos días, por cierto te nombrarán con desprecio, si desdeñas este regalo.

Entonces Túrin, todavía aturdido por los ojos del dragón, como si tratara con un enemigo capaz de piedad, creyó las palabras de Glaurung; y volviéndose se precipitó a la carrera por el puente. Pero mientras se iba, Glaurung habló detrás de él diciendo con fiera voz: −¡Ve ahora de prisa, hijo de Húrin, a Dor-lómin! O quizá los Orcos lleguen otra vez antes que tú. Y si te demoras por causa de Finduilas, nunca volverás a ver a Morwen, ni nunca volverás a ver a Nienor, tu hermana; y ellas te maldecirán.

Pero Túrin se alejó por el camino del norte, y Glaurung rió una vez más, pues había cumplido la misión que le encomendaran. Entonces atendió a su propio placer, y descargó fuego alrededor, y lo quemó todo. Pero echó a los Orcos que continuaban el saqueo, y les negó hasta el último objeto de valor de su botín. Luego destruyó el puente y lo arrojó a las espumas del Narog; y estando de ese modo seguro, reunió todo el tesoro y las riquezas de Felagund y las amontonó, y se tendió sobre ellas en el recinto más recóndito, y descansó por un tiempo.

Y Túrin se apresuraba por los senderos que llevan al norte, a través de las tierras ahora desoladas entre el Narog y el Teiglin, y el Fiero Invierno le salió al encuentro; porque ese año nevó antes de que terminara el otoño, y la primavera llegó tardía y fría. Siempre le parecía al avanzar que escuchaba los gritos de Finduilas, que lo llamaba en bosques y colinas, y su angustia era grande; pero tenía el corazón inflamado por las mentiras de Glaurung, e imaginando que los Orcos quemaban la casa de Húrin o que daban tormento a Morwen y a Nienor, seguía adelante sin apartarse nunca del camino.

Por fin, agotado por la prisa y el largo camino (pues había andado sin descanso cuarenta leguas y más) llegó con las primeras heladas del invierno a los Estanques de Ivrin, donde antes había sido curado. Pero ahora no eran más que lodo encharcado, y no le fue posible beber allí.

Así llegó con penuria por los pasos de Dor-lómin, a través de las amargas nieves del norte, a la tierra de su infancia. Desnuda y lóbrega la encontró; y Morwen se había ido. La casa estaba vacía, desmoronada y fría; y no había nada viviente por allí cerca. De modo que Túrin partió y fue a la casa de Brodda el Oriental, el que había desposado a Aerin, pariente de Húrin; y supo allí por un viejo sirviente que Morwen se había ido hacía ya mucho tiempo, pues había escapado con Nienor de Dor-lómin; sólo Aerin sabía adónde.

Entonces Túrin se acercó a la mesa de Brodda, y aferrándolo desenvainó la espada y le exigió que le dijera adónde había ido Morwen; y Aerin declaró que había ido a Doriath en busca de su hijo. —Pues las tierras habían sido libradas del mal en ese entonces —dijo— por la Espada Negra del sur, caída ahora, según dicen. —Entonces Túrin entendió, y las últimas hebras del hechizo de Glaurung se le desprendieron de los ojos, y por angustia y furia ante las mentiras que lo habían engañado, y por odio a los opresores de Morwen, una cólera negra lo dominó, y mató a Brodda en su estancia y a otros Orientales que eran sus huéspedes. Luego, hombre perseguido, se lanzó al encuentro del invierno; pero recibió la ayuda de algunos sobrevivientes del pueblo de Hador y conoció la vida en las tierras salvajes, y con ellos escapó bajo la nieve y llegó a un refugio de proscritos en las montañas australes de Dor-lómin. Desde allí Túrin abandonó otra vez la tierra de su infancia, y regresó al Valle del Sirion. Había amargura en su corazón porque a Dor-lómin sólo había llevado más pesadumbre, y a la gente que se quedaba le alegró que partiese; y sólo tenía este consuelo: que por las proezas de la Espada Negra, el camino a Doriath le había sido abierto a Morwen. Y dijo en sus pensamientos: —Pues entonces esos hechos no a todos llevaron el mal. Y ¿dónde mejor habría yo albergado a mis hermanos, aun cuando hubiera llegado antes? Porque si la Cintura de Melian se quebrara, desaparecería entonces la última esperanza. No, en verdad es mejor así, ya que arrojo una sombra dondequiera que voy. ¡Que Melian las guarde! Y por un tiempo las dejaré en paz sin sombra que las oscurezca.

Ahora bien, Túrin, que descendía de Ered Wethrin, buscó en vano a Finduilas, rondando por los bosques bajo las montañas, salvaje y cauteloso como una bestia; y siguió todos los caminos que conducían al norte hacia el Paso del Sirion. Pero llegó demasiado tarde; porque todos los rastros habían envejecido, o los había borrado el invierno. Pero sucedió que yendo hacia el sur por el Teiglin abajo, se topó con algunos de los Hombres de Brethil rodeados de Orcos; y los liberó; y los Orcos huyeron de Gurthang. Se presentó a sí mismo como el Salvaje de los Bosques, y le rogaron que fuera a vivir con ellos; pero él dijo que aún tenía que cumplir un cometido: buscar a Finduilas, la hija de Orodreth de Nargothrond. Entonces Dorlas, el jefe de esos habitantes del bosque, le dio la penosa noticia de que ella había muerto. Porque los Hombres de Brethil habían acechado en los Cruces del Teiglin a las huestes de los Orcos que llevaban a las cautivas de Nargothrond, con la esperanza de rescatarlas; pero los Orcos en seguida mataron cruelmente a las prisioneras, y a Finduilas la clavaron a un árbol con una lanza. Así murió ella, y dijo al final: —Decid a Mormegil que Finduilas está aquí. —Por tanto la pusieron sobre un montículo cerca de ese sitio, y lo llamaron Haudh-en-Elleth, el Túmulo de la Doncella Elfo.

Túrin les pidió que le mostraran el sitio, y allí cayó en una oscuridad de dolor que estaba cerca de la muerte. Entonces Dorlas, al ver la espada negra, cuya fama había llegado aun a las profundidades de Brethil, y porque buscaba a la hija del rey, supo que este Salvaje era en verdad Mormegil de Nargothrond, hijo de Húrin de Dor-lómin según se decía. Entonces los habitantes del bosque lo alzaron y lo llevaron a sus moradas. Ahora bien, éstas se encontraban en el interior de una empalizada sobre una altura del bosque, Ephel Brandir sobre Amon Obel; porque el Pueblo de Haleth había menguado por causa de la guerra, y el hombre que los gobernaba, Brandir hijo de Handir, era de dulce temple, y también tullido desde la infancia, y más confiaba en el secreto que en las hazañas de guerra para salvarse del poder del Norte. Por tanto, las nuevas que Dorlas le llevaba le dieron miedo, y cuando contempló la cara de Túrin, que yacía en la parihuela, una nube de presagios agoreros le ensombreció el corazón. Empero, conmovido por la desgracia de Túrin, lo condujo a su propia casa y cuidó de él, pues tenía habilidad para curar. Y con el comienzo de la primavera Túrin salió de la oscuridad, y sanó nuevamente; y se levantó, y pensó que se quedaría en Brethil escondido, y dejaría atrás su sombra abandonando el pasado. Fue así que adoptó un nuevo nombre, Turambar, que en Alto Élfico significa Amo del Destino; y rogó a los habitantes del bosque que olvidaran que era un forastero y que había llevado otro nombre. No obstante, nunca abandonó por completo las acciones de guerra; porque no podía soportar que los Orcos fueran a los Cruces del Teiglin o se acercaran a Haudh-en-Elleth, y lo convirtió en un sitio temible para ellos, de modo que lo evitaron. Pero abandonó la espada negra, y utilizó el arco y la lanza.

Ahora bien, nuevas noticias llegaron a Doriath sobre Nargothrond, porque algunos que habían escapado de la derrota y el saqueo, y que habían sobrevivido al Fiero Invierno en la intemperie, acudieron por fin a Thingol en busca de refugio; y los guardianes de la frontera los llevaron ante el rey. Y algunos dijeron que todos los enemigos se habían retirado hacia el norte, y otros que Glaurung moraba todavía en las estancias de Felagund; y algunos dijeron que Mormegil había muerto y otros que había sido hechizado por el dragón y se encontraba allí todavía, como convertido en piedra. Pero todos declararon lo que muchos sabían en Nargothrond antes del fin, que Mormegil no era otro que Túrin hijo de Húrin de Dor-lómin.

Entonces Morwen, enloquecida y rechazando los consejos de Melian, cabalgó sola por los campos en busca de su hijo o de alguna noticia valedera. Por tanto Thingol envió a Mablung en pos de Morwen, con muchos escuderos valientes, para que la encontraran y la protegieran, y para enterarse de las nuevas que pudieran oír; pero a Nienor se le ordenó que se quedara. Pero Nienor era tan intrépida como todos los suyos, y en muy mala hora, esperando que Morwen volviese cuando viera a su hija dispuesta a acompañarla al peligro, Nienor se disfrazó con las ropas de un soldado de Thingol, y se sumó a la malhadada cabalgata.

Alcanzaron a Morwen a orillas del Sirion, y Mablung le rogó que volviera a Menegroth, pero ella parecía enajenada, y no se dejó persuadir. Entonces se reveló también que Nienor era de la compañía, y a pesar de que Morwen se lo ordenó, se negó a volver atrás; y Mablung, por fuerza, tuvo que conducirlas a los embarcaderos escondidos en las Lagunas del Crepúsculo, y cruzaron el Sirion. Y al cabo de tres jornadas llegaron a Amon Ethir, la Colina de los Espías, que mucho tiempo atrás Felagund había hecho levantar con gran trabajo, a una legua de las puertas de Nargothrond. Allí Mablung puso una guardia de jinetes en torno de Morwen y su hija, y les prohibió seguir adelante. Pero él, al ver desde la colina que no había señales de enemigo alguno, descendió con sus exploradores al Narog, con tanta cautela como pudieron.

Pero Glaurung tenía conocimiento de todo cuanto hacían, y salió con el calor de la rabia, y se tendió en el río; y se alzaron entonces unos vastos vapores y unas inmundas emanaciones en las que Mablung y su compañía quedaron enceguecidos y se perdieron. Entonces Glaurung cruzó al este por el Narog.

Al ver la arremetida del dragón, los guardias que estaban en Amon Ethir intentaron alejar a Morwen y Nienor, y huir con ellas rápidamente hacia el este; pero el viento trajo más nieblas blanquecinas, y los caballos enloquecieron con el hedor del dragón, y no fue posible gobernarlos, y corrieron de aquí para allá, de modo que algunos jinetes fueron lanzados contra los árboles y se mataron y otros fueron transportados muy lejos. De este modo las señoras se perdieron, y de Morwen, en verdad, ninguna noticia segura llegó nunca a Doriath. Pero Nienor, desmontada por el corcel aunque sin daño, encontró el camino de regreso a Amon Ethir para esperar allí a Mablung, y de ese modo subió a la luz del sol fuera del alcance de las emanaciones; y al mirar hacia el oeste, clavó los ojos en los de Glaurung, cuya cabeza se apoyaba en lo alto de la colina.

La voluntad de Nienor luchó por un rato con el dragón, pero él mostró el poder que tenía, y enterado de quién era ella la obligó a que fijara los ojos en los suyos, y le impuso un hechizo de completa oscuridad y olvido, de modo que no pudiera recordar nada de lo que le había pasado, ni su propio nombre, ni el nombre de cosa alguna; y por muchos días no le fue posible oír, ni ver, ni moverse libremente. Entonces Glaurung la dejó de pie y sola en Amon Ethir, y regresó a Nargothrond.

Ahora bien, Mablung, que con extrema temeridad había explorado los recintos de Felagund cuando Glaurung los abandonó, huyó de ellos al aproximarse el dragón, y volvió a Amon Ethir. El sol se ponía y caía la noche cuando trepó por la colina, y no encontró a nadie allí, salvo a Nienor, de pie y sola bajo las estrellas como una figura de piedra. No hablaba ni oía, pero echaba a andar si él la tomaba de la mano. Por tanto y con enorme pena se la llevó de allí, aunque en vano según le parecía; pues era probable que ambos perecieran sin asistencia en las tierras desiertas.

Pero fueron encontrados por tres de los compañeros de Mablung, y lentamente viajaron hacia el norte y hacia el este a los cercados de la tierra de Doriath, más allá del Sirion, y al puente guardado cerca de las bocas del Esgalduin. Lentamente se recuperaba Nienor a medida que se aproximaban a Doriath, pero todavía no podía hablar ni oír, y caminaba a ciegas por donde la llevaban. Pero al acercarse a los cercos, cerró por fin los ojos fijos y quiso dormir; y ellos la pusieron en el suelo y descansaron también, sin ninguna precaución, pues estaban agotados. Allí fueron atacados por una banda de Orcos, que solían acercarse por entonces a los cercos de Doriath, tanto como se atrevían. Pero Nienor en ese momento recobró la vista y el oído, y los gritos de los Orcos la despertaron, y saltó horrorizada, y huyó antes de que pudieran acercársele.

Entonces los Orcos la persiguieron y los Elfos corrieron detrás; y los alcanzaron y les dieron muerte antes de que pudieran hacerle daño, pero Nienor escapó. Porque huía aterrorizada más rápida que un ciervo, y se desgarró los vestidos mientras corría, hasta quedar desnuda; y se perdió de vista huyendo hacia el norte, y aunque la buscaron largo tiempo no pudieron encontrarla, ni tampoco descubrieron ningún rastro. Y por último Mablung regresó desesperado a Menegroth y comunicó las nuevas. Entonces Thingol y Melian sintieron una profunda tristeza; pero Mablung partió y durante mucho tiempo buscó en vano noticias de Morwen y Nienor.

Pero Nienor se internó corriendo en los bosques hasta quedar agotada, y entonces cayó, y se durmió, y despertó; y era una mañana de sol, y ella se regocijó con la luz como si fuera algo nuevo, y todas las cosas que veía le parecían recientes y extrañas, porque no tenían nombres. De nada se acordaba, salvo de una oscuridad que la seguía, una sombra de miedo; por tanto iba con cuidado como una bestia perseguida, y pasó hambre, pues no tenía alimentos y no sabía cómo procurárselos. Pero llegada por fin a los Cruces del Teiglin, siguió adelante buscando la protección de los grandes árboles de Brethil, porque estaba asustada, y le parecía que la oscuridad de la que había escapado la ganaba otra vez.

Pero hubo una gran tormenta de truenos venida del sur, y Nienor se arrojó aterrada sobre el túmulo de Haudh-en-Elleth, tapándose los oídos para detener el trueno; pero la lluvia la hería y la empapaba, y yació como una bestia salvaje que agoniza. Allí la encontró Turambar mientras iba a los Cruces del Teiglin, pues había oído el rumor de que los Orcos merodeaban cerca; y al ver en el resplandor de un relámpago el cuerpo de lo que parecía una doncella muerta sobre el túmulo de Finduilas, se le sobrecogió el corazón. Pero los habitantes del bosque la alzaron y Turambar la cubrió con su capa, y la llevaron a un pabellón de caza que había en las cercanías, y le dieron calor, y le dieron comida. Y no bien vio ella a Turambar, se sintió consolada, porque le pareció que por fin había encontrado algo que antes buscara en la oscuridad; y no quiso separarse de él. Pero cuando él le preguntó por su nombre y su parentela y su infortunio, se perturbó como un niño que entiende que algo se le exige, pero no qué pueda ser; y se echó a llorar. Por tanto, Turambar le dijo: —No te alteres. La historia puede esperar. Pero te daré un nombre, y te llamaré Níniel, la Doncella de las Lágrimas. —Y al oír ese nombre sacudió ella la cabeza, pero dijo:— Níniel. —Ésa fue la primera palabra que pronunció después de la oscuridad, y ése siguió siendo para siempre su nombre entre los habitantes del bosque.

Al día siguiente la llevaron a Ephel Brandir, pero cuando llegaron a Dimrost, la Escalera Lluviosa, donde la corriente del Celebros se vierte sobre el Teiglin, un estremecimiento la sacudió, por lo que ese lugar se llamó después Nen Girith, el Agua Estremecida. Antes de llegar a la morada de los habitantes del bosque, en Amon Obel, enfermó de fiebre; y mucho tiempo yació atendida por las mujeres de Brethil, que le enseñaron la lengua como a un niño. Pero antes de que llegara el otoño, la habilidad de Brandir le curó la enfermedad, y era capaz de hablar; pero nada recordaba del tiempo transcurrido antes de que Turambar la encontrara en el túmulo de Haudh-en-Elleth. Y Brandir la amó; pero ella ya había dado su corazón a Turambar.

En ese tiempo los Orcos no molestaban a los habitantes del bosque, y Turambar no iba a la guerra, y había paz en Brethil. Y el corazón de él se volvió hacia Níniel, y la pidió en matrimonio; pero por ese tiempo demoró ella la respuesta, a pesar del amor que le tenía. Porque Brandir presagiaba no sabía qué, y trató de disuadirla, por ella antes que por él mismo o por rivalidad con Turambar; y le reveló que Turambar era Túrin hijo de Húrin, y aunque ella no reconoció el nombre, una sombra le oscureció el corazón.

Pero cuando habían transcurrido tres años desde el saqueo de Nargothrond, volvió Turambar a pedir a Níniel en matrimonio, jurando esta vez que se casaría con ella, o volvería a la guerra. Y Níniel lo aceptó con alegría, y se casaron en mitad del verano, y los habitantes de Brethil hicieron una gran fiesta. Pero antes de que terminara el año, Glaurung envió Orcos de su dominio a Brethil; y Turambar se quedó en su casa inactivo, porque le había prometido a Níniel que iría a la guerra sólo si sus hogares eran atacados. Pero los habitantes de los bosques fueron derrotados, y Dorlas le reprochó que no ayudara al pueblo que había hecho suyo. Entonces Turambar se puso de pie y tomó de nuevo su negra espada, y reunió una gran compañía de Hombres de Brethil, y derrotaron a los Orcos por completo. Pero Glaurung oyó la nueva de que la Espada Negra se encontraba en Brethil, y proyectó nuevos males.

En la primavera del año siguiente Níniel concibió; y se volvió macilenta y triste; y por ese mismo tiempo llegaron a Ephel Brandir los primeros rumores de que Glaurung había salido de Nargothrond. Entonces Turambar envió exploradores a lo lejos, porque ahora era él quien mandaba, y pocos hacían caso de Brandir. Y al aproximarse el verano, Glaurung arribó a los confines de Brethil, y se tendió cerca de las orillas occidentales del Teiglin; y entonces hubo un gran temor entre los habitantes del bosque, porque era ahora evidente que el Gran Gusano los atacaría y asolaría la tierra, y no seguiría de largo, camino de Angband, como habían esperado. Por lo tanto pidieron el consejo de Turambar; y él les dijo que era inútil ir en contra de Glaurung con todas las fuerzas de que disponían, pues sólo la astucia y la buena suerte podían ayudarlos. En consecuencia se ofreció a ir él mismo en busca del dragón a los confines de la tierra, y ordenó que el resto se quedara en Ephel Brandir, aunque preparados para huir. Porque si Glaurung triunfaba, sería el primero en llegar a las casas del bosque para destruirlas, y era inútil que pensaran en resistirse; pero si se diseminaban a lo largo y a lo ancho, muchos podrían escapar, porque Glaurung no moraría en Brethil, y ellos pronto volverían a Nargothrond.

Entonces Turambar pidió que algunos lo acompañaran dispuestos a asistirlo en el peligro; y Dorlas se ofreció, pero ningún otro. Por tanto Dorlas riñó a la gente, y habló con desprecio de Brandir, que no podía desempeñar el papel de heredero de la casa de Haleth; y Brandir se avergonzó ante el pueblo y hubo amargura en su corazón. Pero Hunthor, pariente de Brandir, le pidió permiso para ir él en su lugar. Entonces Turambar dijo adiós a Níniel, y ella tuvo miedo y tétricos presagios, y la separación fue dolorosa; pero Turambar se puso en camino con sus dos compañeros y fue a Nen Girith.

Entonces Níniel, incapaz de soportar el miedo y no queriendo esperar en el Ephel la nueva de la fortuna de Turambar, se puso en camino tras él, y una gran compañía iba con ella. Sintió entonces Brandir más temor que nunca, e intentó persuadir a Níniel y a los que estaban dispuestos a acompañarla de que no cometieran esa imprudencia, pero no le hicieron caso. Por tanto renunció él a su señorío y a todo el amor por el pueblo que lo había desdeñado, y no quedándole nada, salvo el amor que sentía por Níniel, él mismo se ciñó una espada y fue tras ella, pero como era cojo quedó muy atrás.

Ahora bien, Turambar llegó a Nen Girith al ponerse el sol, y allí se enteró de que Glaurung estaba posado en el borde de las altas orillas del Teiglin, y que era probable que se trasladara al caer la noche. Estas noticias le parecieron buenas entonces; porque el dragón yacía en Cabed-en-Aras, donde el río corría por una profunda y estrecha garganta que un ciervo perseguido podría cruzar de un salto, y Turambar pensó que ya no buscaría más soluciones, sino que intentaría cruzar la garganta. Por tanto se propuso ponerse en camino en el crepúsculo y descender al desfiladero protegido por la noche, y cruzar las aguas turbulentas; y trepar luego a la otra orilla y llegar así al dragón desprevenido.

Este designio adoptó, pero el corazón le flaqueó a Dorlas cuando llegaron en la oscuridad a las aguas precipitadas del Teiglin, y no se atrevió a cruzar, y retrocedió, y erró por los bosques bajo el peso de la vergüenza. Turambar y Hunthor, empero, lograron cruzar sin daño, pues los altos bramidos de las aguas apagaban todo otro sonido, y Glaurung dormía. Pero antes de la media noche el dragón despertó, y con gran ruido y arrojando fuego echó la parte anterior del cuerpo por sobre el precipicio, y luego empezó a arrastrar el tronco. Turambar y Hunthor casi sucumbieron con el calor y el hedor mientras buscaban de prisa un camino para llegar a

Glaurung; y Hunthor fue muerto por una gran piedra desprendida de lo alto por el paso del dragón; la piedra le golpeó la cabeza, y él cayó al río. Así terminó el no menos valiente de la casa de Haleth.

Entonces Turambar se decidió y cobró coraje, y trepó solo por el acantilado y llegó bajo el dragón. Desenvainó a Gurthang, y con todo el poder de su brazo y de su odio la hundió en el blando vientre del Gusano hasta la empuñadura. Pero cuando Glaurung sintió la angustia mortal, gritó, y en su espantoso dolor extremo, levantó el bulto del cuerpo y se arrojó por el precipicio, y allí quedó revolcándose y retorciéndose en agonía. Y lo abrasó todo alrededor, y lo aplastó dejándolo en ruinas, hasta que sus últimos fuegos se apagaron, y murió, y yació inmóvil.

Ahora bien, Gurthang había sido arrebatada de la mano de Turambar en la agonía de Glaurung, y quedó clavada en el vientre del dragón. Por tanto, Turambar cruzó las aguas una vez más, deseando recuperar la espada y ver a su enemigo; y lo encontró extendido todo a lo largo, y vuelto de lado, y la empuñadura de Gurthang le asomaba en el vientre. Entonces Turambar aferró la empuñadura y puso el pie sobre el vientre, y exclamó burlándose del dragón y de sus palabras en Nargothrond: —¡Salve, Gusano de Morgoth! ¡Feliz encuentro de nuevo! ¡Muere ahora y que la oscuridad te reciba! Así queda vengado Túrin hijo de Húrin.

Entonces arrancó la espada, pero un chorro de sangre negra la siguió, y le bañó la mano, y el veneno se la quemó. Y entonces Glaurung abrió los ojos y miró a Turambar con tal malicia que lo hirió como una estocada; y por causa de esa estocada y de la angustia del veneno, Turambar cayó en un oscuro desmayo, y yació como muerto, y la espada quedó debajo de él.

Los gritos de Glaurung resonaron en los bosques y llegaron a oídos de la gente que esperaba en Nen Girith; y cuando los que estaban atentos los oyeron, y vieron a lo lejos la ruina y los despojos del incendio provocados por el dragón, creyeron que éste había triunfado y que estaba destruyendo a quienes lo atacaban. Y Níniel se sentó y se estremeció junto a las aguas que caían, y al oír la voz de Glaurung, la oscuridad la invadió otra vez, de modo que no podía moverse sola.

Así la encontró Brandir, pues por fin llegó a Nen Girith cojeando y fatigado; y cuando oyó que el dragón había cruzado las aguas y había aplastado a sus enemigos, sintió pena y nostalgia por Níniel. No obstante, también pensó: «Turambar ha muerto, pero Níniel vive. Puede que por fin venga a mí, y yo la llevaré lejos y así escaparemos juntos del dragón». Al cabo de un rato, por tanto, se acercó a Níniel y dijo: —¡Ven! Es tiempo de partir. Si quieres, yo te llevaré. —Y le tomó la mano, y ella se incorporó en silencio y lo siguió, y nadie los vio alejarse en la oscuridad.

Pero al descender por el sendero hacia los Cruces, se elevó la luna, y arrojó una luz gris sobre la tierra, y Níniel dijo: —¿Es éste el camino? —Y Brandir respondió que él no conocía camino alguno, salvo el que les permitiera huir como les fuera posible de Glaurung y escapar al campo. Pero Níniel dijo:— La Espada Negra era mi amado y mi marido. Sólo en su busca voy. ¿Qué otra cosa pretendes? —Y se apresuró dejándolo atrás. Así llegó a los Cruces del Teiglin y vio Haudh-en-Elleth a la blanca luz de la luna y la sobrecogió un gran temor. Entonces lanzó un grito y se volvió dejando caer la capa, y huyó hacia el sur a lo largo del río, y el vestido blanco le relucía a la luz de la luna.

Así la vio Brandir desde la ladera de la colina, y se volvió para salirle al encuentro, pero estaba todavía muy atrás cuando ella llegó a la ruina de Glaurung cerca del borde de Cabed-en-Aras. Allí vio tendido al dragón, pero no hizo caso de él, porque un hombre yacía a su lado; y corrió hacia Turambar y en vano lo llamó. Entonces, al verle la mano quemada, la bañó con lágrimas y la vendó con un trozo de su vestido, y lo besó y le gritó que despertara. En ese momento Glaurung se agitó por última vez antes de morir, y habló con un último aliento, diciendo: —¡Salve, Nienor hija de Húrin! Juntos otra vez antes de terminar. Te ofrezco la alegría de que por fin hayas encontrado a tu hermano. Y lo conocerás ahora: ¡el que apuñala en la oscuridad, traidor de sus enemigos, infiel a sus amigos y maldición de sus hermanos, Túrin hijo de Húrin! Pero la peor de todas sus acciones la sentirás en ti misma.

Entonces Glaurung murió, y el velo de su malicia le fue quitado a Níniel, y recordó los días del pasado. Mirando a

Túrin gritó: —¡Adiós, amado dos veces! *A Túrin Turambar tu-*
rum ambartanen: ¡amo del destino por el destino dominado!
¡Feliz de ti, que estás muerto! —Entonces Brandir, que lo había oído todo, paralizado al borde de la ruina, se le acercó de
prisa; pero ella escapó de él, enloquecida de horror y de angustia, y al llegar al borde de Cabed-en-Aras, se arrojó a él y
desapareció en las aguas tumultuosas.

Entonces Brandir se acercó y miró y se alejó horrorizado;
y aunque ya no deseaba seguir viviendo, no le fue posible
buscar la muerte en las aguas que rugían. Y en adelante nadie volvió a mirar Cabed-en-Aras, ni ave ni bestia se le acercó, ni árbol alguno le creció al lado; y se la llamó Cabed Naeramarth, el Salto del Destino Espantoso.

Pero Brandir volvía a Nen Girith para llevarles las nuevas a
la gente, y se encontró con Dorlas en los bosques, y le dio
muerte: la primera sangre que derramaba, y la última. Y entró en Nen Girith, y los hombres le gritaron: —¿La has visto?
Porque Níniel se ha ido.

Y él respondió: —Níniel se ha ido para siempre. El dragón
está muerto, y Turambar está muerto; y ésas son buenas
nuevas. —La gente se puso a murmurar al oír esas palabras,
diciendo que se había vuelto loco; pero Brandir dijo: —¡Es-
cuchadme hasta el final! Níniel la bienamada también ha
muerto. Se arrojó al Teiglin, pues ya no deseaba seguir con
vida; porque se enteró que no era otra que Nienor hija de
Húrin de Dor-lómin antes de que el olvido la ganara, y que
Turambar era su hermano, Túrin hijo de Húrin.

Pero cuando dejó de hablar y la gente lloraba, Túrin
mismo apareció ante ellos. Porque cuando el dragón murió,
salió del desmayo, y cayó en un profundo sueño de fatiga.
Pero el frío de la noche lo perturbó, la empuñadura de Gurthang se movió junto a él, y despertó. Entonces vio que alguien le había curado la mano, y se asombró mucho de que
lo hubiese dejado tendido sobre el suelo frío; y dio voces, y al
no oír respuesta fue en busca de ayuda, porque se sentía cansado y enfermo.

Pero cuando la gente lo vio, retrocedió amedrentada, creyendo que era un espíritu desasosegado; y él dijo: —No, ale-
graos; porque el dragón está muerto y yo vivo. Pero ¿por
qué habéis desdeñado mi consejo y os habéis acercado?

¿Y dónde está Níniel? Porque a ella quisiera verla. Seguramente la habréis traído con vosotros...

Entonces Brandir le dijo que así era en verdad, y que Níniel había muerto. Pero la esposa de Dorlas exclamó: —No, señor, se ha vuelto loco. Porque vino aquí diciendo que estabais muerto y llamó a eso una buena nueva. Pero vos vivís.

Entonces Turambar montó en cólera y creyó que todo lo que Brandir decía o hacía era dictado por malicia hacia él y hacia Níniel, despechado por el amor que había entre ellos, y le habló con malignidad a Brandir, llamándolo pata de palo. Entonces Brandir le contó todo lo que había oído, y a Níniel la llamó Nienor hija de Húrin, y le gritó a Turambar, con las últimas palabras de Glaurung, que era una maldición para todo el linaje y para aquellos que lo cobijaban.

Entonces Turambar se enfureció, porque en esas palabras oyó los pasos del destino que lo alcanzaban; y acusó a Brandir de haber conducido a Níniel a la muerte, y de deleitarse en repetir las mentiras de Glaurung, si en verdad él mismo no las había inventado. Luego maldijo a Brandir y le dio muerte; y huyó y se internó en los bosques. Pero al cabo de un tiempo se le pasó la locura, y llegó a Haudh-en-Elleth, y allí se sentó y meditó sobre todos sus actos. Y le pidió a voces a Finduilas que le aconsejase; porque no sabía si no haría más daño yendo a Doriath en busca de los suyos, o abandonándolos para siempre y buscando la muerte en la batalla.

Y mientras aún estaba allí sentado llegó Mablung con una compañía de Elfos Grises a los Cruces del Teiglin, y reconoció a Túrin, y lo saludó, y se alegró realmente de encontrarlo todavía con vida; porque se había enterado de la salida de Glaurung y de que iba hacia Brethil, y había oído también que la Espada Negra de Nargothrond vivía ahora allí. Por tanto iba a advertir a Túrin, y a ayudarlo de ser necesario; pero Túrin dijo: —Venís demasiado tarde. El dragón está muerto.

Entonces todos se maravillaron y le hicieron grandes alabanzas; pero nada de eso le interesaba a Túrin, y dijo: —Esto pregunto solamente: dadme noticias de mis hermanos, pues en Dor-lómin supe que habían ido al Reino Escondido.

Entonces Mablung se afligió, pero por fuerza tuvo que decirle a Túrin que Morwen se había perdido, y que Nienor estaba hechizada, y que vivía en un olvido de sombras profundas, y se les había escapado en las fronteras de Doriath y había huido hacia el norte. Entonces supo Túrin por fin que el destino le había dado alcance, y que había matado a Brandir injustamente, de modo que las palabras de Glaurung se habían confirmado. Y se echó a reír como un loco, gritando: —¡Es ésta una broma amarga, en verdad! —Pero le pidió a Mablung que se fuera y volviera a Doriath con una maldición sobre ella.— ¡Y una maldición también sobre tu cometido! —gritó—. Sólo esto faltaba. Ahora llega la noche.

Entonces escapó como el viento, y ellos se quedaron asombrados, preguntándose qué locura le habría dado; y lo siguieron. Pero Túrin corrió dejándolos muy atrás; y llegó a Cabed-en-Aras, y oyó el rugido de las aguas, y vio que todas las hojas caían marchitas de los árboles como si hubiera llegado el invierno. Desenvainó allí la espada, lo único que le quedaba de todas sus posesiones, y dijo: —¡Salve, Gurthang! No otro señor ni lealtad conoces, sino la mano que te esgrime. No retrocedes ante la sangre de nadie. Por tanto, ¿no quieres la de Túrin Turambar? ¿No me matarás de prisa?

Y en la hoja resonó una voz fría que le respondió: —Sí, de buen grado beberé tu sangre, para olvidar así la sangre de Beleg, mi amo, y la sangre de Brandir, muerto injustamente. De prisa te daré muerte.

Entonces Túrin aseguró la empuñadura en el suelo y se arrojó sobre la punta de Gurthang, y la hoja negra le quitó la vida. Pero Mablung y los Elfos llegaron y contemplaron la figura de Glaurung, que yacía muerto, y el cadáver de Túrin, y se afligieron; y cuando vinieron los Hombres de Brethil y se enteraron de la razón de la locura de Túrin y de su muerte, quedaron espantados; y Mablung dijo con amargura: —También yo he quedado enredado en el destino de los Hijos de Húrin, y así con mis nuevas ha muerto uno al que yo amaba.

Entonces alzaron a Túrin y vieron que Gurthang se había partido. Pero los Elfos y los Hombres recogieron allí abundante leña e hicieron una gran hoguera, y el dragón se consumió hasta quedar convertido en cenizas. A Túrin lo depositaron sobre un gran túmulo levantado en el sitio donde había caído, y le pusieron al lado los pedazos de Gurthang. Y cuando todo estuvo hecho, los Elfos cantaron un lamento por los Hijos de Húrin, y sobre el túmulo colocaron una gran piedra gris en la que estaban grabadas las runas de Doriath:

TÚRIN TURAMBAR DAGNIR GLAURUNGA

y debajo escribieron también:

NIENOR NÍNIEL

Pero ella no estaba allí, y nunca se supo dónde se la habían llevado las frías aguas del Teiglin.

22

DE LA RUINA DE DORIATH

Así concluyó la historia de Túrin Turambar; sin embargo Morgoth no dormía ni descansaba del mal, y aún tenía tratos con la casa de Hador, impulsado contra ellos por una malicia insaciable, aunque nunca perdía de vista a Húrin, y Morwen erraba enloquecida por las tierras salvajes.

Desdichada era la suerte de Húrin; porque todo lo que sabía Morgoth de los resultados de su propia malicia, también lo sabía Húrin, pero las mentiras se confundían con la verdad, y todo lo bueno se ocultaba o se tergiversaba. Morgoth intentaba echar de cualquier modo una luz maligna sobre las cosas que Thingol y Melian habían hecho, porque los odiaba y los temía. Por tanto, cuando creyó que el momento era oportuno, dejó en libertad a Húrin, diciéndole que fuera donde quisiera, como si compadeciera a un enemigo por completo derrotado. Pero mentía, y sólo deseaba que Húrin sintiera todavía más odio por Elfos y Hombres antes de morir.

Entonces, aunque poco confiaba en las palabras de Morgoth, pues sabía que no conocía la piedad, Húrin se alejó dolorido, amargado por las palabras del Señor Oscuro; y había transcurrido un año desde la muerte de su hijo Túrin. Durante veintiocho años había permanecido cautivo en Angband, y tenía un aspecto tétrico. Llevaba los cabellos y la barba largos y encanecidos, pero caminaba erguido, apoyándose en un gran cayado negro; y ceñía una espada. Así llegó a Hithlum, y los cabecillas de los Orientales se enteraron de que había un gran movimiento de capitanes y de soldados negros de Angband por las arenas de Anfauglith, y de que con ellos venía un anciano tratado con altos honores. Así ocurrió que no levantaron la mano contra Húrin y lo dejaron andar libremente por aquellas tierras; en lo que se mostraron prudentes, y el resto del pueblo de Húrin lo evitó, pues llegaba de Angband como quien tiene alianza con Morgoth y es por él honrado.

Así pues, la libertad acrecentaba todavía más la amargura del corazón de Húrin; y abandonó la tierra de Hithlum y subió a las montañas. Desde allí divisó a lo lejos en medio de las nubes los picos de las Crissaegrim, y se acordó de Turgon; y deseó volver al reino escondido de Gondolin. Descendió por tanto de Ered Wethrin, y no sabía que las criaturas de Morgoth lo vigilaban; y cruzando el Brithiach, entró en Dimbar, y llegó al oscuro pie de las Echoriath. Toda la tierra estaba desolada y fría, y miró alrededor con pocas esperanzas, erguido al pie de una pendiente de piedras bajo un muro escarpado, y no sabía que eso era todo lo que podía verse del antiguo Camino de Huida: habían bloqueado el Río Seco y el portal arqueado estaba bajo tierra. Y Húrin miró el cielo gris, creyendo que quizá viera nuevamente a las águilas, como hacía ya mucho, en su juventud; pero sólo vio las sombras venidas del este, y las nubes que rodeaban los picos inaccesibles, y sólo oyó el silbido del viento sobre las piedras.

Pero la vigilancia de las grandes águilas había sido redoblada, y pronto descubrieron a Húrin, allá abajo, abandonada a la luz declinante; y en seguida el mismo Thorondor, pues la noticia parecía de importancia, le llevó el mensaje a Turgon. Pero Turgon le dijo: —¿Acaso Morgoth duerme? Te equivocas.

—No es así —le dijo Thorondor—. Si las Águilas de Manwë acostumbraran errar de esta manera, hace ya tiempo, señor, que vuestro escondite habría sido inútil.

—Entonces no hay duda de que tus palabras auguran el mal —dijo Turgon—, pues sólo pueden tener un significado. Aun Húrin Thalion se ha sometido a la voluntad de Morgoth. Mi corazón se ha cerrado para siempre.

Pero cuando Thorondor hubo partido, Turgon se quedó largo tiempo meditando, y recordó perturbado los hechos de Húrin de Dor-lómin; y abrió su corazón, y pidió a las águilas que buscaran a Húrin, e intentaran traerlo a Gondolin. Pero era demasiado tarde, y no lo vieron más, ni a la luz ni a la sombra.

Porque Húrin estaba entonces desesperado mirando los riscos silenciosos de las Echoriath; y el sol poniente horadó las nubes y le tiñó de rojo los cabellos blancos. Entonces gritó en el desierto, sin importarle que nadie lo escuchara, y maldijo la tierra implacable; y de pie sobre una roca elevada miró por último hacia Gondolin y llamó en alta voz: —¡Turgon, Turgon, recuerda el Marjal de Serech! ¡Oh, Turgon! ¿No me oyes en tus estancias ocultas? —Pero no había otro sonido que el del viento en las hierbas secas.— Así silbaban en Serech al ponerse el sol —dijo; y mientras hablaba el sol se puso tras las Montañas de la Sombra, y una oscuridad cayó alrededor, y el viento cesó, y hubo silencio en el yermo.

Pero quienes vigilaban a Húrin alcanzaron a oír lo que decía, y el mensaje llegó sin demora ante el Trono Oscuro del norte; y Morgoth sonrió, porque ahora sabía claramente en qué región moraba Turgon, aunque por causa de las águilas no había podido mandar ningún espía a que observara aquellas tierras, detrás de las Montañas Circundantes. Éste fue el primer mal que la libertad de Húrin trajo al mundo.

Cuando se hizo la oscuridad, Húrin resbaló de la roca y cayó en un pesado sueño de dolor. Pero en el sueño oyó la voz de Morwen que se lamentaba y que lo llamaba una y otra vez; y le pareció que la voz venía de Brethil. Por tanto, cuando despertó, junto con la venida del día, se puso de pie y regresó al Brithiach; y avanzando a lo largo de Brethil llegó en la noche a los Cruces del Teiglin. Los centinelas nocturnos lo vieron, pero se sintieron atemorizados, pues creían ver a un fantasma salido de un viejo túmulo de guerra, y que ahora andaba en la oscuridad; y por eso Húrin no fue detenido, y al fin llegó al sitio en que Glaurung había sido quemado, y vio la piedra alta, erguida a orillas de Cabed Naeramarth.

Pero Húrin no miró la piedra, pues sabía lo que allí estaba escrito; y además había descubierto que no se encontraba solo. Sentada a la sombra de la piedra había una mujer, inclinada y de rodillas; y mientras Húrin la miraba en silencio, ella echó atrás la destrozada capucha y levantó la cara; tenía el pelo cano y era vieja; pero de pronto las miradas de los dos se encontraron, y él la reconoció porque aunque había espanto y frenesí en los ojos de ella, aún conservaban la luz que mucho tiempo atrás le había ganado el nombre de Eledhwen, la más orgullosa y bella entre las mujeres mortales de antaño.

—Has venido por fin —dijo ella—. He esperado demasiado.

—El camino era oscuro. Vine como me fue posible —respondió él.

—Pero has llegado demasiado tarde —le dijo Morwen—. Se han perdido.

—Lo sé —dijo él—. Pero tú no.

Pero Morwen dijo: —Casi. Estoy agotada. Me iré con el sol. Queda poco tiempo ahora: si lo sabes, ¡dímelo! ¿Cómo llegó ella a encontrarlo?

Pero Húrin no respondió, y se sentaron junto a la piedra y no volvieron a hablar; y cuando el sol se puso, Morwen suspiró y le tomó la mano, y se quedó quieta; y Húrin supo que había muerto. La miró en el crepúsculo, y le pareció que las líneas trazadas por el dolor y las crueles penurias se habían borrado en el rostro de Eledhwen. —Nunca fue vencida —dijo; y le cerró los ojos y permaneció sentado e inmóvil junto a ella mientras la noche continuaba avanzando. Las aguas de Cabed Naeramarth rugían cerca, pero él no oía nada, y no veía nada, y no sentía nada, porque el corazón se le había vuelto de piedra. Pero sopló un viento frío, y una lluvia le golpeó la cara, y lo despertó, y la ira se levantó en él como un humo que le oscurecía el juicio, de modo que ahora no deseaba otra cosa que vengarse por los daños que habían sufrido él y los suyos, acusando en su angustia a todos los que habían tenido algún trato con ellos. Entonces se incorporó e hizo una tumba para Morwen sobre Cabed Naeramarth al lado oeste de la piedra; y sobre ella grabó estas palabras: *Aquí yace también Morwen Eledhwen*.

Se dice que un vidente y arpista de Brethil llamado Glirhuin compuso un canto en el que decía que la Piedra de los Desventurados nunca sería mancillada por Morgoth, ni nunca caería, aun cuando el mar anegara la tierra, como en verdad más tarde acaeció; y todavía Tol Morwen se yergue sola en el agua más allá de las costas que fueron hechas en los días de la cólera de los Valar. Pero Húrin no yace allí, pues el destino lo llevó a otro sitio, y la Sombra aún iba detrás de él.

Ahora bien, Húrin cruzó el Teiglin y fue hacia el sur por el antiguo camino que conducía a Nargothrond; y vio a lo lejos hacia el este la elevación solitaria de Amon Rûdh, y supo lo que allí había sucedido. Por fin llegó a las orillas del Narog, y se aventuró a cruzar las aguas precipitadas pisando las piedras caídas del puente, como lo había hecho Mablung de Doriath antes que él; y se encontró ante las quebradas Puertas de Felagund, apoyado en su vara.

Es necesario contar aquí que después de la partida de Glaurung, Mîm el Enano Mezquino había encontrado el camino a Nargothrond y se había deslizado dentro de los recintos en ruinas; y había tomado posesión de ellos, y estaba allí acariciando de continuo el oro y las gemas, pues nadie venía nunca a despojarlo, por miedo al espíritu de Glaurung y su solo recuerdo. Pero ahora alguien había venido y estaba en el umbral; y Mîm salió y quiso saber qué propósitos lo traían. Pero Húrin le dijo: —¿Quién eres tú, que pretendes impedirme la entrada a la casa de Finrod Felagund?

Entonces el Enano respondió: —Soy Mîm; y antes que los orgullosos llegaran desde el Mar, los Enanos excavaron los recintos de Nulukkizdîn. No he venido sino a tomar lo que es mío; porque soy el último de mi pueblo.

—Pues entonces ya no seguirás gozando de tu herencia —dijo Húrin—; porque yo soy Húrin hijo de Galdor vuelto de Angband, y mi hijo era Túrin Turambar, a quien no has olvidado; y él fue quien dio muerte a Glaurung el Dragón, el que arruinó los recintos en que estás ahora; y aquel que traicionó el Yelmo-Dragón de Dor-lómin no me es desconocido.

Entonces Mîm, atemorizado, le rogó a Húrin que tomara lo que quisiera, y que le perdonara la vida; pero Húrin no le hizo caso, y lo mató allí ante las puertas de Nargothrond. Luego entró y se demoró un rato en aquel espantoso lugar, donde los tesoros de Valinor estaban esparcidos por los suelos en oscuridad y deterioro; pero se dice que cuando Húrin salió de las ruinas de Nargothrond y estuvo de nuevo bajo el cielo, de todo ese tesoro había tomado tan sólo una cosa.

Luego Húrin se encaminó hacia el este y llegó a las Lagunas del Crepúsculo sobre las Cataratas del Sirion; y allí fue detenido por los Elfos que vigilaban las fronteras occidentales de Doriath, y llevado ante el Rey Thingol en las Mil Cavernas. Entonces Thingol sintió gran dolor y pena cuando lo miró y reconoció en ese hombre lóbrego y envejecido a Húrin Thalion, el cautivo de Morgoth; pero lo saludó amablemente y le rindió honores. Húrin no respondió al rey, y sacó de debajo de la capa la única cosa que había traído de Nargothrond; y era nada menos que el Nauglamír, el Collar de los Enanos, hecho para Finrod Felagund hacía ya mucho tiempo por los artesanos de Nogrod y Belegost, la más afamada de todas las obras de los Días Antiguos, y la más apreciada por Finrod entre todos los tesoros de Nargothrond. Y Húrin lo arrojó a los pies de Thingol con furiosas y amargas palabras.

—¡Recibe la paga —exclamó— por lo bien que has cuidado de mis hijos y mi esposa! Porque éste es el Nauglamír, cuyo nombre es conocido de muchos entre los Elfos y los Hombres; y te lo traigo desde la oscuridad de Nargothrond, donde Finrod, tu pariente, lo dejó cuando partió con Beren hijo de Barahir, para cumplir el cometido de Thingol de Doriath.

Entonces Thingol miró el gran tesoro, y reconoció el Nauglamír, y comprendió en seguida las intenciones de Húrin; pero movido por la compasión, se contuvo, y soportó el desprecio de Húrin. Y por último Melian habló y dijo: —Húrin Thalion, Morgoth te ha embrujado; porque quien ve por los ojos de Morgoth, quiéralo o no, ve las cosas torcidas. Mucho tiempo tu hijo Túrin fue cuidado en las estancias de Menegroth, y recibió amor y honores como hijo del rey; y no fue por voluntad del rey ni por la mía que no volvió nunca a Doriath. Y después tu esposa y tu hija fueron albergadas aquí con honor y buena voluntad; e hicimos todo lo posible por apartarlas del camino a Nargothrond. Con la voz de Morgoth reprochas ahora a tus amigos.

Y al escuchar estas palabras de Melian, Húrin se quedó inmóvil y miró largamente a la reina en los ojos; y allí, en Menegroth, defendida todavía por la Cintura de Melian de la oscuridad del Enemigo, leyó la verdad de todo cuanto había sido hecho, y conoció por fin la plenitud del daño que para él había concebido Morgoth Bauglir. Y no habló más del pasado, e inclinándose levantó el Nauglamír de donde estaba delante del trono de Thingol, y se lo entregó diciendo: —Recibid, señor, el Collar de los Enanos como regalo de uno que no tiene nada y como recuerdo de Húrin de Dor-lómin. Porque ahora mi destino está cumplido, y también el propósito de Morgoth, pero ya no soy esclavo de él.

Entonces se volvió y abandonó las Mil Cavernas, y todos los que lo veían caían hacia atrás al verle la cara; y nadie intentó impedir que partiese, ni nadie supo entonces a dónde iba. Pero se dice que Húrin ya no quiso seguir viviendo; despojado de todo deseo y de todo propósito se arrojó por fin al Mar Occidental; y así terminó el más poderoso de los guerreros de los Hombres mortales.

Pero cuando Húrin se hubo marchado de Menegroth, Thingol permaneció largo tiempo en silencio mirando el gran tesoro que tenía sobre las rodillas; y pensó que tenía que ser rehecho, y que en él había que engarzar el Silmaril. Porque al paso de los años el pensamiento de Thingol había vuelto una y otra vez a la joya de Fëanor, y al fin se apegó a ella, y no le gustaba dejarla, ni siquiera tras las puertas de su cámara más profunda, y ahora estaba decidido a llevarla siempre consigo, despierto y dormido.

En aquellos días los Enanos viajaban todavía a Beleriand desde las mansiones de Ered Lindon, y cruzando el Gelion en Sarn Athrad, el Vado de Piedras, tomaban el viejo camino a Doriath; pues eran muy hábiles para el trabajo de los metales y las piedras, y se los necesitaba a menudo en las estancias de Menegroth. Pero ya no venían en grupos reducidos como antes, sino en grandes compañías bien armadas para protegerse en las peligrosas tierras que se extienden entre el Aros y el Gelion; y en esas ocasiones se alojaban en Menegroth en cámaras y herrerías reservadas para ellos. Y precisamente en ese tiempo habían llegado a Doriath grandes artífices de Nogrod; y por tanto el rey los convocó y les dijo qué deseaba, y que si no les faltaba habilidad tenían que rehacer el Nauglamír y engarzar el Silmaril. Entonces los Enanos miraron la obra de sus padres, y contemplaron maravillados la joya refulgente de Fëanor; y sintieron un gran deseo de apoderarse de los dos tesoros y llevarlos a las montañas. Pero disimularon estos pensamientos y aceptaron la tarea.

Larga fue la tarea; y Thingol bajaba solo a las profundas herrerías y se sentaba entre ellos mientras trabajaban. Con el tiempo el deseo de Thingol quedó cumplido, y las obras más grandes de los Elfos y los Enanos se unieron y se hicieron una; y era de una extremada belleza; porque ahora las incontables joyas del Nauglamír reflejaban y expandían alrededor con maravillosos matices la luz del Silmaril. Entonces Thingol, solo entre ellos, hizo ademán de levantarlo y de ponérselo al cuello; pero en ese momento los Enanos lo retuvieron y exigieron que se los cediera, preguntando: —¿Con qué derecho reclama el rey Elfo el Nauglamír, hecho por nuestros padres para Finrod Felagund, que ya ha muerto? Sólo lo tiene de manos de Húrin, el Hombre de Dor-lómin, que lo tomó como un ladrón de la oscuridad de Nargothrond. —Pero Thingol leyó en los corazones de los Enanos y vio que el deseo del Silmaril no era sino un pretexto y un manto bordado que ocultaba otras intenciones; e iracundo y orgulloso no hizo caso del peligro en que se encontraba, y les habló con desprecio diciendo: —¿Cómo os atrevéis, torpe raza, a exigir nada de mí, Elu Thingol, Señor de Beleriand, cuya vida empezó junto a las aguas de Cuiviénen incontables años antes de que despertaran los padres del pueblo reducido? —E irguiéndose alto y orgulloso entre ellos les ordenó con palabras humillantes que abandonaran Doriath sin ser recompensados.

Entonces la codicia de los Enanos se convirtió en rabia por las palabras del rey; y lo rodearon, y le pusieron las manos encima, y lo mataron. De este modo Elwë Singollo, el Rey de Doriath, el único de los Hijos de Ilúvatar que desposara a una de las Ainur, y el único de los Elfos Abandonados que había visto la luz de los Árboles de Valinor, murió en las profundidades de Menegroth, con una última mirada posada en el Silmaril.

Entonces los Enanos recogieron el Nauglamír y abandonaron Menegroth, y huyeron hacia el este a través de Region. Pero la noticia corrió rauda por el bosque, y pocos de esa compañía llegaron al Aros, pues fueron perseguidos a muerte mientras buscaban el camino del este; y el Nauglamír fue recuperado y llevado con amarga pena a Melian la Reina. No obstante, dos fueron los asesinos de Thingol que escaparon a la persecución por las fronteras del este, y volvieron por fin a la ciudad lejana de las Montañas Azules; y allí en Nogrod contaron en parte lo sucedido, diciendo que los Enanos habían sido muertos en Doriath por orden del rey Elfo para no darles así la prometida recompensa.

Entonces muy grandes fueron la ira y las lamentaciones de los Enanos de Nogrod por la muerte de sus hermanos y de sus grandes artífices, y se mesaron las barbas y gimieron; y durante mucho tiempo meditaron vengarse. Se dice que pidieron la ayuda de Belegost, que les fue negada, y que los Enanos de Belegost intentaron disuadirlos; pero de nada les valió este consejo, y no tardaron en preparar un gran ejército que partió de Nogrod, y cruzando el Gelion marchó hacia el oeste a través de Beleriand.

Una gran pesadumbre había descendido sobre Doriath. Melian se quedaba largo rato sentada en silencio junto a Thingol el Rey, recordando los años iluminados por las estrellas y la primera vez que se encontraran entre los ruiseñores de Nan Elmoth en edades anteriores; y sabía que la despedida de Thingol anunciaba una despedida todavía mayor, y que el destino de Doriath estaba próximo a cumplirse. Porque Melian era de la raza divina de los Valar, una Maia de gran poder y sabiduría; aunque por amor a Elwë Singollo había adoptado la forma de los Hijos Mayores de Ilúvatar; y con esa unión quedó atada por las cadenas y trabas de la carne de Arda. En esa forma concibió para él a Lúthien Tinúviel; y en esa forma ganó poder sobre la sustancia de Arda, y la Cintura de Melian defendió a Doriath durante largas edades de los males exteriores. Pero ahora Thingol yacía muerto, y su espíritu había entrado en las Estancias de Mandos; y esta muerte había traído un cambio también a Melian. Fue así que el poder de ella se retiró por ese tiempo de los bosques de Neldoreth y Region; y el Esgalduin, el río encantado, habló con una voz diferente, y Doriath quedó abierta a los enemigos.

En adelante Melian habló sólo con Mablung, pidiéndole que cuidara del Silmaril, y transmitiera sin demora la nueva a Beren y Lúthien en Ossiriand; y desapareció de la Tierra Media y pasó a la tierra de los Valar, más allá del Mar Occidental, para llorar su dolor en los jardines de Lórien, de donde había venido, y en esta historia nada más se dice de ella.

Así fue que el ejército de los Naugrim, cruzando el Aros, penetró sin ser estorbado en los bosques de Doriath; y nadie les opuso resistencia, pues eran muchos y feroces, y los capitanes de los Elfos Grises titubearon y se desesperaron, y fueron de aquí para allá sin objeto alguno. Pero los Enanos siguieron adelante, y cruzaron el gran puente y penetraron en Menegroth; y allí ocurrió uno de los hechos más dolorosos de los Días Antiguos. Porque se libró una batalla en las Mil Cavernas, y muchos Enanos y Elfos murieron; y esto no se olvidó. Pero vencieron los Enanos, que saquearon y vaciaron las estancias de Thingol. Allí cayó Mablung el de la Mano Pesada, ante las puertas del tesoro donde estaba el Nauglamír; y el Silmaril fue tomado.

En ese tiempo Beren y Lúthien vivían todavía en Tol Galen, la Isla Verde, en el Río Adurant, la más austral de las corrientes que descendiendo de Ered Lindon iban a parar al Gelion; y su hijo Dior Eluchíl tenía por esposa a Nimloth, parienta de Celeborn, príncipe de Doriath, que estaba desposado con la Dama Galadriel. Los hijos de Dior y Nimloth fueron Eluréd y Elurín; y también tuvieron una hija, y se llamaba Elwing, que significa Rocío de Estrellas, porque nació en una noche estrellada cuya luz resplandecía en el rocío de la cascada de Lanthir Lamath junto a la casa de su padre.

Ahora bien, pronto se supo entre los Elfos de Ossiriand que una gran hueste de Enanos con pertrechos de guerra había descendido de las montañas y había cruzado el Gelion por el Vado de Piedras. Estas nuevas no tardaron en llegar a Beren y Lúthien; y en ese tiempo arribó también un mensajero de Doriath que les contó lo que allí había ocurrido. Entonces Beren se puso de pie y abandonó Tol Galen; y llamó a Dior, su hijo, y se encaminaron al norte hacia el Río Ascar; y junto con ellos fueron muchos Elfos Verdes de Ossiriand.

Así ocurrió que cuando los Enanos de Nogrod, que volvían de Menegroth con huestes disminuidas, llegaron nuevamente a Sarn Athrad, fueron atacados por enemigos invisibles; porque mientras subían por las orillas del Gelion cargados del botín de Doriath, las trompetas de los Elfos resonaron de pronto en los bosques de alrededor y de todos lados llovieron lanzas sobre los Enanos. Allí muchos de ellos murieron en el primer ataque; pero algunos consiguieron escapar y se mantuvieron unidos, y huyeron hacia el este a las montañas. Y mientras escalaban las pendientes del Monte Dolmed, los Pastores de Árboles cayeron sobre los Enanos y los expulsaron hasta los bosques sombríos de Ered Lindon; desde allí, según se dice, ninguno volvió a escalar los altos pasos que conducían a las cavernas.

En esa batalla junto a Sarn Athrad, Beren luchó por última vez, y él fue quien mató al Señor de Nogrod, y le arrancó el Collar de los Enanos; pero el Señor de Nogrod murió maldiciendo el tesoro. Entonces Beren miró con asombro la joya de Fëanor que él había cortado de la corona de hierro de Morgoth, y que ahora refulgía en medio de oro y gemas, engarzadas por la destreza de los Enanos; y le quitó la sangre en las aguas del río. Y cuando todo hubo terminado, el tesoro de Doriath se hundió en el Río Ascar, y desde ese momento el río tuvo nuevo nombre: Rathlóriel, el Lecho de Oro; pero Beren tomó el Nauglamír y volvió a Tol Galen. Poco alivió la pena de Lúthien enterarse de que el Señor de Nogrod había muerto y con él muchos Enanos; pero se dice y se canta que Lúthien, engalanada con el collar y la joya inmortal, era la visión más bella y gloriosa que se hubiera contemplado alguna vez fuera del reino de Valinor; y por un breve tiempo, la Tierra de los Muertos que Viven pareció una visión de la tierra de los Valar, y desde entonces ningún sitio fue tan hermoso, tan fértil y tan lleno de luz.

Ahora bien, Dior, el heredero de Thingol, se despidió de Beren y de Lúthien, y abandonando Lanthir Lamath con su esposa Nimloth fue a Menegroth e hizo allí su morada; y con ellos fueron sus jóvenes hijos Eluréd y Elurín, y su hija Elwing. Entonces los Sindar los recibieron con alegría, y salieron de la oscuridad de su pena por el rey y pariente caído y por la partida de Melian; y Dior Eluchíl se propuso devolver la gloria al reino de Doriath.

Una noche de otoño, ya tarde, alguien llegó y llamó a las puertas de Menegroth pidiendo ser admitido ante el rey. Era un señor de los Elfos Verdes que venía apresurado de Ossiriand, y los guardianes lo condujeron a la cámara donde Dior se encontraba solo; y allí, en silencio, el Elfo le dio al rey un cofre y se despidió. Pero ese cofre guardaba el Collar de los Enanos en que estaba engarzado el Silmaril; y al verlo Dior reconoció el signo de que Beren Erchamion y Lúthien Tinúviel habían muerto en verdad, y habían ido a donde va la raza de los Hombres, a un destino más allá del mundo.

Durante mucho tiempo contempló Dior el Silmaril, que más allá de toda esperanza su padre y su madre habían traído del terror de Morgoth; y mucho se dolió de que la muerte los hubiera sorprendido tan temprano. Pero dicen los sabios que el Silmaril apresuró su fin; porque la llama de la belleza de Lúthien era demasiado brillante para tierras mortales.

Entonces Dior se puso en pie y se prendió el Nauglamír en torno al cuello; y era ahora el más hermoso de todos los hijos del mundo de las tres razas: la de los Edain, y la de los Eldar, y la de los Maiar del Reino Bendecido.

Pero cundió el rumor entre los Elfos dispersos de Beleriand de que Dior, el heredero de Thingol, llevaba el Nauglamír, y dijeron: —Un Silmaril de Fëanor arde de nuevo en los bosques de Doriath. —Y el juramento de los hijos de Fëanor despertó otra vez. Porque mientras Lúthien llevaba el Collar de los Enanos, ningún Elfo se habría atrevido a atacarla; pero ahora, al enterarse de la renovación de Doriath y del orgullo de Dior, los siete Elfos abandonaron la vida errante y volvieron a reunirse; y le enviaron mensajeros a Dior reclamando la posesión del Silmaril.

Pero Dior no dio respuesta a los hijos de Fëanor; y Celegorm instó a sus hermanos a que atacaran a Doriath. Llegaron inadvertidos en pleno invierno, y lucharon con Dior en las Mil Cavernas; y así ocurrió la segunda matanza de Elfos por Elfos. Allí cayó Celegorm a manos de Dior, y allí cayeron Curufin y el oscuro Caranthir, pero Dior fue también muerto, y Nimloth, su esposa; y los crueles sirvientes de Celegorm se apoderaron de los jóvenes hijos y los dejaron abandonados en el bosque para que murieran de hambre. De esto, en verdad, se arrepintió Maedhros, y los buscó largo tiempo en los bosques de Doriath; pero de nada le valió la búsqueda; y del hado de Eluréd y de Elurín no se cuenta ninguna historia.

Así fue destruida Doriath y nunca volvió a levantarse. Pero

los hijos de Fëanor no obtuvieron lo que buscaban; porque un resto del pueblo huyó ante ellos, y con él iba Elwing
hija de Dior, y escaparon, y llevando consigo el Silmaril llegaron con el tiempo a las Desembocaduras del Sirion, junto
al mar.

23

DE TUOR Y LA CAÍDA DE GONDOLIN

Se dijo que Huor, el hermano de Húrin, fue muerto en la Batalla de las Lágrimas Innumerables; y en el invierno de ese año su esposa Rían parió un niño en el descampado de Mithrim, y lo llamaron Tuor, y fue criado por Annael, de los Elfos Grises, que vivía aún en esas colinas. Ahora bien, cuando Tuor contaba dieciséis años, los Elfos decidieron abandonar las cavernas de Androth donde moraban entonces e ir en secreto a los Puertos del Sirion en el lejano sur; pero fueron atacados por Orcos y Orientales antes de que consiguieran ponerse a salvo, y Tuor fue hecho prisionero y esclavizado por Lorgan, jefe de los Orientales de Hithlum. Durante tres años soportó esa servidumbre, pero por último escapó; y regresando a las cavernas de Androth, vivió allí solo, e hizo tanto daño a los Orientales que Lorgan puso precio a la cabeza de Tuor.

Pero cuando Tuor llevaba cuatro años viviendo así en la soledad del proscrito, Ulmo le puso en el corazón el deseo de abandonar la tierra paterna, pues había escogido a Tuor como instrumento de sus designios; y dejando una vez más las cavernas de Androth, Tuor se dirigió hacia el oeste a través de Dor-lómin, y encontró Annon-in-Gelydh, el Portal de los Noldor, que el pueblo de Turgon había construido cuando habitaban en Nevrast muchos años atrás. Desde allí un túnel oscuro avanzaba por debajo de las montañas y salía a Cirith Ninniach, la Grieta del Arco Iris, por la que unas aguas turbulentas se precipitaban hacia el Mar Occidental. Así pues, la huida de Tuor de Hithlum no fue advertida por Hombre ni Orco alguno, y nada de todo esto llegó a oídos de Morgoth.

Y Tuor llegó a Nevrast, y al contemplar el Belegaer, el Gran Mar, se enamoró de él, y llevó siempre en el corazón y en el oído el sonido y la nostalgia del mar, y una inquietud despertó en él que lo arrastró por fin a las profundidades de los reinos de Ulmo. Entonces vivió solo en Nevrast, y el verano de ese año pasó, y el destino de Nargothrond estaba cumpliéndose; pero cuando llegó el otoño, vio a siete cisnes que iban volando hacia el sur, y le parecieron un signo de que se había demorado demasiado, y los siguió a lo largo de las costas del mar. Así llegó por fin a las estancias desiertas de Vinyamar bajo el Monte Taras, y entró en ellas y encontró allí el escudo y la cota y la espada y el yelmo que Turgon había dejado por orden de Ulmo hacía ya mucho tiempo; tomó esas armas y se aproximó a la costa. Pero vino del oeste una gran tormenta, y de esa tormenta, Ulmo, Señor de las Aguas, se alzó majestuosamente, y le habló a Tuor, que estaba a orillas del mar. Y le ordenó que abandonara ese sitio y buscara el reino escondido de Gondolin; y le dio a Tuor una gran capa, para ocultarlo con una sombra a los ojos del enemigo.

Pero por la mañana, cuando hubo pasado la tormenta, Tuor se topó con un Elfo junto a los muros de Vinyamar; y era Voronwë hijo de Aranwë de Gondolin, que había navegado en el último barco que Turgon enviara a Occidente. Pero cuando, al volver por fin de alta mar, el barco naufragó a la vista de las costas de la Tierra Media, Ulmo lo recogió, sólo a él de entre todos los marineros, y lo arrojó a tierra cerca de Vinyamar; y al enterarse de la orden impuesta a Tuor por el Señor de las Aguas, Voronwë se asombró mucho, y aceptó guiarlo a las puertas escondidas de Gondolin. Por tanto, se pusieron juntos en marcha, y cuando el Fiero Invierno de ese año descendió sobre ellos desde el norte, se encaminaban fatigosamente hacia el este bajo los picos de las Montañas de la Sombra.

Por fin alcanzaron los Estanques de Ivrin, y miraron allí con pena la devastación provocada por el paso de Glaurung el Dragón; pero mientras estaban mirando vieron a uno que iba de prisa hacia el norte; un Hombre alto, vestido de negro, que llevaba una espada negra. Pero no sabían quién era, ni qué había ocurrido en el sur, y no dijeron una palabra.

Y por último, mediante el poder que Ulmo había puesto en ellos, llegaron a las puertas escondidas de Gondolin, y pasando por el túnel subterráneo, alcanzaron el portón interior, y la guardia los hizo prisioneros. Fueron conducidos entonces por el poderoso desfiladero de Orfalch Echor, cerrado por siete puertas, y llevados ante Ecthelion de la Fuente, el guardián de la gran puerta al final del camino empinado, y allí Tuor dejó caer la capa, y por las armas que llevaba de Vinyamar reconocieron que era en verdad el enviado de Ulmo. Entonces Tuor contempló el hermoso valle de Tumladen, engarzado como una joya verde entre las colinas de alrededor; y a lo lejos, sobre la altura rocosa de Amon Gwareth, vio a Gondolin la grande, ciudad de siete nombres, cuya fama y gloria es alta en el canto de todos los Elfos de las Tierras de Aquende. Por orden de Ecthelion las trompetas sonaron en las torres de la gran puerta, y las colinas devolvieron el eco; y lejano, pero claro, llegó el sonido de otras trompetas, que respondían desde los muros blancos de la ciudad, arrebolados con el alba que se extendía por la llanura.

Así fue como el hijo de Huor cabalgó a través de Tumladen y llegó a la puerta de Gondolin; y después de ascender las amplias escalinatas de la ciudad, fue por fin conducido a la Torre del Rey, y contempló las imágenes de los Árboles de Valinor. Entonces Tuor se encontró de pie ante Turgon hijo de Fingolfin, Rey Supremo de los Noldor, y a la derecha del rey estaba de pie Maeglin, hijo de su hermana, y a la izquierda tenía sentada a su hija Idril Celebrindal; y todos los que escucharon la voz de Tuor se maravillaron, preguntándose si sería en verdad un Hombre de raza mortal, porque hablaba con las palabras del Señor de las Aguas que le venían en ese instante. Y le advirtió a Turgon que la Maldición de Mandos se precipitaba ahora e iba a cumplirse, y que todas las obras de los Noldor perecerían; y le dijo que partiera y abandonara la poderosa ciudad que había construido y bajara por el Sirion al mar.

Entonces Turgon meditó un largo tiempo el consejo de Ulmo, y le vinieron a la mente las palabras que oyera en Vinyamar: «No ames demasiado la obra de tus manos y las invenciones de tu corazón; y recuerda que la verdadera esperanza de los Noldor está en el Occidente y viene del Mar». Pero Turgon se había vuelto orgulloso, y Gondolin era tan bella como un recuerdo de Elven Tirion, y él confiaba todavía en el secreto y en la fuerza inexpugnable de estas tierras, aun cuando un Vala lo negara; y después de la Nirnaeth Arnoediad, el pueblo de esa ciudad no deseaba volver a mezclarse en los males de los Elfos y los Hombres de fuera, ni regresar a Occidente por el camino del miedo y del peligro. Encerrados tras sus colinas encantadas y sus sendas, no toleraban que nadie entrase, aunque estuviera huyendo del odio de Morgoth; y las nuevas de las tierras de más allá les llegaban débiles y lejanas, y muy poco caso hacían de ellas. Los espías de Morgoth los buscaban en vano; y Gondolin era como un rumor y un secreto que nadie podía descubrir. Maeglin hablaba siempre en contra de Tuor en los consejos del rey, con palabras que parecían convincentes, en tanto respondían a los deseos de Turgon, y por fin el rey se negó al mandato de Ulmo y rechazó la advertencia. Sin embargo, en ese consejo del Vala escuchó otra vez las palabras que fueran pronunciadas en la costa de Araman mucho tiempo atrás, antes que los Noldor partieran; y el miedo a la traición despertó en el corazón de Turgon. Cerraron por tanto las puertas escondidas de las Montañas Circundantes; y desde entonces nadie salió nunca de Gondolin en misión de paz o de guerra mientras la ciudad estuvo allí. Thorondor, el Señor de las Águilas, les anunció la caída de Nargothrond y luego trajo la noticia de la muerte de Thingol y la de Dior, el heredero, y de la ruina de Doriath; pero Turgon cerró los oídos a los males de fuera, e hizo voto de no marchar nunca al lado de ningún hijo de Fëanor; y prohibió a su pueblo que atravesara el cerco de las colinas.

Y Tuor permaneció en Gondolin, subyugado por la beatitud y la belleza de esas tierras y la sabiduría de la gente; y se hizo poderoso de mente y estatura, y aprendió a fondo la ciencia de los Elfos exiliados. Entonces el corazón de Idril se volvió hacia él, y el de Tuor hacia el de ella; y el odio secreto de Maeglin fue cada vez mayor, porque deseaba poseer a Idril por sobre todas las cosas, heredera única del Rey de Gondolin. Pero tan alto estaba Tuor en la estima del rey después de haber vivido allí siete años, que Turgon no le rehusó ni siquiera la mano de su hija, porque aunque no quería hacer caso del mandato de Ulmo, entendía que el destino de los Noldor estaba atado a aquel a quien Ulmo había enviado; y no olvidó las palabras que Huor le había dicho antes de que el ejército de Gondolin abandonara la Batalla de las Lágrimas Innumerables.

Entonces se celebró una gran fiesta, porque Tuor se había ganado todos los corazones, excepto los de Maeglin y sus secuaces secretos; y así ocurrió la segunda unión entre Elfos y Hombres.

En la primavera del año siguiente nació en Gondolin Eärendil Medio Elfo, el hijo de Tuor e Idril Celebrindal; y habían transcurrido quinientos tres años desde la llegada de los Noldor a la Tierra Media. De sobrecogedora belleza era Eärendil, pues llevaba en la cara una luz que parecía la luz del cielo, y tenía la belleza y la sabiduría de los Eldar, y la fuerza y la audacia de los Hombres de antaño; y el mar le hablaba siempre al oído y al corazón, como a su padre Tuor.

En ese entonces los días de Gondolin eran felices y pacíficos; y nadie sabía que la región en donde estaba el Reino Escondido había sido revelada al fin a Morgoth por los gritos de Húrin, cuando en las Tierras de más allá de las Montañas Circundantes, y no pudiendo encontrar la entrada, había llamado desesperado a Turgon. En adelante los pensamientos de Morgoth se volvieron incesantemente hacia la tierra que se extendía entre Anach y el curso superior de las aguas del Sirion, a donde no habían ido nunca sus sirvientes; aunque es cierto que ningún espía o criatura de Angband podía entrar allí, a causa de la vigilancia de las águilas, lo que impedía la consumación de los designios de Morgoth. Pero Idril Celebrindal era sabia y previsora, y tenía una inquietud en el corazón, y la sombra de un mal presagio descendió sobre ella como una nube. Por este motivo hizo preparar un camino subterráneo y secreto, que iría desde la ciudad y bajo el llano hasta más allá de los muros, al norte de Amon Gwareth; y dispuso que sólo muy pocos supieran de él, y que ni siquiera un rumor sobre estas obras llegara a oídos de Maeglin.

Ahora bien, una vez, y cuando Eärendil era todavía joven, Maeglin se perdió. Porque como ya se dijo amaba la minería y la extracción de metales por sobre toda otra tarea; y era amo y conductor de los Elfos que trabajaban en las montañas distantes, buscando metales con que forjarían luego instrumentos de guerra y de paz. Pero Maeglin a menudo iba con algunos de los suyos más allá del cerco de las colinas, y el rey no sabía de esta desobediencia; y así ocurrió, como lo quiso el destino, que Maeglin cayera en manos de los Orcos y fuera llevado a Angband. Maeglin no era ni débil ni cobarde, pero el tormento con que fue amenazado le amilanó el espíritu, y compró su vida y su libertad revelándole a Morgoth el sitio preciso de Gondolin y los caminos por los que se podía llegar a ella y atacarla. Grande por cierto fue la alegría de Morgoth, y a Maeglin le prometió el señorío de Gondolin en calidad de vasallo, y la posesión de Idril Celebrindal cuando la ciudad hubiera sido tomada; y en verdad el deseo de Maeglin por Idril y el odio que le tenía a Tuor lo ayudaron en esta traición, la más infame de todas en la historia de los Días Antiguos. Pero Morgoth lo envió de regreso a Gondolin, por miedo de que alguien sospechara, y para que Maeglin ayudara en el ataque desde dentro cuando fuese la hora; y Maeglin vivió en los recintos del rey con cara sonriente y maldad en el corazón mientras la oscuridad se hacía cada vez más espesa en torno de Idril.

Por último, en el año que Eärendil cumplió siete años, Morgoth estuvo preparado, y lanzó sobre Gondolin a Balrogs y Orcos y Lobos; y con ellos iban dragones de la estirpe de Glaurung, numerosos y terribles. El ejército de Morgoth vino por las montañas septentrionales donde era mayor la altura y menos atenta la vigilancia, y llegó por la noche en tiempo festivo, cuando todo el pueblo de Gondolin estaba sobre los muros esperando el amanecer, para cantar cuando el sol se elevara en el cielo; porque al día siguiente era la gran fiesta que ellos llamaban las Puertas del Verano. Pero la luz roja tiñó las colinas del norte y no las del este; y nada detuvo a los enemigos hasta que estuvieron bajo los muros mismos de Gondolin, y ya no hubo modo de impedir el sitio de la ciudad. De todos los hechos de valor desesperado que allí llevaron a cabo los capitanes de las casas nobles y sus guerreros, y no fue Tuor el menos valiente, mucho se cuenta en *La caída de Gondolin*: la lucha de Ecthelion de la Fuente con Gothmog Señor de los Balrogs, librada en la misma plaza del rey, en la que se dieron muerte el uno al otro; y la defensa de la torre de Turgon, hasta que fue derribada; y grandes fueron la caída y ruina de la torre, y la caída de Turgon.

Tuor intentó rescatar a Idril del pillaje de la ciudad, pero Maeglin se había apoderado de ella, y de Eärendil; y Tuor luchó con Maeglin sobre los muros, y lo arrojó lejos, y el cuerpo de Maeglin cayó y dio tres veces contra las rocosas pendientes de Amon Gwareth antes de hundirse en las llamas que ardían abajo. Entonces Tuor e Idril condujeron a los pocos del pueblo de Gondolin que pudieron reunir en la confusión del incendio por el camino secreto que Idril había preparado; y de ese pasaje los capitanes de Angband nada sabían, y no pensaron que ningún fugitivo tomara un camino hacia el norte y las cimas de las montañas, y el más próximo a Angband. El humo del incendio y el vapor de las hermosas fuentes de Gondolin, que se marchitaban en las llamas de los dragones del norte, descendieron sobre el valle de Tumladen en luctuosas tinieblas; y así fue favorecida la huida de Tuor y los suyos, porque aún tenían que recorrer un camino largo y descubierto desde la boca del túnel hasta el pie de las montañas. No obstante llegaron allí, y más allá de toda esperanza treparon con dolor y desconsuelo, porque esas altas cimas eran frías y espantosas, y tenían entre ellos muchos heridos, y mujeres y niños.

Había un pasaje terrible, Cirith Thoronath se llamaba, la Grieta de las Águilas, donde a la sombra de los picos más altos serpeaba un estrecho sendero; a la derecha se abría un precipicio abismal, y a la izquierda una pendiente tremenda descendía al vacío. A lo largo de ese estrecho sendero marchaban en línea, cuando cayeron en una emboscada de Orcos, pues Morgoth había montado guardia en las colinas de alrededor, y un Balrog estaba con ellos. La situación fue entonces espantosa, y difícilmente podría haberlos salvado el valor de Glorfindel, el de cabellos amarillos, jefe de la Casa de la Flor Dorada de Gondolin, si Thorondor no hubiera llegado en el momento oportuno.

Muchos son los cantos que han cantado el duelo de Glorfindel con el Balrog sobre el pináculo de una roca; y ambos cayeron perdiéndose en el abismo. Pero las águilas se lanzaron sobre los Orcos, que retrocedieron chillando; y todos fueron muertos o arrojados a las profundidades, de modo que Morgoth nada supo de la huida desde Gondolin hasta mucho después. Entonces Thorondor rescató el cuerpo de Glorfindel del abismo, y lo sepultaron bajo un montículo de piedras junto al pasaje; y allí crecieron hierbas verdes, y de la esterilidad de la piedra nacieron flores amarillas, hasta que el mundo cambió.

Así, conducidos por Tuor hijo de Huor, el resto de los habitantes de Gondolin pasó por encima de las montañas, y descendió al Valle del Sirion; y huyendo hacia el sur por fatigosas y peligrosas sendas, arribó por fin a Nan-tathren, la Tierra de los Sauces, porque el poder de Ulmo estaba aún en el gran río y alrededor. Allí descansaron un tiempo y se curaron de las heridas y el cansancio; pero del dolor no pudieron curarse. Y celebraron la memoria de Gondolin y de los Elfos que habían perecido allí, las doncellas, y las esposas, y los guerreros del rey; y por el amado Glorfindel muchos fueron los cantos que se oyeron bajo los sauces de Nan-tathren en la declinación del año. Allí compuso Tuor una canción para su hijo Eärendil, en la que contaba la llegada de Ulmo, el Señor de las Aguas, a las costas de Nevrast en tiempo pasado; y la nostalgia por el mar despertó en el corazón de Tuor y también en el de su hijo. Por tanto Idril y Tuor partieron de Nan-tathren, y se dirigieron hacia el sur, río abajo, al encuentro del mar; y vivieron allí junto a las Desembocaduras del Sirion; y se unieron a las gentes de Elwing hija de Dior que habían huido allí sólo un tiempo antes. Y cuando llegó a Balar la noticia de la caída de Gondolin y la muerte de Turgon, Ereinion Gil-galad, hijo de Fingon, fue designado Rey Supremo de los Noldor en la Tierra Media.

Pero Morgoth pensó que este triunfo era irreversible, y poco se cuidó de los hijos de Fëanor, y de su juramento, que a él nunca lo había dañado y le había sido siempre de gran ayuda; y rió en la negrura de su mente, sin lamentar haber perdido uno de los Silmarils, pues le parecía que por él los últimos jirones del pueblo de los Eldar se desvanecerían de la Tierra Media y ya no la perturbarían. Si estaba enterado de los moradores a orillas del Sirion, no dio la menor señal, esperando su oportunidad y aguardando la obra del aborrecimiento y la mentira. Pero junto al Sirion y el mar creció un pueblo de Elfos, espigas de Doriath y Gondolin; y de Balar llegaron los marineros de Círdan y se sumaron a ellos y se dedicaron a la navegación y a la fabricación de barcos, habitando siempre cerca de las costas de Arvernien bajo la sombra de la mano de Ulmo.

Y se dice que por ese tiempo Ulmo fue a Valinor desde las aguas profundas y les habló allí a los Valar del apuro de los Elfos y les pidió que los perdonaran y los rescataran del abrumador poder de Morgoth y recobraran los Silmarils, pues sólo en ellos florecía ahora la luz de los Días de Bienaventuranza, cuando los Dos Árboles brillaban todavía en Valinor. Pero Manwë no se dejó conmover; y de los designios de su corazón, ¿qué historia puede hablarnos? Han dicho los sabios que la hora no había llegado todavía, y que sólo si alguien se pronunciara en favor de la causa de los Elfos y también de la de los Hombres y pidiera perdón por sus malandanzas y piedad por sus infortunios, podría alterarse el designio de los Poderes; y quizá ni siquiera Manwë alcanzaría a desatar el Juramento de Fëanor antes que se cumpliera, y los hijos de Fëanor renunciaran a los Silmarils, que pretendían con encono. Porque la luz que brillaba en los Silmarils era obra de los mismos Valar.

En esos días Tuor sintió que la vejez lo invadía, y que el deseo de la alta mar le crecía con fuerza en el corazón. Por tanto construyó un gran navío y lo llamó Eärrámë, que significa Ala del Mar; y junto con Idril Celebrindal navegó hacia el poniente, y no apareció nunca más en historias o canciones. Pero en días posteriores se cantó que sólo Tuor, entre los Hombres mortales, llegó a ser miembro de la raza mayor, y se unió con los Noldor, a quienes amaba; y su destino quedó separado del destino de los Hombres.

24

DEL VIAJE DE EÄRENDIL Y LA GUERRA
DE LA CÓLERA

El resplandeciente Eärendil era entonces el señor del pueblo que vivía cerca de las Desembocaduras del Sirion; y tomó por esposa a Elwing la Bella, y ella le dio a Elrond y Elros, que fueron llamados Medio Elfos. Pero a Eärendil no le era posible descansar, y los viajes por las costas de las Tierras de Aquende no lo apaciguaban. Dos propósitos le crecieron en el corazón, unidos en la nostalgia del anchuroso mar; y se propuso navegar en busca de Tuor e Idril, que no volvían; y pensó que quizás encontraría la última costa, y que antes de morir llevaría el mensaje de los Elfos y de los Hombres a los Valar de Occidente, a quienes los dolores de la Tierra Media moverían a piedad.

Ahora bien, Eärendil tenía gran amistad con Círdan el Carpintero de Barcos, que vivía en la Isla de Balar con quienes habían escapado del saqueo de los Puertos de Brithombar y Eglarest. Con ayuda de Círdan, Eärendil construyó Vingilot, la Flor de Espuma, el más bello de los navíos en todas las canciones, de remos dorados y maderos blancos, cortados en los bosques de abedules de Nimbrethil; y de velas como la luna de plata. En la *Balada de Eärendil* muchas cosas se cantan de las aventuras de Eärendil en alta mar, y en tierras nunca antes pisadas, y en múltiples mares e islas; pero Elwing no estaba con él, y esperaba tristemente junto a las Desembocaduras del Sirion.

Eärendil no encontró a Tuor ni a Idril, ni llegó en ese viaje a las costas de Valinor, derrotado por las sombras y el encantamiento, arrastrado por vientos contrarios hasta que el recuerdo de Elwing lo llevó hacia la costa de Beleriand, de vuelta al hogar. Y el corazón le ordenó que se diera prisa, pues lo había asaltado un súbito temor, venido de un sueño; y los vientos con los que antes había luchado no lo llevaban ahora de regreso tan de prisa como él hubiera querido.

Ahora bien, cuando le llegó a Maedhros la nueva de que Elwing todavía vivía, y que en posesión del Silmaril moraba junto a las Desembocaduras del Sirion, decidió no intervenir, arrepentido de los hechos de Doriath. Pero con el tiempo, el recuerdo del juramento sin consumación lo atormentó otra vez, y también a sus hermanos, y abandonando los errantes senderos de la cacería, se reunieron y enviaron a los Puertos mensajes de amistad, pero también de severa exigencia. Entonces Elwing y el pueblo del Sirion no quisieron ceder la joya que Beren había ganado, y que Lúthien había llevado consigo, y por la que Dior el Hermoso había sido muerto; y menos todavía mientras el Señor Eärendil estaba de viaje por el mar, porque les parecía que la curación y la bendición descendidas sobre casas y barcos les venían del Silmaril. Y así ocurrió la última y la más cruenta de las matanzas de Elfos por Elfos; y fue ése el tercero de los grandes males causados por el juramento maldito.

Porque los hijos de Fëanor que todavía vivían atacaron de improviso a los exiliados de Gondolin y a los restos de Doriath y los aniquilaron. Durante esa batalla hubo gente de los dos pueblos que se mantuvo aparte, y unos pocos se rebelaron y fueron muertos por ayudar a Elwing contra sus propios señores (tan grandes eran el dolor y la confusión que había en el corazón de los Eldar en aquellos días); pero Maedhros y Maglor ganaron entonces, aunque sólo ellos quedaron de los hijos de Fëanor, pues tanto Amrod como Amras fueron muertos. Demasiado tarde acudieron los barcos de Círdan y Gil-galad el Rey Supremo en ayuda de los Elfos del Sirion; y Elwing había desaparecido, y también sus hijos. Entonces los pocos del pueblo que no habían perecido en el ataque se unieron a Gil-galad, y fueron con él a Balar; y dijeron que Elros y Elrond habían sido hechos prisioneros, pero que Elwing se había arrojado al mar con el Silmaril al pecho.

Así fue que Maedhros y Maglor no obtuvieron la joya; pero ésta no se había perdido. Porque Ulmo sacó a Elwing de las aguas y le dio la forma de una gran ave blanca, y en el pecho le brillaba el Silmaril como una estrella; y ella flotó sobre las ondas en busca de Eärendil, su bien amado. Una noche, mientras Eärendil estaba al timón de la nave, la vio venir hacia él como una nube blanca en exceso veloz bajo la luna, como una estrella sobre el mar que se moviera en un curso extraño, una pálida llama en alas de la tormenta. Y se canta ahora que cayó ella del aire sobre los maderos de Vingilot, en una suerte de desmayo, no lejos de la muerte por la urgencia del apremio que la había impulsado, y Eärendil la acogió en su regazo; pero por la mañana, con ojos maravillados, contempló junto a él a su esposa, que recobraba la forma de antes, y cubría con sus cabellos el rostro de Eärendil, y ella dormía.

Grande fue el dolor de Eärendil y Elwing por la ruina de los Puertos del Sirion y el cautiverio de sus hijos, y temían que les dieran muerte; pero no ocurrió así. Porque Maglor tuvo piedad de Elros y Elrond, y los estimó, y el amor creció luego entre ellos, aunque pocos lo hubieran imaginado antes, pero Maglor tenía el corazón enfermo y cansado por la carga del terrible juramento.

Pero Eärendil no veía ahora ninguna esperanza en la Tierra Media, y no sabiendo otra vez qué hacer, no regresó a su casa, sino que trató de ir de nuevo hacia Valinor, junto con Elwing. Se pasaba las horas de pie erguido en la proa de Vingilot, y sujeto en la frente llevaba el Silmaril, y la luz de la joya se iba haciendo cada vez más intensa a medida que avanzaban hacia Occidente. Y han dicho los sabios que fue por el poder de esa joya sagrada que llegaron con el tiempo a aguas que ningún navío había conocido excepto los barcos de los Teleri, y arribaron a las Islas Encantadas y escaparon al encantamiento; y entraron en los Mares Sombríos y atravesaron las sombras, y miraron Tol Eressëa, la Isla Solitaria, y no se demoraron; y por fin echaron anclas en la Bahía de Eldamar, y los Teleri vieron la llegada del barco en el Oriente y quedaron asombrados al contemplar desde lejos la luz del Silmaril, y era muy intensa. Entonces Eärendil, el primero entre los Hombres vivientes, pisó las costas inmortales; y habló allí a Elwing y a los que estaban con él, los tres marineros que habían navegado por todos los mares en su compañía: Falathar, Erellont y Aerandir. Y les dijo Eärendil: —Aquí no otro que yo ha de poner pie, no sea que la cólera de los Valar se desate contra vosotros. Pues yo solo correré ese peligro, en nombre de los Dos Linajes.

Pero Elwing respondió: —Entonces nuestros caminos se separarían; pero yo correré contigo ese peligro. —Y saltó a la espuma blanca y corrió hacia él; pero Eärendil se sintió apenado, pues temía el enojo de los Señores del Occidente contra cualquiera de la Tierra Media que osara atravesar el cerco de Aman. Y allí se despidieron de los compañeros de viaje y se separaron de ellos para siempre.

Entonces Eärendil le habló a Elwing: —Espérame aquí; porque sólo uno puede llevar el mensaje, y tal es mi destino. —Y avanzó solo por la tierra y llegó al Calacirya, y le pareció desierto y silencioso; porque como Morgoth y Ungoliant en edades pasadas, llegaba Eärendil ahora en tiempos de festividad, y casi todo el pueblo de los Elfos había ido a Valimar o estaba reunido en las estancias de Manwë sobre Taniquetil, y pocos eran los que habían quedado de guardia sobre los muros de Tirion.

Pero algunos había allí que vieron venir de lejos a Eärendil, y la gran luz que transportaba; y fueron de prisa a Valimar. Pero Eärendil subió a la verde colina de Túna y la encontró desierta; y sintió una pesadumbre en el corazón, pues temía que el mal hubiera llegado aun al Reino Bendecido. Anduvo por los caminos desiertos de Tirion, y el polvo que se le posaba sobre los vestidos y zapatos era un polvo de diamantes, y él brillaba y resplandecía mientras subía por la larga escalinata blanca. Y llamó en alta voz en muchas lenguas, tanto élficas como humanas, pero no había nadie que le respondiese. Por fin se volvió hacia el mar; pero al tomar el camino de la costa, alguien le habló desde la colina gritando:

—¡Salve, Eärendil, de los marineros el más afamado, el buscado que llega de improviso, el añorado que viene cuando ya no queda ninguna esperanza! ¡Salve, Eärendil, portador de la luz de antes del Sol y de la Luna! ¡Esplendor de los Hijos de la Tierra, estrella en la oscuridad, joya en el crepúsculo, radiante en la mañana!

Esa voz era la voz de Eönwë, Heraldo de Manwë, y venía de Valimar, y pidió a Eärendil que se presentara ante los Poderes de Arda. Y Eärendil fue a Valinor y a las estancias de Valimar, y nunca volvió a poner pie en las tierras de los Hombres. Entonces los Valar se reunieron en consejo, y convocaron a Ulmo desde las profundidades del mar; y Eärendil compareció ante ellos y comunicó el recado de los Dos Linajes. Pidió perdón para los Noldor y piedad por los que habían soportado penurias, y clemencia para los Hombres y los Elfos y que los socorrieran en sus necesidades. Y este ruego fue escuchado.

Se dice entre los Elfos que después de que Eärendil hubo partido, en busca de su esposa Elwing, Mandos habló sobre el destino del Medio Elfo; y dijo: —¿Ha de pisar Hombre mortal las Tierras Inmortales y continuar con vida? —Pero Ulmo dijo:— Para esto nació en el mundo. Y respóndeme: ¿es Eärendil hijo de Tuor del linaje de Hador, o el hijo de Idril hija de Turgon, de la casa élfica de Finwë? —Y Mandos respondió:— Los Noldor que se exiliaron voluntariamente tampoco pueden retornar aquí.

Pero cuando todo quedó dicho, Manwë pronunció su sentencia: —El poder del destino depende de mí en este asunto. El peligro en que se aventuró por amor de los Dos Linajes no caerá sobre Eärendil, ni tampoco sobre Elwing, que se aventuró en el peligro por amor a Eärendil; pero nunca volverán a andar entre Elfos u Hombres en las Tierras Exteriores. Y esto es lo que decreto en relación con ellos: a Eärendil y a Elwing y a sus hijos se les permitirá elegir libremente a cuál de los linajes unirán su destino y bajo qué linaje serán juzgados.

Ahora bien, después de haber transcurrido mucho tiempo desde la partida de Eärendil, Elwing se sintió sola y tuvo miedo; y errando a orillas del mar llegó cerca de Alqualondë, donde estaban las flotas Telerin. Allí los Teleri hicieron amistad con ella, y escucharon lo que contó de Doriath y Gondolin y las penurias de Beleriand, y mostraron piedad y asombro; y cuando Eärendil regresó la encontró allí, en el Puerto de los Cisnes. Pero antes de no mucho tiempo fueron convocados a Valimar; y allí se les anunció el decreto del Rey Mayor.

Entonces Eärendil le dijo a Elwing: —Elige tú, porque ahora estoy cansado del mundo. —Y Elwing eligió ser juzgada entre los Primeros Hijos de Ilúvatar a causa de Lúthien; y por ella Eärendil eligió de igual modo, aunque se sentía más unido al linaje de los Hombres y el pueblo de su padre. Entonces, por orden de los Valar, Eönwë fue a la costa de

Aman, donde los compañeros de Eärendil todavía esperaban noticias; y soltó un bote, y los tres marineros fueron embarcados en él, y los Valar los transportaron hacia el Oriente en un gran viento. Pero tomaron el Vingilot, y lo consagraron, y lo cargaron a través de Valinor hasta la margen extrema del mundo; y allí pasó por la Puerta de la Noche y fue levantado hasta los océanos del cielo.

Ahora bien, bella y maravillosa era la hechura de ese navío, envuelto en una llama estremecida, pura y brillante; y Eärendil el Marinero estaba al timón, y relucía con el polvo de las gemas élficas, y llevaba el Silmaril sujeto a la frente. Lejos viajaba en ese navío, aun hasta el vacío sin estrellas; pero con más frecuencia se lo veía por la mañana o el atardecer, resplandeciente al alba o al ponerse el sol, cuando volvía a Valinor de viajes hasta más allá de los confines del mundo.

En esos viajes Elwing no lo acompañaba, porque no podía soportar el frío y el vacío sin senderos, y antes prefería la tierra y los dulces vientos que soplan en el mar o las colinas. Por tanto, construyeron para ella una blanca torre en el norte, a orillas de los Mares Divisorios; y allí a veces buscaban reparo todas las aves marinas de la tierra. Y se cuenta que Elwing aprendió las lenguas de los pájaros, ella que una vez había tenido forma de ave; y le enseñaron el arte del vuelo, y tuvo alas blancas y grises como de plata. Y a veces, cuando Eärendil se acercaba de regreso a Arda, ella solía volar a su encuentro, como lo había hecho mucho tiempo atrás cuando la rescataron del mar. Entonces aquellos de vista penetrante entre los Elfos que vivían en la Isla Solitaria alcanzaban a verla como un pájaro blanco, resplandeciente, teñido de rosa por el crepúsculo, cuando se elevaba dichosa para saludar el regreso a puerto de Vingilot.

Ahora bien, cuando por primera vez Vingilot se hizo a la mar del cielo, se elevó de pronto, refulgente y brillante; y la gente de la Tierra Media lo vio desde lejos y se asombró, y lo tomaron por un signo, y lo llamaron Gil-Estel, la Estrella de la Gran Esperanza. Y cuando esta nueva estrella fue vista en el crepúsculo, Maedhros le habló a su hermano Maglor y le dijo: —¿No es acaso un Silmaril, que brilla ahora en el Occidente?

Y Maglor respondió: —Si es en verdad el Silmaril que vimos hundirse en el mar y que se eleva otra vez por el poder de los Valar, regocijémonos entonces; porque su gloria es vista ahora por muchos, y no obstante está más allá de todo mal. —Entonces los Elfos miraron hacia arriba y ya no desesperaron; pero Morgoth se llenó de duda.

Sin embargo, se dice que Morgoth no esperaba el ataque que le llegó desde Occidente; porque había crecido mucho en orgullo, y le parecía que nadie más se atrevería a librar una guerra abierta contra él. Además, imaginaba que había malquistado para siempre a los Noldor con los Señores del Occidente, y que contentos en su propio reino, los Valar ya nunca harían caso del mundo exterior; porque para aquel que no conoce la piedad, los hechos piadosos son extraños e incomprensibles. Pero el ejército de los Valar se preparaba para la batalla; y tras sus estandartes blancos marchaban los Vanyar, el pueblo de Ingwë, y aquellos de los Noldor que nunca habían abandonado Valinor, y cuyo conductor era Finarfin, el hijo de Finwë. Pocos de entre los Teleri estaban dispuestos a ir a la guerra, porque recordaban la matanza en el Puerto de los Cisnes y la captura de los navíos; pero escucharon a Elwing, que era la hija de Dior Eluchíl y del linaje de ellos, y enviaron marineros para las naves que transportaban el ejército de Valinor por el mar hacia el este. No obstante, permanecieron a bordo, y ninguno de ellos puso pie en las Tierras de Aquende.

De la marcha del ejército de los Valar hacia el norte de la Tierra Media poco se dice en historia alguna; porque entre ellos no iba ninguno de los Elfos que habían vivido y sufrido en las Tierras de Aquende, y que compusieron las historias de aquel tiempo que aún se conocen; y sólo se enteraron de esos hechos mucho después, por sus hermanos de Aman. Pero al fin el poder de Valinor apareció en el Occidente, y las trompetas de Eönwë clamaron desafiantes en el cielo; y Beleriand se encendió con la gloria de las armas, pues el ejército de los Valar se componía de figuras jóvenes y hermosas y terribles, y las montañas resonaban bajo sus pies.

El encuentro de los ejércitos del Occidente y del Norte se llamó la Gran Batalla y la Guerra de la Cólera. Allí se concentró todo el poder del Trono de Morgoth, que había crecido sin medida, de modo que Anfauglith no podía ya contenerlo; y todo el Norte ardía con la guerra.

Pero de nada le valió. Los Balrogs fueron destruidos, salvo unos pocos que huyeron y se escondieron en cuevas inaccesibles en las raíces de la tierra; y las incontables legiones de los Orcos perecieron como paja en un incendio, o fueron barridas como hojas marchitas delante de un viento ardiente. Durante largos años, pocos quedaron para perturbar el mundo. Y los sobrevivientes de las tres casas de los Amigos de los Elfos, los Padres de los Hombres, lucharon de parte de los Valar; y fueron vengados en esos días por la muerte de Baragund y Barahir, de Galdor y Gundor, de Huor y Húrin, y muchos otros de sus señores. Pero la mayoría de los hijos de los Hombres del pueblo de Uldor, y otros recién llegados del este, marcharon junto con el Enemigo; y los Elfos no lo olvidan.

Entonces, al ver que sus huestes eran aniquiladas y su poder dispersado, Morgoth se amilanó, y no se atrevió él mismo a salir a la batalla. Pero lanzó sobre el enemigo el último ataque desesperado que había previsto, y de los abismos de Angband salieron los dragones alados que habían estado ocultos hasta entonces; y tan súbita y ruinosa fue la embestida de la terrible flota, que el ejército de los Valar retrocedió, porque los dragones venían junto con grandes truenos, y relámpagos, y una tormenta de fuego.

Pero llegó Eärendil, brillando con una llama blanca, y alrededor de Vingilot estaban reunidas todas las grandes aves del cielo, y las capitaneaba Thorondor, y hubo una batalla en el aire todo el día y a lo largo de una noche de duda. Antes de salir el sol, Eärendil mató a Ancalagon el Negro, el más poderoso del ejército de los dragones, y lo arrojó del cielo; y cayó sobre las torres de Thangorodrim, que se quebraron junto con él. Entonces salió el sol, y el ejército de los Valar prevaleció, y casi todos los dragones fueron destruidos; y todos los fosos de Morgoth quedaron desmoronados y sin techo, y el poder de los Valar descendió a las profundidades de la tierra. Allí por fin quedó Morgoth acorralado y acobardado. Huyó a la más profunda de sus minas y pidió la paz y el perdón; pero los pies le fueron rebanados desde abajo, y fue arrojado al suelo de bruces. Luego fue atado con la cadena Angainor, que él había llevado en otro tiempo, y de la corona de hierro le hicieron un collar, y le hundieron la cabeza entre las rodillas. Y los dos Silmarils que Morgoth conservaba los quitaron de la corona, y brillaron inmaculados bajo el cielo; y Eönwë los recogió y los guardó.

Así se puso fin al poder de Angband en el Norte, y el reino maldito fue reducido a nada; y de las profundas prisiones una multitud desesperanzada de esclavos emergió a la luz del día, y contemplaron un mundo que había cambiado. Porque tan grande era la furia de esos adversarios, que las regiones septentrionales del mundo occidental se habían partido, y el mar entraba rugiendo por múltiples grietas, y había mucho ruido y confusión; y los ríos perecieron o buscaron nuevos cursos, y los valles se levantaron y las colinas se derrumbaron; y ya no había Sirion.

Entonces Eönwë, como heraldo del Rey Mayor, convocó a los Elfos de Beleriand para abandonar la Tierra Media. Pero Maedhros y Maglor no lo escucharon, y se prepararon, aunque ahora con fatiga y aversión, para un intento desesperado: cumplir con el juramento; porque combatirían por los Silmarils, si se los estorbaba, aun contra el ejército victorioso de Valinor, aunque estuvieran solos contra todo el mundo. Y por tanto enviaron mensaje a Eönwë, exigiendo que se les cedieran esas joyas que antaño había hecho Fëanor, el padre de ellos, y que Morgoth le había robado.

Pero Eönwë respondió que los hijos de Fëanor no tenían ya ningún derecho a reclamar los Silmarils, y esto a causa de las muchas e impías acciones que ellos habían llevado a cabo, enceguecidos por el juramento y por el asesinato de Dior y el ataque a los Puertos. La luz de los Silmarils iría ahora hacia el Occidente, donde había tenido principio; Maedhros y Maglor regresarían a Valinor, y se someterían al juicio de los Valar; y sólo si ellos así lo decretasen cedería Eönwë las joyas que él guardaba ahora. Entonces Maglor deseó en verdad someterse, pues sentía una congoja en el corazón, y dijo: —El juramento no exige que no aprovechemos el momento oportuno, y puede que en Valinor todo quede perdonado y olvidado, y que así al fin tengamos paz.

Pero Maedhros respondió que si volvían a Aman, y el favor de los Valar no les era concedido, el juramento continuaría siendo válido, aunque ya nadie esperaría que se cumpliese alguna vez, y preguntó: —¿Quién puede saber a qué condena espantosa no seremos sometidos si desobedecemos a los Poderes en su propia tierra o nos proponemos llevar la guerra otra vez a su reino sagrado?

Pero Maglor aún insistió diciendo: —¿No queda invalidado el juramento si los mismos a quienes nombramos como testigos, Manwë y Varda, se oponen a que se cumpla?

Y Maedhros le respondió: —Pero ¿cómo llegarán nuestras voces a Ilúvatar más allá de los Círculos del Mundo? Y por Ilúvatar juramos en nuestra locura, y pedimos que la Oscuridad Sempiterna descendiera sobre nosotros si no manteníamos nuestra palabra. ¿Quién nos liberará?

—Si nadie puede liberarnos —dijo Maglor—, la Oscuridad Sempiterna será en verdad nuestra suerte, mantengamos nuestro juramento o lo quebrantemos; pero menos daño haremos quebrantándolo.

No obstante, cedió por fin a la voluntad de Maedhros, y planearon juntos cómo se adueñarían de los Silmarils. Y se disfrazaron y fueron por la noche al campamento de Eönwë, y se deslizaron al lugar donde se guardaban los Silmarils; y mataron a los guardianes, y se apoderaron de las joyas. Entonces todo el campamento se levantó contra ellos, y ellos se prepararon para defenderse y morir. Pero Eönwë no permitió la matanza de los hijos de Fëanor; y sin que nadie los molestase huyeron lejos. Cada uno de ellos llevó uno de los Silmarils, porque dijeron: —Puesto que uno se nos ha perdido, y sólo quedan dos, y sólo tú y yo de nuestros hermanos, la voluntad del destino es clara: quiere que compartamos la reliquia de nuestro padre.

Pero la joya quemaba la mano de Maedhros con un dolor insoportable; y entendió que era como había dicho Eönwë, y que no tenía derecho al Silmaril, y que el juramento no servía de nada. Y lleno de angustia y desesperación, se arrojó a una grieta de grandes fauces que despedían fuego, y así llegó a su fin; y el Silmaril que llevaba quedó sepultado en las entrañas de la Tierra.

Y se dice que Maglor no pudo resistir el dolor con el que el Silmaril lo atormentaba; y lo arrojó por fin al Mar, y que desde entonces anduvo sin rumbo por las costas cantando junto a las olas con dolor y remordimiento. Porque Maglor era grande entre los cantores de antaño, y sólo a Daeron de Doriath se nombra antes que él. Y así fue que los Silmarils encontraron su prolongado hogar: uno en los aires del cielo, y uno en los fuegos del corazón del mundo, y uno en las aguas profundas.

En esos días construyeron muchos barcos en las costas del Mar Occidental; y desde allí numerosas flotas de los Eldar navegaron hacia el Occidente, y no regresaron nunca a las tierras del llanto y de la guerra. Y los Vanyar volvieron bajo los blancos estandartes y fueron llevados en triunfo a Valinor; pero el regocijo de la victoria estaba disminuido, pues volvían sin los Silmarils de la corona de Morgoth, y sabían que esas joyas ya nunca podrían encontrarse y reunirse de nuevo, a no ser que el mundo se rompiera y se rehiciera.

Y cuando llegaron al Oeste, los Elfos de Beleriand vivían en Tol Eressëa, la Isla Solitaria, que mira al oeste y al este; desde donde podrían llegar aun a Valinor. Fueron admitidos nuevamente en el amor de Manwë y en el perdón de los Valar; y los Teleri olvidaron la antigua aflicción, y la maldición descansó un tiempo.

No obstante, no todos los Eldalië estaban dispuestos a abandonar las Tierras de Aquende, donde habían sufrido mucho y habían vivido mucho tiempo; y algunos permanecieron durante muchas edades en la Tierra Media. Entre ellos se contaban Círdan el Carpintero de Barcos, y Celeborn de Doriath, con su esposa Galadriel, única que quedaba de los que condujeron a los Noldor al exilio en Beleriand. En la Tierra Media vivía también Gil-galad el Rey Supremo, y con él estaba Elrond Medio Elfo, que eligió, como le fue permitido, ser contado entre los Eldar; pero Elros, su hermano, eligió vivir con los Hombres. Y de estos hermanos solamente ha llegado a los Hombres la sangre de los Primeros Nacidos, y una traza de los espíritus divinos que fueron antes de Arda; porque eran los hijos de Elwing, hija de Dior, hijo de Lúthien, hija de Thingol y Melian; y Eärendil, su padre, era el hijo de Idril Celebrindal, hija de Turgon de Gondolin.

Pero a Morgoth los Valar lo arrojaron por la Puerta de la Noche, más allá de los Muros del Mundo, al Vacío Intemporal; y sobre esos muros hay siempre una guardia, y Eärendil vigila desde los bastiones del cielo. No obstante, las mentiras que Melkor el poderoso y maldito, Morgoth Bauglir, el Poder del Terror y del Odio, sembró en el corazón de los Elfos y de los Hombres, son una semilla que no muere y no puede destruirse; y de vez en cuando germina de nuevo; y dará negro fruto aun hasta los últimos días.

Aquí concluye el SILMARILLION. Si ha pasado desde la altura y la belleza a la oscuridad y la ruina, ése era desde hace mucho el destino de Arda Maculada: y si un cambio sobreviene y la maculación se remedia, Manwë y Varda lo saben; pero no lo han revelado, y no está declarado en los juicios de Mandos.

AKALLABÊTH

AKALLABÊTH

La caída de Númenor

Dicen los Eldar que los Hombres vinieron al mundo en el tiempo de la Sombra de Morgoth, y que no tardaron en caer bajo su dominio; porque él les envió emisarios, y ellos escucharon las malvadas y astutas palabras de Morgoth, y veneraron la Oscuridad, aunque la temían, y erraron siempre hacia el oeste; porque habían oído el rumor de que en el oeste había una luz que la Sombra no podía oscurecer. Los sirvientes de Morgoth los perseguían con odio, y los caminos que recorrían eran penosos y largos; no obstante llegaron por fin a las tierras que dan al Mar, y penetraron en Beleriand en los días de la Guerra de las Joyas. Se los llamó Edain en la lengua Sindarin; y se hicieron amigos y aliados de los Eldar, y cumplieron hazañas de gran valor en la guerra contra Morgoth.

De los Edain nació el Brillante Eärendil por el lado del padre; y en la *Balada de Eärendil* se cuenta cómo al fin, cuando la victoria de Morgoth era casi completa, construyó el navío Vingilot, que los Hombres llaman Rothinzil, y viajó por mares nunca navegados, siempre en busca de Valinor; porque deseaba hablar ante los Poderes en nombre de los Dos Linajes, para que los Valar los compadecieran y les enviaran ayuda en aquella extrema necesidad. Por tanto, Elfos y Hombres lo llaman Eärendil el Bendito, porque cumplió su misión después de grandes trabajos y muchos peligros, y de Valinor llegó el ejército de los Señores del Occidente. Pero Eärendil no volvió nunca a las tierras que había amado.

En la Gran Batalla, cuando por fin Morgoth fue derrocado y Thangorodrim derribada, sólo los Edain de entre las tribus de los Hombres lucharon al lado de los Valar, mientras que muchas otras lucharon al lado de Morgoth. Y después de la victoria de los Señores del Occidente, los Hombres malvados que no fueron destruidos escaparon de vuelta al este, donde muchos de esa raza erraban todavía en las tierras baldías, salvajes y proscritos, sin atender a las convocatorias de los Valar, ni tampoco a las de Morgoth. Y los Hombres malvados se mezclaron con ellos y les echaron encima una sombra de miedo, y ellos los escogieron como reyes. Entonces los Valar abandonaron por un tiempo a los Hombres de la Tierra Media que no habían hecho caso de las convocatorias y que habían elegido a los amigos de Morgoth como amos; y los Hombres habitaron en la oscuridad y fueron perturbados por muchas criaturas malignas que Morgoth había concebido en los tiempos de su dominio: demonios, y dragones, y bestias deformes, y los Orcos impuros, que son una penosa imagen de los Hijos de Ilúvatar. Y la suerte de los Hombres fue desdichada.

Pero Manwë derrocó a Morgoth y lo expulsó del Mundo al Vacío que hay fuera de él; y no puede volver al Mundo como forma visible mientras los Señores del Occidente ocupen todavía el trono. Pero las semillas que había plantado germinaban, y crecían dando malos frutos, si alguien cuidaba de ellas. Porque la voluntad de Morgoth duraba aún y guiaba a los sirvientes, impulsándolos a estorbar la voluntad de los Valar y a destruir a aquellos que la obedecían. Esto los Señores del Occidente lo sabían muy bien. Por tanto, cuando Morgoth hubo sido expulsado, se reunieron en consejo acerca de las edades que se sucederían luego. A los Eldar les permitieron volver al Occidente, y los que habían escuchado las convocatorias vivieron en la Isla de Eressëa; y hay en esa tierra un puerto que se llama Avallónë, porque de todas las ciudades es la que está más próxima a Valinor, y la torre de Avallónë es lo primero que divisa el marinero cuando por fin se acerca a las Tierras Imperecederas por sobre las leguas del Mar. A los Padres de los Hombres de las tres casas fieles también se les concedieron ricas recompensas. Eönwë fue entre ellos y los instruyó; y se les dio sabiduría y poder y una vida más larga que la de ningún otro mortal. Se hizo una tierra para que los Edain vivieran en ella, y que no era parte de la Tierra Media ni de Valinor, ni tampoco estaba separada de ellas por el ancho mar; pero estaba más cerca de Valinor. Fue levantada por Ossë de las profundidades del Agua Inmensa, y fue fortalecida por Aulë y enriquecida por Yavanna; y los Eldar llevaron allí flores y fuentes de Tol Eressëa. A esa tierra los Valar llamaron Andor, la tierra del Don; y la Estrella de Eärendil brilló en el Occidente como señal de que todo estaba pronto, y como guía en el mar; y los Hombres se maravillaron al ver la llama plateada en los caminos del Sol.

Entonces los Edain se hicieron a la vela sobre las aguas profundas, detrás de la Estrella; y los Valar pusieron paz en el mar por muchos días, y mandaron que el Sol brillara, y enviaron vientos favorables, de modo que las aguas resplandecieron ante los ojos de los Edain como ondas cristalinas, y la espuma volaba como la nieve entre los mástiles de los barcos. Pero tanto brillaba Rothinzil, que aun por la mañana los Hombres podían ver cómo resplandecía en el Occidente, y brillaba solitario en las noches sin nubes, porque nada podían las estrellas a su lado. Y navegando hacia él, al cabo de múltiples leguas de mar los Edain llegaron a la vista de la tierra que les estaba preparada, Andor, la Tierra del Don, que resplandecía en vapores dorados. Entonces abandonaron el mar, y se encontraron en un campo hermoso y fructífero, y se alegraron. Y llamaron a esa tierra Elenna, que significa Hacia las Estrellas; pero también Anadûnê, que significa Promontorio del Occidente, Númenórë en Alto Eldarin.

Éste fue el principio del pueblo que en la lengua de los Elfos Grises se llama Dúnedain: los Númenóreanos, Reyes entre los Hombres. Pero no escaparon por ello al destino de muerte que Ilúvatar había impuesto a toda la Humanidad, y todavía eran mortales, aunque de años más prolongados, y no conocían la enfermedad hasta que la sombra caía sobre ellos. Por tanto se volvieron sabios y gloriosos, y en todo más semejantes a los Primeros Nacidos que ninguna otra de las tribus de los Hombres; y eran altos, más altos que el más alto de los hijos de la Tierra Media; y la luz que tenían en los ojos recordaba la luz de las estrellas refulgentes. Pero crecieron lentamente en número, porque aunque les nacían hijas e hijos, más bellos que sus progenitores, los vástagos eran escasos.

Antaño la ciudad principal y puerto de Númenor estaba en la costa occidental, y se llamaba Andúnië, porque miraba al sol poniente. Pero en medio de la tierra había una montaña alta y escarpada, y se llamaba Meneltarma, el Pilar del Cielo, y sobre ella había una plaza elevada y abierta, que estaba consagrada a Eru Ilúvatar, y en la tierra de los Númenóreanos no había ningún otro templo ni santuario. Al pie de la montaña se levantaban las tumbas de los reyes, y muy cerca, sobre una colina, estaba Armenelos, la más hermosa de las ciudades, y allí había una torre y una ciudadela construidas por Elros hijo de Eärendil, a quien los Valar designaron como primer Rey de los Dúnedain.

Ahora bien, Elros y su hermano Elrond descendían de las Tres Casas de los Edain, pero en parte también de los Eldar y los Maiar; porque Idril de Gondolin y Lúthien hija de Melian fueron sus antepasadas. Los Valar, por cierto, no podían quitar el don de la muerte, que les ha sido dado a los Hombres por Ilúvatar, pero en la cuestión de los Medio Elfos, Ilúvatar decidió que los Valar juzgaran; y ellos juzgaron que a los hijos de Eärendil había que darles la libertad de que eligieran su propia suerte. Y Elrond eligió permanecer con los Primeros Nacidos, y a él se le concedió la vida de los Primeros Nacidos. Pero a Elros, que eligió ser un rey de Hombres, se le otorgó una vida muy prolongada, mucho más que la de los Hombres de la Tierra Media; y el linaje entero, los reyes y los señores de la casa real, tuvieron una larga vida, aun en relación con lo que era la norma para los Númenóreanos. Pero Elros vivió quinientos años y gobernó a los Númenóreanos durante cuatrocientos cuatro años.

Así transcurrieron los años, y mientras la Tierra Media retrocedía y la luz y la sabiduría menguaban, los Dúnedain vivían bajo la protección de los Valar y unidos en amistad con los Eldar, y crecían en altura, tanto de mente como de cuerpo. Porque aunque este pueblo todavía hablaba su propio idioma, los reyes y señores conocían y hablaban también la lengua élfica, que habían aprendido en los días de la alianza, y por tanto aún conversaban con los Eldar, fuera con los de Eressëa o con los del oeste de la Tierra Media. Y los maestros de la ciencia aprendieron también la lengua Alto Eldarin del Reino Bendecido, en la que muchas historias y cantos se preservaron desde el principio del mundo, e hicieron cartas y pergaminos y libros, y en ellos escribieron muchas cosas de sabiduría y de maravilla durante el apogeo del reino, todo lo cual está ahora olvidado. Así fue que además de sus propios nombres todos los señores de los Númenóreanos tenían también nombres Eldarin; y lo mismo sucedía con las ciudades y hermosos sitios que fundaron en Númenor y en las costas de las Tierras de Aquende.

Porque los Dúnedain se convirtieron en maestros artífices, de modo que si lo hubieran querido podrían haber sobrepasado con facilidad a los malvados reyes de la Tierra Media en estrategia de guerra y en la forja de armas; pero ahora eran hombres de paz. Por sobre todas las artes prefirieron la fabricación de barcos y la marinería, y se convirtieron en marineros como no volverán a verse desde que el mundo quedó menguado; y viajar por el ancho mar fue la hazaña y la aventura principal de esos hombres atrevidos en los galanos días en que aún eran jóvenes.

Pero los Señores de Valinor les ordenaron que no perdiesen de vista las costas de Númenor si viajaban hacia el oeste, y durante mucho tiempo los Dúnedain estuvieron contentos, aunque no comprendían del todo la finalidad de esta prohibición. Pero el designio de Manwë era que los Númenóreanos no tuvieran la tentación de buscar el Reino Bendecido, ni intentaran sobrepasar los límites de su propia beatitud, y se enamoraran de la inmortalidad de los Valar y de los Eldar y las tierras en las que todo perdura.

Porque en aquellos días Valinor estaba aún en el mundo visible, e Ilúvatar permitía que los Valar tuvieran en la Tierra una residencia segura, un monumento a lo que podría haber sido si Morgoth no hubiera arrojado una sombra sobre el mundo. Esto lo sabían perfectamente los Númenóreanos; y en ocasiones, cuando el aire estaba claro y el sol en el este, miraban y avistaban allá lejos al oeste el blanco resplandor de una ciudad en una costa distante, y un gran puerto y una torre. Porque en aquellos días los Númenóreanos tenían la vista aguda; aun así sólo los de ojos más penetrantes podían contemplar esta visión, desde el Meneltarma, o desde algún barco de alta arboladura que hubiera ido tan lejos hacia el oeste como les estaba permitido. Porque no se atrevían a desobedecer la Prohibición de los Señores del Occidente. Pero los más sabios de ellos sabían que esa tierra distante no era en verdad el Reino Bendecido de Valinor, sino Avallónë, el puerto de los Eldar en Eressëa, el extremo oriental de las Tierras Imperecederas. Y desde allí venían a veces los Primeros Nacidos a Númenor en barcas sin remos, tan blancas como aves que volaran desde el sol poniente. Y llevaban a Númenor muchos regalos: aves canoras, y flores fragantes, y hierbas de gran virtud. Y transportaron un vástago de Celeborn, el Árbol Blanco que crecía en medio de Eressëa, y era a su vez vástago de Galathilion, el Árbol de Túna, la imagen de Telperion que Yavanna dio a los Eldar en el Reino Bendecido. Y el árbol creció y floreció en los patios del Rey en Armenelos; Nimloth se llamó, y las flores se abrían al atardecer, y una fragancia llenaba las sombras de la noche.

Fue así que a causa de la Prohibición de los Valar los Dúnedain de aquellos días navegaban siempre hacia el este y no hacia el oeste, desde la oscuridad del norte hacia los calores del sur, y más allá del sur hasta las Oscuridades Bajas; y se internaban aun en el mar interior y viajaban alrededor de la Tierra Media, y atisbaban desde las elevadas proas las Puertas de la Mañana en el Este. Y los Dúnedain llegaban a veces a las costas de las Grandes Tierras, y se compadecían del mundo abandonado de la Tierra Media; y los Señores de Númenor pusieron pie otra vez en las costas occidentales en los Años Oscuros de los Hombres, y sin embargo ninguno se atrevía a resistirse. Porque la mayor parte de los Hombres de esa época se habían vuelto débiles y temerosos. Y estando entre ellos, los Númenóreanos les enseñaron muchas cosas. Grano y vino les llevaron, e instruyeron a los Hombres en la siembra y molienda de la semilla, en el corte de la leña y la talla de la piedra, y en el ordenamiento de la vida tal como tenía que ser en tierras de muerte rápida y dicha escasa.

Entonces los Hombres de la Tierra Media encontraron consuelo, y aquí y allí, en las costas occidentales, los bosques deshabitados retrocedieron, y los Hombres se sacudieron el yugo de los vástagos de Morgoth y olvidaron el terror a las tinieblas. Y reverenciaron la memoria de los altos Reyes del Mar, y cuando hubieron partido, los llamaron dioses con la esperanza de que regresaran; porque por aquel tiempo los Númenóreanos nunca se demoraban mucho en la Tierra Media, ni edificaban allí habitación propia. Por fuerza tenían que navegar hacia el este, pero sus corazones se volvían siempre hacia el oeste.

Ahora bien, este anhelo crecía con los años; y los Númenóreanos empezaron a mirar con deseo la ciudad inmortal que asomaba a la distancia; y el sueño de una vida perdurable, para escapar de la muerte y del fin de las delicias, se fortaleció en ellos; y a medida que crecían en poder y en gloria, estaban más intranquilos. Porque aunque los Valar habían recompensado a los Dúnedain con una larga vida, no podían quitarles la fatiga del mundo que sobreviene al fin, y morían, aun los reyes de la simiente de Eärendil; y tenían una vida breve ante los ojos de los Eldar. Así fue que una sombra cayó sobre ellos: en la que tal vez obrara la voluntad de Morgoth que todavía se movía en el mundo. Y los Númenóreanos empezaron a murmurar, en secreto al principio, y luego con palabras manifiestas, en contra del destino de los Hombres, y sobre todo contra la Prohibición que les impedía navegar hacia el Occidente.

Y decían entre sí: —¿Por qué los Señores del Occidente disfrutan de una paz imperecedera, mientras que nosotros tenemos que morir e ir a no sabemos dónde, abandonando nuestros hogares y todo cuanto hemos hecho? Y los Eldar no mueren, aun los que se rebelaron contra los Señores. Y puesto que hemos dominado todos los mares, y no hay aguas demasiado salvajes o extensas para nuestras naves, ¿por qué no podemos ir a Avallónë y saludar allí a nuestros amigos?

Y había otros que decían: —¿Por qué no podemos ir a Aman y gustar allí siquiera un día la beatitud de los Poderes? ¿Acaso no somos importantes entre los pueblos de Arda?

Los Eldar transmitieron estas palabras a los Valar, y Manwë se entristeció, pues veía que una nube se cernía ahora sobre el mediodía de Númenor. Y envió mensajeros a los Dúnedain, que hablaron severamente con el rey, y a todos cuantos estaban dispuestos a escucharlos, acerca del destino y los modos del mundo.

—El Destino del Mundo —dijeron— sólo uno puede cambiarlo, el que lo hizo. Y si navegarais de tal manera que burlando todos los engaños y las trampas llegaseis en verdad a Aman, el Reino Bendecido, de escaso provecho os sería. Porque no es la tierra de Manwë lo que hace inmortal a la gente sino que la Inmortalidad que allí habita ha santificado la tierra; y allí os marchitaríais y os fatigaríais más pronto, como las polillas en una luz demasiado fuerte y constante.

Pero el rey le preguntó: —¿Y no vive acaso Eärendil, mi antepasado? ¿O no está en la Tierra de Aman?

A lo cual ellos respondieron: —Sabéis que tiene un destino aparte, y fue adjudicado a los Primeros Nacidos, que no mueren; pero también se ha ordenado que nunca pueda volver a las tierras mortales. Mientras que vos y vuestro pueblo no sois de los Primeros Nacidos, sino Hombres mortales, como os hizo Ilúvatar. Parece sin embargo que deseáis los bienes de ambos linajes, navegar a Valinor cuando se os antoje y volver a vuestras casas cuando os plazca. Eso no puede ser. Ni pueden los Valar quitar los dones de Ilúvatar. Los Eldar, decís, no son castigados, y ni siquiera los que se rebelaron mueren. Pero eso no es para ellos recompensa ni castigo, sino el cumplimiento de lo que son. No pueden escapar, y están sujetos a este mundo para no abandonarlo jamás mientras dure, pues tienen su propia vida. Y vosotros sois castigados por la rebelión de los Hombres, decís, en la que poco participasteis. Pero en un principio no se pensó que eso fuera un castigo. De modo que vosotros escapáis y abandonáis el mundo y no estáis sujetos a él, con esperanza o con fatiga. ¿Quién por lo tanto tiene que envidiar a quién?

Y los Númenóreanos respondieron: —¿Por qué no hemos de envidiar a los Valar o aun al último de los Inmortales? Pues a nosotros se nos exige una confianza ciega y una esperanza sin garantía, y no sabemos lo que nos aguarda en el próximo instante. Pero también nosotros amamos la Tierra y no quisiéramos perderla.

Entonces los mensajeros dijeron: —En verdad los Valar no conocen qué ha decidido Ilúvatar sobre vosotros, y él no ha revelado todas las cosas que están por venir. Pero esto sabemos de cierto: que vuestro hogar no está aquí, ni en la Tierra de Aman, ni en ningún otro sitio dentro de los Círculos del Mundo. Y el Destino de los Hombres, que han de abandonar el Mundo, fue en un principio un don de Ilúvatar. Se les convirtió en sufrimiento sólo porque los cubrió la sombra de Morgoth y les pareció que estaban rodeados por una gran oscuridad, de la que tuvieron miedo; y algunos se volvieron obstinados y orgullosos, y no estaban dispuestos a ceder, hasta que les arrancasen la vida. Nosotros, que soportamos la carga siempre creciente de los años, no lo comprendemos claramente; pero si ese dolor ha vuelto a perturbaros, como decís, tememos que la Sombra se levante una vez más y crezca de nuevo en vuestros corazones. Por tanto, aunque seáis los Dúnedain, los más hermosos de los Hombres, que escapasteis de la Sombra de antaño y luchasteis valientemente contra ella, os decimos: ¡Cuidado! No es posible oponerse a la voluntad de Eru; y los Valar os ordenan severamente mantener la confianza en aquello a que estáis llamados, no sea que pronto se convierta otra vez en una atadura y os sintáis constreñidos. Tened más bien esperanzas de que el menor de vuestros deseos dará su fruto. Ilúvatar puso en vuestros corazones el amor de Arda, y él no siembra sin propósito. No obstante, muchas edades de Hombres no nacidos pueden transcurrir antes de que ese propósito sea dado a conocer; y a vosotros os será revelado y no a los Valar.

Estas cosas sucedieron en los días de Tar-Ciryatan el Constructor de Barcos, y de Tar-Atanamir, su hijo; y eran hombres de mucho orgullo, y codiciosos, e impusieron tributo a los hombres de la Tierra Media, tomando ahora, antes que dando. Fue a Tar-Atanamir al que hablaron los mensajeros; y era el decimotercer rey, y en sus días el Reino de Númenor tenía más de dos mil años y había alcanzado el cenit de la bienaventuranza, si no todavía el del poder. Pero a Atanamir le disgustó el consejo de los Mensajeros y le hizo poco caso, y la mayor parte del pueblo lo imitó porque deseaban escapar a la muerte mientras aún estaban con vida, sin dejar nada a la esperanza. Y Atanamir vivió hasta muy avanzada edad, aferrándose a la existencia más allá del fin de toda alegría; y fue en esto el primero de los Númenóreanos, rehusándose a partir hasta que perdió el juicio y la virilidad, y negando a su hijo la corona del reino en el tiempo adecuado. Porque los Señores de Númenor acostumbraban casarse tarde, y partían y dejaban el mandato a sus hijos cuando éstos alcanzaban la edad de la plenitud, de cuerpo y de mente.

Entonces Tar-Ancalimon, hijo de Atanamir, fue el rey, y era de igual temple; y en sus días el pueblo de Númenor se dividió. La mayor de las dos partes fue llamada los Hombres del Rey, y eran gente orgullosa, y se apartaban de los Eldar y los Valar. Y la parte menor se llamó los Elendili, los Amigos de los Elfos; porque aunque en verdad se mantenían fieles al rey y a la Casa de Elros, deseaban conservar la amistad de los Eldar, y escucharon el consejo de los Señores del Occidente. No obstante, ni siquiera ellos, que se daban a sí mismos el nombre de los Fieles, escaparon por entero a la aflicción común, y la idea de la muerte los perturbaba.

De este modo la beatitud de Oesternessë menguó; aunque continuó aumentando en poder y esplendor. Porque los reyes y el pueblo no habían perdido aún el buen juicio, y si ya no amaban a los Valar, al menos aún los temían; y no se atrevían a quebrantar abiertamente la Prohibición ni a navegar más allá de los límites que habían sido designados. Los altos navíos iban todavía hacia el este. Pero el miedo que tenían a la muerte era cada vez mayor, y la retrasaban por cualquier medio que estuviera a su alcance; y empezaron a construir grandes casas para los muertos, mientras que los hombres sabios trabajaban incesantemente tratando de descubrir el secreto de la recuperación de la vida, o al menos la prolongación de los días de los Hombres. No obstante, sólo alcanzaron el arte de preservar incorrupta la carne muerta de los Hombres, y llenaron toda la tierra de tumbas silenciosas en las que la idea de la muerte se confundía con la oscuridad. Pero los que vivían se volcaban con mayor ansia al placer y a las fiestas, siempre codiciando más riquezas y bienes; y después de los días de Tar-Ancalimon, la ofrenda de las primicias a Eru fue desatendida, y los hombres iban rara vez al Santuario en las alturas de Meneltarma, en medio de la tierra.

En aquel tiempo los Númenóreanos instalaron sus primeras colonias en las costas occidentales de las tierras antiguas; porque su propia tierra les parecía ahora más estrecha, y no tenían allí reposo ni contento, puesto que les era negado el Occidente. Construyeron grandes puertos, y fuertes torres, y muchos moraron en ellas, pero eran ahora señores y amos y recolectores de tributos antes que aprendices y maestros. Los grandes barcos de los Númenóreanos navegaban hacia el este en el viento y volvían siempre cargados, y el poder y la majestad de los reyes se acrecentaban día a día, y bebían y celebraban fiestas y se vestían de plata y oro.

De todo esto los Amigos de los Elfos participaron muy poco. Sólo ellos iban ahora al norte y a la tierra de Gil-galad, conservando la amistad con los Elfos y ayudando en contra de Sauron; y su puerto era Pelargir, sobre las desembocaduras de Anduin el Grande. Pero los Hombres del Rey avanzaban muy lejos hacia el sur; y los señoríos y las fortalezas que construyeron dejaron muchas huellas en las leyendas de los Hombres.

En esta Edad, como se dice en otra parte, Sauron se levantó de nuevo en la Tierra Media, y creció y regresó al mal en que Morgoth lo había criado, ganando en poder mientras lo servía. Ya en los días de Tar-Minastir, el undécimo rey de Númenor, había fortificado la tierra de Mordor y había construido la Torre de Barad-dûr, y en adelante luchó siempre por el dominio de la Tierra Media, para convertirse en rey por encima de todos los otros reyes y en un dios para los Hombres. Y Sauron odiaba a los Númenóreanos a causa de los hechos de sus padres y de su antigua alianza con los Elfos y su fidelidad a los Valar; tampoco olvidaba la ayuda que Tar-Minastir había prestado a Gil-galad tiempo atrás, cuando el Anillo Único fue forjado y hubo guerra entre Sauron y los Elfos en Eriador. Ahora se enteró de que el poder y el esplendor de los Reyes de Númenor habían aumentado; y los odió todavía más; y tuvo miedo de que invadieran sus territorios y le arrebataran el dominio del Este. Pero por largo tiempo no se atrevió a desafiar a los Señores del Mar, y se retiró de las costas.

Sin embargo, Sauron fue siempre engañoso, y se dice que entre los que sedujo con los Nueve Anillos, tres eran grandes señores de raza Númenóreana. Y cuando se levantaron los Ulairi, que eran los Espectros del Anillo, sus sirvientes, y cuando consiguió acrecentar en exceso la fuerza del terror y el dominio que tenía sobre los Hombres, emprendió el asalto de las fortalezas de los Númenóreanos en las costas del mar.

En aquellos días la Sombra se hizo más densa sobre Númenor; y las vidas de los Reyes de la Casa de Elros empezaron a menguar, pero tanto más se les endureció el corazón en contra de los Valar. Y el decimonoveno rey recibió el cetro de sus padres y ascendió al trono con el nombre de Adûnakhor, Señor del Occidente, y abandonó las lenguas élficas y prohibió que se emplearan delante de él. No obstante, en el Pergamino de los Reyes el nombre Herunúmen se inscribió en Alto Élfico, por causa de una antigua costumbre que los reyes nunca quebrantaban del todo, temiendo que ocurriera algún daño. Ahora bien, este título les pareció a los Fieles demasiado orgulloso, pues era el título de los Valar; y sus corazones fueron duramente puestos a prueba entre la lealtad a la casa de Elros y la reverencia debida a los Poderes. Pero pasaría algo peor aún. Porque Ar-Gimilzôr, el vigésimo segundo rey, fue el más grande enemigo de los Fieles. En sus días el Árbol Blanco fue desatendido y empezó a declinar; y Ar-Gimilzôr prohibió por completo el empleo de las lenguas élficas, y castigaba a quienes daban la bienvenida a los barcos de Eressëa, que aún llegaban en secreto a las costas occidentales.

Ahora bien, los Elendili vivían principalmente en las regiones occidentales de Númenor; pero Ar-Gimilzôr ordenó a todos los que pudo descubrir de esa partida que abandonaran el oeste y fueran al este de la tierra; y allí eran vigilados. Y de este modo la principal morada de los Fieles en días posteriores estaba cerca de Rómenna; desde allí muchos navegaron a la Tierra Media en busca de las costas septentrionales, donde aún podían hablar con los Eldar en el reino de Gil-galad. Esto fue sabido por los reyes, pero no lo estorbaron, en tanto los Elendili partieran de aquellas tierras y no regresaran; porque no deseaban tener amistad con los Eldar de Eressëa, a quienes llamaban los Espías de los Valar, esperando así poder ocultar a los Señores del Occidente todas sus empresas y designios. Pero Manwë se enteraba siempre de lo que hacían, y los Valar estaban enojados con los Reyes de Númenor, y ya no les dieron consejo ni protección; y los barcos de Eressëa no volvieron nunca del poniente, y los puertos de Andúnië quedaron abandonados.

Los de más alto honor después de la casa de los reyes eran los Señores de Andúnië; porque pertenecían a la estirpe de los Elros, y descendían de Silmarien, hija de Tar-Elendil el cuarto Rey de Númenor. Y estos señores eran leales a los reyes, y los reverenciaban; y el Señor de Andúnië se contaba siempre entre los principales consejeros del Cetro. No obstante, también desde un principio tuvieron un amor especial por los Eldar y reverencia por los Valar; y cuando la Sombra creció, ayudaron a los Fieles como les fue posible. Pero por mucho tiempo no se manifestaron abiertamente, sino que antes intentaron rectificar el corazón de los Señores del Cetro con más atinados consejos.

Había una señora, Inzilbêth, de renombrada belleza, hija de Lindórië, hermana de Eärendur, el Señor de Andúnië en los días de Ar-Sakalthôr, padre de Ar-Gimilzôr. Gimilzôr la tomó por esposa, aunque esto fue poco del agrado de ella, porque en verdad era uno de los Fieles, como su madre le había enseñado; pero los reyes y sus hijos se habían vuelto orgullosos y nadie podía oponerse a lo que ellos deseaban. No había amor entre Ar-Gimolzôr y su reina, o entre sus hijos. Inziladûn, el mayor, era como su madre en mente y cuerpo; pero Gimilkhâd, el menor, imitó a su padre, aunque era aún más obstinado y orgulloso. A él Ar-Gimilzôr le habría cedido el cetro y no al hijo mayor, si las leyes se lo hubieran permitido.

Pero cuando Inziladûn accedió al cetro, se dio un título en lengua élfica como antaño, y se llamó Tar-Palantir, pues veía lejos, tanto con los ojos como con la mente, y aun aquellos que lo odiaban temían sus palabras como las de quien conoce la verdad. Dio paz por un tiempo a los Fieles; y ascendió una vez más en días señalados al Santuario de Eru en el Meneltarma, que Ar-Gimilzôr había abandonado. Al Árbol Blanco cuidó otra vez con reverencia; y profetizó diciendo que cuando el Árbol pereciese, también concluiría la estirpe de los Reyes. Pero este arrepentimiento llegó demasiado tarde para que los Valar perdonaran la insolencia de los padres de Inziladûn, de la que no se arrepentía la mayor parte del pueblo. Y Gimilkhâd era fuerte y malévolo, y tomó el liderazgo de los que habían sido llamados los Hombres del Rey, y a veces se atrevió a oponerse a la voluntad de su hermano abiertamente y aun más todavía en secreto. La pena oscureció pues los días de Tar-Palantir; y solía pasar gran parte del tiempo en el oeste, y allí a menudo subía a la antigua Torre del Rey Minastir sobre las colinas de Oromet, cerca de Andúnië, desde donde miraba hacia el oeste con nostalgia, quizás esperando ver alguna vela sobre el mar. Pero ningún barco vino ya nunca desde el Occidente a Númenor, y las nubes velaban Avellónë.

Ahora bien, Gimilkhâd murió dos años antes de cumplir los doscientos (muerte temprana para alguien del linaje de Elros, aun en su decadencia), pero esto no trajo paz al rey. Porque Pharazôn hijo de Gimilkhâd era ahora un hombre aún más inquieto y más codicioso de riquezas y poder que su propio padre. Había estado fuera a menudo, como jefe de las guerras que los Númenóreanos libraban en las costas de la Tierra Media con la intención de extender su dominio sobre los Hombres; y de ese modo había ganado gran renombre como capitán, tanto en el mar como en la tierra. Fue así que cuando regresó a Númenor, y la gente se enteró de la muerte de su padre, los corazones de todos se volcaron a Tar-Palantir; porque traía consigo grandes riquezas, y era por ese entonces pródigo en dádivas.

Y sucedió que los pesares fatigaron a Tar-Palantir, que al fin murió. No tenía hijos, sino sólo una hija, a la que había llamado Míriel en lengua élfica; y por derecho propio y por las leyes de los Númenóreanos a ella le correspondió el cetro. Pero Pharazôn la tomó por esposa contra la voluntad de ella, e hizo mal en esto, e hizo mal también porque las leyes de Númenor no permitían el matrimonio, ni siquiera en la casa real, entre parientes más cercanos que primos en segundo grado. Y cuando se celebró la boda, él puso la mano en el cetro y adoptó el título de Ar-Pharazôn (Tar-Calion en lengua élfica); y el nombre de la reina lo cambió por el de Ar-Zimraphel.

De todos cuantos tuvieron el cetro de los Reyes del Mar desde la fundación de Númenor, el más poderoso y el más orgulloso fue Ar-Pharazôn el Dorado, y veintitrés reyes y reinas habían regido a los Númenóreanos en tiempos anteriores, y dormían ahora en sus tumbas profundas bajo el monte de Meneltarma, tendidos en lechos de oro.

Y sentado en el trono tallado de la ciudad de Armenelos, en el apogeo de su poder, Ar-Pharazôn se hacía sombrías reflexiones pensando en la guerra. Porque se había enterado en la Tierra Media de la fuerza del reino de Sauron y de cómo odiaba a Oesternesse. Y acudieron a él capitanes del mar y de la tierra que regresaban del Este y le informaron que Sauron había puesto en marcha un ejército y que ya acosaba las ciudades de las costas; y había adoptado ahora el título de Rey de los Hombres, y se disponía arrojar a los Númenóreanos al mar, y aun destruir Númenor, si le era posible.

Grande fue la ira de Ar-Pharazôn al oír estas nuevas, y mientras meditaba largamente en secreto, se le encendió en el corazón un deseo ilimitado de poder, y de que no hubiera otra voluntad que la suya. Y decidió sin pedir consejo a los Valar, ni recurrir a la ayuda de otra sabiduría que la propia, que él mismo reclamaría el título de Rey del Mundo, y que a Sauron lo convertiría en vasallo y sirviente; porque movido por el orgullo, Ar-Pharazôn pensaba que ningún rey había de ser tan poderoso como para rivalizar con el Heredero de Eärendil. Por tanto empezó en ese tiempo a forjar una gran cantidad de armas, y construyó muchos barcos de guerra y los guardó junto con las armas; y cuando todo estuvo dispuesto, él mismo se hizo a la mar hacia el Este.

Y los Hombres vieron las velas que asomaban en el poniente, teñidas de escarlata, resplandecientes de rojo y de oro, y los habitantes de las costas se amedrentaron, y huyeron lejos. Pero la flota llegó por último a ese sitio llamado Umbar, donde los Númenóreanos tenían un puerto poderoso, que no era obra de ninguna mano. Desiertas y en silencio estaban todas las tierras en derredor cuando el Rey del Mar avanzó sobre la Tierra Media. Durante siete días marchó con trompetas y estandartes, y llegó a una colina y subió a ella, y levantó allí su pabellón y su trono; y se sentó en medio, y las tiendas de las huestes se ordenaron alrededor, doradas y blancas, y azules como un prado de flores altas. Entonces envió heraldos, y ordenó a Sauron que se presentara ante él y le jurara fidelidad.

Y Sauron acudió. Desde su poderosa torre de Barad-dûr acudió, pero no a combatir. Porque advirtió que el poder y la majestad de los Reyes del Mar sobrepasaban todos los rumores, y que ni siquiera los más grandes de los vasallos de Angband podrían hacerles frente; y entendió que no había llegado el momento de que se impusiese a los Dúnedain. Y era taimado, hábil para salirse sutilmente con la suya, cuando la fuerza no le valía. Por tanto se humilló ante Ar-Pharazôn y pronunció dulces palabras, y los hombres se asombraron, pues todo cuanto decía parecía justo y sabio.

Pero Ar-Pharazôn no se dejó engañar, y se le ocurrió que para asegurarse mejor la fidelidad de Sauron tenía que llevarlo a Númenor, y que allí viviera como rehén de sí mismo y de todos sus sirvientes en la Tierra Media. A esto consintió Sauron como quien está obligado, pero en secreto sintiéndose complacido, pues era en verdad lo que deseaba. Y Sauron cruzó el mar y contempló la tierra de Númenor y la ciudad de Armenelos en sus días de gloria y quedó perplejo; pero en lo íntimo del corazón la envidia y el odio le crecieron todavía más.

Sin embargo, tan astuto era de mente y de palabra, tan firmes sus propósitos ocultos, que antes de que hubieran pasado tres días ya compartía con el rey designios secretos; pues tenía siempre en la lengua palabras dulces como la miel, y conocía muchas cosas que aún no habían sido reveladas a los Hombres. Y al advertir el trato que el rey le dispensaba todos los consejeros empezaron a lisonjearlo, excepto uno, Amandil, Señor de Andúnië. Entonces, lentamente un cambio sobrevino en la tierra, y en el corazón de los Amigos de los Elfos hubo una gran perturbación, y muchos huyeron de miedo; y aunque quienes se quedaron se daban todavía el nombre de Fieles, sus enemigos los llamaron rebeldes. Porque ahora que Sauron tenía cerca los oídos de los Hombres, contradecía con muchos argumentos todo lo que habían enseñado los Valar; e hizo que los Hombres pensaran que en el mundo, en el este y aun también en el oeste, había muchos mares y muchas tierras no conquistadas aún, en las que abundaban las riquezas. Y si llegaban por fin al extremo de esas tierras, encontrarían más allá la Antigua Oscuridad. —Y de ella se hizo el mundo. Porque sólo la Oscuridad es digna de veneración, y el Señor Oscuro puede hacer otros mundos tòdavía, como dones para aquellos que lo sirven, de modo que el acrecentamiento de su poder no tendrá fin.

Ar-Pharazôn preguntó: —¿Quién es el Señor Oscuro?

Entonces, tras las puertas cerradas Sauron le habló al rey, y mintió diciendo: —Es aquel cuyo nombre no se pronuncia; porque los Valar os han engañado, proponiendo el nombre de Eru, un fantasma concebido en la locura de sus corazones con el fin de encadenar a los Hombres y obligarlos a que los sirvan. Porque ellos mismos son el oráculo de Eru, que sólo habla cuando ellos quieren. Pero el verdadero Señor prevalecerá, y os liberará de este fantasma; y su nombre es Melkor, Señor de Todos, Dador de la Libertad, y él os hará más fuertes todavía que ellos.

Entonces Ar-Pharazôn se volcó a la veneración de la Oscuridad, y de Melkor, el Señor Oscuro, en secreto al principio, pero abiertamente y delante de todos poco después; y la mayoría del pueblo lo siguió. No obstante, quedaba aún un resto de Fieles, como se dijo, en Rómenna y en el país cercano, y otros había aquí y allá en la tierra. El principal de ellos, al que acudieron en busca de conducción y coraje en los malos días, era Amandil, consejero del rey; y también su hijo Elendil, padre de Isildur y Anárion, jóvenes por entonces de acuerdo con las cuentas de Númenor. Amandil y Elendil eran grandes capitanes de navío; y pertenecían al linaje de Elros Tar-Minyatur, pero no a la casa regente que heredaba la corona y el trono en la ciudad de Armenelos. En los días en que ambos eran jóvenes, Amandil le había sido caro a Pharazôn, y aunque se contaba entre los Amigos de los Elfos, permaneció en el consejo del rey hasta la llegada de Sauron. Entonces fue destituido, pues Sauron lo odiaba más que a ningún otro en Númenor. Pero era tan noble y había sido un capitán de mar tan poderoso, que todavía lo honraban muchos del pueblo, y ni el rey ni Sauron se atrevían a ponerle las manos encima.

Por tanto Amandil se retiró a Rómenna, y a todos aquellos que parecían mantenerse fieles los convocó junto a él en secreto; porque temía que el mal creciera ahora de prisa, y que los Amigos de los Elfos estuviesen en peligro. Y así sucedió muy pronto. Porque el Meneltarma estaba totalmente desierto en aquellos días; y aunque ni siquiera Sauron se atrevía a mancillar el elevado sitio, el rey no permitía que hombre alguno, bajo pena de muerte, ascendiera a él, ni siquiera aquellos de entre los Fieles que aún veneraban a Ilúvatar. Y Sauron instó al rey a que cortara el Árbol Blanco, Nimloth el Bello, que crecía en el patio de la corte, porque estaba allí en recuerdo de los Eldar y de la Luz de Valinor.

En un principio el rey no consintió, pues creía que la fortuna de la casa estaba ligada al Árbol, como lo había dicho Tar-Palantir. Así se daba la locura de que quien odiaba a los

Eldar y a los Valar se apegara en vano a la vieja lealtad de Númenor. Pero cuando Amandil se enteró de los malos propósitos de Sauron, el corazón se le apenó, pues sabía que al final Sauron se saldría con la suya. Entonces habló con Elendil y con los hijos de Elendil, recordándoles la historia de los Árboles de Valinor; e Isildur no dijo palabra, pero salió por la noche y llevó a cabo la hazaña por la que más tarde tuvo renombre. Porque fue disfrazado a Armenelos y a los patios del rey, que estaban ahora prohibidos a los Fieles; y se acercó al sitio del Árbol, que estaba prohibido a todos por orden de Sauron, y unos guardias vigilaban el Árbol de noche y de día. En ese tiempo Nimloth se había oscurecido y no lucía flores, pues el invierno se acercaba; e Isildur pasó entre los guardianes y tomó un fruto del Árbol, y se volvió para marcharse. Pero los guardianes despertaron, y se le echaron encima, e Isildur se abrió camino luchando, y fue herido muchas veces, y escapó, y como estaba disfrazado no llegó a saberse quién había puesto las manos en el Árbol. Pero Isildur llegó por fin a duras penas a Rómenna, y dejó el fruto en manos de Amandil antes de que las fuerzas le faltaran. Luego el fruto se plantó en secreto, y fue bendecido por Amandil; y un vástago salió de él y brotó en la primavera. Pero cuando se abrió la primera hoja, Isildur, que había yacido mucho tiempo próximo a la muerte, se incorporó, y las heridas no lo atormentaron más.

No se hizo esto demasiado pronto; porque después del ataque, el rey cedió ante Sauron y derribó el Árbol Blanco, y se apartó entonces por entero de la fidelidad de sus padres. Pero Sauron logró que se levantara un poderoso templo en la colina en medio de la ciudad de los Númenóreanos, Armenelos la Dorada; y tenía forma de círculo en la base con un diámetro de quinientos pies, y allí las paredes eran de cincuenta pies de espesor, y se alzaban del suelo quinientos pies, y estaban coronadas por una gran cúpula, y esa cúpula estaba techada de plata y resplandecía al sol, de modo que la luz se divisaba desde lejos; pero pronto la luz se oscureció y la plata se ennegreció. Porque había un altar de fuego en medio del templo, y con una espesa humareda. Y el primer fuego sobre el altar lo encendió Sauron con leños de Nimloth, y éstos crepitaron y se consumieron; pero el humo que salió asombró a los hombres, y una nube cubrió la tierra durante siete días, hasta que lentamente se trasladó hacia el oeste.

En adelante el fuego y el humo subieron de continuo; porque el poder de Sauron crecía diariamente, y en este templo, con derramamiento de sangre y tormentos y gran maldad, los hombres hacían sacrificios a Melkor para que los librara de la Muerte. Y con frecuencia escogían a sus víctimas de entre los Fieles; aunque nunca se los acusaba abiertamente de que no veneraran a Melkor, sino de que odiaban al rey y de que eran rebeldes, o de que conspiraban contra el pueblo inventando venenos y mentiras. Estos cargos eran casi siempre falsos; no obstante, fueron días amargos aquellos, y el odio engendraba más odio.

Pero sin embargo la Muerte no abandonaba la tierra; por el contrario: llegaba más pronto y con mayor frecuencia, y en múltiples y espantosos atuendos. Porque antes los Hombres envejecían lentamente, y por último se acostaban como para dormir, cansados del trajín de los días; pero ahora en cambio eran asaltados por la enfermedad y la locura; y no obstante tenían miedo de morir y de salir a la oscuridad, el reino del señor que habían adoptado; y en su agonía se maldecían a sí mismos. Y entonces los Hombres se alzaban en armas, y se daban muerte unos a otros por una nadería; porque se habían vuelto más rápidos para la cólera, y Sauron y los que él había sometido iban por la tierra oponiendo a los Hombres entre ellos, de modo que el pueblo empezó a murmurar contra el rey y los señores, o contra cualquiera que tuviera algo que ellos no tuvieran; y la venganza de los poderosos era cruel.

No obstante, les pareció a los Númenóreanos durante mucho tiempo que prosperaban, y si no tenían más felicidad eran al menos más fuertes, y los ricos todavía más ricos. Porque con la ayuda y el consejo de Sauron, multiplicaron sus posesiones e inventaron máquinas y construyeron barcos cada vez más grandes. Y navegaban ahora con fuerzas y pertrechos de guerra a la Tierra Media, y ya no iban llevando regalos, sino como feroces guerreros. Y perseguían a los Hombres de la Tierra Media y les arrebataban los bienes y los esclavizaban, y a muchos los mataban cruelmente en sus altares. Porque levantaban fortalezas, templos y grandes tumbas en aquellos días; y los Hombres los temían, y el recuerdo de los bondadosos reyes de antaño se borró y fue oscurecido por no pocas historias de espanto.

De este modo Ar-Pharazôn, Rey de la Tierra de la Estrella, se convirtió en el tirano más poderoso del mundo, desde el reinado de Morgoth, aunque Sauron era en verdad quien gobernaba todas las cosas escondido detrás del trono. Pero los años pasaron y el rey sintió que la sombra de la muerte se aproximaba a medida que se alargaban los días; y el miedo y la cólera lo ganaron. Llegaba ahora la hora que Sauron había dispuesto y que aguardaba desde tiempo atrás. Y Sauron habló al rey diciendo que era muy fuerte, y que ya nada podía impedirle que hiciese su voluntad en todas las cosas, sin estar sometido a prohibiciones o mandatos.

Y le dijo: —Los Valar se han apoderado de la tierra donde no hay muerte; y te mienten sobre ella, ocultándola todo lo posible, por avaricia, y porque temen que los Reyes de los Hombres les arrebaten el reino inmortal y gobiernen el mundo. Y aunque no cabe duda de que el don de la vida interminable no es para todos, sino sólo para quienes son dignos, como hombres de poder y de orgullo y de alto linaje, este don se le ha quitado contra toda la justicia al Rey de Reyes, Ar-Pharazôn, el más poderoso de los hijos de la Tierra, con quien sólo Manwë puede ser comparado, y quizá ni siquiera él. Pero los grandes reyes no toleran negativas y toman lo que se les debe.

Entonces Ar-Pharazôn, infatuado, y ya a la sombra de la muerte, pues el curso de sus días estaba acercándose al fin, escuchó a Sauron; y se puso a pensar en cómo hacer la guerra a los Valar. Pasó mucho tiempo en la preparación de este designio, y aún no habló de él abiertamente; no obstante, no podía ocultárselo a todos. Y Amandil, al advertir las intenciones del rey, sintió tristeza y miedo, pues sabía que los Hombres no podían vencer a los Valar, y la ruina caería sobre el mundo si esta guerra no se impedía. Por tanto llamó a su hijo Elendil y le dijo: —Los días se han oscurecido y ya no hay esperanzas para los Hombres, pues los Fieles son pocos. En consecuencia estoy decidido a emprender la misión que nuestro antepasado Eärendil emprendió otrora, y navegaré hacia el Oeste, esté prohibido o no, y hablaré con los Valar, aun con el mismo Manwë si es posible, y le rogaré que nos ayude antes de que todo esté perdido.

—¿Traicionarías entonces al rey? —preguntó Elendil—. Porque sabes que se nos acusa de traidores y espías; falso cargo hasta el día de hoy.

—Si creyera que Manwë está necesitado de un mensajero semejante —dijo Amandil—, por cierto traicionaría al rey. Porque hay una lealtad a la que ningún hombre ha de renunciar, por causa alguna. Pero clemencia para los Hombres y que se los libere de los engaños de Sauron es lo que pediré, pues al menos algunos se han mantenido fieles. En cuanto a la prohibición, yo mismo pediré mi castigo, no sea que la culpa recaiga en todo mi pueblo.

—Pero ¿qué crees, padre mío, que les ocurrirá a los de tu casa cuando se sepa lo que has hecho?

—No ha de saberse —dijo Amandil—. Prepararé mi partida en secreto, y me haré a la mar hacia el este, a donde los barcos parten todos los días desde nuestros puertos; y ya allí, cuando el viento y la suerte lo permitan, volveré por el norte o por el sur hacia el oeste, y buscaré lo que pueda encontrar. Pero a ti y a los tuyos, hijo mío, os aconsejo que preparéis otros barcos, y pongáis a bordo todas aquellas cosas de las que vuestros corazones no puedan apartarse; y cuando los barcos estén prontos, os reuniréis en el puerto de Rómenna y diréis a los hombres, en el momento oportuno, que os proponéis seguirme hacia el este. Amandil ya no es tan caro a nuestro pariente en el trono como para lamentarse si intentamos partir, por una temporada o para siempre. Pero que no advierta que intentas llevar contigo un número crecido de hombres, o empezará a preocuparse a causa de la guerra que está planeando, para la que necesitará todas las fuerzas de que pueda disponer. Busca a los Fieles que son todavía sinceros y que se unan a ti en secreto si están dispuestos a partir contigo y a compartir tu misión.

—¿Y cuál será esa misión? —preguntó Elendil.

—No os mezcléis en la guerra y vigilad —respondió Amandil—. No diré más hasta que regrese. Pero es muy probable que huyáis de la Tierra de la Estrella sin estrella que os guíe; porque esa tierra está mancillada. Entonces perderéis todo lo que habéis amado, y conoceréis la muerte en vida, mientras buscáis una tierra de exilio en otro sitio. Si en el este o en el oeste, sólo los Valar lo saben.

Entonces Amandil se despidió de todos los de su casa como quien va a morir. —Porque —dijo— es muy posible que no volváis a verme; y que no os envíe una señal como la que Eärendil nos envió hace mucho tiempo. Pero manteneos alertas, pues el fin del mundo conocido se aproxima.

Se dice que Amandil se hizo a la mar por la noche, en una pequeña embarcación, y fue hacia el este, y luego dio media vuelta y navegó hacia el oeste. Y llevó consigo a tres sirvientes muy queridos, y nunca hubo noticia ni señal de ellos en este mundo, ni cuento ni conjetura sobre la suerte que corrieron. Los Hombres no podían ser salvados una segunda vez por una embajada semejante, y era difícil que hubiera absolución para la traición de Númenor.

Pero Elendil hizo lo que su padre le había mandado, y sus barcos ocuparon la costa oriental de la tierra; y los Fieles embarcaron a las esposas y a los hijos, y una gran cantidad de bienes. Y había entre ellos objetos bellos y poderosos, obra de los Númenóreanos en tiempos de sabiduría: vasijas y joyas, y rollos de ciencia escrita en escarlata y negro. Y también Siete Piedras, regalo de los Eldar; pero en el barco de Isildur se guardaba el árbol joven, el retoño de Nimloth el Bello. Y Elendil estuvo siempre alerta, y no se mezcló en las malas acciones de aquellos días; y sin cesar aguardaba una señal que no llegaba. Entonces navegó en secreto a las costas occidentales, y escrutaba el mar, dominado por el dolor y la nostalgia, pues tenía gran amor por su padre. Pero nada veía salvo las flotas de Ar-Pharazôn que se agrupaban en los puertos del oeste.

Ahora bien, antaño, en la isla de Númenor, el tiempo cambiaba de acuerdo siempre con las necesidades y el agrado de los Hombres: lluvia en la estación oportuna y en la medida justa; y un sol resplandeciente, ora cálido, ora no tanto, y vientos desde el mar. Y cuando el viento venía del oeste, a muchos les parecía que traía una fragancia, efímera pero dulce, que estremecía el corazón, como la de las flores que lucen para siempre en prados imperecederos y que no tienen nombre en las costas mortales. Pero todo esto había cambiado; porque el cielo mismo se había oscurecido y había tormentas de lluvia y granizo en aquellos días, y vientos huracanados; y de vez en cuando una gran nave de los Númenóreanos naufragaba y no volvía a puerto, aunque semejante desgracia no les había ocurrido hasta entonces desde el levantamiento de la Estrella. Y al atardecer venía a veces del oeste una gran nube que parecía un águila, con los extremos de las alas extendidas hacia el norte y el sur; y asomaba lentamente ocultando la puesta de sol, y entonces Númenor se sumía en la más negra de las noches. Y algunas de las águilas llevaban relámpagos bajo las alas, y el trueno resonaba entre el mar y las nubes.

Entonces los Hombres sentían miedo. —¡Mirad las Águilas de los Señores del Occidente! —exclamaban—. ¡Las Águilas de Manwë vuelan sobre Númenor! —Y caían de bruces.

Entonces algunos se arrepentían por una temporada, pero a otros se les endurecía el corazón, y alzaban los puños al cielo diciendo: —Los Señores del Occidente nos desafían. Son ellos los que dan el primer golpe. ¡El próximo lo daremos nosotros! —Estas palabras las pronunciaba el rey, pero habían sido concebidas por Sauron.

Pues bien, los relámpagos se hicieron cada vez más frecuentes, y mataban a los Hombres en las colinas, y en los campos, y en las calles de la ciudad; y un rayo ardiente cayó sobre la cúpula del Templo y la partió, y la coronó de llamas. Pero el Templo mismo quedó intacto; y erguido sobre la cúpula Sauron desafió al rayo y el rayo no lo hirió; y entonces los Hombres lo llamaron dios e hicieron todo lo que él quería. Fue así que apenas prestaron atención al último portento. Porque la tierra se estremeció, y un rugido como de trueno subterráneo se mezcló con los bramidos del mar, y salió humo de la cima del Meneltarma. Y Ar-Pharazôn se apresuró a preparar sus armamentos.

En ese tiempo las flotas de los Númenóreanos oscurecieron el mar hacia el occidente de la tierra y parecían un archipiélago de mil islas; los mástiles eran como un bosque sobre las montañas, y las velas como una nube amenazadora, y los estandartes eran negros y dorados. Y todas las cosas aguardaban en el mundo de Ar-Pharazôn; y Sauron se retiró al círculo central del Templo, y los hombres le llevaban víctimas para ser quemadas.

Entonces las Águilas de los Señores del Occidente llegaron desde donde muere el día, en formación de combate, avanzando en una línea cuyo extremo disminuía hasta borrarse a lo lejos; y al acercarse dominaban el cielo extendiendo las alas cada vez más amplias. Pero el Occidente ardía rojo detrás, y ellas resplandecían por debajo, como si estuvieran inflamadas por una llama de ira, que iluminaba toda Númenor como si fuera un incendio; y los Hombres miraban las caras de alrededor, y les parecía que estaban rojas de cólera.

Entonces Ar-Pharazôn se hizo a la mar con su poderosa barca, Alcarondas, Castillo del Mar. Tenía muchos remos, y muchos mástiles dorados y amarillos; y sobre ella estaba montado el trono. Y Ar-Pharazôn se puso el traje de ceremonia y la corona, y mandó que izaran el estandarte y dio la señal de levar anclas; y en ese momento las trompetas de Númenor cubrieron el sonido del trueno.

Las flotas de los Númenóreanos avanzaron entonces contra la amenaza del Occidente; y había escaso viento, pero tenían muchos remos, y muchos esclavos que remaban bajo el látigo. El sol se puso, y un gran silencio sobrevino. La oscuridad descendió sobre la tierra, y el mar estaba inmóvil mientras el mundo aguardaba lo que había de acaecer. Lentamente los que vigilaban los puertos fueron perdiendo de vista a las flotas, y las luces de las naves se debilitaron, y se las tragó la noche; y por la mañana habían desaparecido; y quebrantaron la Prohibición de los Valar, y navegaron por mares vedados, avanzando con intención de guerra contra los Inmortales, para arrancarles una vida perdurable en los Círculos del Mundo.

Pero las flotas de Ar-Pharazôn llegaron de alta mar y rodearon Avallónë y toda la isla de Eresseä, y los Eldar se lamentaron, porque la nube de los Númenóreanos cubrió la luz del sol poniente. Y por último Ar-Pharazôn llegó al Reino Bendecido de Aman, y las costas de Valinor; y todo estaba todavía en silencio, y el hado pendía de un hilo. Porque Ar-Pharazôn titubeó en ese momento y estuvo a punto de volverse. Contempló receloso las costas silenciosas y vio resplandecer el Taniquetil, más blanco que la nieve, más frío que la muerte, tranquilo, inmutable, terrible como la sombra de la luz de

Ilúvatar. Pero el orgullo pudo más, y Ar-Pharazôn abandonó por fin el barco, y puso pie en la costa y reclamó esa tierra como suya si nadie se oponía con la fuerza de las armas. Y una hueste de Númenóreanos acampó cerca de Túna, de donde todos los Eldar habían huido.

Entonces Manwë invocó a Ilúvatar, y durante ese tiempo los Valar ya no gobernaron Arda. Pero Ilúvatar mostró su poder, y cambió la forma del mundo; y un enorme abismo se abrió en el mar entre Númenor y las Tierras Inmortales, y las aguas se precipitaron por él, y el ruido y los vapores de las cataratas subieron al cielo, y el mundo se sacudió. Y todas las flotas de los Númenóreanos se hundieron en la sima, y se ahogaron, y fueron tragadas para siempre. Pero Ar-Pharazôn el Rey y los guerreros mortales que habían desembarcado en la Tierra de Aman quedaron sepultados bajo un derrumbe de colinas: se dice que allí yacen, en las Cavernas de los Olvidados, y que allí estarán hasta la Última Batalla del Día del Juicio.

Pero las tierras de Aman y Eressëa de los Eldar fueron retiradas y llevadas para siempre más allá del alcance de los Hombres. Y Andor, la Tierra del Don, Númenor de los Reyes, Elenna de la Estrella de Eärendil, fue destruida por completo. Porque estaba al este, junto a la enorme grieta, y los cimientos se derrumbaron, y cayó y se hundió en las sombras, y ya no existe. Y no hay ahora sobre la Tierra lugar alguno donde se preserve la memoria de un tiempo en el que no había mal. Porque Ilúvatar hizo retroceder a los Grandes Mares al oeste de la Tierra Media, y las Tierras Vacías al este, y se hicieron nuevas tierras y nuevos mares, y el mundo quedó disminuido, pues Valinor y Eressëa fueron transportadas al reino de las cosas escondidas.

En una hora que los Hombres no previeron, se consumó este destino, el trigésimo noveno día después de la desaparición de las flotas. Entonces, un fuego súbito irrumpió desde el Meneltarma, y sopló un viento poderoso, y hubo un tumulto en la tierra, y el cielo giró, y las colinas se deslizaron, y Númenor se hundió en el mar, junto con niños y mujeres y orgullosas señoras; y los jardines y recintos y torres, y las tumbas y los tesoros, y las joyas y telas y cosas pintadas y talladas, y la risa y la alegría y la música, y la sabiduría y la ciencia de Númenor se desvanecieron para siempre. Y por último la ola creciente, verde, y fría y coronada de espuma, arrastrándose por la tierra, arrebató a la Reina Tar-Míriel, más hermosa que las perlas, la plata o el marfil. Demasiado tarde trató de subir por los senderos empinados del Meneltarma hasta el sitio sagrado, pues las aguas la alcanzaron, y el grito de ella se perdió en los bramidos del viento.

Pero sea o no verdad que Amandil llegara a Valinor, y que Manwë escuchara su ruego, la ruina de aquel día no alcanzó por gracia de los Valar a Elendil y a sus hijos. Porque Elendil se había quedado en Rómenna sin responder a la convocatoria del rey que partía para la guerra; y esquivando a los soldados de Sauron cuando quisieron prenderlo y arrastrarlo a los fuegos del Templo, subió a bordo del barco y se apartó de la costa esperando a que el tiempo decidiese. Allí la tierra lo protegió de la gran corriente del mar que se precipitaba arrastrando a todos al abismo, y luego de la primera furia de la tormenta. Mas cuando la ola devoradora avanzó rodando sobre la tierra y Númenor se derrumbó, la aniquilación hubiera sido una pena menor para Elendil, pues el arrebato de la muerte no le parecía más amargo que la pérdida y la agonía de aquel día; pero el viento huracanado lo alcanzó, más fuerte que ningún otro conocido por los Hombres, y avanzó bramando desde el oeste, y empujó muy lejos a los barcos, y desgarró velas y quebró mástiles, arrastrando a los Hombres como briznas de hierba en el agua.

Eran nueve los barcos: cuatro para Elendil, y tres para Isildur, y dos para Anárion; y huyeron de la negra tempestad, desde el crepúsculo de la condenación a la oscuridad del mundo. Y las aguas profundas se levantaban debajo en una furia gigantesca, y olas como montañas avanzaron coronadas de nieve desgarrada, y cargaron a los Hombres entre jirones de nubes, y al cabo de muchos días los arrojaron a las costas de la Tierra Media. Y en aquel tiempo todas las costas y las regiones marinas del mundo occidental cambiaron y se arruinaron; porque los mares invadieron las tierras, y las costas se derrumbaron, y las antiguas islas fueron anegadas, y otras islas se alzaron en el mar; y las montañas cayeron y los ríos se desviaron en extraños cursos.

Más tarde Elendil y sus hijos fundaron reinos en la Tierra Media; y aunque en ciencia y habilidad no eran sino un eco de lo que habían sido antes de que Sauron llegara a Númenor, no obstante les parecieron muy grandes a los Hombres salvajes del mundo. Y mucho se dice en otras historias de los hechos de los herederos de Elendil en la edad que vino después, y de la lucha que libraron con Sauron, que aún no estaba terminada.

Porque el mismo Sauron sintió gran temor ante la ira de los Valar, y el hado que Eru había impuesto a la tierra y al mar. No había imaginado nada semejante, pues sólo había esperado la muerte de los Númenóreanos y la derrota del orgulloso rey. Y Sauron, sentando en la silla negra en medio del Templo, había reído cuando oyó las trompetas de Ar-Pharazôn que llamaban al combate, y otra vez había reído cuando oyó el trueno de la tormenta; y una tercera vez, mientras reía pensando en lo que haría en el mundo, ahora que se había desembarazado de los Edain para siempre, fue sorprendido bruscamente, y el asiento y el Templo cayeron al abismo. Pero Sauron no era de carne mortal, y aunque había sido despojado de la forma en que hiciera tanto daño, de modo que ya nunca podría lucir una hermosa figura ante los ojos de los Hombres, su espíritu se alzó desde las profundidades, y pasó como una sombra y un viento negro sobre el mar, y llegó de vuelta a la Tierra Media y a Mordor, que era su morada. Se instaló de nuevo en Barad-dûr, se puso el Gran Anillo, y vivió allí, oscuro y silencioso, hasta que se dio a sí mismo una nueva forma, una imagen visible de malicia y odio; y el ojo de Sauron el Terrible pocos podrían soportarlo.

Pero estas cosas no pertenecen a la historia de la Anegación de Númenor, de la cual todo se ha dicho ahora. Y aun el nombre de esa tierra pereció, y desde entonces los Hombres ya no hablaron de Elenna, ni de Andor, el Don que había sido arrebatado, ni de Númenórë en los confines del mundo; pero los exiliados en las costas del mar, si miraban hacia el anhelado Occidente, hablaban de Mar-nu-Falmar, que se hundió bajo las olas, Akallabêth, la Sepultada, Atalantë en lengua Eldarin.

Entre los Exiliados, muchos creían que la Cima del Menel-tarma, el Pilar del Cielo, no fue anegada para siempre, sino que se levantó otra vez por encima de las olas, una isla perdida en las grandes aguas; porque había sido un sitio consagrado y nadie lo había mancillado nunca, aun en días de Sauron. Y algunos hubo de la simiente de Eärendil que después lo buscaron, porque se decía entre los sabios que en otro tiempo los Hombres de vista penetrante alcanzaban a atisbar desde el Meneltarma las Tierras Inmortales. Porque aún después de la ruina el corazón de los Dúnedain se volcaba hacia el oeste; y aunque en verdad sabían que el mundo había cambiado, decían: «Avallónë ha desaparecido de la faz de la Tierra y la Tierra de Aman ha sido arrebatada, y nadie puede encontrarlas en este mundo de oscuridad. No obstante, una vez fueron, y por tanto todavía son, plenamente, y en la forma cabal del mundo tal como fue concebido por vez primera».

Porque los Dúnedain sostenían que aun los Hombres mortales, si se los bendecía, podrían ver otros tiempos que el de la vida de los cuerpos; y anhelaban siempre escapar de las sombras del exilio y contemplar de algún modo la luz que no muere; porque el dolor del pensamiento de la muerte los había perseguido por sobre los abismos del mar. Por ese motivo, los grandes marineros que había entre ellos exploraban todavía los mares vacíos, con la esperanza de llegar a la Isla del Meneltarma, y tener allí una visión de las cosas que fueron. Pero no la encontraban. Y los que viajaban hasta muy lejos, sólo llegaban a tierras nuevas, y las encontraban semejantes a las tierras viejas, y también sometidas a la muerte. Y los que viajaban más lejos todavía sólo trazaban un círculo alrededor de la Tierra para volver fatigados por fin al lugar de partida; y decían: —Todos los caminos son curvos ahora.

De este modo, en parte por los viajes de los barcos, en parte por la ciencia y la lectura de las estrellas, los reyes de los Hombres supieron que el mundo era en verdad redondo, y sin embargo aún se permitía que los Eldar partieran y navegaran hacia el Antiguo Occidente y a Avallónë, si así lo querían. Por tanto, los sabios de entre los Hombres decían que tenía que haber un Camino Recto, para aquellos a quienes se les permitiese descubrirlo. Y enseñaban que aunque el nuevo mundo estuviese torcido, el viejo camino y el sendero del recuerdo del Occidente todavía estaban allí, como si fueran un poderoso puente invisible que atravesara el aire del aliento y del vuelo (que eran curvos ahora, como el mundo), y cruzara el Ilmen, que ninguna carne puede soportar sin asistencia, hasta llegar a Tol Eressëa, la Isla Solitaria, y quizás aún más allá, hasta Valinor, donde habitan todavía los Valar y observan el desarrollo de la historia del mundo. Y cuentos y rumores nacieron a lo largo de las costas del mar acerca de marineros y Hombres abandonados en las aguas, que por algún destino o gracia o favor de los Valar habían encontrado el Camino Recto y habían visto cómo se hundía por debajo de ellos la faz del mundo, y de ese modo habían llegado al puerto de Avallónë, con lámparas que iluminaban los muelles, o en verdad a las últimas playas de Aman; y allí habían contemplado la Montaña Blanca, terrible y hermosa, antes de morir.

DE LOS ANILLOS DEL PODER
Y LA TERCERA EDAD

DE LOS ANILLOS DEL PODER
Y LA TERCERA EDAD

con lo que estos relatos llegan a su fin

Desde tiempos remotos fue Sauron el Maia, a quien los Sindar en Beleriand llamaron Gorthaur. En el principio de Arda, Melkor lo sedujo ganándolo como aliado, y llegó a convertirse en el más grande y el más seguro de los servidores del Enemigo, y en el más peligroso, porque podía asumir distintas formas, y durante mucho tiempo, si así lo quería, podía parecer hermoso y noble, de modo que era capaz de engañar a todos, salvo a los más precavidos.

Cuando Thangorodrim fue destruida y Morgoth vencido, Sauron se atavió otra vez con lúcidos colores, prometió obediencia a Eönwë, el Heraldo de Manwë, y abjuró de todo el mal que había hecho. Y dicen algunos que en un principio no lo hizo con falsedad, y que en verdad estaba arrepentido, aunque sólo por miedo, perturbado por la caída de Morgoth y la gran cólera de los Señores del Occidente. Pero Eönwë no tenía poder para perdonar a quienes eran sus pares, y mandó a Sauron que volviera a Aman para ser allí juzgado por Manwë. Entonces Sauron se avergonzó, y no quería regresar humillado, y aceptar quizá de los Valar una sentencia de larga servidumbre, como prueba de buena fe; porque había tenido mucho poder bajo Morgoth. Por tanto, cuando Eönwë partió, él se escondió en la Tierra Media; y recayó en el mal, porque las ligaduras con que Morgoth lo había atado eran muy fuertes.

Durante la Gran Batalla y los tumultos de la caída de Thangorodrim hubo en la tierra fuertes convulsiones, y Beleriand quedó quebrantada y yerma; y en el norte y en el oeste muchas tierras se hundieron bajo las aguas del Gran Mar. En el este, en Ossiriand, los muros de Ered Luin se quebraron, y una gran hendedura se abrió hacia el sur, y el mar penetró y formó un golfo. Sobre ese golfo se precipitaba el río Lhûn por un nuevo curso, y por lo tanto se lo llamó el Golfo de

Lhûn. Tiempo atrás ese país había sido llamado Lindon por los Noldor, y este nombre tuvo en adelante; y muchos de los Eldar vivían allí todavía, demorándose, sin deseos de abandonar Beleriand, donde durante tanto tiempo habían luchado y trabajado. Gil-galad hijo de Fingon, era el rey, y con él estaba Elrond el Medio Elfo, hijo de Eärendil el Marinero y hermano de Elros, primer Rey de Númenor.

En las costas del Golfo de Lhûn los Elfos construyeron puertos, y los llamaron Mithlond: y eran muy protegidos, y allí había muchos barcos. Desde los Puertos Grises los Eldar se hacían de vez en cuando a la mar, huyendo de la oscuridad de los días de la Tierra; porque por gracia de los Valar, los Primeros Nacidos aún podían seguir el Camino Recto y regresar, si así lo querían, junto con los hermanos de Eressëa y Valinor más allá de los mares circundantes.

Otros Eldar hubo que por aquel tiempo cruzaron las montañas de Ered Luin y penetraron en las tierras interiores. Muchos de ellos eran Teleri, sobrevivientes de Doriath y Ossiriand; y establecieron reinos entre los Elfos de la Floresta en bosques y montañas, lejos del mar, por el que no obstante siempre sintieron mucha nostalgia. Sólo en Eregion, que los Hombres llamaron Hollin, tuvieron los Elfos de raza Noldorin un reino perdurable, más allá de las Ered Luin. Eregion estaba cerca de las grandes mansiones de los Enanos, que se llamaban Khazad-dûm, pero los Elfos las llamaron Hadhodrond, y después Moria. Desde Ost-in-Edhil, la ciudad de los Elfos, la ruta iba hacia el portal occidental de Khazad-dûm, porque hubo amistad entre Elfos y Enanos, tal como no se conoció otra igual, para enriquecimiento de ambos pueblos. En Eregion, los artífices de los Gwaith-i-Mírdain, el Pueblo de los Orfebres, sobrepasaban en habilidad a todos cuantos hubiera habido, excepto a Fëanor; y en verdad el más hábil era Celebrimbor hijo de Curufin, que se separó de su padre y se quedó en Nargothrond cuando Celegorm y Curufin fueron expulsados, como se narra en el *Quenta Silmarillion*.

En otros lugares de la Tierra Media hubo paz por muchos años; no obstante, las tierras eran casi todas salvajes y desoladas, salvo el sitio al que llegó el pueblo de Beleriand. Numerosos Elfos moraron allí por cierto, como habían morado durante incontables años, errando libremente por las vastas tierras lejos del mar; pero eran Avari, que conocían los hechos de Beleriand sólo como rumores, y Valinor sólo como un nombre distante. Y en el sur y en el este lejano los Hombres se multiplicaron; y la mayor parte de ellos se inclinó al mal, pues Sauron trabajaba ahora.

Al ver la desolación del mundo, Sauron se dijo que los Valar, después de haber derrocado a Morgoth, habían olvidado otra vez la Tierra Media; y su orgullo creció de prisa. Miraba con odio a los Eldar, y temía a los hombres de Númenor que volvían a veces en sus barcos a las costas de la Tierra Media; pero por mucho tiempo disimuló sus pensamientos y ocultó los oscuros designios que estaba tramando.

De todos los pueblos de la Tierra, el más fácil de gobernar le pareció el de los Hombres; pero durante mucho tiempo trató de persuadir a los Elfos para que lo sirviesen, pues sabía que los Primeros Nacidos eran los que tenían mayor poder; y fue de un lado a otro entre ellos, y tenía el aspecto de alguien que es a la vez hermoso y sabio. Sólo a Lindon no fue, porque Gil-galad y Elrond dudaban de él y de su hermoso aspecto, y aunque no sabían bien quién era, no quisieron admitirlo en el país. Pero en otros sitios los Elfos lo recibieron de buen grado, y pocos de entre ellos escucharon a los mensajeros que llegaban de Lindon y les aconsejaban precaución; porque Sauron se dio a sí mismo el nombre de Annatar, el Señor de los Dones, y ellos recibieron en un principio múltiples beneficios de su amistad. Y él les decía: —¡Ay de la debilidad de los grandes! Porque poderoso rey es Gil-galad, y sabio en toda ciencia es el joven Elrond, y no obstante no me ayudan en mis trabajos. ¿Es posible que no quieran ver que otras tierras sean tan benditas como las suyas? Pero ¿por qué la Tierra Media ha de seguir siendo desolada y oscura cuando los Elfos podrían volverla tan hermosa como Eressëa, más aún, como Valinor? Y como no habéis vuelto allí, como podríais haberlo hecho, veo que amáis a la Tierra Media como yo la amo. ¿No es pues nuestra misión trabajar juntos para enriquecerla, y para elevar a todos los linajes élficos que yerran aquí ignorantes a esa cima de poder y conocimiento a que han llegado los de más allá del Mar?

Era en Eregion donde los consejos de Sauron se recibían

con mayor complacencia, porque en esa tierra los Noldor deseaban acrecentar cada vez más la ingeniosidad y la sutileza de sus obras. Además no tenían paz en el corazón desde que se negaron a volver al Occidente, y a la vez querían permanecer en la Tierra Media, a la que amaban en verdad, y gozar de la beatitud de los que habían partido. Por tanto escucharon a Sauron, y aprendieron de él muchas cosas, pues tenía grandes conocimientos. En aquellos días los herreros de Ost-in-Edhil superaron todo cuanto habían hecho antes; y al cabo de un tiempo hicieron los Anillos del Poder. Pero Sauron guiaba estos trabajos, y estaba enterado de todo cuanto hacían; porque lo que deseaba era someter a los Elfos y tenerlos bajo vigilancia.

Ahora bien, los Elfos hicieron muchos anillos, pero Sauron hizo en secreto un Anillo Único, para gobernar a todos los otros, cuyos poderes estarían atados a él, sujetos por completo a él, y durarían mientras él durase. Y gran parte de la fuerza y la voluntad de Sauron pasó a ese Anillo Único; porque el poder de los anillos élficos era muy grande, y el del que habría de gobernarlos tendría por fuerza que ser aún más poderoso; y Sauron lo forjó en la Montaña de Fuego en la Tierra de la Sombra. Y mientras llevaba el Anillo Único, era capaz de ver todo lo que se hacía por medio de los anillos menores, y podía leer y gobernar los pensamientos mismos de quienes los llevaban.

Pero no era tan fácil atrapar a los Elfos. No bien Sauron se puso el Anillo Único en el dedo, se dieron cuenta; y supieron quién era, y que quería adueñarse de todos ellos y de todo cuanto hiciesen. Entonces, con enfado y temor, se quitaron los anillos. Pero él, al ver que lo habían descubierto, y que los Elfos no habían sido engañados, sintió gran cólera, y los enfrentó exigiéndoles que le entregaran todos los anillos, pues los herreros Elfos no podrían haberlos forjado sin la ciencia y el consejo con que él los había asistido. Pero los Elfos huyeron de él; así salvaron tres de los anillos, y se los llevaron, y los ocultaron.

Ahora bien, eran esos Tres los últimos que se habían hecho, y los que tenían más grande poder. Narya, Nenya y Vilya se llamaban, los Anillos del Fuego, y del Agua, y del Aire, que tenían engarzados un rubí y un diamante y un zafiro; y eran de todos los anillos élficos los que Sauron más deseaba, pues quienes los poseyeran podrían evitar el deterioro y demorar la fatiga del mundo. Pero Sauron nunca los encontró porque fueron dados a los Sabios, que los ocultaron y nunca más se los pusieron a la luz, en tanto Sauron tuviera el Anillo Regente. De ese modo los Tres permanecieron incólumes, pues habían sido forjados por Celebrimbor tan sólo, y la mano de Sauron no los había tocado; no obstante también estaban sometidos al Único.

Desde esos días siempre hubo guerra entre Sauron y los Elfos; y Eregion fue arruinada, y Celebrimbor muerto, y las puertas de Moria se cerraron. En ese tiempo la fortaleza y refugio de Imladris, que los Hombres llamaron Rivendel, fue encontrado por Elrond Medio Elfo; y resistió largo tiempo. Pero Sauron recogió todos los Anillos del Poder que quedaban, y los repartió entre los otros pueblos de la Tierra Media, con la esperanza de tener así sometidos a todos los que desearan contar con un poder secreto, fuera de los alcances de su propia especie. Siete anillos dio a los Enanos; pero a los Hombres les dio nueve; porque los Hombres en esto, como en otros asuntos, demostraron ser los más dispuestos a someterse. Y todos los anillos que Sauron gobernaba, los pervertía, con bastante facilidad pues él mismo había contribuido a hacerlos, y estaban malditos, y traicionaron al final a todos quienes los llevaban. Los Enanos demostraron ser firmes y nada dóciles; no soportan de buen grado el dominio de los demás, y es difícil saber lo que en verdad piensan, y tampoco es fácil inclinarlos a las sombras. Sólo llevaban los anillos para la adquisición de riquezas; pero la ira y una abrumadora codicia de oro les encendió los corazones, mal del que luego Sauron obtuvo gran beneficio. Se dice que el principio de cada uno de los Siete Tesoros de los reyes Enanos de antaño fue un anillo de oro; pero todos esos tesoros hace ya mucho que fueron saqueados, y los dragones los devoraron, y de los Siete Anillos algunos fueron consumidos por el fuego y otros recuperados por Sauron.

Fue más fácil engañar a los Hombres. Los que llevaron los Nueve Anillos alcanzaron gran poder en su época; reyes, hechiceros y guerreros de antaño. Ganaron riqueza y gloria, aunque sólo daño resultó. Parecía que para ellos la vida no tenía término, pero se les hacía insoportable. Podían andar, si así lo querían, sin que nadie de este mundo bajo el sol llegara a descubrirlos, y podían ver cosas en mundos invisibles para los Hombres mortales; pero con no poca frecuencia veían sólo los fantasmas y las ilusiones que Sauron les imponía. Y tarde o temprano, de acuerdo con la fortaleza original de cada uno y con la buena o mala voluntad que habían tenido desde un principio, iban cayendo bajo el dominio del anillo que llevaban, y bajo la servidumbre del Único, que era propiedad de Sauron. Y se volvieron para siempre invisibles, salvo para el que llevaba el Anillo Regente, y entraron en el reino de las sombras. Eran ellos los Nazgûl, los Espectros del Anillo, los más terribles servidores del Enemigo; la oscuridad andaba con ellos, y clamaban con las voces de la muerte.

Ahora bien, la codicia y el orgullo de Sauron crecieron, hasta que no tuvieron límites, y decidió convertirse en el amo de todas las cosas de la Tierra Media, y destruir a los Elfos, y maquinar, si le era posible, el derrumbe de Númenor. No toleraba libertad ni rivalidad alguna, y se designó a sí mismo Señor de la Tierra. Una máscara podía llevar todavía, con el fin de engañar los ojos de los Hombres, si así lo deseaba, que lo hacía parecer sabio y hermoso. Pero prefería dominar por la fuerza y el miedo, si se lo permitían, y los que advirtieron cómo su sombra se extendía sobre el mundo lo llamaron el Señor Oscuro, y le dieron el nombre de Enemigo; y Sauron dominó otra vez a todas las criaturas malignas de los días de Morgoth que aún quedaban sobre la tierra o debajo de ella, y los Orcos le obedecían, y se multiplicaron como moscas. Así empezaron los Años Oscuros, que los Elfos llaman los Días de la Huida. En ese tiempo muchos Elfos de la Tierra Media huyeron a Lindon, y desde allí se fueron por el mar para no volver más; y muchos fueron destruidos por Sauron y sus servidores. Pero en Lindon, Gil-galad se mantenía firme, y Sauron no se atrevía aún a cruzar las Montañas de Ered Luin y atacar los Puertos; y Gil-galad recibía ayuda de los Númenóreanos. En todo otro sitio reinaba Sauron, y los que querían librarse de él se refugiaban en la fortaleza de bosques y montañas, y el miedo los perseguía de continuo. En el este y el sur Sauron dominaba a casi todos los Hombres, que se volvieron fuertes por aquellos días y levantaron ciudades y muros de piedra, y eran numerosos y feroces en la guerra y estaban armados de hierro. Para ellos Sauron era rey y dios; y le tenían mucho miedo, porque él ponía a su casa un cerco de llamas.

No obstante, la arremetida de Sauron contra las tierras del oeste conoció por fin un impedimento. Porque como se cuenta en la *Akallabêth*, fue desafiado por el poder de Númenor. Tan grandes eran el poderío y el esplendor de los Númenóreanos en el mediodía del reino, que los sirvientes de Sauron no podían resistírseles, y con la esperanza de ganar por la astucia lo que no podía ganar por la fuerza, abandonó un tiempo la Tierra Media, y fue a Númenor como rehén de Tar-Calion el Rey. Y allí habitó, hasta que por fin corrompió mediante argucias los corazones de la mayor parte del pueblo, y los hizo librar una guerra contra los Valar, y así maquinó la ruina que durante tanto tiempo había deseado. Pero esa ruina fue más terrible de lo previsto por Sauron, porque había olvidado el poder de los Señores del Occidente cuando montaban en cólera. El mundo fue destruido y tragada la tierra, y los mares se alzaron, y el mismo Sauron se hundió en el abismo. Pero luego su espíritu subió y volvió volando a la Tierra Media, como un viento negro en busca de morada. Allí descubrió que el poder de Gil-galad había crecido en los años de ausencia, y se había extendido ahora por vastas regiones del norte y el oeste, y llegaba más allá de las Montañas Nubladas y el Gran Río, aun hasta los bordes del Gran Bosque Verde, y se acercaba a los sitios en los que otrora se había sentido seguro. Entonces Sauron se retiró a la fortaleza en la Tierra Negra, y pensó en la guerra.

En aquel tiempo los Númenóreanos que se salvaron de la destrucción huyeron hacia el este, como se cuenta en la *Akallabêth*. Los principales de ellos eran Elendil el Alto y sus hijos, Isildur y Anárion. Aunque parientes del rey, como descendientes de Elros, no quisieron escuchar a Sauron, y se habían negado a combatir contra los Señores del Oeste. Tripulando los barcos con todos los que se habían mantenido fieles, abandonaron la tierra de Númenor antes de que la ganara la ruina. Eran hombres poderosos, y las naves, resistentes y altas, pero las tempestades los alcanzaron y unas montañas de agua los levantaron hasta las mismas nubes, y descendieron sobre la Tierra Media como pájaros de tormenta.

Elendil fue arrojado por las olas a la tierra de Lindon, y tuvo la amistad de Gil-galad. Desde allí cruzó el Río Lhûn, y más allá de Ered Luin estableció el reino, y el pueblo habitó en distintos lugares de Eriador en torno a los cursos del Lhûn y el Baranduin; pero la ciudad principal se encontraba en Annúminas, junto a las aguas del Lago Nenuial. En Fornost, en los Bajos Septentrionales, también vivían los Númenóreanos, y en Cardolan, y en las colinas de Rhudaur; y levantaron torres sobre Emyn Beraid y sobre Amon Sûl; y en esos sitios quedan muchos montículos y obras en ruinas, pero las torres de Emyn Beraid todavían miran al mar.

Isildur y Anárion fueron transportados hacia el sur, y por último navegaron río arriba por el Gran Anduin, que fluye desde Rhovanion hacia el Mar Occidental y desemboca en la Bahía de Belfalas, y establecieron un reino en esas tierras que se llamaron después Gondor, mientras que el Reino Septentrional se llamó Arnor. Mucho antes, en los días de poder, los marineros de Númenor habían establecido un puerto y fortalezas a los lados de las desembocaduras del Anduin, a pesar de que la Tierra Negra de Sauron no estaba lejos hacia el este. En días posteriores, sólo llegaban a ese puerto los Fieles de Númenor, y por tanto muchos de los habitantes de las costas de esa región eran parientes directos o indirectos de los Amigos de los Elfos y del pueblo de Elendil, y dieron la bienvenida a sus hijos. La principal ciudad del reino austral era Osgiliath, a través de la cual fluía el Río Grande; y los Númenóreanos levantaron allí un gran puente sobre el que había torres y casas de piedra de admirable aspecto, y altas naves venían del mar a los muelles de la ciudad. Otras fortalezas construyeron también sobre ambas márgenes: Minas-Ithil, la Torre de la Luna Naciente, al este, sobre un risco de las Montañas de la Sombra, como amenaza a Mordor; y hacia el oeste, Minas Anor, la Torre del Sol Poniente, al pie del Monte Mindolluin, como escudo contra los hombres salvajes de los valles. En Minas Ithil se alzaba la casa de Isildur, y en Minas Anor la casa de Anárion, pero compartían entre ambos el reino, y sus tronos estaban juntos en el Gran Recinto de Osgiliath. Ésas eran las principales moradas de los

Númenóreanos en Gondor, pero otras obras maravillosas y fuertes construyeron en la tierra durante los días de poder, en las Argonath, y en Aglarond, y en Erech; y en el círculo de Angrenost, que los Hombres llamaron Isengard, levantaron el Pináculo de Orthanc de piedra inquebrantable.

Muchos tesoros y reliquias de gran virtud y maravilla trajeron los Exiliados de Númenor; y de éstos los más renombrados eran las Siete Piedras y el Árbol Blanco. El Árbol Blanco había nacido de un fruto de Nimloth el Bello, que crecía en los patios del Rey de Armenelos, en Númenor, antes de que Sauron lo abrasara; y Nimloth a su vez descendía del Árbol de Tirion, que parecía una imagen del Mayor de los Árboles, el Blanco Telperion, que hizo crecer Yavanna en la tierra de los Valar. El Árbol, recuerdo de los Eldar y de la luz de Valinor, se plantó en Minas Ithil ante la casa de Isildur, pues él había sido quien había salvado el fruto de la destrucción; pero las Piedras se dividieron.

Tres tomó Elendil, y dos cada uno de sus hijos. Las de Elendil fueron guardadas en torres sobre Emyn Beraid, y sobre Amon Sûl y en la ciudad de Annúminas. Pero las de los hijos estaban en Minas Ithil y Minas Anor, y en Orthanc y en Osgiliath. Ahora bien, estas piedras tenían una virtud: quien las mirara vería en ellas la imagen de cosas distantes, fuera en el espacio o en el tiempo. Casi siempre revelaban sólo cosas afines a otra Piedra emparentada, porque las Piedras se llamaban entre sí; pero quienes eran fuertes de voluntad y de mente podían aprender a mirar a donde quisieran. De este modo los Númenóreanos llegaban a conocer muchas cosas que el Enemigo pretendía ocultar, y poco escapó a esta vigilancia durante el tiempo en que tuvieron gran poder.

Se dice que las torres de Emyn Beraid no fueron construidas en verdad por los Exiliados de Númenor, sino que las levantó Gil-galad para su amigo Elendil; y la Piedra Vidente de Emyn Beraid estaba guardada en Elostirion, la más alta de las torres. Allí se recuperaba Elendil, y desde allí solía contemplar los mares que separaban las tierras cuando lo asaltaba la nostalgia del exilio; y se cree que de este modo a veces alcanzaba a ver la Torre de Avallónë sobre Eressëa, donde el Maestro de la Piedra habitaba y habita todavía. Estas piedras eran un regalo de los Eldar a Amandil, padre de Elendil, para consuelo de los Fieles de Númenor en los días de oscuridad, cuando los Elfos no podían ir ya a esa tierra bajo la sombra de Sauron. Se llamaban las Palantíri, las que vigilan desde lejos; pero todas las que habían sido llevadas a la Tierra Media hacía ya mucho que estaban perdidas.

De este modo los Exiliados de Númenor establecieron sus reinos en Arnor y en Gondor; pero antes de que hubieran transcurrido muchos años se hizo evidente que el Enemigo, Sauron, también había regresado. Había venido en secreto, como se dijo, a su viejo reino de Mordor, más allá de Ephel Dúath, las Montañas de la Sombra, y ese país limitaba con Gondor al este. Allí, sobre el valle de Gorgoroth se levantó su fortaleza, vasta y resistente, Barad-dûr, la Torre Oscura; y había una montaña llameante en esa tierra que los Elfos llamaban Orodruin. En verdad, por esa razón Sauron había instalado allí su morada desde hacía mucho tiempo; porque el fuego que manaba allí desde el corazón de la tierra lo utilizaba para brujerías y forjas; y en medio de la Tierra de Mordor había hecho el Anillo Regente. Allí meditó en la oscuridad, hasta que se hubo dado a sí mismo una forma nueva; ya que había perdido para siempre el hermoso semblante, cuando fuera arrojado al abismo en el hundimiento de Númenor. Tomó otra vez el Gran Anillo y se hizo más poderoso; y pocos había aún entre los grandes de los Elfos y de los Hombres que pudieran soportar la Mirada de Sauron.

Ahora bien, Sauron preparaba la guerra contra los Eldar y los Hombres de Oesternesse y los fuegos de la Montaña despertaron otra vez. Fue así que al ver el humo de Orodruin desde lejos y entender que Sauron había regresado, los Númenóreanos le pusieron a la Montaña un nuevo nombre, Amon Amarth, el Monte del Destino. Y Sauron reunió una gran fuerza de servidores venidos del este y del sur; y entre ellos no pocos eran de la raza de Númenor. Porque en los días de la estadía de Sauron en esa tierra, el corazón de casi todo ese pueblo se volcó a la oscuridad. Así ocurría que muchos de los que navegaron hacia el este en ese tiempo y levantaron fortalezas y viviendas en las costas estaban ya sometidos a la voluntad de Sauron, y lo servían de buen grado en la Tierra Media. Pero por causa del poder de Gil-galad, estos renegados, señores a la vez poderosos y malignos, moraron casi todos lejos al sur; dos había, sin embargo, Herumor y Fuinur, que crecieron en poder entre los Haradrim, un pueblo grande y cruel que habitó en las amplias tierras al sur de Mordor más allá de las desembocaduras del Anduin.

Por lo tanto, cuando Sauron vio la oportunidad, avanzó con una gran fuerza contra el nuevo Reino de Gondor, y tomó Minas Ithil, y destruyó el Árbol Blanco de Isildur que allí crecía. Pero Isildur escapó, y llevando consigo un vástago del Árbol fue por barco río abajo, con su esposa y sus hijos, y navegaron desde las desembocaduras del Anduin en busca de Elendil. Entretanto, Anárion resistió en Osgiliath contra el Enemigo y lo rechazó hacia las montañas; pero Sauron volvió a reunir sus fuerzas, y Anárion supo que, a menos que le llegara ayuda, el reino no podría resistir mucho tiempo.

Ahora bien, Elendil y Gil-galad buscaron mutuo consejo, porque percibían que Sauron se volvería demasiado fuerte, y que vencería a todos sus enemigos uno por uno si no se unían todos contra él. De este modo se hizo la Liga que se llamó la Última Alianza, y marcharon hacia el este a la Tierra Media reuniendo una gran hueste de Elfos y de Hombres; e hicieron alto por un tiempo en Imladris. Se dice que el ejército allí reunido era más gallardo y más espléndido en armas que ningún otro visto desde entonces en la Tierra Media, y el más numeroso desde que el ejército de los Valar avanzara sobre Thangorodrim.

Desde Imladris cruzaron los pasos de las Montañas Nubladas, y fueron río abajo por el Anduin, y así llegaron al fin sobre las huestes de Sauron en Dagorlad, la Llanura de la Batalla, que se extiende por delante de las puertas de la Tierra Negra. Todas las criaturas vivientes se dividieron ese día, y algunas de la misma especie, aun bestias y aves, estaban en uno y en otro bando; excepto los Elfos. Sólo ellos no estaban divididos y seguían a Gil-galad. De los Enanos, pocos eran los que luchaban también en los dos bandos; pero el clan de Durin de Moria luchaba contra Sauron.

El ejército de Gil-galad y Elendil obtuvo la victoria, porque el poder de los Elfos era grande todavía en ese entonces, y los Númenóreanos eran fuertes y altos, y terribles en la cólera. A Aeglos, la espada de Gil-galad, nadie podía resistirse;

y la espada de Elendil estremecía de miedo a Orcos y Hombres, porque resplandecía a la luz del sol y de la luna, y se llamaba Narsil.

Entonces Gil-galad y Elendil entraron en Mordor y rodearon la fortaleza de Sauron; y la sitiaron durante siete años, y sufrieron dolorosas pérdidas por el fuego, los dardos y las saetas del Enemigo; y Sauron se resistía acosándolos. Allí, en el valle de Gorgoroth, Anárion hijo de Elendil fue muerto, y también otros muchos. Pero por último el sitio fue tan riguroso, que el mismo Sauron salió; y luchó con Gil-galad y Elendil, y los mató a ambos, y cuando Elendil cayó la espada se le quebró bajo el cuerpo. Pero Sauron también fue derribado, y con la empuñadura desprendida de Narsil, Isildur cortó el Anillo de la mano de Sauron, y lo tomó. Entonces Sauron quedó vencido por el momento; y abandonó el cuerpo, y su espíritu huyó a espacios distantes y se escondió en sitios baldíos; y durante largos años no volvió a tener forma visible.

Así empezó la Tercera Edad del Mundo, después de los Días Antiguos y los Años Oscuros; y había todavía esperanza en aquel tiempo y el recuerdo de la alegría, y el Árbol Blanco de los Eldar floreció muchos años en los patios de los Reyes de los Hombres, porque el vástago que había salvado, Isildur lo plantó en la ciudadela de Anor en memoria de su hermano antes de abandonar Gondor. Los servidores de Sauron fueron derrotados y dispersados, pero no del todo destruidos; y aunque muchos Hombres se apartaron del mal y se convirtieron en súbditos de los herederos de Elendil, muchos más recordaban a Sauron en sus corazones y odiaban los reinos del Occidente. La Torre Oscura fue derrumbada, pero sus cimientos perduraron, y no se olvidó. Los Númenóreanos montaron guardia por cierto, junto a la tierra de Mordor, pero nadie se atrevió a morar allí por causa del terror del recuerdo de Sauron, y de la Montaña de Fuego que se levantaba cerca de Barad-dûr; y las cenizas cubrían el valle de Gorgoroth. Muchos de los Elfos y muchos de los Númenóreanos y de los Hombres que eran aliados habían perecido en la Batalla y en el Sitio; y Elendil el Alto y Gil-galad el Rey Supremo ya no existían. Nunca otra vez se reunió un ejército semejante, ni hubo alianza semejante entre Elfos y Hombres; porque después de los días de Elendil ambos linajes se separaron.

Nadie supo más del Anillo Regente en esa época, ni siquiera los Sabios; no obstante no fue deshecho. Porque Isildur no lo cedió a Elrond ni a Círdan, que estaban junto a él. Le aconsejaron arrojarlo al fuego de Orodruin en las cercanías, donde había sido forjado, para que pereciera y el poder de Sauron quedara disminuido por siempre, y no fuera sino una sombra de malicia en el desierto. Pero Isildur rechazó este consejo diciendo: —Esto lo conservaré como indemnización por la muerte de mi padre y por la de mi hermano. ¿No fui yo el que asestó al Enemigo el golpe de muerte? —Y contemplando el Anillo que tenía en la mano le pareció sumamente hermoso, y no toleró que se lo destruyera. Por tanto, con él volvió primero a Minas Anor, y allí plantó el Árbol Blanco en memoria de su hermano Anárion. Pero no tardó en partir, y después de haberle dado consejo a Meneldil, el hijo de su hermano, y encomendarle el Reino del Sur, se llevó el Anillo para que fuera heredad de su casa, y se marchó de Gondor hacia el norte por el camino por donde Elendil había venido; y abandonó el Reino del Sur, porque se proponía hacerse cargo del reino de su padre en Eriador, lejos de la sombra de la Tierra Negra.

Pero Isildur fue abrumado por una hueste de Orcos que acechaba en las Montañas Nubladas; y sin que él lo notara, descendieron sobre el campamento entre el Bosque Verde y el Río Grande, cerca de Loeg Ningloron, los Campos Glaudos, porque era descuidado y no había montado guardia alguna creyendo derrotados a todos los enemigos. Allí casi todos los suyos recibieron muerte, y entre ellos sus tres hijos mayores, Elendur, Aratan y Ciryon; pero cuando partiera para la guerra había dejado en Imladris a su esposa y a su hijo menor, Valandil. Isildur escapó en cambio por mediación del Anillo, porque cuando se lo ponía se volvía invisible a todas las miradas; pero los Orcos le dieron caza por el olfato y el rastro hasta que llegó al río y se zambulló en él. Allí el Anillo lo traicionó y vengó a su hacedor, porque se le deslizó del dedo mientras nadaba, y se perdió en el agua. Entonces los Orcos lo vieron mientras se esforzaba contra la corriente, y le dispararon muchas flechas y ése fue el fin. Sólo tres de los suyos volvieron por encima de las montañas después de mucho errar de un lado a otro; y de ellos uno era Ohtar, el escudero, a cuyo cuidado había puesto Isildur los fragmentos de la espada de Elendil.

De este modo llegó Narsil a manos de Valandil, heredero de Isildur, en Imladris; pero la hoja estaba quebrada y su brillo se había extinguido, y no se la volvió a forjar. Y el Señor Elrond anunció que no se lo haría en tanto no se reencontrara el Anillo Regente y Sauron volviera; pero la esperanza de Elfos y Hombres era que estas cosas no ocurrieran nunca.

Valandil habitó en Annúminas, pero su pueblo había disminuido, y de los Númenóreanos y de los Hombres quedaban muy pocos como para poblar la tierra o mantener todos los lugares que Elendil había edificado; muchos habían caído en Dargolad, y en Mordor, y en los Campos Gladios. Y sucedió al cabo de los días de Eärendur, el séptimo rey que siguió a Valandil, que los Hombres del Occidente, los Dúnedain del Norte, se dividieron en mezquinos reinos y señoríos, y sus enemigos los devoraron uno por uno. Siguieron menguando con los años, hasta que pasó su gloria dejando tan sólo montículos verdes en la hierba. Por fin nada quedó de ellos salvo un pueblo extraño que erraba secretamente por tierras deshabitadas, y los demás Hombres nada sabían de dónde moraban ni del propósito de esas idas y venidas, y salvo en Imladris, en la casa de Elrond, el linaje quedó olvidado. Pero los herederos de Isildur, durante muchas vidas de Hombres, siguieron atesorando los fragmentos de la espada; y la línea de padre a hijo nunca se quebró.

En el sur, Gondor perduró, y durante un tiempo creció en esplendor, hasta que la riqueza y majestad del reino hizo recordar a Númenor antes de la caída. Altas torres levantó el pueblo de Gondor, y fortalezas, y puertos de muchos barcos; y la Corona Alada de los Reyes de los Hombres fue reverenciada por gentes de muchas tierras, y de muchas lenguas. Porque durante largos años creció el Árbol Blanco ante la casa del rey en Minas Anor, descendiente de aquel árbol que Isildur rescatara de las profundidades del mar, de Númenor; y la simiente anterior provenía de Avallónë, y la más anterior de Valinor, en el Día que precedió a los días, cuando el mundo era joven.

Sin embargo, al final, con el desgaste de los rápidos años de la Tierra Media, Gondor decayó, y el linaje de Meneldil hijo de Anárion se interrumpió. Porque la sangre de los Númenóreanos se mezcló demasiado con la de otros hombres, y perdieron poder y sabiduría, y tuvieron una vida más breve, y no vigilaron a Mordor como antes. Y en los días de Telemnar, el vigésimo tercero del linaje de Meneldil, una peste llegó desde el oriente en vientos oscuros, y atacó al rey y a sus hijos, y perecieron muchos del pueblo de Gondor. Entonces los fuertes de las fronteras de Mordor quedaron abandonados, y Minas Ithil se vació de gente; y el mal penetró otra vez en secreto en la Tierra Negra, y las cenizas de Gorgoroth se movieron como si soplara un viento frío, pues allí se agolpaban unas formas oscuras. Se dice que éstas eran en verdad los Ulairi, que Sauron llamaba los Nazgûl, los Nueve Espectros del Anillo, que durante mucho tiempo habían permanecido ocultos, pero que retornaban ahora para preparar el camino del Amo, que había empezado a crecer otra vez.

Y en días de Eärnil asestaron el primer golpe, y vinieron durante la noche de Mordor por los pasos de las Montañas de la Sombra, y moraron en Minas Ithil; y lo convirtieron en un lugar tan espantoso, que nadie se atrevía a mirarlo. En adelante se llamó Minas Morgul, la Torre de la Hechicería; y Minas Morgul estaba siempre en guerra con Minas Anor, en el oeste. Entonces Osgiliath, que con la decadencia de su gente hacía ya mucho que estaba desierta, se convirtió en lugar de ruinas y fantasmas. Pero Minas Anor resistió, y recibió un nuevo nombre: Minas Tirith, la Torre de la Guardia; porque allí los reyes hicieron construir en la ciudadela una torre blanca, muy alta y muy hermosa, cuya mirada abarcaba muchas tierras. Era orgullosa aún y fuerte esa ciudad, y en ella el Árbol Blanco floreció todavía un tiempo ante la casa de los reyes; y allí el resto de los Númenóreanos aún defendía el pasaje del Río contra los Terrores de Minas Morgul, y contra todos los Enemigos del Oeste, Orcos y monstruos, y Hombres malvados; y de ese modo las tierras a espaldas de ellos, al oeste del Anduin, quedaron protegidas de la guerra y la destrucción.

Al cabo de los días de Eärnur hijo de Eärnil, y último Rey de Gondor, Minas Tirith aún se mantenía en pie. Eärnur fue quien cabalgó solo hasta las puertas de Minas Morgul para contestar al desafío del Señor de Morgul; y se enfrentó con él en singular combate, pero fue traicionado por los Nazgûl y llevado vivo a la ciudad del tormento, y ningún hombre lo vio otra vez. Ahora bien, Eärnur no dejó heredero, pero cuando la línea de los reyes se extinguió, los Mayordomos de la casa de Mardil el Fiel gobernaron la ciudad y el reino, cada vez más menguado; y los Rohirrim, los Jinetes del Norte, llegaron y moraron en la verde tierra de Rohan que se llamó antes Calenardhon y fue parte del Reino de Gondor; y los Rohirrim ayudaron a los Señores de la Ciudad en la guerra. Y al norte, más allá de los Saltos del Rauros y las Puertas de Argonath, había todavía otras defensas, poderes más antiguos de los que poco sabían los Hombres, y que las criaturas malignas no se atrevían a molestar, mientras el Señor Oscuro, Sauron, no volviera, madurado el momento. Y hasta que ese momento no llegó, los Nazgûl nunca cruzaron otra vez el Río en los días de Eärnil, ni salieron de la ciudad como Hombres visibles.

Durante todos los días de la Tercera Edad, después de la caída de Gil-galad, el Señor Elrond vivió en Imladris, y reunió allí a muchos Elfos, y otras criaturas sabias y poderosas entre todos los linajes de la Tierra Media, y preservó al cabo de muchas vidas de Hombres el recuerdo de todo lo que había sido hermoso; y la casa de Elrond fue refugio para fatigados y oprimidos, y tesoro de preciosos consejos y sabiduría. En esa casa se albergaron los Herederos de Isildur, en la infancia y la vejez, pues estaban emparentados por la sangre con el mismo Elrond, y también porque él sabía que a uno de su linaje le estaba asignada una parte principal en los últimos hechos de esa Edad. Y en tanto ese momento no llegara, los fragmentos de la espada de Elendil se encomendaron al cuidado de Elrond, cuando en días oscuros los Dúnedain se convirtieron en un pueblo errante.

En Eriador, Imladris era la más importante morada de los Altos Elfos; pero en los Puertos Grises de Lindon moraba también un resto del pueblo de Gil-galad el Rey de los Elfos.

A veces erraban por tierras de Eriador, pero la mayoría vivía cerca de las costas del mar, y construían y cuidaban las naves élficas en que los Primeros Nacidos se hacían a la mar rumbo al más extremo Occidente, fatigados del mundo. Círdan el Carpintero de Barcos era el Señor de los Puertos y muy poderoso entre los Sabios.

De los Tres Anillos que los Elfos habían preservado sin mancha nada se decía por cierto entre los Sabios, y aun pocos de los Eldar conocían el sitio en que se guardaban ocultos. No obstante, después de la caída de Sauron, el poder de los Tres Anillos continuaba obrando, y donde ellos estaban, estaba también la alegría, y los dolores del tiempo no mancillaban ninguna cosa. Así ocurrió que antes de que la Tercera Edad concluyera, los Elfos advirtieron que el Anillo de Zafiro estaba con Elrond, en el hermoso valle de Rivendel, pues sobre su casa las estrellas del cielo eran más brillantes; mientras que el Anillo de Diamante estaba en la Tierra de Lórien, donde vivía la Dama Galadriel. Aunque Reina de los Elfos del Bosque, y esposa de Celeborn de Doriath, Galadriel pertenecía a los Noldor, y recordaba al Día anterior a los días en Valinor, y era la más poderosa y la más bella de los Elfos que habían quedado en la Tierra Media. Pero el Anillo Rojo permaneció oculto hasta el final, y nadie, salvo Elrond y Galadriel y Círdan, sabía a quién había sido encomendado.

Fue así que en dos dominios la beatitud y la belleza de los Elfos permanecieron intactas mientras duró esa Edad: en Imladris y el Lothlórien, la tierra escondida entre el Celebrant y el Anduin, donde los árboles daban flores de oro, y adonde no se atrevían a entrar los Orcos y las criaturas malignas. No obstante muchas voces de entre los Elfos predecían que si Sauron volviera, o bien encontraría el Anillo Regente perdido, o bien sus enemigos lo descubrirían y lo destruirían; pero en ambos casos terminaría el poder de los Tres, y todas las cosas mantenidas por él tendrían que marchitarse: de ese modo llegaría el crepúsculo de los Elfos y empezaría el Dominio de los Hombres.

Y así en verdad ha sucedido: el Único y los Siete y los Nueve fueron destruidos; y los Tres desaparecieron, y con ellos terminó la Tercera Edad, y concluyen las Historias de los Eldar en la Tierra Media. Ésos fueron los Años que se Apagaban, y el invierno del último florecimiento de los Elfos al este del Mar. En ese tiempo los Noldor andaban todavía en las Tierras de Aquende, los más aguerridos y hermosos de entre los hijos del mundo, y los oídos mortales todavía escuchaban lo que decían. Muchas cosas bellas y maravillosas había aún en la tierra en aquel tiempo, y también muchas cosas malignas y horribles: Orcos, y trasgos, y dragones, y bestias salvajes, y extrañas criaturas de los bosques, viejas y sabias, cuyos nombres se han olvidado; los Enanos trabajaban aún en las montañas, y labraban con paciente artesanía obras de metal y de piedra que hoy nadie puede igualar. Pero el Dominio de los Hombres se preparaba, y todas las cosas estaban cambiando, hasta que el Señor Oscuro despertó otra vez en el Bosque Negro.

Ahora bien, antaño el nombre del bosque era el Gran Bosque Verde, y sus amplios espacios y senderos eran frecuentados por bestias y pájaros de espléndido canto; y allí estaba el reino del Rey Thranduil bajo el roble y el haya. Pero al cabo de muchos años, cuando hubo transcurrido casi un tercio de esa edad, una oscuridad invadió lentamente el bosque desde el sur, y el miedo echó a andar por claros umbríos; las bestias salvajes cazaron allí y unas criaturas malignas y crueles tendieron sus trampas.

Entonces el nombre del bosque cambió y se llamó Bosque Negro, pues la noche era allí profunda, y pocos osaban atravesarlo, salvo sólo por el norte, donde el pueblo de Thranduil aún mantenía el mal a raya. De dónde venía pocos podían decirlo, y pasó mucho tiempo antes de que los Sabios lo descubrieran. Era la sombra de Sauron y el signo de su retorno. Porque al venir de los yermos del Este, escogió como morada el sur del bosque, y lentamente creció y cobró forma otra vez; en una colina oscura levantó su vivienda, y allí obró su hechicería, y todos temieron al Hechicero de Dol Guldur, y sin embargo no sabían todavía al principio cuán grande era el peligro.

Mientras aún las primeras sombras empezaban a invadir el Bosque Negro, en el oeste de la Tierra Media aparecieron los Istari, a quienes los Hombres llamaron los Magos. Nadie sabía en aquel tiempo de dónde eran, salvo Círdan de los Puertos, y sólo a Elrond y a Galadriel se les reveló que venían de allende el Mar. Pero luego se dijo entre los Elfos que eran mensajeros enviados por los Señores del Occidente para contrarrestar el poder de Sauron, si éste despertaba de nuevo, y para incitar a los Elfos y a los Hombres y a todas las criaturas vivientes de buena voluntad a que emprendiesen valerosas hazañas. Tenían aspecto de Hombres, viejos pero vigorosos, y cambiaban poco con los años, y sólo envejecían lentamente, aunque llevaban la carga de muchas preocupaciones; y eran de gran sabiduría y poderosos de mente y manos. Durante mucho tiempo viajaron a lo largo y a lo ancho entre los Elfos y los Hombres, y conversaban también con las bestias y los pájaros; y los pueblos de la Tierra Media les dieron muchos nombres, pues ellos no revelaron cómo se llamaban en verdad. Los principales de ellos fueron los que los Elfos llamaron Mithrandir y Curunír, pero los Hombres del Norte los llamaron Gandalf y Saruman. De éstos Curunír era el mayor y el que llegó primero, y después de él llegaron Mithrandir y Radagast, y otros de los Istari que fueron al este de la Tierra Media, y no están incluidos en estas historias. Radagast fue amigo de todas las bestias y todos los pájaros; pero Curunír anduvo sobre todo entre los Hombres, y era sutil de palabra, y hábil en obras de herrería. Mithrandir era quien tenía más íntimo trato con Elrond y los Elfos. Erró muy lejos por el norte y por el oeste, y nunca en tierra alguna tuvo morada duradera; pero Curunír viajó hacia el este, y cuando regresó vivió en Orthanc en el Anillo de Isengard, que construyeron los Númenóreanos en los días de poder.

Siempre el más vigilante fue Mithrandir, y él era quien más sospechaba de la oscuridad del Bosque Negro, porque aunque muchos creían que era obra de los Espectros del Anillo, él temía en verdad que fuera el primer atisbo de la sombra de Sauron que regresaba; y marchó a Dol Guldur, y el Hechicero huyó de él; y hubo una paz cautelosa durante un largo tiempo. Pero al fin regresó la Sombra, creciendo en poder; y en ese tiempo se celebró por primera vez el Concilio de los Sabios, llamado luego el Concilio Blanco, y en él estaban Elrond, y Galadriel, y Círdan, y otros señores de los Eldar, y también Mithrantir y Curunír. Y Curunír (que era Saruman el Blanco) fue escogido como jefe, pues era quien más había estudiado las estratagemas de Sauron en otros tiempos. Galadriel había deseado en verdad que Mithrandir fuera la cabeza del Concilio, y Saruman se lo reprochó, pues su orgullo y su deseo de dominio eran ahora grandes; pero Mithrandir rehusó el cargo, pues no quería pactos ni trabas excepto con aquellos que lo habían enviado, y no habitaba en sitio alguno ni se sometía a convocatorias. Y Saruman se puso a estudiar la ciencia de los Anillos del Poder, cómo habían sido hechos, y qué les había ocurrido.

Ahora bien, la Sombra se hacía cada vez más grande, y los corazones de Elrond y Mithrandir se oscurecieron. Por tanto, en una ocasión, Mithrandir fue de nuevo con gran peligro a Dol Guldur y a los abismos del Hechicero, y descubrió la verdad y escapó. Y volviendo ante Elrond, dijo:

—Ciertas, ay, son nuestras sospechas. Éste no es uno de los Ulairi, como muchos lo creyeron largo tiempo. Es el mismo Sauron que otra vez ha cobrado forma y crece ahora deprisa; y está juntando otra vez todos los Anillos; y busca siempre noticias acerca del Único y de los Herederos de Isildur, si viven aún sobre la tierra.

Y Elrond contestó: —En la hora en que Isildur tomó el Anillo y no quiso cederlo, se obró este hado, que Sauron volvería.

—No obstante, el Único se perdió —dijo Mithrandir—, y mientras no se encuentre, podemos dominar al Enemigo, si unimos nuestras fuerzas y no nos demoramos demasiado.

Entonces se convocó el Concilio Blanco; y allí Mithrandir los instó a rápidos procederes, pero Curunír se opuso, y aconsejó esperar y vigilar.

—Porque no creo —dijo— que volvamos a encontrar el Único en la Tierra Media. Cayó en el Anduin, y pienso que habrá sido arrastrado al Mar hace ya tiempo. Allí quedará hasta el fin, cuando todo este mundo se haya roto y los abismos se vacíen.

Por tanto nada se hizo en esa ocasión, aunque había recelo en el corazón de Elrond, quien le dijo a Mithrandir: —No obstante, presagio que el Único llegará a encontrarse, y habrá guerra otra vez, y en esa guerra esta Edad llegará a término. Concluirá, por cierto, en una segunda seguridad, a menos que una extraña ocasión nos libere, que mis ojos no pueden ver.

—Muchas son las extrañas ocasiones del mundo —dijo Mithrandir— y el socorro a menudo llega de manos de los débiles, cuando los Sabios fracasan.

Ocurrió entonces que los Sabios se sintieron perturbados, pero ninguno leyó entonces en los negros pensamientos de Curunír, ni nadie supo que era ya un traidor: pues deseaba que él y no otro fuese quien encontrara el Anillo, y así podría ponérselo y doblegar a todo el mundo a voluntad. Durante demasiado tiempo había estudiado los pasos de Sauron con la esperanza de derrotarlo, y ahora le tenía más envidia como rival que odio por lo que había hecho. Y creía que el Anillo, que pertenecía a Sauron, buscaría a su amo cuando éste reapareciese; pero si volvían a expulsarlo, entonces el Anillo permanecería oculto. Por tanto estaba dispuesto a jugar con el peligro y dejar tranquilo a Sauron por un tiempo, pues esperaba prevalecer mediante artilugios, tanto sobre la gente amiga como sobre el Enemigo, cuando el Anillo apareciera.

Montó una guardia en los Campos Glaudos, pero pronto descubrió que los sirvientes de Dol Guldur registraban todos los caminos del Río en esa región. Entonces advirtió que también Sauron estaba enterado de cómo había muerto Isildur, y tuvo miedo, y se retiró a Isengard y la fortificó; y se enfrascó cada vez más profundamente en la ciencia de los Anillos del Poder y en el arte de la forja. Pero no dijo nada de esto en el Concilio, esperando ser el primero en oír nuevas del Anillo. Reunió a todo un ejército de espías, y muchos de entre ellos eran pájaros; porque Radagast no adivinó la traición de Curunír, y lo ayudó creyendo que estaban vigilando al Enemigo.

Pero la sombra del Bosque Negro era cada día más profunda, y unas criaturas malignas concurrieron a Dol Guldur desde todos los lugares oscuros del mundo; y se unieron nuevamente bajo una sola voluntad, y volvieron su malicia contra los Elfos y los sobrevivientes de Númenor. Pero al fin el Concilio fue de nuevo convocado, y se debatió mucho la ciencia de los Anillos; pero Mithrandir le habló al Concilio diciendo:

—No es necesario que encontremos el Anillo, porque mientras permanezca en la tierra y no se deshaga, tendrá siempre poder; y Sauron crecerá y confiará. El poder de los Elfos y de los Amigos de los Elfos es menor ahora de lo que fue. Sauron será pronto demasiado fuerte para nosotros, aun sin el Gran Anillo; porque gobierna los Nueve, y de los Siete ya ha recuperado tres. Tenemos que atacar.

A esto asintió ahora Curunír, deseando que Sauron fuera arrojado de Dol Guldur, que estaba cerca del Río, y no tuviera oportunidad de continuar la busca. Así dio por última vez ayuda al Concilio, y las fuerzas se unieron; y atacaron Dol Guldur, y expulsaron a Sauron de su baluarte, y durante un corto tiempo el Bosque Negro volvió a ser como antaño.

Pero el golpe que asestaron llegó demasiado tarde. Porque el Señor Oscuro lo había previsto, y él estaba esperándolo desde hacía mucho, y los Ulairi, los Nueve Sirvientes, habían ido delante de él para prepararle el camino. Por tanto la huida fue sólo un engaño, y Sauron pronto volvió, y antes de que los Sabios pudieran prevenirlo, se instaló en su reino de Mordor, y levantó una vez más las torres oscuras de Barad-dûr. Y en ese año se convocó el Concilio Blanco una última vez, y Curunír se retiró a Isengard, y no recibió otro consejo que el suyo propio.

Los Orcos estaban reuniéndose; y lejos al este y al sur los pueblos salvajes se armaban. Entonces en medio del miedo creciente y los rumores de guerra, el presagio de Elrond se cumplió, y el Anillo Único fue encontrado en verdad, en una ocasión más extraña todavía que la prevista por Mithrandir; y permaneció oculto de Curunír y de Sauron. Porque había sido recogido del Anduin mucho antes que ellos lo buscaran; y lo había encontrado un pequeño pescador que vivía en una aldea junto al Río, antes de la caída de los Reyes de Gondor; y quien lo encontró lo llevó fuera a un oscuro escondrijo bajo las raíces de las montañas, a donde nadie podía ir a buscarlo. Allí quedó hasta que en el año del ataque a Dol Guldur fue nuevamente encontrado por un viajero que huía perseguido por los Orcos a las profundidades de la tierra, y pasó a un país distante, a la tierra de los Periannath, la Gente Pequeña, los Medianos, que habitaban al oeste de Eriador. Y antes de ese día poco habían interesado a los Elfos y a los Hombres, y en los consejos de Sauron o de los Sabios nadie excepto Mithrandir los había tenido en cuenta.

Ahora bien, por fortuna y porque él estaba atento, Mithrandir fue el primero en tener noticias del Anillo, antes de que Sauron se enterase; no obstante, se sintió afligido e inquieto. Porque muy grande era el poder maligno de esa cosa como para que la tuviera alguno de los Sabios, a no ser que como Curunír deseara convertirse en un tirano y en otro señor oscuro; pero no era posible ocultárselo por siempre a Sauron, ni deshacerlo mediante las artes de los Elfos. De modo que con ayuda de los Dúnedain del Norte Mithrandir hizo vigilar la tierra de los Periannath, y aguardó la ocasión oportuna. Pero Sauron tenía muchas orejas, y no tardó en oír el rumor del Anillo Único, que deseaba por encima de todas las cosas, y envió a los Nazgûl a que lo buscaran. Entonces estalló la guerra, y en la batalla con Sauron la Tercera Edad acabó como había empezado.

Pero quienes vieron lo que se hizo en aquel tiempo, hazañas heroicas y asombrosas, han contado en otro sitio la historia de la Guerra del Anillo, y cómo terminó no sólo con una victoria imprevista, sino también con dolor, desde mucho antes presagiado. Dígase aquí que en aquellos días el Heredero de Isildur se levantó en el Norte, y tomó los fragmentos de la espada de Elendil, y en Imladris volvieron a forjarse; y el Heredero fue a la guerra, un gran capitán de Hombres. Era Aragorn hijo de Arathorn, el trigésimo noveno heredero en línea directa de Isildur, y sin embargo más semejante a Elendil que ninguno antes de él. Hubo batalla en Rohan, y Curunír el traidor fue derribado, e Isengard quebrantada; y delante de la ciudad de Gondor se libró una gran contienda, y el Señor de Morgul, Capitán de Sauron, entró allí en la oscuridad; y el Heredero de Isildur condujo al ejército del Oeste hasta las Puertas Negras de Mordor.

En esa última batalla estaban Mithrandir, y los hijos de Elrond, y el Rey de Rohan, y los señores de Gondor, y el Heredero de Isildur con los Dúnedain del Norte. Allí por fin enfrentaron la muerte y la derrota, y todo valor resultó vano; porque Sauron era demasiado fuerte. No obstante, en esa hora se puso a prueba lo que Mithrandir había dicho, y la ayuda llegó de manos de los débiles cuando los Sabios fracasaron. Porque, como se oyó en muchos cantos desde entonces, fueron los Periannath, la Gente Pequeña, los habitantes de las laderas y los prados, quienes trajeron la liberación.

Porque Frodo el Mediano, se dice, portó la carga a pedido de Mithrandir, y con un solo sirviente atravesó peligros y oscuridad, y a pesar de Sauron llegó por último al Monte del Destino; y allí arrojó el Gran Anillo de Poder al Fuego en que había sido forjado, y así por fin fue deshecho, y el mal que tenía se consumió.

Entonces cayó Sauron, y fue derrotado por completo, y se desvaneció como una sombra de malicia; y las torres de Barad-dûr se derrumbaron en escombros, y al rumor de esta caída muchas tierras temblaron. Así llegó otra vez la paz, y una nueva Primavera despertó en el mundo; y el Heredero de Isildur fue coronado Rey de Gondor y de Arnor, y el poder de los Dúnedain fue acrecentado y su gloria renovada. En los patios de Minas Anor el Árbol Blanco floreció otra vez, pues Mithrandir encontró un vástago en las nieves del Mindolluin, que se alzaba alto y blanco por sobre la Ciudad de Gondor; y mientras creció allí los Días Antiguos no fueron del todo olvidados en el corazón de los reyes.

Ahora bien, casi todas estas cosas se lograron por el consejo y la vigilancia de Mithrandir, y en los últimos pocos días se reveló como señor de gran veneración, y vestido de blanco cabalgó a la batalla; pero hasta que el momento de partir llegó también para él, nadie supo que durante mucho tiempo había guardado el Anillo Rojo del Fuego. En un principio ese Anillo había sido confiado a Círdan, Señor de los Puertos; pero lo cedió a Mithrandir, porque sabía de dónde venía, y a dónde retornaría.

—Toma ahora este Anillo —le dijo—, porque trabajos y cuidados te pasarán, pero él te apoyará en todo y te defenderá de la fatiga. Porque éste es el Anillo del Fuego, y quizá con él puedas reanimar los corazones, y procurarles el valor de antaño en un mundo que se enfría. En cuanto a mí, mi corazón está con el Mar, y viviré junto a las costas grises guardando los Puertos hasta que parţa el último barco. Entonces te esperaré.

Blanco era ese barco, y mucho tardaron en construirlo, y mucho esperó el fin del que Círdan había hablado. Pero cuando todas estas cosas fueron hechas, y el Heredero de Isildur recibió el señorío de los Hombres y el dominio del Oeste, fue obvio entonces que el poder de los Tres Anillos también había terminado, y el mundo se volvió viejo y gris para los Primeros Nacidos. En ese tiempo los últimos Noldor se hicieron a la mar desde los Puertos y abandonaron la Tierra Media para siempre. Y últimos de todos, los Guardianes de los Tres Anillos partieron también, y el Señor Elrond tomó el barco que Círdan había preparado. En el crepúsculo del otoño partió de Mithlond, hasta que los mares del Mundo curvo cayeron por debajo de él, y los vientos del cielo redondo no lo perturbaron más, y llevado sobre los altos aires por encima de las nieblas del mundo fue hacia el Antiguo Occidente, y el fin llegó para los Eldar de la historia y de los cantos.

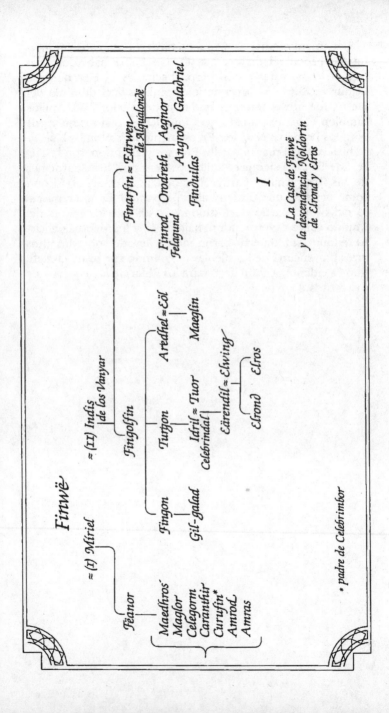

Finwë

≈ (I) Míriel   ≈ (II) Indis
                      de los Vanyar

Fëanor   Fingolfin   Finarfin ≈ Eärwen
                                              de Alqualondë

Maedhros   Fingon   Turgon   Aredhel ≈ Eöl   Finrod   Orodreth   Aegnor   Galadriel
Maglor   Felagund   Angrod
Celegorm   Gil-galad Idril ≈ Tuor   Maeglin   Finduilas
Caranthir*   Celebrindal
Curufin*   Eärendil ≈ Elwing
Amrod
Amras   Elrond   Elros

I

La Casa de Finwë
y la descendencia Nóldorin
de Elrond y Elros

* padre de Celebrimbor

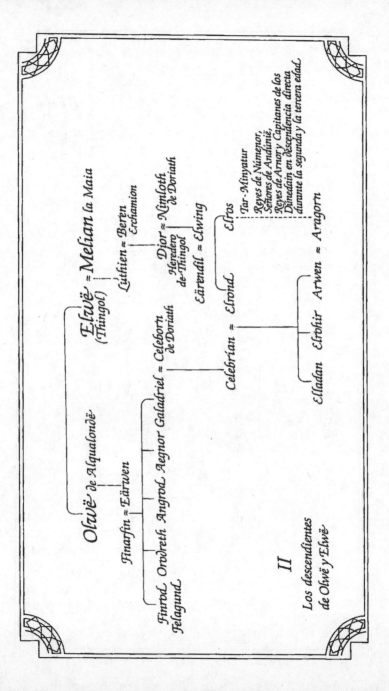

Olwë _de Alqualondë_   Elwë ~ Melian _la Maia_
                              (Thingol)

Finarfin ~ Eärwen   Lúthien ~ Beren
                                       Erchamion

Finrod Orodreth Angrod Aegnor Galadriel ~ Celeborn   Dior ~ Nimloth
Felagund   _de Doriath_   _Heredero_ _de Doriath_
                                                             de Thingol

                              Celebrían ~ Elrond   Eärendil ~ Elwing

                                                                    Elrond   Elros

                       Elladan Elrohir Arwen ~ Aragorn   Tar-Minyatur
                                                                             Reyes de Númenor,
                                                                             Señores de Andúnië,
                                                                             Reyes de Arnor, Capitanes de los
                                                                             Dúnedain en Descendencia directa
                                                                             durante la segunda y la tercera edad.

II

Los descendientes
de Olwë y Elwë

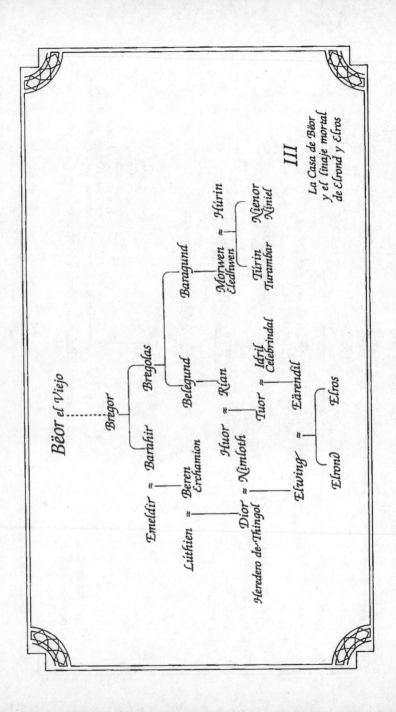

III

La Casa de Bëor
y el linaje mortal
de Elrond y Elros

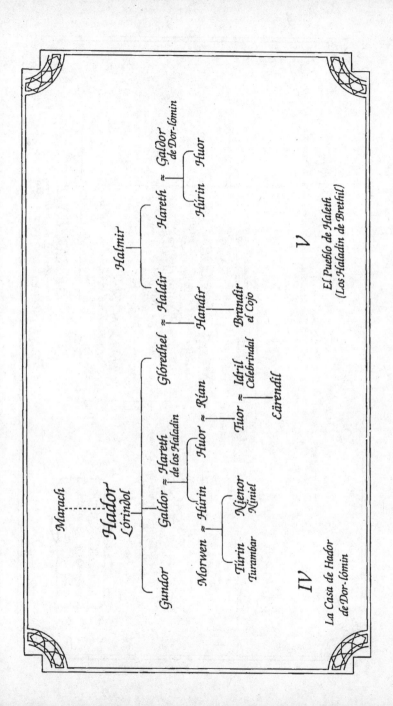

Marach┈┈┈┈

Hador
Lórindol

Gundor

Galdor ≈ Hareth
de los Haladin

Glóredhel

Halmir

Haldir ≈ Glóredhel

Hareth ≈ Galdor
de Dor-lómin

Morwen ≈ Húrin   Huor ≈ Rían

Túrin   Nienor
Turambar   Níniel

Tuor ≈ Idril
Celebrindal

Eärendil

Handir

Brandir
el Cojo

Húrin

Huor

IV

La Casa de Hador
de Dor-lómin

V

El Pueblo de Haleth
(Los Haladin de Brethil)

QUENDI
Los Elfos

ELDAR
Elfos del Gran Viaje desde Cuiviénen

AVARI
« Los Renuentes » Elfos que rehusaron hacer el Gran Viaje

VANYAR
Todos fueron a Aman

NÓLDOR
Todos fueron a Aman

TELERI
Los que fueron a Aman

TELERI
Los que permanecieron en Beleriand:

SINDAR
Elfos Grises

TELERI
Los que abandonaron la marcha de los Teleri al este de las Montañas Nubladas:

NANDOR
De los que algunos entraron después en Beleriand:

LAIQUENDI
Elfos Verdes de Ossiriand

CALAQUENDI
«Elfos de la luz» (Altos Elfos)
(Llegaron a Aman en los días de los dos Árboles)

ÚMANYAR
Los Eldar que «no eran de Aman»

MORIQUENDI
«Elfos de la oscuridad»
(Nunca vieron la luz de los árboles)

La división de los Elfos y algunos de los nombres de las subdivisiones.

NOTA SOBRE LA PRONUNCIACIÓN

La nota que sigue tiene sencillamente por objeto clarificar algunas de las características principales de la pronunciación de las lenguas élficas; de ningún modo es exhaustiva. Para una información cabal sobre el tema, véase *El Señor de los Anillos,* Apéndice E.

Consonantes

C siempre tiene valor de *k* [*c* fuerte en castellano], nunca de *s*; así pues, *Celeborn* es «*Keleborn*», no «*Seleborn*». En unos pocos casos se ha utilizado la k en la ortografía de este libro, como Tulkas, Kementári.

CH siempre tiene el valor de *ch* en el escocés *loch* o el alemán *buch,* nunca el del inglés *church* [o el castellano *hacha*]. Ejemplos son *Carcharoth, Erchamion.*

DH representa siempre el sonido de una *th* sonorizada (suave en inglés), vale decir, la *th* de *then,* no la de *thin.* Ejemplos son *Maedhros, Aredhel, Haudh-en-Arwen.*

G siempre tiene el sonido de la *g* inglesa en *get* [o en castellano *gato*]; así pues, *Region, Eregion* no se pronuncian como en inglés *region,* y la primera sílaba de *Ginglith* es como en inglés *begin,* no como en *gin.*

Las consonantes dobles se pronuncian largas; así, *Yavanna* tiene la *n* larga del inglés en *unnamed, penknife,* no la *n* corta de *unaimed* o *penny.*

Vocales

AI tiene el sonido de *eye* en inglés [o *ay* en castellano]; así, la segunda sílaba de *Edain* es como el inglés *dine,* no *Dane.*

AU tiene el valor del inglés *ow* en *town* [o el castellano *auto*]; así, la primera sílaba de *Aulë* es como el inglés *owl,* y la primera sílaba de *Sauron* es como el inglés *sour,* no *sore.*

EI como en Teiglin tiene el sonido del inglés *grey* [o el castellano *peine*].

IE no ha de pronunciarse como en inglés *piece,* pues tienen que oírse ambas vocales; así, *Ni-enna,* no «*Neena*» [como *nieve* en castellano].

UI   como en *Uinen* tiene el sonido del inglés *ruin* [o en castellano *ruina*].

AE   como en *Aegnor, Nirnaeth,* y OE como en *Noegyth, Loeg,* son combinaciones de las vocales *a-e, o-e,* pero *ae* puede pronunciarse de igual modo que *ai* y *oe* en inglés *toy*.

EA y EO   no forman diptongo, y se pronuncian como dos sílabas; estas combinaciones se escriben *ëa* y *ëo* (o, cuando inician un nombre, *Eä* y *Eö: Eärendil, Eönwë*).

Ú   en nombres como *Húrin, Túrin, Túna* ha de pronunciarse *uu;* así pues, «Tuurin», no «Tyurin».

ER, IR, UR   ante una consonante (como en *Nerdanel, Círdan, Gurthang*) o al final de una palabra (como en *Ainur*) no ha de pronunciarse como en inglés *fern, fir, fur,* sino como en inglés *air, eer, oor* [er, ir, ur en castellano].

E   al final de las palabras se pronuncia siempre como vocal distinta, y en esta posición se escribe *ë*. Igualmente se pronuncia siempre en el medio de las palabras, como *Celeborn, Menegroth*.

Un acento circunflejo en los monosílabos de la lengua Sindarin indica la vocal particularmente larga propia de esas palabras (así, *Hîn Húrin*) pero en los nombres de las lenguas Adûnaic (Númenóreana) y Khuzdul (de los Enanos), el circunflejo indica simplemente vocales largas.

ÍNDICE DE NOMBRES

Dado que el número de nombres en este libro es muy vasto, este índice procura, además de una referencia a las páginas, una breve explicación acerca de las personas y los lugares. Estas explicaciones no son epítomes de todo lo que se dice en el texto, y las que se dan acerca de las figuras centrales de la historia parecerán extremadamente breves; pero un índice semejante es por fuerza abultado y he intentado reducirlo de diversos modos.

El principal de ellos consiste en que muy a menudo la traducción inglesa [castellana] de un nombre élfico se utiliza también como un nombre independiente; así, por ejemplo, la morada del Rey Thingol se llama tanto Menegroth como «Las Mil Cavernas» (y también ambos nombres a la vez). En la mayoría de los casos he incluido el nombre élfico y la traducción en un solo artículo, de modo que las referencias a las páginas no se reducen al nombre que aparece en el encabezamiento (por ejemplo, las que se dan bajo *Echoriath*, incluyen aquellas en que aparece como «Montañas Circundantes»). Las traducciones al inglés [al castellano] tienen un encabezamiento propio, pero remiten al artículo principal. Las palabras entre comillas son traducciones; muchas se dan en el texto (como *Tol Eressëa* «la Isla Solitaria»), pero he agregado muchas otras. En el Apéndice se informa acerca de algunos de los nombres no traducidos.

He hecho una rigurosa relación de los títulos y expresiones formales en inglés [castellano] cuyo original élfico no se incluye, como «el Rey Élfico» y «los Dos Linajes», pero la gran mayoría ha quedado registrada. Se intentó que las referencias fueran completas (y a veces incluyen páginas en las que aparece el tema del artículo, aunque no se mencione por su nombre), con excepción de muy pocos casos en que el nombre se repite con suma frecuencia, como *Beleriand* o *Valar*. En este caso se utiliza la palabra *passim*, pero se remite a los pasajes importantes; y en los artículos sobre algunos de los príncipes Noldorin, se han eliminado las repeticiones de nombres que sólo se relacionan con los hijos o las casas.

Las referencias a *El Señor de los Anillos* incluyen el título del volumen, el libro y el capítulo.

Adanedhel «Hombre-Elfo», nombre que se le dio a Túrin en Nargothrond, 250.
Adûnakhor «Señor del Occidente», nombre que tomó el decimonoveno Rey de Númenor, el primero que lo hizo en lengua Adûnaic (Númenóreana); el nombre en Quenya era Herunúmen, 317.

Adurant   El sexto y más austral de los afluentes del Gelion en Ossiriand. El nombre significa «doble corriente», y se refiere al doble curso en torno a la isla de Tol Galen, 142, 223, 280.

Aeglos   «Punta de Nieve», la espada de Gil-galad, 349.

Aegnor   El cuarto hijo de Finarfin, quien junto con su hermano
Angrod dominaba las laderas septentrionales de Dorthonion;
muerto en la Dagor Bragollach. El nombre significa «Fuego
Caído», 66, 93, 138, 176, 178.

Aelin-uial   «Lagunas del Crepúsculo», donde el Aros desembocaba
en el Sirion, 131, 141, 198, 259, 275.

Aerandir   «Vagabundo del Mar», uno de los tres marineros que
acompañaron a Eärendil en sus viajes, 295.

Aerin   Una pariente de Húrin en Dor-lómin; desposada por Brodda el Oriental; ayudó a Morwen después de la Nirnaeth Arnoediad, 235, 256.

Agarwaen   «Manchado de Sangre», nombre que se dio a sí mismo
Túrin al llegar a Nargothrond, 250.

Aglarond   «La Caverna resplandeciente» del Abismo de Helm en
Ered Nimrais (véase *Las Dos Torres* III 8), 347.

Aglon   «El Paso Estrecho» entre Dorthonion y las alturas al oeste
de Himring, 143, 158, 179.

Águilas   49, 70, 126, 140, 146, 186, 215, 272, 288, 329.

Ainulindalë   «La Música de los Ainur», también llamada *La (Gran)
Música, La (Gran) Canción*, 11-17, 23-24, 27, 43-44, 48, 53, 75,
119, 244. También el nombre de la historia de la Creación,
compuesta, se dice, por Rúmil de Tirion en los Días Antiguos,
83.

Ainur   «Los Sagrados» (singular *Ainu*); los primeros seres creados
por Ilúvatar, el «orden» de los Valar y los Maiar, hechos antes
de Eä, 11-17, 23-24, 43-44, 46, 48, 61, 119, 244, 278.

Akallabêth   «La Sepultada», palabra Adûnaic (Númenóreana) cuyo
significado coincide con la Quenya *Atalantë*, 333. También el título de la historia de la Caída de Númenor, 345.

Alcarinquë   «La Gloriosa», nombre de una estrella, 51.

Alcarondas   La gran embarcación de Ar-Pharazôn en la que navegó
a Aman, 330.

Aldaron   «Señor de los Bosques», nombre Quenya del Vala Oromë; cf. *Tauron*, 28.

Aldudénië   «Lamento por los Dos Árboles», compuesto por un
Elfo Vanyarin llamado Elemmírë, 85.

Almaren   La primera morada de los Valar en Arda, antes de la segunda embestida de Melkor: una isla en un gran lago en medio
de la Tierra Media, 36, 115.

Alqualondë   «Puerto de los Cisnes», ciudad principal y puerto de los Teleri en las costas de Aman, 66-68, 80, 96-99, 118, 128, 151, 184, 297, 299.

Alto Élfico   Véase *Quenya.*

Alto Narog   Véase *Taur-en-Faroth.*

Altos Elfos   354. Véase *Eldar.*

Aman   «Bendecida, libre de mal», nombre de la tierra en Occidente, más allá del Gran Mar, en la que los Valar moraron después de haber abandonado la Isla de Almaren. Con frecuencia también denominada *el Reino Bendecido,* o *el Reino Bendito. Passim;* véase especialmente 38, 68, 313.

Amandil   «Amante de Aman»; el último Señor de Andúnië en Númenor, descendiente de Elros y padre de Elendil; partió en un viaje a Valinor y jamás regresó, 322-324, 327-329, 332, 347.

Amarië   Mujer Elfo de los Vanyar, amada de Finrod Felagund, que se quedó en Valinor, 152.

Amigos de los Elfos   Los Hombres de las Tres Casas de Bëor, Haleth, y Hador, los Edain, 166, 168, 170, 225, 236, 300. En la *Akallabêth* y en *De los Anillos del Poder* se aplica a los Númenóreanos que no se apartaron de los Eldar; véase *Elendili.* En 360 se refiere sin duda a los Hombres de Gondor y a los Dúnedain del Norte.

Amlach   Hijo de Imlach hijo de Marach; conductor de la disensión entre los Hombres de Estolad; arrepentido, se puso al servicio de Maedhros, 169-171.

Amon Amarth   «Monte del Destino», nombre dado a Orodruin cuando sus fuegos despertaron de nuevo después de la vuelta de Sauron a Númenor, 348, 362.

Amon Ereb   «La Colina Solitaria» (también sólo *Ereb*) entre Ramdal y el Río Gelion en Beleriand Oriental, 109, 142, 180.

Amon Ethir   «La Colina de los Espías», levantada por Finrod Felagund al este de las puertas de Nargothrond, 259-260.

Amon Gwareth   La colina sobre la que se construyó Gondolin, en medio de la llanura de Tumladen, 147, 159, 286, 288-290.

Amon Obel   Colina en medio del Bosque de Brethil, en la que se edificó Ephel Brandir, 242, 258, 262.

Amon Rûdh   «La Colina Calva», altura solitaria en las tierras al sur de Brethil; morada de Mîm y guarida de la banda de proscritos de Túrin, 239-242, 274.

Amon Sûl   «Colina del Viento» en el reino de Arnor («Cima de los Vientos» en *El Señor de los Anillos*), 346-347.

Amon Uilos   Nombre Sindarin de Oiolossë, 38.

Amras   Hermano gemelo de Amrod, los hijos más jóvenes de Fëanor; muerto con Amrod en el ataque al pueblo de Eärendil en las Desembocaduras del Sirio, 66, 93, 145, 167, 180, 294.

Amrod   Véase *Amras.*

Anach Paso que desciende desde Taur-nu-Fuin (Dorthonion) hasta el extremo oeste de Ered Gorgoroth, 238, 244-245, 288.

Anadûnê Oesternesse. Nombre de Númenor en lengua Adûnaic (Númenóreana) (véase *Númenor*), 309.

Anar Nombre Quenya del Sol, 112-114.

Anárion Hijo menor de Elendil, que con su padre y su hermano Isildur escaparon de la Anegación de Númenor y fundaron en la Tierra Media los reinos Númenóreanos en el exilio; señor de Minas Anor; muerto en el Sitio de Barad-dûr, 323, 332, 345-346.

Anarríma Nombre de una constelación, 51.

Ancalagon El más grande de los dragones alados de Morgoth, destruido por Eärendil, 300.

Andor «La Tierra del Don»: Númenor, 308, 331, 333.

Andram «La Muralla Larga», nombre de la cascada que atravesaba Beleriand, 108, 141-142.

Androth Cavernas de las colinas de Mithrim donde Tuor fue criado por los Elfos Grises, 284.

Anduin «El Río Largo» al este de las Montañas Nubladas; llamado también *el Río Grande* y *el Río*, 58, 106, 317, 345-346, 349, 351, 353, 355, 359, 360.

Andúnië Ciudad y puerto en la costa occidental de Númenor, 309, 318-319, 322. Para los Señores de Andúnië véase 318.

Anfauglir Nombre del lobo Carcharoth, traducido en el texto como «Quijadas de la Sed», 212.

Anfauglith Nombre de Ard-galen después de que Morgoth la asolara en la Batalla de la Llama Súbita, traducido en el texto como «el Polvo Asfixiante». Cf. *Dor-nu-Fauglith*, 177, 189, 210, 225-228, 234, 246, 248, 253, 271, 300.

Angainor La cadena labrada por Aulë con la que Melkor fue engrillado dos veces, 55, 301.

Angband «Prisión de Hierro, Infierno de Hierro», la gran fortaleza-mazmorra de Morgoth en el noroeste de la Tierra Media. *Passim*; véase especialmente 51, 89, 108, 136, 212. *El Sitio de Angband*: 133-134, 137, 145, 154, 176-178, 188, 197.

Anghabar «Excavaciones de Hierro», mina de las Montañas Circundantes en torno al llano de Gondolin, 162.

Anglachel La espada hecha con el hierro de un meteoro que Thingol recibió de Eöl y que él dio a Beleg; luego de ser forjada de nuevo para Túrin se llamó *Gurthang*, 239-240, 245, 247-250.

Angrenost «Fortaleza de Hierro», fortaleza Númenóreana en el límite oeste de Gondor, habitada después por el mago Curunír (Saruman); véase *Isengard*, 347.

Angrim Padre de Gorlim el Desdichado, 190.

Angrist «Hendedor del Hierro», el cuchillo fabricado por Telchar de Nogrod, que Beren le sacó a Curufin y que utilizó para cortar el Silmaril de la corona de Morgoth, 209, 214.

Angrod El tercer hijo de Finarfin, que con su hermano Aegnor defendió las laderas septentrionales de Dorthonion; muerto en la Dagor Bragollach, 66, 93, 128-129, 138, 150-151, 176, 178, 252.

Anguirel Espada de Eöl, hecha con el mismo metal que Anglachel, 239.

Anillo del Juicio Véase *Máhanaxar*.

Anillo Rojo, El Véase *Narya*.

Anillos del Poder, Los 342-343, 358, 360. *El Anillo Único, Gran Anillo o Anillo Regente:* 317, 333, 342-344, 348, 350-351, 359-362. *Tres anillos de los Elfos:* 342, 355, 364 (véase también *Narya*, el Anillo del Fuego, *Nenya*, el Anillo de Diamante, y *Vilya*, el Anillo de Zafiro). *Siete Anillos de los Enanos:* 343, 355, 360. *Nueve Anillos de los Hombres:* 317, 343, 355, 360.

Annael Elfo Gris de Mithrim, antepasado de Tuor, 284.

Annatar «Señor de los Dones», nombre que se dio a sí mismo Sauron en la Segunda Edad, en el tiempo en que se mostró con hermoso aspecto entre los Eldar que se habían quedado en la Tierra Media, 341.

Annon-in-Gelydh «Puertas de los Noldor», entrada a una corriente de agua subterránea en las colinas occidentales de Dor-lómin; conducía a Cirith Ninniach, 284.

Annúminas «Torre del Occidente» (vale decir, de Oesternesse, Númenor); ciudad de los Reyes de Arnor junto al Lago Nenuial, 346-347, 352.

Anor Véase *Minas Anor*.

Año de la Lamentación El año de la Nirnaeth Arnoediad, 147, 235.

Años Oscuros Véase 344, 350.

Apanónar «Los Nacidos Después», nombre élfico con que se designa a los Hombres, 117.

Aradan Nombre Sindarin de Malach hijo de Marach, 168, 173.

Aragorn El trigesimonoveno heredero de Isildur en línea directa; Rey de los reinos reunidos de Arnor y Gondor después de la Guerra del Anillo; se casó con Arwen hija de Elrond, 361. Llamado *el Heredero de Isildur*, 361-362.

Araman Tierra baldía en la costa de Aman, entre las Pelóri y el Mar, que se extiende hacia el norte hasta el Helcaraxë, 80, 88, 96, 98, 100-101, 114-116, 127, 287.

Aranel Nombre de Dior, el Heredero de Thingol, 223.

Aranrúth «Ira del Rey», nombre de la espada de Thingol. Aranrúth sobrevivió a la ruina de Doriath y pasó a poder de los Reyes de Númenor, 239.

Aranwë   Elfo de Gondolin, padre de Voronwë, 285.

Aratan   Segundo hijo de Isildur, muerto junto con él en los Campos Gladuos, 351.

Aratar   «Los Exaltados», los ocho Valar de mayor poder, 28.

Arathorn   Padre de Aragorn, 361.

Árbol Blanco   Véase *Telperion, Galathilion, Nimloth (1)*. Los Árboles Blancos de Minas Ithil y Minas Anor: 324, 347, 349-353.

Arcofirme   Traducción de Cúthalion, nombre de Beleg.

Arda   «El Reino», nombre de la Tierra como Reino de Manwë. *Passim*; véase especialmente 15, 19.

Ard-galen   La gran llanura cubierta de hierbas al norte de Dorthonion, llamada después de haber sido asolada *Anfauglith* y *Dor-nu-Fauglith*. El nombre significa «la Región Verde»; cf. *Calenardhon* (Rohan), 122, 132, 134, 136-138, 143, 177.

Aredhel   «Elfo Noble», hermana de Turgon de Gondolin, atrapada por Eöl en Nan Elmoth, a quien le dio a Maeglin; tambien llamada *Ar-Feiniel*, la Blanca Señora de los Noldor, la Blanca Señora de Gondolin, 66, 153-162, 239.

Ar-Feiniel   Véase *Aredhel*.

Ar-Gimilzôr   Vigesimosegundo Rey de Númenor, perseguidor de los Elendili, 318-319.

Argonath   Las «Piedras del Rey», los Pilares de los Reyes, grandes tallas de Isildur y Anárion sobre el Anduin a la entrada de los límites septentrionales de Gondor (véase *La Comunidad del Anillo* II 9), 347, 354.

Arien   Una Maia elegida por los Valar para guiar la barca del Sol, 112-115.

Armenelos   La Ciudad de los Reyes en Númenor, 310, 312, 320-324, 347.

Arminas   Véase *Gelmir (2)*.

Arnor   «Tierra del Rey», el reino septentrional de los Númenóreanos en la Tierra Media, establecido por Elendil después de huir de la Anegación de Númenor, 346, 348, 362.

Aros   El río austral de Doriath, 108, 129, 140, 143, 154-155, 172, 277-280.

Arossiach   Los Vados del Aros, cerca del borde noreste de Doriath, 140, 154-155, 158-159.

Ar-Pharazôn   «El Dorado», vigesimocuarto y último Rey de Númenor; llamado en Quenya *Tar-Calion*; captor de Sauron, por quien fue seducido; comandante de la gran flota que avanzó contra Aman, 320-333.

Ar-Sakalthôr   Padre de Ar-Gimilzôr, 319.

Arthad   Uno de los doce compañeros de Barathir en Dorthonion, 183.

Arvernien   Las costas de la Tierra Media al oeste de las Desembocaduras del Sirion. Cf. la canción de Bilbo en Rivendel: «Eärendil era un marino / que en Arvernien se demoró...» (*La Comunidad del Anillo* II 1), 291.

Ar-Zimraphel   Véase *Míriel (2)*.

Ascar   El más septentrional de los afluentes del Gelion en Ossiriand (llamado después *Rathlóriel*). El nombre signifiça «precipitado, impetuoso», 103, 142-143, 164, 171, 280.

Astaldo   «El Valiente», nombre del Vala Tulkas, 27.

Atalantë   «La Sepultada», palabra Quenya cuyo significado equivale a *Akallabêth,* 333.

Atanamir   Véase *Tar-Atanamir*.

Atanatári   «Padres de los Hombres»; véase *Atani,* 117, 226.

Atani   «El Segundo Pueblo», los Hombres (singular *Atan*). Para el origen del nombre, véase 168. Como en Beleriand por largo tiempo los únicos Hombres conocidos por los Noldor y los Sindar fueron los de las Tres Casas de los Amigos de los Elfos, este nombre (en la forma Sindarin *Adan*, plural *Edain*) se asoció específicamente con ellos, de modo que rara vez se aplicó a los Hombres que fueron más tarde a Beleriand, o que según se supo luego vivían más allá de las Montañas. Pero en la lengua de Ilúvatar (43) el significado es «Hombres» (en general), 43, 117, 168; *Edain*: 168, 172-175, 184-186, 232, 234, 282, 307-308, 333.

Aulë   Un Vala, uno de los Aratar, el herrero y maestro de artesanías, marido de Yavanna; véase especialmente 26, 40; en relación con los Enanos: 45-48 y siguientes; 16, 18, 23, 25, 28-29, 31, 35-36, 40, 45-49, 54-55, 57, 65, 68, 71, 77, 86, 94, 103, 111, 308.

Avallónë   Puerto y ciudad de los Eldar en Tol Eressëa, así llamada de acuerdo con la *Akallabêth*, «porque es, de todas las ciudades, la que más cerca está de Valinor», 308, 311, 313, 319, 330, 334, 347, 352-353.

Avari   «Los Renuentes, los Recusadores», nombre dado a todos los Elfos que rehusaron unirse a la marcha al Oeste desde Cuiviénen, 57-58, 105, 111, 341. Véase *Eldar* y *Elfos Oscuros*.

Avathar   «Las Sombras», la tierra abandonada en la costa de Aman al sur de la Bahía de Eldamar, entre las Pelóri y el Mar, donde Melkor se encontró con Ungoliant, 81-82, 88, 114.

Azaghâl   Señor de los Enanos de Belegost; hirió a Glaurung en la Nirnaeth Arnoediad, y fue muerto por él, 229.

Bajos Septentrionales   En Eriador, donde se levantó la ciudad númenóreana de Fornost, 346.

Balada de Leithian   El largo poema sobre las vidas de Beren y Lúthien del que deriva la narración en prosa de *El Simarillion*. Lei-

thian se traduce como «Liberación del Cautiverio», 190, 193, 198, 201-203, 220.

Balan   El nombre de Bëor el Viejo antes de ponerse al servicio de Finrod, 167.

Balar   La gran bahía al sur de Beleriand en la que desembocaba el Río Sirion, 55, 59, 62, 139. También la isla en la bahía; de ella se dice que constituía el cuerno oriental de Tol Eressëa antes de desprenderse, donde Círdan y Gil-galad vivieron después de la Nirnaeth Arnoediad, 62, 104, 139, 188, 293, 294.

Balrog   «Demonio de Poder», forma Sindarin (Quenya *Valarauko*) del nombre de los demonios de fuego que servían a Morgoth, 31, 50, 89, 122-124, 140, 177-179, 197, 228-230, 289-290, 300.

Barad-dûr   «La Torre Oscura» de Sauron en Mordor, 317, 321, 333, 348, 350, 360, 362.

Barad Eithel   «Torre de la Fuente», la fortaleza de los Noldor en Eithel Sirion, 227.

Barad Nimras   «Torre del Cuerno Blanco», levantada por Finrod Felagund en el cabo oeste de Eglarest, 139, 233.

Baragund   Padre de Morwen, la esposa de Húrin; sobrino de Barahir y uno de sus doce compañeros en Dorthonion, 174, 182, 189, 235, 300.

Barahir   Padre de Beren; rescató a Finrod Felagund en la Dagor Bragollach, y recibió de él su anillo; muerto en Dorthonion. Para la historia posterior del anillo de Barahir, que se convirtió en heredad de la Casa de Isildur, véase *El Señor de los Anillos*, Apéndice A (I, 3). 119, 174, 178, 182-183, 189-191, 195-197, 198-199, 220, 223, 235, 276, 300.

Baran   Hijo mayor de Bëor el Viejo, 167.

Baranduin   «El Río Pardo» en Eriador, que desemboca en el Mar al sur de las Montañas Azules; el Brandivino de la Comarca en *El Señor de los Anillos*, 346.

Bar-en-Danwedh   «Casa del Rescate», el nombre que Mîm el Enano dio a su morada en Amon Rûdh cuando se la cedió a Túrin, 241, 243-245.

Bauglir   Un nombre de Morgoth: «el Opresor», 118, 236, 251, 276, 304.

Beleg   Un gran arquero y jefe de los guardianes de la frontera de Doriath; llamado Cúthalion «Arcofirme»; amigo y compañero de Túrin, de quien recibió la muerte, 185, 218, 220, 224, 236-240, 243, 245-249, 269.

Belegaer   «El Gran Mar» del Occidente, entre la Tierra Media y Aman. Llamado Belegaer: 38, 100, 284; pero muy a menudo llamado *el (Gran) Mar, el Mar Occidental* y también *las Grandes Aguas*.

Belegost   «Gran Fortaleza», una de las dos ciudades de los Enanos en las Montañas Azules; traducción al Sindarin de *Gabilgathol* en lengua de los Enanos. Véase *Grandeburgo.* 102·104, 106, 130, 155, 224, 229, 242, 276, 279.

Belegund   Padre de Rían, esposa de Huor; sobrino de Barahir y uno de sus doce compañeros en Dorthonion, 174, 182, 189, 235.

Beleriand   Se dice que en un principio el nombre significó «el País de Balar» y se dio a las tierras en torno a las Desembocaduras del Sirion que se enfrentaban a la Isla de Balar. Más adelante incluyó a la antigua costa del noroeste de la Tierra Media al sur del Estuario de Drengist, y todas las tierras interiores al sur de Hithlum y al este del pie de las Montañas Azules, divididas por el Río Sirion en Beleriand Oriental y Beleriand Occidental. Al término de la Primera Edad fue quebrantada en múltiples tumultos e invadida por el mar, de modo que sólo resistió Ossiriand (Lindon). También *Batallas de Beleriand* y *passim*; véase 138·145, 175, 301, 339·340.

Belfalas   Región de la costa austral de Gondor que da a la gran bahía del mismo nombre; *Bahía de Belfalas:* 346.

Belthil   «Divina irradiación», imagen de Telperion que hizo Turgon en Gondolin, 148.

Belthronding   El arco de Beleg Cúthalion, que fue sepultado junto con él, 248.

Bëor   Llamado el Viejo; conductor de los primeros Hombres que penetraron en Beleriand; vasallo de Finrod Felagund; progenitor de la casa de Bëor (llamada también *la casa Mayor de los Hombres* y *la Primera Casa de los Edain*), 164·167, 174, 175, véase *Balan. Casa de, pueblo de, Bëor:* 167·169, 171, 174, 178, 185, 189.

Bereg   Nieto de Baran, hijo de Bëor el Viejo (no hay referencia a esto en el texto); conductor de la disensión entre los Hombres de Estolad; volvió por sobre las montañas a Eriador, 169·171.

Beren   Hijo de Barahir; cortó un Silmaril de la corona de Morgoth que habría de ser el precio por desposar a Lúthien hija de Thingol, y fue muerto por Carcharoth, el lobo de Angband; pero vuelto de entre los muertos, el único de los Hombres Mortales que lo consiguió. Vivió luego con Lúthien en Tol Galen, en Ossiriand, y luchó contra los Enanos en Sarn Athrad. Bisabuelo de Elrond y Elros y antepasado de los Reyes Númenóreanos. Llamado también *Camlost, Erchamion* y *el Manco*, 119, 142, 174, 182, 189·199, 201·202, 204·205, 207·224, 235, 251, 276, 279·280, 294.

Bór   Capitán de los Orientales; fue, junto con sus tres hijos secuaz de Maedhros y Maglor, 185, 224. *Hijos de Bór,* 229.

Borlach   Uno de los tres hijos de Bór; muerto junto con sus hermanos en la Nirnaeth Arnoediad, 185.

Borlad   Uno de los tres hijos de Bór. Véase *Borlach.*

Boromir   Biznieto de Bëor el Viejo, abuelo de Barahir, padre de Beren; primer Señor de Ladros, 174.

Boron   Padre de Boromir, 174.

Borthand   Uno de los tres hijos de Bór; véase *Borlach*.

Bosque Verde   El gran bosque al este de las Montañas Nubladas, llamado después Bosque Negro, 345, 351, 356-357, 360.

Bosque Negro   Véase *Bosque Verde*.

Bragollach   Véase *Dagor Bragollach*.

Brandir   Llamado el Cojo; regidor del Pueblo de Haleth después de la muerte de Handir, su padre; enamorado de Nienor; muerto por Túrin, 258, 262-264, 266-269.

Bregolas   Padre de Baragund y Belegund; muerto en la Dagor Bragollach, 174, 178, 182.

Bregor   Padre de Barahir y Bregolas, 174.

Brethil   El bosque que se extiende entre los ríos Teiglin y Sirion, morada de los Haladin (el Pueblo de Haleth), 139, 173, 182, 185, 187, 208, 225, 228, 232, 238, 244, 252, 257-258, 261-263, 268-269, 273, 274.

Brilthor   «Torrente Resplandeciente», cuarto afluente del Gelion en Ossiriand, 142.

Brithiach   El Vado del Sirion al norte del Bosque de Brethil, 154, 159, 172, 186, 245, 272-273.

Brithombar   El Puerto septentrional de las Falas en la costa de Beleriand, 63, 123, 139, 233, 293.

Brithon   El río que desembocaba en el Gran Mar en Brithombar, 233.

Brodda   Un Oriental de Hithlum de después de la Nirnaeth Arnoediad que tomó por esposa a Aerin, del linaje de Húrin; muerto por Túrin, 235, 256.

Cabed-en-Aras   Garganta profunda en el Río Teiglin donde Túrin dio muerte a Glaurung y a la que Nienor se arrojó al encuentro de la muerte, 264, 266-267, 269, véase *Cabed Naeramarth*.

Cabed Naeramarth   «Salto del Destino Espantoso», nombre dado a *Cabed-en-Aras* después de haber saltado Nienor desde sus acantilados, 267, 274.

Calacirya   «Paso de la Luz», el paso abierto en las montañas de las Pelóri, en el que se levantó la colina verde de Túna, 65, 67-68, 80, 91, 115, 296.

Calaquendi   «Elfos de la Luz», los Elfos que vivían o habían vivido en Aman (los Elfos Supremos). Véase *Moriquendi* y *Elfos Oscuros*. 58, 61, 119, 123.

Calenardhon   «La Provincia Verde», nombre de Rohan cuando era la parte septentrional de Gondor; cf. *Ard-galen*. 354.

Camino de los Enanos   Camino que conduce a Beleriand desde las ciudades de Nogrod y Belegost, y que cruza el Gelion por el vado de Sarn Athrad, 164, 167, 171.

Camino Recto   *Vía Recta*   El sendero por mar que lleva al Antiguo o Verdadero Occidente, por el que los Elfos todavía podían navegar después de la Caída de Númenor y el Cambio del Mundo, 334.

Camlost   «Mano Vacía», nombre adoptado por Beren al volver ante el Rey Thingol sin el Silmaril, 218, 220.

Campos Glaudos   Traducción parcial de *Loeg Ningloron*; las vastas extensiones de juncos y lirios en el Anduin y a su alrededor, donde fue muerto Isildur y se perdió el Anillo Único, 351-352, 359.

Caragdûr   El precipicio en la ladera norte de Amon Gwareth (la colina de Gondolin) de la que fue arrojado Eöl condenado a muerte, 162.

Caranthir   El cuarto hijo de Fëanor, llamado el Oscuro; «el más duro de los hermanos y el más rápido para la ira»; gobernaba en Thargelion; muerto en el ataque a Doriath, 66, 93, 128-129, 143, 150, 167, 171, 180, 185, 282.

Carcharoth   El gran lobo de Angband que arrancó con sus dientes la mano de Beren que portaba el Silmaril; muerto por Huan en Doriath. El nombre se traduce en el texto como «Fauces Rojas». Llamado también *Anfauglir*. 212-214, 217-219.

Cardolan   Región al sur de Eriador; parte del Reino de Arnor, 346.

Carnil   Nombre de la estrella (roja), 51

Caverna de los Enanos   «Morada de los Enanos»; traducción de *Khazad-dûm (Hadhodrond)*, 103.

Celeborn (1)   «Árbol de Plata», nombre del Árbol de Tol Eressëa, vástago de Galathilion, 65, 312.

Celeborn (2)   Elfo de Doriath, pariente de Thingol; se casó con Galadriel y con ella permaneció en la Tierra Media después del término de la Primera Edad, 132, 280, 303, 355.

Celebrant   «Vía de Plata», río que fluye desde Laguna Espejo por Lothlórien y se une con el Anduin, 355.

Celebrimbor   «Mano de Plata», hijo de Curufin, que permaneció en Nargothrond cuando su padre fue expulsado. En la Segunda Edad fue el más grande de los herreros de Eregion; hacedor de los Tres Anillos de los Elfos; muerto por Sauron, 208, 340, 343.

Celebrindal   «Pies de plata»; véase *Idril*.

Celebros   «Espuma de Plata» o «Lluvia de Plata», arroyo de Brethil que vuelca sus aguas en el Teiglin cerca de los Cruces, 262.

Celegorm   Tercer hijo de Fëanor, llamado el Hermoso; hasta la Dagor Bragollach, señor de la región de Himlad, junto con su hermano Curufin; vivió en Nargothrond e hizo prisionera a Lúthien;

amo de Huan el perro lobo; muerto por Dior en Menegroth, 66, 68, 93, 122, 143, 154-155, 179, 200-201, 203-204, 207-209, 217, 224, 282, 340.

Celon Río que fluía hacia el suroeste desde la Colina de Himring, afluente del Aros. El nombre significa «aguas que descienden de las alturas», 108, 143, 154, 158, 167, 172, 184.

Círdan «El Carpintero de Barcos»; Elfo Telerin, Señor de las Falas (costas de Beleriand Occidental); cuando se destruyeron los Puertos después de la Nirnaeth Arnoediad huyó con Gil-galad a la Isla de Balar; durante la Segunda y la Tercera Edad custodió los Puertos Grises en el Golfo de Lhûn; a la llegada de Mithrandir, le confió Narya, el Anillo del Fuego, 63, 102, 104, 108-109, 122, 139, 150, 189, 233, 252, 291-294, 303, 351, 355-357, 364.

Cirith Ninniach «Grieta del Arco Iris» por la que Tuor llegó al Mar Occidental; véase *Annon-in-Gelydh*, 284.

Cirith Thoronath «Grieta de las Águilas», alto pasaje en las montañas al norte de Gondolin, donde Glorfindel luchó con un Balrog y cayó al abismo, 290.

Cirth Las Runas, concebidas por primera vez por Daeron de Doriath, 107.

Cîryon Tercer hijo de Isildur, muerto junto con él en los Campos Gladuos, 351.

Collar de los Enanos Véase *Nauglamír*.

Concilio Blanco El Concilio de los Sabios de la Tercera Edad, reunidos para oponerse a Sauron, 357-360.

Corollairë «El Montículo Verde» de los Dos Árboles de Valinor; llamado también *Ezellohar*. 38.

Crissaegrim Las cumbres de las montañas al sur de Gondolin, donde se encontraban los nidos de Thorondor, 140, 181, 186, 216, 238, 272.

Cruces del Teiglin En el suroeste del Bosque de Brethil, donde el viejo camino hacia el sur desde el Paso del Sirion cruzaba el Teiglin, 173, 244-245, 257-258, 261, 266, 268, 273.

Cuiviénen «Agua del Despertar», el lago de la Tierra Media donde despertaron los primeros Elfos y fueron encontrados por Oromë, 52-58, 60, 92, 111, 278.

Culúrien Un nombre de Laurelin, 39.

Curufin Quinto hijo de Fëanor, llamado el Hábil; padre de Celebrimbor. Para el origen de su nombre, véase *Fëanor*; y para su historia, véase *Celegorm*. 66, 93, 143, 154, 158-159, 179, 200-201, 203-204, 208-210, 216-217, 224, 282, 340.

Curufinwë Véase *Fëanor*, 69, 77.

Curunír «El de hábiles recursos», nombre élfico de Saruman, uno de los Istari (Magos), 357-361.

Cúthalion «Arcofirme»; véase *Beleg*.

Daeron Bardo y principal maestro de historias del Rey Thingol; inventor de las *Cirth* (Runas); enamorado de Lúthien a la que traicionó dos veces, 106, 130, 195, 202, 216, 303.

Dagnir Uno de los doce compañeros de Barahir en Dorthonion, 183.

Dagnir Glaurunga «Ruina de Glaurung», Túrin, 174, 270.

Dagor Aglareb «La Batalla Gloriosa», tercera de las grandes batallas de las Guerras de Beleriand, 133, 136, 146.

Dagor Bragollach «La Batalla de la Llama Súbita» (también llamada sencillamente *Bragollach*), cuarta de las grandes batallas de las Guerras de Beleriand, 177-178, 183, 186, 189, 224, 227, 233, 252.

Dagorlad «Llanura de la Batalla», sitio en que se libró la Gran Batalla al norte de Mordor entre Sauron y la Última Alianza de Elfos y Hombres al fin de la Segunda Edad, 349, 352.

Dagor-nuin-Giliath «La Batalla bajo las Estrellas», la segunda batalla de las Guerras de Beleriand, librada en Mithrim después de la llegada de Fëanor a la Tierra Media, 121.

Dairuin Uno de los doce compañeros de Barahir en Dorthonion, 183.

Deldúwath Uno de los nombres posteriores de Dorthonion (Taur-nu-Fuin), que significa «Horror de la Sombra de la Noche», 182.

Denethor Hijo de Lenwë; conductor de los Elfos Nandorin que llegaron finalmente por sobre las Montañas Azules y habitaron en Ossiriand; muerto en Amon Ereb en la Primera Batalla de Beleriand, 59, 106, 108-109, 142.

Desposeídos, Los La Casa de Fëanor, 98, 127.

Días Antiguos La Primera Edad; también llamada *los más Antiguos Días*, 29, 39, 117, 132, 248, 250, 276, 280, 289, 350, 362.

Días de la Huida Véase 344.

Dimbar La tierra que se extendía entre los ríos Sirion y Mindeb, 140, 154, 186, 208, 238, 240, 243-244, 272.

Dimrost La catarata del Celebros en el Bosque de Brethil; traducido en el texto como «la Escalera Lluviosa». Llamada luego *Nen Girith*, 262.

Dior Llamado *Aranel* y también *Eluchíl*, «Heredero de Thingol»; hijo de Beren y Lúthien y padre de Elwing, madre de Elrond; llegó a Doriath desde Ossiriand luego de la muerte de Thingol, y recibió el Silmaril después de muertos Beren y Lúthien; los hijos de Fëanor lo mataron en Menegroth, 223, 280-282, 287, 291, 294, 299, 301, 303.

Dol Guldur «Colina de la Hechicería», fortaleza del Nigromante (Sauron) al sur del Bosque Negro en la Tercera Edad, 356-360.

Dolmed «Cabeza Húmeda», una gran montaña en las Ered Luin, cerca de las ciudades de los Enanos Nogrod y Belegost, 102, 108, 229, 281.

Dor Caranthir «Tierra de Caranthir»; véase *Thargelion*, 143, 171, 179-180.

Dor-Cúarthol «Tierra del Arco y el Yelmo», nombre del país defendido por Beleg y Túrin desde su guarida en Amon Rûdh, 244.

Dor Daedeloth «Tierra de la Sombra de Horror», la tierra de Morgoth en el norte, 122, 124, 127.

Dor Dínen «La Tierra Silenciosa», donde nada vivía, entre el curso superior del Esgalduin y el Aros, 140.

Dor Firn-i-Guinar «Tierra de los Muertos que Viven», nombre de la región de Ossiriand en que Beren y Lúthien moraron después de su retorno, 223, 281.

Doriath «Tierra del Cerco» *(Dor Iâth)*, nombre referido a la Cintura de Melian, antes llamada Eglador; el reino de Thingol y Melian en los bosques de Neldoreth y Region, regida desde Menegroth junto al Río Esgalduin. También llamada *el Reino Escondido. Passim*; véase especialmente 109, 141.

Dorlas Hombre de los Haladin en Brethil; fue con Túrin y Hunthor al encuentro de Glaurung, pero se apartó amedrentado; muerto por Brandir el Cojo, 258, 263-264, 267. La esposa de Dorlas, sin mención de nombre, 268.

Dor-lómin Región en el sur de Hithlum, el territorio de Fingon, dada en feudo a la casa de Hador; patria de Húrin y Morwen, 100, 137, 139, 173, 182, 186-187, 189, 225, 231, 235-236, 243, 249, 252, 254-259, 267-268, 272, 275-276, 278, 284. *La Señora de Dor-lómin*: Morwen, 235.

Dor-nu-Fauglith «Tierra bajo la Ceniza Asfixiante», 180, 215; véase *Anfauglith*.

Dorthonion «Tierra de los Pinos», las altas tierras boscosas sobre la frontera septentrional de Beleriand, llamada después Taur-nu-Fuin. Cf. la canción de Bárbol en *Las Dos Torres* III 4: «A los pinares de la meseta de Dorthonion subí en el invierno...». 55, 108, 122, 128, 133-134, 138-140, 142-143, 168, 174, 177, 178-180, 182, 188-190, 191-192, 225.

Dos Árboles de Valinor, Los 39, 48-49.

Dos Linajes, Los Elfos y Hombres, 295-297, 307, 351.

Dragones 134, 229, 289-290, 300, 308, 343, 356.

Draugluin El gran licántropo muerto por Huan en Tol-in-Gaurhoth, y con cuya forma penetró Beren en Angband, 206, 211-212.

Drengist El largo estuario que penetraba en Ered Lómin, el cerco occidental de Hithlum, 59, 88, 100, 109, 134, 137, 189.

Duilwen   El quinto afluente del Gelion en Ossiriand, 142.

Dúnedain   «Los Edain del Oeste»; véase *Númenóreanos*.

Dungortheb   Véase *Nan Dungortheb*.

Durin   Señor de los Enanos de Khazad-dûm (Moria), 47, 349.

Eä   El Mundo, el Universo material; *Eä* significa en élfico «Es» o «Sea»; fue la palabra pronunciada por Ilúvatar cuando el mundo empezó su existencia, 17, 23-24, 29, 36, 40, 45, 51-53, 61, 80, 83, 86, 95, 98, 110.

Eärendil   Llamado «Medio Elfo», «el Bendito», «el Brillante» y «el Marinero»; hijo de Tuor y de Idril hija de Turgon; escapó del saqueo de Gondolin y se casó con Elwing hija de Dior, en las Desembocaduras del Sirion; navegó con ella hacia Aman donde pidió ayuda contra Morgoth; se hizo a la vela por los cielos en el navío Vingilot portando el Silmaril que Beren y Lúthien rescataron de Angband. El nombre significa «Enamorado del Mar», 120, 174, 288-289, 291, 293-298, 300, 303, 307-310, 313-314, 321, 326-328, 331, 334, 340. *Balada de Eärendil*: 293, 307.

Eärendur (1)   Un señor de Andúnië en Númenor, 319.

Eärendur (2)   Décimo Rey de Arnor, 352

Eärnil   Trigesimosegundo Rey de Gondor, 353-354.

Eärnur   Hijo de Eärnil; último Rey de Gondor con el que termina la línea de Anárion, 354.

Eärráme   «Ala del Mar», nombre del navío de Tuor, 292.

Eärwen   Hija de Olwë de Alqualondë, hermana de Thingol; se casó con Finarfin de los Noldor. Por mediación de Eärwen, Finrod, Orodreth, Angrod, Aegnor y Galadriel tenían sangre Telerin, y por tanto, se les permitía la entrada a Doriath, 66, 128, 150.

Echoriath   «Las Montañas Circundantes» en torno a la llanura de Gondolin, 132, 162, 186, 272-273, 287-288.

Ecthelion   Señor Elfo de Gondolin, quien en el saqueo de la ciudad mató a Gothmog Señor de los Balrogs, y fue a su vez muerto por él, 122, 231, 286, 289.

Edain   Véase *Atani*.

Edrahil   Capitán de los Elfos de Nargothrond que acompañó a Finrod y Beren en su misión, y murió en las mazmorras de Tol-in-Gaurhoth, 200.

Eglador   Ex nombre de Doriath antes de ser rodeada por la Cintura de Melian; probablemente relacionado con el nombre *Eglath*, 109.

Eglarest   El puerto austral de las Falas en la costa de Beleriand, 63, 108, 123, 139, 141, 233, 293.

Eglath   «El Pueblo Abandonado», nombre que se dieron a sí mismos los Elfos Telerin que permanecieron en Beleriand en busca de Elwë (Thingol) cuando el cuerpo principal de los Teleri partió a Aman, 64, 278.

Eilinel La esposa de Gorlim el Desdichado, 190-191.

Eithel Ivrin «La Fuente de Ivrin», fuente del Río Narog bajo Ered Wethrin, 249, 253.

Eithel Sirion «Las Fuentes del Sirion», en la ladera oriental de Ered Wethrin, donde se encontraba la gran fortaleza de Fingolfin y Fingon (véase *Barad Eithel*), 122-123, 137, 139, 179, 189, 225-227, 252.

Ekkaia Nombre élfico del Mar Exterior que rodea Arda; llamado también *el Mar Exterior* y *el Mar Circundante*, 38, 41, 54, 100, 113-114, 119, 220.

Elbereth Nombre inusual de Varda en Sindarin, «Reina de las Estrellas»; cf. *Elentári.* 24, 41.

Eldalië «El Pueblo de los Elfos», utilizado como equivalente de *Eldar*, 19, 57, 62, 73, 147, 195, 216, 220-222, 226, 240, 303.

Eldamar «Hogar de los Elfos», la región de Aman en que habitaban los Elfos; también la gran bahía del mismo nombre, 64-65, 67, 69, 76-77, 80-81, 96, 157, 207, 295.

Eldar De acuerdo con la leyenda élfica, el nombre *Eldar*, «Pueblo de las Estrellas», les fue dado a los Elfos por el Vala Oromë (52-53). No obstante designó sólo a los Elfos de los Tres Linajes (Vanyar, Noldor y Teleri) que iniciaron la gran marcha hacia el oeste desde Cuiviénen (permanecieran o no en la Tierra Media), con exclusión de los Avari. Los Elfos de Aman, y todos los Elfos que alguna vez habitaron Aman se llamaron los Altos. Elfos *(Tareldar)* y Elfos de la Luz *(Calaquendi)*; véase *Elfos Oscuros, Umanyar. Passim*; véase el artículo *Elfos.*

Eldarin De los Eldar; utilizado en relación con las lenguas de los Eldar. Las apariciones del término se refieren en realidad al Quenya, también llamado *Alto Eldarin* y *Alto Élfico*; véase *Quenya.*

Eledhwen Véase *Morwen.*

Elemmírë (1) Nombre de una estrella, 51.

Elemmírë (2) Elfo Vanyar, autor del *Aldudénië*, el Lamento por los Dos Árboles, 85.

Elendë Un nombre de Eldamar, 67, 95, 127.

Elendil Llamado el Alto; hijo de Amandil, último Señor de Andúnië en Númenor, descendiente de Eärendil y Elwing, pero no de la línea directa de los reyes; huyó con sus hijos Isildur y Anárion a la Anegación de Númenor y fundó los reinos Númenóreanos de la Tierra Media; muerto junto con Gil-galad en el derrocamiento de Sauron al final de la Segunda Edad. El nombre puede interpretarse como «Amigo de los Elfos» (cf.

Elendili) o como «Enamorado de las Estrellas», 323-324, 326-327, 332-333, 345-352, 354, 361. *Herederos de Elendil*: 350.

Elendili «Amigos de los Elfos», nombre dado a los Númenóreanos que no se apartaron de los Eldar en los días de Tar-Ancalimon y de los reyes posteriores; llamados también *Los Fieles*, 315-319, 322-324, 327-328, 346.

Elendur Hijo mayor de Isildur, muerto junto con él en los Campos Glaudos, 351.

Elenna Un nombre (Quenya) de Númenor, «Hacia las Estrellas», por la guía que procuró Eärendil a los Edain en su viaje a Númenor a principios de la Segunda Edad, 309, 331, 333.

Elentári «Reina de las Estrellas», nombre de Varda como hacedora de las estrellas. Así se la llama en el lamento de Galadriel en Lórien, *La Comunidad del Anillo* II 8. Cf. *Elbereth, Tintallë*. 51.

Elenwë Esposa de Turgon; pereció en el cruce del Helcaraxë, 101, 157.

Elerrína «Coronada de Estrellas», un nombre de Taniquetil, 38.

Elfos Véase especialmente 43-44, 51-57, 75, 118-119, 315; y véase también *Hijos de Ilúvatar, Eldar, Elfos Oscuros. Elfos de la Luz*: véase *Calaquendi*.

Elfos Abandonados Véase *Eglath*.

Elfos de los Bosques Véase *Elfos de la Floresta*.

Elfos de la Floresta También llamados *Elfos de los Bosques*. Parecen haber sido en su origen los Elfos Nandorin que nunca fueron al oeste de las Montañas Nubladas, sino que se quedaron en el Valle del Anduin y en el Gran Bosque Verde; véase *Nandor*. 340, 356.

Elfos del Mar Véase *Falmari*.

Elfos Grises Véase *Sindar*.

Elfos Grises, Lengua de los Véase *Sindarin*.

Elfos Oscuros En el lenguaje de Aman, todos los Elfos que no cruzaron el Gran Mar eran Elfos Oscuros *(Moriquendi)*, y así se utiliza a veces el término, 118-119, 128; cuando Caranthir llamó a Thingol Elfo Oscuro, sus intenciones eran insultantes, especialmente desde que Thingol había estado en Aman «no se lo contó entre los Moriquendi» (61). Pero en el período del Exilio de los Noldor se aplicó a menudo a los Elfos de la Tierra Media que no pertenecían a los Noldor ni a los Sindar, y por tanto equivale virtualmente a Avari (118-119, 142, 165). También es distinto el sentido del título de Elfo Oscuro que se le da al Elfo Sindarin Eöl, 155, 158, 239; pero en 161 no cabe duda de que Turgon quiso decir que Eöl era uno de los *Moriquendi*.

Elfos Verdes Traducción de *Laiquendi*; los Elfos Nandorin de Ossiriand. Para su origen, véase 106, y, para el nombre, 109.

Elostirion   La más alta de las torres sobre Emyn Beraid, en la que se puso la *palantir*, 347.

Elrond   Hijo de Eärendil y Elwing que al término de la Primera Edad eligió pertenecer a los Primeros Nacidos, y permaneció en la Tierra Media hasta el término de la Tercera Edad; amo de Imladris (Rivendel) y custodio de Vilya, el Anillo del Aire, que había recibido de Gil-galad. Llamado *Señor Elrond* y *Elrond Medio Elfo*. El nombre significa «Bóveda de las Estrellas», 120, 293, 295, 303, 310, 340-341, 343, 351-352, 354-358, 360, 364. *Hijos de Elrond*: 361.

Elros   Hijo de Eärendil y Elwing, quien al término de la Primera Edad eligió ser contado entre los Hombres y se convirtió en el primer Rey de Númenor (con el nombre de *Tar-Minyatur*) llegando a una edad muy avanzada. El nombre significa «Espuma de Estrellas», 293-294, 303, 310, 316-318, 320, 323, 340, 345.

Elu   Forma Sindarin de Elwë, 61, 102, 123, 278.

Eluchíl   «Heredero de Elu (Thingol)», nombre de Dior, hijo de Beren y Lúthien. Véase *Dior*.

Eluréd   Hijo mayor de Dior; pereció en el ataque a Doriath por los hijos de Fëanor. El nombre significa lo mismo que *Eluchíl*, 280-282.

Elurín   Hijo menor de Dior; pereció junto con su hermano Eluréd. El nombre significa «Recuerdo de Elu (Thingol)», 280-282.

Elwë   Llamado *Singollo* «Mantogrís»; conductor, junto con su hermano Olwë, de las huestes de los Teleri en el viaje hacia el Oeste desde Cuiviénen, hasta que se perdió en Nan Elmoth; fue después Señor de los Sindar, gobernando en Doriath con Melian; recibió el Silmaril de Beren; muerto en Menegroth por los Enanos. Llamado *(Elu) Thingol* en Sindarin. Véase *Elfos Oscuros, Thingol*. 56-57, 59-61, 63-64, 102, 278-279.

Elwing   Hija de Dior que escapó de Doriath con el Silmaril, se casó con Eärendil en las Desembocaduras del Sirion y fue con él a Valinor; madre de Elrond y Elros. El nombre significa «Rocío de Estrellas»; véase *Lanthir Lamath*. 120, 174, 280-283, 291, 293-299, 303.

Emeldir   Llamada Corazón Viril; esposa de Barahir y madre de Beren; condujo a las mujeres y los niños de la casa de Bëor desde Dorthonion después de la Dagor Bragollach. (También ella era descendiente de Bëor el Viejo, y el nombre de su padre era Beren, lo que no se menciona en el texto.) 182, 189.

Emyn Beraid   «Las Colinas de las Torres» en el oeste de Eriador; véase *Elostirion*. 346-347.

Enanos   45-47, 102-106, 129, 131, 145, 155-158, 164, 185, 225, 229, 242, 276-282, 340, 343, 349, 356. Con referencia a los *Enanos Mez-*

quinos: 240-245, 253, 275. *Siete Padres de los Enanos:* 45-47, 103.
Para el *Collar de los Enanos,* véase Nauglamír. Para los *Siete Anillos de los Enanos,* véase *Anillos del Poder.* Véase también *Naugrim.*

Enanos Mezquinos Traducción de *Noegyth Nibin.* Véase también
Enanos.

Endor «Tierra Media», 99-100.

Engwar «Los Enfermizos», uno de los nombres con que los Elfos
designaban a los Hombres, 117.

Eöl Llamado el Elfo Oscuro; el gran herrero que moraba en Nan
Elmoth y tomó por esposa a Aredhel, hermana de Turgon;
amigo de los Enanos; hacedor de la espada Anglachel (Gurthang); padre de Maeglin; condenado a muerte en Gondolin,
103, 155-162, 239.

Eönwë Uno de los Maiar más poderosos; llamado el Heraldo de
Manwë; conductor del ejército de los Valar en el ataque a Morgoth al término de la Primera Edad, 29, 296-297, 299, 301-302,
308, 339.

Ephel Brandir «El cerco de Brandir», vivienda de los Hombres de
Brethil sobre Amon Obel; llamado también *el Ephel,* 258,
262-264.

Ephel Dúath «Cerco de Sombra», la cadena de montañas entre
Gondor y Mordor; llamado también *las Montañas de la Sombra,*
346-348, 353.

Erchamion «El Manco», nombre de Beren después de escapar de
Angband, 216, 218, 235, 282.

Erech Colina al oeste de Gondor donde se encontraba la Piedra de
Isildur (véase *El Retorno del Rey* V 2), 347.

Ered Engrin «Las Montañas de Hierro» en el lejano norte, 125,
132-133, 136, 177, 189.

Ered Gorgoroth «Las Montañas del Terror», al norte de Nan Dungortheb; también llamadas *el Gorgoroth,* 90, 108, 140, 154, 193,
208, 238.

Ered Lindon «Las Montañas de Lindon», otro nombre de *Ered
Luin,* las Montañas Azules, 143-145, 156, 164, 171, 232, 277,
280-281.

Ered Lómin «Las Montañas del Eco», que constituían el cerco occidental de Hithlum, 121, 137.

Ered Luin «Las Montañas Azules», también llamadas *Ered Lindon.*
Después de la destrucción ocurrida al término de la Primera
Edad, Ered Luin constituyó la cadena costera occidental de la
Tierra Media, 59, 102, 106, 129-133, 142, 164, 278, 339, 344, 346.

Ered Nimrais «Las Montañas Blancas» (*nimrais,* «cuernos blancos»),
la gran cadena que se extendía desde el este al oeste, al sur de las
Montañas Nubladas, 106.

Ered Wethrin   «Las Montañas de la Sombra», «Las Montañas Sombrías», la gran cadena curva que bordeaba Dor-nu-Fauglith (Ard-galen) al oeste y formaba la frontera entre Hithlum y Beleriand Occidental, 121-122, 125, 130, 137-138, 177, 189, 201, 206, 225, 228, 231, 242, 247-248, 252, 272-273, 285.

Eregion   «Tierra del Acebo» (llamada por los Hombres *Hollin*); reino Noldorin durante la Segunda Edad al pie occidental de las Montañas Nubladas, donde se hicieron los Anillos Élficos, 340-343.

Ereinion   «Vástago de Reyes», el hijo de Fingon, a quien siempre se conoció por su sobrenombre *Gil-galad*, 182, 233, 291.

Erellont   Uno de los tres marineros que acompañaron a Eärendil en sus viajes, 295.

Eressëa   Véase *Tol Eressëa*.

Eriador   La tierra entre las Montañas Nubladas y las Azules, en la que se encontraba el Reino de Arnor (y también la Comarca de los Hobbits), 59, 103, 106, 171, 317, 351, 355, 360.

Eru   «El Único», «el Que está Solo»: Ilúvatar, 11, 23-26, 29, 46-49, 83, 95, 98, 101, 110, 309, 315-316, 319, 322, 333; también *Hijos de Eru*.

Esgalduin   El río de Doriath que dividía los bosques de Neldoreth y Region y desembocaba en el Sirion. El nombre significa «Río Velado», 104, 140, 154, 194, 217, 219, 260, 279.

Espada Negra   Véase *Mormegil*.

Espectros del Anillo   Los esclavos de los Nueve Anillos de los Hombres y principales sirvientes de Sauron; también llamados *Nazgûl* y *Ulairi*, 317, 344.

Estancias de Espera   Las Estancias de Mandos, 74.

Estë   Una de las Valier, esposa de Irmo (Lórien); su nombre significa «Descanso», 24, 27, 30, 70, 112, 113.

Estolad   La tierra al sur de Nan Elmoth donde los Hombres secuaces de Bëor y Marach vivieron después de haber cruzado las Montañas Azules y entrado en Beleriand; se traduce en el texto como «el Campamento», 167-170, 172.

Ezellohar   El Montículo Verde de los Dos Árboles de Valinor; también llamado *Corollairë*, 38, 48, 84, 86-87.

Faelivrin   Nombre que le dio Gwindor a Finduilas, 249.

Falas   Las costas occidentales de Beleriand al sur de Nevrast, 63, 105, 108-109, 122, 139, 189, 225, 233, 251.

Falathar   Uno de los tres marineros que acompañaron a Eärendil en sus viajes, 295.

Falathrim   Los Elfos Telerin de las Falas cuyo señor era Círdan, 63.

Falmari   Los Elfos del Mar; nombre de los Teleri que abandonaron la Tierra Media y fueron hacia el Occidente, 57.

Fëanor   Hijo mayor de Finwë (hijo único de Finwë y Míriel), medio hermano de Fingolfin y Finarfin; el más grande de los Noldor y conductor de su rebelión; inventor de la escritura Fëanoriana; hacedor de los Silmarils; muerto en Mithrim en la Dagor-nuin-Giliath. Su nombre era *Curufinwë* (*curu*, habilidad), y le dio este nombre a su quinto hijo, Curufin; pero él fue conocido siempre por el nombre que le dio su madre: *Fëanáro*, «Espíritu de Fuego», que adoptó la forma Sindarin *Fëanor*. Capítulos 5-9 y 13 *passim*; véase especialmente 66, 69-73, 110. En otros pasajes aparece su nombre, sobre todo en *los hijos de Fëanor*.

Fëanturi   «Los Amos de los Espíritus», los Valar Námo (Mandos) e Irmo (Lórien), 26-27.

Felagund   El nombre por el que fue conocido el Rey Finrod después del establecimiento de Nargothrond; era de origen Enano (*felak-gundu*, «Excavador de Cuevas»), pero en el texto se traduce como «Señor de las Cavernas», 66). Para referencias, véase *Finrod*.

Fieles, Los   Véase *Elendili*.

Finarfin   El tercer hijo de Finwë, el más joven de los medio hermanos de Fëanor; se quedó en Aman después del Exilio de los Noldor y gobernó al resto de su pueblo en Tirion. Sólo él y sus hijos entre los príncipes Noldorin tuvieron los cabellos dorados, heredados de su madre, Indis, que era Elfo Vanyar (véase *Vanyar*), 66, 71, 76-78, 93-95, 99, 115, 196, 207, 229. Muchas otras veces el nombre está relacionado con los hijos de Finwë o con su pueblo.

Finduilas   Hija de Orodreth, amada de Gwindor; capturada durante el saqueo de Nargothrond y muerta por los Orcos en los Cruces del Teiglin, 249-250, 253, 255-257, 268.

Fingolfin   El segundo hijo de Finwë, el mayor de los medio hermanos de Fëanor; Rey Supremo de los Noldor en Beleriand, que vivió en Hithlum; muerto por Morgoth en combate singular, 66-67, 71, 76-79, 84, 93-94, 100-101, 112, 121, 124-125, 127, 130-131, 133-134, 137, 139, 151, 168, 173, 176, 179-183, 233. Otras veces el nombre de Fingolfin se refiere a los hijos o al pueblo.

Fingon   El hijo mayor de Fingolfin, llamado el Valiente; rescató a Maedhros de Thangorodrim; Rey Supremo de los Noldor después de la muerte de su padre; muerto por Gothmog en la Nirnaeth Arnoediad, 66, 93-95, 97, 99-101, 125-127, 134, 137, 139, 153, 162, 179, 182, 189, 192, 224-233, 291, 340.

Finrod   El hijo mayor de Finarfin, llamado «el Fiel» y «el Amigo de los Hombres». Fundador y rey de Nargothrond, de ahí su nombre Felagund; encontró en Ossiriand a los primeros Hombres que habían cruzado las Montañas Azules; rescatado por Barahir en la Dagor Bragollach; cumplió su promesa a Barahir acompañando a Beren en su misión; muerto en defensa de Beren en las mazmorras de Tol-in-Gaurhoth. Las siguientes referencias incluyen a *Felagund* utilizado solo: 66, 93, 95, 101, 125, 128, 130-131, 138-139, 141, 145, 148, 150, 152, 164-169, 173, 175, 178-179, 188, 192, 196, 199-205, 207, 217, 242, 251, 254, 256, 259-260, 275-276, 278.

Finwë   Conductor de los Noldor en el viaje al Oeste desde Cuiviénen; Rey de los Noldor en Aman; padre de Fëanor, Fingolfin y Finarfin; muerto por Morgoth en Formenos, 56-57, 59, 60, 63-73, 76-80, 84, 87-88, 91, 149; otras menciones se relacionan con los hijos o la casa de Finwë.

Fírimar   «Los Mortales», uno de los nombres con que los Elfos designan a los Hombres, 117.

Formenos   «Fortaleza Septentrional», el baluarte de Fëanor y sus hijos en el norte de Valinor, levantada después del destierro de Fëanor de Tirion, 79-80, 84, 87-89, 149.

Fornost   «Fortaleza Septentrional», ciudad Númenóreana en los Bajos Septentrionales de Eriador, 346.

Frodo   El Portador del Anillo, 362.

Frontera de Maedhros   Las tierras descampadas al norte del curso superior del Río Gelion, defendidas por Maedhros y sus hermanos contra los ataques a Beleriand Oriental; también llamadas *la Frontera Oriental*, 129-130, 143.

Fuinur   Un renegado Númenóreano que se volvió poderoso entre los Haradrim al término de la Segunda Edad, 349.

Gabilgathol   102. Véase *Belegost*.

Galadriel   Hija de Finarfin y hermana de Finrod Felagund; encabezó junto con otros la rebelión Noldorin contra los Valar; se casó con Celeborn de Doriath y permaneció con él en la Tierra Media después del fin de la Tercera Edad; custodia de Nenya, el Anillo del Agua, en Lothlórien, 67, 93, 101, 131, 148-150, 152, 169, 199, 280, 355-357.

Galathilion   El Árbol Blanco de Tirion, imagen de Telperion hecho por Yavanna para los Vanyar y los Noldor, 65, 312, 347.

Galdor   Llamado el Alto; hijo de Hador Lórindol y señor de Dor-lómin después de él; padre de Húrin y Huor; muerto en Eithel Sirion, 174, 179, 182, 186-187, 189, 235, 249, 275, 300.

galvorn   El metal descubierto por Eöl, 155.

Gandalf   El nombre que dieron los Hombres a Mithrandir, uno de los Istari (Magos); véase *Olórin*, 357.

Gelion   El gran río de Beleriand Oriental, que nace en Himring y el

Monte Rerir y recibe las aguas de los ríos de Ossiriand que bajan de las Montañas Azules, 59-60, 102-103, 108, 129, 141, 143, 164, 167, 171, 179, 223, 277, 279-280.

Gelion Mayor Uno de los dos afluentes del Río Gelion en el norte, que nacía en el Monte Rerir, 142.

Gelion Menor Uno de los dos brazos afluentes del Río Gelion en el norte, que nacía en la Colina de Himring, 142-143.

Gelmir (1) Elfo de Nargothrond, hermano de Gwindor, capturado en la Dagor Bragollach y muerto después frente a Eithel Sirion como provocación a sus defensores antes de la Nirnaeth Arnoediad, 224, 227.

Gelmir (2) Elfo del pueblo de Angrod, quien con Arminas fue a Nargothrond para advertir a Orodreth del peligro en que se encontraba, 252.

Gildor Uno de los doce compañeros de Barahir en Dorthonion, 183.

Gil-Estel «Estrella de la Esperanza», nombre Sindarin que se le dio a Eärendil al llevar el Silmaril en su navío Vingilot, 298.

Gil-galad «Estrella Radiante», nombre por el que fue conocido posteriormente Ereinion hijo de Fingon. Después de la muerte de Turgon se convirtió en el último Rey Supremo de los Noldor en la Tierra Media, y se quedó en Lindon cuando concluyó la Primera Edad; conductor, junto con Elendil, de la Última Alianza de Hombres y Elfos; también murieron juntos en un combate con Sauron, 182, 233, 291, 294, 303, 316-317, 344-345, 347-350, 354.

Gimilkhâd Hijo menor de Ar-Gimilzôr e Inzilbêth, y padre de Ar-Pharazôn, último Rey de Númenor, 319-320.

Gimilzôr Véase *Ar-Gimilzôr*.

Ginglith Río de Beleriand Occidental que desembocaba en el Narog por sobre Nargothrond, 199, 253.

Glaurung El primero de los Dragones de Morgoth, llamado *el Padre de los Dragones*; intervino en la Dagor Bragollach, la Nirnaeth Arnoediad y el Saqueo de Nargothrond; hechizó a Túrin y a Nienor; muerto por Túrin en Cabed-en-Aras. Llamado también *el Gran Gusano* y *el Gusano de Morgoth*, 134,174, 177, 179, 228-229, 253-256, 259-260, 263-266, 268-269, 273-275, 285, 289.

Glingal «Llama Colgante»; la imagen de Laurelin hecha por Turgon en Gondolin, 148.

Glirhuin Un trovador de Brethil, 274.

Glóredhel Hija de Hador Lórindol de Dor-lómin y hermana de Galdor; se casó con Haldir de Brethil, 186.

Glorfindel Elfo de Gondolin que se precipitó al encuentro con la muerte en Cirith Thoronath en un combate con un Balrog des-

pués de huir del saqueo de la ciudad. El nombre significa «Cabellos Dorados», 231, 290-291.

Golodhrim   Los Noldor. *Golodh* era la forma Sindarin del Quenya
Noldo, y *rim*, una terminación plural colectiva; cf. *Annon-in-Gelydh*,
la Puerta de los Noldor. 157.

Gondolin   «La Roca Escondida» (véase *Ondolindë*), ciudad secreta
del Rey Turgon rodeada por las Montañas Circundantes (Echoriath), 66, 122, 146-147, 153-154, 157-158, 162-163, 181, 186-188,
215, 225-226, 228, 230, 234, 244, 272-273, 285-291, 294, 297, 303,
310.

Gondolindrim   El Pueblo de Gondolin, 162, 188, 228.

Gondor   «Tierra de Piedra», nombre del reino Númenóreano austral en la Tierra Media, establecido por Isildur y Anárion,
346-354, 360, 362. *Ciudad de Gondor*: Minas Tirith, 362.

Gonnhirrim   «Maestros de la Piedra», nombre Sindarin para designar a los Enanos, 102.

Gorgoroth (1)   Véase *Ered Gorgoroth*.

Gorgoroth (2)   Una meseta de Mordor en la convergencia de las
Montañas de la Sombra y las Montañas de Ceniza, 348, 350, 353.

Gorlim   Llamado el Desdichado; uno de los doce compañeros de
Barahir en Dorthonion, al que se le tendió una trampa con un
fantasma de su esposa Eilinel, y que le reveló a Sauron el sitio en
que se escondía Barahir, 183, 190-192.

Gorthaur   El nombre de Sauron en Sindarin, 31, 183, 339.

Gorthol   «Yelmo Terrible», nombre que adoptó Túrin como uno de
los Dos Capitanes en la tierra de Dor-Cúarthol, 244.

Gothmog   Señor de los Balrogs, gran capitán de Angband, que dio
muerte a Fëanor, Fingon y Ecthelion. (El Teniente de Minas Morgul llevó el mismo nombre en la Tercera Edad; *El Retorno del Rey*
V 6.) 122, 230-289.

Grandeburgo   Traducción de *Belegost*: «gran fortaleza», 102.

Grond   La gran maza de Morgoth con la que luchó contra Fingolfin; llamada el Martillo de los Mundos Subterráneos. El ariete
que se utilizó contra las puertas de Minas Tirith recibió también
este nombre (*El Retorno del Rey* V 4), 181.

Guerras de Beleriand   La primera batalla: 108. La segunda batalla
(la Batalla bajo las Estrellas): véase *Dagor-nuin-Giliath*. La tercera
batalla (la Batalla Gloriosa): véase *Dagor Aglareb*. La cuarta batalla (la Batalla de la Llama Súbita): véase *Dagor Bragollach*. La
quinta batalla (Lágrimas Innumerables): véase *Nirnaeth Arnoediad. La Gran Batalla*: 229, 307.

Guilin   Padre de Gelmir y Gwindor, Elfos de Nargothrond, 224,
227, 246, 249, 253.

Gundor   Hijo menor de Hador Lórindol, señor de Dor-lómin;

muerto junto con su padre en Eithel Sirion en la Dagor Bragollach, 174, 179, 300.

Gurthang «Hierro de la Muerte», nombre de la espada Anglachel
de Beren, después de haber sido forjada nuevamente para Túrin
en Nargothrond; de ahí que a él se lo llamara Mormegil, 250,
254, 257, 265, 267, 269.

Gwaith-i-Mírdain «Pueblo de los Orfebres», nombre de la herman-
dad de artesanos en Eregion, el más grande de cuyos miembros
fue Celebrimbor hijo de Curufin, 340.

Gwindor Elfo de Nargothrond, hermano de Gelmir; fue reducido a
la esclavitud en Angband, pero escapó y ayudó a Beleg en el rescate de Túrin; llevó a Túrin a Nargothrond; amaba a Finduilas,
hija de Orodreth; muerto en la Batalla de Tumhalad, 224-225,
227, 246-251, 253.

Hadhodrond Nombre Sindarin de Khazad-dûm (Moria), 103, 340.

Hador Llamado Lórindol «Cabeza de Oro»; también Hador el de Cabellos Dorados; padre de Galdor, padre de Húrin; muerto en Eithel
Sirion en la Dagor Bragollach. La casa de Hador se llamó la Tercera Casa de los Edain, 173-174, 179, 182, 186, 189. Casa de, Pueblo
de, Hador: 174, 185-186, 189, 230, 232, 235-236, 245, 257, 271,
297. Yelmo de Hador: véase Yelmo-Dragón de Dor-lómin.

Haladin El segundo pueblo de los Hombres que entró en Beleriand, llamado más tarde el pueblo de Haleth; habitaba en el Bosque de Brethil; también llamados los Hombres de Brethil, 166, 171,
185, 189, 228.

Haldad Conductor de los Haladin cuando se defendieron éstos
contra el ataque de los Orcos en Thargelion, y muerto allí; padre
de la Señora Haleth, 171-173.

Haldan Hijo de Haldar; conductor de los Haladin después de la
muerte de la Señora Haleth, 172.

Haldar Hijo de Haldad de los Haladin y hermano de la Señora Haleth; muerto junto con su padre en la incursión de los Orcos por
Thargelion. 171-173.

Haldir Hijo de Halmir de Brethil; desposó a Glóredhel, hija de Hador de Dor-lómin; muerto en la Nirnaeth Arnoediad, 186, 225,
228, 232.

Haleth Llamada Señora Haleth; conductora de los Haladin (que se
llamaron por ella el Pueblo de Haleth) desde Thargelion a las tierras al oeste del Sirion, 171-173. Casa de, Pueblo de, Haleth:
172-173, 179, 185, 225, 258, 264-265.

Halmir Señor de los Haladin, hijo de Haldan; con Beleg de Doriath
derrotó a los Orcos que avanzaron al sur por el Paso del Sirion
después de la Dagor Bragollach, 185, 225.

Handir Hijo de Haldir y Glóredhel, padre de Brandir el Cojo; señor de los Haladin después de la muerte de Haldir; muerto en Brethil en lucha contra los Orcos, 232, 252, 258.

Haradrim Los Hombres de Harad («el Sur»), las tierras al sur de Mordor, 349.

Hareth Hija de Halmir de Brethil; se casó con Galdor de Dorlomin; madre de Húrin y Huor, 186, 189.

Hathaldir Llamado el Joven; uno de los doce compañeros de Barahir en Dorthonion, 183.

Hathol Padre de Hador Lórindol, 173.

Haudh-en-Arwen «El Túmulo de la Señora», montículo sepulcral de Haleth en el Bosque de Brethil, 173.

Haudh-en-Elleth El túmulo en que fue sepultada Finduilas, cerca de los Cruces del Teiglin, 258, 261-262, 266, 268.

Haudh-en-Ndengin «El Túmulo de los Muertos» en el desierto de Anfauglith, donde se apilaron los cuerpos de los Elfos y los Hombres que murieron en la Nirnaeth Arnoediad, 234-235.

Haudh-en-Nirnaeth «El Túmulo de las Lágrimas», otro nombre de *Haudh-en-Ndengin*, 234.

Helcar El Mar Interior en el noreste de la Tierra Media, donde otrora se levantó la montaña de la lámpara de Illuin; la laguna de Cuiviénen, donde los primeros Elfos despertaron, se describe como una bahía de este mar, 52, 58.

Helcaraxë El estrecho entre Araman y la Tierra Media; llamado también *Hielo Crujiente,* 55, 88, 99, 101, 124, 134, 151, 157.

Helevorn «Cristal Negro», lago en el norte de Thargelion bajo el Monte Rerir donde vivió Caranthir, 129, 143, 180.

Helluin La estrella Sirio, 52, 70.

Herumor Renegado Númenóreano que obtuvo gran poder entre los Haradrim al fin de la Segunda Edad, 349.

Herunúmen «Señor del Occidente», nombre Quenya de Ar-Adúnakhor, 318.

Hielo Crujiente Véase *Helcaraxë*.

Hijos de Fëanor Véase *Maedhros, Maglor, Celegorm, Caranthir, Curufin, Amrod, Amras*. A menudo mencionados como grupo, especialmente después de la muerte de su padre: 71, 76-77, 79, 92-93, 124-125, 128-130, 140, 143-145, 148-149, 151, 153, 156-157, 176, 179-180, 199-200, 207-217, 224-225, 228-229, 232, 282, 291-292, 294, 301, 302.

Hijos de Ilúvatar También *Hijos de Eru*: Traducciones de *Híni Ilúvataro, Eruhíni*; los Primeros y los Segundos Nacidos, Elfos y Hombres. También *Los Hijos, Hijos de la Tierra, Hijos del Mundo. Passim*: véase especialmente 14-15, 43.

Hildor «Los Seguidores», «Los Nacidos Después», nombre con que los Elfos designaron a los Hombres en cuanto los Hijos Menores de Ilúvatar, 111, 117.

Hildórien   La región en el este de la Tierra Media donde los prime·ros Hombres *(Hildor)* despertaron, 117-166.

Himlad   «Llanura Fría», región donde vivieron Celegorm y Curufin al sur del Paso de Aglon, 143, 154, 158.

Himring   La gran colina al oeste de la Depresión de Maglor sobre la que se levantaba la fortaleza de Maedhros; traducido en el texto como «Siempre Fría», 129, 142-143, 154, 179, 217, 225.

Hírilorn   La gran haya de Doriath con tres troncos en que se man·tuvo presa a Lúthien. El nombre significa «Árbol de la Señora», 203, 220.

Hísilómë   «Tierra de la Niebla», nombre Quenya de Hithlum, 137.

Hithaeglir   «Línea de los Picos Nublados»: las Montañas Nubladas o Montañas de la Niebla. (La forma *Hithaeglin* que aparece en el mapa de *El Señor de los Anillos* es un error.) 58-59, 106, 345, 349, 351.

Hithlum   «Tierra de la Niebla» (véase 137), la región que limita al este y al sur con Ered Wethrin, y al oeste con Ered Lómin; véase *Hísilómë*. 55, 89, 121, 125, 128, 134, 137, 139, 142, 153, 168, 177-185, 189, 215, 225-228, 231-232, 235-236, 246, 271-272, 284.

Hogar de los Elfos   Véase *Eldamar*.

Hollin   Véase *Eregion*.

Hombre Salvaje de los Bosques   Nombre que adoptó Túrin cuando se encontró por primera vez con los Hombres de Brethil, 257.

Hombres   Véase especialmente 43-44, 75-76, 118-119, 164-168, 174-175, 308, 313-314; y véase también *Atani, Hijos de Ilúvatar, Orientales.*

Hombres Cetrinos   Véase *Orientales*, 184.

Hombres del Rey   Los Númenóreanos hostiles a los Eldar y a los Elendili, 315-316, 319.

Hondonada de Maglor   La región entre los brazos septentrionales del Gelion donde no había colinas que sirvieran de defensa contra el Norte, 132, 143, 179.

Hoz de los Valar   Véase *Valacirca.*

Huan   El gran perro lobo de Valinor que Oromë dio a Celegorm; amigo y benefactor de Beren y Lúthien; mató a Carcharoth y a la vez fue muerto por él. El nombre significa «gran perro, sabueso», 203-212, 215, 218-220.

Hunthor   Un hombre de los Haladin en Brethil; acompañó a Túrin cuando éste fue a atacar a Glaurung en Cabed-en-Aras; fue allí muerto por la caída de una piedra, 264-265.

Huor   Hijo de Galdor de Dor-lómin, marido de Rían y padre de Tuor; fue a Gondolin con Húrin, su hermano; muerto en la Nirnaeth Arnoediad, 147, 174, 186-188, 225, 230, 235, 284, 286-287, 291, 300.

Húrin Llamado *Thalion* «el Firme, el Fuerte»; hijo de Galdor de Dor-lómin, esposo de Morwen y padre de Túrin y Nienor; señor de Dor-lómin, vasallo de Fingon. Fue con Huor, su hermano, a Gondolin; capturado por Morgoth en la Nirnaeth Arnoediad y prisionero en la cima de Thangorodrim durante muchos años; después de ser puesto en libertad, mató a Mîm en Nargothrond y llevó el Nauglamír al Rey Thingol, 147, 174, 186-187, 189, 225, 230, 235-238, 244-245, 248-249, 251, 253, 255-256, 258-259, 262, 265-278, 284, 288, 300.

Hyarmentir La más alta montaña de las regiones al sur de Valinor, 82.

Iant Iaur «El Puente Viejo» sobre el Esgalduin en las fronteras septentrionales de Doriath; llamado también *el Puente de Esgalduin*, 140, 154.

Ibun Uno de los hijos de Mîm el Enano Mezquino, 241, 243-245.

Idril Llamada *Celebrindal*, «Pies de Plata»; la hija (y única) de Turgon y Elenwë; esposa de Tuor, madre de Eärendil, con quien huyó de Gondolin a las Desembocaduras del Sirion; de allí partió con Tuor hacia el Occidente, 148, 157, 160, 162, 286, 288-292, 297, 303, 310.

Ilmarë Una Maia, doncella de Varda, 29.

Ilmen La región por encima del aire donde se encuentran las estrellas, 111, 113-114, 335.

Ilúvatar «Padre de Todos», Eru, 11-19, 23-24, 26, 28-30, 40-41, 43-49, 51-54, 61, 72, 75, 86, 92, 101, 119, 221, 302, 309, 311, 314-315, 323, 331.

Illuin Una de las Lámparas de los Valar, hecha por Aulë. Illuin se levantaba en la parte septentrional de la Tierra Media, y después que Melkor derribó la montaña, se formó allí el Mar Interior de Helcar, 35-37, 52, 62.

Imlach Padre de Amlach, 170.

Imladris «Rivendel» (literalmente, «Valle Profundo de la Hendedura»), morada de Elrond en un valle de las Montañas Nubladas, 343, 349, 351-352, 361.

Indis Mujer Elfo de los Vanyar, pariente cercana de Ingwë; segunda esposa de Finwë, madre de Fingolfin y Finarfin, 66, 71, 76.

Ingwë Conductor de los Vanyar, el primero de los tres grupos de los Eldar que se pusieron en marcha hacia el oeste desde Cuiviénen. En Aman vivió en Taniquetil y se lo consideró Rey Supremo de todos los Elfos, 56-57, 63, 65, 68, 71, 115, 299.

Inziladûn   Hijo mayor de Ar-Gimilzôr e Inzilbêth; llamado después Tar-Palantir, 319.

Inzilbêth   Reina de Ar-Gimilzôr; de la casa de los Señores de Andúnië, 319.

Irmo   El Vala llamado habitualmente Lórien, el lugar de su morada. *Irmo* significa «Anhelante» o «Amo de los Anhelos», 27, 30, 70.

Isengard   Traducción (para representar la lengua de Rohan) del nombre élfico *Angrenost*, 347, 357, 359-361.

Isil   Nombre Quenya de la Luna, 112.

Isildur   Hijo mayor de Elendil, que con su padre y su hermano Anárion huyó de la Anegación de Númenor y fundó en la Tierra Media los reinos Númenóreanos en exilio; señor de Minas Ithil; cortó el Anillo Regente de la mano de Sauron; muerto por los Orcos en el Anduin cuando el Anillo se le deslizó del dedo, 323-324, 328, 345-347, 349, 350-352, 358, 361. *Herederos de Isildur*: 354, 358. *Heredero de Isildur* = Aragorn: 361-362.

Isla Solitaria   Véase *Tol Eressëa*.

Islas Encantadas   Las islas puestas por los Valar en el Gran Mar al este de Tol Eressëa en tiempos del Ocultamiento de Valinor, 115, 295.

Istari   «Los Magos». Véase *Curunír*; *Saruman*; *Mithrandir*; *Gandalf*; *Olórin*; *Radagast*. 356-357.

Ivrin   El lago y las cataratas bajo Ered Wethrin donde nacía el Río Narog, 137, 248. *Estanques de Ivrin*: 130, 249, 256, 285. *Cataratas de Ivrin*: 139, 201. Véase *Eithel Ivrin*.

kelvar   Palabra élfica retenida en las locuciones de Yavanna y Manwë en el Capítulo 2: «animales, criaturas vivientes que se trasladan», 48-49.

Kementári   «Reina de la Tierra», título de Yavanna, 26, 39-40, 48-49.

Khazâd   El nombre de los Enanos en su lengua (*Khuzdul*, 102).

Khazad-dûm   Las grandes mansiones de los Enanos de la raza de Durin en las Montañas Nubladas (*Hadhodrond, Moria*). Véase *Khazâd; dûm* es probablemente un plural o colectivo que significa «excavaciones, estancias, mansiones». 47, 103, 340.

Khîm   Hijo de Mîm el Enano Mezquino, muerto por uno de los miembros de la banda de proscritos de Túrin, 241.

Ladros   Las tierras al noreste de Dorthonion que los Reyes Noldorin cedieron a los Hombres de la casa de Bëor, 174.

Laer Cú Beleg   «El Canto del Gran Arquero», compuesto por Túrin en Eithel Ivrin en memoria de Beleg Cúthalion, 249.

Lagunas del Crepúsculo   Véase *Aelin-uial.*

Laiquendi   «Los Elfos Verdes» de Ossiriand, 109.

Lalaith   «Risa», hija de Húrin y Morwen que murió en la infancia, 235.

Lammoth   «El Gran Eco», región al norte del Estuario de Drengist; recibe su nombre de los ecos del grito de Morgoth en su lucha con Ungoliant, 89, 121.

Lanthir Lamath   «Cascada del Eco de las Voces», donde Dior tenía su morada en Ossiriand; de ella obtuvo el nombre su hija Elwing («Rocío de Estrellas»), 280, 281.

Laurelin   «Canción del Oro», el más joven de los Dos Árboles de Valinor, 39-49, 67, 83, 111-112, 114, 148.

Legolin   El tercero de los afluentes del Gelion en Ossiriand, 142.

lembas   Nombre Sindarin del pan del camino de los Eldar (derivado del término más primitivo *lenn-mbass* «pan del camino»; en Quenya, *coimas*, «pan de la vida»), 240, 243, 246, 248.

Lenwë   El conductor de los Elfos del grupo de los Teleri que se rehusó a cruzar las Montañas Nubladas en el viaje hacia el oeste desde Cuiviénen (los Nandor); padre de Denethor, 59, 106.

Lhûn   Río de Eriador que desemboca en el mar en el Golfo de Lhûn, 339, 346.

Linaewen   «Lago de los Pájaros», la gran laguna de Nevrast, 138.

Lindon   Un nombre de Ossiriand en la Primera Edad; véase 143. Después de los tumultos ocurridos al término de la Primera Edad, el nombre de Lindon designó las tierras al oeste de las Montañas Azules que aún sobresalían del Mar, 340-341, 344, 346, 354.

Lindórië   Madre de Inzilbêth, 319.

Loeg Ningloron   «Estanques de las Flores Acuáticas Doradas»; véase *Campos Gladuos.*

lómelindi   Palabra Quenya que significa «cantores del crepúsculo», ruiseñores, 60.

Lómion   «Hijo del Crepúsculo», el nombre Quenya que Aredhel le dio a Maeglin, 156.

Lórellin   El lago de Lórien, en Valinor, donde Estë, una de las Valier, duerme de día, 27.

Lorgan   Capitán de los Hombres Orientales en Hithlum después de la Nirnaeth Arnoediad que esclavizó a Tuor, 284.

Lórien (1)   El nombre de los jardines y la morada del Vala Irmo; él mismo fue llamado de ordinario Lórien, 23, 26-27, 30, 60, 70, 112-113, 279.

Lórien (2)   La tierra regida por Celeborn y Galadriel entre los ríos Celebrant y Anduin. Probablemente el nombre original de esta tierra fue alterado por causa del nombre Quenya Lórien, que designa los jardines del Vala Irmo en Valinor. En Lothlórien se utiliza como prefijo la palabra Sindarin *loth*, «flor», 355.

Lórindol «Cabeza de Oro»; véase *Hador*.

Losgar El sitio en que Fëanor quemó las naves de los Teleri, en la boca del Estuario de Drengist, 101, 109, 121, 125, 137, 149, 151.

Lothlann «La amplia y vacía», la gran planicie al norte de la Frontera de Maedhros, 143, 179, 248.

Lothlórien «Lórien del Capullo»; véase *Lórien (2)*. 355.

Luinil Nombre de una estrella (que brilla con luz azulada), 51.

Lumbar Nombre de una estrella, 51.

Lúthien Hija del Rey Thingol y Melian la Maia, que después de terminada la Búsqueda del Silmaril y muerto Beren, prefirió volverse mortal para compartir su destino. Véase *Tinúviel*. 102, 107, 142, 174, 190, 193-198, 202-224, 235, 279-282, 294, 297, 303, 310.

Mablung Elfo de Doriath, primer capitán de Thingol, amigo de Túrin; llamado «el de la Mano Pesada» (que es el significado de *Mablung*); muerto en Menegroth por los Enanos, 130, 217-218, 220, 224, 237, 259-261, 268-269, 275, 279.

Maedhros Hijo mayor de Fëanor, llamado el Alto; rescatado por Fingon de Thangorodrim; tenía en su posesión la Colina de Himring y las tierras del derredor; formó la Unión de Maedhros que terminó en la Nirnaeth Arnoediad; tuvo consigo a uno de los Silmarils hasta su muerte a fines de la Primera Edad, 66, 93, 100-101, 123-130, 132-134, 137, 139, 142-145, 164, 171, 179, 185, 208, 223-226, 228-229, 232, 282, 294, 298, 301-302.

Maeglin «Mirada Aguda», hijo de Eöl y Arendhel, hermana de Turgon, nació en Nan Elmoth; ganó poder en Gondolin, que utilizó en favor de Morgoth; muerto en el saqueo de la ciudad por Tuor. Véase *Lómion*. 103, 157-162, 187, 230, 239, 286-289.

Maglor El segundo hijo de Fëanor, gran cantante y trovador; tenía en su poder la tierra llamada la Hondonada de Maglor; a fines de la Primera Edad tomó junto con Maedhros los dos Silmarils que quedaban en la Tierra Media y arrojó el que él tenía al Mar, 66, 93, 98, 130, 132, 135, 143, 164, 180, 217, 229, 294, 298, 301-302.

Magor Hijo de Malach Aradan; conductor de los Hombres del séquito de Marach que entraron en Beleriand Occidental, 168, 173.

Magos 356. Véase *Istari*.

Mahal Nombre que los Enanos dieron a Aulë, 47.

Máhanaxar El Anillo del Juicio fuera de las puertas de Valmar donde se encontraban los tronos de los Valar en los que se sentaban para reunirse en consejo, 39, 54, 56, 78, 86, 88, 91, 95, 110.

Mahtan Gran herrero de los Noldor, padre de Nerdanel, la esposa de Fëanor, 71, 77.

Maiar   Ainur de menor jerarquía que los Valar (singular, *Maia*), 29-31, 36, 60, 64, 83, 91, 103, 107, 109, 112, 223, 279, 282, 310, 339.

Malach   Hijo de Marach; se le dio el nombre élfico de *Aradan*, 168, 173.

Malduin   Afluente del Teiglin; el nombre probablemente significa «Río Amarillo», 244.

Malinalda   «Árbol de Oro», un nombre de Laurelin, 39.

Mandos   El sitio de la morada en Aman del Vala cuyo verdadero nombre era Námo el Juez, aunque éste rara vez se usaba, y él se refería a sí mismo como Mandos. Mencionado como Vala: 23, 26-28, 51, 56, 71-72, 78-80, 87, 98-99, 110, 116, 119, 127, 151, 220-221, 297, 304. Mencionado como el sitio de su morada (con inclusión de las *Estancias de Mandos*; también *Estancias de Espera, Casas de los Muertos*): 26, 44, 56, 64, 70-71, 74, 99, 119, 123, 220-221, 279. Con referencia al Hado de los Noldor y la Maldición de los Mandos: 98, 147, 151, 163, 166, 197, 200, 208, 286.

Mantogrís   Véase *Singollo; Thingol.*

Manwë   Primero de los Valar, llamado también *Súlimo, el Rey Mayor, el regidor de los Arda. Passim*: véase especialmente 18, 23-25, 41, 72, 126.

Mar Circundante   Véase *Ekkaia.*

Mar Exterior   Véase *Ekkaia.*

Marach   Conductor del tercer grupo de Hombres que penetró en Beleriand, antepasado de Hador Lórindol, 167-169, 176.

Mardil   Llamado el Fiel; primer Mayordomo Regente de Gondor, 354.

Mar-nu-Falmar   «La Tierra bajo las Olas», nombre de Númenor después de la Anegación, 333.

Matanza de los Hermanos, La   La matanza de los Teleri por los Noldor en Alqualondë, 98-99, 101, 118, 128, 149, 151, 163, 166, 184.

Medianos   Traducción de *Periannath* (Hobbits), 360-362.

Medio Elfo   Traducción del Sindarin *Peredhel*, plural *Peredhil*, que se aplicó a Elrond y Elros, 293, 303, 340, y a Eärendil, 288.

Melian   Una Maia que abandonó Valinor y fue a la Tierra Media; luego se convirtió en la Reina del Rey Thingol en Doriath, en torno a la cual trazó una circunferencia de encantamiento, la Cintura de Melian; madre de Lúthien y antepasada de Elrond y Elros, 30, 60-61, 64, 102, 104-105, 107, 109, 119, 127, 132, 140-141, 148-149, 151, 154-155, 169, 172-173, 178, Capítulo 19 *passim*, 223-224, Capítulos 21 y 22 *passim*, 303, 310.

Melkor   Nombre Quenya del gran Vala rebelde, el principio del mal, en su origen el más poderoso de los Ainur; se lo llamó después *Morgoth, Bauglir, el Señor Oscuro, el Enemigo,* etcétera. La signi-

ficación de Melkor era «el que se Alza en Poder»; la forma Sindarin era *Belegûr*, pero nunca se la utilizaba, salvo de manera delibe-
radamente alterada: *Belegurth*, «Inmensa Muerte». *Passim* (después de arrebatados los Silmarils, se lo llamó habitualmente
Morgoth); véase especialmente 12-13, 15, 30-31, 53-54, 71-72,
89-91, 114, 244, 307.

Menegroth «Las Mil Cavernas», los recintos escondidos de Thingol
y Melian sobre el Río Esgalduin, en Doriath; véase especialmente
104. 61, 106, 108-109, 123, 128, 131, 141, 151, 195, 198, 202-203,
216-220, 223, 236-237, 240, 244, 259, 261, 276-278, 280-282.

Meneldil Hijo de Anárion, Rey de Gondor, 351, 353.

Menelmacar «Espadachín del Cielo», la constelación de Orión,
51-52.

Meneltarma «Pilar del Cielo», la montaña en medio de Númenor
sobre cuya cima se encontraba el Santuario de Eru Ilúvatar, 309,
311, 316, 319-320, 323, 331, 334.

Mereth Aderthad La «Fiesta de la Reunión», celebrada por Fingolfin
cerca de los Estanques de Ivrin, 130.

Mil Cavernas Véase *Menegroth*.

Mîm El Enano Mezquino, en cuya casa *(Bar-en-Danwedh)* en Amon
Rûdh, Túrin vivió junto con una banda de proscritos; él fue quien
delató la guarida a los Orcos; muerto por Húrin en Nargothrond,
240-245, 275.

Minas Anor «Torre del Sol» (también sencillamente *Anor*), llamada
después Minas Tirith; la ciudad de Anárion al pie del Monte Mindolluin, 346, 352-353, 362.

Minas Ithil «Torre de la Luna», llamada después Minas Morgul; la
ciudad de Isildur, levantada sobre una saliente de Ephel Dúath,
347, 349, 353.

Minas Morgul «Torre de la Hechicería» (también sencillamente
Morgul), nombre de Minas Ithil después de ser capturada por los
Espectros del Anillo, 353, 361.

Minastir Véase *Tar-Minastir*.

Minas Tirith (1) «Torre de la Vigilancia», levantada por Finrod Felagund en Tol Sirion; véase *Tol-in-Gaurhoth*. 138, 183, 185, 244.

Minas Tirith (2) Nombre posterior de Minas Anor, 353. Llamada *la
Ciudad de Gondor*, 362.

Mindeb Afluente del Sirion, entre Dimbar y el Bosque de Neldoreth, 140, 238.

Mindolluin «Tórrea Cabeza Azul», la gran montaña tras Minas
Anor, 346, 362.

Mindon Eldaliéva «Alta Torre de los Eldalië», la torre de Ingwë en
la ciudad de Tirion; también simplemente *la Mindon*, 65, 78, 91,
95, 99.

Míriel (1) La primera esposa de Finwë, madre de Fëanor; murió después del nacimiento de éste. Llamada Serindë, «la Bordadora», 66, 69-71, 76.

Míriel (2) Hija de Tar-Palantir, forzada a casarse con Ar-Pharazôn, se convirtió en reina con el nombre de *Ar-Zimraphel*; también llamada *Tar-Míriel*, 320, 332.

Mithlond «Los Puertos Grises», fondeaderos de los Elfos en el Golfo de Lhûn; llamados también *los Puertos*, 340, 344, 354, 364.

Mithrandir «El Peregrino Gris», nombre élfico de Gandalf (Olórin), uno de los Istari (Magos), 357-362.

Mithrim El nombre del gran lago al este de Hithlum y también de la región en torno a él de las montañas al oeste, que separan Mithrim de Dor-lómin. El nombre fue originalmente el de los Elfos Sindarin que vivieron allí, 121-125, 127-129, 137, 235, 284.

Montaña de Fuego Véase *Orodruin*.

Montañas: de Aman, de la Defensa, véase Pelóri; Azules, véase Ered Luin y Ered Lindon; Blanca, véase Taniquetil; Blancas, véase Ered Nimrais; Circundantes, véase Echoriath; del Este, véase Orocarni; de Hierro, véase Ered Engrin; de Mithrim, véase Mithrim; Nubladas, véase Hithaeglir; de la Sombra, véase Ephel Dúath y Ered Wethrim; del Terror, véase Ered Gorgoroth.

Monte del Destino Véase *Amon Amarth*.

Morada Hueca Traducción de *Nogrod*, 102.

Mordor «La Tierra Negra», llamada también *la Tierra de la Sombra*; el reino de Sauron al este de las montañas de Ephel Dúath, 317, 333, 342, 345-353, 360, 361.

Morgoth «El Enemigo Oscuro», nombre de Melkor que por primera vez le dio Fëanor después de arrebatados los Silmarils, 30-31, 73, 87-88; así fue llamado en adelante. *Passim.* Véase *Melkor*.

Morgul Véase *Minas Morgul*.

Moria «El Abismo Negro», nombre posterior de Khazad-dûm (Hadhodrond), 103, 340, 343, 349.

Moriquendi «Elfos de la Oscuridad»; véase Elfos Oscuros. 58, 61, 102, 123.

Mormegil «La Espada Negra», nombre dado a Túrin cuando era capitán del ejército de Nargothrond; véase *Gurthang*. 250-252, 257-259, 263, 266, 268.

Morwen Hija de Baragund (sobrino de Barahir, el padre de Beren); esposa de Húrin y madre de Túrin y Nienor; llamada *Eledhwen* (que se traduce en el texto como «resplandor élfico») y *la Señora de Dor-lómin*, 174, 182, 189, 234-236, 250, 252, 255-256, 259, 261, 268, 271, 273-274, 276.

Música de los Ainur Véase *Ainulindalë*.

Nacidos Después, los   Los Hijos Menores de Ilúvatar los Hombres; traducción de Hildor, 111, 117.

Nahar   El caballo del Vala Oromé; según los Elfos se le daba ese nombre por causa de su voz, 28, 42, 52-53, 58, 85, 107.

Námo   Un Vala, uno de los Aratar, comúnmente llamado *Mandos*, el sitio de su morada. *Námo* significa «Ordenador, Juez», 26.

Nandor   Según se dice, significa «los que se volvieron»: los Nandor fueron los Elfos del grupo de los Teleri que se negaron a cruzar las Montañas Nubladas en el viaje al oeste desde Cuiviénen; pero una parte, conducida por Denethor, llegó mucho después por sobre las Montañas Azules y vivió en Ossiriand (los Elfos Verdes), 59, 106, 142, 237.

Nan Dungortheb   También *Dungortheb*; traducido en el texto como «Valle de la Muerte Terrible». El valle entre los precipicios de Ered Gorgoroth y la Cintura de Melian, 90, 140, 154, 193, 208.

Nan Elmoth   El bosque al este del Río Celon donde Elwë (Thingol) quedó encantado por Melian y se perdió; luego morada de Eöl, 60-61, 64, 103, 155-159, 167, 239, 279.

Nan-tathren   «Valle del Sauce», traducido como «la Tierra de los Sauces», donde el Río Narog desemboca en el Sirion. En la canción de Bárbol en *Las Dos Torres* III 4, se utilizan las formas Quenya del nombre: *en los sauzales de Tasarinan; Nan-tasarion*, 139, 232, 291.

Nargothrond   «La gran fortaleza subterránea sobre el Río Narog», construida por Finrod Felagund y destruida por Glaurung; también el reino de Nargothrond que se extendía al este y al oeste del Narog, 132, 138-139, 141, 148, 152, 164, 167, 172, 178-179, 183, 186, 188, 198-202, 208, 217, 224-227, 232, Capítulo 21 *passim*, 274-276, 278, 285, 287, 340.

Narn i Hîn Húrin   «La Historia de los Hijos de Húrin», la larga balada en que se basa el Capítulo 21; atribuida al poeta Dírhavel, un Hombre que vivía en los Puertos del Sirion en días de Eärendil, y que murió en el ataque perpetrado por los hijos de Fëanor. *Narn* significa un cuento narrado en verso, pero que se habla; no se canta, 236.

Narog   El río principal de Beleriand Occidental, que nacía en Ivrin bajo Ered Wethrin y desembocaba en el Sirion en Nan-tathren, 108, 130-131, 139, 141, 198-199, 201, 241-242, 251-253, 256, 259, 275.

Narsil   La espada de Elendil, forjada por Telchar de Nogrod, que se quebró cuando Elendil murió en lucha con Sauron; sus fragmentos volvieron a forjarse para Aragorn y recibió el nombre de Andúril, 350, 352.

Narsilion   La Canción del Sol y la Luna, 111.

Narya   Uno de los Tres Anillos de los Elfos, *el Anillo del Fuego* o *el Anillo Rojo*; custodiado por Círdan y después por Mithrandir, 342, 355, 364.

Nauglamír   «El Collar de los Enanos», hecho para Finrod Felagund por los Enanos, sacado de Nargothrond por Húrin, que se lo llevó a Thingol; fue causa de la muerte de este último, 132, 276-278, 280-282.

Naugrim   «El Pueblo Menguado», nombre Sindarin con que se designaba a los Enanos, 102-106, 108, 130, 155, 158, 224, 229, 280.

Nazgûl   Véase *Espectros del Anillo.*

Neithan   Nombre que se dio Túrin a sí mismo entre los proscritos, traducido en el texto como «El Ofendido» (literalmente, «el que fue despojado»), 238.

Neldoreth   El gran bosque de hayas que cubre la parte septentrional de Doriath; llamado Taur-na-Neldor en la canción de Bárbol en *Las Dos Torres* III 4. 60, 102, 104, 108-109, 140, 203, 235, 279.

Nénar   Nombre de una estrella, 51.

Nen Girith   «El Agua Estremecida», nombre que se le dio a Dimrost, la catarata del Celebros en el Bosque de Brethil, 262-265, 267.

Nenning   Río de Beleriand Occidental que llegaba al mar en el Puerto de Eglarest, 139, 233, 251.

Nenuial   «Lago del Crepúsculo» en Eriador, donde nacía el Río Baranduin y junto al cual se levantaba la ciudad de Annúminas, 346.

Nenya   Uno de los Tres Anillos de los Elfos, el Anillo del Agua, que custodiaba a Galadriel; también llamado *el Anillo de Diamante*, 342, 355.

Nerdanel   Llamada la Sabia; hija de Mahtan el herrero, esposa de Fëanor, 71, 73, 77.

Nessa   Una de las Valier, hermana de Oromë y esposa de Tulkas, 24, 27, 36.

Nevrast   La región occidental de Dor-lómin, más allá de Ered Lómin, donde vivió Turgon antes de partir a Gondolin. El nombre, que significa «Costa de Aquende», era originalmente el de toda la costa septentrional de la Tierra Media (la contraria era *Haerast*, «la Costa Lejana», esto es, la de Aman), 131, 132, 137-138, 146, 148, 233, 284, 291.

Nienna   Una de las Valier que integraban los Aratar; Señora de la piedad y el duelo, hermana de Mandos y Lórien; véase especialmente 27. 24, 27-28, 30, 38, 72, 87, 111.

Nienor   «Luto», hija de Húrin y Morwen y hermana de Túrin; hechizada por Glaurung en Nargothrond y olvidada de su pasado se casó con Túrin en Brethil con el nombre de Níniel; se arrojó al Teiglin, 236, 252, 255-256, 259-270.

Nimbrethil Bosques de abedules en Arvernien en el sur de Beleriand. Cf. la canción de Bimbo en Rivendel: «y un bote hizo en Nimbrethil de madera de árboles caídos» (*La Comunidad del Anillo* II 1), 293.

Nimloth (1) El Árbol Blanco de Númenor del que Isildur tomó una fruta antes de que fuera derribado; de ella nació el Árbol Blanco de Minas Ithil. *Nimloth*, «Capullo Blanco», es la forma Sindarin del Quenya *Ninquelótë*, uno de los nombres de Telperion, 65, 312, 318-319, 323-324, 328, 347.

Nimloth (2) Mujer Elfo de Doriath que se casó con Dior, el Heredero de Thingol; madre de Elwing; muerta en Menegroth durante el ataque perpetrado por los hijos de Fëanor, 280-282.

Nimphelos La gran perla que dio Thingol al Señor de los Enanos de Belegost, 104.

Níniel «Doncella de las Lágrimas», el nombre que Túrin, ignorando el parentesco que los unía, le dio a su hermana; véase *Nienor*.

Ninquelótë «Capullo blanco», uno de los nombres de Telperion; véase *Nimloth (1)*. 39.

niphredil Una flor blanca que brotó en Doriath a la luz de las estrellas cuando nació Lúthien. Creció también sobre Cerin Amroth en Lothlórien (*La Comunidad del Anillo* II 6, 8), 102.

Nirnaeth Arnoediad «Lágrimas Innumerables» (también simplemente *Nirnaeth*), nombre dado a la desastrosa quinta batalla de las Guerras de Beleriand, 162, 228, 231, 235, 246, 249, 284, 286-287.

Nivrim La parte de Doriath que se encontraba en la orilla occidental del Sirion, 141.

Noegyth Nibin «Enanos Mezquinos» (véase también *Enanos*), 242, 275.

Nogrod Una de las dos ciudades de los Enanos en las Montañas Azules; traducción al Sindarin de la palabra de la lengua de los Enanos *Tumunzahar*. Véase *Morada Hueca*. 102, 105, 130,155, 209, 242, 276-278, 281.

Noldolantë «La Caída de los Noldor», lamento compuesto por Maglor, hijo de Fëanor, 98.

Noldor Los Elfos Profundos, segundo grupo de los Eldar en el viaje hacia el oeste de Cuiviénen, conducido por Finwë. El nombre (Quenya *Noldo*, Sindarin *Golodh*) significaba «el Sabio» (pero sabio en el sentido de poseer conocimiento, no sagacidad o solidez de juicio). Para la lengua de los Noldor, véase *Quenya. Passim*; véase especialmente 40-41, 57, 68-70, 134, 342.

Nóm, Nómin «Sabiduría» y «los Sabios», los nombres que los Hombres del séquito de Bëor dieron a Finrod y a su pueblo en su propia lengua, 165.

Nulukkizdîn Nombre de Nargothrond en la lengua de los Enanos, 275.

Númenor (En la forma Quenya completa, *Númenórë*, 309, 333.) «Oesternesse», «Tierra del Oeste», la gran isla preparada por los Valar como lugar de morada para los Edain después del término de la Primera Edad. Llamada también *Anadûnê, Andor, Elenna, la Tierra de la Estrella* y, después de su caída, *Akallabêth, Atalantë* y *Marnu-Falmar*, 65, 174, 309-313, 315-323, 328-333, 340-341, 344-348, 352, 359.

Númenóreanos Los Hombres de Númenor, llamados *Dúnedain*, 29, 309-314, 316-317, 320-321, 324-325, 328-330, 333, 341, 344-350, 352-354, 357, 361-362.

Nurtalë Valinóreva «El Ocultamiento de Valinor», 115.

Oesternesse Véase *Anadûnê*; *Númenor*.

Ohtar «Guerrero», escudero de Isildur que llevó los fragmentos de la espada de Elendil a Imladris, 352.

Oiolossë «Nieves eternas», el nombre más común entre los Eldar para referirse a Taniquetil, traducido al Sindarin como *Amon Uilos*; pero, de acuerdo con el *Valaquenta*, era «la torre extrema de Taniquetil», 24, 38.

Oiomúrë Una región de nieblas cerca del Helcaraxë, 88.

Olórin Un Maia, uno de los Istari (Magos); véase *Mithrandir, Gandalf* y cf. *Las Dos Torres* IV 5: «Fui Olórin en mi juventud en el Occidente, que está olvidado». 30.

olvar Palabra élfica retenida en las locuciones de Yavanna y Manwë en el Capítulo 2, que significa «cosas que crecen con sus raíces en la tierra», 48-49.

Olwë Conductor, junto con su hermano Elwë (Thingol), de los grupos de los Teleri en el viaje hacia el oeste desde Cuiviénen; Señor de los Teleri de Alqualondë en Aman, 57-59, 61, 63-64, 66-68, 96-97, 99, 106, 128, 148.

Ondolindë «Canción de Piedra», el nombre Quenya original de Gondolin, 146.

Orcos Criaturas de Morgoth. *Passim*; para su origen, véase 54, 105.

Orfalch Echor El gran desfiladero de las Montañas Circundantes por donde se llegaba a Gondolin, 285.

Orientales Llamados también *Hombres Cetrinos*; llegaron a Beleriand desde el este en tiempos posteriores a la Dagor Bragollach, y lucharon en ambos bandos en la Nirnaeth Arnoediad;

Morgoth les dio como morada Hithlum donde oprimieron al resto del Pueblo de Hador, 185, 229, 232, 235, 257, 271, 284.

Ormal Una de las Lámparas de los Valar hecha por Aulë. Ormal se levantaba al sur de la Tierra Media, 35, 37.

Orocarni Las Montañas del Este de la Tierra Media (el nombre significa «las Montañas Rojas»), 52.

Orodreth El segundo hijo de Finarfin; guardián de la torre de Minas Tirith en Tol Sirion; Rey de Nargothrond después de la muerte de Finrod, su hermano; padre de Finduilas; muerto en la Batalla de Tumhalad, 66, 93, 138, 183, 201, 204, 208, 224, 250-253, 257.

Orodruin «Montaña del Fuego Deslumbrante» en Mordor, en la que Sauron forjó el Anillo Regente; también llamada *Amon Amarth*, «Monte del Destino», 342, 348, 350-351.

Oromë Un Vala, uno de los Aratar; el gran cazador, conductor de los Elfos desde Cuiviénen, cónyuge de Vána. El nombre significa «Cuerno Resonante» o «Sonido de los Cuernos». Cf. *Valaróma*; en *El Señor de los Anillos* aparece en la forma Sindarin *Araw*. Véase especialmente 27. 23, 27-28, 36, 42, 50-53, 56-59, 62, 68, 80-83, 85, 92, 104, 107, 112, 180, 203, 219.

Oromet Colina cerca del puerto de Andúnië en el oeste de Númenor, sobre la que se levantó la torre de Tar-Minastir, 319.

Orthanc «Elevación Dentada», la torre Númenóreana en el Círculo de Isengard, 347, 357.

Osgiliath «Fortaleza de las Estrellas», ciudad principal del antiguo Gondor, a ambos lados del Río Anduin, 346-347, 349, 353.

Ossë Un Maia, vasallo de Ulmo, con quien penetró en las Aguas de Arda; amante e instructor de los Teleri, 29, 42, 62-64, 67, 97, 138, 233, 308.

Ossiriand «Tierra de los Siete Ríos» (el Gelion y sus afluentes que descendían de las Montañas Azules), la tierra de los Elfos Verdes. Cf. la canción de Bárbol en *Las Dos Torres* III 4: «Recorrí en el verano los olmedos de Ossiriand / ¡Ah, la luz y la música en el verano junto a los Siete Ríos de Ossir!» Véase *Lindon*. 106, 108-109, 130, 140, 142-145, 164, 167, 178, 180, 223, 232, 279-281, 339.

Ost-in-Edhil «Fortaleza de los Eldar», la ciudad de los Elfos en Eregion, 340, 342.

Palantiri «Las que ven desde lejos», las Siete Piedras Videntes llevadas por Elendil y sus ojos de Númenor; hechas por Fëanor en Aman (véase 71 y *Las Dos Torres* III 11), 328, 347-348.

Pastores de Árboles, Los Los Ents, 49, 281.

Pelargir «Patio de los Barcos Reales», el puerto Númenóreano sobre el delta del Anduin, 317.

Pelóri «El cerco de las alturas defensivas», llamado también *Montañas de Aman* y *las Montañas de la Defensa*, levantadas por los Valar después de la destrucción de su morada, Almaren; forman una curva en cuarto creciente de norte a sur, cerca de las costas orientales de Aman, 38, 40, 50, 62, 64, 81-82, 88, 113-115, 205.

Periannath Los Medianos (Hobbits), 360-362.

Pharazôn Véase *Ar-Pharazôn.*

Piedra de los Desventurados 274.

Piedras Vivientes Véase *Palantiri.*

Planicie Guardada, La Véase *Talath Dirnen.*

Primeros Nacidos, Los Los Hijos Mayores de Ilúvatar, los Elfos, 15, 17, 19, 40, 42, 46, 49, 51-52, 297, 303, 309, 311, 314, 340-341, 355, 364.

Profecía del Norte El Hado de los Noldor, proferido por Mandos en la costa de Araman, 98.

Pueblo de Haleth Véase *Haladin* y *Haleth*

Puente de Esgalduin Véase *Iant Iaur.*

Puertas del Verano Gran festividad de Gondolin en cuya víspera la ciudad fue atacada por las fuerzas de Morgoth, 289.

Puerto de los Cisnes Véase *Alqualondë.*

Puertos, Los Brithombar y Eglarest en la costa de Beleriand: 122, 130, 139, 182, 232. Los Puertos del Sirion al término de la Primera Edad: 284, 294-295, 301. Los Puertos Grises *(Mithlond)* en el Golfo de Lhûn: 344, 354-356, 362. Alqualondë, el Puerto de los Cisnes o Puertocisne, recibe también sencillamente el nombre de *El Puerto*: 97, 100.

Puertos Grises Véase *Puertos, Los; Mithlond.*

Quendi «Los que hablan con voces», nombre élfico original con que se designaba a todos los Elfos (aun a los Avari), 43, 52-56, 60, 75, 77, 111, 119, 165.

Quenta Silmarillion «La Historia de los Silmarils», 340.

Quenya La antigua lengua, común a todos los Elfos, en la forma que adoptó en Valinor; llevada a la Tierra Media por los exiliados Noldorin, pero abandonada por ellos como lengua cotidiana, sobre todo después del edicto del Rey Thingol que prohibía su uso; véase especialmente 130, 151-152. No se la menciona como tal en este libro, sino que se la llama *Eldarin*, 26, 310, 333; *Alto Eldarin*, 309-310; *Alto Élfico*, 258, 318; *la lengua de Valinor*, 130; *la lengua de los Elfos de Valinor*, 146; *la lengua de los Noldor*, 151-152, 156; *la Alta Lengua del Occidente*, 151.

Radagast Uno de los Istari (Magos), 357, 359.

Radhruin Uno de los doce compañeros de Barahir en Dorthonion, 183.

Ragnor Uno de los doce compañeros de Barahir en Dorthonion,
183.

Ramdal «El Fin de la Muralla» (véase *Andram*). Lugar donde terminaba la Muralla Larga, 141.

Rána «La Errante», un nombre de la Luna entre los Noldor, 112.

Rathlóriel «Lecho de Oro», nombre que se le dio posteriormente
al Río Ascar, después de hundido en él el tesoro de Doriath,
142, 281.

Rauros «Rocío Rugiente», las grandes cataratas del Río Anduin,
354.

Region El denso bosque que cubre la parte austral de Doriath, 60,
104, 109, 140, 155, 278-279.

Reino Bendecido o Bendito Véase *Aman*.

Reino Escondido Nombre que se le dio a Doriath, 132, 193, 195,
268 y también a Gondolin.

Reino Guardado Véase *Valinor*.

Rerir Montaña al norte del Lago Helevorn donde nacía el mayor
de los dos brazos afluentes del Gelion, 129, 142-143, 179.

Rey Mayor Manwë, 297, 301.

Rhovanion «Tierra del Extravío», la extensa región al este de las
Montañas Nubladas, 346.

Rhudaur Región del noreste de Eriador, 346.

Rían Hija de Belegund (sobrina de Barahir, el padre de Beren);
esposa de Huor y madre de Tuor; después de la muerte de
Huor, falleció de dolor en el Haudh-en-Ndengin, 174, 182, 189,
235, 284.

Ringil La espada de Fingolfin, 180-181.

Ringwil El arroyo que desembocaba en el Río Narog en Nargothrond, 141.

Río Grande Véase *Anduin*.

Río Seco El río que manaba otrora de debajo de las Montañas Circundantes, desde el pristino lago donde después estuvo Tumladen, la planicie de Gondolin, 160, 272.

Rivendel Traducción de *Imladris*.

Rivil Río que fluye hacia el norte desde Dorthonion y desemboca
en el Sirion en el Marjal de Serech, 227, 231. *Fuente del Rivil*:
192.

Rochallor El caballo de Fingolfin, 180.

Rohan «El País de los Caballos», nombre que se dio posteriormente en Gondor a la gran llanura cubierta de hierbas antes llamada Calenardhon, 354, 361.

Rohirrim «Los Señores de los Caballos» de Rohan, 354.

Rómenna   Puerto en la costa occidental de Númenor, 318, 323-324, 332.

Rothinzil   Nombre Adûnaic (Númenóreano) del barco de Eärendil, *Vingilot*, que tiene la misma significación, «Flor de Espuma», 307, 309.

Rúmil   Un sabio Noldorin de Tirion, el primer inventor de caracteres escritos (cf. *El Señor de los Anillos*, Apéndice E II); a él se atribuye la *Ainulindalë*, 69-70.

Saeros   Elfo Nandorin, uno de los principales consejeros de Thingol en Doriath; insultó a Túrin en Menegroth, y éste lo persiguió a muerte, 237.

Salmar   Un Maia que entró en Arda con Ulmo; hacedor de los grandes cuernos de Ulmo, los *Ulumúri*, 42.

Sarn Athrad   «Vado de Piedras», donde el Camino de los Enanos de Nogrod y Belegost cruzaba el Río Gelion, 103, 164, 277, 280.

Saruman   «Hombre Capaz», nombre que le dieron los Hombres a *Curunír* (que es su traducción), uno de los Istari (Magos), 357-358.

Sauron   «El Aborrecido» (llamado en Sindarin *Gorthaur*), el más grande de los servidores de Melkor; en su origen, un Maia de Aulë, 31, 51, 56, 166, 183, 190-193, 201-203, 205-207, 211, 329, 332-334, 339, 341-361.

Seguidores, Los   Los Hijos Menores de Ilúvatar, los Hombres. Traducción de Hildor, 15, 117.

Segundos Nacidos, Los   Los Hijos Menores de Ilúvatar, los Hombres, 49, 92.

Señor de las Aguas   Véase *Ulmo*.

Señor Oscuro   El término se le aplica a Morgoth, 271, y a Sauron, 344, 356, 360.

Señores del Occidente   Véase *Valar*.

Serech   El gran marjal al norte del Paso del Sirion, donde el Río Rivil desembocaba desde Dorthonion, 122, 178, 192, 227, 230-231, 273.

seregon   «Sangre de Piedra», planta con flores de rojo intenso que crecía en Amon Rûdh, 241, 245.

Serindë   «La Bordadora»; véase *Míriel (1)*.

Siete Padres de los Enanos   Véase *Enanos*.

Siete Piedras   Véase *Palantiri*.

Silmarien   Hija de Tar-Elendil, cuarto Rey de Númenor; madre del primer señor de Andúnië y antecesora de Elendil y sus hijos Isildur y Anárion, 318.

Silmarils   Las tres joyas hechas por Fëanor antes de la destrucción de los Dos Árboles de Valinor, portadoras de su luz; véase especialmente 74-75. 41, 74-76, 79-80, 84, 86-93, 114, 119, 123, 127,

133, 148, 197, 199-200, 204, 213-214, 217-218, 220, 224, 236, 277-279, 282, 291-292, 294-295, 301-302.

Silpion   Un nombre de Telperion, 39-40.

Sindar   Los Elfos Grises. El nombre se aplicaba a todos los Elfos de origen Teleri a quienes los Noldor al regresar encontraron en Beleriand, salvo los Elfos Verdes de Ossiriand. Puede que los Noldor hayan inventado el nombre porque los primeros Elfos de este origen con que se encontraron habitaban en el norte, bajo cielos grises y las nieblas que rodeaban el Lago Mirthrim (véase *Mithrim*); o quizá porque los Elfos Grises no pertenecían a la Luz (de Valinor), pero tampoco a los de la Oscuridad (Avari), sino que eran *Elfos del Crepúsculo* (61). Pero se sostuvo que el nombre se refería al de Elwë, Thingol (Quenya *Sindacollo, Singollo,* «Mantogrís»), pues se lo reconocía como rey supremo de toda la tierra y sus pueblos. Los Sindar se daban a sí mismos el nombre de *Edhil,* plural *Edhel,* 28, 38, 61, 102, 105-107, 118-119, 123, 130, 134-135, 137-139, 145, 147, 150-151, 160, 168, 177, 184-185, 235, 242, 268, 280-281, 284, 339.

Sindarin   La lengua élfica de Beleriand, derivada del lenguaje común de los Elfos, pero sumamente diferenciada a través de las largas edades del Quenya de Valinor; adquirida por los exiliados Noldorin en Beleriand (véase 130, 151). Llamada también *lengua de los Elfos Grises, la lengua de los Elfos de Beleriand,* etcétera, 41, 65, 130, 137, 146, 151, 175, 183, 194, 242, 307, 309.

Singollo   «Capagrís», «Mantogrís»; véase *Sindar; Thingol.*

Sirion   «El Gran Río», que corría de norte a sur y dividía a Beleriand Occidental de Beleriand Oriental. *Passim*; véase especialmente 55, 138, 140-141. *Cataratas del Sirion,* 198, 275. *Marjales del Sirion,* 198. *Puertas del Sirion,* 141. *Puertos del Sirion,* 284, 294-295. *Desembocaduras del Sirion,* 62, 139, 185, 188, 233, 283, 291, 293-294. *Paso del Sirion,* 132, 138, 178, 188, 210, 228, 230, 252, 257. *Valle del Sirion,* 122, 132, 137, 146-147, 240, 257.

Soronúmë   Nombre de una constelación, 51.

Súlimo   Nombre de Manwë, traducido en el *Valaquenta* como «Señor del Aliento de Arda» (literalmente «el Alentador»), 24, 41, 95.

Talath Dirnen   La Planicie Guardada, al norte de Nargothron, 172, 198, 203, 244, 250, 253.

Talath Rhúnen   «El Valle Oriental», nombre antiguo de Thargelion, 145.

Taniquetil   «Alto Pico Blanco» la más alta montaña de las Pelóri y la más alta de Arda, sobre cuya cima se encuentra Ilmarin, las mansiones de Manwë y Varda; también llamada *la Montaña*

Blanca, la Montaña Sagrada y la Montaña de Manwë. Véase *Oiolossë*. 24, 38, 41, 51, 54, 68, 82-83, 85, 87, 92, 126, 296, 330, 335.

Tar-Ancalimon   Decimocuarto Rey de Númenor, en cuyos tiempos los Númenóreanos se dividieron en partidos opuestos, 315.

Taras   Montaña sobre un promontorio de Nevrast; por debajo se encontraba Vinyamar, la vivienda de Turgon antes de que fuera a Gondolin, 137, 285.

Tar-Atanamir   Decimotercer Rey de Númenor, al que acudieron mensajeros de los Valar, 315.

Tar-Calion   Nombre Quenya de Ar-Pharazôn, 320, 345.

Tar-Ciryatan   Decimosegundo Rey de Númenor, «el Constructor de Barcos», 315.

Tar-Elendil   Cuarto Rey de Númenor, padre de Silmarien, de quien descendía Elendil, 318.

Tar-Minastir   Decimoprimer Rey de Númenor, que ayudó a Gil-galad contra Sauron, 317, 319.

Tar-Minyatur   Nombre que adoptó Elros Medio Elfo como primer Rey de Númenor, 323.

Tar-Míriel   Véase *Míriel (2)*.

Tarn-Aeluin   El lago de Dorthonion donde Barahir y sus compañeros hicieron su guarida y donde fueron muertos, 190, 192.

Tar-Palantir   Vigesimotercer Rey de Númenor, que se arrepintió de la actitud de los Reyes y adoptó su nombre en Quenya: «El que alcanza a ver lejos». Véase *Inziladûn*. 319-320, 323.

Taur-en-Faroth   Las altas tierras boscosas al oeste del Río Narog sobre Nargothrond; también llamadas *el Alto Narog*, 131, 141, 198.

Taur-im-Duinath   «El Bosque entre los Ríos», nombre de la tierra salvaje al sur de la Andram entre el Sirion y el Gelion, 142, 180.

Taur-nu-Fuin   Nombre posterior de Dorthonion: «el Bosque bajo la Noche». Cf. *Deldúwath*. 182, 201, 207, 210-211, 215, 217, 238, 246-248.

Tauron   «El Guardabosques» (traducido en el *Valaquenta* como «Señor de los Bosques»), nombre que dieron los Sindar a Oromë. Cf. *Aldaron*. 28.

Teiglin   Afluente del Sirion, que nacía en el Sirion y constituía al sur el límite del Bosque de Brethil; véase también *Cruces del Teiglin*. 139, 141, 172, 185, 238, 244, 253, 256-257, 262-264, 267, 270, 274.

Telchar   El más renombrado entre los herreros de Nogrod, hacedor de Angrist y (de acuerdo con Aragorn en *Las Dos Torres* III 6), de Narsil, 105, 209.

Telemnar   Vigesimosexto Rey de Gondor, 353.

Teleri   El tercer y más grande de los tres grupos de Eldar en el viaje hacia el oeste desde Cuiviénen, conducidos por Elwë (Thingol) y

Olwë. Ellos se llamaban a sí mismos *Lindar*, los Cantores; el nombre de *Teleri*, los Llegados Últimos, los Rezagados, les fue dado por los que los precedían en la marcha. Muchos de los Teleri no abandonaron la Tierra Media; los Sindar y los Nandor fueron Elfos Telerin en su origen, 42, 57-59, 63-64, 66-67, 80-81, 96-97, 101, 106, 109, 115, 155, 157, 161, 295, 297, 299, 303, 340.

Telperion   El mayor de los Dos Árboles de Valinor, 39, 51, 64, 83, 111-112, 240, 312, 347. Llamado *el Árbol Blanco*, 65.

Telumendil   Nombre de una constelación, 51.

Thalion   «Firme, Fuerte»; véase *Húrin*.

Thalos   El segundo de los afluentes del Gelion en Ossiriand, 142, 164.

Thangorodrim   «Montañas de la Tiranía», levantadas por Morgoth por sobre Angband; derribadas en la Gran Batalla al término de la Primera Edad, 90, 108, 123-126, 133, 136-137, 176-177, 210, 215, 226, 228, 234, 246, 300, 307, 339, 349.

Thargelion   «La Tierra de Más Allá del Gelion», entre el Monte Rerir y el Río Ascar, donde moraba Caranthir; también llamada *Dor Caranthir* y *Talath Rhûnen*, 143, 154, 167, 171, 179.

Thingol   «Capagrís», «Mantogrís» (en Quenya *Sindacollo, Singollo*), nombre por el cual Elwë, conductor junto con su hermano Olwë del grupo de los Teleri en el viaje desde Cuiviénen y después Rey de Doriath, fue conocido en Beleriand; también llamado *el Rey Escondido*. Véase *Elwë*. 61, 102-109, 123, 127-128, 131, 141-142, 148-151, 154-155, 169, 173-174, 178, 185, 193, 195-199, 202, 204, 211, 216-220, 235-239, 252, 258, 261, 271, 275-282, 287, 303.

Thorondor   «Rey de las Águilas». Cf. *El Retorno del Rey* VI 4: «El viejo Thorondor, que hizo sus nidos en los picos inaccesibles de las Montañas Circundantes cuando la Tierra Media era joven». Véase *Crissaegrim*. 126-127, 146, 181-182, 186-187, 215, 272, 287, 290, 300.

Thranduil   Elfo Sindarin, Rey de los Elfos de la Floresta en el norte del Gran Bosque Verde (Bosque Negro); padre de Legolas, quien perteneció a la Comunidad del Anillo, 356.

Thuringwethil   «Mujer de la Sombra Secreta», el mensajero de Sauron de Tol-in-Gaurhoth que adoptaba la forma de un gran murciélago; Lúthien asumió su figura para penetrar en Angband, 211.

Tierra de la Estrella   Númenor, 326-327.

Tierra de la Sombra o *Tierra Negra*   Véase *Mordor*.

Tierra de los Muertos que Viven   Véase *Dor-Firn-i-Guinar*.

Tierra Media   Las tierras al este del Gran Mar, también llamadas *las Tierras de Aquende, las Tierras Exteriores, las Grandes Tierras y Endor*. *Passim*.

Tierras de Aquende   La Tierra Media, llamada también *Tierras Exteriores*, 60, 62-63, 286, 293, 299, 303, 311, 356.

Tierras Exteriores   La Tierra Media, *las Tierras de Aquende*, 41, 42, 51, 88, 101, 112, 297.

Tierras Imperecederas   Aman y Eressëa; también llamadas *las Tierras Inmortales*, 297, 308, 311, 331, 334.

Tierras Inmortales   Véase *Tierras imperecederas*.

Tilion   Un Maia, timonel de la Luna, 112, 114.

Tintallë   «La Iluminadora», nombre de Varda en cuanto hacedora de las estrellas. Así se llama en el lamento de Galadriel en Lórien, *La Comunidad del Anillo*, II 8. Cf. *Elbereth, Elentári*. 51.

Tinúviel   El nombre que Beren le dio a Lúthien: palabra poética con que se designa al ruiseñor, «Hija del Crepúsculo». Véase *Lúthien*.

Tirion   «Gran Torre de la Vigilia», la ciudad de los Elfos en la colina de Túna, en Aman, 65, 67-69, 76-77, 79, 91, 94-95, 115, 131-132, 146-149, 200, 286, 296, 347.

Tol Eressëa   «La Isla Solitaria» (también simplemente *Eressëa*) en la que los Vanyar, los Noldor y después los Teleri fueron conducidos a través del océano por Ulmo y que quedó luego enraizada en la Bahía de Eldamar cerca de las costas de Aman. En Eressëa los Teleri se quedaron mucho tiempo antes de ir a Alqualondë; y allí vivieron muchos Noldor y Sindar después del fin de la Primera Edad, 54, 64-67, 115, 295, 298, 303, 308, 310-311, 318, 330-331, 335, 340-341, 347.

Tol Galen   «La Isla Verde» en el Río Adurant en Ossiriand, donde vivieron Beren y Lúthien después de su regreso, 142, 223, 280.

Tol-in-Gaurhoth   «Isla de los Licántropos», nombre de Tol Sirion después de ser tomada por Sauron, 183, 202, 205.

Tol Morwen   Isla en el mar después de anegada Beleriand sobre la que se levantaba la piedra en memoria de Túrin, Nienor y Morwen, 274.

Tol Sirion   Isla en el río en el Paso del Sirion sobre la que Finrod levantó la torre de Minas Tirith; después de tomada por Sauron se llamó Tol-in-Gaurhoth, 131, 138, 183.

Tulkas   Un Vala, «el más grande en fuerza y en hechos de valor», último en llegar a Arda; llamado también *Astaldo*, 23, 27-28, 35-37, 51, 54, 72, 78-81, 85-86, 92.

Tumhalad   Un valle en la extensión comprendida entre los ríos Ginglith y Narog, donde fue derrotado el ejército de Nargothrond, 253.

Tumladen   «El Valle Ancho», el valle oculto en las Montañas Circundantes, en medio del cual se encontraba la ciudad de Gondolin. (*Tumladen* fue después el nombre de un valle de Gondor: *El Retorno del Rey* V 1.) 132, 146, 157, 186, 215, 286, 290.

Tumunzahar   102. Véase *Nogrod*.

Túna   La colina verde en el Calacirya, sobre la que se levantó Tirion, la ciudad de los Elfos, 65, 67-69, 76, 80, 91, 95, 99, 115, 132, 146, 296, 312, 331.

Tuor   Hijo de Hour y Rían, criado por los Elfos Grises de Mithrim; penetró en Gondolin con un mensaje de Ulmo; se casó con Idril hija de Turgon, y con ella y con su hijo Eärendil escapó a la destrucción de la ciudad; en su barca Eärrámë navegó hacia el Occidente, 174, 235, 284-293, 297.

Turambar   «Amo del Destino», último nombre asumido por Túrin en los días pasados en el Bosque de Brethil, 258, 261-271, 275.

Turgon   Llamado el Sabio; el segundo hijo de Fingolfin; vivió en Vinyamar en Nevrast antes de partir en secreto a Gondolin, que gobernó hasta su muerte en el saqueo de la ciudad; padre de Idril madre de Eärendil, 66, 93, 99, 101, 131-132, 137, 146-147, 152-154, 157, 181, 186-187, 215, 225-226, 228, 230, 233, 239, 272, 284-289, 291, 303.

Túr Haretha   El túmulo sepulcral de la Señora Haleth en el Bosqué de Brethil (véase *Haudh-en-Arwen*), 173.

Túrin   Hijo de Húrin y Morwen; personaje central de la balada llamada *Narn i Hîn Húrin*, protagonista del Capítulo 21. Para sus otros nombres, véase *Neithan, Gorthol, Agarwaen, Mormegil, Hombre Salvaje de los Bosques, Turambar*. 174, 236-238, 240-259, 262, 265-271, 275-276.

Uinen   Una Maia, la Señora de los Mares, esposa de Ossë, 29, 42, 63, 97.

Ulairi   Véase *Espectros del Anillo*.

Uldor   Llamado el Maldecido; hijo de Ulfang el Negro; muerto por Maglor en la Nirnaeth Arnoediad, 185, 226, 229, 231, 300.

Ulfang   Llamado el Negro; un capitán de los Orientales quien, con sus hijos, siguió a Caranthir y resultó traidor en la Nirnaeth Arnoediad, 185, 224, 229.

Ulfast   Hijo de Ulfang el Negro, muerto por los hijos de Bór en la Nirnaeth Arnoediad, 185, 229.

Ulmo   Un Vala, uno de los Aratar, llamado *Señor de las Aguas y Rey del Mar*. Los Eldar entendían su nombre en el sentido de «El Vertedor» o «El que Hace Llover». Véase especialmente 25, 41-42. 16, 18, 23-26, 28-30, 41-42, 48, 54, 56, 62-64, 67, 72, 96, 113, 117-118, 131-132, 138, 141-142, 146-148, 183, 186, 233, 248, 252, 284-287, 291, 294, 297.

Última Alianza   La liga constituida al fin de la Segunda Edad entre Elendil y Gil-galad para derrotar a Sauron, 349.

Ulumúri   Los grandes cuernos de Ulmo hechos por el Maia Salmar, 25, 42, 62.

Ulwarth   Hijo de Ulfang el Negro, muerto por los hijos de Bór en la Nirnaeth Arnoediad, 185, 229.

Umanyar   Nombre que se les dio a los Elfos que emprendieron el viaje al oeste desde Cuiviénen y que no llegaron a Aman: «Los no Pertenecientes a Aman», por contraposición a *Amanyar*, «Los Pertenecientes a Aman», 58, 61.

Umarth   «Hado Desdichado», nombre ficticio de su padre que da Túrin en Nargothrond, 250.

Umbar   Gran puerto natural y fortaleza de los Númenóreanos al sur de la Bahía de Belfalas, 321.

Ungoliant   La gran araña que con Melkor destruyó los Árboles de Valinor. Ella-Laraña, en *El Señor de los Anillos*, fue «el último de los vástagos de Ungoliant en perturbar el desdichado mundo» (*Las Dos Torres* IV 9), 81-82, 84, 87-90, 100, 107, 114, 140, 154, 193, 296.

Unión de Maedhros   La liga formada por Maedhros para derrotar a Morgoth que terminó en la Nirnaeth Arnoediad, 223.

Urthel   Uno de los doce compañeros de Barahir en Dorthonion, 183.

Urulóki   Palabra Quenya que significa «serpiente de fuego», dragón, 134, 253.

Utumno   La primera gran fortaleza de Melkor en el norte de la Tierra Media, destruida por los Valar, 37, 42, 50, 54-55, 82, 90, 111, 136.

Vado de Piedras   Véase *Sarn Athrad*.

Vados del Aros   Véase *Arossiach*.

Vairë   «La Tejedora», una de las Valier, esposa de Námo Mandos, 24, 26.

Valacirca   «La Hoz de los Valar», nombre de la constelación de la Osa Mayor, 52, 205.

Valandil   Hijo menor de Isildur; tercer Rey de Arnor, 351-352.

Valaquenta   «Libro de los Valar», obra breve tratada como entidad separada de *El Silmarillion* propiamente dicho.

Valar   «Los que Tienen Poder», «Los Poderes» (singular, *Vala*); nombre dado a los grandes Ainur que penetraron en Eä al comienzo de los Tiempos, y que cumplieron la función de guardianes y regentes de Arda. Llamados también *los Grandes, los Regentes de Arda, los Señores del Occidente, los Señores de Valinor. Pasim*; véase especialmente 17-18, 42-43, 83, y véase también *Ainur, Aratar*.

Valaraukar «Demonios del Poder» (singular, *Valarauko*), forma Quenya que corresponde a la Sindarin *Balrog*, 31.

Valaróma El cuerno del Vala Oromë, 28, 42, 85, 107.

Valier «Las Reinas de los Valar» (singular *Valië*); término sólo usado en el *Valaquenta*, 23, 26, 28.

Valimar Véase *Valmar*.

Valinor La tierra de los Valar en Aman, más allá de las montañas de Pelóri; también llamada *el Reino Guardado*. *Passim*; véase especialmente 38-39.

Valmar La ciudad de los Valar en Valinor; también aparece con la forma *Valimar*. En el lamento de Galadriel en Lóriel (*La Comunidad del Anillo* II 8) Valimar es equivalente a Valinor. 27-28, 38-39, 54, 60, 67, 71, 79-80, 83-85, 94, 115-116, 221, 296-297.

Vána Una de las Valier, hermana de Yavanna y esposa de Oromë; llamada *la Siempre Joven*, 24, 28, 30, 112.

Vanyar El primer grupo de los Eldar en el viaje al oeste desde Cuiviénen conducido por Ingwë. El nombre (singular, *Vanya*) «Los Hermosos», con lo que se hace referencia a los cabellos dorados de los Vanyar; véase *Finarfin*. 41, 57, 59, 62, 64-66, 68, 71-72, 83-85, 91, 110, 112, 115, 152, 160, 299, 303.

Varda «La Exaltada», «La Elevada»; también llamada *la Dama de las Estrellas*. La más grande de las Valier, esposa de Manwë; vivía con él en Taniquetil. Otros nombres de Varda en cuanto hacedora de las estrellas eran *Elbereth, Elentári, Tintallë*. Véase especialmente 23-24, 28-29, 35, 38-40, 51-52, 57, 65, 74, 83-86, 92, 111, 113, 205, 302.

Vása «El Consumidor», un nombre que los Noldor le dieron al Sol, 112.

Vilya Uno de los Tres Anillos de los Elfos, el Anillo del Aire, custodiado por Gil-galad, y luego por Elrond; también llamado *el Anillo de Zafiro*, 342, 355.

Vingilot (En la forma Quenya completa, *Vingilótë*). «Flor de Espuma», nombre de la barca de Eärendil; véase *Rothinzil*. 293, 295, 298, 300, 307.

Vinyamar La casa de Turgon en Nevrast bajo el Monte Taras. La significación es probablemente «Nueva Morada», 132, 138, 146, 152, 285-286.

Voronwë «El Firme», Elfo de Gondolin, el único marinero que sobrevivió entre los tripulantes de los siete barcos enviados al Occidente después de la Nirnaeth Arnoediad; se encontró con Tuor en Vinyamar y lo guió a Gondolin, 233, 285.

Wilwarin Nombre de una constelación. La palabra significa «mariposa» en Quenya, y la constelación era quizá Cassiopeia, 51.

Yavanna   «Dadora de Frutos»; una de las Valier, se contaba entre los Aratar; esposa de Aulë; llamada también *Kementári*. Véase especialmente 26.   23, 28, 35, 39-40, 42, 47-51, 65, 83, 86, 89, 90, 102, 111-112, 118, 312, 347.

Yelmo-Dragón de Dor-lómin   Heredad de la casa de Hador que llevó Túrin; llamado también *Yelmo de Hador*, 236, 243-244, 275.

APÉNDICE

Elementos de los nombres Quenya y Sindarin

Estas notas se han reunido para aquellos que se interesen por las lenguas Eldarin; se ha recurrido en abundancia a *El Señor de los Anillos* en busca de ejemplos. Por fuerza han sido muy condensadas, dando una impresión de certidumbre e irrevocabilidad que no se justifica por completo; son sumamente selectivas, lo que es consecuencia del espacio disponible y de los limitados conocimientos del redactor. Los encabezamientos no se han dispuesto sistemáticamente de acuerdo con las raíces o las formas Quenya o Sindarin, sino de manera un tanto arbitraria, con el objeto de que los elementos componentes de los nombres sean identificados lo más pronto posible.

adan (plural *Edain*) en *Adanedhel, Aradan, Dúnedain*. Para su significación e historia, véase *Atani* en el Índice.

aelin «lago, estanque» en *Aelin-uial*; cf. *lin (1)*.

aglar «gloria, brillo» en *Dagor Aglareb, Aglarond*. La forma en Quenya *alkar*, tiene transposición de las consonantes; al Sindarin *aglareb*, corresponde *Alkarinquë*. La raíz es *Kal-* «brillo». q. v.

aina «sagrado» en *Ainur, Ainulindalë*.

alda «árbol» (Quenya) en *Aldaron, Aldudenië, Malinalda*, que corresponde al Sindarin *galadh* (que se advierte en *Caras Galadon* y en el *Galadrim* de Lothlórien).

alqua «cisne» (Sindarin *alph*) en *Alqualondë*; de una raíz *alak-* «precipitación», que aparece también en *Ancalagon*.

amarth «destino» en *Amon Amarth, Cabed Naeramarth, Úmarth*, y en la forma Sindarin del nombre de Túrin «Amo del Destino», *Turamarth*. La forma Quenya de la palabra aparece en *Turambar*.

amon «colina», palabra Sindarin que aparece como primer elemento de muchos nombres; plural *emyn* en *Emyn Beraid*.

anca «mandíbulas» en *Ancalagon* (para el segundo elemento de este nombre, véase *alqua*).

an(d) «largo» en *Andram, Anduin*; también en *Anfalas* («Largarribera») en Gondor, *Cair Andros* («barca de larga espuma») una isla en el Anduin, y *Angerthas* «largo fluir rúnico».

andúnë «puesta de sol, oeste» en *Andúnië* a que corresponde en Sindarin *annûn*, cf. *Annúminas*, y *Henneth Annûn* «ventana del sol poniente» en Ithilien. La vieja raíz de estas palabras, *ndu*, que significa «hacia abajo, desde lo alto», aparece también en el Quenya *númen*, «el sendero del sol, oeste» y en el Sindarin *dûn*, «oeste», cf. *Dúnedain*. El Adûnaic *adûn* en *Adûnakhor, Anadûnê* estaba tomado del lenguaje Eldarin.

anga «hierro», Sindarin *ang*, en *Aingainor, Angband, Anghabar, Anglachel, Angrist, Angrod, Anguirel, Gurthang; angren* «de hierro», en *Angrenost*, plural *engrin* en *Ered Engrin*.

anna «don» en *Annatar, Melian, Yavanna*, la misma raíz en *Andor*, «Tierra del Don».

annon «gran puerta o portal», plural *ennyn*, en *Annon-in-Gelydh*; cf. *Morannon*, el «Portal Negro» de Mordor, y *Sirannon*, la «Puerta de la Corriente» de Moria.

ar- «junto a, fuera de» (de ahí Quenya *ar* «y», Sindarin *a*) probablemente en *Araman* «fuera de Aman»; cf. también *(Nirnaeth) Arnoediad* «(Lágrimas) fuera de cálculo».

ar(a)- «alto, noble, real» aparece en muchos nombres, como *Aradan, Aredhel, Argonath, Arnor*, etcétera; la raíz extendida *arat-* aparece en *Aratar*, y en *aráto*, «campeón, hombre eminente», v. g. *Angrod* de *Angaráto* y *Finrod* de *Findaráto*; también *aran*, «rey», en *Aranrúth. Ereinion*, «vástago de reyes» (nombre de Gil-galad) incluye el plural de *aran*; cf. *Fornost Erain*, «Norbury de los Reyes» en Arnor. El prefijo *Ar-* de los nombres Adûnaic de los Reyes de Númenor derivaba de esto.

arien (la Maia del Sol) derivaba de una raíz *as-*, que se advierte también en el Quenya *árë*, «luz del sol».

atar «padre» en *Atanatári* (véase *Atani* en el Índice de Nombres), *Ilúvatar*.

band «prisión, cautividad» en *Angband*; del original *mbando*, cuya forma Quenya aparece en *Mandos* (Sindarin *Angband*=Quenya *Angamando*).

bar «vivienda» en *Bar-en-Danwedh*. La antigua palabra *mbár* (Quenya *már*, Sindarin *bar*) significaba la «casa» tanto de las personas como de los pueblos, y aparece en el nombre de muchos lugares, como *Brithombar, Dimbar* (cuyo primer elemento significa «triste, lóbrego»), *Eldamar, Val(i)mar, Vinyamar, Mar-nu-Falmar. Mardil*, el Primero de los Mayordomos Regentes de Gondor, significa «devoto a la casa» (esto es, de los Reyes).

barad «torre» en *Barad-dûr, Barad Eithel, Barad Nimras*; el plural en *Emyn Beraid*.

beleg «poderoso» en *Beleg, Belegaer, Belegost, Laer Cú Beleg*.

bragol «súbito» en *Dagor Bragollach*.

brethil probablemente significa «abedul plateado». Cf. *Nimbrethil*, los bosques de abedules en Arvernien, y *Fimbrethil*, una de las Ents-mujeres.

brith «grava» en *Brithiach, Brithombar, Brithon*.

(Para muchos de los nombres que empiezan con C, véanse los artículos bajo K)

calen *(galen)* la palabra con que en Sindarin se designa el color «verde», en *Ard-galen, Tol Galen, Calenardhon*; también en *Parth Galen* («Hierba Verde») junto al Anduin y *Pinnath Gelin* («Colinas Verdes») en Gondor. Véase *kal-*.

cam (de *kambä*) «mano», pero específicamente las manos ahuecadas en la actitud de recibir o sostener, en *Camlost, Erchamion*.

carak- Esta raíz se advierte en el Quenya *carca*, «colmillo», cuya forma Sindarin *carch* aparece en *Carcharoth* y también en *Carchost* («Fuerte del Colmillo»), una de las Torres Dentadas a la entrada de Mordor). Cf. *Caragdûr, Carach Angren* («Mandíbulas de Hierro», el bastión y terraplén que guardaba la entrada a Udûn en Mordor) y *Helcaraxë*.

caran «rojo», Quenya *carnë*, en *Caranthir, Carnil, Orocarni*; también en *Caradhras* de *caran-rass*, el «Cuerno Rojo» en las Montañas Nubladas, y *Carnimírië*, «enjoyado de rojo», el serbal de la canción de Bárbol. La traducción de *Carcharoth* en el texto como «Fauces Rojas» seguramente depende de una asociación con esta palabra; véase *carak-*.

celeb «plata» (Quenya *telep, telpë*, como en *Telperion*) en *Celeborn, Celebrant, Celebros, Celebrimbor* significa «puño de plata», del adjetivo *celebrin*, «plateado» (que significa no «hecho de plata», sino «como la plata en color o valor») y *paur* (Quenya *quárë*), «puño», que a menudo se utiliza en el sentido de «mano»; la forma Quenya del nombre era *Telperinquar. Celebrindal* incluye *celebrin* y *tal, dal*, «pie».

coron «montículo» en *Corollairë* (también *Coron Oiolairë*, cuya última palabra parece significar «Verano Sempiterno», cf. *Oiolossë*); cf *Cerin Amroth*, el gran montículo en Lothlórien.

cú «arco» en *Cúthalion, Dor Cúarthol, Laer Cú Beleg*.

cuivië «despertar» en *Cuiviénen* (Sindarin *Nen Echui*). Otros derivados de la misma raíz son *Dor Firn-i-Guinar*; *coirë*, la primera manifestación de la primavera, Sindarin *echuir*, El Señor de los Anillos Apéndice D; y *coimas*, «pan de la vida», nombre Quenya de *lembas*.

cul- «rojo dorado» en *Culúrien*.

curu «hábil» en *Curufin (wë), Curunír*.

dae «sombra» en *Dor Daedeloth* y, quizá, en *Daeron*.

dagor «batalla»; la raíz es *ndak-*, cf. *Haudh-en-Ndengin*. Otro derivado es *Dagnir* (*Dagnir Glaurunga* «Ruina de Glaurung»).

del «horror» en *Deldúwath*; *deloth* «aborrecimiento en *Dor Daedeloth*.

dîn «silencioso» en *Dor Dínen*; cf. *Rath Dínen*, la calle silenciosa en Minas Tirith, y *Amon Dîn*, una de las colinas con fanales de Gondor.

dol «cabeza» en *Lórindol*; a menudo se aplica a colinas y montañas, como en *Dol Guldur, Dolmed, Mindolluin* (también *Nardol*, una de las colinas provistas de fanales de Gondor, y *Fanuidhol*, una de las Montañas de Moria).

dôr «tierra» (esto es, tierra firme en oposición al mar) derivada de *ndor*; aparece en muchos nombres Sindarin, como *Doriath, Dorthonion, Eriador, Gondor, Mordor*, etcétera. En Quenya la raíz se mezcló y se confundió con una palabra perfectamente clara, *norë*, que significaba «pueblo»; en su origen *Valinorë* significaba estrictamente «el pueblo de los Valar», pero *Valandor*, «la tierra de los Valar», y, de modo semejante, *Númen(n)órë*, «pueblo del Occidente», pero *Númenor*, «tierra del Occidente». El Quenya *Endor*, «Tierra Media», provenía de *ened*, «medio», y *ndor*; esto en Sindarin se transformó en *Ennor* (cf. *ennorath*, «tierras medias» en el cántico *A Elbereth Gilthoniel*).

draug «lobo» en *Drauglin*.

dú «noche, opacidad» en *Deldúwath, Ephel Dúath*. Derivada de la anterior *dômë*, de ahí el Quenya *lómë*; de este modo, el Sindarin *dúlin*, «ruiseñor», corresponde a *lómelindë*.

duin «(largo) río» en *Anduin, Baranduin, Esgalduin, Malduin, Taurim-Duinath*.

dûr «oscuro» en *Barad-dûr, Caragdûr, Dol Guldur*; también *Durthang* (un castillo en Mordor).

ëar «mar» (Quenya) en *Eärendil, Eärrámë* y muchos otros nombres. La palabra Sindarin *gaer* (en *Belgaer*) aparentemente deriva de la misma raíz original.

echor en *Echoriath*, «Montañas Circundantes» y *Orfalch Echor*; cf. *Rammas Echor*, «la gran muralla del círculo exterior» en torno a los Campos Pelennor en Minas Tirith.

edhel «elfo» (Sindarin) en *Adanedhel, Aredhel, Glóredhel, Ost-in-Edhil*; también en *Peredhil*, «Medio Elfo».

eithel «fuente» en *Eithel Ivrin, Eithel Sirion, Barad Eithel*; también en *Mitheithel*, el río Fuenteclara en Eriador (llamado por su fuente). Véase *kel-*.

êl, elen «estrella». De acuerdo con la leyenda élfica, *ele* era una exclamación primitiva («¡mirad!»), emitida por los Elfos cuando vieron las estrellas por primera vez. De ésta derivaron las palabras *ēl* y *elen*, que significaban «estrella», y los adjetivos *elda* y *elena*, «de las estrellas». Estos elementos aparecen en múltiples nombres. Para el empleo posterior del nombre *Eldar*, véase el Índice. El equivalente Sindarin de *Elda* era *Edhel* (plural *Edhil*), q.v.; pero la correspondencia estricta era *Eledh*, que aparece en *Eledhwen*.

er «uno, solo», en *Amon Ereb* (cf. *Erebor*, la Montaña Solitaria), *Erchamion, Erëssëa, Eru.*

ereg «espino acebo» en *Eregion, Region.*

esgal «pantalla, ocultamiento» en *Esgalduin.*

falas «costa, línea de la marea» (Quenya *falassë*) en *Falas, Belfalas*; también *Anfalas* en Gondor. Cf. *Falathar, Falathrim*. Otro derivado de la raíz era el Quenya *falma* «ola (crestada)», de ahí *Falmari, Mar-nu-Falmar.*

faroth deriva de una raíz que significa «caza, persecución»; en la Balada de Leithian, las *Taur-en-Faroth* sobre Nargothrond se llaman «las Colinas de los Cazadores».

faug- «resquicio» en *Anfauglir, Anfauglith, Dor-nu-Fauglith.*

fëa «espíritu» en *Fëanor, Fëanturi.*

fin- «cabellos» en *Finduilas, Fingon, Finrod, Glorfindel.*

formen «norte» (Quenya) en *Formenos*; Sindarin *forn* (también *for, forod*) en *Fornost.*

fuin «secreto, oscuro» (Quenya *huinë*) en *Fuinur, Taur-nu-Fuin.*

gaer «mar» en *Belegaer* (y en *Gaerys*, nombre Sindarin de Ossë). Según se afirma, deriva de la raíz *gaya* «respeto, miedo», y fue el nombre con que se designó al aterrador Gran Mar cuando los Elfos llegaron por primera vez a sus costas.

gaur «licántropo» (de una raíz *ngwaw*, «aullido») en *Tol-in-Gaurhoth.*

gil «estrellas» en *Dagor-nuin-Giliath, Osgiliath* (*giliath*, «ejército de estrellas»); *Gil-Estel, Gil-galad.*

girith «estremecido» en *Nen Girith*; cf. también *Girithron*, nombre del último mes del año en Sindarin (*El Señor de los Anillos*, Apéndice D).

glîn «resplandor» (particularmente de los ojos) en *Maeglin.*

golodh es la forma Sindarin del Quenya *Noldo*; véase *gûl*. Plural *Golodhrim*, y *Gelydh* (en *Annon-in-Gelydh*).

gond «piedra» en *Gondolin, Gondor, Gonnhirrim, Argonath, seregon*. El nombre de la ciudad escondida del Rey Turgon fue inventado por él en Quenya: *Ondolindë* (Quenya *ondo* = Sindarin *gond*, y *lindë*, que significa «canción»); pero siempre se lo conoció en la leyenda en la forma Sindarin *Gondolin*, que probablemente se interpretó como *gond-dolen*, «Roca Escondida».

gor «horror, miedo» en *Gorthaur, Gorthol*; también en *Goroth*, con repetición de *gor*, en *Gorgoroth, Ered Gorgoroth*.

groth (grod) «excavación, vivienda subterránea» en *Menegroth, Nogrod* (probablemente también en *Nimrodel*, «señora de la cueva blanca»). *Nogrod* era originalmente *Novrod*, «excavación hueca» (de ahí la traducción *Morada Hueca*), pero fue alterada por influencia de *naug*, «enano».

gûl «hechicería» en *Dol Guldur, Minas Morgul*. Esta palabra deriva de la misma antigua raíz *ngol*- que aparece en *Noldor*; cf. la palabra Quenya *nólë*, «largo estudio, ciencia, conocimiento». Pero el sentido de la palabra Sindarin quedó oscurecido por su frecuente uso en el compuesto *morgul*, «magia negra».

gurth «muerte» en *Gurthang* (véase también *Melkor* en el Índice).

gwaith «pueblo» en *Gwaith-i-Mirdain*; cf. *Enedwaith* «Pueblo Medio», nombre de la tierra entre el Flujogrís y el Isen.

gwath, wath «sombra» en *Deldúwath, Ephel Dúath*; también en *Gwathló*, el río Flujogrís en Eriador. Formas relacionadas en *Ered Wethrin, Thuringwethil*. (Esta palabra Sindarin se refería a una luz poco clara, no a las sombras de los objetos proyectadas por la luz; a éstas se las llamaba *morchaint*, «formas oscuras».)

hadhod en *Hadhodrond* (traducción de *Khazad-dùm*) era la traslación de *Khazâd* a sonidos Sindarin.

haudh «montículo» en *Haudh-en-Arwen, Haudh-en-Elleth*, etcétera.

heru «señor» en *Herumor, Herunúmen*; en Sindarin *hîr* en *Gonnhirrim, Rohirrim, Barahir; híril*, «señora» en *Hírilorn*.

him «fresco» en *Himlad* (¿y en *Himring*?).

híni «hijos» en *Eruhíni* «Hijos de Eru»; *Narn i Hîn Húrin*.

hîth «niebla» en *Hithaeglir, Hithlum* (también en *Nel Hithoel*, un lago formado por el Anduin). *Hithlum* es una forma Sindarin adaptada del nombre Quenya *Hísilómë*, usado por los Noldor exiliados (en Quenya *hísië*, «niebla», cf. *Hísimë*, el nombre del decimoprimer mes del año, *El Señor de los Anillos*, Apéndice D).

hoth «hueste, horda» (casi siempre en sentido peyorativo) en *Tol-in-Gaurhoth*; también en *Loss(h)oth*, los Hombres de Nieve de Forochel (*El Señor de los Anillos*, Apéndice A (I, iii) y *Glamhoth*, «horda estridente», nombre con que se designaba a los Orcos.

hyarmen «sur» (Quenya) en *Hyarmentir*; en Sindarin *har-, harn, harad*.

iâ «vacío, abismo» en *Moria*.

iant «puente» en *Iant Iaur*.

iâth «cerco» en *Doriath*.

iaur «viejo» en *Iant Iaur*, cf. el nombre élfico de Bombadil, *Iarwain*.

ilm- Esta raíz aparece en *Ilmen*, *Ilmarë*, y también en *Ilmarin* («mansiones de los altos aires», la morada de Manwë y Varda en Oiolossë).

ilúvë «la totalidad, el todo» en *Ilúvatar*.

kal- (gal-) Esta raíz, que significa «brillar», aparece en *Calacirya*, *Calaquendi*, *Tar-calion*, *galvorn*, *Gil-galad*, *Galadriel*. Los dos últimos nombres no tienen conexión alguna con el Sindarin *galadh*, «árbol», aunque en el caso de Galadriel esta conexión se hizo muy a menudo, y el nombre se convirtió en *Galadhriel*. En Alto élfico su nombre era *Al(a)táriel*, derivado de *alata* «radiación» (en Sindarin *galad*) y *riel*, «doncella enguinaldada» (de una raíz *rig-*, «trenzar, coronar»); la significación completa referida a sus cabellos es «doncella coronada con una guirnalda resplandeciente». *Calen (galen)* «verde» es etimológicamente «resplandecer» y deriva de esta raíz; véase también *aglar*.

káno «comandante»; esta palabra Quenya constituye el origen del segundo componente de *Fingon* y *Turgon*.

kel- «partir» del agua, «fluir», «manar», en *Celon*; de *etkelë*, «salida de agua, fuente» derivaba, con transposición de consonantes, del Quenya *ehtelë*, Sindarin *eithel*.

kemen «tierra» en *Kementári*; palabra Quenya que se refiere a la tierra como un suelo plano bajo *menel*, los cielos.

khelek «hielo» en *Helcar*, *Helcaraxë* (Quenya *helka*, «helado»). Pero en *Helevorn* el primer elemento es el Sindarin *heledh*, «vidrio», tomado del Khuzdul *kheled* (cf. *Kheled-zâram*, «Laguna Espejo»); *Helevorn* significa «vidrio negro» (cf. *galvorn*).

khil- «seguir» en *Hildor*, *Hildórien*, *Eluchíl*.

kir- «cortar, clavar» en *Calacirya*, *Cirth*, *Argerthas*, *Cirith (Ninniach, Thoronath)*. De la acepción «atravesar velozmente» derivó la palabra Quenya *círya*, «barca de proa aguda» (cf. *cutter* en inglés) y esta significación aparece también en *Círdan*, *Tar-Ciryatan*, y, sin duda, en el nombre del hijo de Isildur *Cìryon*.

lad «llanura, valle» en *Dagorlad*, *Himlad*; *imlad*, un valle con bordes empinados, en *Imladris* (cf. también *Imlad Morgul* en la Ephel Dúath).

laurë «oro» (pero en cuanto al brillo y el color, no en cuanto al metal) en *Laurelin*; las formas Sindarin en *Glóredhel*, *Glorfindel*, *Loeg Ningloron*, *Lórindol*, *Rathlóriel*.

lhach «llama saltarina» en *Dagor Bragollach*, y, probablemente, en *Anglachel* (la espada que hizo Eöl con hierro de un meteoro).

lin (1) «estanque, laguna» en *Linaewen* (que contiene *aew* [en Quenya *aiwë*], «pajarillo»), *Teiglin*; cf. *aelin*.

lin- (2) Esta raíz que significa «cantar, emitir un sonido musical», aparece en *Ainulindalë, Laurelin, Lindar, Lindon, Ered Lindon, lómelindi*.

lith «ceniza» en *Anfauglith, Dor-nu-Fauglith*; también en *Ered Lithui*, las Montañas de Ceniza, que constituyen el límite septentrional de Mordor, y *Lithlad*, «Llanura de Cenizas» al pie de Ered Lithui.

lok- «inclinar, curvar» en *Urulóki* (Quenya *(h)lókë*, «víbora, serpiente», Sindarin *lhûg*).

lóm «eco» en *Dor-lómin, Ered Lómin*; relacionado con *Lammoth, Lanthir, Lamath*.

lómë «crepúsculo» en *Lómion, lómelindi*; véase *dú*.

londë «puerto encerrado en tierra» en *Alqualondë*; la forma Sindarin *lond (lonn)* en *Mithlond*.

los «nieve» en *Oiolossë* (Quenya *oio*, «siempre» y *lossë*, «nieve, blanca nieve»); en Sindarin *loss* en *Amon Uilos* y *Aeglos*.

loth «flor» en *Lothlórien, Nimloth;* Quenya *lótë* en *Ninquelótë, Vingilótë*.

luin «azul» en *Ered Luin, Helluin, Luinil, Mindolluin*.

maeg «agudo, penetrante» (en Quenya *maika*) en *Maeglin*.

mal- «oro» en *Malduin, Malinalda*; también en *mallorn*, y en el Campo de *Cormallen*, que significa «círculo dorado»; el campo recibió su nombre por los árboles *culumalda* que crecían en él (véase *cul-*).

mān- «bondadoso, bendito, sin tacha» en *Aman, Manwë*; derivados de *Aman*, en *Amandil, Araman, Umanyar*.

mel- «amor» en *Melian* (de *Melyanna*, «amado don»); esta raíz se advierte también en la palabra Sindarin *mellon*, «amigo», en la inscripción que aparecía en el Portal Occidental de Moria.

men «camino» en *Númen, Hyarmen, Rómen, Formen*.

menel «los cielos» en *Meneldil, Menelmacar, Meneltarma*.

mereth «fiesta» en *Mereth Aderthad*; también en *Merethrond*, la Sala de Fiestas en Minas Tirith.

minas «torre» en *Annúminas, Minas Anor, Minas Tirith*, etcétera. La misma raíz aparece en otras palabras que se refieren a cosas aisladas y prominentes, v. g., *Mindolluin, Mindon*; probablemente relacionada con el Quenya *minya*, «primero» (cf. *Tar-Minyatur*, el nombre de Elros como primer Rey de Númenor).

mîr «joya» (en Quenya *mírë*) en *Elemmíre, Gwaith-i-Mírdain, Míriel, Nauglamír, Tar-Atanamir*.

mith «gris» en *Mithlond, Mithrandir, Mithrim*; también en *Mitheithel*, el río Fuenteclara en Eriador.

mor «oscuro» en *Mordor, Morgoth, Moria, Moriquendi, Mormegil, Morwen,* etcétera.

moth «crepúsculo» en *Nan Elmoth.*

nan(d) «valle» en *Nan Dungortheb, Nan Elmoth, Nan Tathren.*

nár «fuego» en *Narsil, Narya*; presente también en las formas originales de *Aegnor* (*Aikanáro* «Llama Penetrante») y *Fëanor* (*Fëanáro,* «Espíritu de Fuego»). La forma Sindarin era *naur,* como en *Sammath Naur,* las Cámaras de Fuego de Orodruin. Derivado de la misma antigua raíz *(a)nar* era el nombre del Sol, en Quenya *Anar* (también en *Anárion*) y en Sindarin *Anor* (cf. *Minas Anor, Anórien*).

naug «enano» en *Naugrim*; véase también *Nogrod* en el artículo *groth.* Se relaciona con otra palabra Sindarin que significa «enano», *nogoth,* plural *noegyth* (*Noegyth Nibin,* «Enanos Mezquinos») y *nogothrim.*

-(n) dil es una terminación muy frecuente de los nombres propios de las personas, *Amandil, Eärendil* (forma abreviada, *Eärnil*), *Elendil, Mardil,* etcétera; implica «devoción», «amor desinteresado» (véase *Mardil* en el artículo *bar*).

-(n)dur en nombres como *Eärendur* (forma abreviada *Eärnur*) tiene una significación semejante a *-(n)dil.*

neldor «haya» en *Neldoreth*; pero parece que era en realidad el nombre de *Hírilorn,* la gran haya con tres troncos (*neldë,* «árbol», y *orn*).

nen «agua», referida a lagos, estanques y ríos menores, en *Nen Girith, Nenning, Nenuial, Nenya; Cuiviénen, Uinen*; también en muchos nombres que figuran en *El Señor de los Anillos,* como *Nen Hithoel, Bruinen, Emyn Arnen, Núrnen, Nîn,* «húmedo» en *Loeg Ningloron*; también en *Nindalf.*

nim «blanco» (del más temprano *nimf, nimp*) en *Nimbrethil, Nimloth, Nimphelos, niphredil* (*niphred,* «palidez»), *Barad Nimbras, Ered Nimrais.* La forma Quenya era *ninquë*; así, *Ninquelóte = Nimloth.* Cf. también *Taniquetil.*

orn «árbol» en *Celeborn, Hírilorn*; cf. *Fangorn,* «Bárbol», y *mallorn,* plural *mellyrn,* los árboles de Lothlórien.

orod «montaña» en *Orodruin, Thangorodrim, Orocarni, Oromet.* Plural *ered* en *Ered Engrin, Ered Lindon,* etcétera.

os(t) «fortaleza» en *Angrenost, Belegost, Formenos, Fornost, Mandos, Nargothrond* (de *Narog-ost-rond*), *Os(t)giliath, Ost-in-Edhil.*

palan (Quenya) «lejano y amplio» en *palantíri, Tar-Palantir.*

pel- «rodear, circundar» en *Pelargir, Pelóri,* y en la *Pelennor,* la «tierra cercada» de Minas Tirith; también en *Ephel Brandir, Ephel Dúath* (*ephel* de *et-pel*, «cerco exterior»).

quen-(quet-) «decir, hablar» en *Quendi* (*Calaquendi, Laiquendi, Moriquendi), Quenya, Valaquenta, Quenta Silmarillion.* Las formas Sindarin tienen *p* (o *b*) en lugar de *qu*; v. g., *pedo,* «hablar» en la inscripción del portal occidental de Moria, corresponde a la raíz Quenya *quet-,* y las palabras de Gandal ante el portal, *lasto beth lammen,* «escuchad las palabras de mi lengua», en que *beth,* «palabra», corresponde al Quenya *quetta.*

ram «muro» (en Quenya *ramba*) en *Andram, Ramdal*; también en *Rammas Echor,* el muro en torno a los Campos Pelennor en *Minas Tirith.*

ran- «errar, extraviarse» en *Rána,* la Luna, y en *Mithrandir, Aerandir*; también en el río *Gilraen* en Gondor.

rant «curso» en los nombres de los ríos *Adurant* (con *adu,* «doble») y *Celebrant* («Río de Plata»).

ras «cuerno» en *Barad Nimras,* también en *Caradhras* («Cuerno Rojo») *Methedras* («Último Pico») en las Montañas Nubladas; plural, *rais,* en *Ered Nimrais.*

rauko «demonio» en *Valaraukar*; Sindarin *raug, rog,* en *Balrog.*

ril «brillo» en *Idril, Silmaril*; también en *Andúril* (la espada de Aragorn) y en *mithril* (Plata de Moria). El nombre de Idril en su forma Quenya era *Itarillë* (o *Itarildë*), de una raíz *ita-,* «chispa».

rim «gran número, hueste» (en Quenya *rimbë*) se utilizaba comúnmente para formas plurales colectivas, como *Golodhrim, Mithrim* (véase el índice), *Naugrim, Thangorodrim,* etcétera.

ring «frío, frígido» en *Ringil, Ringwil, Himring*; también en el río *Ringló* en Gondor, y en *Ringarë,* nombre Quenya del último mes del año (véase *El Señor de los Anillos,* Apéndice D).

ris «clavar» parece haberse mezclado con la raíz *kris-,* de parecida significación (derivado de la raíz *kir-,* «clavar, cortar», q. v.); de ahí *Angrist* (también *Orcrist,* «Cortaorcos», la espada de Thorin Escudo de Roble), *Crissaegrim, Imladris.*

roch «caballo» (en Quenya, *rokko*) en *Rochallor, Rohan* (de *Rochand,* «tierra de caballos»), *Rohirrim*; también en *Roheryn,* «caballo de la señora» (cf. *heru*), el caballo de Aragorn, así llamado porque se lo había dado Arwen (*El retorno del Rey* V. 2.)

rom- Raíz que señala el sonido de las trompetas y los cuernos, que aparece en *Oromë* y *Valaróma*; cf. *Béma,* el nombre de este Vala en la lengua de Rohan como se lo traduce al anglosajón en *El Señor de los Anillos,* Apéndice A (II): en anglosajón *bemë,* «trompeta».

rómen «elevación, salida del sol, este» (Quenya) en *Rómenna.* Las palabras Sindarin con que se designa el «este», *rhûn* (en *Talath Rhúnen*) y *amrûn*, tenían el mismo origen.

rond significaba un techo abovedado o arqueado o una gran sala o estancia techada de esa manera; así, *Narothrond* (véase *ost*), *Hadhodrond, Aglarond*. Podía aplicarse a los cielos, de ahí el nombre *Elrond*, «bóveda de las estrellas».

ros «espuma, rociada, rocío» en *Celebros, Elros, Rauros*; también en *Cair Andros*, una isla en el río Anduin.

ruin «llama roja» (en Quenya *rúnya*) en *Orodruin*.

rûth «ira» en *Aranrûth*.

sarn «(pequeña) piedra» en *Sarn Athrad* (el *Vado de Sarn* del Brandivino es una traducción a medias de esto); también en *Sarn Gebir* («astas de piedra»: *ceber*, plural *cebir*, «astas»), rápidos en el río Anduin. Un derivado es *Serni*, río de Gondor.

sereg «sangre» (en Quenya *serkë*) en *seregon*.

sil- (y la variente *thil-*) «brillar (con luz blanca o plateada)» en *Belthil, Galathion, Silpion*, y en Quenya *Isil*, Sindarin *Ithil*, la Luna (de ahí, *Isildur, Narsil; Minas Ithil, Ithilen*). Según se sostiene, la palabra Quenya *Silmarilli* deriva del nombre *silima* que Fëanor le dio a la sustancia con que las hizo.

sîr «río», de la raíz *Sir-*, «fluir», en *Ossiriand* (el primer elemento corresponde a la raíz del numeral «siete», en Quenya *otso*, en Sindarin *odo*), *Sirion*; y también en *Sirannon* (la «Corriente del Portal» de Moria) y *Sirith* («un flujo», como *tirith*, «vigilancia» de *tir*), un río de Gondor. Con la transformación, *s* en *h* en medio de las palabras, aparece en *Minhiriath*, «entre ríos», la región entre el Brandivino y el Flujogrís; en *Nanduhirion*, «valle de los arroyos oscuros». El Valle de Dimrill (véase *nan(d)* y *dú*) y en *Ethir Anduin*, el delta del Anduin (de *et-sîr*).

sûl «viento» en *Amon Sûl, Súlimo*; cf. *súlimë*, nombre Quenya del tercer mes del año (*El Señor de los Anillos*, Apéndice D).

tal (dal) «pie» en *Celebrindal*, y con la significación «fin», en *Ramdal*.

talath «tierras planas, planicies» en *Talath Dirnen, Talath Rhúnen*.

tar- «alto» (en Quenya *tára*, «elevado») prefijo de los nombres Quenya de los Reyes Númenóreanos; tambien en *Annatar*. Femenino *tári*, «la que es alta, reina» en *Elentári, Kementári*. Cf. *tarma*, «pilar», en *Meneltarma*.

tathar «sauce»; adjetivo *tathren* en *Nan-tathren*; en Quenya *tesarë* en *Tasarinan, Nan-tasarion* (véase *Nan-tathren* en el Índice).

taur «bosque» (en Quenya *taurë*) en *Tauron, Taur-im-Duinath, Taur-nu-Fuin*.

tel- «terminar, finalizar, ser último» en *Teleri.*

thalion «fuerte, firme» en *Cúthalion, Thalion.*

thang «opresión» en *Thangorodrim,* también en *Durthang* (un castillo de Mordor). La palabra Quenya *sanga* significaba «presionar, apretar», de ahí *Sangahyando* («Tenazas»), nombre de un hombre de Gondor, *El Señor de los Anillos,* Apéndice A (I iv).

thar- «de través, a través» en *Sarn Athrad, Thargelion;* también en *Tharbad* (de *thara-pata,* «encrucijada»), donde el antiguo camino de Arnor y Gondor cruzaban el Flujogrís.

thaur «abominable, aborrecible» en *Sauron* (de *Thauron*), *Gorthaur.*

thin(d) «gris» en *Thingol;* en Quenya *sinda* en *Sindar, Singollo* (*Sindacollo: collo,* «capa»).

thôl «yelmo» en *Dor Cúarthol, Gorthol.*

thôn «pino» en *Dorthonion.*

thoron «águila» en *Thorondor* (en Quenya *Sorontar*), *Cirith Thoronath.* La forma Quenya aparece quizá en el nombre de la constelación *Soronúmë.*

til «punta, cuerno» en *Taniquetil, Tilion* («el Cornamentado»); también en *Celebdil,* «Punta de Plata», una de las Montañas de Moria.

tin «centelleo» (Quenya *tinta,* «centelleante», *tinwë* «centellea) en *Tintallë;* también en *tindómë* «crepúsculo estrellado» (*El Señor de los Anillos,* Apéndice D); de ahí *tindómerel* «hija del crepúsculo», nombre poético del ruiseñor (Sindarin *Tinúviel*). Aparece también en la palabra Sindarin *ithildin,* «luna estrellada», la sustancia de que fueron hechas las puertas occidentales de Moria.

tir «vigilancia», «guardia» en *Minas Tirith, palantíri, Tar-Palantir, Tirion.*

tol «isla» (que se levanta con flancos empinados desde el mar o un río) en *Tol Eressëa, Tol Galen,* etcétera.

tum «valle» en *Tumhalad, Tumladen;* en Quenya *tumbo* (cf. el *tambalemorna* de Bárbol, el «profundo valle negro», *Las Dos Torres* III 4). Cf. *Utumno,* en Sindarin *Udûn* (Gandalf en Moria llamó al Balrog «Llama de Udûn»), nombre con que se designó luego el profundo valle de Moria entre Morannon e Isenmouthe.

tur «poder, dominio» en *Turambar, Turgon, Túrin, Fëanturi, Tar-Minyatur.*

uial «crepúsculo» en *Aelin-uial, Nenuial.*

ur- «calor, calentarse» en *Urulóki;* cf. *Urimë* y *Urui,* nombres Quenya y Sindarin del octavo mes del año (*El Señor de los Anillos,* Apéndice D). Con esta raíz se relaciona la palabra Quenya *aurë,* «luz del sol, día» (cf. el grito de Fingon ante la Nirnaeth Arnoediad), en Sindarin *aur,* que, en la forma *Or-,* se utiliza como prefijo de los días de la semana.

val- «poder» en *Valar, Valacirca, Valaquenta, Valaraukar, Val(i)mar, Valinor.* La raíz original era *bal-*, preservada en el Sindar *Balan*, plural *Belain*, los Valar, y en *Balrog*.

wen «doncella» constituye una terminación frecuente, como en Eärwen, Morwen.

wing «espuma, rocío» en *Elwing, Vingelot* (y sólo en estos dos nombres).

yávë «fruto» (Quenya) en *Yavanna*; cf. *Yavannië*, nombre Quenya del noveno mes del año, y *yávië*, «otoño» (*El Señor de los Anillos*, Apéndice D).

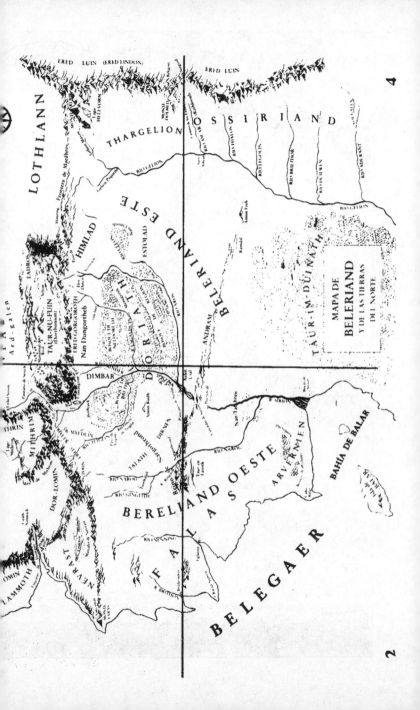

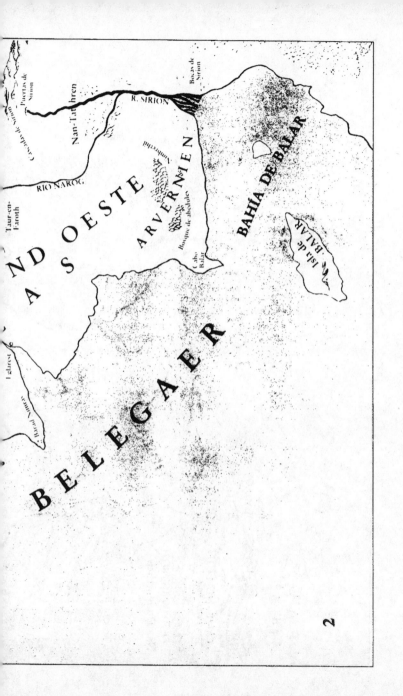

ND OESTE

AS

ARVERNIEN

R. SIRION

Puertas de Sirion

Cascada de Sirion

Nan-Tathren

RÍO NAROG

Taur-en-Faroth

Brazo de Sirion

Tumhalad

Bosque de abedules

Cabo Balar

BAHÍA DE BALAR

Isla de BALAR

Eglarest

Barad Nimras

BELEGAER

MAPA DE
BELERIAND
Y DE LAS TIERRAS
DEL NORTE

ÍNDICE

Prólogo   5

AINULINDALË   9

VALAQUENTA   21

Quenta Silmarillion
  1. Del principio de los días   35
  2. De Aulë y Yavanna   45
  3. De la llegada de los Elfos y el cautiverio
       de Melkor   50
  4. De Thingol y Melian   60
  5. De Eldamar y los príncipes de los Eldalië   62
  6. De Fëanor y el desencadenamiento de Melkor   69
  7. De los Silmarils y la inquietud de los Noldor   74
  8. Del oscurecimiento de Valinor   81
  9. De la huida de los Noldor   86
 10. De los Sindar   102
 11. Del Sol y la Luna y el Ocultamiento de Valinor   110
 12. De los Hombres   117
 13. Del retorno de los Noldor   121
 14. De Beleriand y sus reinos   136
 15. De los Noldor en Beleriand   146
 16. De Maeglin   153
 17. De la llegada de los Hombres al Occidente   164
 18. De la ruina de Beleriand y la caída de Fingolfin   176
 19. De Beren y Lúthien   190
 20. De la quinta batalla: Nirnaeth Arnoediad   223
 21. De Túrin Turambar   235
 22. De la ruina de Doriath   271
 23. De Tuor y la caída de Gondolin   284
 24. Del viaje de Eärendil y la Guerra de la Cólera   293

AKALLABÊTH 305

DE LOS ANILLOS DEL PODER
  Y LA TERCERA EDAD 337

Tablas
Genealogías:
  I La Casa de Finwë 364
  II Los descendientes de Olwë y Elwë 365
  III La Casa de Bëor 366
  IV y V La Casa de Hador de Dor-lómin y
    El Pueblo de Haleth 367

La división de los Elfos 368

Nota sobre la pronunciación 369

Índice de nombres 371

Apéndice: Elementos de los nombres Quenya
  y Sindarin 421

Mapa de Beleriand 435